KB275481

적과 흑

적과 흑 (하)

Le Rouge et le Noir

1830년의 연대기

스탕달 장편소설   임미경 옮김

LE ROUGE ET LE NOIR
by STENDHAL (1830)

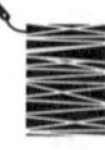

이 책은 실로 꿰매어 제본하는 정통적인 사철 방식으로 만들어졌습니다.
사철 방식으로 제본된 책은 오랫동안 보관해도 손상되지 않습니다.

제2부

제7장

통풍

나는 승진했다오. 내 능력이 뛰어나서가 아니라
주인이 관절통을 앓는 덕분에 말이오.
— 베르톨로티

아마 독자는 후작이 이런 격의 없이 친근한 말투를 쓴 것에 놀랐을 것이다. 잊어버리고 이야기하지 않은 일이 있는데, 후작은 6주 전부터 통풍이 도져서 꼼짝없이 집 안에만 틀어박혀 지내던 상황이었다.

라 몰 양과 라 몰 후작 부인은 부인의 친정어머니가 있는 이에르에 가 있었다. 노르베르 백작은 아버지를 보러 왔다가는 금방 일어서고는 했다. 이 부자는 사이가 꽤 좋았지만, 서로 주고받을 이야깃거리가 없었다. 라 몰 후작의 이야기 상대가 되어 줄 수 있는 사람은 쥘리앵뿐이었다. 후작은 쥘리앵이 의외로 풍부한 발상을 지닌 데 놀랐다. 그는 쥘리앵에게 신문을 읽도록 시켰다. 이 젊은 비서는 곧 흥미로운 대목만 가려낼 수 있게 되었다. 후작은 새로 발간된 어떤 신문을 무척 싫어해 그건 절대 읽지 않겠다고 맹세했는데, 그래 놓고는 매일 그 신문 이야기를 꺼냈다. 그런 후작의 모습에 쥘리앵은 웃음이 나왔다. 권력과 어떤 사상 사이에 벌어지는 이 작은 결투가 재미있었다. 후작이 이런 옹졸한 면을 스스럼없이 내

보이는 덕분에 쥘리앵은 그의 앞에서 완전히 침착해질 수 있었다. 사실 그는 어느 대귀족이 참석한 저녁 만찬에서는 주눅이 들기도 했던 것이다. 후작은 현 시대에 분개해서는 티투스 리비우스[1]의 저서를 읽어 달라고 하기도 했다. 그러고는 쥘리앵이 이 책의 라틴어 문장들을 즉석에서 번역해 내는 것을 재미있어했다.

어느 날 후작이 말했다. 종종 쥘리앵을 거북하게 만드는 지나칠 정도로 깍듯한 말투였다.

「친애하는 소렐 군. 자네에게 푸른색 정장을 한 벌 선사하고 싶은데 부디 받아 주기 바라네. 언제든 마음이 내킬 때 이 옷을 입고 내게 그 모습을 보여 주게. 자네가 푸른색 정장을 하면 레츠 백작의 막내 동생, 그러니까 내 친구인 노공작의 아들로 보일 걸세.」

쥘리앵은 후작이 그러는 이유에 대해 고개를 갸웃하면서도 바로 그날 저녁 푸른색 정장을 입고 후작에게 갔다. 후작은 그를 자신과 같은 신분으로 대우해 주었다. 쥘리앵은 자신이 정말로 정중한 대접을 받고 있다는 걸 알아차릴 수 있는 감수성의 소유자였지만, 그런 예절에도 미묘한 뉘앙스의 차이가 있다는 건 모르고 있었다. 그는 자신이 후작에게 이렇게 정중한 대접을 받으리라고는 꿈에도 생각해 보지 못한 터라 속으로 이렇게 중얼거렸다. 정말이지 뛰어난 연기 재능을 보여 주시는군! 쥘리앵이 그만 가려고 몸을 일으키자 후작은 배웅을 하지 못해 미안하다며 통풍이 심해 그러니 이해해 달라고 했다.

후작에게 이처럼 묘한 사과까지 받자 쥘리앵은 이 일을 머

1 Titus Livius(B.C. 59~A.D. 17). 고대 로마 시대 역사가. 『로마 건국사』를 저술함.

릿속에서 떨쳐 버릴 수가 없었다. 나를 놀리는 걸까? 하고 생각해 보았다. 조언을 청하려고 피라르 신부를 찾아갔다. 신부는 정중한 예절이라는 것을 후작만큼 갖추지 못한 터라 대답 대신 그저 휘파람만 불어 보이고는 이야기를 다른 데로 돌렸다. 다음 날 아침 쥘리앵은 서명받을 편지들을 서류철에 잔뜩 끼워 가지고 검은 옷을 입고 후작에게 갔다. 후작은 원래 방식대로 쥘리앵을 대했다. 하지만 저녁에 푸른색 정장을 입고 가자 이번에는 아침과는 영 다른 태도로, 지난밤처럼 지극히 정중하게 그를 대했다.

후작이 말했다. 「병든 늙은이를 매번 이렇게 친절히 찾아 주는 만큼, 자네가 지내 온 이런저런 이야기도 들려주면 좋겠군. 겪은 대로, 다른 생각 없이 그저 알아듣기 쉽고 재미있게 이야기해 주면 되네. 사실 재미있게 사는 게 좋아.」 후작은 말을 이어 나갔다. 「사람이 살아가는 데 재미 빼고 나머지는 다 헛것이야. 누군가 매일 내게 억만금을 안겨 주어도 내 인생을 나날의 싸움에서 건져내 주지는 못하지. 하지만 여기 내가 누운 침대 의자 옆에 리바롤이 있다면 매일 한 시간씩은 나를 고통과 권태에서 구제해 줄 거야. 함부르크에서 망명 생활을 하는 동안 나는 그 사람과 자주 어울려 지내곤 했지.」

그런 다음 후작은 쥘리앵에게 리바롤과 함께 지낼 때 함부르크 사람들과 있었던 일화들을 들려주었다. 당시 자신들은 어떤 수수께끼 같은 재담 한마디를 풀지 못해 네 사람이 머리를 맞대고 끙끙거렸다고 했다.

후작은 이야기를 나눌 상대가 이 젊은 신학생밖에 없는 터라 그의 흥을 돋우어 주려 했다. 쥘리앵을 칭찬하며 자만심을 부채질했다. 쥘리앵은 후작이 솔직한 이야기를 청해 온 만큼 모든 걸 털어놓을 마음이 들었다. 하지만 두 가지에 대해서만은 입을 다물었다. 하나는 자신이 어떤 인물을 열렬히 숭배한다는 사실로, 그 인물의 이름만 들어도 후작은 얼굴을 찡그릴 게 뻔했다. 또 하나는 자신이 신을 전혀 믿지 않는다는 사실이었는데, 이런 무신앙은 장차 신부가 될 사람에게는 무척이나 어울리지 않는 태도였다. 쥘리앵의 이야기가 마침 기사 보부아지와 벌였던 결투 사건에 이르렀다. 생토노레 거리의 그 카페에 들어갔을 때 쥘리앵이 그 문제의 마부에게 더러운 욕설을 듣던 장면에서 후작은 눈물이 찔끔 날 만큼 웃어 댔다. 이렇게 한동안 주인과 그의 피고용자는 서로를 아주 솔직하게 대하곤 했다.

후작은 쥘리앵의 이 독특한 성격이 흥미로웠다. 처음에는 이런 독특함이 우스꽝스러웠고, 지켜보는 것이 재미있어서 은근히 부추기기도 했다. 얼마 안 가 그는 이 청년이 잘못 생각하고 있는 것들을 자존심을 건드리지 않으면서 바로잡아 주는 일에 더 큰 흥미를 느꼈다. 후작은 생각했다. 다른 시골뜨기들은 파리에 오면 모든 것에 감탄하기 바쁘지. 그런데 이 청년은 모든 것에 반감을 느끼거든. 다른 시골뜨기들은 자신을 너무 부풀리고 꾸며 대서 탈인데, 이 청년에게는 그런 허식이 없어. 그러니 바보들 눈에는 이 청년이 도리어 바보로 비칠 수밖에.

겨울 날씨가 몹시 춥다 보니 통풍으로 인한 통증도 쉽사리 가라앉지 않고 몇 달을 끌었다.

혈통 좋은 스패니얼 종 개를 애지중지 돌보는 사람도 있는데, 저 어린 신부를 귀여워한다고 해서 부끄러울 게 뭔가? 하고 후작은 생각했다. 그는 남다른 데가 있어. 내 친자식처럼 대하게 되거든. 까짓것! 그렇게 해서 나쁠 건 없잖아? 그가 계속해서 지금처럼 예뻐 보인다면 그에게 5백 루이짜리 다이

아몬드를 남겨 준다고 유서에 써넣으면 되는 일인걸.

자신의 비서가 믿을 수 있는 성격이라는 걸 알게 되자 후작은 그에게 매일 새로운 일을 맡겼다.

쥘리앵은 이 대귀족이 같은 사안에 대해 상반된 지시를 내리는 경우가 있다는 걸 알고 기겁했다.

이 때문에 실수가 빚어지면 그 책임을 자신이 떠맡을 수도 있겠다 싶었다. 그래서 쥘리앵은 후작과 함께 업무를 처리할 때면 늘 장부를 옆에 갖다 놓고 후작이 내린 결정을 기록한 다음 후작의 확인 서명을 받았다. 쥘리앵은 서기 한 사람을 두고 그에게 각 사업과 연관된 결정 사항을 개별 장부에 기록해 놓게 했다. 오고 간 편지들도 역시 이 장부에 베껴 두었다.

처음에는 이 발상이 우스꽝스럽고 귀찮기 짝이 없어 보였다. 그렇지만 채 두 달도 지나지 않아 후작은 이 방법이 무척 유용하다는 사실을 깨달았다. 쥘리앵은 후작에게 은행원 출신 서기 한 사람을 데려오자고 했다. 그 서기를 시켜 쥘리앵이 관리하는 영지들의 수입과 지출 액수를 빠짐없이 복식 부기로 기재해 놓을 생각이었다.

이런 방안은 후작이 자신이 벌이고 있는 사업을 일목요연하게 파악할 수 있게 해주었고, 덕분에 후작은 두세 건 새로운 투자를 하면서 그동안 번번이 돈을 빼돌려 왔던 명의 대리인을 일에 끌어들이지 않을 수 있어서 기분이 좋았다.

하루는 후작이 자신의 비서에게 말했다. 「자네 몫으로 3천 프랑을 가지게.」

「후작님, 그렇게 했다가는 제가 자칫 화를 입을지 모릅니다.」

「그럼 어떻게 해야 하는데?」 후작은 언짢아하며 되물었다.

「결제하신 다음 그 내용을 손수 장부에 기입해 주셨으면 합니다. 이렇게 하시면 제 앞으로 3천 프랑을 내주시는 것입니다. 이처럼 무엇이든 장부에 기입해 두라고 제게 일러 주신 분은 피라르 신부님이십니다.」

후작은 몽카드 후작이 자기 집사 푸아송의 회계 보고를 들을 때처럼 귀찮다는 표정으로 이 결제 건을 장부에 기입했다.

쥘리앵이 푸른색 정장 차림으로 나타나는 저녁이 되면 후작은 절대 사업 이야기를 꺼내지 않았다. 후작의 호의는 우리 주인공의 늘 곤두서 있는 자존심을 어루만져 주었다. 그렇다 보니 쥘리앵은 곧 자신도 모르는 사이에 이 상냥한 노인에게 애정을 느꼈다. 이건 쥘리앵이 파리에서 흔히 하는 말로 정이 헤퍼서가 아니었다. 그는 은혜를 모르는 사람은 아니었고, 또한 나이 든 군의관이 세상을 떠난 이후로 그처럼 친절한 말투로 쥘리앵에게 말을 건네는 사람이 없었기 때문이다. 쥘리앵은 후작이 자신의 자존심을 정중히 배려해 주고 있음을 알아차리고 놀랐다. 나이 든 군의관도 쥘리앵의 자존심까지 배려해 주지는 않았다. 또 한 가지, 쥘리앵은 군의관이 자기 훈장을 자랑스러워했던 것만큼 후작이 자신의 코르동 블뢰 훈장을 자랑스러워하는 건 아니라는 사실을 깨달았다. 후작의 부친은 대영주였던 것이다.

하루는 쥘리앵이 어떤 행동으로 후작에게 즐거움을 안겨 준 일이 있었다. 아침에 검은 옷을 입은 차림새로 후작과 대면하여 사업상의 용무를 처리한 뒤였다. 후작은 그를 두 시간 동안이나 붙잡고 놓아 주지 않더니 자신의 명의 대리인이 증권 거래소에서 막 가져온 은행권을 기어이 얼마 건네주려고 했다.

「후작님에 대한 저의 깊은 존경심은 변함없지만, 그래도 한 가지 드리고 싶은 말씀이 있습니다.」

「말해 보게.」

「무척 죄송하지만 이 돈은 받을 수 없습니다. 후작님께서는 이 돈을 검은 옷을 입은 사람에게 주시는 것 아닌지요? 검은 옷을 입은 사람이 이 돈을 받는다면 푸른색 옷을 입은 사람은 후작님의 친절한 배려 덕분에 지켜 온 태도를 더 이상 유지할 수 없을 것입니다.」

쥘리앵은 정중히 몸을 숙여 인사를 한 후 후작을 쳐다보지도 않고 방을 나갔다.

후작은 쥘리앵의 이런 행동이 재미있었다. 저녁에 그는 피라르 신부에게 이 이야기를 했다.

「그리고 말씀드려야 할 게 한 가지 더 있습니다, 신부님. 저는 쥘리앵의 출생에 대해 알아낸 것이 있습니다. 지금 말씀드린 이야기는 비밀로 하지 않으셔도 됩니다.」

오늘 아침 그가 보여 준 행동은 귀족의 것이었어. 그러니 내가 그를 귀족으로 만들어야겠다. 이것이 후작의 생각이었다.

얼마 후 후작은 마침내 몸이 회복되어 외출이 가능해졌다.

「두 달쯤 런던에 가서 지내도록 하게.」 후작이 쥘리앵에게 말했다. 「내게 온 편지들을 답신 요령과 함께 특별 우편 등의 방법으로 자네에게 보내겠네. 자네는 답신을 작성해서 다시 보내 주면 돼. 각각의 답신에 원래의 편지를 첨부해서 말이야. 내가 계산해 보니 그렇게 하면 편지에 답신을 보내는 일이 고작 닷새 정도 늦어지더군.」

칼레행 우편 마차를 타고 가면서 쥘리앵은 의아해했다. 자신을 런던으로 파견하는 이유인 그 사업상의 업무라는 것이 해도 그만 안 해도 그만인 것이었으니 말이다.

영국 땅에 발을 내딛으면서 쥘리앵이 증오심에 사무치다 못해 거의 전율에 가까운 감정에 시달렸다는 것은 구태여 이야기하지 않겠다. 우리는 쥘리앵이 보나파르트를 열렬히 숭배하고 있음을 알고 있다. 군인 장교를 보면 허드슨 로 경[2]이 떠올랐고, 대귀족을 보면 치욕스러운 세인트헬레나 유배를 지시함으로써 그 보상으로 10년간 장관 감투를 누린 바더스트 경이 떠올랐다.

런던에서 그는 마침내 고상한 거만함이란 어떤 것인지를 깨달았다. 러시아의 젊은 귀족들과 사귀면서 그들을 통해 배운 것이었다.

그들은 쥘리앵에게 말하곤 했다. 「소렐 씨, 당신은 타고난 사람이에요. 그 냉정한 표정, 눈앞의 현실에 지극히 초연한 그 표정이 당신의 천성에서 나오거든요. 우리는 애써 연마해서야 그런 표정을 지을 수 있는데 말입니다.」

코라소프 공이라는 사람은 쥘리앵에게 이렇게 말했다. 「당신은 당신의 시대를 이해하지 못했군요. 〈언제나 남들의 기대와 정반대로 행동하라.〉 이 시대에 믿고 따를 계율은 정말이지 이것뿐입니다. 열광하지도 말고 멋지게 보이려고도 하지 마세요. 사람들이 당신한테 열광과 멋진 모습을 기대하고 있다면 우리의 계율을 실천하는 일은 물 건너가고 마니까요.」

하루는 쥘리앵이 코라소프 공과 함께 피츠 폴크 공작의 만찬에 초대받아 간 적이 있었다. 그날 공작의 살롱에서 쥘리앵은 자신의 이름을 사람들의 뇌리에 각인시켰다. 그는 한 시간이나 늦게 그 자리에 나타났다. 그를 기다려야 했던 스무 명가량의 사람들 속에서 쥘리앵이 보여 준 언행은 런던 주재 대사관의 젊은 비서들 사이에서 아직도 이야깃거리가 될 정도였다. 그의 표정은 더할 수 없이 매력적으로 거만했다.

쥘리앵은 저 유명한 필립 베인을 만나 보려고 했다. 댄디[3]

2 Hudson Lowe(1769~1844). 1815년 세인트헬레나 총독으로 임명되어 나폴레옹을 감시했던 영국 장군.

친구들은 그런 그를 놀려 댔지만 아랑곳하지 않았다. 필립 베인은 로크 이래 영국의 유일한 철학자라고 할 만한 사람이었다. 이 철학자는 7년형을 선고받고 감옥에서 수감 생활의 마지막 해를 보내는 중이었다. 쥘리앵은 감옥으로 그를 찾아갔다. 이 나라에서는 귀족들의 서슬이 퍼렇지, 하고 쥘리앵은 생각했다. 게다가 베인 같은 사람이 조롱과 망신을 당하고 있어.

쥘리앵과 마주한 베인은 유쾌한 사람이었다. 귀족들이 그에게 터뜨리는 분통이 그의 지루함을 달래 주고 있었다. 이 사람은 내가 영국에서 만난 유일하게 명랑한 사람이야. 쥘리앵은 감옥 문을 나서면서 생각했다.

〈폭군들이 가장 유용하게 써먹는 관념은 신이라는 관념이오.〉 베인은 쥘리앵에게 이런 말을 해주었다.

그 밖의 그의 철학은 견유학파적인 것으로, 여기서는 언급하지 않겠다.

쥘리앵이 영국에서 돌아오자 라 몰 후작이 물었다.

「영국에서 어떤 재미있는 생각을 주머니에 넣어 왔는지, 어디 꺼내 보여 주게.」

쥘리앵은 잠자코 있었다.

「무슨 생각이 들던지 말해 보라니까. 재미있는 건지, 아닌지.」

후작이 궁금한 듯 재촉했다.

쥘리앵이 입을 열었다.

「첫째, 아무리 분별 있는 영국인이라도 하루 한 시간씩은 미치광이가 된다는 생각을 했습니다. 영국인의 영혼에는 자살을 교사하는 악마가 붙어 있습니다. 자살을 교사하는 악마가 바로 그 나라의 신입니다.

3 극도로 세련된 외관을 추구한 멋쟁이로 특히 19세기에 유행했다.

둘째, 인간의 정기라든가 재능은 배에서 내려 영국 땅에 발을 내딛는 순간 4분의 1은 줄어듭니다.

셋째, 영국의 경치만큼은 세상에서 가장 아름답고 멋집니다. 마음을 어루만져 주는 경치입니다.」

「이제 내가 말해 볼까.」 후작이 말을 받았다.

「첫째, 러시아 대사관 무도회에 가서, 프랑스에는 스물다섯 살 청년이 30만 명이나 있고, 이들은 전쟁을 열렬히 원한다고 말한 이유는 뭐지? 설마 국왕들이 듣기 좋아하는 말이라고 그런 말을 고른 건가?」

「외교관들과 대화할 때 어떻게 해야 하는지 몰랐습니다.」 쥘리앵이 대답했다. 「그들은 강박적으로 토론을 심각하게 몰고 갑니다. 그래서 신문 기사에서 읽은 평범한 세상사 이야기만 꺼냈다가는 바보 취급을 받습니다. 하지만 뭔가 진실하고 참신한 이야기를 던지면 그들은 깜작 놀라 대답도 못하고 머뭇거리다가는 다음 날 아침 7시부터 일등 서기관을 보내서 전날 죄송했다고 사과합니다.」

「꽤 정확히 봤군.」 후작은 웃으면서 말했다. 「그런데 생각 깊은 양반, 그래도 자네가 영국에 간 진짜 목적이 뭔지는 파악하지 못한 것 같군.」

「외람되지만 거기 가서 일주일에 한 번씩 대사 댁 만찬에 참석하라고 지시하셨습니다.」 쥘리앵이 대답했다. 「예의범절이 밝은 걸로 치면 주영 대사보다 뛰어난 사람은 없다고 말씀하시면서요.」

「자네는 여기 이 훈장을 받으려고 갔던 거야.」 후작이 대답했다. 「자네의 검은 옷을 벗길 생각은 없지만, 푸른 옷을 입은 자네와 즐거운 시간을 보내는 것이 내 습관이 되었어. 앞으로 다른 지시를 내리게 될지는 몰라도 지금은 이 점을 알

440

아 두게. 자네가 이 훈장을 달고 있는 한 자네는 내 친구 레츠 공작의 막내아들 대접을 받을 거야. 본인은 그 사실을 모르고 있지만 그 노공작에게는 여섯 달 전에 외교관 직위가 주어졌지.」

쥘리앵이 감사를 표하려고 하자 후작은 그를 가로막으면서 엄격하게 덧붙였다. 「잊지 말게. 나는 자네의 신분을 바꾸어 주려는 게 아니야. 그런 일은 후원자에게도 피후원자에게도 과오이자 불행이거든. 자네가 내 일을 도와주는 데 싫증이 나거나 내가 자네를 더 이상 곁에 둘 마음이 없어지면, 자네에게 좋은 교구를 하나 주선해 주겠네. 피라르 신부님의 교구 같은 것으로, 그런데 그 이상은 안 돼.」 이렇게 말을 매듭짓는 후작의 어조는 무척이나 쌀쌀맞았다.

훈장은 쥘리앵의 자존심에 여유를 가져다주었다. 그렇게 되자 그의 말수도 늘어났다. 대화 도중 다소 예의에 어긋난 말을 듣더라도 그것이 자신을 겨냥한 것이라고 생각해서 기분 상하는 경우도 줄어들었다. 사실 그런 말이란 오가는 이야기에 불이 붙었을 때는 누구든 별 생각 없이 듣고 넘기는 법이다.

훈장 덕분에 쥘리앵은 묘한 방문을 받게 되었다. 발르노 남작님의 방문이었다. 발르노는 자신이 남작 작위를 받은 데 대해 사례하기 위해 파리로 장관을 찾아왔다가 쥘리앵을 만나러 온 것이었다. 그는 면직된 레날 씨를 대신해서 자신이 베리에르 시장으로 임명받을 참이라고 했다.

발르노에게서 레날 씨가 자코뱅파임이 밝혀졌다는 말을 들으면서 쥘리앵은 속으로 실소를 터뜨렸다. 다가오는 의원 재선거에 이 새로운 남작 나리께서 여당 후보로 나섰는데, 그 지역 선거인단은 실상 왕당파 일색이라 몰표를 얻는 것은 떼어 놓은 당상이며, 반면 레날 씨는 자유주의자들을 등에 업고 있다고 했다.

쥘리앵은 어떻게든 레날 부인의 소식을 들어 보려 했지만 허사였다. 남작은 그들이 예전에 연적 관계였다는 걸 기억하는지, 레날 부인에 대해서는 좀처럼 입을 열지 않았다. 그는 다가오는 선거에서 쥘리앵 부친의 표를 부탁했다. 쥘리앵은 부친에게 편지를 쓰겠다고 약속했다.

「그리고 라 몰 후작님께 나를 소개해 주셔야 할 것 같습니다만.」

그야 〈그래야만 하겠지〉 하고 쥘리앵은 생각했다. 하지만 이런 악당을!

그러고는 대답했다. 「사실 저는 라 몰 후작 댁 한구석에 그저 얹혀사는 처지라 누굴 소개할 주제가 못 됩니다.」

쥘리앵은 후작에게 모든 일을 보고하곤 했으므로, 그날 저녁에도 후작에게 발르노라는 자가 소개를 바라고 있다는 말을 했다. 그러면서 1814년 이래로 그자가 무슨 짓을 어떻게 해왔는지도 함께 이야기했다.

「내일 그 신참 남작을 내 앞에 데려와 소개하게.」 라 몰 후작이 아주 진지하게 대답했다. 「나는 한술 더 떠서 그자를 모레 저녁 만찬에 초대할 생각이야. 장차 지사 자리도 꿰어 찰 인물 같은데, 우리 당파 쪽에 붙잡아 놓아야지.」

「그렇게 될 경우에는.」 쥘리앵이 냉정하게 말했다. 「그 빈민 수용소장 자리는 제 부친에게 넘겨주십시오.」

「좋아!」 후작은 다시금 유쾌하게 말을 받았다. 「그러지 뭐, 나는 자네가 도덕이 어쩌고저쩌고할 줄 알았는데, 자네도 이제 적응이 되었군.」

쥘리앵은 발르노를 통해 베리에르의 복권 판매소장이 죽

었다는 소식을 들었다. 그 자리를 숄랭 씨에게 주면 재미있겠다는 생각이 들었다. 예전 베리에르에서 라 몰 후작이 묵었던 방을 정리하면서 그 미련한 늙은이가 써 보낸 탄원서를 주워 읽었던 일이 기억났던 것이다. 후작은 쥘리앵이 그 탄원서를 외워 보이자 한바탕 웃음을 터뜨리고는 그 자리를 부탁하는 편지를 재무 장관 앞으로 쓰게 해서 서명했다.

숄랭 씨가 임명되자마자 쥘리앵은 도 의원단이 그 자리에 유명한 측량 기사 그로 씨를 추천했다는 사실을 알았다. 이 인정 많은 측량 기사는 1년 수입이 고작 1천4백 프랑인데도 죽은 복권 판매소장에게 매년 6백 프랑씩을 꿔주어 가족을 먹여 살리게 했다는 것이다.

쥘리앵은 자신이 무슨 짓을 했는지를 깨닫고 놀랐다. 죽은 사람의 가족은 이제 무슨 수로 먹고산단 말인가? 이런 생각에 가슴이 아팠다. 하지만 이건 아무것도 아냐, 하고 그는 생각을 돌렸다. 출세하려면 옳지 못한 짓이라도 얼마든지 저지를 수밖에 없어. 그러면서 그런 옳지 못한 짓을 감상적인 미사여구로 치장해 숨길 줄도 알아야만 해. 가련한 그로 씨, 훈장을 탈 사람은 그인데 내가 그것을 탔구려, 그런데 정부가 그걸 내게 준다고 하니 나는 정부의 뜻을 좇아야만 한다오, 이런 식으로 떠들어 댈 줄도 알아야만 한다는 것이지.

제8장
어떤 치장이 단번에 눈에 띌까?

〈너의 물은 아무리 마셔도 갈증이 가시지 않아〉
하고 목마른 정령이 말했다. 하지만 이 샘물은
디아르베키르에서 제일 차가운걸.

— 펠리코

그날 쥘리앵은 빌키에 영지에서 돌아오는 길이었다. 센 강가의 그 아름다운 영지는 후작 소유 영지 가운데 보니파스 드 라 몰로부터 대대로 내려온 유일한 땅이었기 때문에 후작이 특별한 관심을 기울여 관리하고 있었다. 저택에는 후작 부인과 그 따님이 이에르에서 돌아와 있었다.

쥘리앵은 이제 멋쟁이가 된 데다 파리 생활의 기교를 깨우친 상태였다. 그는 라 몰 양을 향해 나무랄 데 없는 냉정함을 유지했다. 자신이 말에서 떨어진 상황을 그녀가 유쾌하게 캐묻던 때를 그는 기억에서 완전히 지워 버린 것 같았다.

라 몰 양의 눈에 그는 키가 더 크고 창백해진 듯이 비쳤다. 그의 겉모습과 거동에서 이제 시골티는 찾아볼 수 없었다. 그런데 이야기를 나눠 보면 사정은 좀 달랐다. 그의 말투는 여전히 너무 진지하고 너무 건실했다. 하지만 무슨 일에서든 합리성을 따지는 태도에도 불구하고 말투에서 배어 나오는 그의 자존심 때문에 하급 사무직원의 말처럼 들리지는 않았다. 그저 그가 아직도 세상의 너무 많은 것들을 중요하게 생각한다는 느낌을 줄 뿐이었다. 그럼에도 그가 자신이 한 말은 책임지는 사람이라는 걸 알 수는 있었다.

「그 사람은 재치는 있어도 경쾌함이 없어요.」

라 몰 양은 쥘리앵에게 훈장을 준 것에 대해 자신의 아버지에게 짐짓 투정하듯 어리광을 부리면서 말했다. 「오빠는 훈장을 타게 해달라고 1년 반이나 졸랐는데. 게다가 오빠는 라 몰 집안의 사람인데……!」

「그건 그렇지. 하지만 쥘리앵에게는 틀에 박히지 않은 무엇인가가 있어. 네가 역성드는 네 오라비는 그런 것을 죽었다 깨어나도 보여 주지 못할걸.」

하인이 레츠 공작의 방문을 알렸다.

마틸드는 걷잡을 수 없이 하품이 터져 나올 것 같은 느낌이었다. 공작을 보자마자 아버지 살롱의 유서 깊은 금빛 장식들과 늘 똑같은 얼굴의 손님들이 떠올랐다. 파리에서 다시 시작될 그 생활이 더없이 권태롭게 느껴졌다. 그러나 이에르에서 지낼 때는 파리가 그리웠다.

마틸드는 생각했다. 하지만 나는 열아홉 살이야! 금박으로 테를 두른 저 바보들이 입을 모아서 행복한 나이니 어쩌니 노래를 부르는 나이라고. 그녀는 살롱 탁자 위에 쌓인 여남은 권의 시집으로 눈길을 돌렸다. 프로방스 지방을 여행하는 사이 새로 발간된 것들이었다. 그녀의 불행은 그녀가 크루아즈누아, 케일뤼스, 뤼즈, 그 밖의 다른 친구들보다 재기가 있다는 점이었다. 그녀는 프로방스 지방의 아름다운 하늘, 시, 남프랑스 등에 대해 그들이 자신에게 무슨 말을 늘어놓을지 전부 예상할 수 있었다.

그녀의 아름다운 두 눈에 어찌해 볼 수 없는 권태로움, 설상가상으로 어디에서도 즐거움을 찾을 수 없다는 절망감이

어렸다. 그 눈이 문득 쥘리앵에게 가서 멎었다. 적어도 저 사람은 다른 사람들과 조금은 다를 것 같았다.

「소렐 씨.」 마틸드는 상류 사회의 젊은 여자들이 흔히 쓰는, 조금도 여자답지 않은 분명하고 짤막한 말투로 그를 불렀다.

「소렐 씨, 오늘 밤 레츠 씨 집에서 열리는 무도회에 가겠어요?」

「아가씨, 저는 그 공작님께 소개받는 영광을 얻지 못했습니다.」 (이런 대답을 하면서, 그리고 공작이라는 칭호를 발음하면서 이 자존심 강한 시골 청년은 혀를 불에 덴 듯했을 것이다.)

「그분이 오빠한테 당신을 데리고 오라고 당부했어요. 무도회에 오게 되면 빌키에 영지에 대해 자세히 이야기해 줘요. 봄에 그리로 갈지 말지 생각해 봐야 하니까. 성관은 지닐 만한지, 주변 경치가 사람들 말대로 정말 그렇게 아름다운지 궁금해요. 사람들이 하는 말이란 믿을 게 못 되거든요!」

쥘리앵은 대답하지 않았다.

「오빠와 함께 무도회에 와요.」 마틸드는 못을 박듯 아주 건조한 말투로 말했다.

쥘리앵은 공손히 허리를 굽혔다. 그렇다면 무도회에 가서까지 이 집 식구들 각각에게 봉사해야 한단 말이군. 나는 비서 업무로 고용된 게 아니던가? 쥘리앵은 불쾌한 기분으로 생각을 이어 나갔다. 내가 저 여자에게 어쩌다 한 말이 후작이나 저 여자의 오라비, 그 어머니의 뜻과 어긋날지 누가 알겠어. 이건 꼭 군주의 궁정에 들어온 꼴이군. 여기서는 완전히 바보가 되어야 하니까. 그러면서도 누구의 심기도 거슬러서는 안 되고 말이야.

저 지체 높은 아가씨는 정말 마음에 거슬려! 걸어가는 라 몰 양의 뒷모습을 바라보면서 그는 생각했다. 그녀는 자신을 몇몇 귀부인 친구들에게 인사시키려고 부른 후작 부인에게 가고 있었다. 저 여자는 무슨 유행이든 눈에 단번에 띄는 방식으로 따라 해야 직성이 풀리는가 봐. 옷이 어깨 밑으로 흘러내릴 지경인 걸 보면 말이야……. 얼굴은 떠나기 전보다 더 창백해져서 돌아왔어……. 저 머리카락은 금발이다 못해 아예 색깔이 사라져 버렸군. 햇빛이 머리카락 속을 통과하는 것 같아……! 인사하는 저 태도며 저 눈길 좀 보라지. 정말 거만하군! 마치 자신이 여왕이기라도 한 것 같잖아!

라 몰 양은 살롱에서 막 나가려 하는 자신의 오라비를 불러 세워 무슨 말인가 건넸다.

노르베르 백작이 쥘리앵에게 다가왔다.

「소렐 씨, 레츠 씨의 무도회에 같이 가고 싶은데, 자정에 어디서 만나면 될까요? 그분이 당신을 꼭 데려오라고 신신당부했어요.」

「이런 과분한 호의를 베푸는 분이 누구신지 알고 있습니다.」 쥘리앵은 코가 땅에 닿도록 허리를 굽히며 대답했다.

이 간곡한 제안에 쥘리앵은 승낙을 하긴 했지만 기분이 상했다. 그러나 노르베르의 어조는 정중하고도 사려 깊어서 꼬투리를 잡을 수 없었다. 그는 자신이 한 대답을 언짢은 기분으로 되새겨 보았다. 어쩐지 비굴하게 굴었다는 생각이 들어 한층 불쾌했다.

밤이 되어 무도회에 간 그는 레츠 저택의 화려함에 놀랐다. 금빛 별 장식이 주렁주렁 달린 진홍색 아마포 차일이 현관 앞 안뜰을 뒤덮고 있었다. 우아함의 극치를 보는 것 같았다. 차일 아래로는 오렌지나무와 꽃을 활짝 피운 협죽도의 숲이 펼쳐져 있었다. 화분을 정성 들여 땅속 깊이 묻어 놓아서, 오렌지나무와 협죽도가 마치 땅에서 자라난 듯 보였다. 마차가 다니는 길에는 모래가 깔려 있었다.

우리 시골뜨기의 눈에는 이 모든 것이 별천지 같았다. 이런 화려함은 상상도 해보지 못한 것이었다. 순식간에 그의 상상력은 부풀어 올라 어디론가 달음질쳐 갔다. 불쾌한 기분은 사라지고 없었다. 마차를 타고 무도회로 오는 도중에는 노르베르가 세상만사를 만족스럽게 여기고 쥘리앵은 모든 걸 어둡게만 보았는데, 안뜰에 들어서는 순간 두 사람의 역할은 뒤바뀌고 말았다.

노르베르의 눈길은 그러한 화려함 속에서도 미처 다듬어지지 않은 사소한 구석들을 찾아내느라 분주했다. 그는 눈에 보이는 물건마다 거기 들어간 비용을 어림해 보았고, 그 총액이 늘어나는 만큼 우울한 표정이 되어 갔다. 그 표정이 거의 시기심에 가깝다는 것을 쥘리앵은 알아차렸다.

한편 쥘리앵은 감탄으로 넋이 빠졌다. 사람들이 춤을 추고 있는 첫 번째 살롱으로 들어설 때는 설레다 못해 겁이 더럭 날 정도였다. 사람들은 두 번째 살롱으로 몰려가고 있었다. 사람들이 너무 많아서 그는 발을 앞으로 내디딜 수도 없었다. 두 번째 살롱의 장식은 그라나다의 알람브라 궁전풍이었다.

「저 아가씨가 이 무도회의 여왕인걸. 두말할 것도 없어.」 콧수염을 기른 한 청년이 어깨로 쥘리앵의 가슴을 밀고 들어오면서 말했다.

「푸르몽 양도 자신이 뒷전으로 밀려난 걸 알아차렸나 보군.」 옆 사람이 대답했다. 「겨울 내내 최고의 미인이었는데 말이야. 저 보게나, 아주 생뚱한 표정을 짓고 있잖아.」

「정말이지 돛을 한껏 부풀렸는걸. 이래도 넘어오지 않을쏘냐고 하는 것 같아. 세상에, 카드리유 독무를 추면서 우아하게 지어 보이는 저 미소를 좀 봐, 저 미소야말로 일품 중의 일품이구면.」

「라 몰 양은 자신이 사람들의 눈길을 사로잡았다는 걸 잘 알고 있어. 그러면서도 그 승리의 기쁨을 헤프게 드러내지 않으려 하는군. 누군가 자기한테 반해서 말을 걸어올까 봐 겁을 내는 것처럼 보여.」

「옳거니! 저런 게 바로 유혹의 기술이지!」

쥘리앵은 그 유혹적인 여인을 보려고 애를 써봤지만 보이지 않았다. 그보다 키가 큰 남자 일고여덟 명이 그의 시야를 가로막고 있었다.

「저 고상한 자태에는 대단한 교태가 배어 있어.」 콧수염을 기른 청년이 다시 입을 열었다.

「살며시 내리깜은 저 커다란 푸른 눈을 보게나. 꼭 본심을 들키기라도 할까 봐 그러는 것 같잖아.」 옆 사람이 맞장구쳤다. 「저런 유혹 방법은 아무나 흉내 낼 수 있는 게 아냐.」

「아름다운 푸르몽 양도 저 여자 옆에 놓아 보니 평범해 보이는걸.」 세 번째 남자가 말했다.

「몸을 사린 저 태도는 꼭 이렇게 속삭이는 것 같아. 당신이 내게 어울리는 남자라면 얼마든지 상냥하게 대해 드릴 수 있답니다, 하고 말이야!」

「대체 어떤 남자가 저 눈부신 마틸드 양에게 어울릴까?」 첫 번째 남자가 말했다. 「잘생기고 머리 좋고, 체격도 근사한 어느 왕자나, 스무 살도 채 안 된 전쟁 영웅 정도면 될까.」

「러시아 황제의 사생아는 어때……. 그 결혼 덕분에 왕위를 물려받게 된다든가 할 수도 있고……. 아니면 그냥 탈레르 백작

정도면 안 될까. 화려한 옷을 입혀 놓은 농부 같기는 해도…….」

문간이 조금 트여서 쥘리앵은 안으로 들어설 수 있었다.

그녀가 저 꼭두각시들 눈에 그처럼 아름다워 보인다니, 나도 그녀를 유심히 관찰해 둘 필요가 있겠는걸, 하고 쥘리앵은 생각했다. 저들이 생각하는 완벽한 아름다움이란 게 어떤 것인지 알 수 있을 테지.

쥘리앵이 마틸드를 눈으로 더듬어 찾는 순간 그녀가 그를 바라보았다. 날더러 자기한테 와서 의무를 수행하라는 눈짓이겠지, 하고 쥘리앵은 속으로 중얼거렸다. 하지만 빈정거리는 말과는 달리 기분은 조금도 불쾌하지 않았다. 가슴께가 깊이 파인 마틸드의 옷이 그녀의 어깨를 거의 드러내 보이고 있었다. 그 옷이 쥘리앵의 호기심을 불러일으켰다. 그는 그녀 쪽으로 발을 내디뎠다. 그러면서 어떤 즐거움도 설핏 느꼈다. 물론 그의 자존심은 이런 식으로 행동하는 자신이 마음에 들지 않는 게 사실이었다. 저 여자의 아름다움에는 젊음이 있어, 하고 그는 생각했다. 그와 마틸드 사이에는 대여섯 명의 사내들이 끼여 있었다. 그중에는 문간에서 떠들어 대던 사내들도 보였다.

마틸드가 그를 향해 물었다. 「당신은 이번 겨울 내내 파리에서 지냈으니까, 어때요? 이 무도회가 이번 시즌에 열린 무도회 중에서 제일 아름답지 않아요?」

그는 대답하지 않았다.

「쿨롱의 이 카드리유 춤곡이 마음에 들어요. 그리고 이 곡에 맞춰 추는 저 부인들의 춤 솜씨도 나무랄 데가 없네요.」

청년들은 마틸드가 대답을 끌어내려고 애쓰는 이 행복한 남자가 누구인지 보려고 고개를 돌렸다. 마틸드가 얻어 낸 대답은 시큰둥하기 짝이 없었다.

「저는 그런 걸 판단할 능력이 없습니다, 아가씨. 책상에만 붙어 지내 온걸요. 이런 거창한 무도회에 와본 건 처음입니다.」

콧수염을 기른 청년들은 약이 바짝 올랐다.

「당신은 지혜로운 사람이에요, 소렐 씨.」 마틸드는 좀 더 노골적으로 관심을 드러내며 말을 이어 나갔다. 「당신은 이 모든 무도회며 떠들썩한 놀이들을 장 자크 루소 같은 철학자의 눈으로 보고 있어요. 이런 어리석은 짓거리는 당신을 놀라게는 해도 즐겁게 하지는 못할 테지요.」

이 한마디는 쥘리앵의 상상력에 찬물을 끼얹었다. 그의 마음속에서 부풀어 오르던 환상도 사그라졌다. 그는 입가에 조금 과장해서 경멸을 머금고 이렇게 대답했다.

「장 자크 루소는 제가 보기에 상류 사회를 판단하는 데서만큼은 바보에 불과합니다. 그는 상류 사회를 몰랐습니다. 그래서 벼락출세한 하인의 심정으로 상류 사회를 바라보았지요.」

「그 사람은 『사회 계약론』을 썼어요.」 마틸드가 대꾸했다. 말투에서 존경심이 배어 나왔다.

「그 벼락 출세자는 공화제를 설파하고 군주정의 권위를 무너뜨릴 것을 주장하면서도 어느 공작이 식사 후의 산책 코스를 바꾸면서까지 자신의 친구 한 명을 배웅해 주었다고 좋아서 어쩔 줄 몰랐습니다.」

「아, 맞아요! 몽모랑시에서 뤽상부르 공작이 파리로 가는 쿠앵데라는 사람을 배웅해 주었다죠…….」 라 몰 양은 처음으로 자신의 유식함을 자랑할 수 있게 된 것이 기뻐서 한순간 긴장의 끈을 탁 놓아 버리고 이렇게 대답했다. 그러고는 자신의 지식에 한껏 뿌듯해했다. 스스로 페레트리우스 왕이란 인물을 창안해 놓고 그 인물이 실재했음을 발견했다면서 뿌듯해 한 아카데미 회원 같은 꼴이었다. 쥘리앵의 눈길은 여전히 쏘아보듯 냉랭했다. 마틸드는 한순간 자부심에 차올랐다가는 상대방의 냉랭함에 흠칫 당황했다. 평소에는 그녀가 그런 태도로 다른 사람들을 주눅 들게 해왔던 만큼 그녀의 놀라움은 더 컸다.

그 순간 크루아즈누아 후작이 서둘러 라 몰 양 쪽으로 다가왔다. 무리 지어 막아선 사람들을 뚫지 못한 그가 그녀로부터 세 걸음쯤 떨어진 곳에 잠시 멈춰 섰다. 후작이 앞을 가로막은 사람 너머에서 그녀에게 눈길을 보내며 미소를 지었다. 후작 옆에는 젊은 루브레 후작 부인이 서 있었다. 그녀는 마틸드의 사촌이었다. 그녀는 결혼한 지 보름밖에 안 된 남편의 팔짱을 끼고 있었다. 루브레 후작 역시 아주 젊은 사람으로, 오직 공증 서류만으로 성사되는 정략결혼을 하고 보니 아내로 얻어 들인 여자가 뜻밖에도 미인이었더라는 어느 남자처럼 아내에게 홀딱 빠진 팔불출이었다. 루브레 후작은 나이든 숙부가 죽고 나면 그 공작 작위를 물려받을 예정이었다.

크루아즈누아 후작이 사람들의 벽에 가로막혀 선 채 마틸드를 바라보며 웃는 얼굴이나 지어 보이는 동안 마틸드의 커다란 푸른 하늘빛 눈은 후작과 그 주위 사람들에게 차례로 가 멎었다. 그녀는 소리 없이 중얼거렸다. 어쩌면 저렇게도 하나같이 평범해 빠졌을까! 나와 결혼하겠다고 나선 저 크루아즈누아 좀 봐. 온화하고 예의 바른 사람이긴 해. 루브레처럼 태도나 거동이야 어디 한 군데 나무랄 데 없지. 저 신사들은 장점이 아주 많아. 나를 권태롭게 한다는 점만 빼면 말이야. 크루아즈누아 역시 저렇게 무도회에 나를 따라와 편협하고 알량한 만족감을 내보이곤 하겠지. 결혼해서 1년이 지난다고 하자. 내 마차며 말이며 옷이며 파리에서 80킬로미터 떨어진 거리에 있는 성관이며, 그 모든 게 나무랄 데 없이 훌륭할 테지. 이를테면 루아빌 백작 부인 같은 벼락출세한 여자는 부러워서 죽을 정도로 말이야. 하지만 그다음엔……?

마틸드는 뭔가를 기대하는 일조차 권태롭게 느껴졌다. 크루아즈누아 후작이 마침내 옆으로 다가와 말을 걸었지만, 그녀는 생각에 잠겨 그의 말을 알아듣지 못했다. 후작의 말소리는 무도회의 소란과 뒤섞인 소음으로 들릴 뿐이었다. 그녀의 눈길은 마치 자동 장치처럼 쥘리앵을 뒤좇아 갔다. 쥘리앵은 공손하면서도 거만하고 뭔가 마땅찮다는 태도를 보이고는 그녀에게서 멀어져 가는 참이었다. 이리저리 분주히 오가는 사람들과 떨어져 구석에 서 있는 알타미라 백작의 모습이 그녀의 눈에 들어왔다. 독자도 이미 알다시피, 그는 자신의 나라에서 사형 선고가 내려진 사람이었다. 루이 14세 시대에 그의 선조뻘인 여자가 콩티 가의 어느 왕자와 결혼했는데, 그 연줄 덕분에 그는 수도회 경찰의 손길로부터 어느 정도 보호받을 수 있었다.

한 남자를 탁월한 인물로 만들어 주는 건 사형 선고뿐이야, 하고 마틸드는 생각했다. 그것이 유일하게 돈으로 살 수 없는 것이거든.

아! 혼자 해본 말이지만 정말 멋진걸! 사람들 앞에서 이야기할 때 이 말이 생각났더라면 좋았을걸! 마틸드는 멋진 말을 미리 생각해 두었다가 대화에 써먹는 것을 즐겼다. 하지만 허영심이 강하다 보니 그런 멋진 말을 떠올릴 때마다 먼저 자기 자신에게 도취하곤 했다. 권태롭던 그녀의 표정에 기쁨이 떠올랐다. 옆에서 계속해서 말을 늘어놓고 있던 크루아즈누아 후작은 자신의 이야기가 그녀를 기쁘게 한 거라고 생각하고 말수가 한층 더 많아졌다.

마틸드는 여전히 자기 생각에만 빠져 있었다. 아무리 어깃장 놓기 좋아하는 사람도 나의 이 멋진 말에 대해서는 고개를 젓지 못하겠지? 아니라고 하는 사람이 있으면 나는 이렇게 대답하겠어. 〈남작이나 자작 칭호는 돈으로 살 수 있어요. 훈장도 그냥 받을 수 있죠. 얼마 전 오빠도 훈장을 받았지만, 뭔가 해놓은 일이 있어서 그걸 받은 건가요? 계급장, 그것도 그냥 얻을 수 있죠. 10년간 수비대에 근무하든지 아니면 국방 장관을 친척으로 두었다면 오빠처럼 기병 대위가 되는 거죠. 많은 재산……! 이건 좀 어렵긴 하겠네요. 그래서 좀 더 가치 있는 것일 테고요.〉 그런데 이렇게 생각하다 보니 좀 이상한 걸! 책에서 읽은 이야기와는 정반대가 되니까 말이야……. 그래! 재산의 경우도 로스차일드 씨의 딸과 결혼하면 얻을 수 있는 것이지.

나의 이 명구는 정말이지 의미심장해. 사형 선고야말로 사람들이 얻어 내려 애쓰지 않는 유일한 것이니까.

「알타미라 백작을 알아요?」 느닷없이 그녀가 크루아즈누아 후작에게 물었다.

그녀는 어딘가 먼 곳에서 돌아온 사람 같았다. 게다가 그녀의 질문은 후작이 5분 전부터 그녀에게 열심히 늘어놓고 있던 이야기와는 아무 관계가 없는 것이었다. 한껏 상냥하게 굴던 후작은 그만 어리둥절해지고 말았다. 그러나 그는 재기 있는 사람이었고, 또 그렇다는 평을 꽤나 듣는 사람이었다.

마틸드는 좀 별난 데가 있어, 하고 후작은 생각했다. 이건 좀 곤란한 점이기는 하지. 그렇지만 마틸드는 남편에게 당당한 사회적 위치를 마련해 줄 수 있거든! 저 라 몰 후작이라는 양반은 대체 무슨 수단을 부리는지 모를 일이야. 모든 파벌의 유력 인사들과 연줄을 맺고 있잖아. 그러니 그는 몰락할 수가 없는 사람이지. 게다가 마틸드의 묘한 면은 재기로 통할 수도 있다고. 그런 재기에 좋은 가문과 많은 재산이 더해질 경우에는 절대 우스갯거리가 될 수 없는 법이지. 그러니 얼마나 훌륭한 아내감인가! 더군다나 그녀는 마음만 먹으면 얼마든지 재치 있고 상냥하게 굴 수 있고 유창한 말재주까지 발휘할 수 있으니 뭣 하나 빠지는 게 없잖아…….

동시에 두 가지 일을 생각한다는 건 후작에게는 어려운 일이었다. 그러니 마틸드의 질문에 대답하는 후작의 표정은 멍하니, 마치 학과를 암송하듯 딱딱할 수밖에 없었다.

「저 대책 없는 알타미라를 모르는 사람도 있나요?」 그러고는 그녀에게 알타미라 백작이 꾸몄다가 실패했다는 그 음모에 대해 늘어놓았다. 가소롭고 어처구니없는 음모라는 것이었다.

「무척 어처구니없네요!」 마틸드는 혼잣말을 하듯 중얼거렸다. 「하지만 저 사람은 행동을 했죠. 나는 남자다운 남자를 만나 보고 싶어요. 저 사람을 이리로 좀 데려와 줘요.」 이 말을 들은 후작은 몹시 기분이 상한 기색이었다.

알타미라 백작은 라 몰 양의 오만하고 거의 무례하기까지 한 태도를 드러내 놓고 찬미하는 사람 가운데 하나였다. 그가 보기에 라 몰 양은 파리에서 가장 아름다운 여인이라는 것이었다.

「왕좌에 앉으면 눈부시게 아름다울 분의 분부인데 당연히 따라야죠.」 그는 크루아즈누아 후작에게 이렇게 말하고는 선선히 따라왔다.

음모처럼 천박한 것도 없다고 말하는 사람이 세상에는 많다. 음모란 자코뱅주의의 냄새를 풍겨서 그렇다는 것이다. 그러니 성공하지 못한 자코뱅보다 더 추한 것이 뭐가 있겠는가?

마틸드의 눈은 크루아즈누아 후작을 조롱하듯이 알타미라 백작의 자유주의도 조롱하고 있었다. 그렇지만 그녀는 알타미라 백작의 말에 흥미롭게 귀 기울였다.

무도회에 온 음모가라니, 멋진 대조인걸, 하고 그녀는 생각했다. 검은 수염을 길러서인지 알타미라 백작의 용모는 쉬고 있는 사자처럼 보였다. 그러나 그녀는 곧 알아차렸다. 그의 정신은 단 한 가지 태도밖에 취할 줄 몰랐다. 그저 〈공리주의, 공리주의에 대한 찬양〉이 그가 입 밖에 내놓을 수 있는 전부였다.

이 젊은 백작은 자기 나라에 양원제 정부를 수립해 줄 수 있는 게 아니면 그 어떤 것에도 관심을 기울일 필요가 없다고 생각하는 듯했다. 페루의 한 장군이 들어오는 것을 보자 그는 무도회에서 가장 매력적인 여인인 마틸드 곁을 미련 없이 떠났다.

알타미라 백작은 유럽의 현실에 낙담했고, 그래서 남아메리카 국가들이 강력해지기를 기대하고 있었다. 그렇게 되면 남아메리카 국가들이 미라보가 전파해 준 자유를 다시 유럽에 되돌려 줄 수 있으리라는 것이 이 공상가의 생각이었다.

콧수염을 기른 청년 한 무리가 마틸드에게 다가왔다. 마틸드는 알타미라 백작이 자신에게 반한 게 아니라는 사실을 잘 알았다. 게다가 그런 상태로 옆을 훌쩍 떠난 것에 기분이 상했다. 알타미라 백작이 검은 눈을 반짝이면서 페루 장군과 이야기하는 모습이 보였다. 라 몰 양은 곁에 다가온 자기 나라의 청년들을 눈으로 훑어보았다. 그 깊고 진지한 눈빛은 그녀와 아름다움을 견주는 그 어떤 여자도 흉내 낼 수 없는 것이었다. 그녀는 생각했다. 이 사람들 가운데 과연 누가 사형 선고를 받을 만한 모험에 뛰어들 수 있을까? 그럴 수 있는 온갖 기회가 주어진다 해도 꽁무니를 빼기 바쁠 테지.

그녀의 심상찮은 눈길에 우둔한 패들은 우쭐해했지만 또 다른 청년들은 불안감을 느꼈다. 어떤 신랄한 말이 날아올지 몰랐던 것이다. 그 말에 대답을 못해 절절매야 할 것도 두려웠다.

좋은 가문은 많은 자질을 부여해 주지. 그런 자질을 갖추지 못한 사람은 내 기분을 거슬러 놓을걸. 쥘리앵이 내 기분을 거스르는 것처럼 말이야, 하고 마틸드는 생각했다. 하지만 좋은 가문은 사형 선고를 초래할 수 있는 영혼의 자질들을 시들게 하고 말아.

그 순간 그녀 곁의 누군가가 말하는 소리가 들렸다. 「저 알타미라 백작은 산 나차로 피멘텔 공의 둘째 아들입니다. 1268년 참수형을 당한 콘라딘을 구하려고 했던 사람이 바로 피멘텔 가문의 사람이었어요. 그 가문은 나폴리에서 가장 훌륭한 가문의 하나죠.」

그것 봐, 하고 마틸드는 속으로 중얼거렸다. 내 말이 꼭 맞잖아. 좋은 가문은 강렬한 성격을 무뎌지게 해. 그런데 그 강렬한 성격이 없으면 사형 선고를 받을 일이 없거든! 아무래도 오늘 저녁에는 생각이 뒤죽박죽 헝클어지기만 하는구나. 나도 다른 여자들처럼 그저 여자일 뿐이야. 그러니 자, 춤을 취야겠지.

마틸드는 갤럽[4]을 추자고 한 시간 전부터 졸라 대던 크루아즈누아 후작의 청을 받아들였다. 엉켜 버린 상념을 떨쳐 버리기 위해 마틸드는 한껏 고혹적인 모습을 연출하려 했다. 크루아즈누아 후작은 좋아서 어쩔 줄 몰랐다.

하지만 춤을 추어 봐도, 궁정 최고 미남의 넋을 빼놓아 봐

4 원을 그리며 추는 4분의 2박자의 경쾌한 춤 또는 춤곡.

도 마틸드의 기분은 우울하기만 했다. 그날 밤 그녀는 최고의 인기를 한 몸에 끌어모았다. 그녀는 무도회의 여왕이었다. 그 사실을 그녀도 알았다. 그러나 그녀의 마음은 싸늘하게 식어 있었다.

크루아즈누아 같은 사람과 함께하는 삶이란 얼마나 시시할까……? 한 시간 후 크루아즈누아 후작이 마틸드를 먼저 있던 자리로 데려왔을 때 그녀는 이런 생각을 하고 있었다. 도대체 나는 어디서 기쁨을 찾아야 하지? 여섯 달 동안이나 파리를 떠나 있다가 이 도시의 모든 여인이 선망하는 무도회에 왔는데도 기쁨을 찾을 수 없다면 말이야. 그녀의 우울한 생각은 꼬리를 물었다. 게다가 여기서 나는 최상층 사람들의 찬사에 둘러싸여 있어. 부르주아 출신은 몇 명밖에 안 되고 쥘리앵 같은 사람이 한둘 있을 뿐이야. 그리고 운명은 내게 모든 것을 부여해 주었지. 뛰어난 가문, 재산, 젊음, 모든 것을! 그렇지만 행복만은 주지 않았어! 생각을 이어 갈수록 그녀는 점점 더 침울해졌다.

내가 가진 장점 가운데 가장 미덥지 못한 것을 두고도 저들은 오늘 밤 내내 감탄을 늘어놓았지. 재치라면 나는 빠지지 않을 자신이 있어. 저 사람들은 내가 무슨 말을 쏘아붙일지 몰라 모두들 움찔대고 있잖아. 저들이 뭔가 진지한 주제를 꺼내기만 하면 나는 단 5분 만에 저들을 꼼짝 못하게 몰아붙이고, 뭔가 대단한 것을 새로 알게 되었다는 듯이 만들어 놓을 수 있어. 내가 한 시간 전부터 줄곧 이야기하던 내용을 가지고도 말이야. 나는 아름다워. 이 아름다움을 얻기 위해서라면 스탈 부인도 모든 것을 던졌을걸. 그런데도 나는 권태로워서 죽을 지경이야. 내가 이름 뒤에 붙는 성을 크루아즈누아로 바꾼다 한들 이보다 덜 권태로울 리 있을까?

맙소사! 저런 사람이 완벽한 남자라는 것 아냐? 그녀는 거의 울음이 터질 지경이었다. 이 시대 교육이 빚어낸 최고 작품이긴 해. 누구에게든 좋은 인상을 주고 심지어 총명하다는 말까지 듣는 사람이지. 용기도 있고……. 그런데 저 소렐이라는 사람은 참 묘해. 생각이 쥘리앵에게 미치자 마틸드의 눈빛이 우울함에서 성난 기색으로 바뀌었다. 할 이야기가 있다고 미리 말해 두었는데도 다시 나타나지도 않고 있잖아!

제9장
무도회

「얼굴을 찌푸리고 있구나. 무도회에서 그러면 못쓴다고 내가 일러 줬잖니.」 마틸드를 본 후작 부인이 말했다.

「머리가 좀 아픈 것뿐이에요.」 마틸드가 가볍게 대꾸했다. 「여긴 너무 더워요.」

그 순간 라 몰 양의 말이 맞다는 걸 입증하려는 듯 노인인 톨리 남작이 휘청하며 바닥에 쓰러졌다. 의식을 잃은 그를 사람들이 들어서 다른 곳으로 옮겨야 했다. 뇌졸중으로 쓰러진 거라고 사람들은 수군거렸다. 불유쾌한 사건이었다.

마틸드는 이 사건에 아무 관심도 없었다. 늙은이들이나 우울한 타령을 입에 달고 사는 족속들에게는 아예 눈길도 주지 않겠다는 것이 그녀의 결심이었다.

뇌졸중이라는 화제에서 벗어나려고 그녀는 춤을 추었다. 사실 남작의 증상은 뇌졸중이 아니었다. 이틀 후 남작이 다시 모습을 드러냈던 것이다.

그런데 소렐 씨는 도무지 얼굴을 보이지 않는군. 춤이 끝난 후 그녀는 또다시 중얼거렸다. 그를 찾아 이리저리 둘러보

왔다. 그의 모습이 눈에 잡혔다. 그는 다른 살롱에 있었다. 놀라운 일은 그가 천성적으로 그런 줄로만 알았던 그 냉담하고 무관심한 표정이 아니라 다른 표정을 짓고 있다는 점이었다. 영국인처럼 뻣뻣하던 태도도 사라지고 없었다.

저 사람이 우리의 사형수 알타미라 백작과 이야기를 나누고 있네! 마틸드는 생각했다. 저 사람 눈 속에 어두운 불꽃이 가득해. 꼭 변장한 왕자 같은걸. 눈길은 한층 거만해 보여.

쥘리앵은 알타미라 백작과 계속해서 이야기를 나누며 마틸드가 있는 쪽으로 가까이 오고 있었다. 마틸드는 그런 그의 모습을 뚫어지게 응시했다. 그에게 영예롭게도 사형수가 될 탁월한 자질이 있는지 찾아보려는 것이었다.

그가 옆으로 지나가는 순간 그녀는 그가 알타미라 백작에게 하는 말소리를 들었다.

「네, 당통[5]은 진정한 사나이였습니다!」

어머나! 저이가 당통 같은 남자가 될 수 있을까? 마틸드는 생각했다. 하지만 저이는 저렇게 고상하게 생겼는걸, 당통은 지독한 추남이었다던데. 아마도 백정 같은 사람이었을 테지.

쥘리앵은 여전히 그리 멀지 않은 곳에 있었다. 그녀는 서슴없이 그를 불렀다. 그러고는 나이 어린 처녀로서는 흔히 던지지 못할 질문을 하고 있음을 의식하는, 자부심 넘치는 태도로 물었다.

「당통은 백정 같은 사람 아니었던가요?」

「사람에 따라서는 그렇게 보기도 하겠지요.」 쥘리앵은 경멸의 표정을 숨기지 못한 채 대꾸했다. 알타미라 백작과의 대화로 고무된 그의 눈 속에는 여전히 불꽃이 일고 있었다. 「그

5 Georges Jacques Danton(1759~1794). 프랑스 대혁명기의 자코뱅 정치가, 공포 정치의 완화를 주장하다가 로베스피에르에게 숙청당해 처형되었다.

러나 그는, 가문 좋은 사람들에게는 달갑지 않은 사실일 테지만, 메리쉬르센의 변호사였습니다. 말하자면, 아가씨.」그렇게 말한 다음 그는 심술궂게 덧붙였다.「그가 사회에 첫발을 내디뎠을 때의 모습은 여기 계시는 여러 귀족원 의원님들과 다를 바 없었다는 것이지요. 용모로 보자면 당통은 아주 불리한 게 사실입니다. 그는 무척 못생긴 사람이었으니까요.」

그는 이 마지막 몇 마디를 묘한 태도로, 아주 빠르게 내뱉었다. 분명 정중함과는 무척이나 거리가 먼 태도였다.

그러고 나서 쥘리앵은 상반신을 가볍게 숙인 채 잠시 기다렸다. 짐짓 겸손을 꾸며 보이는 오만한 모습이었다. 그 모습은 〈내가 봉급을 받자면 당신에게 대답을 해야만 하겠지요. 그리고 나는 그 봉급이 있어야 살아갈 수 있고요〉라고 말하는 것 같았다. 그는 마틸드를 쳐다보지도 않았다. 아름다운 눈을 유난스레 크게 뜨고 쥘리앵을 응시하는 마틸드가 오히려 그의 노예처럼 보였다. 마틸드가 계속해서 아무 대답이 없자 마침내 쥘리앵이 지시를 듣기 위해 주인을 바라보는 하인 시늉을 내며 눈을 들어서 그녀를 바라보았다. 그의 두 눈이 여전히 묘한 눈빛으로 그를 응시하고 있는 마틸드의 두 눈과 정면으로 마주쳤다. 그게 다였다. 그는 조금도 머뭇거리지 않고 몸을 돌려 그 자리를 떠났다.

〈저 사람은 정말 잘생겼는데〉 하고 마틸드가 이윽고 꿈에서 깨어난 듯이 중얼거렸다. 그런데도 추한 용모를 그처럼 찬양하다니! 자기 자신을 도무지 되돌아보지 않는군! 저 사람은 케일뤼스나 크루아즈누아 같지는 않아. 언젠가 무도회에서 아버지가 나폴레옹 분장을 한 적이 있었는데, 저 소렐은 그때 그 나폴레옹의 분위기와 어딘가 비슷해. 그녀는 당통에 대해서는 까맣게 잊어버렸다. 정말이지 오늘 저녁은 지루하구나. 그녀는 자기 오라비의 팔을 붙잡았다. 그러고는 오라비가 싫은 내색을 하는데도 아랑곳없이 무도회장을 한 바퀴 돌았다. 쥘리앵이 그 사형수와 어떤 이야기를 나누는지 엿듣고 싶어서였다.

사람들이 아주 붐볐다. 하지만 마틸드는 마침내 그들 가까이 붙어 섰다. 알타미라 백작이 그녀와 두 걸음쯤 떨어진 곳에 놓인 쟁반에서 아이스크림을 집으려고 다가왔을 때였다. 알타미라 백작은 몸을 비스듬히 돌린 채 쥘리앵과 이야기를 나누고 있었다. 자수로 장식된 옷소매가 옆에서 아이스크림을 집어 드는 게 보였다. 그 자수 장식이 백작의 주의를 끈 모양이었다. 백작은 그 옷소매의 주인공이 누구인지 보려고 몸을 완전히 돌렸다. 그 순간 백작의 고상하고 순진한 검은 눈에 경멸의 표정이 얼핏 떠올랐다.

「저 사람 좀 봐요.」백작이 목소리를 낮춰 쥘리앵에게 말했다. 「아라셀리 공이라는 사람으로, 모 국가의 대사요. 저 사람이 오늘 아침 당신네 프랑스의 외무 장관 네르발 씨[6]를 만나서 나를 인도해 줄 것을 요청했다더군. 보시오. 저 사람이 저기로 가서 네르발 씨와 휘스트 게임을 하는군. 네르발 씨는 나를 넘겨주고 싶은 마음이 굴뚝같을걸요. 우리나라도 1816년에 두세 명의 음모자를 프랑스에 넘겨준 적이 있으니까. 나를 우리나라의 왕에게 넘겨준다면 나는 스물네 시간 안에 교수형에 처해질 거요. 저 콧수염 기른 멋쟁이들 가운데 누군가가 나를 체포할 테지.」

「비열한 놈들!」쥘리앵이 꽤나 소리 높여 분개했다.

마틸드는 그들의 대화를 한마디도 놓치지 않고 들었다. 권

6 네르발이 외무 장관에 임명된 것은 1829년 8월의 일이며, 이어서 같은 해 11월 수상에 취임했다.(제23장 참조)

태감은 싹 사라지고 없었다.

「그렇게 비열하달 것도 없소.」 알타미라 백작이 말을 받았다. 「난 있는 사실을 생생하게 보여 드리려고 내 이야기를 꺼낸 거요. 저 아라셀리 공을 보시오. 5분마다 한 번씩 자신의 황금 양털 훈장에 눈길을 던지고 있지요. 가슴에 싸구려 장식품을 달아 놓고 그걸 쳐다보는 재미에 넋이 나가 있어요. 저런 가련한 작자는 사실 시대착오의 표본일 뿐이오. 1백 년 전에는 황금 양털 훈장이 대단한 영예였지만, 그때라면 그것이 저런 자에게 돌아갔을 리 없죠. 오늘날에는 좋은 가문을 업고 태어난 자들 가운데 그저 아라셀리 정도나 저런 것에 얼을 빼놓을까. 저자는 저 훈장을 받기 위해서라면 한 도시 주민 전체라도 목매달았을 거요.」

「그럼 저 훈장이 그런 짓을 한 대가로 받은 것입니까?」 쥘리앵이 걱정스럽게 물었다.

「꼭 그랬다는 말은 아니오.」 알타미라 백작이 잘라 말했다. 「대신 자유주의자라는 혐의를 받는 자기 나라의 부유한 지주 서른 명가량을 강물에 처넣기는 했겠지.」

「더러운 놈!」 쥘리앵이 또다시 외쳤다.

라 몰 양은 솟구치는 호기심을 못 이겨 고개를 갸웃이 기울인 채 아름다운 머리카락이 쥘리앵의 어깨에 거의 스칠 정도로 바싹 붙어 서 있었다.

「당신은 역시 젊은 사람답군요!」 알타미라 백작이 대답했다. 「프로방스 지방에 결혼한 내 누이 한 명이 있다는 이야기를 한 적이 있지요. 누이는 예쁘기도 한 데다가 착하고 다정하죠. 한 가정의 나무랄 데 없는 어머니이고, 주부로서의 의무에 충실하고, 믿음은 제법 깊지만 광신자는 아닌 여자입니다.」

대체 무슨 말을 하려는 걸까? 라 몰 양은 궁금했다.

「누이는 행복하게 살고 있어요.」알타미라 백작이 말을 이어 갔다. 「1815년에도 행복했죠. 그때는 내가 앙티브 근처 영지의 누이 집에 몸을 숨기고 있을 무렵인데, 그런데 말입니다. 네 원수가 처형되었다는 소식을 듣는 순간 누이가 덩실덩실 춤을 추더란 말입니다!」

「어떻게 그럴 수가?」쥘리앵이 어이없다는 듯이 중얼거렸다.

「그런 게 바로 당파심이지요.」알타미라 백작이 대꾸했다. 「이 19세기에 진정한 열정이란 사라지고 없어요. 프랑스에서 사람들이 그토록 권태로워하는 것도 그 때문이오. 그렇다 보니 지극히 잔인한 짓을 저지르면서도 잔인함을 느끼지 못하는 겁니다.」

「안된 일이군요.」쥘리앵이 말했다. 「무엇이든 기꺼운 심정으로 해야만 할 텐데, 비록 죄를 저지를 때라도 말입니다. 범죄의 좋은 점이라면 그런 기꺼움뿐이거든요. 또 범죄가 조금이나마 정당화될 수 있는 이유도 단지 그것 때문이고요.」

라 몰 양은 이제 체면일랑 완전히 접어 버리고 알타미라 백작과 쥘리앵 사이 거의 한가운데로 파고들어 와 있었다. 노르베르는 누이동생 말을 따르는 데 길이 든 터라, 동생에게 팔을 붙잡힌 채 눈길을 홀의 다른 곳으로 던져 놓고 있었다. 그러면서 자신이 처한 어색한 상황을 무마하려고 짐짓 사람들 사이에 끼여 꼼짝도 못하는 척하고 있었다.

「맞는 말이오.」알타미라 백작이 맞장구쳤다. 「요즘 사람들은 무슨 일이건 즐거움 없이 행하고, 그러고는 자기가 한 일을 기억조차 못 하지. 범죄조차 그런 식으로 저지른단 말이오. 나는 이 무도회에서 나중에 지옥으로 떨어질 살인자들을 열 명은 꼽아 보일 수 있어요. 그런데 그자들은 자신이 죄를 저질렀다는 걸 잊어버렸고, 세상 사람들 역시도 그걸 기억하지 못하거든.

그런 자들 가운데 대다수는 자기 집 개가 다리만 다쳐도 가슴이 아파서 눈물까지 흘려요. 또 그들이 페르라셰즈 묘지에 묻히는 순간이 되면 온갖 칭송으로 포장이 되지요. 당신네 파리인들이 우스개로 하는 말처럼, 무덤에 꽃을 뿌리는 순간 그 무덤 주인은 용감한 기사의 덕성을 갖추게 되고, 앙리 4세 때 살았던 그 증조부의 무훈까지 빛을 보게 된단 말이오. 사람들에게 존경받는, 또 스스로도 뉘우칠 줄 모르는 살인자들을 한 열 명가량 불러 모아 만찬을 벌여 놓고 그 자리에 당신을 초대하고 싶은걸요. 이건 내가 아라셀리 공의 외교 공작에도 불구하고 교수형을 당하지 않고 파리에 계속 머무는 행운을 누릴 수 있을 때의 이야기지만 말이오.

그런 만찬을 벌이게 된다면, 그 만찬 자리에서는 당신과 내가 손에 피를 묻히지 않은 유일한 사람들일 거요. 그렇더라도 나는 피에 굶주린 짐승 같은 자코뱅으로 몰려 증오와 멸시를 당할 것이고, 당신은 상류 사회에 끼어든 하층민이라는 이유 하나로 멸시를 당할 테지요.」

「정말 맞는 말씀이에요.」라 몰 양이 불쑥 말했다.

알타미라 백작이 놀라서 그녀를 쳐다보았다. 쥘리앵은 그녀에게 눈길도 주지 않았다.

「내가 주동했던 그 혁명이 성공하지 못한 이유는 말이오.」 알타미라 백작이 말을 이었다. 「단지 내가 어떤 세 사람의 목을 자르기를 원치 않은 데다, 내 금고에 든 7백만~8백만가량의 돈을 지지자들에게 분배하지 않았기 때문이오. 우리 국왕은, 지금은 내 목을 매달지 못해 안달을 하지만 혁명 전에는 나에게 너나들이하면서까지 친근하게 굴던 사람인데, 만약 내가 그 세 사람의 목을 자르고 금고 속의 돈을 뿌렸더라면 내게 대훈장을 떠안겼을 거요. 그도 그럴 만한 것이 나는 혁명을 적어도 반쯤은 성공시켰을 것이고, 그래서 우리나라에도 헌장이라는 게 만들어졌을 테니까……. 세상일이라는 게 그런 거지, 장기 한 판 같은 거라고.」

「그때는 당신이 장기 두는 법을 몰랐을지라도 지금은…….」 쥘리앵이 불꽃이 이는 눈빛으로 말을 받았다.

「지금은 내가 사람들의 목을 자를 수 있을 것이다, 이런 말인가요? 언젠가 나한테 말했듯이, 내가 지롱드파[7]는 되지 않을 것이다……. 이런 말을 하고 싶은 건가요?」 이렇게 되묻는 알타미라 백작의 얼굴은 우울했다. 「그 말에 나는 이렇게 대답하겠소. 〈결투를 벌여 한 사람을 죽이게 된다 할지라도 그렇게 하는 것이 사형 집행인을 시켜 그 사람을 처형하는 것보다 훨씬 덜 추한 일이다〉라고 말이오.」

「내 생각은 다릅니다!」 쥘리앵이 말을 받았다. 「목적을 위해서라면 수단을 가려서는 안 되죠. 내가 보잘것없는 일개 비서 처지가 아니라 어느 정도 권력을 쥐고 있다면 나는 세 사람을 목매다는 한이 있더라도 네 사람의 생명을 구하겠습니다.」

쥘리앵의 두 눈이 양심의 불꽃으로 반짝였다. 그 눈 속에는 사람들의 어리석은 판단에 대한 경멸이 드러나 있었다. 그런 두 눈이 바로 곁에 있던 마틸드의 눈과 마주쳤다. 그러자 눈빛이 정중하고 온건하게 바뀌기는커녕 그 눈 속에 어린 경멸감이 한층 짙어졌다.

마틸드는 기분이 몹시 상했다. 그렇지만 이제 쥘리앵은 그녀에게 잊어버리려 해도 잊을 수 없는 사람이 되어 있었다. 그게 분해서 마틸드는 오빠의 팔을 잡아끌어 그 자리를 떠났다.

7 대혁명 당시 급진 자코뱅파와 대립하여 루이 16세의 단두대 처형을 반대하는 등 온건 노선을 지향했다.

그녀는 속으로 중얼거렸다. 펀치를 좀 마시고 춤이나 실컷 춰야겠어. 제일 멋진 남자를 골라서 넋을 완전히 빼놓을 테야. 옳지, 버릇없기로 소문난 페르바크 백작이 때맞춰 걸려들었군. 그녀는 백작의 청을 받아들여 함께 춤을 추었다. 그녀는 생각했다. 우리 둘 중에 누가 더 버릇이 없는지 겨뤄 봐야겠어. 하지만 실컷 골려 주자면 우선 말을 시켜야지. 이렇게 마음먹자 곧이어 카드리유 춤의 나머지 동작들은 그저 형식적인 몸놀림이 되고 말했다. 마틸드는 백작이 하는 말마다 날카롭게 응수했다. 사람들은 그녀의 독설을 한마디도 놓치지 않으려고 주위를 에워쌌다. 페르바크 백작은 당황한 나머지, 생각을 가다듬어 반격하는 대신 그저 우아하게 다듬어진 어구들이나 주워섬기면서 얼굴을 찌푸렸다. 마틸드는 마침 기분도 언짢던 터라 그를 마치 적이라도 되는 양 무자비하게 몰아붙였다. 그녀는 동틀 무렵까지 춤을 추었고, 마침내 지칠 대로 지쳐 무도회장을 떠났다. 돌아오는 마차 안에서 그녀는 남아 있는 마지막 기운을 끌어모아 어떤 생각을 떠올리며 우울하고도 불행한 기분 속으로 빠져들어 갔다. 쥘리앵한테 경멸당했는데도 그녀는 그를 경멸할 수 없었던 것이다.

쥘리앵은 더없이 행복한 기분에 젖어 있었다. 자신도 의식 못하는 사이에 그는 음악과 꽃과 아름다운 여인들과 사방에 펼쳐진 우아함에 매혹되었고, 무엇보다 상상력에 도취해서 그 자신의 탁월함을, 그리고 만인의 자유를 꿈꾸었다. 「정말 아름다운 무도회군요! 무엇 하나 부족한 게 없어요.」 그가 알타미라 백작에게 말했다.

「사상이 빠졌지요.」 알타미라 백작이 대답했다.

알타미라 백작의 표정에 경멸감이 떠올랐다. 예의상 그런 감정은 감춰야 하는 법이었으므로, 그 표정은 그만큼 더 신랄했다.

「옳은 말씀입니다, 백작님. 음모란 사상에서 비롯되는 것이 아니겠어요?」

「내가 여기 올 수 있는 것은 내 가문의 이름 덕분이오. 하지만 당신네 살롱에서는 사상을 미워해요. 사상은 저잣거리 희극의 풍자적 대사 정도로만 예리해야 해요. 그래야 보상을 받지요. 반면에 사람이 사색을 하고, 그래서 정력적이고 독창적인 기지를 발휘하면 당신네들은 그를 냉소적인 사람으로 여기죠. 당신네 판사 한 사람도 쿠리에를 그런 사람으로 몰아붙이지 않았던가요? 당신네들은 쿠리에를 감옥에 잡아넣었어요. 베랑제를 그렇게 했듯이 말입니다. 당신네 나라에서는 무엇인가 가치 있는 정신을 지닌 사람은 모조리 수도회의 감시에 걸려 경범 재판소로 넘겨집니다. 그러면 상류 사회는 박수를 보내지요.

이건 낡아 빠진 당신네 상류 사회가 무엇보다 예의범절에 얽매여 있기 때문이오……. 당신네들은 용기를 부려 봤자 군인의 용기 이상을 발휘하지 못해요. 뮈라[8] 같은 인물은 몇 명 나오겠지만 워싱턴 같은 인물은 결코 나올 수 없단 말이지요. 프랑스에서 내 눈에 보이는 건 겉만 번드레하게 꾸민 예의범절뿐이오. 대화 중에 생각을 하는 사람은 그 독창적인 사고로 인해 신중하지 못한 기지를 부리기 십상인데 그렇게 되면 그를 초대한 주인은 자신이 모욕을 받았다고 생각하니까 말이오.」

백작이 여기까지 말했을 때, 쥘리앵을 바래다주던 백작의 마차가 라 몰 저택 앞에 멈췄다. 쥘리앵은 이 음모가에게 흠

---

8 Joachim Murat(1767~1815). 프랑스 장군으로 나폴레옹에 의해 나폴리 왕으로 임명되었다.

뻑 빠지고 말았다. 알타미라 백작은 쥘리앵에게 말했다. 「당신에게는 프랑스인의 경박함이 없어요. 더군다나 당신은 〈공리주의〉의 원리를 이해하고 있죠.」 그의 이 칭찬은 깊은 확신에서 우러난 것임이 분명했다. 마침 쥘리앵은 그저께 밤에 카지미르 들라비뉴의 비극 「마리노 팔리에로」를 관람한 터였다.

백작의 칭찬에 으쓱해진 이 반항적인 하층민은 그 공연을 떠올리며 이런 생각을 했다. 이스라엘 베르투치오도 병기창의 일개 목수였지만 베네치아의 그 어떤 귀족보다 결단력 있는 성격이었잖아? 그런데 그 베네치아 귀족들은 샤를마뉴 대제보다 한 세기나 앞서 이미 700년에 귀족의 신분을 얻은 사람들이지. 그 반면에 오늘 밤 레츠 씨의 무도회에 모인 귀족 가운데 가장 유서 깊다는 가문도 연원을 따져 보면 고작 13세기나 될까, 그것도 겨우겨우 갖다 붙여서나 그 정도거든. 자, 한번 보라고! 베네치아 귀족들은 그처럼 문벌이 쟁쟁했지만 활기도 없고 성격도 나약했어. 그러니 그 가운데 후세에 기억되는 사람은 이스라엘 베르투치오뿐이잖아.

사회가 임의로 만들어 놓은 모든 작위와 칭호는 단 한 번의 모반으로 날려 버릴 수 있어. 그 경우 죽음을 무릅쓰고 달려든 자가 단번에 높은 지위를 차지하는 것이지. 오늘날에는 재능조차 아무런 영향력을 발휘하지 못해…….

당통이 발르노나 레날 같은 자들이 우글거리는 이 시대에 태어났더라면 어떻게 되었을까? 재판소 검사 대리 자리도 얻지 못할걸.

아니지, 그는 아마도 수도회에 자신을 팔았을 거야. 그래서 장관이 되었을 테지. 그 위대한 당통도 결국 돈을 착복했으니까. 미라보도 자신의 지조를 팔았어. 나폴레옹은 이탈리아에서 수백만금을 약탈했지만, 그렇게 하지 않았다면 가난 때문에 앞날이 막혀 피슈그뤼[9] 꼴이 되고 말았을 거야. 라파예트만이 도둑질을 하지 않았어. 어쨌거나 뜻을 이루자면 도둑질을 하고 지조를 팔아야 하는 걸까? 이런 질문이 쥘리앵의 머릿속에 떠올랐다. 의문에 부딪히자 생각을 더 이상 밀고 나갈 수가 없었다. 그는 혁명 시절의 역사 기록을 읽으면서 남은 밤을 보냈다.

다음 날 그는 서재에서 편지를 작성했다. 그러면서도 머릿속은 여전히 알타미라 백작과 나눈 대화를 더듬고 있었다.

한참 동안이나 골똘히 생각한 끝에 그는 속으로 이렇게 중얼거렸다. 사실 저 스페인 자유주의자들이 모반에 성공해서 민중을 혁명에 끌어들였더라면 그처럼 손쉽게 제거되지는 않았을 거야. 따져 보면 그들은 자만심에 차서 말만 많았던 어린애들이었어……. 나도 마찬가지야! 쥘리앵은 꿈에서 소스라쳐 깨어나듯 별안간 이렇게 외쳤다.

그들은 한심한 실패자들이지만 어쨌거나 일생에 한번 과감히 행동에 나섰던 자들이야. 내가 무슨 어려운 일을 한 적이 있다고 그런 그들을 비판하는 거지? 나는 마치 식사를 마치고 일어서면서, 내일 나는 식사를 하지 않겠어. 그래도 여전히 오늘처럼 힘차고 활기 넘칠 수 있어, 하고 외치는 사람 꼴이야. 큰일을 하다 보면 중간에 무슨 일이 생길지 모르는 법이지. 그런 일은 총알 한 방 쏘아서 이루어지는 게 아니거든……. 그때 라 몰 양이 뜻밖에도 서재로 들어서는 바람에 쥘리앵은 생각을 중단해야 했다. 그는 역경에 굴복하지 않았던 당통과 미라보와 카르노[10]의 위대한 자질에 감탄해서 기분이 잔뜩 고양된 터였다. 그래서 라 몰 양에게 눈을 돌리기

9 Charles Pichegru(1761~1804). 나폴레옹 암살 음모에 가담했던 군인으로 체포되어 감옥에서 암살당했다.

는 했지만 미처 생각까지 그녀에게 돌리지는 못했다. 그는 그녀에게 시선을 주면서도 인사하지 않았고, 거의 누군지 알아보지도 못했다. 마침내 그의 커다란 두 눈이 그녀를 알아보았을 때, 크게 뜬 눈 속에서 일렁이던 불꽃이 사그라지고 말았다. 라 몰 양은 그 사실을 알아차리고 가슴이 쓰라렸다.

그녀가 그에게 벨리의 『프랑스사』 한 권을 꺼내 달라고 부탁했다. 그 책은 책장 제일 높은 선반에 꽂혀 있어서 쥘리앵은 사다리 두 개 가운데 큰 것을 가져와야 했다. 그는 사다리를 걸쳐 놓고 책을 꺼내 그녀에게 건네주었다. 그러면서도 여전히 그녀에게는 무심했다. 정신을 다른 데 팔고 있던 그는 사다리를 다시 들어 옮기려다가 팔꿈치로 책장 유리 하나를 쳤다, 유리가 마룻바닥에 떨어져 산산이 깨어졌다. 그 소리에 마침내 정신이 번쩍 든 그는 서둘러 라 몰 양에게 사과했다. 그는 정중한 태도를 취하려고 했지만 그것은 단지 그렇게 보이기 위한 정중함일 뿐이었다. 마틸드는 자신이 그를 방해했으며, 그는 자신과 이야기를 나누기보다 자신이 오기 전까지 몰두하고 있던 생각에 계속 잠겨 있고 싶어 한다는 사실을 또렷이 알 수 있었다. 그녀는 그를 물끄러미 쳐다보고 나서 천천히 자리를 떠났다. 쥘리앵은 걸어 나가는 그녀를 바라보았다. 그녀가 입은 간소한 옷이 전날 밤 입었던 호사스러운 차림새와 대조되어 그의 흥미를 끌었다. 옷을 바꿔 입은 그녀의 모습은 전날의 모습과 놀랄 만큼 달랐다. 레츠 공작의 무도회에서 그처럼 거만했던 이 처녀가 지금은 뭔가 애원하는 듯한 눈을 하고 있었다. 쥘리앵은 그녀의 뒷모습을 바라보며 생각했다. 사실 저 검은 옷이 저 여자의 아름다운 몸

10 Lazare Nicolas Marguerite Carnot(1753~1823). 프랑스 군인으로, 대혁명 당시 처음으로 징병제를 실시하여 근대적 국민군을 창설했다.

매를 더 돋보이게 하는걸. 저 여자에겐 여왕 같은 풍모가 있어. 그런데 왜 상복을 입은 걸까?

상복을 입은 이유를 누군가에게 물어보자면 또 한 번 서툰 꼴을 보여야 하는 거잖아. 쥘리앵은 깊이 빠져 있던 열렬한 상념에서 완전히 벗어났다. 오늘 아침에 작성한 편지들을 전부 다시 읽어 봐야겠다. 글자를 빠뜨렸거나 틀린 곳이 있을지 몰라. 그가 의식적으로 주의를 기울여 첫 번째 편지를 읽고 있는데 바로 곁에서 비단 옷자락이 스치는 소리가 들렸다. 얼른 고개를 돌려 쳐다보았다. 라 몰 양이 책상 옆에 와 있었다. 그녀가 웃어 보였다. 이 두 번째 방해에 쥘리앵은 그만 화가 났다.

마틸드는 자신이 이 청년에게 별 의미 없는 사람이라는 걸 또렷이 느낀 터라서, 그 당혹감을 숨기기 위해 웃어 보인 것이었다. 그런 의미에서 이 웃음은 성공적이었다.

「분명 뭔가 아주 재미난 생각을 하고 있는 거군요. 소렐 씨. 알타미라 백작이 파리로 쫓겨 오게 된 그 음모 사건과 연관된 어떤 흥미로운 일화를 생각하는 게 아닌가요? 그 이야기를 좀 해줘요. 정말 궁금해요. 비밀을 지키겠어요. 약속할게요.」 그녀는 자신의 입에서 나오는 말에 스스로도 놀랐다. 대체 어떻게 된 거야. 아랫사람에게 애원을 하다니! 그녀는 한층 더 당황하고 말았다. 애써 가벼운 어조로 이렇게 물은 건 그 때문이었다.

「평소에 꽤나 차가운 당신이 영감에 사로잡혀 미켈란젤로의 예언자 같은 시늉을 하도록 만든 게 뭐죠?」

이 적나라하고 조심성 없는 질문은 쥘리앵을 몹시 자극했다. 쥘리앵은 기분이 상해서 발끈 달아올랐다.

「당통이 공금을 훔친 것이 잘한 일일까요?」 그는 마틸드의 말을 이런 느닷없는 질문으로 맞받아쳤다. 그의 표정이 점점 더 사나워졌다. 「피에몬테와 스페인의 혁명가들은 자신들이 꾸민 음모로 민중을 위험에 빠뜨려야만 했을까요? 그들이 아무 능력 없는 사람들에게 군대의 모든 요직과 훈장들을 떠안겨 준 게 잘한 일인가요? 그 훈장들을 받은 사람들은 왕의 귀환이 두렵지 않았을까요? 토리노의 보물이 약탈당하도록 내버려 두어야 했을까요? 한마디로 말해서, 아가씨.」 그는 사납게 그녀에게 다가서며 말했다. 「이 지상에서 무지와 범죄를 몰아내려고 하는 사람은 모든 걸 폭풍우처럼 휩쓸면서 마치 피할 수 없다는 듯이 악을 저질러야 하는 걸까요?」

마틸드는 겁이 났다. 그의 시선을 감당할 수 없어서 한두 걸음 뒤로 물러섰다. 그녀는 잠시 그를 바라보았다. 그러고는 자신이 겁을 낸 데 수치심을 느끼면서 빠른 걸음으로 서재를 나갔다.

제10장
마르그리트 왕비

쥘리앵은 작성해 놓은 편지들을 다시 읽었다. 저녁 식사를 알리는 종소리가 들렸다. 그 순간 문득 그는 중얼거렸다. 그 파리 인형 같은 여자의 눈에 내가 얼마나 우스꽝스러운 모습으로 비쳤을까? 생각하고 있던 걸 그 여자한테 털어놓다니 정말 어리석은 짓이었어! 하지만 어쩌면 그렇게 어리석은 짓만은 아닐지도 몰라. 그런 경우 내 속마음을 퍼부어 댄다는 건 나다운 일이니까.

그런데 어째서 나한테 와서 그렇게 사적인 일을 묻는 걸까? 그런 걸 묻다니 어지간히 경솔하군. 상식이 없는 여자야. 그 여자 아버지에게 봉급을 받는다고 해서 내가 당통을 어떻게 생각하든 참견할 수는 없는 거잖아.

식당에 들어선 쥘리앵은 라 몰 양이 입은 상복에 관심이 쏠려 불쾌한 기분을 잠시 잊었다. 가족 가운데 다른 어느 누구도 상복을 입지 않았으므로 그의 궁금증은 한층 컸다.

식사를 마치고 나자 그는 온종일 떠나지 않던 흥분을 완전히 가라앉힐 수 있었다. 운 좋게도 그날 저녁 식사 자리에는 나름대로 라틴어를 한가락 하는 그 아카데미 회원이 와 있었다. 쥘리앵은 생각했다. 라 몰 양이 상복을 입은 이유를 묻는다는 게 아무래도 어수룩한 짓일 거라는 짐작은 들지만, 그렇더라도 이 사람은 나를 그렇게까지 비웃지는 않을 거야.

마틸드는 묘한 표정으로 그를 쳐다보고 있었다. 저런 것이 이곳 여인네들의 교태라는 것이겠지. 그것에 대해 레날 부인이 내게 설명해 준 적이 있는데, 하고 쥘리앵은 속으로 중얼거렸다. 오늘 아침 저 여자를 대하던 내 태도는 그리 상냥하지 않았어. 무슨 변덕인지 내게 이야기를 걸어왔지만 고분고분 대답해 주지도 않았고. 그러니 내가 저 여자의 눈에 만만치 않게 비치는 거겠지. 아무래도 불길한걸. 저 거만한 여자가 그냥 있을 리 없어. 나중에 복수하려 들지 몰라. 각오하고 있을 수밖에. 지금은 헤어져 곁에 없는 그 여인과는 달라도 너무 다르군! 그 사람은 정말이지 아무 꾸밈없이 사랑스러웠는데! 얼마나 순진한 사람이었던가! 나는 그 사람의 생각을 본인보다 먼저 알아차렸어. 생각을 모아 가는 것이 눈에 보였거든. 그녀의 마음에서 내 뜻대로 할 수 없는 것이라고는 그녀가 혹시라도 자기 아이들이 죽지 않을까 두려워하는 것뿐이었지. 하지만 그건 어머니로서 당연하고도 자연스러운 감정이잖아. 나는 그녀의 그런 두려움 때문에 힘들었지만, 그러면서도 그녀가 사랑스러웠지. 그때 나는 참 바보였어. 파리에서는 이런 경우 어떤 식으로 행동할까 하는 공상에 잔뜩 부풀어 그 아름다운 사람의 진가를 알지 못했거든.

정말이지 달라도 너무 달라! 대체 이곳에 와서 내가 본 게 뭐야? 메마르고 거만한 허영심, 오만 가지 색깔의 자존심, 그 외에는 없잖아.

모두들 식탁에서 일어섰다. 저 아카데미 회원을 붙잡아야겠다, 하고 쥘리앵은 생각했다. 모두들 정원으로 나가는 틈을 타 쥘리앵은 아카데미 회원에게로 다가가서 유순하고 공손한 태도를 지어 보이며, 「에르나니」[11]가 성공을 거둔 건 어처구니없는 일이라고 분개하는 상대방에게 공감을 표했다.

「여전히 왕의 봉인장(封印狀)이 통하는 시대였다면……」
쥘리앵이 운을 뗐다.

「그렇다면 그자가 감히 그런 희곡을 쓰지는 못했겠지요.」
아카데미 회원이 탈마[12]와 같은 몸짓을 하며 외쳤다.

이야기가 어떤 꽃에 대한 것으로 흐르자 쥘리앵은 베르길리우스의 「전원시」 몇 구절을 인용하고, 들릴[13] 신부의 시에 견줄 수 있는 것은 없다고 말했다. 말하자면 그는 온갖 방법으로 아카데미 회원의 비위를 맞췄다. 그러고 나서 지극히 무심한 태도로 말을 던졌다.

「라 몰 양이 상복을 입은 것을 보니, 아마 어느 아저씨뻘 되는 친척의 유산을 상속받아 그 상을 치르는가 보죠.」

「저런! 당신은 이 댁에 살면서 이 댁 아가씨의 그 유별난 행동도 모른단 말이오?」 아카데미 회원이 발걸음을 딱 멈추면서 말했다. 「사실 후작 부인도 그 따님이 그러도록 내버려 두는 걸 보면 이상해요. 우리끼리만 하는 이야기지만, 이 댁 분들이 특출한 이유가 꼭 성격이 강렬해서는 아니거든요. 그중에 마틸드 양만은 개성이 남달라요. 그래서 가족 모두를 좌지우지하고 있죠. 오늘이 바로 4월 30일입니다.」 이 마지막

11 빅토르 위고의 희곡으로, 이 작품의 공연은 당시 문단에서 고전파와 낭만파 사이의 격렬한 논쟁을 일으켰다.
12 Talma(1763~1826). 유명 비극 배우.
13 Delille(1738~1813). 자연을 예찬하는 시를 썼으며, 베르길리우스의 작품을 프랑스어로 번역했다.

한마디를 던져 놓고 아카데미 회원은 말을 뚝 멈춘 채 알 만하지 않느냐는 표정으로 쥘리앵을 쳐다보았다. 쥘리앵은 최대한 명민해 보이도록 입가에 웃음을 띠웠다.

식구 모두를 좌지우지하는 것과 상복을 입는 것과 4월 30일이 대체 무슨 연관이 있는 걸까? 쥘리앵은 궁리해 보았다. 아무래도 나는 생각하는 것 이상으로 주변머리가 없나 보다.

「솔직히 말씀드려서 저는…….」쥘리앵은 이렇게 말하면서 아카데미 회원에게 설명을 청하는 눈길을 던졌다.

「정원을 한 바퀴 돕시다.」근사한 이야기를 한바탕 길게 늘어놓을 기회다 싶어 좋아라 하면서 아카데미 회원이 말했다.

「세상에! 1514년 4월 30일에 무슨 일이 일어났는지 정말 모른단 말이오?」

「어디서 말입니까?」쥘리앵이 깜짝 놀라 긴장하며 물었다.

「그레브 광장에서요.」

쥘리앵은 그 장소가 의미하는 것이 무엇인지 여전히 알 수 없었다. 그의 천성인 호기심과 비극적인 이야기에 대한 기대로 그의 두 눈이 빛났다. 상대가 이렇게 눈을 빛내면 이야기하는 사람은 흥이 나는 법이다. 아카데미 회원은 쥘리앵이 이 이야기를 한 번도 들어 본 적이 없다는 사실을 알아차리고 신이 나서는, 1574년 4월 30일 당대 최고의 미남 보니파스 드 라 몰과 그의 친구인 피에몬테 출신 귀족 안니발 드 코코나소가 어떻게 해서 그레브 광장에서 목이 잘렸는지, 그 사연을 길게 늘어놓았다. 「라 몰은 나바라의 왕비가 열렬히 사랑하는 연인이었죠. 그리고 여기서 주목해야 할 점은 말입니다.」아카데미 회원은 덧붙였다. 「라 몰 양의 이름이 마틸드마르그리트라는 것입니다. 라 몰은 알랑송 공작의 총애받는 측근이었고, 동시에 나바라 왕, 그러니까 자신이 사랑하는 여인의 남편이자 후일의 앙리 4세와 친한 친구 사이였죠. 그해 1574년, 사순절 전 화요일에 궁정 귀족들은 죽어 가는 국왕 샤를 9세가 있는 생제르맹의 성에 모였어요. 라 몰은 카트린 드 메디시스 왕비가 성에 감금해 놓은 자신의 친구인 왕자들을 탈출시키려 했죠. 그는 생제르맹의 성벽 아래로 2백 명의 기사를 이끌고 갔어요. 그런데 알랑송 공작이 겁을 내는 바람에 라 몰은 사형 집행인에게 넘겨진 겁니다.

그런데 여기서 마틸드 양을 감동하게 한 것은, 일고여덟 해 전 그 아가씨가 열두 살이었을 때 내게 직접 털어놓은 이야기입니다만, 바로 머리, 머리였다오!」 이렇게 말해 놓고 아카데미 회원은 눈을 들어 하늘을 보았다. 「이 정치적 참사에서 마틸드 양에게 깊은 인상을 준 일은 나바라의 마르그리트 왕비가 그레브 광장 어느 집에 몸을 숨기고 있다가 자기 연인의 잘린 머리를 사형 집행인한테 돌려받았다는 사실이죠. 다음 날 한밤중에 왕비는 자기 마차에 그 머리를 싣고 몽마르트르 언덕 밑의 한 예배당으로 가서 손수 그 머리를 묻었다는 거예요.」

「그럴 수가?」 쥘리앵은 가슴이 뭉클해서 외쳤다.

「마틸드의 오빠는 보다시피 이 옛 사연에 완전히 무관심한 터라 4월 30일에 상복을 입지 않는데, 마틸드 양은 그런 이유로 자신의 오빠를 경멸하고 있어요. 보니파스 드 라 몰이 그렇게 처형된 이후로 그가 코코나소에게 보여 준 지극한 우정을 기리기 위해서 이 댁 남자들의 이름에는 전부 안니발이라는 이름을 덧붙이고 있죠. 코코나소는 이탈리아인으로 안니발이라는 이름으로 불렸거든요. 그런데 말입니다.」 아카데미 회원은 목소리를 낮추었다. 「이 코코나소라는 인물은 샤를 9세가 한 말에 따르면, 1572년 8월 24일[14]에 가장 잔인했던 학살

14 성 바르톨로메오 축일에 있었던 신교도 대학살 사건을 가리킨다.

자였다고 하는데요……. 그런데 소렐 씨, 당신은 늘 이 댁 식탁에 앉는 사람인데 어떻게 이런 사실을 모를 수 있죠?」

「라 몰 양이 식사 중에 자기 오빠를 두어 번인가 안니발이라고 부른 게 그런 이유였군요. 저는 제가 잘못 들은 줄 알았습니다.」

「그런 방식으로 오빠를 비난하는 거죠. 그런 어처구니없는 행동을 후작 부인이 어째서 그냥 보고만 있는지 알다가도 모를 일이란 말씀이에요……. 저 지체 높은 아가씨의 남편 될 사람은 고생깨나 해야 할 겁니다!」

그는 이 말에 이어서 빈정거림 몇 마디를 더 보탰다. 아카데미 회원의 눈에 내비치는 즐겁고 격의 없는 기색에 쥘리앵은 오히려 기분이 언짢았다. 주인 흉을 보느라 시간 가는 줄 모르는 두 하인 꼴이군, 하고 쥘리앵은 생각했다. 하지만 이 아카데미 회원이라는 작자가 하인 꼴을 하는 건 그리 놀랍지도 않은걸.

쥘리앵은 이 아카데미 회원이 언젠가 라 몰 후작 부인 앞에 무릎을 꿇고 시골에 있는 자기 조카에게 담뱃세 징수인 자리를 달라고 부탁하는 모습을 본 적이 있었다. 라 몰 양의 시중을 드는 하녀 아이 하나가 예전에 엘리자가 그랬듯이 쥘리앵을 마음에 두고 있었는데, 그날 저녁 이 처녀는 쥘리앵에게 자기 아가씨가 상복을 입는 건 절대로 사람들 시선을 끌기 위해서가 아니라는 이야기를 흘렸다. 그 특이한 행동이 자기 아가씨의 원래 성격에서 우러났다는 말이었다. 마틸드는 보니파스 드 라 몰, 당대 최고의 재원인 왕비의 사랑을 받았으며, 자신의 친구들을 구하려다 죽음을 맞은 이 인물을 진심으로 숭배했다. 게다가 그 친구들이란 누구던가! 바로 왕세자와 앙리 4세가 아니던가!

쥘리앵은 레날 부인이 보여 준 순진무구한 행동에 익숙해져 있어서 파리 여인네들의 태도는 어떻게 봐도 꾸며 낸 것으로밖에 보이지 않던 참이었다. 사정이 그렇다 보니 기분이 조금만 우울해져도 그 여인네들에게 말을 건넬 의욕을 잃곤 했다. 그런데 라 몰 양은 여느 파리 여인들과는 달랐다.

고상한 거동이 빚어내는 아름다움이란 그 안에 깃든 마음이 메말랐다는 표식일 뿐이라고 생각하던 쥘리앵은 이제 그런 시각을 버리게 되었다. 쥘리앵과 라 몰 양은 화창한 날들이 이어지는 봄 내내 정원을 산책하면서 긴 대화를 나눌 때가 많았다. 두 사람은 살롱의 열린 창문들을 따라 걷곤 했다. 하루는 그녀가 자신이 도비녜[15]와 브랑톰[16]의 저술을 읽고 있다는 이야기를 했다. 이상한 책을 다 읽는구나, 하고 쥘리앵은 속으로 중얼거렸다. 후작 부인은 자기 딸이 월터 스콧의 소설들을 집어 들기만 해도 펄쩍 뛸 텐데 말이야.

어느 날에는 마틸드가 에투알의 『회상록』에서 막 읽은 어느 젊은 여인의 행동에 대해 이야기를 꺼냈다. 앙리 3세 시대의 그 여인은 남편이 다른 여자를 만난다는 사실을 알고 남편을 칼로 찔러 죽였다고 했다. 이 이야기를 하면서 그녀는 기쁨으로 눈을 반짝였다. 그 눈빛에는 진심 어린 감탄이 배어 있었다.

쥘리앵은 우쭐한 기분이 되었다. 누구에게든 귀하게 대접받는 여인이, 게다가 아카데미 회원의 말에 따르면 온 가족을

15 T. A. d'Aubigné(1552~1630). 프랑스 종교 전쟁 무렵에 활동한 작가로 당시 신교도 편에서 작품을 썼다.
16 Brantôme(1540?~1614). 도비녜와 동시기에 활동한 회상록 작가. 그의 회상록 2권 일명 『염부전(艶婦傳)』은 궁정 스캔들에 연루된 남녀의 모습을 생생히 묘사하고 있는데, 여기서는 이 작가의 그런 면모를 암시한 것으로 보인다.

좌지우지한다는 여인이 우정이라고 해도 될 만큼 친밀한 태도로 자신에게 말을 걸어오지 않는가.

그렇지만 쥘리앵은 곧 생각을 돌렸다. 내가 착각한 거야. 그 여자는 나와 친하게 지내려는 게 아니고, 나를 그저 이야기 들어 주는 사람으로 삼으려는 것뿐이야. 말 상대가 필요하다는 것이겠지. 나는 이 집에서 꽤 박학한 사람으로 통하니까. 브랑톰, 도비녜, 에투알의 책들을 읽어 봐야겠다. 라 몰 양이 이야기하는 일화들에 대해 한마디쯤 걸고넘어질 수 있어야 해. 그저 이야기나 들어 주는 역할에서는 벗어나야겠어.

거만하면서도 자유분방한 이 처녀와 나누는 대화에 그는 점차 흥미를 느꼈다. 지금까지 취해 온 반항적 하층민의 역할은 접어 버렸다. 그는 마틸드가 박식한 데다 생각도 정연하다는 걸 알게 되었다. 정원을 산책할 때 그녀가 풀어 놓는 생각들은 살롱에서 꺼내는 이야기들과는 무척 달랐다. 때때로 그녀는 쥘리앵과 더불어 열광했고 그러면서 지극히 솔직해지기도 했는데, 그럴 때 그녀의 모습은 평소의 그 도도하고 차가운 태도와는 완전히 대조적이었다.

「리그[17] 전쟁 때가 프랑스의 영웅 시대였다고 생각해요.」 하루는 마틸드가 재기와 열정으로 눈을 빛내며 말했다. 「그때는 모두들 자기가 원하는 것을 손에 넣기 위해, 자기편의 승리를 위해 싸웠어요. 당신이 떠받드는 황제의 시대와는 다르게, 훈장 하나 비굴하게 타내려고 싸우지는 않았단 말이죠. 그때는 이기주의도 편협함도 지금보다는 덜했어요. 나는 그 시대가 좋아요.」

「그리고 보니파스 드 라 몰은 그 시대의 영웅이라는 말이군요.」 그가 말을 되받아쳤다.

17 가톨릭교도 동맹으로 종교 전쟁 당시 중요한 역할을 했다.

「적어도 그는 멋진 사랑을 받은 사람이에요. 그런 사랑을 받으면 얼마나 행복할까. 오늘날 그 어떤 여자가 참수당한 애인의 머리를 두려움 없이 만질 수 있겠어요?」

라 몰 부인이 딸을 불렀다. 위선을 효과적으로 부리자면 자신을 드러내서는 안 되는 법이다. 그런데 쥘리앵은 앞의 대화에서 보듯이 라 몰 양에게 자신이 나폴레옹을 숭배한다는 사실을 어느 정도 눈치채인 상태였다.

이런 점에서 저 귀족들은 우리보다 엄청나게 유리한 거야, 하고 쥘리앵은 정원에 혼자 남아 생각했다. 저들은 자기네 조상들 이야기만 끌어들여도 비속한 감정들을 초월할 수 있어. 더군다나 어느 때든 먹고살 걱정을 할 필요가 없잖아! 하지만 내 처지는 얼마나 초라한가! 그는 쓸쓸한 심정으로 생각을 이어 갔다. 그런 고상한 문제들에 대해 생각하는 것도 내게는 사치야. 아마 제대로 이해하지도 못할걸. 내 삶은 위선의 연속일 뿐이지. 배곯지 않고 살아갈 연 수입 1천 프랑이 없으니 별 수 있나.

「대체 무슨 생각을 그렇게 하죠?」 달음질쳐 돌아온 마틸드가 물었다.

그녀의 이 물음에는 친근함이 스며 있었다. 게다가 그녀는 다시 그와 함께 있으려고 숨이 가쁠 만큼 달음질쳐서 온 것이다. 쥘리앵은 자신을 경멸하는 데 지쳐 있었다. 들어 볼 테면 들어 보라는 식으로 그는 자신의 생각을 솔직히 털어놓았다. 그처럼 부유한 여자에게 자신의 가난을 드러내자니 무척이나 얼굴이 뜨거웠다. 그는 자신이 뭔가를 요구해서 이런 말을 하는 게 아니라는 걸 표현하려 애썼고, 그러느라 어조가 오만해졌다. 마틸드의 눈에 쥘리앵이 그처럼 귀여워 보인 적인 없었다. 그녀는 그에게서 민감한 감수성과 솔직함을 발견했다. 그것은 평소 그에게서 좀처럼 볼 수 없던 것들이었다.

그로부터 한 달이 채 지나지 않은 어느 날이었다. 쥘리앵은 라 몰 저택의 정원을 걸으며 생각에 잠겼다. 이제 그의 얼굴에서는 끊임없는 열등감이 표정에 새겨 놓았던 매정함이라든가 사색적인 거만함이 사라지고 없었다. 그는 라 몰 양을 살롱 문까지 부축해서 데려다 주고 다시 정원으로 나온 길이었다. 그녀는 오빠와 함께 뛰어다니다가 발을 삐었다고 했다.

정말이지 야릇한 태도로 내 팔에 몸을 기대 오던걸! 그는 마음속으로 중얼거렸다. 내가 부풀려 생각하고 있는 걸까, 아니면 그녀가 정말로 내게 마음이 있는 걸까? 그녀는 내 자존심 때문에 빚어지는 갖가지 불만을 털어놓을 때조차 아주 다정하게 귀 기울여 주거든! 다른 사람들한테는 그처럼 도도하게 구는 그녀가 말이야! 그녀가 내게 보여 주는 표정을 살롱에서도 보인다면 모두들 놀랄 거야. 다른 그 누구에게도 그런 다정하고 너그러운 태도로 대하지 않는다는 건 분명해.

쥘리앵은 이 묘한 우정을 과장해서 생각하지 않으려 애썼다. 언제 또다시 무기를 겨누게 될지 모르는 잠시 동안의 휴전으로 치부하곤 했다. 매일 다시 만날 때마다 그는 이렇게 자문했다. 오늘 우리는 우군일까, 적군일까? 그리고 나서는 전날처럼 또다시 다정하게 이야기를 나누는 것이었다. 처음 몇 마디를 주고받을 때는 이야기의 내용은 아무래도 상관없었다. 쥘리앵은 어떤 어조로 어떤 방식으로 말할 것인가에만 신경을 쓰곤 했다. 그는 알고 있었다. 이 거만한 아가씨한테 단 한 번이라도 조롱받을 빌미를 잡히고, 그래서 모욕을 당하면서도 아무 반격도 하지 못하는 순간 모든 게 끝장이라는 사실을. 나를 만만하게 볼 틈을 조금이라도 주기만 하면 그녀는 내게 경멸을 퍼부을 거야. 어차피 그렇게 틀어질 사이라면, 그때 가서 모욕을 받고 반발하기보다는 처음부터 내 자존심의 정당한 권리를 지키는 편이 낫지 않을까?

몇 번인가 기분이 울적한 날, 마틸드가 그에게 지체 높은 아가씨 행세를 하려 든 적이 있었다. 신분 차이를 암시할 때의 그녀의 태도는 은근하고도 빈틈이 없었다. 하지만 쥘리앵은 그런 복종의 요구를 거칠게 뿌리치곤 했다.

「라 몰 양께서는 부친의 비서에게 뭔가 지시할 게 있으신가요?」 하루는 그가 그녀의 말을 이런 식으로 불쑥 자르고 나선 적도 있었다. 「비서는 아가씨의 지시를 듣고 정중하게 수행해야 할 의무가 있지요. 하지만 비서로서는 아가씨에게 한마디도 드릴 말이 없습니다. 봉급을 받는 대가로 생각까지 털어놓아야 하는 건 아니니까요.」

그가 처한 이런 상황, 그리고 가슴속에 고개를 드는 묘한 의혹으로 인해 쥘리앵은 살롱에 있으면서도 처음 몇 달간 느꼈던 것과 같은 권태를 더 이상 느끼지 않았다. 몹시 화려하긴 해도 모두들 잔뜩 주눅이 들어 그저 격식에 맞는 말이나 주고받을 뿐 재담에는 입을 꾹 다물고 마는 이 살롱에서도 말이다.

그녀가 나를 사랑하고 있다면야 재미난 일이겠는걸! 쥘리앵은 생각했다. 나를 사랑하든 않든 간에 나는 재기 넘치는 여자를, 온 집안 식구들이며 다른 누구보다 크루아즈누아 후작을 자기 앞에서 절절매게 만드는 여자를 스스럼없는 말벗으로 삼은 거잖아. 예의범절도 나무랄 데 없고, 그처럼 온화하고 선량하며, 게다가 가문이며 재산이며 무엇 하나 빠지지 않는 그 청년이 그녀 앞에서 절절맨단 말이야. 그 가문이나 재산 가운데 하나만이라도 나에게 있다면 얼마나 마음 든든

할까! 그는 마틸드에게 꽤나 빠져 있으니까, 말하자면 파리 사람이 열렬해질 수 있는 만큼은 열렬하니까, 분명 그녀와 결혼하려 들 테지. 이 결혼을 성사시킬 여건을 미리 닦아 놓느라 후작은 나를 시켜 공증인 두 명한테 숱한 편지를 쓰게 했건만! 아침나절, 펜을 손에 잡고 있을 때 나는 그처럼 보잘것 없는 처지인 것을. 하지만 두 시간 후 이 정원에 나오게 되면 나는 그 탐나는 조건을 갖춘 청년한테 승리를 거두거든. 마틸드가 나를 더 좋아한다는 걸 분명하게, 아예 드러내 놓고 내색하곤 하니까. 아마 그녀도 그가 미래의 남편으로는 탐탁잖은 것 같아. 그처럼 오만한 여자이니 그럴 수도 있는 일이지. 그러니 사실 그녀가 나에게 호의를 품은 이유도 내가 그저 만만하게 속을 털어놓을 수 있는 아랫사람이기 때문이지 뭐!

아니, 그렇지는 않아. 내가 어리석은 착각에 빠져 있거나 아니면 그녀가 정말 나한테 마음이 있는 거야. 내가 그녀한테 냉정히 거리를 두고 정중하게 대할수록 그녀는 내게 다가오지 못해 안달하고 있어. 어쩌면 미리 작정해 놓고 그런 시늉만 해 보이는 것일지도 모르지. 그렇지만 내가 불쑥 나타났을 때 그녀의 눈이 반짝이는 것은 무슨 이유일까? 파리 여자들은 그 정도로 능란한 연극을 해 보일 수 있단 말인가? 아무렴 어때! 내가 볼 수 있는 건 겉모습이니, 그 겉모습을 즐기면 되지. 정말이지 그 여자는 아름다워! 종종 그렇듯 내게로 향한 그 커다란 푸른 눈을 가까이에서 들여다보고 있으면 얼마나 기분이 좋은지! 올해 봄은 작년 봄과는 영 딴판인걸. 작년에는 심술 사납고 더러운 위선자 3백 명에게 둘러싸여 독한 마음을 품고 불행을 견뎌야 했지! 그때는 나 역시도 그들과 마찬가지로 심술궂었어.

문득 의심이 고개를 드는 날에는 쥘리앵도 생각을 바꾸었

486

다. 저 처녀는 나를 조롱하는 거야. 자기 오라비와 짜고서 나를 골리려는 속셈이지. 하지만 저 여자는 자기 오라비가 활기가 없다고 무척이나 경멸하는 눈치인걸! 〈오빠는 용기가 있긴 해요, 그런데 그게 전부예요〉라고 말하잖아. 또 이렇게 말한 적도 있어. 〈오빠는 전쟁터에 데려다 놓으면 용감하겠죠. 하지만 파리에서는 온갖 것에 겁을 집어먹거든요. 자칫 실수라도 해서 놀림감이 될까 봐 말이에요. 그때그때 유행하는 생각이 아니면 아예 머릿속에 담을 엄두도 못 내는 사람이라고요. 그러니 언제나 내가 오빠를 지켜 줘야만 해요. 열아홉 살밖에 안 된 아가씨가 말이에요!〉 그런데 그 나이에 위선적인 행동을 미리 계획해 놓고 하루 종일 단 한순간도 어김없이 그 계획에 맞춰 행동한다는 게 과연 가능할까?

또 한편 생각해 보면, 라 몰 양이 그 커다란 푸른 눈으로 나를 빤히 바라보면서 뭔지 모를 묘한 표정을 지을 때마다 노르베르 백작은 자리를 피하곤 해. 그런 행동이 아무래도 수상쩍거든. 누이가 자기 집 〈하인〉을 각별히 대한다면 화를 내는 것이 당연한 일 아닐까? 이런 생각이 과한 것도 아냐. 손 공작이 나를 가리켜 하인이라고 부르는 걸 들은 적도 있는데, 뭐. 이 일을 기억해 내자 다른 감정은 온데간데없고 그저 화만 솟구쳤다. 그 괴팍스러운 공작은 옛 말투가 좋아서 나를 그런 식으로 부른 걸까?

어쨌거나, 그 여자는 예뻐! 쥘리앵은 마치 호랑이 같은 눈을 해서는 생각을 이어 갔다. 그녀를 내 것으로 만들 테야. 그런 다음 달아나 버리면 그만이지 뭐. 누구든 나를 붙잡으려드는 자는 무사하지 못할걸!

이제 쥘리앵은 온통 이 생각에 사로잡히고 말았다. 다른 일은 아무것도 생각할 수 없었다. 하루하루가 한 시간처럼 빠르게 지나갔다.

뭔가 진지한 일에 몰두해 보려 하면서도 그때마다 그의 생각은 어떤 깊은 몽상 속을 헤매곤 했다. 그러다가 한 15분쯤 후에 번득 정신이 들어서는 야심으로 고동치는 심장과 혼란한 머리로 또다시 생각해 보는 것이었다. 그녀가 나를 사랑하는 걸까?

제11장
한 처녀의 위세가 이 정도라니!

그녀의 아름다움은 나를 감탄케 하지만, 그녀
의 재치는 나를 겁먹게 한다오.
— 메리메

　만약에 쥘리앵이 마틸드의 아름다움을 과장하며 혼자 들
떠서 시간을 보내는 대신, 아니면 그 집 식구들이, 쥘리앵에
게는 꼭 그런 태도를 보이는 것도 아니건만, 천성적으로 거만
하다며 분개하는 대신 살롱에서 벌어지는 일을 관찰했더라
면, 그는 마틸드가 주위 사람들을 한 손에 휘어잡고 흔들 수
있는 이유가 무엇인지 알아차렸을 것이다. 라 몰 양은 누구
든 심사를 거스르는 사람이 있으면 그에 대한 징벌로 그 사
람에게 농담을 던지곤 했다. 겉보기에는 온건하고 적절하며
예의에 어긋나지 않는 농담이었다. 하지만 그것은 듣는 사람
의 입장에서는 아픈 구석에 가차 없이 날아와 박히는 것으
로, 생각하면 생각할수록 더 큰 상처를 입게 되었다. 그렇게
해서 그 사람이 자존심이 상하면 그녀는 그에게 점점 더 잔인
하게 굴었다. 그녀는 가족들이 진심으로 바라는 것들도 하찮
게 보는 터라, 가족의 눈에는 늘 매정하게 비쳤다. 귀족 계층
의 살롱이란 거기 다녀오는 길이라고 자랑하기에는 좋지만,
그 이상의 매력은 없다. 위선조차 기가 꺾일 정도로 의미 없

는 그 대화들, 특히나 〈틀에 박힌〉 그 표현법들은 온화하다 못해 역겨울 정도여서 결국은 누구라도 진이 빠지고 만다. 예의범절 그 자체만으로도 대단해 보이는 건 처음 얼마간뿐이다. 쥘리앵도 그런 과정을 겪었다. 처음에는 매혹과 놀라움을 느꼈지만, 그런 첫 느낌은 곧 가시고 말았다. 예의라는 건 그저 화내지 말고 지내자는 것에 불과해, 행동거지를 함부로 했다가는 너도나도 화를 내야 할 테니까, 하고 그는 생각하곤 했다. 사정이 이런 터라 마틸드는 종종 권태에 빠져들었다. 사실 그녀라면 어디에 있었어도 권태를 느꼈을 테지만 말이다. 그래서 예리하게 날이 선 말을 던지는 것이 그녀에게는 하나의 오락이자 즐거움이었다.

마틸드가 크루아즈누아 후작, 케일뤼스 백작, 그 밖에도 좋은 가문에 뛰어난 자질을 갖춘 두세 명의 청년에게 은근한 태도를 보여 희망을 품게 행동하는 것은 아마도 좀 더 재미난 장난감을 얻기 위해서일 터였다. 자기 친척들이나 아카데미 회원 같은 대여섯 명의 아첨꾼들보다는 이 귀족 청년들을 놀리는 일이 더 재미있었으니까. 이 청년들은 마틸드에게 날카로운 조롱을 실험해 볼 새로운 대상에 불과했다.

사실 우리는 마틸드를 사랑하는 터라, 그녀가 그 청년들 가운데 몇몇에게 어떤 편지들을 받았고, 또 그들에게 몇 번인가 답장을 보내기도 했다는 사실을 밝히기가 그리 내키지는 않는다. 서둘러 말을 덧붙이자면 이 아가씨는 예외적인 경우이므로 그녀의 이런 행실에 비추어 당대 풍속을 개탄해서는 안 될 것이다. 고상한 성심 수녀원에 들어가 공부하는 귀족 아가씨들은 대개 조신한 행실을 갖추고 있기 마련이다.

언젠가 크루아즈누아 후작은 그 전날 마틸드가 써 보낸 꽤나 대담한 내용이 담긴 편지 한 통을 그녀에게 되돌려 준 적이 있었다. 후작은 이처럼 신중한 태도를 보이는 게 그녀의 호감을 사서 두 사람의 결혼을 앞당기는 방법이라고 생각했다. 하지만 마틸드가 이렇게 편지를 주고받으려 하는 이유는 무분별해지기 위해서였다. 자신에게 주어진 삶을 희롱하는 데서 그녀는 즐거움을 느꼈다. 편지를 되돌려 받고 나서 여섯 주 동안이나 그녀는 후작에게 말 한마디 건네지 않았다.

그녀는 이 귀족 청년들이 보내오는 편지들을 재미있어했다. 그렇지만 그녀가 보기에 그 편지들은 전부 비슷비슷했다. 어떤 편지건 간에 매번 더할 수 없이 진지하고 더할 수 없이 애수에 찬 열정을 늘어놓는 데 열심이었다.

「그들은 모두 똑같아. 당장이라도 십자군에 뛰어들 준비가 된 완벽한 동일인들이라고.」 마틸드는 사촌 자매에게 이렇게 불평하곤 했다. 「이보다 더 김빠지는 일이 있겠어? 내가 평생 동안 받을 편지들은 전부 이 꼴일 거야! 이 편지들은 고작 20년에 한 번쯤, 유행하는 관심사를 따라서 바뀔 테지. 나폴레옹 제정 시대에는 편지들이 이렇게 밋밋하지는 않았을 거야. 그 당시에는 저 귀족 청년들 모두가 〈정말로〉 위대한 행동들을 눈으로 보았거나 직접 그런 행동에 나섰을 테니까. 아저씨인 N 공작도 바그람 전투에 나갔었지.」

「검 한 번 휘두르는 일에 무슨 탁월한 정신이 필요하다는 거지? 그런데도 남자들은 어쩌다 한 번 그런 일을 겪기만 하면 틈날 때마다 그 이야기를 떠들어 대지 뭐야!」 마틸드의 사촌 생트에레디테 양이 대꾸했다.

「저런! 나는 그런 이야기가 재미있는데. 〈진짜〉 전투, 예를 들어 나폴레옹의 전투처럼 병사 1만 명을 죽였던 전투에 참전한다는 것은 용기를 입증해 주잖아. 위험에 자신을 내맡긴다는 건 영혼을 고양해 권태에서 벗어나는 방법이야. 나를 쫓아다니는 저 가엾은 남자들은 그러지를 못하니 권태에 빠져 있을 수밖에. 권태는 병처럼 옮는 거야. 저들 가운데 뭔가 비범한 일을 해 보이려는 사람이 있기나 해? 그저 나와 결혼할 궁리나 하고 있지. 이게 이윤이 확실한 사업이다 싶을 테지! 나는 부유하고 아버지는 사위를 뒤에서 밀어 줄 테니까. 아! 조금이라도 재미있는 사람을 발견할 수 있다면!」

마틸드는 현상을 생생하고 명료하며 구체적으로 파악하려 하다 보니 위에서 본 것처럼 말투까지 거침없어졌다. 예의 반듯한 귀족 청년 들 눈에는 그녀의 말투가 결점으로 비치는 경우가 종종 있었다. 만약 마틸드가 조금이라도 유행에 뒤처진 여자였더라면 그들은 그녀의 화법에 여성적인 섬세함을 보여 주기에는 다소 삐딱한 뭔가가 있다고 생각했을 것이다.

한편 마틸드는 불로뉴 숲에서 승마를 즐기는 멋쟁이 기사들을 대할 때마다 무척 가혹하게 굴었다. 그녀는 장래에 대해 불안감이 아니라, 그 나이답지 않게 역겨움을 품고 있었다. 불안감이라도 있었다면 그 덕분에 생생한 감정을 맛볼 수 있었을 것이다.

대체 그녀가 더 바랄 수 있는 게 뭐가 있겠는가? 재산, 가문, 재기, 사람들이 인정하고 그녀 스스로도 자신하는 미모, 운명의 손은 이 모든 것을 그녀 앞에 차곡차곡 쌓아 놓은 터였다.

지금까지 이야기한 것이 포부르 생제르맹에서도 선망을 한 몸에 받는 이 상속녀가 쥘리앵과의 산책에서 즐거움을 느끼기 시작할 무렵 품고 있던 생각들이다. 그녀는 쥘리앵의 오만함에 놀랐다. 이 소시민층 청년의 뛰어난 재주에도 감탄했다. 이 사람은 모리 신부[18]처럼 주교가 될 인물이야, 하고 그녀는 생각했다.

우리의 주인공은 마틸드의 몇 가지 생각에 반감을 표시하곤 했다. 그런 거부의 태도가 그저 시늉만이 아니라 진지한 것이라는 점이 그녀의 흥미를 불러일으켰고, 그녀로 하여금 생각에 잠기도록 했다. 그녀는 쥘리앵과 나눈 대화를 지극히 세세한 것까지 여자 친구에게 이야기하곤 했는데, 그러면서 그의 표정이 어땠는지를 설명하려 들면 적당한 말을 찾지 못해 막막해진다는 사실을 깨달았다.

하루는 문득 어떤 생각이 별안간 한줄기 빛처럼 그녀의 머리를 스쳤다. 나는 사랑의 행복을 느끼고 있어. 그녀는 이렇게 중얼거리고는 기쁨에 취해서 어쩔 줄 몰랐다. 나는 사랑에 빠졌어. 분명 사랑에 빠진 거야! 내 나이 또래의 예쁘고 똑똑한 여자가 짜릿한 느낌을 얻을 수 있는 것이 사랑 말고 뭐가 있겠어? 그런데 나는 헛일만 하고 있지 뭐야. 크루아즈누아나 케일뤼스나 고만고만한 다른 이들에 대해선 결코 사랑을 느낄 수 없거든. 그들은 완벽해. 너무 완벽하다고 해야겠지. 어쨌건 그들은 나를 지루하게 하니까.

그녀는 자신이 읽은 『마농 레스코』, 『누벨 엘로이즈』, 『포르투갈 수녀의 서한집』 같은 책 속에 열정적인 사랑이 어떻게 묘사되어 있었는지를 하나하나 떠올려 보았다. 문제는 물론 뜨겁고 강렬한 열정이었다. 사랑을 가벼운 희롱처럼 한다는 건 그녀 나이의 그처럼 고귀한 피를 물려받은 처녀에게는 어울리지 않았다. 그녀는 앙리 3세와 바송피에르[19] 시대의 프랑스에서 볼 수 있었던 영웅적인 사랑만을 사랑이라는 이름

18 Jean S. Maury(1746~1817). 대혁명기의 프랑스 성직자. 가난한 구두공의 아들로 태어났으나 후에 추기경이 되었다.
19 François de Bassompierre(1579~1646). 군인 출신 정치가로 앙리 4세의 총신이었다.

으로 불렀다. 그런 사랑은 장애물이 있어도 결코 비겁하게 굴복하지 않으며, 그러기는커녕 오히려 대담하고 위대한 행동에 나서는 법이라고 그녀는 생각했다. 카트린 드 메디시스나 루이 13세의 궁정 같은 진짜 궁정이 없다는 게 나로선 정말 불행이지 뭐야! 더없이 대담하고 위대한 일이라도 나는 해낼 수 있을 것 같은데. 남자다운 어떤 왕과 사랑에 빠진다면, 예를 들어 루이 13세가 내 발밑에서 한숨짓고 있다면, 그 사랑을 위해 내가 무슨 일인들 못 할까! 나는 그를 데리고 방데 지방으로 갈 테야. 톨리 남작이 걸핏하면 하는 말처럼 말이야. 그러고는 거기서부터 그가 자신의 왕국을 다시 정복하도록 할 거야. 그런 다음 헌장은 폐기해 버리고⋯⋯. 쥘리앵은 내 곁에 두고 나를 보좌하게 해야지. 그에게 부족한 건 가문과 재산이니까, 가문도 얻고 재산도 쌓게 해야겠어.

크루아즈누아는 아무것도 부족한 게 없는 사람이야. 평생동안 반은 왕당파, 반은 자유주의자인 공작으로, 언제나 양극단과는 멀찍이 떨어져 어정쩡하게 중간에 자리 잡은 채, 행동에 나서야 할 때 말을 앞세우면서 살아갈 테지. 〈그러니 그는 어디서나 이류에 머물 수밖에.〉

위대한 행동치고 그것을 실행에 옮길 당시 극단적이라는 비난을 사지 않은 게 있을까? 평범한 사람들 눈에 그런 행동이 가능한 것으로 비치는 건 그것이 이미 실현된 다음의 일이지. 그래, 이제부터 내 마음을 지배하게 될 것은 사랑과 그 사랑이 이룩할 온갖 기적이야. 지금 내 속에서 타오르는 불길만 봐도 그렇게 되리라는 느낌이 오잖아. 하늘은 나를 위해 그런 은총도 마련해 놓았을 테지. 한 인간에게 공연히 모든 장점을 부여해 준 건 아닐 테니까. 나의 행복은 나에게 어울리는 종류의 것이어야 해. 이제부터는 하루하루를 그 전날과

494

똑같이 밋밋하게 보내지는 않을 거야. 사회적 지위가 나와는 큰 격차가 있는 남자를 사랑한다는 것 자체가 이미 위대하고 대담한 거잖아. 그런데 그가 내 사랑을 받을 만한 가치를 앞으로도 보여 줄 수 있을까? 그에게 뭔가 약점이 보인다 싶으면 즉시 그를 버려야겠어. 나처럼 출신이 고귀하고, 게다가 기사다운 성격을 지녔다는 소리를 듣는 여자가(아버지가 그렇게 말씀하셨지) 바보처럼 굴 수는 없는 노릇이지.

내가 만약 크루아즈누아 후작을 사랑한다면 바로 그런 바보 노릇을 하는 셈이 아니겠어? 내 사촌 자매들이 누리는, 내 눈에는 정말이지 경멸스러운 그 행복을 똑같은 꼴로 되풀이하는 것이니까. 나는 후작이 나한테 무슨 말을 건넬지, 그리고 내가 그에게 어떤 대답을 할지, 미리부터 훤하게 내다보이거든. 하품이 나오는 사랑이라면 무슨 의미가 있겠어? 차라리 수녀원에 들어가 버리는 게 낫지. 그런 사랑을 해서 내 앞에 놓이는 건 저 사촌 동생의 것과 같은 결혼 계약서일 테지. 집안사람들은 그 계약서에 감동할 것이고. 물론 이건 상대방 측 공증인이 전날 마지막으로 끼워 넣은 조건 때문에 기분 상하는 일이 없을 경우의 일이겠지만 말이야.

제12장
그는 당통 같은 인물이 될 것인가?

불안에 대한 갈망, 그것이 내 아주머니인 아름다운 마르그리트 드 발루아의 성격이었다. 아주머니는 얼마 지나지 않아 나바라 왕과 결혼했다. 지금 앙리 4세라는 이름으로 프랑스를 통치하는 사람과 말이다. 이 사랑스러운 왕녀가 지닌 성격의 비밀은 바로 도박에 대한 욕구에 있었다. 열여섯 살 되는 때부터 오빠나 남동생들과 불화를 일으켰다가 다시 화해하곤 한 것도 바로 그 때문이었다. 그런데 젊은 처녀가 대체 무엇을 도박에 내걸 수 있을까? 그녀에게 가장 소중한 것, 바로 그녀의 명예, 일생 동안 따라다닐 평판 아니겠는가.
— 샤를 9세의 서자 앙굴렘 공작의 회상록

줠리앵과 나 사이에서라면 결혼 계약서도 필요 없고, 부르주아식의 의례를 위한 공증인도 필요 없어. 우리 둘 사이에서라면 모든 게 영웅적인 것이 돼. 모든 것이 정해진 틀을 떨치고서 이루어지는 거야. 줠리앵이 귀족이 아니라는 점만 빼면, 이것은 마르그리트 드 발루아의 사랑과 같은 모습이지. 당시 가장 탁월한 남자였던 보니파스 드 라 몰을 사랑한 마르그리트 드 발루아와 다름없단 말이야. 줠리앵을 사랑하는 게 내 잘못이겠어? 궁정 귀족 청년들이란 하나같이 〈진부한 예법〉만을 추종하는 데다, 상궤를 조금이라도 벗어난 모험이라면 그 생각만으로도 얼굴이 하얗게 질리는 사람들인걸. 그리스나 아프리카를 잠시 다녀오는 것도 그들에게는 대담의 극치를 달리는 일일 테지. 게다가 그들은 무리 지어 몰려다니지 않으면 아무것도 못 하거든. 혼자다 싶으면 겁을 집어먹고 마니까. 베두인족의 창이 무서워서가 아니라 웃음거리가 될까 봐서 말이야. 그러곤 그 두려움 때문에 혼비백산 넋이 빠져 버리는 거야.

반대로 나의 쥘리앵은 혼자 행동하기만을 좋아하지. 그에게는 특별한 재능이 있어. 그러니 남들에게 의지하거나 도움을 받을 의사가 전혀 없을밖에! 그는 남들을 경멸해. 그래서 나는 그를 경멸할 수 없어.

만약 쥘리앵이 귀족 신분이라면, 그의 가난 때문에 내 사랑은 그저 천박한 바보짓이 되고 말 거야. 흔히 말하는, 한쪽이 기우는 사랑이라는 것 말이야. 나는 그런 건 필요 없어. 그런 사랑에는 위대한 정열의 특징인 극복해야 할 엄청난 난관이라든가 벌어질 일에 대한 암울한 불안감이 없으니까.

라 몰 양은 이런 멋진 상념에 너무 몰입한 나머지 다음 날 크루아즈누아 후작과 자기 오빠 앞에서 자신도 의식하지 못한 사이 쥘리앵을 극구 칭찬했다. 그녀가 너무 열을 올리는 바람에 두 사람은 기분이 상했다.

「그처럼 정력적인 젊은이라면 아주 조심해야겠는걸.」 그녀의 오빠가 대꾸했다. 「혁명이 다시 일어난다면 그가 우리 모두를 단두대에 세우려 들지 모르니까.」

그녀는 이런 빈정거림을 한 귀로 흘려버리고는, 기백에 겁을 먹은 게 아니냐며 오빠와 크루아즈누아 후작을 놀려 댔다. 기백에 겁낸다는 건 사실은 예상치 못한 상황과 맞닥뜨리기를 겁내는 것이고, 그런 예상치 못한 상황에서 어쩔 줄 몰라 허둥거리게 될 걸 겁내는 것이고…….

「이봐요, 당신네들은 웃음거리가 될까 봐 언제나, 그야말로 늘상 겁을 내고 있지만, 그 웃음거리라는 괴물은 안타깝게도 1816년에 죽어 버렸다고요.」

웃음거리란 당파가 둘로 갈린 나라에서는 더 이상 존재하지 않는다는 것이 라 몰 후작이 가끔 하는 말이었다.

딸은 아버지의 그 말이 무슨 뜻인지 이해하고 있었다.

「이런 식으로 당신들 두 사람은 평생 겁을 내면서 살 거예요.」 마틸드는 쥘리앵을 못마땅해하는 두 사람에게 쏘아붙였다. 「훗날 사람들은 이렇게 말할걸요.

〈늑대가 아니라 늑대 그림자였을 뿐인걸.〉」[20]

마틸드는 곧장 두 사람 곁을 떠났다. 오빠가 한 말이 끔찍했다. 내심 정말 그럴까 걱정스럽기도 했다. 그렇지만 다음 날이 되자 오빠의 말은 쥘리앵에 대한 최고의 찬사처럼 여겨졌다.

이 시대에 기백이란 죄다 죽고 없는데, 쥘리앵이 기백을 지니고 있으니까 그들이 겁을 먹는 것이지. 오빠가 한 그 말을 쥘리앵에게 이야기해 줘야겠어. 그가 어떤 대답을 할지 보고 싶어. 하지만 그의 눈이 반짝이는 순간을 골라서 이야기할 테야. 그래야 그가 내게 거짓말을 할 수 없으니까.

그는 당통 같은 인물이 될지도 몰라! 그녀는 길고도 어렴풋한 몽상에 잠겨 있다가 이렇게 중얼거렸다. 그래! 혁명이 다시 일어날 수도 있어. 그럴 경우 크루아즈누아나 오빠가 행할 역할이 뭐겠어? 안 봐도 뻔하지. 바로 숭고한 체념 말이야. 그들은 자기 목이 잘리는데도 말 한마디 없는 영웅적인 양들이 될 거야. 죽어 가면서도 그들의 걱정이란 오로지 예의범절에 어긋난 모습을 보이지나 않을까 하는 것이겠지. 나의 쥘리앵은 자코뱅이 체포하러 왔을 때 어떤 모습을 보일까? 조금이라도 달아날 희망이 보이기만 하면 그는 그 자코뱅의 머리를 총으로 쏠 거야. 그 사람은 예법에 어긋난 모습을 보

20 라퐁텐의 「목동과 양떼」에 나오는 말.

이는 데 대한 두려움이 없으니까.

생각이 여기에 이르렀을 때 그녀는 멈칫했다. 언짢은 말을 기억해 내고 풀이 죽었던 것이다. 그것은 케일뤼스, 크루아즈누아, 뤼즈, 그리고 오빠가 쥘리앵을 두고 퍼부은 조롱이었다. 그들은 입을 모아 쥘리앵을 비난했다. 영락없는 성직자의 태도가 아니냐고, 겉으론 겸손한 척하지만 속은 위선에 찬 것이 보이지 않느냐고 말이다.

곰곰이 생각에 잠겨 있던 마틸드의 두 눈이 별안간 기쁨으로 반짝였다.

하지만 저들이 걸핏하면 쥘리앵의 험담을 하는 건 그이가 올겨울 우리가 만난 사람들 가운데 가장 뛰어난 사람이라는 사실을, 저들이야 달갑지 않겠지만, 증명해 주는 거라고. 결점이 좀 있고 우스꽝스러운 모습이 보인다 한들 그게 무슨 문제겠어? 그에게는 위대한 기상이 있잖아. 그래서 다른 경우엔 그처럼 친절하고 너그러운 모습을 보이는 저들도 기분이 상한 것이지. 그가 가난하다는 건 사실이야. 성직자가 되려고 공부를 한 것도 맞아. 저들은 기병 대위들이니까 공부를 하지 않아도 상관없었어. 팔자가 더 좋은 거지 뭐.

쥘리앵은 늘 검은 옷을 입고 성직자의 표정을 짓고 있어야 해. 그러지 않으면 굶어 죽을지도 모르니까. 그 모든 불리한 점에도 불구하고 그의 능력은 그들에게 두려움을 안겨 주고 있어. 그건 분명한 사실이야. 또 그 성직자의 표정이라는 것도 잠시만이라도 나하고 단둘이서만 있게 되면 곧 사라지는걸. 저 신사들도 자기들 딴에는 상대방의 허를 찌르는 재치 있는 말을 던졌다 싶을 때면 우선 쥘리앵부터 힐끔거리곤 하잖아? 나는 그걸 진작부터 눈치채고 있었어. 하지만 그들은 잘 알아. 질문이라도 받아야만 쥘리앵이 입을 열지, 그가 먼저 나서서 자신들에게 말을 걸어오는 일은 없다는 사실을. 쥘리앵이 말을 건네는 사람은 나뿐이야. 그는 내가 뛰어난 영혼을 지닌 사람이라고 생각하는 거야. 쥘리앵이 그들의 이야기에 반응을 보인다 해도 그건 그저 예의에 어긋나지 않을 만큼이지. 곧바로 상대방의 의견을 존중하는 시늉을 하잖아. 나와는 몇 시간이고 토론을 벌이는데 말이야. 또 내가 조금이라도 이의를 제기하면 그는 자기 생각을 다시 검토해 보곤 하지. 어쨌거나 올겨울에는 결투 사건도 벌어지지 않은 터라, 사람들의 관심은 누가 대화 솜씨를 발휘해서 주목을 받느냐에 쏠렸지. 그런데 아버지는 쥘리앵을 높이 평가하시잖아. 탁월한 분이시고, 우리 가문을 한층 빛내실 분이 말이야. 다른 사람들은 모두 그를 미워하지만, 그 누구도 그를 경멸하지는 못해. 다만 어머니의 친구들인 독실한 귀부인들이나 그를 무시할까.

케일뤼스 백작은, 어쩌면 과시하기 위해 일부러 꾸며 보이는 모습일지도 모르지만, 하여간 말에 대한 열정이 대단했다. 그는 마구간에서 살다시피 했고, 거기서 식사를 하는 적도 자주 있었다. 이 애마 취미에 절대로 웃지 않는 습관이 보태진 덕분에 그는 친구들 사이에서 꽤나 존중받고 있었다. 귀족 청년들의 그 작은 그룹에서는 가장 돋보이는 인물 행세를 하고 있었던 것이다.

다음 날 그 작은 그룹은 라 몰 후작 부인의 안락의자 뒤편에 다시 모여들었다. 마침 쥘리앵이 보이지 않는 틈을 타서 케일뤼스는 마틸드가 쥘리앵을 좋게만 생각하는 것에 대해 곧바로 세찬 공격을 퍼붓기 시작했다. 크루아즈누아와 노르베르가 옆에서 지원 사격을 했다. 그가 쏘아 대는 말들은 빈틈없이 준비된 것이었고, 게다가 얼굴을 마주치기 무섭게 몰아대기 시작하는 바람에 마틸드는 미처 대비할 겨를도 없었다. 마틸드는 그들이 미리 작정을 하고 달려들었다는 사실을 알아차리고는 오히려 반가웠다.

마침내 모두가 동맹을 맺었군, 하고 그녀는 생각했다. 연수입이 10루이도 안 되는 천재 한 명에 대항해서 힘을 합치다니, 상대방은 묻는 말에나 대답할 수 있는 처지인데 말이야. 검은 옷을 입었는데도 그가 겁이 난다는 거구나. 그가 어깨에 견장이라도 달게 되면 어쩌려고?

마틸드는 그 어느 때보다 눈부신 반격 솜씨를 발휘했다. 상대의 포문이 열리자마자 그녀는 케일뤼스와 그의 동맹군에게 경쾌한 야유를 퍼부었다. 상대방 장교들의 농담은 곧 기세가 꺾이고 말았다.

그러자 마틸드는 케일뤼스를 역으로 몰아붙였다.

「내일이라도 프랑슈콩테 산골의 어느 귀족이 나타나 쥘리앵이 자신의 서자라고 하면서 가문과 수천 프랑 정도의 재산을 준다면 어떻게 될까요? 여섯 주 후면 그 사람도 당신들처럼 멋진 콧수염을 기르고 다닐걸요. 그리고 여섯 달 후면 당신들처럼 기병 장교가 되어 있을 거고요. 그러면 그의 대담한 성격도 더 이상 우스갯거리가 되지 않겠죠. 그렇게 되면, 미래의 공작님, 보나마나 당신은 궁정 귀족이 지방 귀족보다 우월하다는 낡아 빠진 통념을 내세워 쥘리앵을 깎아내리려 할 테죠. 하지만 만약 내가 당신이 꼼짝 못할 심술궂은 예를 들어서, 쥘리앵의 아버지가 나폴레옹 시절 브장송에서 벌어진 전투에서 포로가 되어 프랑스 땅에 남은 어느 스페인 공작이라고 한다면 그땐 무슨 구실을 내세워 그를 무시할 건가요? 그리고 그 스페인 공작이 임종 전에 양심을 가책을 느껴 쥘리앵을 아들로 인정한다면 또 뭐라고 말할 건가요?」

마틸드가 만약의 경우를 가정하면서 사생아라는 말을 입에 담은 것이 케일뤼스와 크루아즈누아가 보기에는 고상하지 못한 취미로 여겨졌다. 마틸드의 말에서 그들이 느낀 것은 그게 다였다.

노르베르는 누이동생에게 눌려 살기는 했지만, 그녀의 말이 지나치게 뻔뻔하다 싶어서 근엄한 표정을 지었다. 다정하고 상냥한 그의 평소 얼굴과는 어울리지 않는 표정이었다. 그는 누이동생을 타이르려고 몇 마디 건넸다.

「어디 몸이 아픈 거예요, 오빠?」 마틸드는 짐짓 걱정스럽다는 듯이 되물었다. 「농담에 그런 식으로 훈계하려 드는 걸 보면 아무래도 단단히 병이 난 것 같아. 오빠가 도덕을 다 찾다니! 어디 지사 자리라도 청탁 중인 거예요?」

마틸드는 화난 표정을 짓는 케일뤼스 백작도, 언짢아하는 노르베르도, 낙심한 채 말 한마디 못 하는 크루아즈누아도 곧장 머릿속에서 지워 버렸다. 자신을 사로잡은 어떤 중요한 생각에 대해 결론을 내리는 게 급했던 것이다.

쥘리앵은 나를 무척 진지하게 대하고 있어, 하고 그녀는 생각했다. 그의 나이에, 신분은 낮은데도 불행히 가슴에 포부가 자라고 있으니 연인이 그리울 법도 해. 그는 나를 자신의 연인으로 여기고 있을지 몰라. 하지만 그가 나를 사랑한다는 기색은 조금도 찾아볼 수 없는걸, 그런 대담한 성격에 내게 고백하지 않을 리 없는데.

마틸드는 쥘리앵의 마음을 알 수 없어 불안했다. 그때부터는 쥘리앵이 하는 말 한마디 한마디가 그의 마음을 짐작해 볼 새로운 실마리가 되었다. 그녀는 매 순간 자신에게 묻고 대답했다. 그러다 보니 그녀를 사로잡고 있던 권태도 씻은 듯 사라져 버렸다.

라 몰 양은 장차 장관이 되어 성직자 계층에 산림 소유권을 되찾아 줄 것으로 기대되는 재사의 딸이었고, 그런 덕에 그녀가 어린 시절을 보낸 성심 수녀원에서는 모두들 그녀를 지나치게 떠받들었다. 이런 불운은 결코 만회될 수 없는 법이다. 사람들은 그녀에게 가문이며 재산 등 그 모든 조건을 갖춘 만큼 다른 여자보다 더 큰 행복을 누릴 거라는 아첨을 퍼부었고, 그것은 그대로 그녀 자신의 믿음이 되고 말았다. 왕자와 왕녀들이 권태에 빠져 갖가지 어리석은 짓을 저지르는 것도 바로 이 때문이다.

마틸드도 그런 믿음의 유해한 영향을 고스란히 받으며 자라났다. 아무리 영리한 소녀라 해도 해도 나이 열 살에 온 수녀원이 나서서 퍼부어 대는 아첨, 그것도 영 터무니없어 보이지는 않는 아첨으로부터 자신을 지키기란 어려운 법이다.

쥘리앵을 사랑하기로 마음먹은 순간부터 그녀는 더 이상 권태롭지 않았다. 위대한 사랑을 하기로 결심한 자신이 대견해서 매일 스스로를 축복했다. 이 기쁨에는 많은 위험이 뒤따를 거야 하고 그녀는 생각하곤 했다. 그럴수록 좋지 뭐! 훨씬 더 좋고말고!

위대한 열정이 없었기 때문에 나는 열여섯에서 스무 살에 이르기까지 인생의 가장 아름다운 시기에 권태에 시들고 있었어. 나는 인생의 황금기를 이미 잃어버렸어. 어머니 친구들이 늘어놓는 얼토당토않은 말들을 듣는 걸 사는 재미의 전부로 여겨야 했지. 그 부인네들도 1792년 코블렌츠에서 망명 생활을 하던 당시에는 요즘처럼 메마른 말들만 꺼내 놓지는 않았다던데.

마틸드가 이런 감정의 동요로 혼란스러워하는 동안, 쥘리앵은 그녀의 시선이 어째서 자신에게 한참 동안이나 빤히 머물곤 하는지 의아해하고 있었다. 노르베르 백작이 자신을 한 층 더 쌀쌀맞게 대한다는 것과 케일뤼스, 뤼즈, 크루아즈누아가 새삼스레 거만하게 군다는 사실도 분명히 알아차릴 수 있었다. 그렇지만 그들이 그러는 건 새삼스러운 일도 아니었다. 때때로 쥘리앵이 저녁 모임에서 자신의 신분을 잊고 주제넘게도 재기를 발휘하면 그런 태도를 보이곤 했었으니까 말이다. 마틸드가 유난스레 잡아끌지만 않았더라면, 그리고 그들 무리 전체가 불러일으키는 호기심만 아니었더라면, 쥘리앵은 저녁 식사 후에 라 몰 양을 쫓아 몰려 나가는 이 멋진 청년 귀족들을 뒤따라 정원으로 나가지도 않았을 것이다.

그래, 라 몰 양이 나를 묘한 눈길로 바라본다는 건 감출 수 없는 사실이야. 쥘리앵은 생각했다. 하지만 그 아름다운 푸른 눈은 나를 넋 놓고 바라볼 때조차 늘 뭔가를 시험하는 듯 냉정하고 심술궂은 빛을 띠고 있어. 그러니 그 눈길을 사랑이라고 할 수 있을까? 레날 부인의 눈길과는 너무 다르잖아!

어느 날 저녁 식사가 끝난 후, 쥘리앵은 라 몰 후작을 따라 서재로 갔다가 곧이어 다시 정원으로 나왔다. 무심코 마틸드 일행 쪽으로 다가가다가 그는 꽤 큰 목소리로 오가는 몇 마디 말을 알아들었다. 마틸드가 자기 오빠를 몰아세우고 있었다. 그녀의 말 속에서 쥘리앵의 이름이 두 번이나 또렷이 튀어나왔다. 쥘리앵이 모습을 보이자 별안간 싸늘한 침묵이 흘렀다. 뭔가 이야기를 걸어 그 침묵을 깨뜨려 보려 했지만 제대로 되지 않았다. 라 몰 양과 그녀의 오빠는 말싸움에 한껏 달아오른 상태여서 다른 대화거리를 꺼내기 어려웠다. 케일뤼스, 크루아즈누아, 뤼즈, 그리고 또 다른 친구 하나는 쥘리앵에게 얼음장처럼 차가운 얼굴을 보였다. 쥘리앵은 그 자리에서 물러났다.

제13장
어떤 계략

두서없는 몇 마디 말, 우연한 만남들도, 사랑에
빠진 상상력 풍부한 사람의 눈에는 그 사랑의 더
없이 뚜렷한 증표가 되는 법이다.

— 실러

다음 날도 쥘리앵은 노르베르와 마틸드가 자신에 대해 이
야기하고 있는 장면과 맞닥뜨렸다. 그가 나타나자 전날처럼
남매는 입을 꾹 다물었다. 그의 의혹은 걷잡을 수 없이 커졌
다. 저 사근사근한 젊은 남녀가 나를 조롱할 계획을 꾸미는
걸까? 솔직히 말해 라 몰 양이 가난한 비서 녀석에게 열정을
품는다는 것보다는 그 편이 훨씬 그럴듯하고 자연스럽지. 무
엇보다 저 사람들이 열정을 품는다는 게 가능하기나 한 일인
가? 사람을 바보로 만드는 것이 저들의 장기인걸. 저들은 내
언변이 자신들보다 좀 더 낫다는 걸 시기하고 있어. 시기심도
저들의 약점 가운데 하나지. 그러고 보니 모든 게 이해가 되
는군. 라 몰 양이 내 앞에서 자신이 내게 특별한 관심이 있는
양 암시를 주는 건 그저 내 반응을 자기 약혼자에게 구경시
켜 주려고 하는 것뿐이야.

이런 지독한 의심이 쥘리앵의 심리 상태를 완전히 바꾸어
놓았다. 그런 의심이 든다는 건 그의 마음속에 사랑이 싹트
긴 했지만, 또한 그것이 금방 꺾여 버렸다는 의미였다. 그런

사랑은 단지 마틸드의 흔치 않은 아름다움, 아니 그보다 그녀의 여왕 같은 거동과 빼어난 차림새에 대한 감탄에서 싹튼 것이었으니 말이다. 그런 점에서 쥘리앵은 여전히 시골뜨기다웠다. 시골뜨기가 재능을 발휘해서 최상층 사교계에 발을 들여놓았을 때 가장 먼저 눈이 번쩍 뜨이는 것은 상류 사회의 어느 미인을 보았을 경우라는 말은 근거 없이 생긴 게 아니다. 쥘리앵이 그즈음 꿈꾸는 것 같은 기분에 빠져들곤 했던 건 마틸드의 성격에 반해서가 아니었다. 그도 자신이 마틸드의 성격을 종잡지 못하고 있다는 걸 알 정도는 분별력이 있었다. 그가 그녀에 대해서 아는 건 그저 겉으로 비치는 모습뿐이었다.

예를 들어 마틸드는 무슨 일이 있어도 일요일 미사에 빠지는 법이 없었다. 거의 매일 그녀는 어머니와 함께 교회에 갔다. 만약 라 몰 저택의 살롱에서, 경솔한 누군가가 자신이 있는 자리가 어딘지 깜박 잊고 왕과 교회의 이익에, 실제로든 혹은 그렇게 보이는 것일 뿐이든 간에, 위배되는 농담을 조금이라도 내비치면 그 즉시 마틸드는 정색을 하고 냉랭한 태도를 보였다. 그렇잖아도 상대를 가차 없이 훑어보는 그녀의 눈초리에는 가문의 옛 초상화 속 인물들처럼 싸늘한 거만함이 내비치곤 했다.

하지만 쥘리앵은 그녀가 언제나 볼테르의 철학서 한두 권을 방에 가져가서 읽곤 한다는 사실을 알고 있었다. 쥘리앵 자신도 그 호화 장정판을 몇 권씩 자기 방에 갖다 놓고 읽었다. 그는 책장에 꽂힌 책들의 간격을 조금씩 벌려 놓아서 빈자리를 감췄는데, 그러다가 자기 말고도 또 누군가가 볼테르의 책을 읽는다는 사실을 알아차렸다. 그는 신학교에서 배운 방식대로 술수를 부렸다. 라 몰 양이 흥미를 느낄 법한 책 위에 말총을 몇 오라기 올려놓아 본 것이다. 그러면 그 책들은 몇 주씩 모습을 감추곤 했다.

라 몰 후작은 서적상이 허위로 기술된 회상록들을 마구잡이로 보내오는 것에 불만이 많던 터라 쥘리앵에게 신간 서적 구입을 맡겼다. 후작은 조금이라도 신랄한 재미가 있는 책이면 전부 사들이게 했다. 그런 책들의 해악이 집 안에 퍼지지 않도록 하라는 후작의 지시에 따라 쥘리앵은 그 책들을 후작 방의 책장에 따로 놓아두고 있었다. 쥘리앵은 그 신간 서적들 가운데 왕과 교회의 이익에 적대적인 입장을 취하는 책은 곧 어디론가 자취를 감춘다는 걸 확인했다. 분명 노르베르는 그런 책을 읽을 만한 사람이 아니었다.

쥘리앵은 이 일을 지나치게 심각하게 생각한 나머지 라 몰 양이 마키아벨리가 말하는 이중성의 소유자라고 믿었다. 마틸드가 그런 어두운 성격을 지니고 있다고 생각하자 그게 하나의 매력으로, 외모를 제외했을 때 유일하게 남는 정신적 매력으로 여겨졌다. 위선에 지치고 미덕으로 포장된 대화에 진력이 난 탓에 그만 쥘리앵의 감수성이 이렇게 극단으로 치우쳤던 것이다.

그를 이끌어 가는 것은 사랑이라기보다는 그 자신이 부풀린 상상력이었다.

라 몰 양의 우아한 몸매, 빼어난 취향을 보여 주는 차림새, 하얀 손, 날씬한 팔, 경쾌한 몸동작에 대해 넋을 잃고 몽상에 잠기고서야 그는 비로소 사랑에 빠질 수 있었다. 그럴 때 그는 마틸드의 매력을 더할 나위 없는 것으로 꾸미기 위해 그녀가 카트린 드 메디시스 같은 여자라고 생각했다. 쥘리앵이 생각하는 카트린 드 메디시스는 아주 음험하고 사악한 성격을 가진 여인이었다. 그것은 마슬롱이나 프릴레르, 카스타네드 같은 성직자들의 모범과도 같은 성격으로, 지난 시절 그 역시 그들의 그런 면에 감탄하곤 했다. 말하자면 그것은 그가 생각하는 이상적인 파리 사람의 모습이었다.

파리 사람이면 음험하고 사악한 성격일 것으로 여기다니 정말 재미있지 않은가?

쥘리앵은 생각했다. 세 사람이 한패가 되어 나를 놀리는 걸지 몰라. 마틸드의 눈길을 받아넘기는 그의 눈이 침울하고 냉랭하다는 건 그의 성격에 완전히 깜깜한 사람이 아니고서야 금방 알아차릴 수 있는 일이었다. 라 몰 양은 당황해서 몇 번인가 그에게 친근하게 다가가 보았지만 그는 날을 세워 빈정거리며 그녀를 떠밀어 냈다.

천성적으로 냉정하고, 무엇에나 쉽게 권태를 느끼는 데다, 재치에나 자극을 받는 성격이었음에도 불구하고 마틸드는 쥘리앵의 느닷없는 태도에 애가 탄 나머지, 본래부터 열정적인 여자이기나 한 듯이 한껏 달아올랐다. 그렇지만 그녀는 자존심이 매우 강한 성격이기도 했다. 자기 아닌 다른 사람이 자신의 행복을 좌우하고 있다는 느낌이 들자 그녀는 우울하고 서글퍼졌다.

쥘리앵도 그동안 충분히 파리 생활을 경험한 터라 마틸드의 우울함이 권태에서 오는 무미건조한 우울함이 아니라는 것쯤은 알아차릴 수 있었다. 그녀는 전처럼 야회를 즐기지도 않았고 공연이든 뭐든 갖가지 여흥에도 시들했다. 오히려 그런 경우를 피하는 듯 보였다.

쥘리앵은 오페라가 끝나면 여전히 마치 의무처럼 출구로 가서 사람들을 관찰하며 서 있곤 했는데, 그럴 때마다 종종 거기서 마틸드의 모습을 보았다. 그녀는 프랑스인들이 공연하는 오페라를 죽도록 지루해하는 터라, 그건 의외의 일이었다. 또한 그는 언제나 지극히 절도 있던 마틸드의 행동들이 자칫 흐트러지곤 한다는 걸 알아차렸다. 때때로 그녀는 날카롭다 못해 모욕적이기까지 한 조롱을 남자 친구들에게 퍼부었다. 쥘리앵의 눈에는 그녀가 특히 크루아즈누아 후작을 함부로 대하는 듯이 보였다. 저 친구는 돈이 좋아서 눈이 멀어 버린 게 틀림없어, 하고 쥘리앵은 생각했다. 그렇잖으면 마틸드에게 정나미 떨어질 법도 한데 말이야. 하기야 그녀가 아주 부자이긴 하지! 그러고는 남자의 위신이 짓밟혔다는 것에 분개해서는 그녀를 한층 더 차갑게 대했다. 때로는 마틸드에게 꽤나 불손하게 대꾸하는 적도 있었다.

마틸드가 아무리 관심을 보이는 척해도 절대 속아 넘어가지 않겠다는 쥘리앵의 단단한 결심을 무색하게 만들 정도로 그녀가 아주 노골적으로 마음을 드러내 보이는 날도 있었다. 이제 막 여인에 대해 눈을 뜨기 시작한 쥘리앵은 그때마다 그녀가 아주 아름답게 보이는 바람에 당황했다.

저 상류 사회 젊은이들이 끈질기게 술수를 부리는데 나처럼 경험 없는 사람이 배겨 내기란 어려워. 이곳을 잠시 떠나 있는 게 좋겠어. 그래서 이 모든 짓을 끝내 버려야만 해, 하고 그는 생각했다. 후작은 남부 랑그도크 지방 여러 곳에 있는 작은 소유지와 가옥의 관리를 최근 쥘리앵에게 맡긴 참이었다. 그곳에 다녀올 필요가 있는 터라 라 몰 후작도 어렵사리 쥘리앵의 여행을 허락했다. 여전히 큰 야망을 품고 있다는 점만 전과 같을 뿐 쥘리앵의 기분이며 생각은 영 딴사람처럼 공중에 떠 있었다.

그들은 결국 나를 함정에 빠뜨리는 데 실패했어. 여행 채비를 하면서 쥘리앵은 생각했다. 라 몰 양이 그 귀족 신사들을 정말로 비웃은 것이든 단지 나를 속여 넘길 요량으로 그런

척한 것이든 간에, 나로서는 어쨌거나 재미있었어.

목수의 아들을 골려 줄 심산이 아니라면 라 몰 양의 행동을 어떻게 이해할 수 있겠어? 하지만 그녀를 이해하지 못하는 건 크루아즈누아 후작도 나 못지않을 거야. 어제만 해도 그는 정말로 화를 냈잖아. 가난뱅이 평민인 내 역성을 들어 나와는 반대로 귀족이고 부유한 젊은이를 궁지로 몰아넣는 걸 보고 기쁘기도 했어. 그것이야말로 내가 거둔 가장 빛나는 승리거든. 역마차로 랑그도크 평원을 달리면서 그 승리를 즐겁게 음미해야겠다.

쥘리앵은 자신이 여행을 떠날 예정이라는 걸 밝히지 않았다. 그렇지만 마틸드는 그가 다음 날이면 파리를 떠나 오랫동안 돌아오지 않을 거라는 사실을 그보다 더 잘 알고 있었다. 그녀는 살롱의 공기가 답답해서 머리가 아프다는 핑계를 붙여 한참 동안이나 정원을 거닐었다. 그러는 사이 노르베르, 크루아즈누아 후작, 케일뤼스, 뤼즈, 그 밖에도 라 몰 저택 만찬에 참석했던 몇몇 귀족 청년들에게 신랄한 조롱을 퍼부어 쫓아 버렸다. 쥘리앵을 바라보는 그녀의 눈길은 묘했다.

아마 저 눈길도 연극일 테지. 쥘리앵은 속으로 중얼거렸다. 그렇지만 저 가쁜 숨소리라니! 저 혼란스러운 표정하며! 설마, 그럴 리가! 내가 저런 눈길이며 표정을 무슨 수로 판별하겠어? 지금 내가 상대하는 사람은 파리 여자들 가운데서도 제일 명민하고 능란한 여자란 말이야. 내게 와 닿을 듯이 가쁜 저 숨결도 좋아하는 여배우 레옹틴 페에게 배운 것일 거야.

남은 사람은 그들 둘뿐이었다. 대화는 자꾸 어색하게 끊기기만 했다. 그래! 쥘리앵은 나한테 아무런 감정도 느끼지 않아. 이런 생각을 하자 마틸드는 정말이지 비참한 기분이 들었다.

쥘리앵이 인사를 하고 곁을 떠나려는 순간 그녀가 그의 팔을 힘을 주어 꼭 붙들었다.

「오늘 밤 안으로 편지를 보낼게요.」 그녀는 마치 딴사람처럼 들릴 정도로 꽉 잠긴 목소리로 이렇게 말했다.

이런 상황이 되자 쥘리앵도 곧장 마음이 흔들렸다.

「아버지는 당신이 곁에 있어서 큰 도움이 된다는 걸 잘 아세요. 내일 떠나지 말아야 해요. 뭔가 구실을 찾아내 봐요.」 이렇게 말한 뒤 그녀는 뛰어서 달아났다.

그녀의 몸매는 매혹적이었다. 그녀의 발보다 더 예쁜 발은 없을 것 같았다. 달려가는 그녀의 아름다운 모습을 쥘리앵은 홀린 듯 바라보았다. 하지만 마틸드가 보이지 않게 된 다음 그가 떠올린 생각이 무엇이었는지 아는가? 그는 그녀가 명령조로 〈……해야 해요〉라고 말한 데 기분이 상했다. 루이 15세도 임종 때 어의가 무심코 내뱉은 〈…… 해야 합니다〉라는 말에 버럭 화를 내긴 했지만, 루이 15세는 출세한 시골뜨기가 아니니 경우가 다르다.

한 시간 후 하인이 편지 한 통을 쥘리앵에게 가져왔다. 단도직입적으로 사랑을 고백하는 편지였다.

문장에 멋을 잔뜩 부리지는 않았군. 곧장이라도 웃음을 터뜨릴 것처럼 양 볼의 근육을 실룩거리면서도 쥘리앵은 이렇게 생각했다. 생각을 편지 문체에라도 돌려서 기분을 진정시켜 보려 한 것이다.

하지만 그렇게 가라앉히기에는 가슴속에서 솟구치는 열기가 너무 뜨거웠다. 드디어 내가, 하고 그는 느닷없이 소리쳤다. 가난한 시골뜨기인 내가, 귀부인한테 사랑의 고백을 얻어냈어!

나로선 나쁠 게 없지. 나는 한 번도 굽히지 않고 당당한 성격을 밀고 나갔어. 내가 사랑을 고백한 적은 없단 말이지. 그는 애써 기쁨을 억누르면서 이번에는 편지글의 필체를 하나 하나 살펴보기 시작했다. 라 몰 양은 작고 아담한 영국식 필체를 갖고 있었다. 생각을 이런 구체적 관심사로 돌려야 미칠 듯 넘쳐흐르는 기쁨을 주체할 수 있을 것 같았다.

당신이 떠난다고 하니 이렇게 고백할 수밖에 없어요……. 당신을 보지 못한다면 난 견딜 수 없을 거예요…….

언뜻 쥘리앵의 머릿속에 어떤 생각이 떠올랐다. 뭔가 다른 발견이라도 한 듯, 그는 마틸드의 필체에서 눈을 떼었다. 그러고는 한층 기고만장해서 외쳤다. 그래, 나는 크루아즈누아 후작을 이긴 거야. 무슨 이야기든 심각하게밖에 할 줄 모르는 내가 말이야! 게다가 그는 꽤 미남인걸! 수염을 길렀고, 멋진 군복 차림을 하고 다니잖아. 매번 때맞춰 재치 있고 세련된 말솜씨도 부릴 줄도 아는 사람이라고.

쥘리앵에게는 감미로운 한때였다. 그는 미친 듯이 기쁨에 들떠 발길 가는 대로 정원을 쏘다녔다.

얼마 후 그는 집무실에 들렀다가 다시 라 몰 후작에게 갔다. 다행히 후작은 외출하지 않고 집에 있었다. 그는 노르망디에서 도착한 보고서 몇 통을 손쉬운 구실로 삼아 후작에게 내보이면서, 노르망디의 소송건들을 챙길 필요가 있어서 랑그도크로 출발하는 날을 미뤄야겠다고 말했다.

「자네가 떠나지 않는 게 나에게는 다행이지.」 업무상의 대화를 끝낸 후 후작이 말했다. 「자네를 내 곁에 두는 게 좋거든.」 이 말은 쥘리앵을 뜨끔하게 했다.

저 말을 듣고도 그의 딸을 유혹하려 하다니! 어쩌면 크루아즈누아 후작과의 혼담을 깨놓게 될지도 몰라. 후작은 그

혼사에 무척이나 기대를 걸고 있는데 말이야. 자신은 공작이 아니어도 자기 딸은 공작 부인이 되어 왕 앞에서 의자에 앉을 수 있게 하고 싶은 거지.[21] 아무래도 마틸드의 편지는 덮어 버리고, 여행을 연기하겠다고 후작에게 기껏 설명해 놓은 것도 무시해 버리고, 자신은 랑그도크로 떠나는 게 좋겠다는 생각이 들었다. 하지만 이런 갸륵한 생각은 곧 사그라지고 말았다.

평민인 내가 이처럼 고귀한 가문을 동정하다니 가상하기도 하군! 그는 생각했다. 숀 공작한테 하인이라는 말까지 들은 내가 말이야! 후작이 자신의 막대한 재산을 어떻게 불려 나가는데? 다음 날 정변의 조짐이 보일 거라는 정보를 궁정에서 알아내면 국채를 팔아 치우곤 해서 부를 쌓아 온 거야. 그런데 나는 심술궂은 신의 뜻으로 사회 밑바닥에 내던져졌어. 신은 내게 고상한 심성을 주었지만 1천 프랑의 수입, 말하자면 먹고살 돈을 주는 건 거절했지. 〈다른 것도 아닌 바로 먹고사는 일〉에 허덕이는 처지란 말이야. 그런 내가 저절로 굴러 들어온 재미를 팽개치다니! 낮은 신분이라는 뜨거운 사막을 힘들게 헤쳐 나가면서 갈증 난 목을 축일 맑은 샘물을 그냥 지나치다니! 아니, 난 그렇게 어리석은 놈은 아냐. 이기주의가 득실거리는 인생이라는 이름의 이 사막에서 자기 몫은 자기가 챙겨야 하는 법이야.

이어서 그는 라 몰 후작 부인과 특히 후작 부인의 친구인 귀부인들이 자신을 바라보는 눈길이 얼마나 경멸에 찬 것인지를 생각했다.

크루아즈누아 후작을 이겼다는 승리감을 다시 떠올리자

21 루이 16세 당시의 궁정 예법에 따라 공작 부인에게는 왕 앞에서 왕의 허락 없이도 의자에 앉을 권리가 주어졌다.

이 가상한 도덕심을 완전히 던져 버릴 수 있었다.

그자가 화가 나서 펄펄 뛰는 꼴을 보고 싶어! 쥘리앵은 생각했다. 이젠 그에게 확실한 일격을 가할 수 있어. 그러고 나서 그는 검으로 찌르는 동작을 해보았다. 마틸드의 편지를 받기 전까지 나는 일개 사환의 처지로 알량하게도 약간의 용기를 부려 본 것이었어. 그렇지만 지금 이 편지를 손에 쥔 이상 나는 그와 대등한 위치에 있는 거야.

그래, 하고 그는 한없이 감미로운 기쁨에 취해 천천히 중얼거렸다. 크루아즈누아 후작과 나의 가치가 나란히 저울대에 놓였고, 결국 쥐라 산골의 일개 목수가 이겼어.

좋아! 쥘리앵은 외쳤다. 어떤 대답을 돌려줄지 정했어. 라몰 양, 내가 자신의 처지를 잊었다고는 생각지 마십시오. 나는 당신에게 절절히 이해시킬 생각입니다. 당신이 성 루이 왕을 따라 십자군에 참전했던 빛나는 기 드 크루아즈누아의 후손을 저버리고 택한 사람은 한낱 목수의 아들이라는 사실을 말입니다.

아무리 해도 기쁨이 진정되지 않았다. 정원으로 뛰쳐나갈 수밖에 없었다. 열쇠를 잠그고 들어앉아 있기에는 방이 너무 비좁아 숨이 갑갑했다.

나는 쥐라 산골 무지렁이야. 일평생 이 음울한 검은 옷을 걸치고 다녀야 할 처지라고! 그의 머릿속에는 계속해서 생각이 맴돌았다. 아! 20년만 일찍 태어났더라면 나도 저 귀족 청년들처럼 군복을 입었을 텐데! 그때는 나 같은 남자가 전장에서 죽거나 〈서른 살에 장군이 되거나〉 했지. 편지를 꼭 움켜잡고 서 있는 그의 모습이 전쟁 영웅의 풍모를 떠올리게 했다. 지금은 달라. 사실 이 검은 옷을 걸쳐야만 보베의 주교처럼 나이 마흔에 10만 프랑 연봉과 코르동 블뢰 훈장을 넘볼 수 있어.

아무렴! 하고 그는 메피스토펠레스 같은 웃음을 지었다. 나는 그들보다 더 영리해. 이 시대가 선호하는 제복을 고를 줄 안다고. 이렇게 생각하자 야망은 한층 뜨거워졌다. 성직에 대한 애착도 새삼스레 솟구쳤다. 나보다 낮은 신분으로 태어나 세상을 지배한 추기경들은 많아! 나와 같은 고장 출신인 그랑벨 추기경[22]만 봐도 알 수 있지.

쥘리앵의 흥분이 차츰 가라앉았다. 신중함이 다시 고개를 들었다. 그는 위선의 교사인 타르튀프를 흉내 내어 읊조려 보았다. 그는 이 인물의 대사를 전부 외우고 있었다.

> 그 말이 적절한 기교라는 건 믿겠으나
> (……)
> 그 달콤한 말만은 결코 믿을 수 없네.
> 그러니 내가 한숨지으며 소원한 대로 그녀가 내게 약간
> 의 호의를 베풀어
> 그 말이 전하려는 것을 내게 확인해 주어야만 하리.

〈타르튀프도 여자 때문에 신세를 망쳤어. 그렇게 끝날 인물은 아닌데……. 내가 써 보낼 답장을 사람들에게 내보일지도 몰라……. 그렇다면 나도 대책이 있지〉 하고 그는 사나워지는 어조를 가라앉히면서 천천히 중얼거렸다. 고귀한 마틸드의 편지에서 가장 격한 문장을 골라 그걸로 답장 첫 구절을 시작해야겠다.

---

22 A. P. de Granvelle(1517~1586). 브장송 출신의 성직자. 부친은 신성 로마 제국 황제 카를 5세의 고관이었으므로, 그가 낮은 신분으로 태어난 것은 아니었다.

그게 좋겠어. 하지만 크루아즈누아의 하인 몇 명이 나를 덮쳐 마틸드의 편지 원본을 빼앗을지도 몰라.

아니, 그러지는 못하지. 나는 무기를 지니고 다니니까. 게다가 이미 한번 보여 준 적이 있듯이 하인들한테 서슴없이 총을 쏘아 대거든.

그래! 하인 한 명쯤은 용기가 있어서 달아나지 않고 오히려 덤벼들 수도 있겠지. 나폴레옹 금화 백 닢을 주겠다는 꾐에 넘어간 자일지도 모르고, 어쨌건 나는 그자를 죽이거나 부상을 입히게 될 텐데, 그게 바로 그들이 바라는 거야. 나를 적법하게 감옥에 집어넣을 수 있을 테니까. 나는 재판을 받을 것이고, 재판관들의 정의롭고 공평한 판결에 따라 푸아시 감옥으로 보내져서 퐁탕 씨, 마갈롱 씨의 동료가 될 테지. 거기서 죄수 4백 명과 뒤섞여 잠을 자야 할 거고……. 그러면 내 가슴속에는 그 죄수들에 대한 연민이 싹틀 거야! 공상이 여기에 이른 쥘리앵은 벌떡 몸을 일으키며 외쳤다. 언제 귀족들이 평민을 감옥에 가두면서 일말의 동정심이라도 보이던가? 이렇게 생각하자 그때까지 그의 마음을 짓누르던 라 몰 후작에 대한 고마움도 결국 떨려 나가고 말았다.

좀 진정하시죠, 귀족 신사분들, 나도 마키아벨리식의 그런 얕은 계략쯤은 꿰뚫어 볼 눈이 있거든요. 이건 마슬롱 신부도 신학교의 카스타네드도 찜 쪄 먹을 계략이긴 하군요. 내게서 이 〈위험한〉 편지를 빼앗고, 나를 제2의 카롱[23] 대령으로, 콜마르의 그 반란자 같은 운명으로 만들 심산이시겠죠.

그럴 수는 없죠, 신사분들, 나는 이 위험한 편지를 꽁꽁 싸서 피라르 신부에게 보내 맡겨 둘 생각입니다. 신부는 정직한

---

23 A-J. Caron. 나폴레옹을 지지한 군인으로 1822년 콜마르에서 반란을 시도했다가 총살당했다.

얀센파여서 돈의 유혹에 넘어갈 리는 없죠. 그럼요. 하지만 만약 신부가 편지를 열어 본다면……. 그렇다면 이 편지를 푸케에게 보내야겠다.

솔직히 말해 그의 눈초리는 잔인했고 그의 얼굴은 무섭게 일그러져 있었다. 그의 표정에는 생생한 범죄의 그림자가 어른거렸다. 그는 사회 전체를 상대로 전투를 치르고 있는 불행한 인간이었다.

「무기를 들라.」쥘리앵은 소리 내어 외쳤다. 그러고는 라 몰 저택의 현관 계단을 한달음에 달려 내려갔다. 그가 찾아 들어간 곳은 길모퉁이의 대서소였다. 대서인은 쥘리앵의 기세에 겁을 먹었다.「이걸 베껴 써주시오.」쥘리앵은 라 몰 양의 편지를 내밀며 말했다.

대서인이 편지를 베끼는 동안 쥘리앵은 푸케에게 보낼 편지를 썼다. 소중한 것이니 잘 보관해 달라는 부탁이었다. 하지만 그들이 우체국에 심어 둔 사람이 내 편지를 열어 볼지도 몰라. 그는 편지를 써 내려가던 손을 멈칫했다. 그러면 신사분들, 당신들은 찾던 편지를 손에 넣으시겠군요……. 아뇨, 그렇게 되도록 놓아둘 순 없죠. 쥘리앵은 프로테스탄트파 서점으로 달려가서 두꺼운『성서』를 한 권 샀다. 그러고는 겉표지를 조심스레 벌려 그 틈으로 마틸드의 편지를 감쪽같이 끼워 넣은 후 우편물로 포장했다. 그리하여 쥘리앵의 소포는 우편 마차에 실려 떠났다. 푸케가 데리고 있는 한 일꾼 앞으로 가는 우편물이었는데, 그 일꾼의 이름을 아는 사람은 파리에는 없을 터였다.

이 일을 마친 후 그는 라 몰 저택으로 돌아왔다. 기분이 즐거워 걸음걸이도 날아갈 것 같았다. 자 이젠 우리 일을 해결할 차례이군요! 그는 방문을 걸어 잠그고 웃옷을 벗어 내던지면서 이렇게 외쳤다. 그러고는 마틸드에게 보낼 편지를 써 내려가기 시작했다.

이럴 수가! 라 몰 가문의 아가씨께서 부친의 시종인 아르센을 시켜 쥐라 산골의 변변찮은 목수에게 너무나 유혹적인 편지를 보내오시다니, 아마도 그 목수의 단순한 마음을 희롱하려는 것일 테죠.

이렇게 첫줄을 시작한 그는 이어서 마틸드의 편지에서 연심을 가장 노골적으로 드러낸 구절들을 골라 베껴 넣었다.
쥘리앵이 발휘한 신중성은 기사 보부아지의 외교관다운 신중성에 비길 만한 것이었다. 시각은 아직도 10시를 가리키고 있었다. 그는 자신의 힘에 도취해 있었다. 그런 도취감은 하찮은 신분의 청년에겐 너무나 새로운 것이었다. 그는 행복에 겨운 기분으로 이탈리아 오페라를 보러 갔다. 이제 친한 사이가 된 제로니모가 무대에서 부르는 노랫소리가 들려왔다. 그는 전에 없을 만큼 음악에 흠뻑 젖어 들었다. 마치 자신이 신이라도 된 듯했다.

제14장
한 처녀의 생각

어쩌면 좋아! 수많은 밤을 잠 못 이루고 지새우네! 맙
소사! 이러다가 경멸스러운 여자가 되면 어쩐다지?
그 사람도 나를 경멸하게 될 거야. 하지만 그가 떠나
려 하는걸, 멀리멀리 가버리려는걸.
— 알프레드 드 뮈세

마틸드가 그 편지를 쓰면서 아무 갈등도 느끼지 않은 건
아니었다. 쥘리앵에게 향하는 관심은, 처음엔 그것이 어떤 종
류의 것이었든 간에, 얼마 지나지 않아 그녀의 자존심을, 철
이 든 이후 유일하게 그녀의 마음을 지배해 온 그 자존심을
눌러 이겼다. 거만하고 차가운 그녀의 마음이 처음으로 열정
에 휩싸였다. 그렇지만 그에 대한 관심이 자존심을 눌렀다고
는 해도, 그것은 여전히 습관화된 자존심에서 벗어나지 못하
고 있었다. 두 달 동안 자신의 마음과 싸우고 또 새로운 감정
들을 경험하면서 그녀는 말하자면 예전과는 아주 다른 심리
상태에 놓였다.

마틸드는 행복이 눈앞에 보이는 것 같았다. 행복에 대한 이
런 예감은 용감하면서도 뛰어난 재능을 지닌 영혼들을 완전
히 사로잡아 버리곤 하는데, 그녀의 경우 이렇게 되기까지 자
존심, 그리고 통속 관념이 요구하는 온갖 의무감과 오랫동안
싸워야만 했다. 어느 날인가는 아침 7시부터 어머니의 방으
로 달려가서 잠시 빌키에에 가서 지내게 해달라고 조르기도

했다. 후작 부인은 그 말에는 대꾸도 하지 않고 가서 잠이나 좀 더 자라고 말했다. 이 시도를 끝으로 마틸드는 통속적인 현숙함을 지키고 일반 통념을 존중하려는 노력을 거두었다.

자신의 행동이 케일뤼스나 뤼즈, 크루아즈누아 같은 사람들이 신봉하는 고루한 관념들을 거스르고 충돌하게 되리라는 것을 그녀는 조금도 염두에 두지 않았다. 그들은 자신을 이해할 능력이 없는 위인들 같았다. 사륜마차나 땅을 구입하는 일이었다면 그들의 의견을 물었을 것이다. 그렇지만 지금 그녀가 걱정하는 문제는 쥘리앵이 자신을 싫어하지 않을까 하는 것이었다.

그 사람도 역시 겉으로만 비범해 보이는 건 아닐까?

그녀는 개성 없이 밋밋한 성격을 무척이나 싫어했다. 그것은 자신을 둘러싼 멋진 청년들에게 느끼는 유일한 불만이기도 했다. 그 청년들은 유행에 뒤떨어진 것이나 유행을 좇지 않는 것을 은근히 비웃곤 했는데, 그들이 그럴수록 그녀의 눈에는 평범하고 시시한 위인들로 비쳤다.

그들은 용감하기는 해. 그렇지만 그게 다야. 게다가 그 용감함이란 또 어떤 것이게? 그녀는 생각했다. 고작 결투에나 과감하게 나서는 용감함이지 뭐. 하지만 결투란 그저 하나의 의례일 뿐이야. 모든 것이 미리 정해진 대로 행해지잖아. 심지어 쓰러지면서 뭐라고 말해야 하는지도 정해져 있어. 잔디밭에 쓰러져서는 손을 가슴에 얹고 상대방을 원망하지 않노라, 하는 말을 던진 다음 어느 미인을 떠올리며 마지막 한마디를 남겨야 하는 것이지. 그 미인이란 그저 상상으로 끌어다 대는 경우도 많고, 그게 아니면 애인이 결투로 죽은 날 세간의 의혹을 살 게 겁이 나서 무도회에 나가는 여자일 테지.

번쩍이는 검을 찬 기병대의 선두에 서서 위험을 무릅쓰는 일도 곧잘 하기는 해. 그렇지만 그 위험을 혼자서 감당해야할 경우에는 어떨까? 낯설고 예기치 못한, 그야말론 끔찍한 위험 앞에서는?

아! 마틸드는 한숨을 내쉬었다. 가문이 좋으면서 성격도 대담한 사내들은 앙리 3세 궁정에서나 만날 수 있었어! 만약 쥘리앵이 자르나크나 몽통쿠르[24] 전투에 참전했다면 그의 용기를 의심하지 않아도 될 텐데. 활기와 힘이 넘치던 그 시절에는 프랑스인들이 꼭두각시 같지는 않았어. 전투가 있는 날이 오히려 가장 평온한 날이었지.

그 시절 사람들의 삶은 틀에 갇힌 게 아니었어. 이집트 미라처럼 똑같은 마포에 둘둘 감겨 다들 똑같은 모양새를 하고 있지는 않았단 말이지. 그래, 그 시절, 카트린 드 메디시스가 있던 수아송 궁에서 밤 11시에 혼자 밖으로 나가려면 엄청난 용기가 필요했어. 오늘날 알제리를 여행하는 것 이상의 용기를 내야 했지. 남자로 살아간다는 건 모험의 연속이었어. 그러나 지금은 문명이, 그리고 경찰력이 그런 모험을 다 몰아내버려서, 이젠 예기치 못한 일이란 찾아볼 수 없게 되었어. 혹시 행동이 아닌 사고방식에서 용기를 부려 보더라도 날카롭고 예리한 생각을 해내기란 어림도 없지. 어쩌다가 모험적인 사건이 일어난다고 해보자. 그럴 때 우리가 아무리 겁먹고 움츠린다 해도 그건 비겁한 축에도 들지 않아. 두려움 때문에 그 어떤 어리석은 짓을 저질러도 전부 변명이 되거든. 퇴락해서 권태만 남은 시대지 뭐야! 만약 1793년에 보니파스 드 라몰이 무덤 밖으로 잘린 머리를 내밀고는, 자신의 후손 열일곱 명이 순한 양처럼 끌려가서 이틀 후 단두대에 머리를 잘리는 꼴을 보았다면 뭐라고 말했을까? 어차피 죽을 수밖에 없다

24 16세기 종교 전쟁기의 격전지.

해도 일단은 저항해 보고, 그래서 적어도 자코뱅 한둘쯤은 처치했어야 했는데, 그게 점잖지 못한 짓이라며 순순히 끌려 가다니. 아! 프랑스의 영웅 시대, 보니파스 드 라 몰의 시대라면 쥘리앵은 기병 대위가 되었을 것이고 오빠는 고분고분한 눈빛에 분별을 입에 달고 사는 온건한 젊은 신부였을 거야.

몇 달 전까지만 해도 마틸드는 절망적인 생각을 하고 있었다. 보통 사람과는 조금이라도 다른 유형의 사람을 만난다는 건 불가능해 보였다. 사교계에 드나드는 몇몇 청년들에게 편지를 써 보내는 일이 약간의 기분 전환은 됐다. 결혼 전의 여자가 그런 대담한 행동을 한다는 것은 정숙함과는 거리가 먼, 아주 경박한 일이어서, 크루아즈누아의 눈에는 그녀의 그런 행동이 수치스러운 것으로 비칠 수도 있었다. 이 점은 그녀의 외조부인 숀 공작과 숀 가문의 눈에도 마찬가지일 터였다. 만약 혼담이 깨어진다면 숀 가문에서는 그 이유를 캐려 들 게 분명했다. 그 무렵 편지를 쓰는 날이면 그녀는 잠을 이룰 수 없었다. 하지만 그녀가 써 보낸 편지들은 따지고 보면 그녀가 받은 편지에 대한 답장에 불과했다.

그런데 이번에는 그녀가 먼저 사랑을 고백했다. 사회 제일 아래 계단에 있는 남자에게 그녀가 〈먼저〉(얼마나 무서운 말인가!) 편지를 써 보낸 것이다.

이런 사정이 사람들에게 알려질 경우 그녀는 수치를 씻을 수 없을 터였다. 어머니 친구 귀부인들 가운데 그 누가 그녀의 편을 들어 주겠는가? 살롱에서 쏟아질 가혹한 경멸을 그 어떤 변명으로 무마할 수 있을 것인가?

말로만 하는 고백이었어도 펄쩍 뛸 만한 일인데 하물며 편지까지 써 보내다니! 나폴레옹은 베일렌[25]이 항복했다는 보고를 받으면서 〈글로 써서는 안 될 일들이 있는 법이다〉라고 말했다고 했다. 그리고 이런 말을 그녀에게 해준 사람이 바로 쥘리앵인 것이다! 마치 뭔가를 미리 귀띔해 주듯이 말이다.

하지만 이런 것 역시 전혀 고민거리가 아니었다. 마틸드가 고민한 이유는 다른 데 있었다. 자신의 계층을 모독했다는 이유로 사교계를 발칵 뒤집어 놓고 지울 수 없는 오점을 남기고 사람들의 경멸을 뒤집어쓰고 다녀야 할지도 몰랐지만, 이런 건 바로 그 문제에 비하면 아무것도 아니었다. 지금 마틸드가 편지를 쓰려 하는 남자는 크루아즈누아, 뤼즈, 케일뤼스 들과는 성격이 완전히 다른 사람이었던 것이다.

바닥을 알 수 없는, 〈종잡을 수 없는〉 쥘리앵의 성격은 그녀를 겁먹게 했다. 일상적인 관계로 그를 대할 때조차 그랬다. 그런 사람을 지금 그녀는 애인으로 삼으려 하는 것이다! 어쩌면 그에게 자신의 모든 걸 바치게 될지도 몰랐다.

그가 나를 지배하게 되면 얼마나 기고만장할까? 그러라지 뭐! 나는 메데이아처럼 외칠 테니. 〈숱한 위험이 나를 포위하고 있지만, 나에겐 나 자신이 남아 있노라〉라고.

마틸드는 쥘리앵이 고귀한 혈통을 조금도 존중하지 않는다고 생각했다. 그뿐 아니라 마틸드를 사랑하는 마음도 전혀 없을지 몰랐다.

이런 고통스러운 의혹과 싸우던 끝에 문득 자존심 강한 여인이 목소리를 냈다. 나 같은 여자는 특별한 운명을 누려야 해, 하고 마틸드는 조바심을 내며 외쳤다. 그러자 요람 때부터 길러진 이 자존심을 또다시 정숙함이라는 미덕이 가로막고 나섰다. 바로 이런 상황에서 마틸드는 쥘리앵의 출발 소식을 알았고, 그리하여 모든 일이 급물살을 타게 된 것이다.

25 스페인의 도시. 베일렌 전투 당시 나폴레옹은 자신의 군대가 이 도시를 약탈하고 파괴했다는 소식을 듣고 수치스러워했다고 한다.

(이런 성격들은 다행히 아주 드물다.)

그날 밤 아주 늦은 시각 쥘리앵은 간교하게도 무거운 여행 가방 하나를 사람을 시켜 문지기의 방에 내려다 놓았다. 그가 이 일을 시키려고 부른 하인은 라 몰 양의 시중을 드는 하녀에게 마음을 두고 있었다. 이 작전이 별 효과 없을지도 몰라. 그렇지만 잘만 되면 그녀는 내가 떠난 줄로만 알걸, 하고 그는 생각했다. 그는 이런 장난에 몹시 유쾌해져서 잠자리에 들었다. 마틸드는 잠을 이루지 못했다.

다음 날 아주 이른 시간에 쥘리앵은 집안사람들의 눈을 피해 저택을 나왔다. 그러고는 8시가 되기 전에 돌아왔다.

그가 서재로 들어서자마자 곧장 라 몰 양이 문간에 나타났다. 쥘리앵은 자신의 답신을 그녀에게 내밀었다. 그녀에게 뭔가 말을 건네는 것이 의무라는 생각이 들었다. 적어도 말을 건넬 좋은 기회이긴 했다. 하지만 라 몰 양은 그의 말을 들으려 하지 않고 가버렸다. 쥘리앵은 오히려 기뻤다. 무슨 말을 해야 좋을지 몰랐던 것이다.

이 모든 일이 노르베르 백작과 짜고 벌이는 장난이 아니라고 치면, 저 대단한 귀족 처녀가 불이 붙어서 내게 괴상한 사랑을 품게 된 건 분명 내가 냉정한 눈초리를 하고 있기 때문일 거야. 내가 혹시라도 저 커다란 금발 인형에게 말려들어 관심을 보인다면, 그건 어리석은 짓이 될 거라는 말이지. 이런 생각을 하자 그는 전보다 더 차갑고 계산적이 되었다.

이제부터 벌일 전투에서 신분에 대한 자존심은 저 여자와 나 사이에 솟은 언덕, 말하자면 전략 거점이 될 거야, 하고 그는 생각을 이어 갔다. 그 고지를 탈환해야 해. 파리에 남기로 한 건 작전상의 큰 실수였어. 이 모든 게 장난일 뿐이라면 출발을 미룸으로써 나는 비굴해지고 결국 나를 놀림감으로 던져 준 꼴이 되고 말아. 떠나는 게 안전한 작전이었는데. 그들이 나를 조롱한 거라 해도 나 역시 그들을 조롱해 주는 거니까. 만약 나에 대한 저 여자의 관심이 어느 정도 사실이라면 그 관심을 더 키워 놓을 수 있었을 테고.

쥘리앵은 라 몰 양이 감정을 고백해 왔다는 사실 자체에는 코웃음을 치면서도 떠나는 편이 적절한 대처법이라는 사실을 진지하게 생각하지 못했다. 그녀의 편지가 그의 허영심을 무척이나 만족시켜 준 탓이었다.

자신의 실수에 극도로 민감한 것이 그의 성격상의 약점이었다. 작전상 실수를 저질렀다는 생각에 화가 치밀자, 이 작은 실패에 앞서 거둔 그 믿을 수 없는 승리는 이제 거의 생각나지도 않았다. 그가 그러고 있던 9시 무렵, 라 몰 양이 서재 문간에 나타나더니 그에게 편지 한 장을 내던지고는 달아났다.

「서간체 소설이라도 쓸 모양이군.」 그는 편지를 집어 들며 중얼거렸다. 적이 기만 작전으로 나오는 이상 나도 냉정함과 미덕을 활용해야겠어.

편지는 쥘리앵에게 결단을 내릴 것을 요구하고 있었다. 그러는 그 어투가 사뭇 거만해서 쥘리앵은 내심 오히려 더 재미있었다. 그는 즐거운 심정으로 두 장에 걸친 답장을 썼다. 자신을 조롱하려는 상대방들이 애가 탈 만큼 모호한 내용의 답장이었다. 편지 말미에서는 역시 상대를 놀려 줄 심산으로, 자신이 다음 날 아침에 떠나기로 작정했음을 알렸다.

편지를 다 쓰고 나자, 이런 편지는 정원에서 전해 주는 게 좋겠다는 생각이 들었다. 그는 정원으로 나갔다. 거기서 라 몰 양의 방 창문을 올려다보았다.

그녀의 방은 2층 자기 어머니 방에 이어져 있었고, 두 방 사이에는 중이층(中二層)이 있었다.

2층은 아주 높아서 라 몰 양의 창문에서는 편지를 손에 들고 산책길 보리수나무 아래를 서성이는 쥘리앵의 모습이 보이지 않았다. 정성 들여 다듬은 보리수나무 가지들이 둥근 천장을 이루며 길게 늘어서 있어서 시야가 가로막혔다. 맙소사! 또 경솔한 짓을 저질렀어! 쥘리앵은 화를 내며 속으로 중얼거렸다. 나를 놀릴 작정을 한 거라면, 내 손에 이렇게 편지를 들고 있는 모습을 내보이는 건 적들을 돕는 일이야.

노르베르의 방은 누이의 방 바로 위층이었다. 쥘리앵이 우거진 보리수나무 궁륭 밖으로 몸을 내밀기만 하면 노르베르와 그의 친구들은 쥘리앵의 움직임을 빠짐없이 지켜볼 수 있을 터였다.

라 몰 양의 모습이 유리창 뒤에 나타났다. 쥘리앵이 편지를 든 손을 반쯤 치켜들어 보였다. 그녀는 알았다는 듯 고개를 끄덕였다. 쥘리앵은 곧바로 저택으로 들어가서 마치 자신의 방으로 달려 올라가다가 우연히 마주친 것처럼 계단에서 마틸드를 만났다. 마틸드는 눈에 웃음기를 담은 채 지극히 태연하게 그의 편지를 받아 들었다.

레날 부인이 내 편지를 받아 들 때면 그녀의 눈은 열정으로 반짝이곤 했지, 하고 쥘리앵은 생각했다. 여섯 달 동안이나 서로를 내밀하게 알고 지내 오면서도 내 편지를 받아 들 때는 늘 그랬는데! 부인이 나를 바라보면서 눈에 느긋한 웃음기를 띤 적은 한 번도 없었어.

하지만 마틸드가 그에게 불러일으킨 생각이 이게 전부는 아니었다. 쓸데없는 기억을 떠올린 것이 부끄러웠던 것일까? 그는 서둘러 생각을 돌렸다. 하지만 저 아침 드레스를 입은 맵시며 우아한 자태도 무척 다르기는 해! 보는 눈이 있는 남자라면 라 몰 양을 서른 걸음쯤 떨어져서 보더라도 그녀가 어떤 신분에 속하는지 알아맞힐걸. 그런 게 바로 귀티라는 것이지.

쥘리앵이 장난스럽게 떠올린 생각 중에는 이런 것도 있었다. 레날 부인에게는 쥘리앵을 위해 희생시킬 크루아즈누아후작 같은 인물이 없었다는 생각이었다. 그가 경쟁해야 할 상대라고는 고작 샤르코 군수 같은 시시한 인물뿐이었는데, 그자는 모지롱 가문의 대가 끊어진 덕에 그 가문 후손 행세를 하는 자였다.

5시에 쥘리앵은 세 번째 편지를 받았다. 라 몰 양은 이번에도 서재 문밖에서 편지를 내던지고는 달아나 버렸다. 대단한 편지광이군! 쥘리앵은 웃으면서 마음속으로 중얼거렸다. 말로도 얼마든지 이야기할 수 있는데! 적은 내 편지를 손에 넣으려는 의도야, 분명해. 그것도 여러 통을 원하는 거야! 그는 편지를 뜯어 보려고 서두르지도 않았다. 이번에도 문장을 잔뜩 꾸며서 늘어놓았을 테지, 하는 생각이 들었다. 그렇지만 편지를 읽어 내려가면서 그의 얼굴은 창백해졌다. 편지는 단여덟 문장이었다.

할 말이 있어요. 오늘 밤에요. 꼭 해야 할 말이에요. 자정이 지나 시계가 1시를 울리면 정원으로 나와요. 정원사가 늘 우물가에 놓아두는 긴 사다리가 있어요. 그걸 가져와서 내 방 창문에 걸치고 올라와요. 오늘 밤에는 달이 밝겠군요. 하지만 아무렴 어때요.

제15장
음모일까?

아! 계획을 세우고 나서 그것을 실천하기까지 얼마나
잔인한 시간을 견뎌야 하는지! 이 공연한 두려움! 이
망설임! 이건 생사가 걸린 문제, 아니 그 이상의 문제
이다. 바로 명예가 걸려 있는 것이다!

—실러

문제가 심각해지는걸……, 하고 쥘리앵은 속으로 중얼거렸
다. 그러고는 잠시 생각에 잠겼다가 덧붙였다. 게다가 계략
이 너무 빤히 보여. 보라고! 이 아름다운 아가씨는 서재에서
도 나와 얼마든지 자유롭게 이야기할 수 있어. 후작은 내가
복잡한 회계 문제들을 꺼내 놓을까 봐 서재에는 좀처럼 들어
오지 않거든. 그뿐 아니지! 서재에 들어올 수 있는 사람이라
고 해봐야 라 몰 후작과 노르베르 백작뿐인데, 이 두 사람은
거의 온종일 집을 비우고 있어. 그들이 귀가하는 시간이야 쉽
게 알 수 있을 터이고. 그런데도 마틸드는 나더러 무모하고
망측한 짓을 저지르라고 하고 있잖아. 왕자의 청혼을 받아도
그리 기울 게 없는 저 고귀한 여자가 말이야.

계략은 뻔해. 나를 함정에 빠트려 신세를 망쳐 놓거나 적
어도 조롱하려는 거라고. 처음에는 내 편지를 이용해서 날
파멸시킬 속셈이었겠지. 그런데 내 편지를 손에 넣고 보니 꼬
투리 잡을 만한 데가 없거든. 자! 그러니 뭔가 증거로 삼을
불 보듯 명백한 행동이 필요하다는 거겠지. 저 곱상한 신사

나리들은 내가 그렇게 멍청한 줄 아나 보군. 아니면 바람이 잔뜩 들어 있는 줄 알거나. 빌어먹을! 휘영청 밝은 달밤에 높이가 8미터나 되는 2층으로 사다리를 타고 올라오라니! 이웃집에서도 내가 훤히 보일 거야. 사다리를 타고 기어오르는 내 꼴이 가관이겠구나! 볼만하겠어! 쥘리앵은 자신의 방으로 올라가 휘파람을 불면서 짐을 꾸리기 시작했다. 편지에는 답장조차 하지 않고 여행을 떠나기로 마음을 정한 참이었다.

그러나 이렇게 현명한 결심을 했는데도 마음이 편치 않았다. 짐을 다 꾸려 트렁크를 닫는 순간 불현듯 어떤 생각이 그의 머릿속을 스쳤다. 만에 하나, 마틸드가 진심이라면 어쩔 것인가! 그렇다면 나는 그녀가 보기에 더할 수 없이 비겁한 놈이 되는 거야. 나는 내세울 신분을 등에 업고 태어나지 못했어. 그러니 대신 큰 재능이 있어야 해. 의심할 바 없이 뚜렷한 재능, 이런저런 말이 무색하게 눈부신 행동으로 입증되는 재능이 말이야…….

그는 한동안 방 안을 서성이며 생각에 잠겼다. 그러고는 마침내 중얼거렸다. 부인해 봤자 무슨 소용이야? 마틸드의 눈에 비겁자로 보이고 말 거라고. 그녀는 레츠 공작 저택에서 열린 무도회에서 모두들 수군거렸듯이, 이 상류 사회에서도 제일 돋보이는 여자인데, 그런 여자를 놓치는 건 물론이고, 크루아즈누아 후작을 누르는 기막힌 기쁨도 놓치게 되잖아. 공작의 아들이자 그 자신도 공작이 될 자를 말이야. 그 매력적인 청년은 가문에 재산에, 때맞춰 한마디씩 던지는 재치까지 지녔는데 말이야……. 나한테 없는 모든 장점을 갖추었잖아.

지금 나중에 후회할 결정을 하면 평생 괴로워해야 해. 그 여자를 놓쳐서가 아냐. 여자는 얼마든지 많아.

하지만 명예는 단 하나뿐인 것이다!

돈 디에고[26]는 이렇게 말했지. 그런데도 나는 바로 이 자리, 내 앞에 던져진 첫 번째 위험을 보면서 슬금슬금 뒤로 물러서고 있어. 사실 보부아지와의 결투는 그저 장난 같은 것이었지. 하지만 이번은 전혀 달라. 하인이 나를 발견하고 피스톨을 쏴댈지도 모르거든. 그렇지만 그런 위험이야 하찮지. 문제는 명예를 잃을지도 모른다는 것이라고!

〈이봐 자네, 문제가 심각해지는걸, 《며엉예에》가 걸려 있단 말이야〉 하고 그는 가스코뉴 지방의 억양까지 되살려 쾌활하게 중얼거려 보았다. 어쩌다 사회 밑바닥에서 태어난 나 같은 놈이 이런 기회를 다시 만나기란 어려워. 장차 나도 꽤 돈을 벌기야 하겠지만, 그래 봤자 저급한 성공이지…….

그는 한참 생각했다. 빠른 걸음으로 방 안을 오락가락하다가 때때로 뚝 멈춰 서곤 했다. 그의 방에는 리슐리외 추기경의 흉상이 놓여 있었다. 그의 눈길이 무심코 그 조각상에가 닿았다. 램프 불빛을 받은 리슐리외 상은 마치 그를 엄격한 표정으로 쏘아보는 것만 같았다. 프랑스인이라면 성격이 천성적으로 대담하기 마련인데, 너는 왜 그렇지 못하냐고 힐난하는 듯했다. 쥘리앵은 마음속으로 대답했다. 위대한 분이여, 내가 당신의 시대에 살고 있는 거라면 이렇게 주저했겠습니까?

마침내 쥘리앵은 이런 생각에 도달했다. 최악의 경우 이 모든 게 계략이라고 한다면, 이건 한 처녀로서는 아주 음험하고 위태로운 짓이다. 내가 입을 다물 사람이 아니라는 건 잘

26 코르네유의 비극 『르 시드』의 등장인물로, 아들에게 약혼녀의 부친을 상대로 자신의 복수를 해줄 것을 요구한다.

알 테니, 나를 죽여야만 할 거야. 보니파스 드 라 몰의 시대인 1574년이라면 그건 좋은 해결법이었어. 하지만 오늘날의 보니파스 드 라 몰은 감히 그럴 만한 배짱이 없어. 오늘날의 귀족 신사들은 자기네 조상들 같지 않거든. 온 사방이 라 몰 양을 시샘하는 건 어쩌고! 그녀의 추문이라면 내일 당장 파리의 4백여 군데 살롱이 들썩거릴걸. 게다가 얼마나 희희낙락 재미있어하며 그녀의 추문을 떠들어 댈지!

하인들도 저희들끼리 입방아를 찧고 있다는 걸 알아. 마틸드가 내게 유난히 호감을 보이는 게 아니냐는 거지. 그렇게 수군거리는 걸 들은 적이 있어…….

또 하나 고려해야 할 건 그녀가 쓴 편지들이 있다는 사실이야! 그들은 내가 그 편지들을 몸에 지니고 다닐 거라 생각할 테지. 그래서 그녀의 방에서 나를 덮친 다음 그 편지들을 빼앗으려는 수작일 수도 있어. 그러려고 몇 놈이나 달려들까? 두 명, 세 명, 네 명? 그런데 그런 놈들을 어디서 구해 올 수 있을까? 대체 입을 다물 줄 아는 하인을 파리에서 찾아낼 수나 있을까? 하인들이란 붙잡혀 재판을 받는 걸 겁내지…….아무렴! 케일뤼스, 크루아즈누아, 뤼즈 같은 자들도 재판에 휘말리는 일이라면 질색을 하는걸. 그런데도 그들은 이런 짓을 꾸민 거야. 그녀의 방에 들어가 그들에게 둘러싸이는 순간 내가 얼마나 바보 같은 얼굴을 할지 지켜보는 재미를 놓칠 수 없었던 거지. 이봐, 비서 양반, 아벨라르[27] 꼴이 되지 않도록 정신 바짝 차려!

흥, 두고 보시죠! 귀족 신사 나리들, 당신들 얼굴에 칼자국을 내드리지. 카이사르의 병사들이 파르살라에서 그랬던 것

---

27 Pierre Abélard(1079~1144). 프랑스 스콜라 철학자로 엘로이즈와의 사랑으로도 유명하다.

처럼 얼굴을 베어 드리겠소……. 편지들이야 안전한 곳에 숨겨 둘 수 있지요.

쥘리앵은 나중에 받은 편지 두 통을 베껴 서재의 볼테르 전집 가운데 한 권을 꺼내 숨긴 후 원본을 들고 우체국으로 갔다.

우체국에서 일을 마치고 돌아오자 문득 놀라움과 두려움이 엄습해 왔다. 대체 나는 무슨 미친 짓을 하려는 거지? 다가오는 밤에 자신이 해내야 할 행동에 대해서는 잠시 생각을 미뤄 두고 있었던 것이다.

그렇지만 마틸드가 요구한 대로 하기를 거절한다면 나는 스스로를 경멸하게 될걸! 그걸 거절한다면 나는 평생 나 자신의 가치에 대해 의심해야 해. 나 자신을 의심한다는 건 견딜 수 없는 고문이야. 아망다의 애인 때문에 이미 한 번 겪어 본 일이잖아! 명백한 범죄를 저질렀다 해도 이보단 쉽게 나 자신을 용서하게 될 것 같아. 일단 죄를 자인해 버리면, 그것에 대해 더 이상 생각하지 않을 수 있으니까.

뭐라고! 믿을 수 없는 행운이 굴러 들어와 프랑스에서 제일가는 명문가 남자와 경쟁할 기회가 생긴 건데, 나는 스스로 그자보다 못하다는 걸 속 편하게 인정하려 하다니! 사실 그녀의 방에 가지 않는다는 건 비겁한 짓이야. 어떻게 해야 할지는 이 비겁하다는 말 하나로 이미 결정된 거야, 하고 쥘리앵은 몸을 벌떡 일으키며 소리쳤다. 게다가 그 여자는 무척 예뻐!

만약 이 일이 계략이 아니라면 그 여자는 나 때문에 정말이지 정신 나간 짓을 저지르는 셈이지……! 만약 날 골탕 먹일 심산이라면, 까짓것! 귀족 신사분들, 이 장난을 심각한 일로 만드는 건 나한테 달린 일이니, 그렇게 만들어 드리지요.

그렇지만 방에 들어서는 순간 그들이 내 두 팔을 포박해 버리면 어쩐다? 뭔가 교묘한 함정을 장치해 놨을지도 모르지!

이것도 결투라고 생각하면 돼. 쥘리앵은 웃으면서 중얼거렸다. 검술 사범이 말하기를, 어떻게 공격해 들어오든 그걸 막는 방법이 있는데, 하느님이 빨리 승부를 가리려고 둘 중 하나에게 그 방어법을 잊게 만드는 거라잖아. 또 있어, 이걸로 그들에게 대답해 주면 돼. 쥘리앵은 주머니에서 피스톨을 꺼내면서 생각했다. 뇌관이 말짱한데도 그는 새것으로 갈아 끼웠다.

아직 몇 시간 더 기다려야 했다. 뭔가 일을 손에 붙잡고 있으려고 그는 푸케에게 편지를 썼다.

이보게, 동봉한 편지는 사고가 생겼을 때만, 그러니까 내 신상에 뭔가 심상찮은 일이 일어났다는 소문이 들릴 때만 열어 봐야 해. 내가 맡긴 편지들에서 사람 이름을 뺀 사본 여덟 통을 만들어 마르세유, 보르도, 리옹, 브뤼셀 등지의 신문사로 보내 줘. 열흘 후에는 그 편지를 인쇄해서, 그 첫 판 인쇄본 한 장을 라 몰 후작에게 보내도록 하고, 그로부터 또 보름 후엔 나머지 인쇄본을 밤사이 베리에르 거리에 뿌려 주었으면 해.

푸케에게 사고가 생겼을 경우에만 열어 보라고 당부한 글은 나중에 증거 자료가 되도록 사건을 콩트 형식으로 간략히 진술한 것이었다. 쥘리앵은 그 진술에서 되도록 라 몰 양을 사건에 끌어들이지 않으려고 하면서도 자신의 입장을 아주 정확하게 기술해 놓았다.

쥘리앵이 편지를 다 써서 봉투를 봉하는 순간 저녁 식사를 알리는 종소리가 들렸다. 그의 가슴이 쾅쾅 울렸다. 자신이 만들어 낸 이야기에 빠져 그의 상상력은 온통 비극적 예감에 젖어 있었다. 하인들에게 붙들려 포박당하고 입에는 재갈이 물린 채 지하실로 끌려가는 자신의 모습이 눈에 선했다. 지하실에서는 하인 하나가 그를 감시할 것이다. 귀족 가문의 명예를 지키기 위해 이 사건을 비극적으로 끝맺을 수밖에 없다고 할 때, 흔적을 남기지 않는 종류의 독약들이 있으니 모든 걸 끝장내기란 쉬운 일이다. 그러고 나서 쥘리앵은 병사한 것이 되어 그의 시신은 방으로 옮겨질 것이다.

극작가라도 된 양 자기가 꾸며 낸 이야기에 취한 쥘리앵은 식당으로 들어서면서 정말로 공포를 느꼈다. 그는 제복 차림의 하인들을 하나하나 쳐다보았다. 그들의 표정을 유심히 살폈다. 이 중에서 누구누구가 오늘 밤의 작전을 위해 선발되었을까? 하고 그는 생각해 봤다. 이 집 가족은 걸핏하면 앙리 3세 시절의 궁정을 들먹이면서 그 기억에 젖어 지내지. 그런 만큼 가족이 모욕을 당했다 싶으면 훨씬 단호하게 나올 거야. 그런 면은 여느 귀족보다 더할 거라고.

쥘리앵은 라 몰 양의 눈에서 이 가족의 계획을 읽어 낼 수 있을까 싶어 그녀를 쳐다보았다. 그녀의 얼굴색은 창백했다. 영락없이 앙리 3세 시절의 여인으로 보였다. 그가 한 번도 본 적이 없을 만큼 장려한 분위기를 풍기고 있어서 더 이상의 군말이 필요없을 정도로 아름답고 당당해 보였다. 그런 그녀의 모습은 그가 자칫 사랑의 감정을 느낄 정도였다. *Pallida morte futura*(창백한 얼굴빛이 엄청난 계획을 숨겼음을 말해 주는구나), 하고 그는 속으로 중얼거렸다.

저녁 식사 후 그는 정원을 산책하는 척하며 오랫동안 정원에 머물렀다. 그러나 별 소득이 없었다. 라 몰 양은 정원에 얼굴을 내비치지도 않았다. 그녀와 이야기를 나눌 수 있었다면 그 순간만큼은 그도 마음을 짓누르는 불안을 달랠 수 있었을 것이다.

솔직히 이야기 못 할 이유가 무엇이 있겠는가? 그는 두려워하고 있었다. 일을 결행하기로 마음은 이미 굳힌 터였으므로 이제는 부끄러움이고 뭐고 없이 두려움에 몸을 내맡길 수 있었다. 용기는 행동할 순간이 닥쳤을 때 내면 되지, 하고 그는 생각했다. 지금이야 내가 어떤 감정을 느끼든 아무 상관 없잖아. 그는 사다리가 어디 놓여 있는지, 무게는 얼마나 되는지 미리 봐두러 갔다.

베리에르에서 그랬듯 여기서도 사다리는 내 운명과 떼려야 뗄 수가 없구나! 그는 이렇게 생각하며 속으로 씁쓸히 웃었다. 하지만 그때와는 얼마나 다른가! 여인을 보러 가기 위해 위험에 몸을 내맡긴다는 것은 같아도 그때는 그 여인을 의심하지 않아도 되었는데, 하는 생각에 그는 한숨을 내쉬었다. 그 위험이라는 것도 지금과는 완전히 달랐지!

레날 씨 정원에서 내가 행여 죽음을 맞았더라도 나로선 치욕이 될 게 전혀 없었어. 내가 죽은 이유는 쉽게 묻혔을 거야. 하지만 이곳에선 숀 저택, 케일뤼스 저택, 레츠 저택 등 살롱마다 역겨운 이야기들을 꾸며 낼 테지. 그래서 뒷날 나는 짐승 같은 놈으로 사람들 입에 오르내릴 거고 말이야.

적어도 2~3년은 그럴 테지, 하고 그는 씁쓸히 스스로를 비웃었다. 하지만 이런 생각에 그의 기분은 참담해지고 말았다. 그렇게 된다 한들 내가 어떻게 자신을 변호할 수 있겠는가? 내가 죽은 후 푸케가 나를 변명하는 전단을 인쇄해서 돌린다 해도 그건 나를 한층 더 파렴치한 꼴로 비치게 만들 뿐일걸, 젠장! 어느 집에 들어가 친절하게 대접받고 호의도 잔뜩 받아 챙겨 놓고는 그 대가로 인쇄물이나 찍어 그 집안에서 일어난 일을 세상에 떠벌린다고! 여자의 명예를 걸고넘어진다고!
아서라, 그럴 바에야 그냥 당하고 마는 편이 훨씬 더 낫지!
　그날 밤은 끔찍이도 괴로운 시간이었다.

제16장
새벽 1시

그 정원은 아주 넓었다. 불과 몇 년 전에 나무랄 데 없
는 취향으로 다시 손을 본 곳이지만, 그곳 나무들은
앙리 3세 시절의 유명한 정원 프레오 클레르에 모습
을 보였던 것들로, 수령이 1백 년 이상이었다. 그 정원
에서는 뭔가 전원의 분위기가 느껴졌다.
　　　　　　　　　　　　　　　　　　　— 메싱거

그가 앞서 한 부탁을 취소하려고 푸케에게 다시 편지를 쓰
려 하는데 11시를 알리는 종소리가 울렸다. 그는 자기 방문
의 자물쇠를 찰가닥거려 마치 방 안에서 문을 잠그는 소리처
럼 들리게 했다. 그런 다음 발끝으로 살금살금 방을 나서서
온 집 안, 특히 하인들이 기거하는 5층 지붕 밑 방들의 동정
을 살폈다. 심상찮은 기미는 없었다. 라 몰 부인의 시중을 드
는 한 하녀가 파티를 열어서 하인들은 펀치를 마시며 유쾌한
시간을 보내고 있었다. 저렇게 웃고 떠드는 자들은 오늘 밤
작전에 가담하기로 된 녀석들이 아닐 거야, 하고 쥘리앵은 생
각했다. 아무래도 저들보다는 더 긴장해서 굳어 있는 자들일
테지.

마침내 그는 정원으로 나갔다. 어두운 구석에 자리 잡고
주위를 살폈다. 그들은 집안 하인들한테 계획을 누설할 마음
이 없었을지 몰라. 그렇다면 나를 습격할 자들은 정원 담을
타넘어 들어올 거라는 말이지.

크루아즈누아가 이 일을 꾸미면서 어느 정도 앞뒤를 재볼

정신이 있었다면, 자신이 결혼하려는 여자의 안전을 위해 내가 그녀의 방에 들어가기 전에 나를 붙잡을 생각을 해냈을 거야.

그는 군대식으로 아주 정밀하게 사방을 정찰했다. 이건 내 명예가 걸린 일이야, 하고 그는 생각했다. 실수를 저질러 놓고 나중에 가서 〈그걸 미처 생각 못 했다〉고 한탄하는 건 나 스스로 용납할 수 없어.

마지막 기대조차 저버린 듯 밤하늘은 깨끗이 개어 있었다. 11시쯤 하늘 가운데로 떠오른 달은 12시 반 무렵에는 정원을 향한 저택 정면을 훤히 비추었다.

그 여자가 미쳤지 뭐야, 쥘리앵은 속으로 중얼거렸다. 시계가 1시를 치는데도 노르베르 백작 방의 창문에서는 여전히 불빛이 새어 나왔다. 쥘리앵은 생전 처음일 만큼 지독하게 겁이 났다. 감행하려는 일에 대한 흥분은 느껴지지 않았다. 얼마나 큰 위험을 무릅써야 하는지만 머릿속에 떠올랐다.

쥘리앵은 가서 큰 사다리를 가져왔다. 그런 다음 혹시라도 이 일을 그만두라는 신호가 있지 않을까 싶어 5분 정도 기다렸다. 1시 5분이 되자 사다리를 마틸드의 창문에 걸쳐 놓았다. 손에 피스톨을 든 채 그는 자신에게 달려드는 자가 없다는 사실에 의아해하면서 한 발 한 발 사다리를 올라갔다. 창문이 가까워졌을 때 소리 없이 창문이 열렸다.

「드디어 왔군요.」 마틸드의 목소리는 어떤 감정으로 흔들리고 있었다. 「한 시간 전부터 당신의 움직임을 지켜보고 있었어요.」

쥘리앵은 무척 거북한 기분이었다. 어떻게 처신해야 좋을지 몰라 불편했다. 사랑의 감정은 전혀 느껴지지 않았다. 이렇게 당황한 가운데서도 뭔가 해야만 한다는 생각이 든 그는 마틸드에게 키스하려고 했다.

「어머, 이런!」 마틸드가 짤막하게 외치며 그를 밀어냈다.

그는 이렇게 거절당한 데 무척이나 안도하면서 서둘러 주위를 눈으로 훑었다. 달빛이 휘황해서 방 안에 드리워진 두 사람의 그림자가 아주 짙었다. 어느 구석엔가 놈들이 숨어 있는데 내 눈에는 띄지 않는 건지도 몰라, 하고 그는 생각했다.

「옆 주머니에 든 게 뭐죠?」 말할 거리를 찾아낸 걸 기뻐하며 마틸드가 물었다. 그녀는 마음속으로 묘한 고통을 느끼고 있었다. 좋은 가문에서 태어난 처녀라면 자연히 지니게 되는 조심성과 수줍음이 되살아나 그녀를 괴롭혔다.

「무기와 피스톨을 다 챙겨 왔죠.」 쥘리앵이 대답했다. 그 역시 뭔가 말할 거리가 생긴 게 반가웠다.

「사다리를 바닥에 내려놓아야 해요.」 마틸드가 말했다.

「아주 긴 것이라서 그냥 떨어뜨렸다가는 아래층 거실이나 중이층 창문이 깨질 수도 있어요.」

「유리창을 깨서는 안 돼요.」 마틸드는 평소처럼 자연스럽게 이야기하려 했지만 잘되지 않았다. 「사다리 첫째 단에 밧줄을 매서 아래로 내리면 될 것 같아요. 방에 언제나 밧줄을 준비해 두고 있죠.」

퍽이나 사랑에 빠진 여자답군! 쥘리앵은 생각했다. 이렇게 냉정을 지키면서, 이렇게 주도면밀하게 행동하면서 사랑한다고 말하다니! 이런 걸 보면 내가, 어리석게도 그렇다고 믿은 것과는 달리, 크루아즈누아를 물리친 건 아닌 거야. 나는 그저 그의 자리를 물려받은 것뿐이지. 뭐, 그런들 무슨 상관이람! 내가 이 여자를 사랑하는 것도 아닌데. 크루아즈누아 후작은 자기 자리를 다른 남자가 차지했다는 걸 알면 무척 분할 것이고, 그 남자가 나라는 걸 알면 한층 더 분할 테니까,

그런 의미에서 나는 그에게 승리를 거둔 셈이지. 어제 저녁 토르토니 카페에서 마주쳤을 적에 그는 나를 알아보지도 못하는 척 아주 거만하게 쳐다보더군! 그러고는 별 수 없이 인사를 건네야 했을 때는 어찌나 심보 사나운 표정을 짓던지!

쥘리앵은 사다리 첫째 단에 밧줄을 잡아매서 천천히 아래로 내렸다. 몸을 발코니 바깥으로 쑥 내밀어 사다리가 유리창에 부딪히지 않도록 해야 했다. 그는 생각했다. 마틸드의 방에 누군가 숨어 있다면 지금이 나를 죽일 좋은 기회인데. 하지만 사방은 여전히 고요했다.

마침내 사다리가 땅에 닿는 게 느껴졌다. 쥘리앵은 요령껏 사다리를 화단에 눕혀 놓았다. 벽을 따라 이국의 화초를 심어 놓은 화단이었다.

「예쁜 화초들을 짓이겨 놓은 걸 보면 어머니가 뭐라고 할까……?」 마틸드는 이렇게 중얼거리더니 곧장 침착하게 덧붙였다. 「밧줄을 바닥에 던져야 해요. 발코니에 밧줄을 걸쳐 놓은 걸 사람들이 발견할 경우 설명하기 난감해요.」

「그럼 나는 어떻게 이 방에서 나가죠?」 쥘리앵은 식민지 사투리를 흉내 내어 장난스럽게 물었다(집안 하녀 하나가 산도밍고 출신이었다).

「당신은, 당신은 문으로 나가면 돼요.」 마틸드는 자신이 해낸 생각에 기뻐하며 대답했다.

아! 이 정도는 되는 남자여야 내 사랑을 받을 자격이 있지! 하고 그녀는 생각했다. 쥘리앵이 밧줄을 정원으로 던졌다. 그 순간 마틸드가 그의 팔을 잡았다. 쥘리앵은 적이 자신을 붙든 줄 알고 단도를 빼 들며 몸을 휙 돌렸다. 마틸드는 어딘가에서 창문 여는 소리가 들린 것 같아 그의 팔을 잡은 것이었다. 두 사람은 숨을 죽인 채 꼼짝 않고 서 있었다. 달빛이 두 사람을 환히 비추었다. 소리는 다시 들려오지 않았고, 불안감도 가라앉았다.

그러자 또다시 어색함이 고개를 들었다. 두 사람 모두 무엇을 해야 좋을지 몰라 당황했다. 쥘리앵은 문이 잘 잠겼는지 빗장들을 하나하나 점검했다. 차마 그러지는 못하면서도 침대 밑을 들여다보고 싶었다. 거기 하인 한둘쯤 숨겨 놓았을지 모를 일이었다. 신중하지 못했다고 나중에 자책하게 될 게 두려웠던 그는 결국 몸을 숙여 침대 밑을 훑어보고야 말았다.

마틸드는 잔뜩 움츠러들어 더할 수 없이 착잡한 기분이 되어 있었다. 자신이 처해 있는 상황이 끔찍했다.

마침내 그녀가 말을 꺼냈다.

「내 편지들은 어떻게 했죠?」

그 신사 나리들이 어느 구석에선가 엿듣고 있다면 그들에게 한방 먹일 기회다. 그들하고 한바탕 겨룰 필요 없이 내가 먼저 치고 들어가야겠어! 그렇게 생각한 쥘리앵이 대답했다.

「제일 먼저 받은 편지는 두꺼운 프로테스탄트 『성서』 속에 감춰서 우편 마차 편으로 멀리 실어 보냈죠.」

그는 세세한 사정을 아주 낭랑한 목소리로 이야기했다. 미처 열어 보지 못한 두 개의 커다란 마호가니 옷장 속에 혹시 숨어 있을지 모를 사람들에게 들리도록 할 심산에서였다.

「나중에 받은 편지 두 통도 우편으로 부쳤어요. 지금쯤 먼젓번 것을 뒤따라가고 있을걸요.」

「어머! 그렇게까지 조심성을 부린 이유가 뭐죠?」 마틸드가 의아한 듯 물었다.

이렇게 된 상황에서 숨겨야 할 이유는 없잖아? 하는 생각이 든 쥘리앵은 자신이 품은 의심을 낱낱이 이야기했다.

「그래서 당신의 답장이 그렇게 냉담했구나!」 이렇게 외치는 마틸드의 목소리는 다정하기보다는 열에 들떠 있었다.

쥘리앵은 그 미묘한 차이를 분간하지 못했다. 마틸드가 별안간 허물없는 말투를 쓰는 바람에 이것저것 따져 볼 겨를도 없이 기분이 잔뜩 달아올랐다. 그 정도까지는 아니라 할지라도 어쨌건 의심은 풀 수 있었다. 스스로 생각하기에도 자신이 그녀와 대등한 위치에 선 것 같았다. 그는 그동안 그렇게 공손히 받들어 왔던 이 아름다운 여자를 자신의 가슴에 끌어당겨 안았다. 마틸드는 엉거주춤 그를 떠밀어 내다 말았을 뿐이었다.

그는 예전에 브장송에서 아망다 비네에게 했듯이 자신의 기억력을 빌려 『누벨 엘로이즈』에서 가장 멋진 구절들을 읊어 보였다.

「당신은 남자다워.」 마틸드는 쥘리앵이 늘어놓는 문구들을 듣는 둥 마는 둥 대꾸했다. 「난 당신 용기를 시험해 보고 싶었어. 솔직히 털어놓자면 그래. 당신이 처음부터 의심을 품었으면서도 이렇게 결단을 내린 걸 보면 당신은 분명 내가 생각한 이상으로 용기 있는 사람이야.」

마틸드는 격식을 벗어던진 너나들이 말투로 쥘리앵을 대하려고 애썼다. 자신이 하는 말의 내용보다, 스스로 어색하기만 한 이 친밀한 말투를 보여 주는 데 더 주의를 기울이고 있는 게 역력했다. 말하는 방식은 친근했지만 그 말 속에 담겨야 할 다정한 울림이 없는 탓인지, 쥘리앵은 그런 말투를 들어도 금세 시들하게 느껴졌다. 그는 행복한 기분이 들지 않는 데 놀랐다. 행복을 느끼기 위해서 그는 결국 이성을 동원해야 했다. 이 거만한 아가씨가 나를 높이 평가하고 있다. 누굴 칭찬할 때조차 반드시 뭔가 꼬투리를 잡아 다시 끌어내리고야 마는 이 여자가 말이다. 이렇게 생각을 모으고 나서야 그는 비로소 자존심의 충족감을 맛보았다.

하지만 사실 이 기쁨은 그가 레날 부인과 함께 있으면서 때때로 맛보던, 마음에서 샘솟는 그 즐거운 도취감은 아니었다. 그때와는 얼마나 다른가! 지금 그가 느끼는 감정에는 다정함이 전혀 없었다. 그것은 야심이 빚어낸 강렬한 성취감이었다. 그리고 쥘리앵은 다른 무엇보다 야심에 차 있었다. 그는 자신이 의심한 사람들과 자신이 세운 대비책에 대해서 또 한 번 이야기했다. 그러면서 머릿속으로는 자신이 거둔 이 승리를 어떤 방식으로 이용할 수 있을까 궁리했다.

자신의 행동에 질겁한 듯 여전히 어찌할 바를 모르고 있던 마틸드는 대화거리가 생겨 기쁜 눈치였다. 두 사람은 밀회 방법에 대해 이야기를 나누었다. 이 문제에 대해 의견을 주고받으면서 쥘리앵은 자신이 재치 있고 용감하다는 걸 한 번 더 과시하며 뿌듯한 기분을 맛보았다. 우리는 눈치가 아주 빠른 사람들에게 둘러싸여 있다. 게다가 저 탕보라는 녀석은 뭐든 감을 잡기만 하면 즉시 고자질을 해댈 것이다. 그렇지만 마틸드와 자신도 그렇게 어수룩한 것은 아니다.

모든 걸 미뤄 볼 때 서재에서 만나는 것이 가장 쉬운 방법 아닐까?

그러면서 쥘리앵은 덧붙였다. 「어디든 다른 곳도 좋아요. 집 안 어느 장소를 정하든 나는 갈 수 있어요. 의심을 사지 않고 말이죠. 그래야 한다면 후작 부인 방에 들어가는 것도 문제없어요.」 마틸드의 방으로 들어가려면 반드시 그 어머니의 방을 거쳐야만 했다. 만약 마틸드가 자신이 매번 사다리를 써서 방으로 올라오는 방법을 더 좋아한다면 자신은 그까짓 위험쯤이야 기꺼이 감수하겠다는 것이 그의 말이었다.

쥘리앵의 말을 들으면서 마틸드는 그의 의기양양한 태도

에 기분이 상했다. 내 주인이라도 된 듯이 굴고 있잖아! 하고 그녀는 생각했다. 벌써부터 후회가 그녀를 사로잡았다. 자신이 저질러 놓은 이 미친 짓에 그녀의 이성은 몸서리를 쳤다. 그럴 수만 있다면 쥘리앵을 죽이고 자신도 죽고 싶었다. 치미는 후회를 의지력을 발휘해서 억누르면 이번에는 부끄러움과 고통스러운 수치심이 들고일어나 그녀를 걷잡을 수 없는 불행 속으로 밀어 넣었다. 그녀는 자신이 이런 끔찍한 상태에 빠지게 될 줄은 전혀 예상하지 못했다.

하지만 나는 그에게 말을 걸어야 해, 하고 생각하면서 어쨌거나 그녀는 마음을 다잡았다. 애인한테는 말을 거는 게 당연하니까. 그래서 그녀는 의무를 완수하기 위해 다정하게 말을 했다. 목소리가 다정하다기보다 단어가 다정한 그 이야기는 자신이 최근 며칠간 쥘리앵에 대해 이러저러한 결심을 했다는 내용이었다.

그녀는 쥘리앵이 자신이 시킨 대로 정원 사다리를 타고 방으로 올라온다면 쥘리앵에게 모든 걸 내맡길 작정이었다고 말했다. 하지만 그처럼 달콤한 사연을 그처럼 싸늘하고 예절 바른 말투로 이야기할 수도 있는 걸까? 그 순간까지도 두 사람의 만남은 차갑게 굳어 있었다. 사랑이 그런 것인 줄로만 안다면 누구나 사랑을 혐오하며 달아날 것이다. 경솔하게 사랑을 기웃거리는 젊은 여자들한테야 얼마나 따끔한 일침인지! 이런 순간을 위해 자기 장래를 망칠 필요가 있겠는가?

마틸드는 오랫동안 망설였다. 겉모습만 보는 사람의 눈에는 쥘리앵이 아주 미워서 그렇게 망설이는 것으로 비칠 정도였다. 자신을 지키고자 하는 여인으로서의 본능적 감정을 이겨 내기란 그녀의 그 굳은 의지로도 그렇게나 어려웠다. 그런 긴 망설임 끝에 마틸드는 마침내 쥘리앵의 사랑스러운 애인

544

이 되었다.

사실 그들이 나눈 사랑의 환희는 어느 정도 꾸며낸 면이 있었다. 이 열정적인 사랑은 실제 현실이라기보다 어떤 모범을 모방한 것이었다.

라 몰 양은 자신의 행동이 스스로에 대해 그리고 애인에 대해 의무를 수행하는 것이라고 믿었다. 이 가엾은 남자가 용기를 발휘해 보였잖아, 그러니 그를 행복하게 해주어야만 해, 하고 그녀는 생각했다. 그러지 않으면 내가 비겁한 여자가 되고 말아. 하지만 그녀는 자신이 어쩔 수 없이 처한 이 잔인한 상황을 영원한 불행을 감수하고라도 모면하고 싶은 심정이었다.

이처럼 가슴속의 갈등을 애써 억누르고 있던 그녀였지만, 하는 말만은 조금도 흐트러짐 없이 다정했다.

그날 밤 그녀는 그 시간을 망칠 만한 후회나 자책감을 조금도 내보이지 않았다. 쥘리앵에게는 행복하기보다 뭔가 기묘했던 밤이었다. 맙소사! 베리에르에서 마지막으로 보낸 스물네 시간과는 달라도 너무 다른걸! 파리의 세련된 행동 방식에는 모든 걸 망쳐 놓는 비결이 있어. 심지어 사랑까지도 괴상하게 만들어 놓잖아. 지나치게 부당한 평가인 줄 알면서도 쥘리앵은 이렇게 중얼거렸다.

이런 것들이 쥘리앵이 큰 마호가니 옷장 속에 들어가 우두커니 선 채로 떠올린 상념들이었다. 옆방인 라 몰 부인의 방에서 사람이 깨어난 기척이 들려오자 마틸드가 쥘리앵의 등을 떼밀어 옷장 안에 숨게 했던 것이다. 마틸드는 어머니를 따라 아침 미사에 갔다. 하녀들도 방에서 나갔다. 쥘리앵은 하녀들이 방을 정리하려고 되돌아오기 전에 방에서 빠져나왔다.

그는 말을 타고 뫼동 숲의 한적한 장소를 찾아 나섰다. 기쁨보다는 놀라움이 더 컸다. 때때로 솟구치는 행복감은 한 청년 소위가 뭔가 눈부신 무훈을 세운 보상으로 총사령관에 의해 단번에 연대장에 임명되었을 때 맛보는 성취감 같은 것이었다. 그는 자신이 까마득히 높은 꼭대기에 올라선 느낌이었다. 전날까지만 해도 머리 위에 있던 것들이 지금은 모두 자신과 나란한 위치나 발아래에 있었다. 말을 달려 나갈수록 점차 그의 행복감도 커져 갔다.

마틸드가 감미로운 기분을 조금도 느끼지 못했던 것은, 이 말이 이상하게 들리겠지만, 그에게 보여 준 그녀의 모든 행동이 일종의 의무 완수였기 때문이다. 지난밤의 일 가운데서 마틸드가 소설에서 읽은 환희의 극치 대신에 불행과 수치심을 느꼈다는 사실을 제외하면, 그녀가 미처 예상하지 못했던 것은 없었다.

그녀는 스스로에게 물었다. 내가 잘못 생각한 걸까? 내가 그를 사랑하지 않는 걸까?

제17장

옛 검(劍)

마틸드는 저녁 식사에 나타나지 않았다. 밤이 되자 살롱에 얼굴을 잠깐 내비치긴 했어도, 쥘리앵에게는 눈길 한번 주지 않았다. 쥘리앵은 그녀의 이런 행동이 의아했다. 그렇지만 사실 나는 늘 보는 일상의 행동들 말고는 상류 사회의 관습에 대해 잘 모르잖아, 하고 그는 생각했다. 왜 나를 이런 식으로 대하는지 나중에 마틸드가 설명해 줄 거야. 이렇게 마음을 달래면서도 그는 궁금증을 억누르지 못하고 마틸드의 표정을 이리저리 살폈다. 그녀가 쌀쌀맞고 심술 사나워 보이는 건 부인할 수 없었다. 눈앞의 여자는 지난밤, 과연 진짜인가 싶을 정도로 격정적인 환희에 몸을 내맡겼던, 혹은 내맡긴 척했던 여자와는 분명 전혀 다른 사람이었다.

다음 날에도, 또 그다음 날에도 그녀의 태도는 여전히 차가웠다. 쥘리앵을 쳐다보지도 않았고, 아예 그의 존재가 안중에 없는 듯이 행동했다. 쥘리앵은 초조감에 애가 바짝 달았다. 첫날의 그 의기양양했던 승리감은 온데간데없었다. 혹시 다시 정숙해지기로 마음먹은 걸까? 하고 그는 생각했다.

그렇지만 정숙함이란 지극히 평민적인 미덕이어서 도도한 마틸드가 그럴 것 같지는 않았다.

쥘리앵은 계속 궁리해 보았다. 일상생활만 놓고 보면 그녀는 종교에도 그다지 충실한 것 같지 않아. 그녀는 종교가 자기 계층의 이익에 부합하기 때문에 좋아할 뿐인걸.

그런데 단지 여자로서의 미묘한 수치심 때문에 그녀가 혹독한 자책감을 느끼는 것일 수도 있잖은가? 자신이 돌이킬 수 없는 과오를 저질렀다고 말이야. 쥘리앵은 자신이 그녀와 사랑을 나눈 첫 번째 남자라고 믿었다.

또 어느 때는 이런 생각이 고개를 들기도 했다. 그렇지만 솔직히 말해 저 여자의 태도에서는 순진하고 소박하고 다정한 구석을 찾아볼 수 없어. 저 여자는 마치 방금 왕좌에서 내려온 여왕이라도 되는 양 그 어느 때보다 거만하게 굴잖아. 나를 경멸하는 걸까? 내 출신이 비천하다는 것만으로도 저 여자로선 나하고 한 짓을 후회할 만은 해.

이 생각에 이어서 쥘리앵은 책들과 베리에르의 추억이 심어 놓은 편견에 젖어서 몽상 속을 헤맸다. 연인과 행복한 사랑을 나누는 순간에는 자신의 존재조차 잊어버리고 마는 다정한 애인에 대한 몽상이었다. 그런 동안 마틸드의 허영심은 쥘리앵에 대해 맹렬한 분노를 지피고 있었다.

이미 두 달 동안이나 권태를 잊고 지낸 터라서, 권태에 대한 두려움은 더 이상 없었다. 그녀의 사정이 이렇다 보니 쥘리앵은 자신도 모르는 사이에 유리한 위치를 잃고 만 셈이었다.

그러니까 나를 한 남자에게 갖다 바치고 말았구나! 라 몰 양은 마음을 가라앉히지 못해 방 안을 이리저리 배회하며 생각했다. 그로서야 영광일 테지. 하지만 내가 자칫 그의 허영심에 상처를 입힐 경우 그는 그 복수로 우리 관계를 세상에 알리고 말 거야. 마틸드가 보여 주듯이 이런 것이 바로 우리 시대의 불행이다. 그 어떤 심상찮은 일탈을 저질러 본들 권태에서 벗어난다는 건 어림도 없는 일이다. 마틸드에겐 쥘리앵이 애인이라고 부를 수 있는 첫 남자였다. 이렇게 처음으로 사랑을 경험하는 상황에서는 아무리 감정이 메마른 사람이라도 달콤한 몽상을 펼치기 마련이건만, 그녀는 자신이 저지른 일을 되짚어 보며 뼈아픈 후회에 빠져들고 있었다.

그는 나를 마음대로 지배할 힘을 얻었어. 두려움을 이용해 나를 옴짝달싹 못하게 하고 있으니까. 내가 그를 궁지로 몬다면 나에게 지독한 형벌을 가할 수도 있을 테지. 라 몰 양은 단지 이렇게 생각하는 것만으로도 쥘리앵을 모욕하고 싶은 충동을 느끼기에 충분했다. 용기란 그녀의 성격 가운데 첫째가는 자질이니까 말이다. 자신의 전 존재를 걸고 한판 승부를 벌인다는 생각만이 그녀에게 흥분을 안겨 주었다. 그것 말고는 그녀를 끊임없이 반복되는 지독한 권태에서 구할 수 있는 방법은 없었다.

사흘째 되는 날도 여전히 마틸드가 눈길 한번 주지 않자, 쥘리앵은 저녁 식사 후 그녀가 싫다는 기색을 분명하게 내보이는데도 불구하고 당구실까지 그녀를 뒤쫓아 갔다.

마틸드는 치밀어 오르는 화를 가까스로 억누르며 쏘아붙였다.

「이봐요, 나를 당신 마음대로 휘두를 권리가 생겼다고 생각하나 보죠? 싫다는 걸 분명히 했는데도 기어이 말을 걸려는 걸 보니 말이에요……. 정말이지 당신처럼 뻔뻔스러운 사람은 처음이군요.」

이 두 연인이 주고받은 말처럼 흥미진진한 건 없었다. 둘은 어느샌가 상대방에 대한 맹렬한 증오심으로 달아올랐다. 둘다 참을성이란 없었고, 게다가 상류 사회의 관습을 따르는 터였다. 두 사람은 서로 간의 관계는 이제 영영 끝이라며 곧바로 분명한 절교 선언을 했다.

「비밀은 끝까지 지키겠다고 약속드리죠. 그리고 앞으로 아가씨께는 절대로 말을 건네지 않겠다는 것도 아울러 약속드립니다. 내가 그런다고 아가씨 체면이 깎이는 게 아니라면 말입니다.」 이 말을 끝낸 후 쥘리앵은 지극히 정중하게 허리를 숙여 보이고는 자리를 떠났다.

그는 마틸드에 대한 행동을 자신의 의무로 여겼고, 그 의무를 그리 힘들이지 않고 수행하던 참이었다. 자신이 라 몰 양을 열렬히 사랑한다는 생각은 들지 않았다. 사흘 전 마호가니 옷장 안에 숨어 있을 때도 그녀를 사랑한다는 감정은 없었다. 하지만 그녀와는 영영 끝장이라는 걸 의식하자 그의 마음은 순식간에 완전히 바뀌었다.

그의 잔인한 기억력은 그녀와 함께 보낸 밤의 일들을 다시금 세세히 그려 내기 시작했다. 사실 그날 밤에는 무척이나 냉정했으면서 말이다.

영원한 절교를 선언한 바로 그다음 날 밤부터 쥘리앵은 자신이 라 몰 양을 사랑하는 것이라고, 거의 미칠 것 같은 심정으로, 인정할 수밖에 없었다.

이 사실을 인정하고 나서는 이어서 끔찍한 갈등을 겪어야 했다. 말하자면 그의 감정은 뒤죽박죽이 되어 있었다.

그로부터 일주일이 지나자 쥘리앵은 크루아즈누아를 대할 때도 자존심을 내세우기는커녕 자칫 부둥켜안고 눈물을 쏟을 지경이었다.

불행이 그리 낯선 감정은 아닌 덕분에 쥘리앵은 그나마 한 가지 분별 있는 행동을 생각해 낼 수 있었다. 그는 랑그도크 지방으로 떠나기로 마음먹고 짐을 꾸려 역마차 정거장으로 갔다.

역마차 사무실에 들어서서 다음 날 툴루즈행 역마차에 마침 자리가 하나 남아 있다는 걸 알았을 때 그는 가슴이 무너져 내리는 것 같았다. 그는 자리를 예약한 다음, 여행을 떠난다는 사실을 후작에게 알리기 위해 저택으로 돌아왔다.

라 몰 후작은 외출 중이었다. 쥘리앵은 다 죽어 가는 얼굴을 해서는 후작을 기다리기 위해 서재로 갔다. 거기서 라 몰 양을 보았을 때 그의 심정이 어땠겠는가?

쥘리앵이 들어서는 것을 보자 마틸드의 얼굴에 심술궂은 표정이 떠올랐다. 쥘리앵은 그 표정을 분명히 알아보았다.

쥘리앵은 불행 속에서 허우적대던 차에 뜻하지 않게 그녀와 마주치자 그만 나약해져서는 마음에서 우러나오는 다정하기 그지없는 목소리로 말했다. 「그러니까 이제는 나를 사랑하지 않는다는 건가요?」

「아무한테나 나를 내준 게 끔찍해요.」 마틸드는 이렇게 대꾸하고는 자신에 대한 분노로 울음을 터뜨렸다.

「〈아무한테나〉라고!」 쥘리앵은 짤막하게 소리쳤다. 그러고는 서재에 장식으로 걸어 놓은 옛 검을 향해 달려갔다. 중세 때부터 내려온 검이었다.

그녀에게 말을 거는 순간에도 더 고통스러울 수는 없을 것 같았던 그의 마음은 그녀가 수치를 못 이겨 눈물을 흘리는 걸 보자 백배는 더 고통스러워졌다. 그녀를 죽일 수 있었다면 쥘리앵은 세상 남자 중 가장 행복했을지도 모른다.

쥘리앵이 그 골동품 같은 칼집에서 조금은 애를 먹으며 칼을 막 빼내 든 순간 마틸드가 거만하게 얼굴을 젖히고 그를 향해 다가왔다. 그녀는 처음 맛보는 감각에 한껏 달아올라 있었다. 쏟아 내던 눈물은 어느새 말라붙은 모습이었다.

쥘리앵은 불현듯 라 몰 후작에게 생각이 미쳤다. 후작은 그에게 은혜를 베풀어 준 사람이었다. 내가 그의 딸을 죽이려 하다니! 쥘리앵은 속으로 중얼거렸다. 이런 배은망덕한 일이! 그는 몸서리를 치며 칼을 내던지려 했다. 하지만 팔을 들어 올리는 순간 마음을 돌렸다. 나의 이런 신파극 주인공 같은 행동을 보면서 마틸드는 분명 웃음을 터뜨릴걸. 이런 생각이 들자 그는 냉정을 되찾을 수 있었다. 쥘리앵은 그 오래된 검의 칼날로 시선을 돌려 한참 동안 들여다보았다. 마치 칼날에 녹이 슨 데가 있는지 살펴보는 것 같은 태도였다. 그런 다음 칼을 다시 칼집에 넣어서, 지극히 초연한 태도로 그것을 금도금된 청동 고리에 걸었다.

검을 제자리에 돌려놓는 이 동작의 끝에 가서는 쥘리앵의 움직임이 아주 느렸기 때문에 이 일이 다 끝나기까지 족히 1분은 걸렸다. 그러는 사이 라 몰 양은 놀라움에 차서 그를 쳐다보고 있었다. 내가 애인의 손에 죽을 뻔했구나! 그녀는 속으로 중얼거렸다.

이런 생각이 샤를 9세와 앙리 3세 치세의 그 멋진 나날로 그녀를 실어 갔다.

검을 다시 걸어 놓고 온 쥘리앵 앞에 그녀는 꼼짝 않고 서 있었다. 그를 바라보는 그녀의 눈길에는 이미 증오심이 가시고 없었다. 그 순간 그녀의 모습이 무척이나 매혹적이었다는 건 인정할 수밖에 없다. 분명 파리 인형(쥘리앵은 파리 여인네들에 대한 반감에서 그들을 이렇게 부르곤 했다)과는 사뭇 다른 모습이었다.

나는 이 사람에 대해 다시 마음이 약해지려고 해, 하고 마틸드는 생각했다. 이 사람에게 자기가 내 지배자이고 주인이라는 자신감을 심어 주고 말 거야. 한번 저 바닥에 굴러 떨어 뜨린 건 허사로 만들고 말이야. 더군다나 나는 조금 전 그에게 매몰찬 말을 퍼부은 참이잖아.

그녀는 달아나고 말았다.

「아! 어쩜 저리 아름다울까!」 달려가는 마틸드를 바라보며 쥘리앵은 중얼거렸다. 저 여자가 내 품에 뜨겁게 안겼던 게 불과 보름 전 일인데 말이야……. 이제 다시는 그런 순간이 오지 않겠지! 게다가 그렇게 된 건 내 잘못 때문인걸! 나에게 그처럼 심상찮은 행동을 내비치는 순간에도 나는 그것에 무관심했잖아……! 나의 타고난 성격이 평범하고 불행하다는 걸 인정할 수밖에 없어.

후작이 들어왔다. 쥘리앵은 서둘러 후작에게 자신의 출발을 알렸다.

「어디로 간다는 건가?」 후작이 물었다.

「랑그도크에 다녀오겠습니다.」

「안 돼, 그만둬. 자네가 맡아 줘야 할 더 중요한 일이 있어. 떠나긴 해도 북쪽으로 가야 할 일이야……. 군대식으로 명령해서 이 집을 벗어나지 말도록. 두세 시간 이상 자리를 비우지 않았으면 해. 언제든지 자네를 부를 수 있도록 말이야.」

쥘리앵은 인사를 하고, 의아해하는 후작을 혼자 남겨 둔 채 한마디 말도 없이 물러 나왔다. 감정이 고조되어 있어서 뭔가 말을 할 수 없는 상태였다. 그는 자신의 방문을 잠그고 틀어박혔다. 거기서는 자신의 가혹한 운명을 마음껏 부풀려 생각할 수 있었다.

이제는 멀리 떠날 수조차 없다는 말이지! 하고 그는 생각했다. 후작한테 붙잡혀 얼마 동안이나 파리에 머물러 있어야 할지. 맙소사! 어쩌면 좋지? 게다가 의논할 친구 한 사람 없어. 피라르 신부는 내가 첫마디를 꺼내자마자 당장 훈계부터 늘어놓을 것이고, 알타미라 백작은 기분 전환 삼아 뭔가 모반에 가담하라고 부추길 테지.

그런데 내 머리가 어떻게 되었나 보다. 아무래도 그런 것 같아, 나는 미쳤어!

나에게 조언을 해줄 사람이 누가 있을까? 나는 어쩌면 좋지?

제18장
비참한 시간들

라 몰 양은 자신이 죽임을 당할 뻔했다는 사실만을 생각하면서 행복에 취해 있었다. 그 사람은 내 주인이 될 자격이 있어, 나를 죽이려 했으니까, 하는 생각이 들기까지 했다. 얼마나 많은 사교계 미남 청년들을 합쳐 놓아야 그처럼 열정적인 행동을 해낼 수 있을까?

그 사람이 의자 위에 올라서서 검을 제자리에 걸 때의 모습은 정말 멋졌는데. 그야말로 한 폭의 그림 속 인물 같았어! 어쨌거나 내가 그를 사랑한 건 그렇게 정신 나간 짓은 아니었던 거야.

그 순간 그와 다시 화해할 괜찮은 방법이 생각났다면 그녀는 기꺼이 그 방법을 썼을 것이다. 그러는 사이 쥘리앵은 자물쇠 말고도 빗장까지 걸어 잠그고 방 안에 들어앉아 혹심한 절망감에 허우적대고 있었다. 분별이고 뭐고 반쯤 정신이 나가서는 그녀의 발밑에 몸을 내던져 매달려 볼 생각까지 했다. 만약 쥘리앵이 혼자 방 안에 틀어박히는 대신 정원이나 집 안을 어슬렁거리면서 기회를 엿보았더라면, 이 지독한 불행을 단번에 생생한 행복으로 바꾸어 놓을 수 있었을지도 모른다.

우리는 일을 매끄럽게 처리하는 기교가 부족하다고 쥘리앵을 탓하지만, 만약 쥘리앵이 그런 기교를 부렸더라면 달려가 검을 집어 든 그 비장한 행동을 보여 주지는 못했을 것이다. 그 순간 라 몰 양의 눈에 그가 그처럼 아름답게 비칠 수 있었던 그 행동을 말이다. 변덕스럽게도 그녀는 그날 하루 내내 쥘리앵을 사랑스럽게 여기고 있었다. 그녀는 쥘리앵과 사랑을 나누었던 그 짧은 순간들을 매혹적인 이미지로 덧칠하곤 했다. 그 순간들이 그리웠다.

사실 그 사람에겐 내가 자신을 사랑한 것이 자정 넘어 새벽 1시, 양쪽 주머니에 피스톨을 있는 대로 챙겨 넣은 채 사다리를 타고 내 방에 올라온 그 시간부터 고작 아침 9시까지의 일로만 보일 거야. 그 15분쯤 후 생트발레르에서 열린 미사에 참석해서부터는, 그 사람이 내 주인 행세를 하려 들 것이고, 두려움을 이용해 나를 자기 마음대로 휘두르려 들지 모른다는 생각이 들기 시작했으니까.

저녁 식사 후 라 몰 양은 쥘리앵을 피해 달아나기는커녕 그에게 말을 건네면서 정원으로 자신을 따라 나오도록 유도했다. 쥘리앵은 그녀가 이끄는 대로 따라갔다. 그녀와 정원을 산책하기는 오랜만이었다. 그에게 다시금 사랑을 품게 된 마틸드는 자신도 모르는 사이 그 사랑에 빠져들고 있었다. 그와 나란히 산책하는 일이 무척이나 감미로웠다. 그녀는 쥘리앵의 손을 마치 진귀한 것이나 되듯이 쳐다보았다. 아침에 검을 집어 들어 자신을 죽이려 했던 손이었다.

그런 일까지 있었던 이상, 이전에 두 사람이 어떤 말을 주고받았는지는 더 이상 문제가 되지 않았다.

마틸드는 자신의 내밀한 속내를 하나씩 하나씩 털어놓기

시작했다. 그런 이야기를 하는 데서 그녀는 묘한 쾌감을 느꼈다. 크루아즈누아나 케일뤼스에게 한때 열정을 느꼈다는 이야기까지 내비쳤다.

「뭐라고! 케일뤼스한테도!」 쥘리앵이 소리쳤다. 그의 말 속에는 박대당하는 애인의 쓰라린 질투심이 배어 있었다. 마틸드는 그런 기색을 알아차렸지만, 기분이 조금도 상하지 않았다.

마틸드는 계속해서 쥘리앵의 애를 태울 요량으로, 마치 은밀한 마음을 털어놓기라도 하듯 말투까지 꾸며, 자신이 한때 느꼈던 감정들을 생생하게 그려 보였다. 쥘리앵은 그녀가 그 이야기를 하는 순간에도 그러한 감정을 느끼고 있는 듯해서 괴로웠다. 그녀는 이야기를 해 나가면서 감정을 새록새록 되살려 내는 것 같았다.

마음을 갉아먹는 질투심 때문에 그는 그 이상을 살펴볼 여유가 없었다.

연인이 자기 말고 다른 남자를 사랑하는 게 아닌가 하는 의심도 이미 고통이지만, 사랑하는 여인이 자신의 입으로 직접 다른 남자에 대한 사랑을 털어놓는 것을 지켜본다는 건 더없이 가혹한 고문일 것이다.

크루아즈누아나 케일뤼스를 은근히 얕잡아 보던 쥘리앵은 그 순간 얼마나 자존심에 큰 상처를 받았는지! 이제 그는 그들의 사소한 장점까지 부풀려 생각하면서 내밀한 고통을 느껴야만 했다. 그러고는 지극히 솔직한 심정으로 자기 자신을 경멸했다.

마틸드가 범접할 수 없을 만큼 고귀한 여인으로 비쳤다. 자신이 그녀에게 얼마나 찬탄하고 있는지 그 어떤 말로도 표현할 수 없을 것 같았다. 마틸드와 나란히 거닐면서 그는 그

녀의 두 손을, 두 팔을, 여왕처럼 꼿꼿한 자태를 마치 훔쳐보
듯 곁눈질했다. 사랑과 불행에 진이 빠진 그는 당장이라도
그녀의 발밑에 몸을 내던지고는 나를 불쌍히 여겨 줘! 하고
외치고 싶을 정도였다.

이 여자는 분명 얼마 지나지 않아 케일뤼스를 사랑하게 될
거야. 이렇게 아름답고, 어느 면 하나 빠지는 데가 없는 여자
가 한때는 나를 사랑했는데!

쥘리앵은 라 몰 양의 말이 진실일지 미처 의심해 볼 여유가
없었다. 그녀가 하는 말마다 진심이 너무도 분명히 배어 나오
는 것 같았다. 마틸드는 한때 케일뤼스에게 느꼈다는 감정에
심취한 나머지 어느 순간에는 마치 그 감정을 현재도 느끼는
양 이야기해서 쥘리앵을 극도의 고통 속으로 몰아넣었다. 그
럴 때 그녀의 말투는 분명 사랑에 취한 여자의 것이었다. 쥘
리앵은 그걸 또렷이 느낄 수 있었다.

가슴속에 납덩이가 녹아내리고 있었어도 그보다는 덜 고
통스러웠을 것이다. 라 몰 양이 예전에 케일뤼스나 크루아즈
누아에게 느꼈다는 일시적인 연정을 되새기면서 감미로운 즐
거움을 느낀 이유는 이야기하는 상대가 바로 쥘리앵이기 때
문이라는 사실을 고통 속에서 허우적대기에 바쁜 이 가련한
청년이 어떻게 짐작할 수 있었겠는가?

쥘리앵의 고통을 표현하기란 그 어떤 말로도 불가능할 것
이다. 보리수나무가 우거진 이 산책로에서 애인의 방에 올라
가기 위해 새벽 1시 종이 울리기를 기다린 것이 불과 얼마 전
의 일인데, 이제 같은 자리에서 애인이 다른 남자들에게 느꼈
다는 사랑에 대해 세세히 들어야만 했던 것이다. 이것은 인간
으로서 견딜 수 있는 고통의 한계점이었다.

마틸드는 이런 식으로 친밀하면서도 잔인한 태도를 일주

일 내내 계속 이어 갔다. 그녀는 쥘리앵과 이야기를 나눌 기회를 피하지 않았고, 때로는 일부러 만들기도 했다. 그때마다 두 사람의 대화는 그녀가 다른 남자들에게 느낀 감정에 대한 이야기로 되돌아오곤 했는데, 이 주제에 대해서는 두 사람 모두 일종의 잔인한 쾌감을 느끼는 것 같았다. 마틸드는 자신이 써 보낸 편지들에 대해서도 이야기했다. 편지에 썼던 말을 기억해 내서 들려주는가 하면 편지 구절을 모조리 암송해 보이기도 했다. 그렇게 며칠을 지낸 후로는 쥘리앵을 빤히 바라보면서 어떤 심술궂은 기쁨을 느끼는 것도 같았다. 쥘리앵의 고통이 그녀에게는 생생한 즐거움이었다. 거기서 그녀는 자기 위에 군림한 폭군의 약점을 보았고, 덕분에 스스로에게 그를 사랑해도 좋다는 허락을 내릴 수 있었다.

쥘리앵에게 인생 경험이 없다는 건 이미 다 아는 사실이다. 그는 소설조차 읽은 적이 없었다. 그가 요령이 조금만 더 있었더라면, 그래서 이 처녀가 자신의 열렬한 마음을 빤히 알면서도 다른 남자들에 대한 감정을 묘하게도 고백이랍시고 늘어놓는 앞에서 어느 정도 냉정한 어조로, 〈그 신사들 가운데 누구라도 나보다 잘난 건 사실이지만, 그래도 당신이 사랑하는 사람은 나라는 걸 알아〉라고 말했더라면…….

그랬다면 아마도 그녀는 그가 자신의 속마음을 알아차린 것에 기뻤을 것이다. 그가 그 말을 하면서 다만 적절한 순간을 노려 적절한 태도와 어휘를 동원하기만 했다면 틀림없이 성공을 거두었을 것이다. 어쨌거나 그는 매번 마틸드가 지루함을 느끼기 전에 그 상황에서 벗어나곤 했는데, 그런 태도가 그에게는 유리하게 작용했다.

어느 날 쥘리앵은 그녀와 오랫동안 정원을 거닌 끝에, 사랑의 감정도 절망감도 더 이상 감당하지 못한 나머지 그만 이렇게 말해 버리고 말았다.

「당신은 이제 나를 사랑하지 않아. 나는 당신을 이렇게도 사랑하고 있는데!」

이 어리석은 말은 그가 저지를 수 있는 실수 가운데서도 가장 치명적인 것이었다.

이 말에 마틸드는 쥘리앵에게 내밀한 감정을 털어놓으며 맛보던 즐거움이 단번에 가시고 말았다. 마침 마틸드는 쥘리앵이 연적과 관련된 그런 이야기를 들으면서도 화를 내지 않는 걸 보고 놀라움을 느끼기 시작한 참이었다. 쥘리앵이 그 바보 같은 말을 꺼냈을 때 그녀는 어쩌면 쥘리앵이 자신을 사랑하지 않을지도 모른다는 상상까지 하고 있었다. 자존심이 그에게서 사랑의 불길을 꺼버렸나 봐, 그녀는 이렇게 생각하기까지 했다. 그는 내가 자신을 제쳐 두고 케일뤼스나 뤼즈나 크루아즈누아 같은 남자를 선택하는 걸 용납할 사람이 아니야. 자신이 그들보다 한참 모자라는 사람이라는 말은 그냥 겉으로 하는 소리일 뿐이거든. 그러니 이제 그가 내 앞에 무릎을 꿇는 모습은 다시 볼 수 없겠지!

사실 요 며칠간 쥘리앵은 불행에 허우적대느라 그만 맹한 면이 생겨서 그녀 앞에서 그 신사들의 탁월한 장점들을 열렬히 칭찬했다. 장점들을 부풀리는 경우까지 있었다. 라 몰 양은 그런 기색을 놓치지 않았다. 쥘리앵의 이런 태도에 그녀는 놀랐지만 그 동기를 간파하지는 못했다. 쥘리앵의 마음은 광란할 지경에 이르러, 급기야 자신의 연적을 찬양함으로써 그 연적의 행복을 나눠 가지려 했던 것이다.

솔직했지만 멍청하기 그지없었던 그의 그 말 한마디가 순식간에 모든 것을 바꾸어 놓았다. 그가 자신을 사랑하고 있다는 걸 확인하자 마틸드는 그를 철저히 경멸했다.

쥘리앵이 이 서툰 말을 입 밖에 꺼낸 순간, 마침 그와 함께 산책 중이던 마틸드는 당장 그를 내버려 두고 가버렸다. 그녀가 그에게 마지막으로 던진 시선에는 지독한 경멸이 담겨 있었다. 살롱에 들어와서도 그날 저녁 내내 그녀는 그를 쳐다보지 않았다. 다음 날에도 그녀의 마음엔 온통 경멸감뿐이었다. 쥘리앵에게 내밀한 이야기를 털어놓으면서 느꼈던 일주일 동안의 즐거움은 이제 온데간데없었다. 쥘리앵이 눈에 띄는 것조차 불쾌했다. 마틸드의 이런 불쾌감은 곧바로 혐오감으로까지 발전했다. 쥘리앵과 마주쳤을 때 그녀가 느낀 경멸감은 말로 표현할 수 없을 정도였다.

쥘리앵은 마틸드의 마음속에서 일어난 이 모든 일을 조금도 이해하지 못했지만 그녀의 경멸감을 알아차릴 정도의 자존심은 살아 있었다. 그는 분별을 되살려서 되도록이면 그녀 앞에 모습을 드러내지 않으려 했다. 그녀를 쳐다보는 일도 삼갔다.

하지만 마틸드를 보지 않고 지내기란 쉬운 일이 아니었다. 그녀를 보지 못해서 더욱 불행한 느낌이 들었다. 이건 인간의 마음이 부릴 수 있는 용기의 한계일 거라고 그는 중얼거리곤 했다. 그는 하루 종일 저택 꼭대기 다락방의 작은 창가에 붙어 서서 시간을 보내곤 했다. 그 창 덧문은 꼭 닫혀 있었지만 적어도 그 자리에서는 라 몰 양이 정원으로 나오는 모습을 훔쳐볼 수 있었다.

저녁 식사 후 그녀가 케일뤼스나 뤼즈, 아니면 그 밖의 그녀가 한때 연정을 느꼈다는 남자들과 산책하는 모습을 지켜볼 때 그의 마음이 어땠겠는가?

그건 쥘리앵이 미처 상상도 못 해본 고통이었다. 그는 하마터면 비명을 지를 뻔했다. 꽤나 의지력이 굳었던 그의 마음도 마침내 완전히 무너지고 말았다.

라 몰 양과 연관되지 않은 것은 무엇을 생각해도 지겹기만 했다. 그렇다 보니 아주 간단한 편지조차 쓰지 못했다.

「자네 좀 이상하군.」 어느 날 아침 후작이 한마디 했다.

쥘리앵은 사정을 들킬까 봐 움찔해서는 몸이 아프다는 말로 둘러댔다. 후작은 그 말을 믿었다. 쥘리앵에게는 오히려 다행하게도 저녁 식사 때 라 몰 후작은 쥘리앵의 일을 농담거리로 삼아 그가 여행을 떠나게 될 걱정에 병까지 났다면서 놀렸다. 마틸드는 그가 여행을 떠나 아주 오랫동안 돌아오지 않을 것 같다는 생각이 더럭 떠올랐다. 쥘리앵이 그녀를 피한 지도 이미 여러 날째였다. 그리고 창백하고 우울한 이 청년이 갖지 못한 모든 것을 갖춘 번듯한 귀족 청년들, 그녀가 한때 연정을 품기도 했다는 그들에게는 이제 그녀가 빠져 있는 이 몽상을 깨고 그녀를 현실로 되돌려 놓을 힘이 없었다.

평범한 처녀라면 살롱에서 인기를 누리는 이 청년들 가운데서 마음에 드는 남자를 고르려 들었겠지, 하고 그녀는 생각했다. 하지만 비범한 재기를 갖춘 사람은 생각부터가 평범한 사람이 취하는 일반적인 행로를 뛰어넘는 법이야.

쥘리앵에게 부족한 게 재산이라면 그건 내가 갖고 있잖아. 쥘리앵 같은 남자를 나의 짝으로 삼는다면 나는 끊임없이 사람들의 이목을 끌어모을걸. 사람들 속에 이름 없이 파묻혀 일생을 보내는 일은 없을 거란 말이지. 내 사촌 자매들은 혁명이 일어날까 봐 늘 벌벌 떨고 있어. 마부가 마차를 험하게 몰아도 민중이 무서워서 야단도 못 치잖아. 그네들처럼 사는 건 질색이야. 나는 분명히 알고 있어. 내가 뭔가를, 그것도 아주 큰일을 해내리라는 것을. 그러니까 내가 뛰어난 기상과 굽힘 없는 야망을 지닌 저 남자를 골라낸 것이지. 그에게 없는 게 뭔데? 후원해 줄 친구들, 재력의 뒷받침, 그런 것? 그렇다면 내가 그 모든 걸 그에게 주겠어. 하지만 그녀의 이런 생각은 쥘리앵을 어느 정도 낮춰 보는 것이었다. 자기가 원할 때 원하는 방식으로 출세시켜 줄 수 있고, 또 원할 때면 언제나 자신을 사랑하게 만들 수 있는 열등한 존재로 말이다.

제19장
희가극

미래가, 그리고 특별한 일을 해 보이겠다는 희망이 마틸드를 사로잡고 있었다. 그렇다 보니 예전에 쥘리앵과 나누었던 건조하고 형이상학적인 내용의 대화가 금세 그리워졌다. 그런 고상했던 대화들을 떠올려 보다가 싫증이 나면 쥘리앵과 함께 맛보았던 달콤한 기쁨의 순간이 때때로 떠오를 때가 있었다. 하지만 이 추억을 더듬는 일에는 매번 후회가 뒤따랐다. 어느 때는 후회 때문에 참을 수 없이 괴롭기도 했다.

사람은 나약한 면을 지니고 있어. 마틸드는 생각했다. 나 같은 여자가 어떤 뛰어난 남자로 인해 단 한 번 자신의 의무를 저버린다는 건 있을 수 있는 일이야. 내가 그 사람의 멋진 수염이나 승마 맵시에 넘어갔다고 말할 사람은 없을 거야. 내가 반한 건 프랑스의 미래에 대한 그의 심오한 생각이거든. 그는 영국의 1688년 혁명과 비슷한 일이 우리에게 닥쳐 올지도 모른다고 말했는데, 정말 생각이 깊지 뭐야. 그래, 나는 매혹당했어. 나는 나약한 여자야. 하지만 멋진 외양에 눈이 머는 머리 텅 빈 인형 같은 짓은 하지 않았어. 마틸드는 고개를 쳐드는 자책감을 이런 식으로 무마했다.

혁명이 일어난다면 쥘리앵 소렐이 롤랑의 역할을, 그리고 나는 롤랑 부인[28]의 역할을 하지 못할 이유가 없잖아? 나는 스탈 부인처럼 달아나기보다는 이렇게 적극적으로 행동에 나서는 편이 더 마음에 들어. 우리 시대에는 무슨 행동을 하려 해도 부도덕하다는 이유로 가로막거든. 비록 부도덕하다는 비난은 들을지언정 용기가 없다는 비난은 듣기 싫어. 그렇게 되면 나는 수치심을 못 이긴 나머지 죽어 버리고 말거야.

사실 마틸드가 머릿속으로 부풀리던 몽상이 지금 옮겨 적은 것처럼 진지한 생각들이었던 건 아니다.

그녀는 쥘리앵을 슬쩍 훔쳐보았다. 그의 사소한 동작마저 매력적으로 비쳤다.

나는 저 사람이 당연히 품을 수 있는 생각을 작은 싹까지 꺾어 놓은 것 같아.

그건 일주일 전 정원에서 저 가엾은 사람이 나를 향해 사랑이라는 그 순진한 말을 입에 올렸을 때 불행에 젖은 표정으로 깊은 열정을 드러냈던 것만 봐도 알 수 있어. 그처럼 정중하면서도 열정적인 말을 듣고서도 화를 내다니 나도 꽤나 별나게 굴었지 뭐야. 나는 저 사람의 아내잖아? 그가 한 말은 기분 상할 게 전혀 없는 자연스러운 것이었어. 게다가 그 말을 할 때 그는 정말 사랑스러웠는걸. 잔인하게도 나는 한때 품었던 다른 연정들에 대해 그때까지 그에게 줄곧 이야기했건만, 그런 이야기를 듣고도 그는 여전히 나를 사랑했던 거야. 쥘리앵은 사교계 청년들을 질투하지만 사실 내가 그들에

28 Manon Philipon Roland de la Platière(1754~1793). 대혁명 당시의 여성 정치가로 지롱드 당에서 중요한 역할을 하다가 1793년 단두대에서 처형당했다.

게 잠시 마음을 두었던 이유는 삶이 너무 권태로워서였을 뿐인걸. 아! 그들은 내 마음을 조금도 흔들지 못한다는 사실을, 자신에 비해 그들은 하나같이 판에 박은 듯 시들시들 창백해 보인다는 사실을 저 사람이 알아주었으면!

골똘히 이런 생각에 빠져 있다가 마틸드는 뭐라도 하는 척해야겠다 싶어 연필을 집어 들었다. 행여 어머니가 자신을 의아하게 바라볼까 싶어서였다. 그녀는 스케치북을 펼쳐 놓고 되는 대로 사람 얼굴을 그려 나갔다. 완성된 옆얼굴 중의 하나가 그녀를 놀라게 했다. 그녀는 기쁨으로 달아올랐다. 그 얼굴은 찍어 낸 듯이 쥘리앵과 닮아 있었다. 이건 하늘의 뜻이야! 이런 게 사랑의 기적이라는 것이지, 하고 그녀는 황홀한 심정으로 외쳤다. 나도 모르는 사이 그의 초상화를 그렸잖아.

그녀는 자기 방으로 달려가 문을 걸어 잠그고 이번에는 정말로 쥘리앵의 초상화를 열심히 그려 보았다. 하지만 결과는 그다지 신통치 않았다. 조금 전 되는 대로 그린 얼굴이 여전히 그의 모습과 제일 비슷했다. 그 사실 역시 마틸드를 기쁘게 했다. 그런 게 바로 위대한 열정을 증명해 주는 게 아니냐는 거였다.

한참 후 후작 부인이 이탈리아 오페라를 보러 가자고 그녀를 불렀다. 그때까지 마틸드는 스케치북을 손에서 내려놓지 못하고 있었다. 살롱으로 돌아오면서 그녀는 눈으로 쥘리앵을 찾았다. 머릿속에는 어머니를 졸라 쥘리앵을 오페라에 데려가야겠다는 생각밖에 없었다.

쥘리앵은 보이지 않았다. 후작 부인과 마틸드의 칸막이 좌석에는 아첨꾼들만 몰려와서 우글댔다. 오페라 1막이 펼쳐졌다. 그 시간 내내 마틸드는 한 남자를 꿈꾸었다. 그녀는 그 남자를 더없이 뜨거운 열정을 쏟아 사랑하고 있었다. 2막이 오르고, 사랑의 잠언을 담은 노래가 시작되었다. 치마로사의 아름다운 선율에 실린 그 잠언이 마틸드의 가슴을 파고들었다. 오페라의 여주인공 역을 맡은 가수가 노래하고 있었다.

그를 이토록 사모하는 이 마음을 벌하여 주오. 그를 너무나도 사랑하고 있다오!

이 아름다운 사랑의 탄식을 듣는 순간 마틸드에게는 세상 모든 것이 지워지고 말았다. 누군가 그녀에게 말을 걸었지만 그녀는 대답하지 않았다. 어머니가 그녀를 나무라자, 그녀는 그저 한 번 흘깃 고개를 돌려 듣는 시늉을 했을 뿐이었다. 그녀는 흥분으로 달아올랐고 열정에 취했다. 그 도취감은 요근래 쥘리앵이 그녀에 대해 느껴 온 격정 못지않게 강렬한 것이었다. 그 영탄곡에 담긴 사랑의 잠언이 마치 자신의 이야기인 양 느껴졌다. 그녀는 그 아름다운 사랑의 노래에 흠뻑 취했고, 노래가 끝나는 사이사이마다 쥘리앵을 생각했다. 그날 밤 그녀가 레날 부인이 그랬듯이 한순간도 쥘리앵 생각을 멈추지 않을 수 있었던 것은 그녀가 음악을 사랑한 덕분이었다. 머리로 하는 사랑이란 진정한 사랑[29]에 비해 더 재치 있는 대화를 나눌 수는 있겠지만, 그 도취감이 순간에 그칠 뿐 지속되지 못한다. 머리로 사랑을 할 때는 그 사랑을 너무도 잘 알고 있어서 끊임없이 그 사랑을 평가하고 판단한다. 머리로 하는 사랑은 이성을 흩뜨리기는커녕 이성의 힘 위에서 이루어진다.

집으로 돌아온 마틸드는 라 몰 부인이 무슨 말을 하든 아

29 스탕달은 가슴(마음)으로 하는 사랑을 진정한 사랑이라고 부르고 있다.

랑곳 않고 열이 난다고 핑계를 대고서는 피아노 앞에 앉아
밤이 거의 새도록 그 사랑의 영탄곡을 되풀이해서 연주했다.
그 매혹적인 노래를 직접 불러 보기도 했다.

> 벌받아야 해, 벌받아야 해.
> 그를 너무나도 사랑하는 거라면.
> *Devo punirmi, devo punirmi*
> *Se troppo amai.*

　이렇게 미친 듯 열정에 들떠 하룻밤을 보낸 뒤 그녀는 자신
이 마침내 사랑의 감정을 이겨 냈다고 믿었다. (이 페이지로
인해 이 눈치 없는 작가는 여러모로 비난을 듣게 될 것이다.
냉정한 사람들은 이 대목을 점잖지 못하다고 비난할 것이다.
이처럼 절제 없는 열정의 묘사로 마틸드의 성격을 폄하하게
되는 건 사실이다. 파리 살롱의 눈부신 젊은 여인들 가운데
다만 한 사람이라도 이런 광적인 열정에 빠져드는 게 가능할
지는 모르겠지만, 만약 그렇다 하더라도 그 여인을 모욕하려
는 의도는 결코 없다. 마틸드는 순전히 상상으로, 게다가 사
회 관습과는 무관하게 그려 낸 인물이다. 19세기 문명을 모
든 시대와 뚜렷이 구별되도록 해주는 그 독특한 사회 관습
말이다.
　올해 겨울 무도회를 빛내 준 처녀들에게 신중함은 충분해
서 넘칠 지경이었다.
　또한 작가 생각에는 그 처녀들이 탐나는 재산, 말[馬], 알
짜배기 토지 등 사교계에서 번듯한 위치를 보장해 주는 모든
것을 너무 무시하는 게 아니냐는 비난을 들을 여지도 없는
것 같다. 이 모든 유리한 조건들은 권태를 불러오기는커녕 대

개는 끊임없는 욕망의 대상이 되고 있다. 그리고 그 처녀들에게 열정이란 것이 있다면 바로 이런 조건들에 대한 열정인 것이다.

쥘리앵처럼 어느 정도 재능을 갖춘 젊은이들에게도 사랑은 출세에 전혀 도움이 되지 않는다. 그들은 있는 힘을 다해 어느 당파에 가담한다. 그래서 그 당파가 득세하면 사회의 온갖 특전이 그들 위에 비 오듯이 쏟아진다. 어느 당파에도 속하지 못한 골방 서생은 불행할지니, 그런 사람은 아무리 시답잖은 것이라도 뭔가 성공을 거두기만 하면 비난을 감수해야 할 것이다. 그러고는 세력 있는 자에게 그 성공을 가로채이고 말 것이다. 그런데 독자 여러분, 소설이란 큰길을 가면서 둘러메고 다니는 거울 같은 것이다. 그 거울에는 때로 푸른 하늘이 비치기도 하고 또 때로는 길에 팬 진창이 비치기도 한다. 사람은 그런 거울을 등에 둘러메고 다닐 뿐인데 독자 여러분은 그 사람을 부도덕하다고 비난하다니! 거울에 흙탕물이 비치는 것일 뿐인데 그 거울을 욕하다니! 그보다는 차라리 진창이 팬 큰길을, 아니 그보다 흙탕물이 고이도록 방치한 도로 관리인을 비난해야 할 것이다.

우리 세기는 도덕적이고 신중해서 마틸드와 같은 성격을 갖기란 불가능하다. 이 점을 분명히 밝힌 만큼, 이 사랑스러운 처녀의 정신 나간 열정에 대해 이야기를 계속한다 해도 독자는 그리 기분 상하지 않을 거라 기대한다.)

다음 날 하루 종일 마틸드는 기회 있을 때마다 자신이 이 정신 나간 열정을 물리쳤다는 사실을 확인하려 했다. 쥘리앵의 기분을 어쨌든 상하게 하는 것이 그녀의 목적이었다. 그러면서도 그녀는 쥘리앵의 반응 하나하나를 놓치지 않았다.

쥘리앵은 마음의 고통이 너무 큰 데다 무엇보다 너무 흥분한 탓에 열정이 꾸민 그 복잡한 계략을 간파해 낼 수 없었다. 그 계략에 어찌 보면 자신에게 유리한 점도 있다는 사실을 알아차리기란 더더욱 불가능했다. 그는 그 계략에 넘어가고 말았다. 정말이지 견디기 힘든 고통이었다. 그는 이성의 말에 완전히 귀머거리가 된 채 행동하고 있었다. 그런 터라 어떤 음울한 철학자가 와서 〈상황이 당신에게 유리하게 돌아가고 있으니 이 형국을 재빨리 이용해 보게. 파리에서 볼 수 있는 이런 종류의 사랑은 머리로 하는 사랑으로, 어떤 태도가 이틀 이상 동일하게 지속되는 법이 없다네〉라고 충고해 주었다 한들 그 말뜻을 이해하지 못했을 것이다. 하지만 아무리 감정이 고조되어 있었다 해도 쥘리앵은 명예심을 놓아 버리지는 않았다. 그는 자신의 첫째 의무가 비밀을 지키는 것임을 알았다. 누구든 붙잡아 괴로움을 호소하면서 충고를 청한다면 가엾은 나그네가 뜨거운 사막을 지나다가 하늘에서 한 모금 청량한 물을 얻은 것처럼 위안이 되었을 것이다. 하지만 쥘리앵은 그런 짓이 위험하다는 사실을 알고 있었다. 입이 가벼운 누군가가 자신에게 얼굴이 왜 그리 안되었냐고 물어 올 경우 자칫 그 앞에서 눈물을 쏟을까 봐 겁이 났다. 그는 문을 잠그고 방 안에 틀어박혔다.

마틸드가 오랫동안 정원을 산책하는 모습이 내려다보였다. 이윽고 그녀가 떠나자 그는 정원으로 내려갔다. 그는 마틸드가 꽃 한 송이를 꺾었던 장미 나무로 다가갔다.

어둠이 짙었다. 그는 사람들 눈에 띌 걱정 없이 마음껏 자신의 불행에 몸을 내맡길 수 있었다. 라 몰 양은 조금 전 한 청년 장교와 유쾌하게 이야기를 나누고 있었는데, 쥘리앵은 그녀가 그 청년 장교를 사랑하는 게 분명하다는 생각이 들었다. 그녀는 한때 자신을 사랑해 준 적이 있건만, 이제는 자신이 아무 가치 없는 인간임을 알고 있었다.

그래, 사실 나는 아무 가치 없는 인간이야! 그는 조금도 의심할 게 없다는 듯 속으로 중얼거렸다. 한마디로 나는 평범하고 천박하고 성가시기 짝이 없는 존재야. 다른 사람들이 보기에도 그렇겠지만 나 자신이 보기에도 도저히 견딜 수 없는 인간이라고. 그는 자신이 지닌 온갖 훌륭한 자질, 지금까지 자신이 열렬히 사랑해 온 온갖 것이 죽도록 역겨웠다. 이처럼 머릿속이 온통 뒤죽박죽이 된 지경에서도 그는 상상력으로 인생을 판단하려 했다. 이런 일은 뛰어난 사람이 흔히 저지르는 실수이다.

그는 자살할 생각을 몇 번이나 했다. 상상 속에서 자살이란 매력으로 가득 찬 것이었다. 그것은 달콤한 휴식, 사막 한가운데서 갈증과 열기에 지쳐 죽어 가는 사람에게 주어진 청량한 물 한 잔과도 같았다,

내가 죽으면 그녀는 나를 한층 더 경멸할 거야! 그는 소리쳤다. 한심한 인간이라는 기억만 남겨 놓고 죽는 거라고!

이처럼 극도의 불행에 빠졌을 경우 그것을 이겨 낼 방법은 용기밖에 없다. 하지만 쥘리앵은 〈용기를 내〉라며 자신을 격려할 기운도 없었다. 그는 어둠 속에서 마틸드의 방 창문을 바라보았다. 그녀가 불을 껐다는 걸 덧창 너머로 알아볼 수 있었다. 그는 단 한 번 보았을 뿐인 그 아름다운 방을 머릿속으로 그려 보았다. 그러고 있을 뿐 그의 상상력은 그 이상으로 나아가지 못했다.

시계가 1시를 쳤다. 그 종소리를 듣는 것과 동시에 그는 생각했다. 〈사다리를 타고 올라가겠어.〉

그것은 불현듯 스친 천재적인 영감과도 같았다. 그래야만 할 당위성이 무리 지어 떠올랐다. 어찌 되든 이보다 더 불행

해질 수는 없어! 그는 속으로 중얼거렸다. 사다리가 있는 곳으로 뛰어갔다. 정원사가 사다리를 쇠사슬로 묶어 놓은 게 보였다. 쥘리앵은 지니고 다니는 피스톨을 꺼내서 사다리를 묶은 쇠사슬의 고리 하나에 끼운 다음 초인적인 힘을 발휘해 비틀었다. 피스톨의 공이치기가 부러지면서 쇠고리가 빠져나왔다. 순식간에 그는 사다리를 옮겨 와 마틸드 방 창문에 걸쳤다.

마틸드는 화를 낼 거야. 내게 경멸을 퍼부을 테지. 아무렴 어때? 그녀에게 키스를 하겠어. 마지막 키스를. 그런 다음 내 방으로 가서 죽어 버리겠어……. 그녀의 뺨에 입을 맞춘 다음 죽음을 맞이하는 거야!

그는 날듯이 사다리를 기어 올라가 덧창을 두드렸다. 잠시 후 마틸드는 그 소리를 들었다. 그녀는 덧창을 열려고 했다. 하지만 사다리가 가로막고 있었다. 쥘리앵은 덧문을 열린 상태로 매어 놓을 때 이용되는 쇠갈고리에 매달려 자칫 몇 번이나 바닥으로 떨어질 뻔하면서 사다리를 세차게 흔들어 옆으로 조금 옮겨 놓았다. 마틸드가 덧창을 열었다.

쥘리앵은 방 안으로 몸을 던졌다. 그의 얼굴은 거의 사색이 되어 있었다.

「당신이구나!」 그녀가 쥘리앵의 품속으로 뛰어들며 외쳤다.

쥘리앵의 기쁨을 어떻게 다 표현할 수 있을까? 마틸드 역시 더없는 기쁨을 느꼈다.

마틸드는 막상 그를 대하자 결심과는 다른 말이 흘러나왔다. 잘못을 자신에게로 돌리는 말이었다.

「지긋지긋한 나의 교만을 벌해 줘.」 그녀는 숨이 막히도록 쥘리앵을 꼭 끌어안으면서 말했다. 「당신은 나의 주인이고,

나는 당신의 노예야. 반항하려 했던 걸 당신 앞에 무릎 꿇고 빌어야겠어.」 그녀는 쥘리앵의 품을 빠져나가 그의 발밑에 몸을 던졌다. 「그래, 당신은 내 주인이야.」 그녀는 행복과 사랑에 취해서 한 번 더 외쳤다. 「영원히 나를 지배해 줘. 이 노예가 반항하려 들면 가차 없이 벌해 줘.」

잠시 후 그녀는 또다시 그의 품에서 몸을 빼더니 촛불을 켰다. 쥘리앵은 그녀가 머리카락 한 귀퉁이를 뭉텅 잘라 내려는 걸 말리느라 몹시 애를 먹었다.

「잊지 않고 싶은 거야.」 그녀가 말했다. 「내가 당신의 노예라는 걸 말이야. 내가 또다시 못된 오만에 젖어 정신 나간 행동을 하면, 내 머리카락을 내보이며 이렇게 말해. 〈사랑은 문제가 아냐, 네가 지금 어떤 감정을 느끼는지가 문제가 아니라고. 너는 복종을 맹세했어. 그러니 명예를 걸고 복종해〉라고 말해 줘.」

이런 정신 나간 말들과 도취감을 묘사하는 일은 그만두는 편이 나을 것이다.

쥘리앵은 행복에 취했지만 그렇다고 자제력을 잃지는 않았다. 「이제 사다리를 타고 내려가야겠어.」 정원 너머 동쪽 먼 굴뚝들 위로 새벽빛이 밝아 오는 것을 보자 그가 마틸드에게 말했다. 「가고 싶지 않지만, 당신을 위해 이제 가겠어. 나는 지금까지 몇 시간 동안 인간이 맛볼 수 있는 가장 경이로운 행복을 느꼈지만 그 행복을 포기하려는 거야. 당신의 평판을 지키기 위해 치르는 희생이지. 내 마음을 안다면 내가 얼마나 떠나기 싫은지도 알 거야. 언제나 이 순간처럼 나를 대해 주겠어? 하지만 그건 그렇고 우선 명예를 지켜야 해. 우리가 처음 밀회를 나누었을 때, 도둑에게만 의심이 쏠린 건 아니야. 라 몰 후작님은 정원에 감시꾼을 세워 놓았어. 크루아즈누아 씨에겐 밀정을 붙여서 매일 밤 그의 행적을 보고하도록 해놓았고…….」

〈불쌍한 남자〉라고 외치며 마틸드는 웃음을 터뜨렸다. 그녀의 어머니와 하녀 하나가 잠에서 깼다. 별안간 방문 너머에서 마틸드를 부르며 무슨 일인지 묻는 소리가 들렸다. 쥘리앵이 그녀를 쳐다보았다. 그녀는 긴장으로 얼굴이 하얘져서는 하녀를 나무랐다. 어머니가 묻는 말에는 대답하지 않았다.

「그런데 저 옆방에서 창문을 열면 사다리가 눈에 띌 텐데!」 쥘리앵이 말했다.

쥘리앵은 한 번 더 마틸드를 끌어안은 뒤 사다리 위로 몸을 던져 미끄러지듯 타고 내려왔다. 눈 깜짝할 사이 그는 땅 위에 내려와 있었다.

불과 몇 초 후 사다리는 산책로의 보리수나무 밑으로 옮겨졌다. 마틸드의 명예도 다시 안전해졌다. 정신을 가다듬고 보니 쥘리앵은 온몸이 피로 얼룩진 데다 벌거숭이나 다름없는 모습이었다. 정신없이 사다리를 미끄러져 내려오는 바람에 살갗이 쓸렸던 것이다.

더 바랄 게 없는 행복감에 취해 그는 원래의 기운찬 성격을 되찾았다. 장정 스무 명이 나타나 그에게 달려든다 해도 그 순간에는 그에게 또 하나의 기쁨을 안겨 주기나 했을 것이다. 다행히 그의 전투력을 시험해야 할 일은 일어나지 않았다. 그는 사다리를 본래 자리로 가져가 뉘어 놓고, 사다리를 묶었던 쇠사슬도 원래대로 돌려놓았다. 마틸드의 창문 아래로 다시 돌아와 외국 화초가 심긴 화단에 찍힌 사다리 자국도 잊지 않고 지웠다.

사다리에 패인 자국이 다 지워졌는지 확인하려고 어둠 속에서 손을 뻗어 부드러운 흙 위를 더듬고 있을 때 무엇인가 그의 손 위로 떨어지는 느낌이 들었다. 마틸드가 머리카락 한 뭉텅이를 잘라 그에게 던진 것이었다.

그녀가 창문으로 얼굴을 내밀었다.

「당신의 노예가 바치는 거야.」 그녀는 꽤 크게 소리쳤다. 「영원한 복종의 표시로 말이야. 난 이제 이성을 포기했어. 내 주인이 되어 줘.」

쥘리앵은 흥분으로 머리가 어떻게 되어서는, 그녀에게로 다시 올라가려고 사다리를 끌어 올 뻔했다. 하지만 결국 이성의 힘이 그를 말렸다.

정원에서 집 안으로 들어오는 일도 쉽지 않았다. 그는 지하실 한 곳의 문을 가까스로 열 수 있었다. 집 안으로 들어오긴 했지만 이번에는 가능한 한 소리를 내지 않게 자신의 방문을 부숴야 했다. 마틸드의 방에서 정신없이 서둘러 내려오느라 방 열쇠까지 옷 주머니에 그대로 놓아두고 온 것이다. 마틸드가 그 위험한 증거물들을 잘 숨겨야 할 텐데! 하는 생각이 들었다.

마침내 피로감이 행복을 이겼다. 해가 떠오를 무렵 그는 깊은 잠 속으로 굴러 떨어졌다.

점심 식사를 알리는 종소리에 그는 가까스로 눈을 떴다. 식당으로 들어갔다. 곧이어 마틸드가 나타났다. 갖은 찬사를 한 몸에 받는 이 아름다운 여인의 눈에 사랑의 불꽃이 반짝이는 걸 보고 쥘리앵은 한순간 무척이나 자존심이 충족되는 기쁨을 맛보았다. 하지만 조심성이 고개를 쳐들자 그는 질겁하지 않을 수 없었다.

마틸드는 머리 매무새를 다듬을 시간이 없었다는 구실을 내세워 머리카락을 그대로 늘어뜨리고 있었는데, 그 바람에 지난밤 그를 위해 머리카락을 잘라 낸 부분이 쥘리앵이 단번에 알아볼 정도로 뚜렷이 드러나 있었다. 그처럼 아름다운 얼굴도 뭔가로 인해 흉해질 수 있는 거라면, 눈앞에 있는 마틸드의 모습이 바로 그랬다. 잿빛이 감도는 그녀의 탐스러운 금발 한 귀퉁이가 손가락 한마디 정도만 남은 채 비죽비죽 잘려 나가 있었다.

식사하는 동안 마틸드가 보여 준 태도 역시 앞서 머리카락으로 과시한 경솔함 못잖게 경솔했다. 그녀는 자신이 쥘리앵에게 열렬한 애정을 품고 있다는 사실을 온 세상 사람들에게 보여 주려고 기를 쓰는 사람 같았다. 다행히 그날 후작 부부의 신경은 온통 곧 발표될 코르동 블뢰 훈장 수훈자 명단에 숀 씨가 빠졌다는 데 쏠린 상태였다. 식사가 끝날 무렵 마틸드는 쥘리앵과 이야기를 나누다가 그를 〈나의 주인님〉이라고 부르기까지 했다. 쥘리앵은 눈언저리까지 새빨개지고 말았다.

우연인지 아니면 라 몰 부인이 일부러 그녀를 붙잡아 두는 건지 마틸드는 그날 온종일 잠시도 혼자 있을 시간이 없었다. 하지만 그녀는 저녁에 식당에서 살롱으로 건너가면서 잠시 틈을 내어 쥘리앵에게 말했다.

「계획이 전부 어긋나고 말았어. 내가 핑계를 내세운다고 생각하는 건 아니지? 어머니는 자기 하녀 하나를 밤새도록 내 방에 붙여 놓을 생각인가 봐.」

그날은 마치 한순간처럼 지나갔다. 쥘리앵은 행복의 절정에 있었다. 다음 날, 아침 7시밖에 안 된 시각인데도 쥘리앵은 이미 서재에 있었다. 라 몰 양이 거기 나타나 줄 거라 기대한 것이다. 그녀에게 건네줄 길고 긴 편지를 써놓은 참이었다.

그는 그로부터 꽤 많은 시간이 흐른 점심 식사 자리에서야 그녀를 볼 수 있었다. 그날 마틸드는 머리를 아주 정성스럽게

빗어 올린 모습이었는데, 머리카락을 잘라 낸 자리도 교묘히 감춰져 보이지 않았다. 그녀는 한두 번 쥘리앵 쪽으로 시선을 돌렸다. 그렇지만 그 눈길은 예의 바르고도 침착했다. 쥘리앵을 〈나의 주인님〉이라고 부를 기색은 조금도 없었다.

쥘리앵은 당황해서 숨이 막힐 지경이었다. 그녀는 쥘리앵을 위해 했던 짓들을 후회하고 있는 것이다.

마틸드는 곰곰이 생각한 끝에 쥘리앵이 아주 평범한 인물은 아닐지라도 자신이 그를 위해 행한 온갖 미치광이 짓에 값할 만큼 뛰어난 인물은 못 된다고 결론을 내렸다. 말하자면 그녀는 사랑에 대해 심드렁해졌다. 그날 그녀는 사랑이 지겨웠다.

반면 쥘리앵의 마음은 열여섯 살 소년인 양 격랑이 일었다. 한없이 길게 느껴지는 점심 식사 시간 내내 무서운 의혹과 놀라움과 절망이 차례로 그의 마음을 휘저었다.

예의를 어기지 않고 식탁을 뜰 수 있게 되자마자 그는 마구간으로 달려갔다. 자신의 말에 직접 안장을 얹고 빠른 속도로 내달렸다. 그는 수치스럽게도 나약한 모습을 내보이게 될까 봐 두려웠다. 몸을 지치도록 다그쳐서 마음을 가라앉혀야 해. 이렇게 중얼거리면서 그는 뫼동 숲을 향해 말을 달렸다. 내가 무슨 짓을 했기에, 무슨 말을 했기에 이런 수모를 당해야 하는 거지?

오늘은 아무 짓도, 아무 말도 하지 말아야 해. 라 몰 저택으로 돌아오면서 그는 또다시 다짐했다. 내 정신이 죽었듯이 내 육체도 죽어 있어야 해. 사실 쥘리앵은 살아 있는 게 아니었다. 움직이고 있는 건 그의 송장이었다.

제20장
일본 꽃병

그는 처음에는 자신이 극도로 불행하다는 걸 깨닫지 못했다. 너무 혼란스러워서 감정에 빠져들 겨를이 없었다. 하지만 이성을 되찾자 그는 자신이 불운의 나락에 굴러떨어졌음을 느꼈다. 그는 삶의 모든 즐거움을 잃었고, 고통스러운 절망만이 가슴을 찢어 놓을 뿐이었다. 하지만 육체적 고통을 이야기하는 게 무슨 소용이 있겠는가? 육체가 느끼는 고통만으로는 이 고통을 도저히 형용할 수 없는 것을.

—장 폴

저녁 식사를 알리는 종이 울렸다. 쥘리앵은 간신히 옷을 갈아입을 시간밖에 없었다. 살롱으로 들어가자 마틸드가 보였다. 그녀는 오빠와 크루아즈누아 후작을 붙들고 쉬렌의 페르바크 원수 부인 댁에서 열리는 밤놀이에 가지 말자고 조르고 있었다.

그들에게는 이럴 때의 마틸드가 더없이 매력 있고 사랑스러웠다. 저녁 식사 후에 뤼즈, 케일뤼스, 그리고 그들의 친구 몇 명이 더 나타났다. 라 몰 양은 따뜻한 우정과 온당한 예절을 다시 존중하게 된 듯이 보였다. 그날 저녁은 날씨가 아주 상쾌했는데도 마틸드는 정원에 나가지 않겠다고 고집을 부렸다. 그녀는 친구들까지 라 몰 부인이 앉은 안락의자 옆에 붙잡아 두려 했다. 겨울에 그랬던 것처럼 그 그룹은 푸른색 소파를 중심으로 모였다.

마틸드는 정원이 싫었다. 적어도 아주 불쾌하게 여겨졌다.

정원이 쥘리앵을 생각나게 했기 때문이다.

불행에 빠지면 총기도 무뎌지는 법이다. 어리석게도 우리의 주인공은 그 작은 짚 의자를 떠나지 못하고 미적거리고 있었다. 예전에 자신이 거두곤 했던 눈부신 승리를 증언해 주는 의자였다. 하지만 그날은 거기 앉았어도 아무도 그에게 말을 걸어 주지 않았다. 그는 그 자리에 없는 사람이거나 혹은 그 이상으로 비참한 취급을 당했다. 라 몰 양의 친구들 가운데 소파 끝자리, 그의 바로 옆에 앉은 이들은 일부러 그에게 등을 돌려 앉은 듯했다. 적어도 쥘리앵은 그런 생각이 들었다.

총애를 잃은 궁정 신하 꼴이 되었구나, 하고 쥘리앵은 생각했다. 그는 자신에게 의식적으로 경멸을 퍼붓고 있는 그 무리를 잠시 살펴보고 싶었다.

뤼즈는 대화 상대로 누가 걸리건 간에 이야기 첫마디로 똑같은 말을 꺼냈다. 그것도 그게 아주 재미난 말이나 된다는 듯이 그랬다. 자기 숙부가 7시에 생클루로 떠났고 오늘 밤 거기서 머물 예정이라는 이야기였는데, 이 미남 장교의 숙부가 왕에게 무엇인가 중요한 임무를 부여받긴 한 것 같았다. 그는 이 이야기를 꺼내면서 너그럽고 어진 풍모를 과시했지만 문제는 그 태도까지 매번 똑같이 되풀이하고 있다는 점이었다.

쥘리앵은 불행 때문에 한층 비판적이 된 눈으로 크루아즈누아를 관찰하다가 이 상냥하고 친절한 청년이 매번 어떤 일의 원인을 신비로운 것에서 찾으려 한다는 사실을 알아차렸다. 그 상태도 꽤 심각해서, 어느 정도 중요성이 있는 사건의 원인을 단순하고 자연스러운 것으로 돌릴 경우 기분이 상하거나 화를 낼 정도였다. 저러다간 자칫 미치광이처럼 보이겠는걸. 언젠가 코라소프 공이 들려준 알렉산데르 황제의 성격과 비슷하군, 하고 쥘리앵은 생각했다. 파리에서 지낸 첫해, 신학교에서 벗어난 지 얼마 되지 않았던 그때는 쥘리앵의 눈에 이 상냥한 청년들이 색다르게만 보였다. 그는 그 신기함에 홀려 그저 감탄하는 일 외에는 다른 생각을 할 수 없었다. 하지만 이제 그들의 진짜 성격이 쥘리앵의 눈에 보이기 시작했다.

나는 여기서 밉살맞은 방해꾼 역할을 하고 있어, 하는 생각이 문득 들었다. 짚 의자를 떠나더라도 너무 빙충맞아 보이지는 않게 하는 게 문제였다. 그는 떠날 방법을 궁리해 보려 했다. 뭔가 참신한 방법을 찾으려고 상상력을 동원해 보았지만, 그의 상상력은 온통 다른 문제에 사로잡혀 있었다. 기억을 더듬어 방법을 찾아내려 했다. 하지만 그가 지닌 기억이란 솔직히 이런 종류의 일에 동원하기에는 밑천이 딸렸다. 이 가엾은 청년은 여전히 사교계 관습에 익숙하지 않았고, 그래서 그가 자리에서 일어나 살롱을 떠날 때 그의 태도는 도저히 봐줄 수 없을 만큼 어색했다. 모두들 그를 쳐다보았다. 그의 거동에는 불행이 역력히 배어 있었다. 그는 거의 한 시간 가까이 눈치코치 없는 하인 역할을 맡았고, 또 그를 쳐다보는 모두가 그런 하인을 대할 때의 태도를 숨기지 않고 드러냈다.

하지만 조금 전 자신의 경쟁자들을 비판적인 눈으로 보게 된 덕분에 그는 자신의 불행을 지나치게 비극적으로만 생각하지는 않게 되었다. 이틀 전 있었던 일의 기억이 자존심을 지탱하는 데 도움이 됐다. 혼자 정원으로 들어서면서 그는 자신에게 속삭였다. 저들이 아무리 나보다 유리한 처지에 있긴 해도, 저들 중 마틸드와 밤을 함께 보낸 자는 아무도 없어. 마틸드가 나에게는 두 번이나 허락해 주었던 밤을 말이야.

그의 지혜는 더 멀리까지 나아가진 못했다. 어쩌다 자신의 행복을 한 여인의 손아귀에 고스란히 내맡겼으면서도, 그 특이한 여인의 성격을 그는 조금도 이해하지 못하고 있었다.

다음 날도 그는 녹초가 될 정도로 말을 탔다. 저녁이 되어도 그는 푸른 소파 옆을 어정거릴 생각을 하지 않았다. 거기엔 마틸드가 변함없이 자리를 지키고 있었다. 노르베르 백작은 집 안에서 쥘리앵과 마주쳐도 눈길조차 주지 않았다. 타고난 성격이 예절 바른 사람인데도 저렇게 어울리지 않는 퉁명을 부리는구나, 하고 쥘리앵은 생각했다.

쥘리앵에겐 잠들어 버리는 게 차라리 행복이었을 것이다. 그러나 몸은 아무리 지쳐 있어도 눈을 감기만 하면 너무도 매혹적인 기억이 머릿속으로 온통 밀려들어 왔다. 총기가 무뎌진 탓에, 그는 파리 근교 숲을 말을 타고 달리면서도 이래 봤자 자신의 운명을 우연에 내맡기기밖에 더하느냐는, 몸을 지치게 한들 그건 자신의 일이지 마틸드의 마음이나 생각이 그로 인해 바뀔 리는 없지 않느냐는 생각을 하지 못했다.

한 가지 소원만 이룰 수 있으면 그의 고통이 한없이 위로받을 것만 같았다. 마틸드와 이야기를 나누는 것이었다. 하지만 그가 그녀에게 무슨 이야기를 건네겠는가?

하루는 아침 7시에 쥘리앵이 서재에서 그 일을 골똘히 생각하고 있는데 마틸드가 갑자기 서재로 들어섰다.

「이봐요. 나와 이야기하고 싶은 거죠. 그렇다는 걸 난 알고 있어요.」

「맙소사! 어떻게 알았죠?」

「어떻게 알았든 무슨 상관이에요? 당신이 명예를 모르는 사람이라면 내 인생을 망칠 수도 있겠죠. 적어도 그러려는 시도는 할 수 있을 거예요. 그런 위험이 실제로 닥치리라고는 생각지 않지만, 설령 그런 위험이 닥친다 해도 솔직히 말하지 않을 수 없어요. 나는 당신을 사랑하지 않아요. 잠시 정신 나간 공상에 속아 넘어갔을 뿐이에요…….」

사랑과 불행으로 제정신이 아닌 쥘리앵은 이 충격적인 말을 듣고 한사코 자신을 변명하려 했다. 어리석기 짝이 없는 짓이었다. 그녀를 불쾌하게 한 것에 대해 자신을 변명하려는 것인가? 그러나 이제 그의 행동은 이성의 통제 밖에 있었다. 그는 맹목적인 본능에 떼밀려 어떻게든 운명의 선고를 늦추어 보려고 발버둥을 쳤다. 이렇게 마틸드와 이야기하고 있는 한 아직 희미한 가능성이 남아 있는 듯했다. 마틸드는 쥘리앵의 이야기를 듣고 있지 않았다. 그의 말소리는 그녀를 짜증스럽게 할 뿐이었다. 그녀는 그가 자신의 말을 중간에서 끊고 나서리라고는 생각도 못한 터였다.

그날 아침 마틸드는 정조의 미덕과 자존심을 저버린 것이 후회스러워서 쥘리앵과 마찬가지로 불행했다. 하찮은 신부 나부랭이이자 기껏 촌부의 아들인 자에게 자신에 대한 권리를 내주고 말았다는 끔찍한 생각으로 그녀는 절망에 빠져 있었다. 그녀는 자신의 불행을 과장해서 생각했고, 그럴 때마다 마음속으로 이렇게 되뇌었다. 이건 꼭 하인한테 몸을 내맡기고서는 후회하는 꼴이잖아.

성격이 대담하고 자존심이 강한 사람들은 자신에게 분노하는 것과 타인에게 화를 터뜨리는 것이 별반 차이가 없다. 이 경우 화를 거침없이 폭발시키는 건 짜릿한 쾌감을 낳기도 한다.

라 몰 양은 단숨에 쥘리앵을 향해 지독한 경멸의 말을 쏟아 냈다. 그녀의 재기는 무궁무진했고, 게다가 그 재기는 상대의 자존심을 고문하고 잔인한 상처를 입히는 기술이 특히 눈부셨다.

강렬한 증오심을 불태우며 자신을 궁지로 몰아대는 우월

582

한 재기의 작용 앞에서 쥘리앵은 난생처음으로 굴복하고 말았다. 그 순간 그는 자신을 방어할 궁리는커녕 오히려 자신을 경멸하고 있었다. 마틸드의 말은 쥘리앵이 품은 모든 자부심을 무너뜨리도록 빈틈없이 계산된 것이었는데, 그 잔인한 경멸의 말을 듣고 그는 자신이 그런 경멸을 받아 마땅하며 오히려 그걸로는 부족하다는 생각까지 했다.

마틸드는 며칠 전 열렬한 사랑에 빠졌던 일에 대해 이처럼 자신과 쥘리앵을 벌하면서 자존심을 충족시키고 있었다.

그녀는 이 잔인한 말들을 미리 지어 내거나 궁리해 놓을 필요가 없었다. 그저 뿌듯한 만족감을 느끼며 퍼부어 대기만 하면 됐다. 그녀는 자신의 마음속 법정에서 사랑의 반대편 변론인이 일주일 전부터 늘어놓고 있던 말을 그대로 되풀이한 것일 뿐이었다.

말 한마디 한마디가 날아와 꽂힐 때마다 쥘리앵도 한층 끔찍한 불행 속으로 내동댕이쳐졌다. 쥘리앵은 달아나려 했다. 하지만 라 몰 양은 기세등등하게 그의 팔을 붙들어 가지 못하게 했다.

「목소리가 너무 커요. 옆방에서 듣겠어요.」 쥘리앵이 그녀에게 말했다.

「상관없어요!」 라 몰 양이 거만하게 대꾸했다. 「사람들이 내 말을 엿듣는다고요? 나는 당신이 그 알량한 자존심으로 나에 대해 주제 넘은 공상을 품는 버릇을 확실하게 고쳐 주려는 거예요.」

쥘리앵이 마침내 서재에서 빠져나올 수 있었을 때, 그는 너무 놀란 나머지 자신의 불행에는 어느 정도 무뎌졌을 정도였다. 「그래! 그 여자는 나를 더 이상 사랑하지 않아.」 쥘리앵은 자신의 위치를 스스로에게 확인시키려는 듯 큰 소리로 되뇌었다. 그 여자는 일주일이나 열흘쯤 나를 사랑했던 것 같아. 그리고 나는 평생 그 여자를 사랑할 테고.

바로 얼마 전만 해도 그녀가 내게 별 의미 없는 사람이었다는 게 믿기지 않아!

마틸드의 마음은 한껏 고양된 자존심으로 충만했다. 마침내 쥘리앵과의 관계를 영원히 끊어 버린 것이다! 그에게 그처럼 걷잡을 수 없이 끌리던 마음을 나는 완전히 이겨 냈어. 이제 그 어쭙잖은 사람도 분명히 깨달았을 거야. 자신이 나를 결코 지배할 수 없고, 앞으로도 그럴 거라는 사실을 말이야. 그녀는 너무 행복해서 그 순간 실제로도 그녀 마음속에는 사랑이 조금도 남아 있지 않았다.

그처럼 잔인하고 모욕적인 일을 겪고 나서는 쥘리앵만큼 정열적이지 못한 사람이라면 사랑에 진절머리가 났을 것이다. 라 몰 양은 쥘리앵에게 가시 돋친 말을 퍼부으면서 단 한 순간도 자신의 의도에서 벗어나는 법이 없었다. 그 말들은 미리 치밀하게 계산된 것이라서 들으면서도 부정할 여지가 없는 데다, 냉정을 되찾은 다음에 다시 떠올려 보아도 지극히 타당한 말로 여겨졌다.

그 수모를 당하면서 쥘리앵이 곧바로 내린 결론은 마틸드가 도저히 고칠 수 없을 만큼 거만한 여자라는 것이었다. 이제 둘 사이는 모든 게 영원히 끝난 거라고 그는 생각했다. 하지만 다음 날 점심 식사 자리에서 마틸드가 눈앞에 보이자 그는 어쩔 줄 모르고 뻣뻣하게 굳어서는 소심하게 움츠러들었다. 이런 약한 모습은 이제까지 그에게서 찾아보지 못했던 것이었다. 큰일에서든 작은 일에서든 자신이 해야 할 일과 하고자 하는 일을 분명히 파악하고 그대로 실행해 왔던 그였다.

그날 점심 식사 후였다. 라 몰 부인이 쥘리앵에게 탁자 위에 놓인 어떤 소책자를 집어 달라고 말했다. 그날 아침 교구 신부가 부인에게 은밀히 가져온, 불온하지만 아주 희귀한 소책자였다. 쥘리앵은 그 책자를 집어 들다가 오래된 청자 꽃병을 떨어뜨렸다. 그 꽃병은 꽤나 흉한 모양새를 한 것이었다.

라 몰 부인은 비명을 지르며 일어나더니, 달려와서 아끼는 꽃병의 파편을 들여다보며 말했다.

「이건 옛 일본 도자기라네. 셸 수녀원장이셨던 대고모님께 물려받은 것이지. 네덜란드 사람들이 가져와 섭정 오를레앙 공께 바친 것을 섭정께서 다시 따님한테 물려주셨고…….」

마틸드는 내심 몰골이 추하다고 생각해 오던 그 푸른 꽃병이 깨어진 걸 속 시원해하며 어머니가 그걸 애석해하는 양을 지켜보았다. 쥘리앵은 말없이 그다지 당황한 기색도 보이지 않고 서 있었다. 그러다가 그는 바로 곁에 라 몰 양이 와 있는 것을 보았다.

그는 그녀를 향해 말했다.

「이 꽃병은 이제 깨어져 돌이킬 수 없게 되었습니다. 한때 제 마음을 지배했던 어떤 감정처럼 말입니다. 그 감정 때문에 제가 저지른 온갖 어리석은 짓을 용서해 주시기 바랍니다.」

그러고 나서 그는 방을 나갔다.

쥘리앵의 모습이 사라지자 라 몰 부인이 말했다. 「저 소렐 이란 사람은 자신이 해놓은 짓이 자랑스럽고 기쁜 모양이지.」

쥘리앵이 하고 간 말은 곧장 마틸드의 가슴에 와서 얹혔다. 맞아, 어머니가 저 사람을 바로 보셨어. 저 사람은 저런 감정으로 의기양양한 거야. 이렇게 생각하자 전날 그를 가차 없이 몰아붙여서 얻은 승리감이 식어 버리고 말았다. 그래, 모든 게 끝났어, 하고 그녀는 겉으로는 냉정함을 지키면서 속으로 중얼거렸다. 나에겐 큰 교훈을 남기고 말이야. 이번엔 끔찍한 실수를 저질렀어. 수치스러운 실수지 뭐야! 하지만 살아갈 날은 아직 많이 남아 있으니까, 앞으로는 분별 있게 행동할 수 있을 거야.

한편 쥘리앵은 자문하고 있었다. 어째서 솔직하게 말하지 않은 거지? 그 종잡을 수 없는 여자한테 품었던 사랑 때문에 아직도 괴로워하는 건 뭣 때문이야?

하지만 이 사랑은 그가 바라는 것과는 달리, 사그라지기는커녕 점점 더 거세게 불타올랐다. 그는 생각했다. 정말이지 그 여자는 제멋대로 굴지만, 그렇다고 덜 사랑스러운 건 아냐. 그보다 더 예쁠 수가 있을까? 가장 세련된 문명이 줄 수 있는 모든 생생한 기쁨을 라 몰 양은 한 몸에 지니고 있지 않은가? 그러다가 쥘리앵은 지나간 어느 날의 행복한 기억 속으로 빠져들었다. 그 기억들은 순식간에 그의 이성을 무너뜨리고 말았다.

이성은 지나간 행복의 기억들과 싸웠지만 역부족이었다. 기억을 떨쳐 버리려고 자신을 엄격히 다그치면 다그칠수록 그 기억은 한층 매력적으로 윤색될 뿐이었다.

옛 일본 꽃병을 깨고 난 후 스물네 시간 동안 쥘리앵은 어떻게 손쓸 여지 없이 세상에서 가장 불행한 남자였다.

제21장
비밀 각서

내가 이야기하는 것은 전부 내가 눈으로 본 것입니다. 그것을 잘못 보았을 수는 있지만, 본 것을 이야기하는 데는 조금도 거짓이 없습니다.

— 저자가 받은 편지

후작이 쥘리앵을 불렀다. 라 몰 후작은 다시 젊어지기나 한 듯이 눈에서 빛이 나고 있었다.

「자네의 기억력 말인데.」 후작이 말을 꺼냈다. 「듣기로는 대단한 기억력이라더군! 네 장가량 암기한 후에 런던으로 가서 그걸 그대로 기억해 낼 수 있겠는가? 한마디도 틀리지 않게 말일세……!」

후작은 쥘리앵이 한 번도 본 적이 없을 만큼 진지한 기색이었다. 그는 짐짓 신문 기사가 마땅찮다는 듯이 「코티디엔」지를 구겨 내던지면서 그런 기색을 감추려 했지만 잘되지 않았다. 그런 진지한 표정은 프릴레르 부주교와의 소송건에 대해 이야기할 때도 보이지 않았던 것이었다.

쥘리앵은 상류 사회의 관습에 꽤나 익숙해진 터라 누군가가 애써 가벼워 보이려고 할 때면 그런 어조에 깜박 속아 넘어간 시늉을 해주어야 한다는 것쯤은 알고 있었다.

「〈코티디엔〉지 이번 호는 그리 재미있을 것 같지는 않습니다. 하지만 후작님께서 허락하신다면 내일 아침에 신문 전체를 외워 보이겠습니다.」

「오호! 광고까지 말인가?」

「물론입니다. 한 글자도 빼놓지 않고 암송할 생각입니다.」

「약속할 수 있지?」별안간 엄숙한 태도로 후작이 물었다.

「네, 약속드리겠습니다. 후작님. 행여 제 기억력이 흔들리는 경우가 있다면 그건 약속을 지키지 못하게 될까 봐 걱정하느라 그럴 때뿐일 것입니다.」

「이건 어제 자네한테 물었어야 했는데, 깜박 잊었어. 자네한테 서약을 요구할 생각은 없어. 그러지 않더라도 자넨 이제부터 듣게 될 이야기를 절대 누설하지 않을 테니까. 나는 자네를 잘 알아. 그런 요구를 하면 모욕이 된다는 걸 말이야. 자네를 어느 살롱으로 데려갈 작정이네. 거기서 열두 명이 회합을 가질 텐데, 자네 신분은 내가 이미 보증해 두었어. 자넨 거기 가서 각각의 발언 내용을 기록하면 돼.」

여기까지 말한 후작은 다시금 평소의 재기 넘치고 경쾌한 태도로 덧붙였다. 「걱정할 것 없어. 중구난방 떠들어 대는 여느 대화가 아니니까. 순서를 꼭 정해 놓은 건 아니지만 어쨌건 각자가 돌아가며 발언할 거야. 우리가 하는 이야기를 다 기록하면 스무 장가량 될 거야. 그러고는 나와 함께 집으로 돌아와 그 스무 장을 네 장으로 요약해야 하네. 내일 아침 자네가 내게 암송해 보일 것은 〈코티디엔〉지 기사 전체가 아니라 바로 그 네 장이야. 그런 다음 곧장 출발하도록 하게. 유람 여행 중인 젊은이처럼 역마차를 타고 가야 해. 무엇보다 사람들의 이목을 끌지 않도록 하게. 자네가 찾아갈 사람은 어떤 고위 인사일세. 거기 가서는 한층 수단을 부려야 해. 그 고위 인사의 주위 사람들을 전부 속여 넘겨야 하니까. 그 인사의 비서나 하인 가운데 적에게 매수된 자가 있을 수 있어.

그자는 우리 쪽에서 보낸 밀사를 중간에서 가로막으려고 길목을 노릴걸. 그럴 때를 대비해 속임수로 평범한 추천장을 한 통 지니고 가게.

각하 가까이 가게 되면, 그가 자네에게 눈길을 주는 순간을 놓치지 말고 이 회중시계를 꺼내 보이게. 이 여행을 마칠 때까지 내 회중시계를 빌려 줄 테니까. 자, 받아 둬. 이 시계가 있으면 언제든 사실 증명이 될 거야. 그리고 자네 시계는 내게 줘.

자네가 네 장의 내용을 암기하면 공작 각하가 직접 그걸 받아 적을 거야.

그런 다음 만약 각하가 물으면 자네가 이제 참석할 회합에 대해 말해도 좋은데, 이건 그가 묻는 경우에만 그래야지 자네가 먼저 이야기를 꺼내선 안 돼.

파리에서 각하의 관저로 가는 길목마다 소렐 신부에게 총알을 한방 먹일 수 있기를 학수고대하는 사람들이 우글거릴 걸세. 그러니 자네도 여행길 내내 그리 지루하지는 않을 거야. 정말 총알을 맞으면 자네의 임무는 그걸로 끝인 거고, 나는 일이 너무 늦어진다고만 생각할 테지. 그도 그럴 것이, 자네도 생각해 보게, 여기서 자네가 죽었다는 사실을 어떻게 알 수 있겠나? 자네가 아무리 열의가 있다 한들 죽은 다음에도 본인의 죽음을 알려 줄 수야 없으니까.」

그러더니 후작은 다시 심각한 표정이 되어 말했다. 「당장 가서 양복 한 벌을 사도록 하게. 유행이 한물간 옷으로 차려입고 와. 오늘 밤 자네는 대강 꿰어 입은 차림새여야 해. 반대로 여행 도중에는 평소처럼 쫙 빼입도록 하고 말이야. 놀라는 표정이군. 자네의 경계심에 비춰 짐작할 수 있는 일이잖아? 그래 맞아, 여보게, 이제 가서 발언을 듣게 될 그 존경할 만한 인사들 가운데는 미리 기별을 보내서 자네가 여행 중 어느 여인숙에 들러 저녁을 먹을 때 식사에 아편을 섞어 자네에게 먹일 인물이 있을 수 있어.」

「곧바로 가기보다 120킬로미터쯤 우회해서 가는 편이 좋겠습니다. 제 짐작에 목적지는 로마일 듯합니다만…….」

후작은 브레 르 오 이후로 쥘리앵이 본 적 없을 만큼 아주 거만하고 못마땅한 표정으로 대답했다.

「그건 내가 판단해서 적절한 시점에 자네에게 알려 주겠네. 나는 이것저것 물어 대는 걸 좋아하지 않아.」

「앞질러 나서려고 한 건 아닙니다. 저는 생각한 바를 숨김없이 말씀드렸을 뿐입니다. 가장 확실한 길로 가려면 어떻게 해야 할지 궁리하고 있었으니까요.」 이렇게 말하는 쥘리앵의 어조에는 진심이 내비쳤다.

「알겠네. 자네의 정신은 너무 앞서 나가는 것 같아. 심부름꾼 노릇을 하자면, 더군다나 자네 나이에는, 자신을 믿어 달라고 요구하는 듯한 태도를 보여선 안 돼.」

쥘리앵은 수치심을 느꼈다. 이 일은 그의 실수였다. 자존심 때문에 자신의 입장을 변명하려 해보았지만 그럴 구실을 찾을 수 없었다.

후작이 한마디 덧붙였다. 「사람이 뭔가 어리석은 짓을 저질렀을 때는 그것에 감정적으로 반응하기 마련이지.」

한 시간 후 쥘리앵은 구닥다리 양복에 희끄무레한 타이를 맨 평범한 차림으로 후작의 응접실에 나타났다. 그의 모습은 얼핏 보기에 어설픈 서기 같은 인상을 풍겼다.

그 모습을 보고 후작은 웃음을 터뜨렸다. 그제야 쥘리앵은 앞선 실수를 만회하게 된 셈이었다.

라 몰 후작은 잠시 생각에 잠겼다. 이 젊은이가 나를 배반

한다면 누구를 믿어야 할까? 어쨌든 행동에 나설 때는 누군가를 믿어야만 해. 내 아들, 그리고 그 아이와 같은 부류인 그의 친구들도 용기는 지니고 있어. 충성심도 대단하지. 만약 전쟁터에 나서야 할 일이 생긴다면 그 아이들은 끝까지 왕을 지키다가 쓰러져 죽을 거야. 갖가지 지식도 지니긴 했어……당장에 필요한 지식만 빼놓고 말이야. 그 아이들 중 하나라도 네 장을 암기해 4백 킬로미터 길을 추적을 따돌리면서 갈 재주가 있었더라면. 노르베르는 자기 조상들처럼 싸우다가 죽을 능력은 돼. 하지만 그 정도 용기는 신출내기 병사도 갖고 있거든…….

후작의 상념이 깊어졌다. 그리고 싸우다 죽는 걸로 말하자면 소렐 이 친구도 그 정도는 해낼 테고……. 후작은 한숨을 내쉬었다.

「가서 마차에 오르도록 하지.」 후작은 뭔가 성가신 생각을 쫓아 버리려는 듯한 태도였다.

「후작님.」 쥘리앵이 말했다. 「이 옷가지들을 차려입는 동안 〈코티디엔〉지 오늘자 1면을 외워 봤습니다.」

후작은 신문을 받아 들었다. 쥘리앵은 단 한마디도 틀리지 않고 외워 보였다.

「좋아.」 후작의 태도는 그날따라 아주 유연했다. 이 젊은 친구는 신문을 외우느라 그사이 우리가 어느 길을 거쳐 가는지는 유심히 봐둘 수 없었겠지. 이것이 후작이 머릿속으로 하고 있던 생각이었다.

두 사람은 어느 집 널따란 살롱에 도착했다. 한쪽 벽면은 목재로 마감하고 한쪽은 초록색 벨벳을 두른 음울한 분위기의 살롱이었다. 얼굴을 찌푸린 하인 하나가 방 한가운데 커다란 식탁을 막 들여놓은 참이었다. 하인은 그 식탁에 초록색 큰 테이블보를 씌워 회의용 탁자 모양새를 냈는데, 그 테이블보는 어느 관청 창고에서 주워 왔는지 온통 잉크 얼룩이 묻어 있었다.

그 집 주인은 덩치가 큰 사내였는데, 누구도 그의 이름을 입 밖에 내서 말하지 않았다. 사내의 얼굴 생김이며 언변은 쥘리앵이 보기에 그야말로 눈치로 먹고사는 사람 같았다.

후작의 눈짓에 따라 쥘리앵은 테이블 맨 끝자리에 가 앉았다. 침착하게 보이려고 펜을 꺼내 다듬기 시작했다. 곁눈으로 흘깃 살펴보니 살롱 안에는 일곱 명가량이 모여 있는 것 같았지만, 쥘리앵의 자리에선 그들의 등만 보였다. 두 사람은 라몰 후작과 대등한 위치에서 말을 나누는 듯했고, 나머지 사람들은 어느 정도 높임말을 쓰고 있었다.

또 한 사람이 들어왔다. 그의 방문을 알리는 시종의 외침 소리도 없었다. 묘하군. 쥘리앵은 생각했다. 이 살롱에서는 방문객의 도착을 알리지도 않는군. 이런 조심성을 보이는 건 나를 의식해서일까? 새로운 방문객을 맞기 위해 모두들 자리에서 일어났다. 그 인물의 가슴에는 꽤나 우쭐하게 자랑해도 좋을 만한 훈장이 빛나고 있었는데, 그러고 보니 살롱에 먼저 와 있던 다른 세 사람도 그것과 동일한 훈장을 달고 있었다. 오가는 목소리들이 아주 낮았다. 쥘리앵은 그 새로 온 방문객에 대해 용모와 거동만으로 짐작해 보아야 했다. 작달막하고 뚱뚱한 체구에 혈색이 좋은 사람이었다. 눈은 광채로 번쩍였고 멧돼지처럼 심술궂어 보인다는 점 외에는 무표정했다.

뒤이어 분위기가 아주 다른 인물이 들어오는 바람에 쥘리앵은 주의력이 흩어지고 말았다. 새로 온 인물은 깡마르고 키가 큰 사람으로, 조끼를 서너 벌이나 겹쳐 입고 있었다. 눈매는 온화했고 태도는 정중했다.

생김새가 브장송의 노주교를 생각나게 하는 사람이구나, 하고 쥘리앵은 생각했다. 분명 교회에 속한 사람일 듯했다. 나이는 고작 쉰 남짓으로 보였지만, 지극히 인자한 분위기를 풍겼다.

아그드의 그 젊은 주교가 등장했다. 모인 사람들을 둘러보다가 쥘리앵을 발견한 그는 몹시 놀라는 눈치였다. 브레 르 오의 종교 의식에서 만난 이후로 주교는 쥘리앵에게 말을 건넨 적이 없었다. 주교의 놀란 눈초리에 쥘리앵은 당황하기도 하고 화도 났다. 그는 속으로 중얼거렸다. 이게 뭐람! 어떤 사람과 만난 적이 있다는 것이 어째서 나에겐 매번 불운이 되는 거지? 한 번도 본 적 없는 저 대귀족들에겐 조금도 주눅 들지 않는데, 저 젊은 주교의 눈길에는 기분이 얼어붙는걸! 나도 참 이상해. 운도 없고 말이야.

곧이어 키가 작고 험상궂게 생긴 사람이 요란하게 입장했다. 그는 문간에서부터 떠들어 대기 시작했다. 얼굴빛이 누렇고 어딘가 광적인 데가 있었다. 그 떠버리가 들어서자마자 사람들은 몇 개의 무리로 나뉘어 자기들끼리만 대화를 나누었다. 그의 이야기 상대가 되는 걸 피하려고 그러는 것 같았다.

이윽고 모두들 벽난로 쪽을 벗어나 쥘리앵이 끝자리를 차지하고 앉아 있는 테이블을 향해 다가왔다. 쥘리앵은 침착성을 조금씩 잃어 갔다. 신경 쓰지 않으려고 해봤지만, 그들 사이에 직설적으로 오가는 이야기들이 그의 귀에 스며들었다. 그가 아무리 경험이 없다 한들, 그 이야기의 중요성을 모를 리는 없었다. 더구나 그 이야기가 조금이라도 새어 나가는 것을 지금 눈앞에 있는 이 고위 인사들이 만에 하나라도 눈감아 줄 리 있겠는가?

손을 될 수 있는 한 천천히 놀렸는데도 쥘리앵이 깎아 놓은 펜은 이미 스무 개 남짓이나 됐다. 이제는 더 깎을 펜도 없을 판이었다. 그는 뭔가 지시가 있을까 하고 라 몰 후작의 기색을 살폈지만 반응은 신통치 않았다. 후작은 그가 있다는 사실을 아예 잊은 것 같았다.

지금 내가 하고 있는 짓이 우스꽝스럽군. 계속해서 손을 놀려 펜을 다듬으면서 쥘리앵은 생각했다. 저처럼 보잘것없는 풍모를 지닌 사람들이 타의에서든 아니면 자청해서든 이렇게 중요한 문제를 떠맡고 있는 만큼, 저들은 꽤나 신경이 예민해져 있을 거야. 불운하게도 내 눈은 원래부터 생겨 먹기를 뭔가 질문이 잔뜩 담겨 있는 것처럼 보이는 데다 그리 공손하지도 못해. 그러니 눈을 내보였다가는 저 사람들을 기분 상하게 할 게 분명해. 그렇다고 눈을 내리깔고 있으면 저들의 이야기를 귀담아듣고 있는 것으로 비칠 테지.

쥘리앵의 긴장감은 극에 달했다. 심상찮은 이야기들이 들려오고 있었다.

제22장
토론

공화국이라니! 오늘날 공공의 행복을 위해 모든
것을 희생할 사람을 하나로 볼 때 자신의 향락과
허영밖에 모르는 사람들은 수천 수백만이나 된다.
파리에서는 덕이 있어서가 아니라 마차가 있어서
존경받는다.

— 나폴레옹, 『비망록』

「XXX 공작님께서 오셨습니다.」 하인이 서둘러 들어와 고했다.

「입 다물게. 미련한 놈 같으니.」 공작이 들어오면서 하인을 꾸짖었다.

하인을 질책하는 품새가 너무도 자연스럽고 위엄이 넘치는 바람에 쥘리앵은 하인에게 화를 내는 기술이 저 인물이 지닌 수완의 전부가 아닌가 싶어 자신도 모르는 사이 눈을 들었다가는 곧 내리깔았다. 새로 도착한 인물의 영향력을 한눈에 봐도 알 수 있었던 만큼 그를 쳐다보는 게 신중치 못한 일이라는 생각이 든 것이다.

이 공작은 쉰 살쯤 된 사람인데 댄디처럼 빈틈없이 차려입고 용수철이 튀어 오르듯 펄쩍펄쩍 걸었다. 작은 두상에 코가 큼직하게 솟아서 얼굴이 흰 것처럼 앞으로 돌출해 있었다. 그 이상으로 고상하면서 그 이상으로 보잘것없기도 어려울 것 같았다. 그가 도착하자 회의가 시작되었다.

쥘리앵은 사람들의 생김새를 관찰하고 있다가 라 몰 후작의 말소리에 번뜩 정신을 차렸다.

「소렐 신부를 소개합니다.」후작이 좌중을 향해 말하고 있었다. 「놀라운 기억력을 지닌 사람입니다. 자신이 맡을 임무에 대해 듣고 나서는 자신의 기억력을 증명해 보이느라 그로부터 한 시간도 채 되지 않아〈코티디엔〉지 1면을 다 암기했습니다.」

「아하! 그 가엾은 N 씨의 외국 소식이 실린 기사 말이군요.」집주인이 아는 체했다. 그러고는 서둘러 그 신문을 집어 들고 쥘리앵을 쳐다보았다. 「외워 보시오.」이렇게 말하면서 그는 너무 위엄을 부렸고, 그런 바람에 오히려 어릿광대처럼 보였다.

실내에는 깊은 침묵이 흘렀다. 모든 시선이 쥘리앵에게 날아와 꽂혔다. 쥘리앵은 조금도 틀린 데 없이 외워 나갔다. 스무 행가량 나갔을 때〈그만하시오, 충분하오〉하고 공작이 말했다. 눈초리가 멧돼지 같은 인물이 자리를 잡고 앉았다. 그러더니 곧장 쥘리앵에게 카드놀이용 탁자를 가리켜 보이며 자기 곁으로 가져오라는 손짓을 했다. 그런 걸로 보아 그가 이 회의의 의장이었다. 쥘리앵은 필기도구를 챙겨 들고 그 탁자에 가서 앉았다. 수를 세어 보니 초록색 테이블보를 씌운 탁자를 빙 둘러싸고 앉은 사람은 열두 명이었다.

「소렐 씨, 옆방에 물러가 있도록 하시오. 나중에 부를 테니.」

집주인은 뭔가 아주 걱정스럽다는 기색을 보였다. 「덧문들을 닫지 않았어요.」그가 옆 사람에게 수군거리더니 이어서 쥘리앵을 향해 우둔하게도 소리쳤다.

「창문으로 들여다보려 하지 마시오.」

내가 끼어든 이 일이 적어도 음모 정도는 되는가 보군. 쥘리앵은 생각했다. 다행히 그레브 광장[30]에 끌려갈 음모는 아

30 당시 공개 처형이 이루어지던 장소.

닌 것 같군. 이 음모로 위험에 처한다면, 그건 내 책임도 있지만 후작의 책임이 더 커. 내가 연애랍시고 저지른 미친 짓 때문에 언젠가는 그에게 상심을 안겨 줄지도 모르는데, 이 일로 그 빚을 미리 갚을 수 있다면 좋겠군!

자신의 미친 열정과 불행을 어쩔 수 없이 떠올리면서도 그는 자신이 있는 장소를 둘러보며 기억에 꼼꼼히 새겨 두었다. 그제야 그는 후작이 마부에게 거리 이름을 말하지 않았다는 사실에 생각이 미쳤다. 게다가 후작은 이곳까지 삯마차를 대절해서 왔는데, 그건 좀처럼 없던 일이었다.

쥘리앵은 오랫동안 상념에 젖어 들었다. 그가 홀로 들어와 있는 방은 붉은색 벨벳 휘장을 쳐놓은 살롱이었는데, 휘장에는 넓은 금줄 장식이 달려 있었다. 작은 탁자에 놓인 커다란 상아 십자가가 보였다. 벽난로 위에는 메스트르의 『교황론』이 놓여 있었다. 금박을 입혀 화려하게 장정한 책이었다. 쥘리앵은 엿듣는 일에는 관심도 없는 듯이 보이려고 그 책을 꺼내 펼쳐 들었다. 옆 살롱에서는 때때로 말소리가 크게 들려왔다. 이윽고 문이 열리더니 쥘리앵을 불러들였다.

의장이 말했다. 「여러분, 유념하세요, 지금 우리는 XXX 공작 앞에서 이야기하고 있는 것이나 마찬가집니다.」 그러고는 쥘리앵을 가리키며 덧붙였다. 「이 사람은 우리의 신성한 대의에 몸 바친 젊은 성직자입니다. 우리의 발언을 뛰어난 기억력으로 암기해서 세세한 말까지 쉽사리 복기해 낼 사람이지요.」

의장은 조끼를 서너 벌 껴입은 인자해 보이는 인물을 가리키며 말했다. 「발언권을 드리겠습니다.」 쥘리앵은 그 사람을 조끼 신사라고 불렀더라면 딱 맞는 이름일 텐데, 하는 생각이 들었다. 그는 종이 위에 발언 내용을 기록해 나갔다.

(나는 지금부터 한 페이지를 점선으로 메우고 넘어가고 싶

었다. 하지만 이 책의 발행인이 나서서 말렸다. 「그건 보기 흉할걸요. 이런 경박한 내용에 책 맵시마저 없다면 가망이 없는 거지요.」

내가 대꾸했다. 「정치란 문학의 목에 매단 돌멩이 같아서 여섯 달도 안 돼 문학을 물속에 가라앉히고 맙니다. 상상력이 자아내는 재미 속에 끼어드는 정치는 연주회 도중에 울리는 권총 소리와 같아요. 그건 생동감도 없이 그저 찢어질 듯 시끄럽기만 한 소리입니다. 어떤 악기 소리와도 화음이 맞지 않죠. 이 정치라는 것은 독자 가운데 절반가량에게는 심한 불쾌감을 안겨 줄 것이고, 다른 절반에게는 지루함을 안겨 줄 것입니다. 이 절반의 독자는 이미 아침 신문에서 정치 기사를 읽었을 텐데, 그 기사 속의 정치가 훨씬 더 전문적이고 활기 넘치는 것일 테니까요…….」

그러자 발행자가 다시 반박했다. 「만약 당신 소설에 나오는 인물들이 정치 이야기를 하지 않는다면 그들은 1830년의 프랑스인이 아니오. 그리고 당신 책은 당신이 주장하듯 거울이 될 수 없을 거요…….」)

쥘리앵이 속기해 놓은 분량은 26장에 달했다. 언제나 그래 왔지만 우스꽝스러운 대목을 빼지 않을 수 없어서, 여기에는 아주 간략한 요약만을 남겨 놓기로 한다. 지나치게 우스꽝스러운 것은 추악해 보이거나 사실 같지 않게 여겨질 수 있으니 말이다.(「법정 신문」을 참조할 것.)

인자해 보이는 조끼 신사(그는 아마도 주교인 듯했다)는 수시로 미소를 지었다. 미소를 지을 때면, 가늘게 경련을 일으키는 눈꺼풀 속의 두 눈이 묘한 빛을 띠면서 우유부단해 보이는 표정에 조금은 결단력이 내비치게 만들었다. 이 인물이 공작 앞에서 (대체 어떤 공작을 말하는 걸까? 하고 쥘리앵은 궁금해했다) 가장 먼저 발언에 나선 것은 전반적인 견해를 개진하고 문제를 제기하기 위해서였다. 그런데 쥘리앵이 보기에 이 인물은 무슨 말이건 마지막에는 꼭 불확실하게 뭉뚱그리고 명확한 결론은 하염없이 뒤로 미루는 것 같았다. 사실 이들 고관 나리들이 연설에 나설 경우 종종 비난받는 이유는 이런 성향 때문인데, 공작도 이 인물의 발언을 중간에 끊으면서까지 이 점을 질책할 정도였다.

조끼 신사는 도덕과 관용적인 사상에 대해 한참 늘어놓은 후 말했다.

「고귀한 영국은 불멸의 위인 피트[31]의 영도를 받아 프랑스의 혁명을 저지하기 위해 4백억 프랑을 썼습니다. 이 회합에 누를 끼치는 게 아니라면 저는 한 가지 우울한 생각을 솔직히 털어놓겠습니다. 영국은 보나파르트 같은 인물을 상대할 경우, 특히 그런 자에게 맞설 수단이 일련의 선의밖에 없을 경우, 확실한 방법은 개인적인 것들밖에 없다는 사실을 잘 이해하지 못했던 것입니다……..」

「아! 또다시 암살 예찬론이군요!」 집주인이 말 중간에 불안한 표정으로 끼어들었다.

「감상적인 훈계를 할 생각이면 그만두시오.」 의장이 집주인을 향해 언짢은 듯이 소리쳤다. 의장의 멧돼지 같은 눈이 사납게 번득였다. 「계속하십시오.」 그가 조끼 신사에게 말했다. 의장의 뺨과 이마가 뻘겋게 달아올라 있었다.

발언이 계속됐다.

「고귀한 영국은 지금 옴짝달싹도 못하는 상태입니다. 영국인은 누구나 자신의 빵 값을 치르기 전에 이자부터 갚아야 하

---

31 William Pitt(1759~1806). 프랑스 대혁명에 반대했고, 나폴레옹에 대항해 3국 동맹을 결성했던 영국 정치가.

니까요. 자코뱅에 맞서 싸우는 데 들인 그 4백억 프랑의 이자 말입니다. 영국에는 이제 피트 같은 인물이 없습니다…….」

「영국에는 웰링턴 공작이 있잖소.」 군인으로 보이는 어떤 인물이 중간에 나섰다. 어깨에 힘을 잔뜩 주고 위엄을 부리던 사람이었다.

「제발 조용히 하시오, 여러분.」 의장이 소리쳤다. 「또다시 언쟁으로 이어진다면 소렐 씨를 불러들인 게 소용없어지잖소.」

예전에 나폴레옹 휘하 장군이었던 그 군인을 쳐다보면서 공작이 날카롭게 쏘아붙였다. 「당신이 여러 사상을 갖고 있다는 건 잘 아는 바요.」

이 말이 어떤 개인사를 암시하는 아주 모욕적인 언사임을 쥘리앵은 눈치챘다. 모두가 슬며시 웃음을 흘렸다. 적의 진영에서 변절해서 넘어온 이 장군은 화가 나서 씩씩거렸다.

「이제 피트 같은 인물은 없습니다, 여러분.」 조끼 신사는 자신의 의견을 좌중에 납득시키기는 글렀다 싶었는지 눈에 띄게 풀이 죽어서는 말을 이어 나갔다. 「설령 영국에 새로운 피트가 나타난다 해도 동일한 방법으로는 국민을 연거푸 속이기 어렵습니다…….」

「이제 프랑스에 보나파르트 같은 상승장군이 나타나기 어려운 것도 바로 그런 이유요.」 군인이 또다시 끼어들었다.

이번에는 의장도 공작도 드러내 놓고 화를 내지는 못했다. 하지만 쥘리앵은 그들의 눈빛에서 성난 표정을 읽을 수 있었다. 그들은 눈을 아래로 내리깔았고, 공작은 모두에게 들릴 만큼 큰 한숨을 내쉬는 것으로 그쳤다.

하지만 발언 중이던 사내는 화를 터뜨렸다.

「날더러 이야기를 빨리 끝내라는 것이로군.」 쥘리앵이 사내의 원래 성격이라고 믿었던 그 상냥한 예의와 깍듯한 말씨는 어디로 갔는지, 그는 화를 버럭 내며 소리쳤다. 「이야기를 빨리 끝내라 이거죠. 말이 다소 길어지더라도 어느 한 사람 듣기 거북하지 않게 하려는 내 노력은 아랑곳없이 말입니다. 좋소, 여러분. 짧게 마치겠습니다.

그리고 기탄없이 말씀드리지요. 영국은 이제 우리의 대의를 위해 쓸 수 있는 돈이 한 푼도 없습니다. 피트가 자신의 재능을 고스란히 지니고 다시 태어난다 해도 그가 영국의 소지주들한테서 다시 돈을 우려내기는 어렵습니다. 그들은 단기 전투인 워털루 전투에만 1억 프랑이 들어갔다는 걸 알거든요. 여러분이 분명한 말을 요구하시니 하는 말인데…….」 발언자는 점점 더 흥분하며 말을 이어 나갔다. 「나는 여러분께 이렇게 말하고 싶습니다. 〈스스로 알아서 하시오〉라고 말입니다. 영국은 여러분을 위해 쓸 돈이 한 푼도 없고, 이렇게 영국에서 돈이 나오지 않으면 오스트리아, 러시아, 프로이센은 용기만 있지 돈은 없는 터라 프랑스와의 전투를 한두 번 이상은 수행하지 못할 것이기 때문입니다.

자코뱅주의에 혹해서 모여든 젊은 병사들을 패퇴시킨다는 건 첫 번째나 두 번째 전투에서라면 기대해 볼 만합니다. 하지만 전투가 세 번째로 접어들면 사정은 달라질 겁니다. 그들은 1792년에 소집된 농민병이 아니라 1794년의 병사들이 되어 있을 테니까요. 내가 이런 이야기를 하면 선입견을 가진 여러분은 나를 혁명파로 몰지도 모르겠지만, 내 말은 사실입니다.」

서너 명이 한꺼번에 말을 가로막으며 나섰다.

의장이 쥘리앵을 건너다보며 말했다. 「이보시오, 옆방으로 건너가서 지금까지 기록한 내용을 정리하도록 하시오.」 쥘리앵은 몹시 아쉬운 심정으로 방을 나섰다. 방금 발언자가 언급한 것이 평소 쥘리앵의 공상을 채워 주던 것들이었다.

이 사람들은 내가 자신들을 비웃을 게 걱정되나 보군. 쥘리앵은 생각했다. 쥘리앵이 다시 불려들어 왔을 때는 라 몰 후작이 발언하고 있었다. 후작은 심각한 태도로 이야기를 이어 나갔다. 후작의 여느 때 모습을 잘 아는 쥘리앵에게는 그런 모습이 재미있게 느껴졌다.

「……그렇습니다, 여러분. 우리는 저 몰골사나운 민중을 두고 이런 물음을 던질 수 있습니다. 〈저들은 신이 될 것인가, 탁자가 될 것인가, 아니면 대야가 될 것인가?〉 여기에 대해 〈민중이 신이 될 것이다〉라고 우화 작가[32]는 말했습니다. 하지만 여러분, 이 고귀하고 심오한 말은 바로 여러분에게 돌아가야 할 말입니다. 스스로 행동에 나서십시오. 그러면 고귀한 프랑스는 우리 선조들이 건설해 놓은 대로, 그리고 루이 16세 서거 이전까지만 해도 우리 눈으로 직접 보았던 모습 거의 그대로 다시 태어날 수 있을 것입니다.

영국, 적어도 영국의 귀족들은 우리와 마찬가지로 천박한 자코뱅주의를 증오합니다. 영국의 지원이 없을 경우 오스트리아, 러시아, 프로이센은 두세 번의 전투밖에 치르지 못합니다. 우리 의도대로 외국 군대가 프랑스에 진주하게 하자면, 그런데 1817년 리슐리외 씨는 어리석게도 그런 기회를 허비해 버린 적이 있었죠. 그건 그렇고 하여간 외국 군대를 이 땅 안으로 끌어들이자면, 고작 전투 두세 번으로 충분하겠습니까? 절대 그렇지 않다고 나는 생각합니다.」

여기서 또다시 누군가 말을 끊고 끼어들려 했지만 모두들 〈쉿〉 하는 소리를 내는 바람에 잠자코 물러서고 말았다. 끼어들려던 사람은 이번에도 역시 옛 나폴레옹 군대의 장군이

32 라퐁텐을 가리킨다.

었다. 그는 코르동 블뢰 훈장을 탈 욕심에, 그 자리에 모인 비밀 각서 작성자들 사이에서 자신의 존재를 부각시키고 싶어 했다.

「절대 그렇지 않다고 나는 생각합니다.」 소란이 가라앉은 후 후작이 말을 계속했다. 그는 이 〈나는〉을 발음할 때 특히 오만한 태도로 힘을 주었는데, 그런 모습이 쥘리앵의 감탄을 자아냈다. 멋진 공연인걸. 쥘리앵은 이런 생각을 떠올리면서도 후작의 말과 거의 같은 속도로 펜을 놀렸다. 변절자 장군은 후작의 말에 어떻게든 반론을 펴고 싶어 했지만, 후작은 멋진 한마디로 그의 훼방을 물리친 참이었다.

후작은 침착한 어조로 말을 이어 나갔다. 「또다시 군사적 점령 상황을 이끌어 내려면 외국에만 의지해서는 안 됩니다. 〈글로브〉지에 열화 같은 기사를 써대는 그 젊은 층에서 청년 장교 3천~4천 명을 조달할 수 있을 것입니다. 그 청년들 가운데서 또 한 명의 클레베르, 오슈, 주르당, 피슈그뤼 같은 인물이 나올 수 있겠지요. 앞선 자들만큼 적극적으로 우리에게 가담하지는 않을 테지만 말입니다.」

「우리는 피슈그뤼를 영광스럽게 해주지 못했소. 그를 불후의 인물로 추념해야 합니다.」 의장이 한마디 했다.

라 몰 후작은 발언을 계속했다. 「결론적으로 말해, 프랑스 내에 두 개의 당파가 있을 필요가 있습니다. 단지 명목상의 당파가 아니라, 분명하고 뚜렷하게 분리된 당파가 말입니다. 어느 편이 압살당해야 될 당파이겠습니까? 한편에는 신문 편집인, 선거인단, 요컨대 여론이라는 것이 있습니다. 젊은 층과 젊은 층을 찬양하는 모든 세력들이지요. 그들이 소득 없는 공론을 요란하게 벌이는 동안 우리는 확실한 이점을 챙길 수 있습니다. 예산을 쓸 수 있다는 말입니다.」

또다시 훼방꾼이 나섰다.

라 몰 후작은 감탄할 만큼 거만하고 침착하게 훼방꾼을 향해 말했다.

「이 말이 거슬립니까? 그렇다면 당신은 국가 예산에서 분배된 4만 프랑과 왕실비에서 나온 8만 프랑을 집행할 게 아니라 착복하면 되지 않겠소?

그건 그렇고, 당신이 기어이 자초하니 당신을 예로 들어 말해 보겠습니다. 성 루이를 따라 십자군 원정에 참가했던 고귀한 우리 선조들처럼 당신도 그 12만 프랑으로 적어도 연대 하나를, 아니면 하나의 중대를, 그것도 안 되면 그 반절이라도 양성해야 할 것입니다. 비록 50명의 병사일지라도 우리의 대의에 충성하며 생사를 걸고 싸울 준비가 된 부대여야 합니다. 그런데 당신한테는 기껏 하인들뿐이죠. 반란이 일어나면 당신에게 위협이 될 하인들 말입니다.

여러분, 각 도마다 5백 명의 충성스러운 병사로 병력을 구축해 놓지 않으면 왕좌와 교회, 그리고 귀족 계급은 내일 사라질 수도 있습니다. 여기서 충성스럽다는 말의 의미는 프랑스적인 용맹뿐 아니라 스페인적인 일편단심까지 포함한 것입니다.

그 군대 병력의 절반은 우리 자식과 조카, 말하자면 진짜 귀족으로 구성해야 할 것입니다. 각각의 귀족 군인 곁에는 1815년의 사태[33]가 재현될 경우 3색 휘장[34] 어깨에 냉큼 두를 말 많은 소시민이 아니라, 카틀리노[35]처럼 단순하고 솔직한 농부를 배치해야 합니다. 우리 귀족은 농부를 교화해서 가능

---

33 나폴레옹이 엘바 섬을 탈출해 재기를 시도한 해. 그해 나폴레옹은 워털루에서 패전(1815년 6월)하여 백일천하의 막을 내렸다.

34 프랑스 대혁명 당시 자유, 평등, 박애의 공화국 이념을 상징함.

604

하다면 젖형제처럼 우리를 무조건 따르게 만들어야 할 것입니다. 각자 수입의 5분의 1씩 바쳐 각 도에 5백 명의 병사로 구성한 충성스러운 소부대를 양성하도록 합시다. 그래야만 여러분은 외국군을 이 땅으로 끌어들일 수 있습니다. 도마다 5백 명의 우군이 있다는 걸 확신하지 못하는 한 외국 군대는 디종까지도 들어오려 하지 않을 것입니다.

외국의 국왕들이 여러분의 호소에 귀 기울이게 하려면, 프랑스에서 2만 명의 귀족이 그 왕들에게 문을 활짝 열어 주기 위해 무기를 들 채비를 갖추었다는 걸 알려야 합니다. 그렇게까지 하기는 곤란하다는 생각이시겠죠. 그러나 여러분, 우리의 목을 보존하려면 이 정도 대가는 치러야 합니다. 언론의 자유와 귀족으로서의 우리의 생존 사이에 지금 생명을 건 싸움이 벌어지고 있습니다. 직공이나 농부가 되는 걸 받아들이십시오. 그게 아니라 귀족으로 존재하고자 한다면 총을 잡으십시오. 원한다면 조심스럽게 뒷전으로 물러나도 좋지만, 어리석어서는 안 됩니다. 눈을 떠서 사태를 직시하십시오.

자코뱅이 부르는 노래 가사처럼 〈대열을 지으라〉라고 말씀드리는 바입니다. 그러면 구스타브 아돌프[36] 같은 고귀한 인물이 나타나 벼랑 끝에 걸린 군주 정치의 원칙을 구하려고 자기 나라에서 1천2백 킬로미터나 떨어진 먼 길을 마다않고 달려올 것입니다. 그래서 구스타브가 프로테스탄트 군주들을 위해 행한 일을 여러분을 위해 할 것입니다. 여러분은 행동은 없이 언제까지나 공론만 벌이고 있으렵니까? 50년 후

35 직조공 출신의 광신도로 대혁명 당시 방데에서 일어난 반혁명 운동의 총사령관이었다.

36 Gustav Adolf(1594~1632). 스웨덴 왕 구스타브 2세. 신교를 방위하기 위해 30년 전쟁에 개입했다.

유럽에는 공화국 대통령들만 있을 뿐, 왕*roi*이란 단 한 명도 없을 것입니다. 그리고 R, O, I라는 이 세 글자와 한데 묶여서 성직자와 귀족도 사라질 것입니다. 내 눈에는 〈다수〉라 불리는 더러운 민중에게 굽실거리는 입후보자들의 모습만 선합니다.

프랑스에는 이제 신뢰받는 장군이 없다고, 그러니 국민 모두가 그 장군을 알게 되고 사랑하게 되는 일은 일어나지 않을 것이니 안심해도 된다고 말씀하시렵니까? 군대는 왕과 교회를 위해 복무하도록 구성되어 있다고, 프로이센과 오스트리아에는 각 연대마다 실전을 겪은 하사관이 50명이나 남아 있는 반면, 프랑스 군대는 경험 많은 노병들을 모두 퇴역시키고 풋내기 병사밖에 없다고 말씀하시렵니까? 그런 말로 이 사태를 회피하려 해봤자 소용없습니다.

소시민 계층에 속한 20만 젊은이들은 전쟁에 열렬히 뛰어들 것입니다.」

「불쾌한 사실은 그만 덮어 둡시다.」 근엄해 보이는 한 인물이 거만하게 말했다. 고위 성직자 중에서도 상당한 지위에 있는 사람인 듯했다. 라 몰 후작이 발끈하는 대신 상대의 기분을 맞추려는 듯 상냥하게 웃어 보인 걸 봐도 알 수 있었다. 쥘리앵은 후작의 그런 반응이 무척 놀라웠다.

「불쾌한 사실은 그만 덮도록 하겠습니다. 이제 요점을 정리하죠, 여러분. 다리 하나가 썩어서 잘라 내야 할 사람이 외과 의사에게 이 다리는 말짱합니다, 하고 말해 봤자 소용없는 일이죠. 외람된 비유입니다만, 여러분, 고귀하신 ○○○ 공작이야말로 우리를 구원할 외과 의사입니다.」

마침내 중요한 그 말이 나왔구나. 쥘리앵은 속으로 중얼거렸다. 오늘 밤 나는 ○○ 방면을 향해 달려가게 되겠군.

제23장

성직자, 삼림, 자유

어떤 존재든 첫 번째 법은 자기 보존, 즉 생존
이다. 당신들은 독초의 씨를 뿌려 놓고는 곡식
이삭이 여무는 것을 보려 한다.
　　　　　　　　　　　　　　— 마키아벨리

그 근엄한 인물이 발언을 이어 나갔다. 상황을 꿰뚫어 보고
있는 사람 같았다. 그는 쥘리앵을 반하게 만든 온화하고 절제
있는 웅변으로 다음과 같은 중대한 사실들을 펼쳐 놓았다.

「첫째, 영국은 우리를 위해 쓸 돈이 한 푼도 없습니다. 거기
서는 절약과 흄 사상이 유행하고 있지요. 성자 같은 사람들
조차 우리에게 돈을 내놓지는 않을 것이고, 브로엄 씨[37]는 우
리를 비웃을 것입니다.

둘째, 영국의 지원을 받지 못할 경우 다른 유럽의 국왕들
은 전투를 두 번 이상 치러 내기란 어려운데, 이 두 번의 전투
로는 소시민들을 충분히 제압할 수 없습니다.

셋째, 프랑스에 하나의 당을 조직해서 무장시킬 필요가 있
습니다. 그러지 않으면 유럽의 군주정은 그 두 번의 전투조
차 시도해 보려 하지 않을 것입니다.

넷째, 여러분께 분명히 말씀드리는데, 〈성직자를 제외하고

---

37 Henry Brougham(1778~1868). 19세기 영국의 작가이자 정치가로 진
보적 입장에서 자유를 옹호했다.

프랑스에 무장 당파를 조직하기란 불가능하다〉는 것입니다. 그러니 성직자들에게 모든 것을 되돌려 주어야 합니다. 여러분, 내가 감히 이렇게 말하는 것은 이 사실을 증명해 보일 수 있기 때문입니다.

첫째, 밤낮으로 자신의 성무에 전념하고 있으며, 우리 국경선에서 1천2백 킬로미터 바깥 환란에서 멀리 떨어진 곳에 자리 잡은 탁월한 능력을 지닌 인사들의 지도를 받고 있으므로…….」

「아하! 로마, 로마 말씀이군요!」 집주인이 소리쳤다.

「그렇소, 바로 로마요.」 발언자인 추기경이 자랑스럽게 대꾸했다. 「여러분이 젊었을 때 성직자들을 두고 유행했던 다소 기발한 농담들이 어떤 것이었든 간에, 1830년 지금은 로마의 인도를 받는 성직자 계층만이, 자신 있게 말하건대, 민중에게 호소력을 발휘할 수 있습니다.

5만 성직자가 그 지도자들이 정한 날, 일제히 똑같은 설교를 하는 것입니다. 그럴 경우 민중, 무엇보다 병사의 공급원이 되어 줄 이 민중은 사교계 비루한 식충들의 겉멋 부린 언변보다는 신부들의 호소에 더욱 감동할 것입니다…….」 (이 말을 할 때 여기저기서 불만스럽게 구시렁거리는 소리가 들렸다.)

추기경은 목소리를 한층 높였다. 「성직 계층은 여러분 귀족들보다 우월한 재능을 갖고 있습니다. 여러분이 〈프랑스에 무장한 당파를 조직하자〉는 핵심 방안을 도출할 수 있도록 그동안 결정적 역할을 수행해 온 것도 우리였습니다.」 이 대목에서 추기경은 몇 가지 사실을 근거로 제시했다. 「방데[38]에 소총 8만 정을 보낸 것이 누구였나요……?」 등등.

38 대혁명 당시 반혁명 봉기가 있었던 곳.

608

「성직 계층은 삼림을 소유하지 못하는 한 지탱할 수 없습니다. 첫 번째 전쟁이 벌어지면 재무 장관은 하급자들에게 공문을 보내 이제 교구 신부들 이외의 성직자들에게 지급할 돈은 없다고 못 박을 테니 말입니다. 사실 프랑스는 신앙심이 없습니다. 또한 전쟁을 좋아하는 나라입니다. 누구든 프랑스에 전쟁 기회를 마련해 주는 사람은 이중으로 인기를 얻을 것입니다. 왜냐하면 전쟁은 우선, 속인들이 하는 말을 그대로 옮기자면, 예수회원들의 배를 곯게 하고, 이어서 거만하기 짝이 없는 이 프랑스인들로 하여금 외국의 간섭에 콧방귀를 뀔 수 있도록 해주기 때문입니다.」

모두들 수긍한다는 듯 고개를 끄덕이며 추기경의 발언에 귀 기울였다. 추기경이 말했다. 「……네르발 씨는 내각을 사퇴해야 합니다. 이 이름은 쓸데없이 민중의 분노를 자아내고 있으니까요.」

이 말에 모두가 자리를 박차고 일어나 동시에 떠들어 댔다. 나는 또다시 방에서 쫓겨나게 되겠구나, 하고 쥘리앵은 생각했다. 하지만 침착한 의장마저 쥘리앵이 그 자리에 있다는 사실을, 심지어 쥘리앵이라는 존재마저 잊고 있었다.

모든 사람의 눈길이 한 사람에게 쏠렸다. 쥘리앵도 그 사람을 알아보았다. 수상이 된 네르발 씨였다. 쥘리앵은 그를 레츠 공작의 무도회에서 한 번 본 적이 있었다.

신문들이 의회에 대한 기사를 쓸 적에 흔히 동원하는 표현처럼 〈무질서가 절정에 달했다〉. 15분 정도는 족히 지나서야 어느 정도 소란이 가라앉았다.

그때가 되자 네르발 씨가 자리에서 일어나 사도처럼 엄숙하게 입을 열었다. 「내가 수상 자리에 미련이 없다고는 결코 말 못 하겠습니다.」 묘하게 격앙된 목소리였다.

「여러분, 내 이름 때문에 온건한 사상을 가진 많은 사람들이 우리에게 등을 돌림으로써 결과적으로 자코뱅의 세력이 배가되었다는 사실을 나도 알고 있습니다. 그러므로 나도 기꺼이 물러나고 싶습니다. 하지만 주님의 길은 소수의 사람에게만 보이는 법입니다.」 그는 추기경을 뚫어지게 쳐다보며 덧붙였다. 「나에겐 한 가지 사명이 있습니다. 하늘이 내게 말씀하시기를, 너는 단두대에 머리를 들이밀든지 아니면 프랑스에 군주 정치를 본래의 모습으로 되살리고 의회를 루이 15세 치하의 고등 법원[39]과 같은 모습으로 되돌려 놓으라고 하셨지요. 그러므로 여러분 나는 이 사명을 수행할 것입니다.」

그는 말을 끝내고 자리에 앉았다. 아무도 입을 열지 않고 쥐 죽은 듯 고요했다.

훌륭한 배우로구나, 하고 쥘리앵은 생각했다. 하지만 그것은 착각이었다. 언제나 그렇듯이 쥘리앵은 사람들의 재능을 과대평가하고 있었던 것이다. 네르발 씨는 그날 저녁의 열띤 논쟁에, 특히 그 진지한 토론 내용에 고무된 나머지 그 순간 정말로 자신이 그런 사명을 받았다고 믿고 있었다. 그는 용기는 대단해도 분별력은 모자라는 사람이었다.

〈나는 이 사명을 수행할 것입니다〉라는 멋진 말에 뒤이어 침묵이 흐르는 동안 자정을 알리는 시계 소리가 들려왔다. 쥘리앵에겐 그 괘종시계 소리가 부담스럽고 달갑잖았다. 본받아야 할 위선의 모범들을 눈앞에 보면서 그는 꽤 감명을 받았던 것이다.

곧이어 다시 시작된 토론은 점점 더 열기를 뿜었고 특히 믿을 수 없을 만큼 솔직한 발언들이 쏟아졌다. 이 사람들이 나

39 대혁명 이전의 최고 사법 기관으로, 본질은 귀족의 특권을 유지하기 위한 것이었다.

610

를 독살할지도 모르겠는걸. 쥘리앵은 문득 이런 생각을 떠올리곤 했다. 어떻게 저런 이야기를 일개 평민인 내가 듣는 앞에서 마구 꺼내 놓는 것일까?

새벽 2시 종이 울렸는데도 이야기는 여전히 이어지고 있었다. 집주인은 이미 한참 전에 잠들어 있었다. 촛불을 갈기 위해 라 몰 후작이 종을 울려 하인을 불러야 했다. 수상 네르발 씨는 옆벽에 걸린 거울로 쥘리앵의 얼굴을 자꾸만 살펴보다가 조금 전인 1시 45분에 자리를 뜬 참이었다. 그가 떠나자 모두들 기분이 편해진 것 같았다.

촛불을 새것으로 가는 동안 조끼 신사는 옆 사람에게 낮은 소리로 이렇게 수군거렸다.

「그 사람이 왕에게 가서 뭐라 말할지 알 게 뭐요! 우리를 우스꽝스러운 꼴로 만들어 앞날을 막을지도 모르지.

자만심이 대단한 사람이오. 이 자리에 나타난 걸 보면 얼굴까지 두껍군요. 수상이 되기 전에도 그래 보이긴 했소. 그런데 수상 자리에 올랐으면 그동안의 행태는 싹 바꾸고 개인적 이해관계는 다 접어 버려야 하는 법인데. 그도 그런 것쯤은 알았어야 하는데 말이오.」

수상이 자리를 뜨자마자 보나파르트 휘하 장군이었던 남자가 눈을 감고 피곤한 시늉을 했다. 그러면서 자신의 건강이며 부상 후유증에 대해 늘어놓더니 회중시계를 꺼내 보고 일어나서 나갔다.

「저 장군은 분명 수상을 뒤쫓아 갔을걸요.」 조끼 신사가 덧붙였다. 「자기가 이 자리에 참석한 것에 대해 변명을 늘어놓고는 자기가 우리를 어떻게든 설득해 보겠노라고 말할 테죠.」

반쯤 눈이 감긴 하인들이 촛불을 다 갈자 의장이 말했다.

「여러분, 이제 의견을 모아 봅시다. 서로 자기 의견으로 상대방을 설복하려고만 하지 마세요. 48시간 후면 나라 바깥의 우리 동지들이 읽게 될 각서에 어떤 내용이 담기게 될지 생각해야지요. 좀 전에 장관들에 대해 이야기를 했었죠. 네르발 씨가 자리를 떴으니, 이제 이런 말을 해도 상관없을 겁니다. 장관들이야 어떻든 우리와 무슨 상관이냐? 우리가 하면 장관들은 따라오게 될 것이다, 하고 말입니다.」

추기경이 교활한 미소로 그 말에 동감을 표했다.

「우리의 입장은 단 한마디로 요약할 수 있을 것입니다.」 아그드의 젊은 주교가 입을 열었다. 보는 사람이 거북할 만큼 광신의 열기로 달아오른 모습이었다. 그때까지 그는 침묵을 지켜 오고 있었다. 하지만 쥘리앵은 처음에는 온화하고 침착한 눈빛을 짓고 있던 그가 토론이 시작된 이후로 눈에서 불꽃을 뿜는 걸 관찰하던 참이었다. 바야흐로 이제 그의 영혼은 베수비오 화산의 용암처럼 흘러넘치고 있었다.

「1806년에서 1814년까지 영국이 저지른 실수는 단 한 가지입니다. 나폴레옹을 직접 겨냥한 조치를 취하지 않았다는 점입니다. 그자가 공작과 시종들을 만들어 내기 시작하면서부터, 즉 그자가 군주정을 회복시키면서부터 하느님이 그에게 맡긴 사명은 끝났습니다. 그 후로 그는 제물로나 바쳐야 할 인간이었습니다.『성서』에는 폭군을 처단하는 방법이 여러 군데 나옵니다(이 대목에서 그는 라틴어『성서』 구절을 잔뜩 인용해 댔다).

오늘날에는, 여러분, 제물로 바쳐야 할 것이 일개 인간이 아닙니다. 이제는 파리를 요절내어 제물로 바쳐야 합니다. 프랑스 전체가 파리를 모방하는 것이 오늘의 작태입니다. 각 도마다 5백 명의 무장 병력을 구축해 놓아 봤자 무슨 소용입니까? 그건 끝도 나지 않을 무모한 계획입니다. 이것은 파리에

국한된 문제인데 프랑스 전체를 거기 끌어넣어 봤자 아무 소용 없습니다. 파리는 신문과 살롱을 거느리고 독자적으로 악을 양산해 왔습니다. 이 새로운 바빌론을 멸망시켜야 합니다.

교회와 파리, 이 둘이 벌여 온 전쟁에 이제 종지부를 찍을 때가 되었습니다. 파리를 끝장내는 일은 왕권의 세속적 이익에도 위배되지 않습니다. 파리가 보나파르트 치하에서는 숨도 제대로 쉬지 못한 이유가 뭐겠습니까? 이 질문에는 생로슈 계단 위의 대포가 답을 줄 것입니다.」

쥘리앵이 라 몰 후작과 함께 밖으로 나온 것은 새벽 3시나 되어서였다.

후작은 수치스러워했고 지쳐 있었다. 처음으로 그는 쥘리앵에게 간청하는 말투로 이야기했다. 조금 전 쥘리앵이 본의 아니게 지켜보게 된, 후작의 말을 빌리면 그 열에 들뜬 헛소리들을 입 밖에 내지 않겠다고 약속하라는 말이었다.

「외국의 그 고위 인사가 알고 싶다고 진지하게 요구하지 않는 한 우리의 미치광이 젊은 성직자들에 대해서는 입도 뻥긋 말게. 그 성직자들한테야 국가가 전복되는 일이 뭐가 대수겠는가? 추기경이 되어 로마로 피신하면 그만일 테니까. 우리는 우리 성에 갇혀 농부들 손에 학살당할 테고.」

후작은 쥘리앵이 기록한 26장짜리 조서를 토대로 비밀 각서를 작성했다. 이 일은 4시 45분이 되어서야 끝났다.

「피곤해서 죽을 지경이야.」 후작은 말했다. 「보다시피 이 각서 끝부분이 명료하지 않아. 내가 해놓고도 이렇게 불만스러운 건 처음인걸.」 그러고는 덧붙였다. 「자, 친구, 가서 몇 시간쯤 쉬게. 누군가 자네를 납치해 가지 못하도록 내가 따라가 자네 방문을 잠가야겠어.」

다음 날 후작은 파리에서 꽤 멀리 떨어진 외딴 성으로 쥘리앵을 데려갔다. 성에는 정체를 알 수 없는 사람들이 와 있었다. 쥘리앵은 그들이 신부들일 거라고 생각했다. 가명으로 된 여권이 그에게 주어졌다. 이제까지 그가 모르는 척해 온 이 여행의 진짜 목적도 들었다. 그는 혼자서 사륜마차에 올랐다.

쥘리앵은 이미 여러 차례 후작에게 비밀 각서를 암기해 보인 터였다. 그래서 후작은 쥘리앵의 기억력에 대해서는 조금도 걱정하지 않았지만, 대신 쥘리앵이 도중에 훼방꾼을 만나게 될까 봐 몹시 걱정했다.

쥘리앵이 살롱을 나서는 순간 후작이 다정하게 말했다. 「무엇보다 소일 삼아 유람 길에 나선 한량으로나 보여야 하네. 어젯밤 회합에 배신자가 있었을지도 몰라.」

마차는 빠르게 달렸다. 아주 쓸쓸한 여정이었다. 후작의 모습이 시야에서 사라지자마자 쥘리앵은 비밀 각서고 주어진 사명이고 모두 잊고 말았다. 머릿속에는 마틸드에게 경멸당하는 자신의 처지만 떠올랐다.

메츠에서 몇 킬로미터 떨어진 어느 마을에 이르렀을 때 역장이 나와서 말이 한 필도 없다고 말했다. 밤 10시였다. 쥘리앵은 밤참을 주문하면서도 무척 난감한 기분이었다. 문 앞에서 서성거리다가 아무도 눈치채지 못하게 밖으로 나가 말들을 매어 놓는 마당으로 가보았다. 과연 말이 한 필도 보이지 않았다.

그렇지만 그 사내의 태도는 어쩐지 수상쩍었어, 하고 쥘리앵은 생각했다. 무례한 눈으로 나를 훑어보던걸.

보다시피 쥘리앵은 이제 무슨 말을 듣든 곧이곧대로 믿지 않기 시작했다. 밤참을 먹고 나자 이곳에서 빠져나가야겠다는 생각이 들었다. 이 고장에 대해 뭔가 더 알아봐야겠다는 마음도 있었다. 그는 방을 나와 부엌으로 불을 쬐러 갔다. 거기서 유명한 가수 시뇨르 제로니모를 만났을 때 그의 기쁨이란!

그 나폴리인은 불 가까이 갖다 놓은 안락의자에 몸을 파묻은 채 큰 소리로 불평을 늘어놓고 있었다. 그의 주위에서 얼떨떨한 표정을 짓고 있는 독일 농부 스무 명보다 그 혼자서 떠들어 대는 말이 더 많았다.

그가 쥘리앵에게 하소연했다. 「이 사람들이 나를 망하게 하려고 작정을 했어요. 내일 마인츠에서 노래를 부르기로 약속되어 있거든요. 일곱 사람의 영주가 내 노래를 들으려고 달려와 있단 말이죠.」 그러고는 뭔가 의미심장하게 눈을 찡긋해 보이면서 덧붙였다. 「그런데 잠깐 바깥바람이나 쐴까요?」

1백여 걸음쯤 걸어 나와 엿듣는 사람이 없겠다 싶은 곳에 이르자 그는 쥘리앵에게 말했다.

「사정이 어떻게 돌아가는지 알고 있나요? 저 역장이라는 작자는 사기꾼이에요. 산책하는 길에 한 꼬마 녀석에게 20수를 쥐여 주었더니 전부 이야기해 주더군요. 이 마을 다른 편에 있는 마구간에는 말이 스무 필도 넘게 있답니다. 어느 전령이 이곳 역을 지나갈 모양인데, 그 전령의 발목을 붙잡아 두려는 술책인가 봐요.」

「그래요?」 쥘리앵은 짐짓 아무것도 모르는 척 말을 받았다.

역장의 술책을 밝힌다고 문제가 다 해결되는 것이 아니었다. 어떻게든 계속 길을 가야 했다. 그렇지만 제로니모도 쥘리앵도 별다른 대책이 없었다.

「일단 동이 트기를 기다립시다.」 궁리 끝에 가수가 말했다. 「우리를 눈여겨보고 있어요. 어쩌면 노리는 대상이 당신이나 나일지 모르죠. 내일 아침 식사를 떡 벌어지게 주문합시다.

그러고는 식사가 준비되는 동안 산책을 다녀오겠다고 하고 달아나는 겁니다. 어디선가 말을 빌려 타고 다음 역참까지 가면 되요.」

「당신 짐은 어쩌고요?」 어쩌면 제로니모가 자신의 여정을 방해하려고 파견된 사람일지 모른다는 생각에 쥘리앵은 짐짓 이렇게 대꾸해 보았다. 어쨌든 밤참을 먹고 잠자리에 들어야 했다. 까무룩 잠이 들려는 때였다. 쥘리앵은 소스라쳐 정신이 번쩍 들었다. 방 안에서 두 사람의 목소리가 들려왔던 것이다. 두 사람은 그리 움츠리는 기색도 없이 말을 주고받고 있었다.

쥘리앵은 호롱불을 든 사내의 얼굴을 알아보았다. 역장이었다. 역장은 쥘리앵이 사륜마차에서 내려 방으로 옮겨 놓게 한 트렁크를 호롱불로 비추고 있었다. 역장 옆에서는 한 남자가 트렁크를 활짝 열어 놓고 느긋하게 안을 뒤지는 참이었다. 쥘리앵에게는 그 남자의 옷소매밖에 안 보였는데, 검은색으로 아주 꼭 끼는 모양새였다.

수단을 입고 있구나. 쥘리앵은 생각했다. 그러고는 베개 밑에 숨겨둔 작은 피스톨을 천천히 그러잡았다.

「저자가 깰지 모른다는 걱정은 붙잡아 매셔도 됩니다, 신부님.」 역장이 말했다. 「신부님이 직접 마련해 주신 포도주를 먹여 놓았거든요.」

「그런데 문서라고는 그림자도 보이지 않아.」 신부가 대꾸했다. 「내의, 향유, 포마드, 몸치장에나 쓰이는 하찮은 것들만 잔뜩 들었어. 그저 음풍세월하며 노는 데나 관심 있는 팔자 좋은 젊은이인가 보군. 밀사는 아무래도 저쪽 녀석인 것 같아. 말할 때 이탈리아 악센트를 흉내 내는 녀석 말이야.」

두 사람은 쥘리앵 곁으로 다가와 그가 벗어 놓은 옷의 주머니를 뒤졌다. 둘을 도둑놈으로 몰아 쏘아 버리고 싶었다. 그렇게 하는 것이 이 위험을 모면할 제일 확실한 방법 같았다. 그런데 피스톨을 꽉 거머쥔 순간 문득 생각이 스쳤다. 이런 바보 같으니, 그러면 떠맡은 임무는 물 건너가고 마는 거야. 「아무래도 이 친구는 밀사 짓을 할 품새가 못 되는걸.」 쥘리앵의 옷을 다 뒤지고 난 뒤 신부가 한마디 내뱉고는 그의 곁에서 몸을 떼어 냈다. 신부에게는 아주 다행한 일이었다.

내 침대에 닿기만 해봐라. 그냥 두지 않을 테니. 그 순간 쥘리앵은 속으로 이렇게 중얼거리고 있었던 것이다. 아마도 나를 단도로 찌를 심산인가 본데, 당하고만 있을쏘냐.

신부가 고개를 돌렸다. 눈을 가늘게 뜨고 동정을 살피던 쥘리앵은 흠칫 놀라고 말았다. 카스타네드 신부였던 것이다! 두 사람은 애써 말소리를 낮추고 있었지만 사실 쥘리앵은 그중 한 사람 목소리가 처음부터 어쩐지 귀에 익었다. 쥘리앵은 가장 비열한 악당 하나를 세상에서 치워 버리고 싶은 강렬한 충동을 느꼈다.

그렇지만 나에겐 맡은 임무가 있어! 그는 마음을 다잡았다.

신부와 그의 수하는 방을 나갔다. 15분쯤 후 쥘리앵은 갑자기 잠에서 깨어난 척하고는 집 안의 모든 사람들을 불러 깨웠다.

「누가 나한테 독약을 먹였어! 아이고, 사람 죽네!」 그는 고래고래 소리를 질렀다. 구실을 만들어 제로니모를 구하러 가기 위해서였다. 제로니모는 아편을 탄 포도주를 마시고 의식이 반쯤 오락가락하는 상태였다.

쥘리앵은 이런 함정에 빠질까 봐 미리 대비하고 있었다. 밤참을 먹을 때 포도주 대신 자신이 파리에서 가져온 코코아를 마신 것이다. 출발하기 위해 제로니모를 흔들어 깨웠지만 그는 막무가내로 드러누우려고만 했다.

「나폴리 왕국을 다 준다 해도 지금은 이 달콤한 잠이 더 좋단 말이오.」성악가는 비몽사몽 중얼거렸다.

「그럼 일곱 명의 영주는 어쩌고요?」

「기다리라지 뭐.」

쥘리앵은 혼자 떠났다. 만나야 할 인물이 있는 곳에 별 사고 없이 도착했다. 오전 내내 면회를 청했지만 통하지 않았다. 다행히 오후 4시쯤 문제의 공작이 바람을 쐬러 나왔다. 걸어 나오는 공작을 보자 쥘리앵은 주저 없이 다가가며 소청이 있다는 시늉을 해 보였다. 거리가 두어 걸음쯤으로 줄어들자 쥘리앵은 라 몰 후작의 회중시계를 슬쩍 꺼내 보였다.

「멀찍이 떨어져서 따라오게.」공작은 짐짓 다른 곳을 쳐다보는 척하면서 대답했다.

공작은 앞장서서 1킬로미터쯤 가더니 별안간 걸음을 빨리해 주막을 겸한 어느 여인숙으로 들어갔다. 이 싸구려 여인숙의 구석방에서 쥘리앵은 공작에게 암기한 네 장을 들려주었다. 쥘리앵이 문서를 다 외고 나자 공작은 말했다. 「한 번 더, 이번에는 좀 천천히.」

암기 내용을 다 받아 적은 후 공작이 지시했다. 「걸어서 다음 역까지 가게. 짐과 마차는 이곳에 놓아두도록. 되도록 스트라스부르에 가 있는 게 좋겠네. 그랬다가 이달 22일(그날은 10일이었다) 12시 30분에 이 주막에 와 있게. 지금부터 30분 후에 여기서 나가도록 하게. 입조심해야 하네!」

이것이 쥘리앵이 들은 말의 전부였다. 쥘리앵의 감탄을 자아내는 데는 이 말만으로도 충분했다. 대사를 모의할 때는 이래야 하는 거야. 그는 생각했다. 저 대단한 정치가가 사흘 전 수다꾼들이 열에 들떠 쏟아 내던 말을 들었다면 뭐라고 했을까?

쥘리앵은 스트라스부르로 가는 길 위에서 이틀을 보냈다. 거기 가서는 할 일이 없을 것 같아서 일부러 먼 길을 돌았다. 만약 카스타네드 신부 그 악당이 나를 알아봤다면 호락호락 보내 주었을 리 없지. 나를 조롱하고 내 임무를 망쳐 놓을 기회인 걸 알고는 얼마나 신이 났을까!

북부 국경 지대 전역을 관할하는 수도회 경찰 조직의 우두머리인 카스타네드 신부는 다행히 쥘리앵을 알아보지 못했다. 게다가 스트라스부르의 예수회 회원들도, 비록 열의는 지나칠 정도였지만, 쥘리앵을 눈여겨볼 생각을 미처 하지 못했다. 푸른 프록코트에 훈장을 단 쥘리앵의 모습이 영락없이 일신의 즐거움을 좇는 일에만 정신이 팔린 젊은 군인으로 보였던 것이다.

제24장
스트라스부르

스트라스부르에서 여드레를 보내야 했던 쥘리앵은 영광스
러운 군대 생활과 조국에 대한 헌신을 생각하면서 기분을 바
꾸어 보려 했다. 그렇다면 대체 쥘리앵은 사랑에 빠졌단 말인
가? 이 질문에는 그 자신도 대답할 수 없었다. 다만 마틸드가
자신의 공상과 행복을 절대적으로 지배하고 있음을 고통스
럽게 확인할 뿐이었다. 절망의 나락에 굴러떨어지지 않으려
면 자신의 성격에서 길어 낼 수 있는 힘을 최대한 쏟아부어야
했다. 라 몰 양과 연관 없는 것들로 생각을 몰고 가려 해보았
지만 그건 불가능했다. 예전에 레날 부인으로 인해 어떤 감정
에 빠져들었을 때에는 미래를 생각하며 야심을 가다듬는 것
만으로도 그 감정에서 벗어날 수 있었다. 단지 자만심을 부
풀리는 것만으로도 그럴 수 있었다. 하지만 마틸드의 경우는
달랐다. 조금이라도 미래를 떠올리기만 하면 그 생각은 어김
없이 마틸드와 이어졌다.

쥘리앵의 머릿속에 떠오르는 미래는 매번 암담할 뿐이었다. 베리에르에서는 그렇게 자신만만하고 자부심 강하던 그가 이제는 지나치다 못해 우스꽝스럽기까지 한 자기 비하에 빠져 있었다.

사흘 전만 해도 그는 기꺼이 카스타네드 신부를 죽였을 테지만, 스트라스부르에 와서는 어린아이가 싸움을 걸어와도 그 아이에게 용서를 구할 정도였다. 지금까지 살아오면서 부딪혔던 대결 상대와 적들을 다시 떠올려 보면 어느 경우든 쥘리앵은 자신이 잘못했던 것만 같았다.

예전에는 끊임없이 미래의 찬란한 성공을 그려 보여 주던 그 강렬한 상상력이 지금은 그의 무자비한 적이 되어 있었다.

여행의 외로움 때문에 그는 이 우울한 상상력에 한층 더 깊이 빠져들었다. 쥘리앵은 생각했다. 친구가 있었다면 참으로 소중할 텐데! 그렇지만 이 세상 어느 누구의 심장이 나를 위해 고동쳐 줄까? 더군다나 친구가 있다 한들 어떻게 그 일을 털어놓겠어? 그건 명예를 위해 영원히 비밀로 묻어 두어야 할 일인걸.

쥘리앵은 우울한 심정으로 말을 타고 켈 부근을 돌아다녔다. 라인 강 연안에 있는 그 마을은 드제와 구비옹 생시르[40] 덕에 유명해진 곳이었다. 한 독일인 농부가 그 위대한 장군들이 용기를 발휘한 곳으로 명성을 얻은 작은 개울이며 길, 라인 강의 섬들을 쥘리앵에게 가리켜 보였다. 쥘리앵이 왼손으로 말고삐를 잡고 오른손으로는 생시르 원수의 『회상록』에 첨부된 근사한 지도를 펼치고 들여다보는 순간이었다. 누군

---

40 Desaix(1768~1800), Gouvion Saint-Cyr(1764~1830). 두 사람 모두 대혁명기의 프랑스 장군으로, 여기서는 1796년 이 두 장군이 켈 요새를 점령한 일을 의미한다.

가가 유쾌한 환호성을 내질렀다. 쥘리앵은 고개를 들었다.

코라소프 공작이었다. 몇 달 전 런던에서 알게 된 사람으로, 고상하게 거만해지기 위해 지켜야 할 기본 규칙을 쥘리앵에게 일러 주기도 했다. 코라소프는 그 전날 스트라스부르에 도착해서 한 시간 전에 켈에 온 처지인 데다, 1796년의 포위전에 대한 이야기는 평생 단 한 줄도 읽어 본 적이 없었다. 그러나 그는 고상하게 거만하려는 자신의 행동 방식을 충실하게 지켜 쥘리앵에게 모든 걸 설명하기 시작했다. 독일인 농부는 놀라서 코라소프를 쳐다보았다. 이 농부는 그가 늘어놓는 터무니없는 오류들을 분간할 만큼은 프랑스어를 알았다. 쥘리앵도 이 미남 청년을 놀라서 쳐다보긴 했지만 머릿속에 떠올린 생각은 농부와는 아주 달랐다. 쥘리앵은 맵시 있는 그의 승마 자세에 감탄하고 있었다.

성격이 어쩌면 저렇게 여유로울까! 쥘리앵은 속으로 찬탄했다. 바지도 잘 어울리는걸. 머리를 다듬은 솜씨도 정말 우아하구나! 아! 내가 저 사람 같았다면 마틸드가 나를 사흘간 사랑하다가 마음이 변해 버리지는 않았을 텐데.

켈의 포위전 이야기를 떠들어 대다가 밑천이 떨어진 코라소프 공작이 쥘리앵에게 말했다.

「수도사 같은 얼굴을 하고 있군요. 런던에서 말했던, 되도록 심각한 표정을 지으라는 규칙을 너무 과하게 따른 거죠. 슬퍼 보이는 것은 좋은 태도가 아닙니다. 권태롭게 보여야 해요. 슬픈 얼굴을 하고 있으면 당신한테 뭔가 결핍이 있다는 걸, 뭔가 실패했다는 걸 드러내는 꼴이 되고 말아요.

〈그건 자신이 열등하다는 걸 시인하는 겁니다.〉 반대로 권태로운 표정을 짓고 있으면 그건 당신보다 열등한 사람이 당신을 즐겁게 해주려고 했지만 별로 소용없었다는 표시가 된

단 말입니다. 당신은 지금 큰 착각을 한 거예요.」

쥘리앵은 입을 멍하니 벌리고 두 사람의 말을 듣고 있는 농부에게 1에퀴를 던져 주었다.

「좋아요! 지금 같은 행동은 매력이 있어요. 고상한 경멸을 보여 준 거죠! 아주 좋아요!」 공작은 이렇게 말하고는 말을 달리기 시작했다. 쥘리앵은 어리석은 감탄에 가득 차서 그를 뒤쫓았다.

아! 내가 저 사람 같았다면 마틸드가 나보다 크루아즈누아를 더 좋아하지는 않았을 거야! 그는 공작이 던지는 조롱에 이성으로는 기분이 상하면서도, 그럴수록 자신을 경멸하며 공작의 조롱에 감탄하려 했다. 그런 조롱을 퍼부을 줄 모르는 자신이 못나 보였다. 자기혐오도 이 정도면 갈 데까지 간 셈이었다.

공작은 쥘리앵의 기분이 정말로 우울하다는 걸 알았다. 스트라스부르로 돌아가는 길에 그가 말했다. 「이봐요, 아무래도 태도에 문제가 있는걸요. 돈을 몽땅 잃어버리기라도 했나요? 아니면 어느 예쁘장한 여배우와 사랑에 빠지기라도 한 건가요?」

러시아인들은 늘 50년쯤 뒤늦게 프랑스의 풍습을 모방한다. 러시아인들은 지금 루이 15세 시대 방식으로 생각하고 있었다.

농담 중이라도 사랑이라는 말이 튀어나오자 쥘리앵은 눈물이 핑 돌았다. 이렇게 친절한 사람한테 조언을 구하지 못할 이유가 뭔가? 별안간 이런 생각이 들었다.

「맞습니다, 바로 그래요.」 쥘리앵이 공작에게 대답했다. 「당신은 지독한 사랑에 빠진 데다 그 사랑에 버림받기까지 한 나를 스트라스부르에서 만난 겁니다. 가까운 어느 도시에 사는 한 매력적인 여자가 나를 사흘 동안 열렬히 사랑해 주더니 그만 차버리더군요. 그 변심 때문에 괴로워 죽을 지경입니다.」

쥘리앵은 공작에게 마틸드의 이름은 밝히지 않고 그녀가 보여 준 행동과 성격을 설명했다.

「더 말하지 않아도 알 만해요.」 코라소프 공작이 대답했다. 「당신의 병을 고칠 의사로서 당신한테 믿음을 주기 위해 내가 나머지 이야기를 맞혀 보죠. 그 젊은 여자는 남편이 큰 재산을 갖고 있거나, 아니면 그 여자 자신이 그 지방 최고의 귀족 집안 출신일 테죠. 아무튼 뭔가 대단하게 내세울 게 있는 여자일 겁니다.」

쥘리앵은 고개를 끄덕여 보였다. 더 이상은 말할 용기도 생기지 않았다.

「좋아요, 여기 당신을 위한 세 가지 아주 쓴 약이 있으니까 지체 없이 복용하도록 해요.」 공작이 말했다.

「첫째, 그 여자를 매일 찾아갈 것……. 그런데 그 여자 이름이 뭐죠?」

「뒤부아 부인.」

「이름도 참!」 공작은 웃음을 터뜨렸다. 「미안합니다, 당신한테는 특별한 이름인데. 그건 그렇고 매일 뒤부아 부인을 찾아가야 해요. 뭣보다 조심할 건 그녀 앞에서 냉랭하고 화난 모습을 보여선 안 된다는 겁니다. 〈사람들이 기대하는 것과는 반대로 행동하라〉라는 우리 시대의 대원칙을 상기해 봐요. 부인의 사랑을 받기 일주일 전에 그랬던 것과 똑같이 행동하라는 말입니다.」

「아! 그 무렵엔 침착했는데.」 쥘리앵은 절망스럽다는 듯 말했다. 「내가 그 여자를 동정한다고 생각했죠…….」

「나비가 불을 보고 뛰어든 거죠. 아주 고리타분한 비유지만 말입니다.」 공작이 말을 이어 갔다.

「첫째, 매일 그 여자를 찾아가고, 둘째는 그 여자와 같은 사교계에 출입하는 다른 여자에게 마음을 두고 있는 시늉을 하는 겁니다. 그렇지만 열렬히 달아오른 기색을 보여서는 안 돼요. 무슨 말인지 알겠어요? 솔직히 말해 이 일을 해내기는 쉽지 않아요. 연극을 해야 하는 것이니까요. 그리고 당신이 연극을 하고 있다는 게 들통나는 날에는 다 끝장이죠.」

「그 여자는 총기가 보통이 아닙니다. 나는 멍청하기 짝이 없고요! 그러니 난 이미 끝장난 겁니다.」 쥘리앵이 쓸쓸히 말했다.

「아뇨, 당신은 단지 내가 생각했던 것 이상으로 사랑에 빠져 있을 뿐이에요. 아주 고귀한 신분이나 막대한 재력을 타고난 여자들이 다 그렇듯 뒤부아 부인도 자기 자신에게 깊이 몰두해 있을 겁니다. 그 부인은 당신을 바라보는 대신 자기 자신을 바라보지요. 그래서 그녀는 당신에 대해 잘 모릅니다. 두세 번 연심이 달아올라 당신을 사랑하면서 그녀는 상상력을 한껏 발휘하여 당신에게서 자신이 꿈꾸어 오던 영웅의 모습을 그려 보았을 겁니다. 실제의 당신을 보는 것이 아니라 말입니다…….

이것이 바로 문제의 핵심인데, 소렐 씨, 당신은 그저 철부지 소년처럼 감상에 잠겨 있을 참인가요?

좋아요! 저기 상점에 가봅시다. 저기 근사한 검은색 장식용 목깃이 있군요. 벌링턴 가(街)의 존 앤더슨 상점 제품 같은데요. 저걸 사서 당신한테 선물해야겠어요. 지금 목에 맨 그 볼품없는 검은 끈은 풀어서 멀리 내던져 버려요.」

스트라스부르 최고의 잡화점인 그 상점을 나서자 코라소프 공작은 하던 이야기를 계속했다.

「그런데 뒤부아 부인이 드나드는 사교계는 어딥니까? 맙소사! 이름도 참! 기분 상하지는 마세요, 소렐 씨. 기묘한 이름이라는 생각이 자꾸 들어서…… 그건 그렇고 당신이 마음이 있는 척하며 접근할 여자는 누굽니까?」

「아주 정숙한 척하는 여자인데, 대단히 부유한 양말 장사의 딸이죠. 무척 아름다운 눈을 가진 사람이에요. 나는 그녀의 눈이 좋아요. 이 고장에서는 신분이 가장 높은 여자이지만, 잔뜩 위엄을 차리다가도 누군가 장사니 상점이니 하는 이야기를 꺼내기만 하면 얼굴을 붉히면서 어쩔 줄 모릅니다. 불행히도 그 여자의 아버지는 스트라스부르에서 가장 유명한 상인이라서 말이죠.」

「그러니 〈장사〉 이야기가 오갈 때면 그 여자는 자신을 생각하느라 당신을 생각할 겨를이 없겠군요.」 공작이 웃으며 말했다. 「꽤나 우스꽝스러운 일인데, 이것이 당신한테는 아주 유용해요. 덕분에 당신은 그녀의 아름다운 눈에 홀딱 넘어갈 일이 없을 테니까요. 성공은 떼어 놓은 당상입니다.」

쥘리앵은 라 몰 저택에 자주 드나드는 페르바크 원수 부인을 생각하고 있었다. 아름다운 외국 여자였는데, 결혼하고 나서 1년 후에 원수가 세상을 떠나고 말았다. 그녀의 삶의 유일한 목적은 자신이 〈장사꾼〉의 딸이라는 사실을 세상 사람들이 잊도록 하는 것인 듯했다. 또한 그녀는 파리 사교계에서 확고한 위치를 다지기 위해 정숙의 화신으로 자처하고 있었다.

쥘리앵은 진심으로 공작에게 감탄했다. 그의 가소로운 허세에 반해 버린 나머지 무슨 수를 써서든 자신도 그런 걸 익히고 싶었다. 이 두 친구는 끝없이 대화를 나누었다. 코라소프 공작은 무척 즐거워했다. 프랑스인이 자신의 이야기에 그처럼 오랫동안 귀 기울여 준 적은 없었다. 공작은 기쁜 마음으로 속으로 중얼거리곤 했다. 나는 선생뻘 되는 국민한테 한 수 훈계해 준 셈이야!

「우리는 뜻이 통해요.」공작은 이 말을 여남은 번이나 쥘리앵에게 되풀이했다. 「뒤부아 부인이 보는 앞에서 스트라스부르의 양말 장사꾼 따님인 그 젊은 미인한테 말을 건넬 때는 정열을 내비쳐서는 안 됩니다. 반면 그 미인한테 편지를 보낼 때는 열렬한 사랑을 쏟아 놓도록 해요. 정숙한 척하느라 좀이 쑤시는 차에 잘 쓴 연애편지를 읽으면 그야말로 즐거울걸요. 편지를 읽을 때가 긴장을 탁 풀어 놓는 순간일 겁니다. 그 순간에는 어떤 역할을 연기할 필요가 없으니까요. 대신에 자기 마음에 귀 기울이겠지요. 매일 두 통씩 써 보내도록 해요.」

「못합니다. 그렇게는 못해요!」쥘리앵은 풀이 죽어서 대답했다. 「문장을 꾸며 내느라 끙끙대느니 차라리 회반죽을 개는 게 낫겠어요. 난 숨만 붙어 있다 뿐이지 시체나 마찬가지예요. 그러니 나한테 아무것도 기대하지 마십시오. 그냥 길가에 쓰러져 죽게 내버려 둬요.」

「누가 당신한테 문장을 지으라고 하나요? 내 가방 속에는 수사본 연애 서한집이 여섯 권 있어요. 갖가지 성격의 여자한테 먹혀들 연애편지들이 거기 담겨 있죠. 아주 정숙한 여자한테 맞는 것도 있어요. 알다시피 런던에서 12킬로미터 거리에 있는 리치먼드 라 테라스에서 칼리스키가 퀘이커 교도 여인한테 구애한 적이 있잖아요? 영국 전역에서 가장 아름답다는 그 정숙의 화신한테 말입니다.」

새벽 2시쯤 공작과 헤어질 때 쥘리앵은 불행을 한결 덜어 낸 것 같은 기분이었다.

다음 날 공작은 필경사를 불러오게 했고, 이틀 후 쥘리앵은 차례대로 번호를 붙인 쉰세 통의 연애편지를 받아 들었다.

가장 숭고하면서도 가장 처량 맞은 그 미덕을 공략할 편지들이었다.

「54번째 편지는 없어요.」공작이 말했다.「칼리스키가 그 전에 그만 퇴짜를 맞았거든요. 하지만 당신은 뒤부아 부인의 마음을 붙잡기만 하면 되니까, 양말 장사 따님한테야 구박을 받든 말든 무슨 상관입니까?」

두 사람은 매일 함께 말을 탔다. 공작은 쥘리앵에게 흠뻑 반하고 말았다. 돌연히 싹튼 이 우정을 어떻게든 표현해 보이고 싶었던 공작은 쥘리앵에게 자기 사촌 누이와 결혼하는 건 어떠냐고 제안했다. 사촌 누이는 모스크바의 부유한 상속녀라고 했다. 그러면서 공작은 덧붙여 말했다.「일단 당신이 그 결혼을 하면 내가 지닌 영향력과 당신이 달고 있는 그 훈장이 있는 만큼, 당신은 2년 안에 대령이 될 수 있어요.」

「하지만 이 훈장은 나폴레옹한테 받은 게 아닌걸요. 이걸로는 많이 부족해요.」

「그건 상관없는 일이죠.」공작이 대답했다.「어쨌건 나폴레옹이 제정한 훈장 아닌가요? 유럽에서는 그 훈장을 여전히 최고로 쳐주고 있어요.」

쥘리앵은 그 결혼 제안을 받아들일 생각도 해보았다. 하지만 맡은 임무가 있는 만큼 다시 그 고위 인사에게로 가야 했다. 코라소프 공작과 헤어지면서 그는 제안에 대한 답을 편지로 써 보내겠다고 약속했다. 쥘리앵은 자신이 암송으로 전달한 비밀 각서에 대한 답변을 받아 파리를 향해 달렸다. 하지만 혼자 길을 떠난 지 이틀이 지나자마자 프랑스와 마틸드를 떠나서 산다는 것이 죽기보다 고통스러울 거라는 생각이 들었다. 코라소프 공작이 제안한 그 수백만금의 재산과 결혼할 마음은 없어. 그는 생각했다. 하지만 그가 조언해 준 대로 해

봐야겠다 싶어.

어쨌거나 여자를 솜씨 좋게 유혹하는 것이 그 사람 일이잖아. 그는 지금 서른 살이니까 적어도 15년 이상 그 일만을 생각해 왔을걸. 그를 두고 재기가 부족한 사람이라고는 말할 수 없어. 영리하면서도 능글맞은 사람이야. 열정이나 시적인 감흥과는 아예 담을 쌓은 성격이지. 사람의 약점을 간파해 내는 일이 그 사람의 특기이기도 해. 덕분에 그 자신은 좀처럼 실수를 저지르지 않거든.

그렇다면 페르바크 부인한테 접근해 봐야지.

그 여자를 대하다 보면 아마 조금 지루하긴 할 거야. 하지만 그럴 때면 그 여자의 눈을 들여다보면 돼. 그 아름다운 눈을. 그 눈은 세상에서 나를 가장 사랑해 준 사람의 눈을 꼭 닮았어.

그 여자는 외국 출신이야. 관찰해 볼 만한 새로운 성격이라는 말이지.

나는 지금 제정신이 아냐. 물속으로 가라앉기 직전이란 말이야. 그러니 친구가 해준 충고를 따라야 해. 나 자신을 믿어서는 안 된다고.

제25장
정숙함의 화신

내가 그 즐거움을 얻더라도 그런 신중함과 용의주도함을 발휘한 뒤라면 그건 이미 나에게는 즐거움이 아닐 것이다.

— 로페 데 베가

파리에 돌아온 쥘리앵은 자신이 내민 답신을 펼쳐 보고 꽤나 당황한 기색을 보이는 라 몰 후작을 남겨 둔 채 서재를 나왔다. 그러고는 곧장 알타미라 백작에게 달려갔다. 이 미남 외국인은 사형 선고를 받았다는 매력적인 전력을 갖춘 데다 무척 근엄하고 신앙심도 깊은 사람이었다. 이 두 가지 장점과 무엇보다 훌륭한 가문 출신이라는 것 덕분에 백작은 페르바크 부인의 호감을 샀다. 부인은 백작을 자주 만나곤 했다.

쥘리앵은 백작에게 자신이 페르바크 부인을 무척 사모하고 있다고 심각하게 털어놓았다.

「그 부인은 순결하고 고고한 미덕 그 자체지요.」 알타미라 백작은 대답했다. 「다만 조금 위선적이고 과시적인 면이 있지만 말이오. 부인의 말을 듣다 보면 사용하는 단어 하나하나는 이해가 가지만 문장 전체는 이해할 수 없는 경우가 있어요. 내가 남들이 칭찬해 주는 만큼 프랑스어를 잘하는 건 아니구나 하는 생각을 부인 덕분에 종종 하게 되죠. 부인을 사귄다면 당신의 이름이 사람들 입에 오르내릴 테고, 그렇게 되면 당신도 사교계에서 어느 정도 비중을 얻게 될 거요. 그런데 우선 부스토스를 찾아가 봅시다.」일의 순서를 중요시하는 알타미라 백작이 말했다. 「그 사람이 원수 부인을 쫓아다닌 적이 있거든요.」

돈 디에고 부스토스는 사무실에 버티고 앉은 변호사처럼 장단 한마디 맞춰 주는 법 없이 자초지종을 듣고만 있었다. 그는 수도사 같은 분위기를 풍기는 커다란 얼굴에 검은 수염을 기른 사람으로 근엄한 태도로 치면 따라올 자가 없을 정도였다. 게다가 그는 충실한 카르보나로[41]였다.

「알겠습니다.」 마침내 그가 쥘리앵에게 말했다. 「페르바크 원수 부인이 애인을 둔 적이 있는가, 없는가? 그러니 당신도 어느 정도 성공의 희망을 가져 볼 만한가? 이것이 문제군요. 내 경우는 실패하고 말았습니다. 지금이야 분한 마음이 다 풀렸으니 부인에 대해 차근차근 생각해 볼 수 있게 되었죠. 부인은 자주 울화를 터뜨리곤 합니다. 그리고 곧 설명하겠습니다만 복수심도 상당한 편이지요.

나는 부인이 천재에게서 볼 수 있는 성마르고 침울한 기질을 지녔다고는 생각지 않습니다. 그런 기질을 지닌 사람은 어떤 행동을 하건 열정을 쏟아붓곤 하죠. 그런 기질과는 반대로 부인은 네덜란드인들의 냉정하고 침착한 기질을 지녔다는 게 내 생각입니다. 부인이 그 보기 드문 미모와 싱그러운 혈색을 이 네덜란드 혈통에서 물려받은 것과 마찬가지로 말입니다.」

쥘리앵은 이 스페인 사내의 느릿느릿하고 흔들림 없이 침착한 말투에 조바심이 났다. 때때로 자신도 모르는 사이 한두 마디 말이 튀어나오곤 했다. 하지만 그때마다 돈 디에고

41 19세기 초 이탈리아 자유주의 비밀 결사 카르보나리의 회원.

부스토스는 엄숙하게 그의 말을 가로막았다.

「내 이야기를 들으시겠습니까?」

「*fiuria francese*(프랑스인의 성화)를 용서하십시오. 열심히 듣고 있습니다.」쥘리앵이 말했다.

「그런 기질이다 보니 페르바크 원수 부인은 증오심에 깊숙이 빠져들 때가 많습니다. 부인은 한 번 만나 본 적 없는 사람들을 가차 없이 고소하곤 하지요. 변호사들이라든가, 노래 가사를 콜레[42]식으로 쓴 조무래기 문사들이라든가 말입니다. 이 노래를 아십니까?

　　나는 예쁜이가 예뻐서
　　홀딱 빠져 있다네.

쥘리앵은 이 노래 가사를 끝까지 참고 들어야 했다. 이 스페인 사내는 프랑스어로 노래를 부르면서도 가사를 술술 풀어냈다.

이 감칠맛 나는 노래를 들으면서 쥘리앵처럼 조바심을 낸 사람은 없을 것이다. 이윽고 노래를 끝내고 나서 돈 디에고 부스토스는 말을 이어 나갔다. 「원수 부인이 어떤 노래 가사를 지은 시인을 일자리에서 쫓아낸 적이 있죠. 바로 이 노래인데요.」

　　언젠가 카바레에서 사랑을 했지…….

쥘리앵은 사내가 또 노래를 부를까 봐 덜컥 겁이 났다. 하

---

42 Charles Collé(1709~1783). 18세기 〈생선 장수 어투〉라고 불리는 서민풍 가사를 선보인 가요 작가.

지만 사내는 노래 가사를 음미하는 것으로 그쳤다. 사실 그건 부도덕하고 외설적인 노래였다.

「원수 부인이 이 노래에 대해 화를 냈을 때 내가 옆에서 달래기를, 부인 같은 위치에 있는 사람이 쏟아져 나오는 어리석은 출판물들을 다 읽어서는 안 된다고 했죠. 신앙심과 근실한 정신이 아무리 성장해도 프랑스에는 카바레 문학이 계속해서 이어질 겁니다. 페르바크 부인이 반급을 받아 먹고사는 이 노래 가사 작가를 그 1천8백 프랑짜리 일자리에서마저 쫓겨나게 했을 때 내가 말했어요. 〈조심하십시오, 부인이 그 조잡한 글쟁이를 부인의 무기로 공격한 것처럼 그자도 자기 무기인 시구로 응수해 올 수도 있으니까요. 그자가 노랫말을 지어 정숙의 미덕을 조롱할 수도 있다는 말이지요. 호사스러운 살롱들에서는 부인의 편을 들어줄 테죠. 그렇지만 우스갯소리를 즐기는 사람들은 그 노래 가사를 걸핏하면 불러 댈 겁니다.〉 그러자 원수 부인이 뭐라고 대답한 줄 아세요? 〈주님의 뜻에 보탬이 된다면 나는 온 파리 사람이 지켜보는 앞에서 순교의 길을 걸어가겠어요. 프랑스에 새로운 구경거리가 생기는 거죠. 민중은 출신이 다르면 자질도 다르다는 걸 깨닫고 귀족을 존중하게 될 거예요. 그 순교의 날은 내 생애에서 가장 아름다운 날이 될 테죠.〉 이 말을 할 때 부인의 눈은 그 어느 때보다 아름다웠어요.」

「부인의 눈은 정말 아름다워요.」 쥘리앵이 불쑥 맞장구쳤다.

「당신은 사랑에 빠진 게 분명하군요…….」 그러면서 돈 디에고 부스토스는 진지하게 말을 이어 나갔다. 「아무튼 부인은 원래부터 복수심 많은 음울한 기질은 아니에요. 그런데도 부인이 누구를 기어코 징벌하려 드는 건 그녀가 불행한 탓입니다. 나는 부인이 〈내면적으로 불행한〉 게 아닐까 생각합니

다. 한 얌전데기가 얌전하게 구는 데 그만 싫증이 나버린 게
아닐까요?」

스페인 사내는 한참 동안 말없이 쥘리앵을 바라보았다. 그
러고는 엄숙하게 덧붙였다.

「이게 바로 문제의 전부예요. 당신이 어느 정도 기대를 걸
어 볼 수 있는 것도 이런 근거에서죠. 구차한 시종처럼 부인
을 떠받들며 지낸 2년 동안 나는 이 점에 대해 많은 생각을
했어요. 이보세요, 사랑에 빠진 양반, 당신의 앞날이 어떻게
될 것이냐 하는 건 이 중대한 문제, 그러니까 얌전데기가 얌
전을 부리는 데 싫증이 났는가, 그 얌전데기가 심술을 부리는
건 과연 불행한 탓인가? 하는 문제에 달려 있단 말입니다.」

「그렇거나 혹은.」 그때까지 입을 꾹 다물고 듣고만 있던 알
타미라 백작이 끼어들었다. 「자네한테 여러 번 말했던 대로
이건 단순히 프랑스적인 허영의 문제일 수도 있어. 천성적으
로 성격이 우울하고 메마른 그 여자가 불행을 느끼는 건 유
명한 직물상을 아버지로 뒀다는 기억 때문일 거란 말이지. 그
여자에게 행복이라는 게 단 하나 있다면 그건 톨레도에 살면
서 매일같이 고해 신부가 그려 보여 주는 지옥의 영상에 시달
리는 일일 거야.」

쥘리앵이 가려고 일어섰을 때 돈 디에고 부스토스는 변함
없는 말투로 한층 더 엄숙하게 말했다.

「당신이 우리 편이라는 사실을 알타미라에게 들었습니다.
언젠가 우리의 자유를 되찾는 일에 당신도 힘을 보태 줄 거라
고 믿습니다. 그러니 나도 이번에 당신을 도와 이 즐거운 일
을 성사시키고 싶군요. 원수 부인의 문체는 어떤지 알아 두는
게 좋겠죠. 여기 부인이 직접 써 보낸 편지 네 통이 있습니다.」

「베껴 써놓고 원본은 다시 돌려 드리겠습니다.」 쥘리앵이

말했다.

「우리가 주고받은 이야기를 바깥에 흘리는 일은 없겠지요?」

「절대 그런 일은 없을 겁니다. 명예를 걸고 약속합니다.」

쥘리앵은 자신 있게 대답했다.

스페인 사내는 〈하나님의 가호가 함께하기를〉 하고 덧붙이고는 알타미라 백작과 쥘리앵을 계단까지 말없이 배웅했다.

이 방문 덕분에 쥘리앵은 어느 정도 가벼운 기분이 되었다. 입가에 슬쩍 미소를 떠올릴 정도였다. 저 신앙심 깊은 알타미라 백작이 나의 부도덕한 연애 계획을 돕게 되었군, 하는 생각 때문이었다.

돈 디에고 부스토스와 엄숙한 대화를 나누는 내내 쥘리앵은 호텔 달리그르[43]의 벽시계가 시간을 알리는 소리에 신경을 쓰고 있었다.

저녁 식사 시간이 가까워 왔다. 이제 마틸드를 다시 보게 될 참이었다. 그는 집으로 돌아가서 공들여 옷을 차려입었다.

벌써부터 어리석은 실수를 저지르는군. 계단을 내려가는데 이런 생각이 스쳤다. 나는 코라소프 공작의 처방을 글자 그대로 따라야만 해.

그는 다시 자신의 방으로 올라가 차림새를 지극히 간소한 여행 복장으로 바꿨다.

이제 내 눈빛을 감추는 게 문제야. 아직 5시 반밖에 되지 않은 시각이었다. 저녁 식사는 6시였다. 그는 살롱에 들어가 볼 생각이 들었다. 살롱에는 아무도 없었다. 푸른색 소파가 눈에 들어오자 그는 달려들어 털썩 무릎을 꿇고 마틸드가 팔을 걸치곤 하는 자리에 입을 맞추었다. 눈물이 쏟아졌다. 두 뺨이 발갛게 달아올랐다. 어리석게도 걸핏하면 감동해 버리

---

43 당시 각종 상점과 화랑, 레스토랑 등이 자리 잡고 있던 건물.

는 이 민감성을 무디게 만들어야 해. 그는 화를 내며 속으로
중얼거렸다. 이러다간 본심을 들키고 말겠어. 그는 태연해 보
이려고 신문을 집어 들고 서너 번 살롱과 정원을 오갔다.

큰 떡갈나무 뒤에 숨어 마틸드의 방 창문을 올려다보기도
했다. 몸이 부르르 떨렸다. 창문은 꼭 닫혀 있었다. 다리에 힘
이 풀려 풀썩 주저앉을 지경이었다. 그는 한참 동안 떡갈나
무에 몸을 기대고 있어야 했다. 그러고는 비틀거리는 걸음으
로 정원사의 사다리를 보러 갔다.

그가 망가뜨린 쇠사슬의 고리는 아직 고치지 않은 채 그대
로 있었다. 이걸 비틀어 부쉈을 당시는 지금의 처지와 얼마나
달랐던가! 걷잡을 수 없는 격정에 휩싸여 그는 쇠사슬에 열
렬히 입을 맞췄다.

한참 동안 정원과 살롱 사이를 쏘다닌 끝에 쥘리앵은 어느
정도 묵직한 피로감을 얻을 수 있었다. 이것이 처음으로 또
렷이 맛본 성취감이었다. 그는 생각했다. 이제 피곤으로 눈빛
이 무뎌져서 감정이 드러나지 않을 거야! 살롱에 차츰 사람
들이 모여들었다. 문이 열릴 때마다 쥘리앵은 심장이 덜컥 내
려앉는 것 같았다.

모두들 식탁에 자리 잡고 앉았다. 늘 그렇듯 사람들을 기
다리게 한 후에 라 몰 양도 마침내 나타났다. 쥘리앵을 보자
그녀의 얼굴이 붉어졌다. 그녀는 그가 돌아왔다는 사실을 모
르고 있었다. 코라소프 공작의 조언대로 쥘리앵은 시선을 그
녀의 손에 두었다. 그녀의 두 손이 가늘게 떨리고 있었다. 그
걸 보자 그 자신도 표현할 수 없을 만큼 마음이 흔들렸다. 하
지만 그런 감격은 겉으로는 그저 피곤한 기색으로 보일 뿐이
었다.

라 몰 후작이 쥘리앵에게 칭찬의 말을 던졌다. 잠시 후에

는 후작 부인이 그에게 피로해 보인다고 염려하는 말을 건넸다. 쥘리앵은 매 순간 속으로 다짐하고 있었다. 라 몰 양을 지나치게 바라봐서도 안 되지만 그녀의 시선을 결코 피해서도 안 돼. 이 불행에 발을 들여놓기 일주일 전과 똑같은 모습으로 보여야 하는 거야……. 그는 이 연기를 해내는 데 성공했고, 그래서 흡족한 기분으로 살롱에 머물러 있었다. 처음으로 후작 부인에게 세심한 주의를 기울여 보이면서 부인 곁에 모여든 사람들이 어떻게든 대화를 활기 있게 유지해 나가도록 공을 들였다.

이렇게 예의범절을 발휘한 것이 헛수고는 아니었다. 8시경에 페르바크 원수 부인의 방문을 알리는 목소리가 울려 퍼진 것이다. 쥘리앵은 조용히 살롱을 빠져나갔다가 곧 다시 나타났다. 이번에는 아주 공들여 차려입은 모습이었다. 라 몰 부인은 쥘리앵이 원수 부인에게 이런 방식으로 존경을 표현해 준 게 고마웠다. 쥘리앵의 태도가 마음에 들었다는 걸 보여 주려고 후작 부인은 페르바크 부인에게 그가 여행을 다녀왔다는 이야기를 꺼냈다. 쥘리앵은 원수 부인 곁으로 가서 자리를 잡았다. 마틸드한테 자신의 눈빛을 들키지 않도록 몸을 조금 틀어 앉는 걸 잊지 않았다. 유혹의 규칙에 따라 이렇게 자리 잡은 후 그는 원수 부인을 향해 듣는 사람이 깜짝 놀랄 만한 찬사를 퍼부어 댔다. 그가 숭배의 감정을 표현하느라 늘어놓은 구절들은 코라소프 공작이 그에게 선물해 준 쉰세 통의 편지 가운데 첫 번째 편지의 첫머리를 그대로 외워 읊은 것이었다.

원수 부인이 오페라 공연을 보러 가겠다며 자리에서 일어났다. 쥘리앵도 오페라 극장으로 달려갔다. 거기서 기사 보부아지와 마주쳤다. 보부아지는 쥘리앵을 의회 의원용 칸막이 좌석으로 데려갔다. 페르바크 부인의 칸막이 좌석이 바로 이웃에 있었다. 쥘리앵은 끊임없이 부인을 시선으로 좇았다. 그러면서 속으로 중얼거렸다. 집에 돌아가면 이 포위 공격의 일지를 작성해야겠어. 그러지 않으면 공격 순서가 헷갈릴지도 몰라. 그는 이 지루한 첫 작전에 관해 두세 장가량 끼적여 놓았다. 그러다 보니 신기하게도 라 몰 양에 대한 생각이 거의 달아나고 없었다.

마틸드는 쥘리앵이 여행을 떠나 있는 동안 그를 거의 잊고 지냈다. 어쨌거나 그도 그저 평범한 사람일 뿐이야, 하고 그녀는 생각했다. 매번 그의 이름을 들을 때마다 내 인생 최악의 실수를 떠올려야만 하겠지. 정숙함이니 여인의 명예니 하는 흔해 빠진 미덕들로 되돌아갈 필요가 있어. 여자는 그런 걸 잊었다간 된통 손해만 볼 뿐이야. 그녀는 오래전부터 진행되어 온 크루아즈누아 후작과의 혼사를 마침내 허락할 듯한 태도를 내비쳤다. 후작은 좋아서 어쩔 줄 몰랐다. 하지만 누군가 크루아즈누아 후작에게 그런 마틸드의 감정 밑바닥에는 체념이 깔려 있으니 그리 자랑스러워할 것도 없다는 사실을 귀띔해 주었다면 후작은 무척 놀랐을 것이다.

그러던 차에 쥘리앵을 보자 라 몰 양의 생각은 완전히 바뀌었다. 사실 내 남편은 이 사람인걸. 그녀는 생각했다. 정조 관념을 충실히 따른다고 쳐도 내가 결혼해야 할 상대는 바로 이 사람이잖아.

마틸드는 쥘리앵이 불행에 절어 그녀의 치맛자락을 부여잡고 매달릴 거라 예상하고 있었다. 저녁 식사를 마치면 따라 나오면서 몇 마디 말을 걸어올 게 분명한 터라 그에 대한 대답까지 준비해 놓고 있었다. 하지만 그러기는커녕 쥘리앵은 살롱을 떠날 생각이 없는 듯 자리 잡고 앉아서 정원 쪽으로는 눈길조차 주지 않았다. 사실 쥘리앵도 그러고 있기가 얼마나 고통스러웠겠는가! 저 사람이 대체 왜 저러는지 당장 이유를 들어 보는 편이 좋겠어. 라 몰 양은 이렇게 생각하며 짐짓 혼자 정원으로 나갔다. 그런데도 쥘리앵은 나타나지 않았다. 마틸드는 살롱 유리문 근처를 오락가락하며 서성거렸다. 쥘리앵이 페르바크 부인에게 무척이나 열중해서 이야기하고 있는 모습이 눈에 들어왔다. 라인 강 연안 언덕 위에 자리 잡은 고성의 폐허와 그것이 그려 내는 아름다운 풍광을 원수 부인에게 설명하는 참이었다. 그의 입에서도 이제 별 스스럼없이 감상적이고 현란한 문구들이 튀어나오기 시작했는데, 사실 그런 미사여구들은 어느 살롱에 가면 〈재기〉로 대접받기도 한다.

코라소프 공작이 파리에 있었더라면 무척이나 자부심을 느꼈을 것이다. 그날 저녁에 벌어진 일은 그가 예상했던 그대로였다.

그날 이후 쥘리앵이 보여 준 행동도 코라소프 공작의 칭찬을 듣기에 부족하지 않았다.

그 무렵 코르동 블뢰 훈장 수훈자 선정 문제를 둘러싸고 막후의 권력자들 사이에서 어떤 계략이 추진되고 있었다. 페르바크 원수 부인은 자신의 종조부에게 그 훈장이 돌아가야 한다고 생각했고, 라 몰 후작 역시 자신의 장인에게 그 훈장을 안겨 주고 싶어 했다. 이런 사정으로 두 사람은 수훈자 선정과 관련하여 의기투합했고, 그러다 보니 원수 부인은 거의 매일 라 몰 저택에 나타났다. 쥘리앵은 원수 부인한테서 후작이 곧 장관에 임명될 거라는 말을 들었다. 3년 이내에 소요 사태를 야기하지 않고도 헌장을 폐기할 수 있는 교묘한 방안을 후작이 왕당파 실세들에게 제시했으니, 그 보상이 있을 거라는 이야기였다.

라 몰 후작이 장관이 된다면 쥘리앵은 주교 자리를 노려 볼 만도 했다. 하지만 쥘리앵의 눈에는 이런 얽히고설킨 이해관계들이 베일에 싸인 수수께끼로만 보였다. 그의 상상력도 이런 문제에 대해서만은 저 멀리 형체가 가물가물한 뭔가를 바라볼 때처럼 무덤덤했다. 반미치광이가 되어 끔찍한 불행 속에서 허우적거리다 보니 인생의 그 어떤 이해관계도 라 몰 양과 연관된 게 아니면 눈에 들어오지 않았다. 그는 한 5~6년간 정성을 기울이면 마틸드의 사랑을 다시 얻을 수 있을 거라고 계산하고 있었다.

보다시피 쥘리앵은 그처럼 냉정하던 머리는 어디 갖다 내버렸는지 분별력을 완전히 잃은 상태였다. 예전에 그를 돋보이게 해준 모든 자질 가운데 남은 것이라고는 약간의 끈기 정도였다. 쥘리앵은 코라소프 공작이 처방해 준 행동 방침을 꼭두각시처럼 충실하게 따라 매일 저녁 페르바크 부인의 안락의자 옆에 붙어 앉아 있었다. 그러면서도 정작 부인에게 할 말은 한마디도 찾아내지 못했다.

마틸드 앞에서는 상처가 다 나은 듯이 보이려고 애쓰다 보니 매번 진이 빠지곤 했다. 그는 기어코 원수 부인 곁에 붙어 앉아 있긴 했어도 겨우 숨이나 쉴 뿐이었다. 그의 두 눈조차 극도의 육체적 고통에 빠진 사람처럼 빛을 잃고 흐릿해져 있었다.

라 몰 부인이 사물을 보는 관점이란 남편의 생각을 판박이처럼 다시 찍어 낸 것에 불과했다. 남편이야말로 자신을 공작 부인으로 만들어 줄 사람 아닌가? 그러니 부인이 며칠 전부터 쥘리앵을 입에 침이 마르도록 칭찬하고 있는 것도 당연한 일이었다.

제26장
도덕적 사랑

이 집 사람들이 사물을 보는 관점에는 조금 어처구니없는 면이 있어, 하고 원수 부인은 생각했다. 예쁜 눈을 하고선 남의 이야기를 들을 줄밖에 모르는 자기네 젊은 신부한테 모두들 푹 빠져 있으니까 말이야. 그런데 그 신부가 눈이 참 예쁘기는 해. 그건 사실이야.

한편 쥘리앵은 원수 부인의 태도에서 빈틈없이 예의범절을 차리고 또 그런 만큼 강렬한 감동에 빠지는 게 불가능한 〈귀족적 침착성〉의 거의 완벽한 모범을 보곤 했다. 충동에 따라 행동한다거나 한순간 자제력을 잃는 일은 페르바크 부인에게는 아랫사람 앞에서 위엄을 잃는 일과 마찬가지로 수치스러웠을 것이다. 감수성 예민하게 반응한다는 것은 아무리 사소한 경우라 할지라도 그녀가 보기에는 일종의 〈정신적인 혼미〉였으며 지체 높은 사람이 지켜야 할 본분에 어긋나는, 부끄러운 짓이었다. 국왕이 최근에 벌인 사냥 놀이라든지 그녀의 애독서 『드 생시몽 공작의 회상록』, 특히 그중에서도 족보 부분에 대해 이야기를 나누는 것이 그녀의 큰 기쁨이었다.

쥘리앵은 조명의 위치로 인해 페르바크 부인이 한층 아름답게 보이는 자리를 알고 있었다. 그는 거기 미리 자리 잡고 앉으면서, 마틸드의 모습을 보지 않을 수 있도록 매번 의자를 돌려놓는 일을 잊지 않았다. 이처럼 줄기차게 자신을 피하는 쥘리앵의 태도에 놀란 마틸드는 어느 날 뜨개질감을 챙겨 들고 푸른색 소파를 떠나 원수 부인의 안락의자 옆에 놓인 작은 탁자로 와서 앉았다. 쥘리앵의 자리에서는 마틸드의 모습이 페르바크 부인의 모자챙 밑으로 꽤 가까이 보였다. 자신의 행복과 불행을 좌우하는 그녀의 눈을 가까운 곳에서 마주하자 그는 겁부터 더럭 났다. 이어서 그즈음 습관적으로 빠져 있던 무감각 상태를 불현듯 떨쳐 버릴 수 있었다. 그는 말하기 시작했다. 아주 유창한 말솜씨였다.

그는 원수 부인을 향해 말하고 있었지만 그 말의 유일한 목적은 마틸드의 마음을 움직이려는 것이었다. 그가 얼마나 활기 있게 이야기를 펼쳐 놓았던지 페르바크 부인은 그가 무슨 말을 하는지도 모를 지경이 되고 말았다.

그것이 원수 부인이 쥘리앵에게서 처음으로 발견한 재능이었다. 만약 그가 거기 덧붙여 독일식 뜬구름 잡는 이야기들과 고상한 신앙심의 토로와 예수회파의 위선적 언사까지 몇 마디 더 구사했더라면 원수 부인은 단번에 그를 시대를 혁신할 소명을 부여받은 뛰어난 인물의 반열에 올려놓았을 것이다.

페르바크 부인에게 저렇게 오랫동안, 게다가 저렇게 열을 내면서 이야기하는 걸 보면 저 사람도 꽤나 취미가 형편없지 뭐야. 라 몰 양은 속으로 중얼거렸다. 난 이제 저 사람 말에는 귀 기울이지 않겠어. 그날 저녁 그 순간부터 모임이 끝날 때까지 줄곧 마틸드는, 비록 쉬운 일은 아니었지만, 자신이 다

짐한 대로 쥘리앵에게 관심을 두지 않으려 했다.

자정이 되어 마틸드는 어머니를 침실까지 바래다주기 위해 촛불을 들고 따라갔다. 라 몰 부인이 계단에 멈춰 서더니 쥘리앵에 대한 칭찬을 늘어놓았다. 마틸드는 마침내 속이 상했다. 잠도 달아나 버렸다. 나한테는 경멸스러운 것이 원수 부인의 눈에는 뛰어난 남자의 자질로 보이는가 봐. 이런 생각을 하자 어느 정도는 위안이 됐다.

한편 쥘리앵은 행동에 나섰다는 만족감 덕분에 불행한 기분을 조금은 떨쳐 버릴 수 있었다. 그의 눈길이 우연히 러시아 가죽 지갑에 가서 멎었다. 코라소프 공작이 연애편지 쉰세 통을 넣어서 선물로 준 지갑이었다. 첫 번째 편지 아래 여백에 적힌 메모가 눈에 들어왔다.

이 1번 편지를 처음 만난 날로부터 일주일 후에 보낼 것.

이거 늦었는걸! 페르바크 부인을 만난 지가 벌써 꽤 오래 되었잖아. 쥘리앵은 곧장 그 1번 연애편지를 베껴 쓰기 시작했다. 미덕에 관한 설교 투 문장을 잔뜩 늘어놓은, 죽도록 지루한 편지였다. 다행히 쥘리앵은 두 번째 페이지를 베끼다가 잠이 들고 말았다.

몇 시간 후 쥘리앵은 환한 햇빛에 소스라쳐 잠이 깼다. 여태껏 탁자에 기대 잠들어 있었던 것이다. 그의 삶에서 가장 고통스러운 순간은 매일 아침, 잠에서 깨어나면서 자신의 불행을 확인할 때였다. 그날 아침은 달랐다. 그는 거의 웃음까지 터뜨릴 뻔하면서 편지를 마저 베껴 썼다. 나이 젊은 사람이 이런 식의 글을 쓰는 경우가 과연 있을까? 그도 궁금했다. 아홉 줄이나 이어지는데도 문장이 끝나지 않은 경우가 여러 군데였다. 편지 원본 맨 끝에는 연필로 쓴 메모가 있었다.

이 편지들은 매번 직접 전달하도록. 푸른 프록코트에 검은 넥타이를 맨 차림으로 말을 타고 갈 것. 편지를 문지기에게 건네면서 풋내기처럼 머뭇거리는 태도를 꾸며 보이되, 눈길에는 깊은 우수를 담을 것. 시중드는 하녀가 혹시 눈에 띄면 슬쩍 눈물을 찍어 내는 시늉을 할 것. 그 하녀에게 인사를 건넬 것.

쥘리앵은 이 모든 행동 지침을 충실히 수행했다.
나는 지금 무척이나 대담한 짓을 벌이고 있어. 페르바크 저택을 나서면서 쥘리앵은 생각했다. 코라소프 공작을 속인 셈이지만 어쩔 수 없지. 덕성 높기로 이름난 부인에게 그의 편지를 보내다니! 코라소프 공작이 사실을 알면 날 몹쓸 인간 취급할 테지만, 몹쓸 인간 취급을 받는 것보다 더 재미난 일도 없을걸. 사실 그런 것이 내가 잘해 낼 수 있는 유일한 연극 놀이이니까. 그래. 〈나〉라고 하는 이 지긋지긋한 존재를 우스꽝스럽게 만들어 놓는 일도 재미있을 거야. 그렇잖아도 기분을 풀기 위해 무슨 범죄든 저지를 판국이었어.
한 달 전부터 쥘리앵에겐 마구간에 말을 다시 매어 놓을 때가 가장 즐거운 순간이었다. 자신을 버린 여인에게는 어떤 이유로라도 눈길을 주어서는 안 된다고 코라소프 공작은 쥘리앵에게 신신당부했다. 그런데 마틸드는 쥘리앵의 말발굽 소리며, 그가 채찍으로 문을 두드려 마구간지기를 부르는 독특한 방식을 금방 분간해 내는 터라, 때때로 그 소리에 이끌려 자기 방 창문 커튼 뒤로 다가서곤 했다. 모슬린 커튼은 아주 얇아서 커튼 뒤로 비치는 그녀의 모습이 쥘리앵의 눈에 잡했다. 모자챙 밑으로 살짝 올려다보면 마틸드와 시선이 마주칠 염려 없이 그녀의 몸매를 바라볼 수 있었다. 마틸드에게는 내 눈이 모자챙에 가려 보이지 않을 거야. 그러니 그녀는 내가 자신을 보고 있는 줄 모를걸.

그날 저녁, 페르바크 부인은 아침에 쥘리앵이 우수에 젖은 얼굴로 문지기에게 내밀고 간 그 철학적이고 신비적이고 종교적인 논술문을 결코 받은 적 없는 것처럼 시치미를 떼고 쥘리앵을 대했다. 그 전날 우연히도 마틸드의 시선 덕분에 말을 유창하게 풀어 놓을 수 있었던 쥘리앵은 처음부터 마틸드의 눈을 바라볼 수 있는 위치에 자리 잡았다. 하지만 마틸드는 원수 부인이 도착하자 푸른색 소파를 떠났다. 이것은 그녀가 늘 함께 어울리던 그룹을 떠나겠다는 의미로 해석되었다. 크루아즈누아는 이 새로운 변덕에 아연실색한 듯이 보였다. 그가 드러내 놓고 괴로워한 덕분에 쥘리앵은 자신의 가혹한 불행을 어느 정도 덜어 낼 수 있었다.

이 뜻밖의 상황에 고무된 쥘리앵은 말을 청산유수로 쏟아 냈다. 더없이 근엄한 덕성의 본보기가 되는 사람들도 은근히 자존심을 세우곤 하는 법이다. 원수 부인은 집으로 돌아가기 위해 다시 마차에 오르면서 생각했다. 라 몰 부인의 말이 맞아. 저 젊은 신부는 탁월한 데가 있어. 처음 며칠 동안은 내가 있어서 수줍어했던 건가 봐. 사실 이 집 살롱에 모여드는 사람들은 다들 경박해. 덕을 갖췄다 해도 나이 덕분에 그렇게 된 사람들이거나 덕이 생기려면 연륜을 한참 더 쌓아야 할 사람들뿐이야. 그런데 그 젊은이만큼은 남다른 데가 있어. 글 솜씨도 뛰어나던걸. 하지만 무척 걱정되긴 해. 편지 속에서 날더러 자신의 앞길을 밝혀 줄 충고를 해달라고 부탁했는데, 그게 그 자신도 모르는 어떤 감정을 밑바닥에 깔고 하는 말이 아닐까 싶어서 말이야.

그렇지만 그런 식으로 시작해서 결국엔 뉘우치고 깨달음을 얻는 경우도 많잖아! 이번 경우에 대해 좋은 예감이 드는 건 그 사람의 편지 문체 때문이야. 내가 보아 온 젊은 사람들의 문체와는 다르거든. 정말이지 그 젊은 성직자의 글은 감동적이고 무척 진지한 데다 굳센 신념까지 내비치고 있다니까. 그 사람은 마시옹[44] 같은 온화한 덕을 갖추게 될 거야.

---

44 J. B. Massillon(1663~1742). 신부이자 수사학자. 설득력 있는 웅변술로 유명하다.

제27장
교회에서 가장 탐나는 직위

빛나는 무훈! 재능! 자질! 그래 봤자 다 소용없는 일!
당파에 가담하시오.
— 텔레마코스

이렇게 해서 한 여인의 머릿속에 주교의 직위와 쥘리앵에 대한 생각이 처음으로 한데 겹쳐져 떠올랐다. 이 여인은 조만간 프랑스 교회의 가장 좋은 자리들을 한 손에 그러쥐고 분배하게 될 사람이었다. 이러한 유리한 조건에도 쥘리앵은 그리 마음이 움직이지 않았다. 지금 그는 눈앞에 놓인 자신의 불행 말고는 다른 것을 돌아볼 겨를이 없었다. 게다가 그 무엇을 보든 그는 한층 더 불행해지기만 했다. 예를 들어 자신의 방이 눈에 들어와도 견딜 수 없는 심정이 됐다. 저녁에 촛불을 켜 들고 방에 들어가면 가구 하나하나, 작은 장식품 하나하나가 날카로운 소리로 그의 불행을 새삼스레 세세히 일러 주는 것 같았다.

하지만 그날은 달랐다. 강제 노역 하나가 날 기다리고 있어. 방으로 들어서면서 쥘리앵은 마음속으로 이렇게 중얼거렸다. 그러면서 오래전에 잃어버린 어떤 활기를 되살려 냈다. 두 번째 편지도 처음 것과 마찬가지로 하품 나는 것일 테지. 어디 한번 기대해 보자.

두 번째 편지는 한층 더 따분한 것이었다. 베껴 쓰다 보니 너무나 어처구니없는 내용이어서 나중에는 의미도 생각하지 않고 한 줄 한 줄 옮겨 적기만 했다.

런던에서 외교를 가르치는 교사가 날더러 베껴 써보라고 했던 뮌스터 조약 공식 문서도 엄청나게 과장된 것이었는데, 이 편지는 그보다 한술 더 뜨는군, 하고 그는 생각했다.

그제야 페르바크 부인이 직접 썼다는 편지들이 생각났다. 쥘리앵은 그 원본 편지들을 근엄한 스페인 남자 돈 디에고 부스토스에게 돌려준다는 걸 깜박 잊고 있었다. 편지들을 찾아내 뒤적여 보았다. 사실 부인의 편지는 지금 베껴 쓰고 있는 그 젊은 러시아 귀족의 편지들만큼이나 뜻을 종잡을 수 없었다. 그야말로 애매모호함의 극치였다. 모든 것을 말하면서도 동시에 아무것도 말하는 게 없는 문장들 말이다. 이런 문체야말로 바람이 불면 저절로 울린다는 아이올로스의 하프 같은 것이로구나, 하고 쥘리앵은 생각했다. 허무니 죽음이니 무한이니 엄청 고상한 말들을 늘어놓았지만 사실 내 눈에는 웃음거리가 될까 봐 잔뜩 겁을 집어먹고 있는 걸로밖에 안 보여.

쥘리앵은 지금 요약한 것과 같은 독백을 그 후로도 보름이나 더 되풀이해야 했다. 「요한의 묵시록」의 주해와도 같은 글을 베껴 쓰다가 잠이 들고, 다음 날에는 우수에 젖은 얼굴로 찾아가서 편지를 전하고, 마구간에 말을 매면서 마틸드의 옷자락을 훔쳐볼 희망으로 가슴 설레고, 비서 업무를 보고, 페르바크 부인이 라 몰 저택에 오지 않는 날이면 오페라 극장으로 부인을 쫓아가고. 이런 일들이 쥘리앵의 생활을 단조롭게 채웠다. 페르바크 부인이 오는 날은 그래도 나은 편이었다. 그런 날에는 원수 부인의 모자챙 밑으로 마틸드의 눈을 훔쳐볼 수 있었다. 그러면 그가 하는 이야기에도 짙은 호소력이 담겼다. 감상적이고 현란한 문구들을 늘어놓는 건 마찬 가지더라도 훨씬 감동적이면서 동시에 한층 더 섬세한 무엇인가가 말투에 배어들기 시작했다.

그는 자신이 하는 이야기가 마틸드에겐 어처구니없게 들릴 거라는 사실을 잘 알았다. 그렇지만 그는 우아한 말솜씨로 그녀의 마음을 흔들어 놓고 싶었다. 거짓으로 꾸며 내서 이야기할수록 말투는 유려해지니까 나는 이 말솜씨로 마틸드의 마음을 끌 수 있을 거야. 이렇게 생각한 그는 거슬릴 정도의 대담성을 발휘하여 본성의 어떤 측면들을 과장하곤 했다. 그러면서 그는 곧장 알아차렸다. 원수 부인에게 저급한 이야기로 비치지 않기 위해 무엇보다 피해야 할 것은 단순하고 합리적인 생각이었다. 그는 이 두 귀족 여인이 자신의 이야기에 흥미를 보이는지 무관심한지를 살피느라 두 사람의 눈을 번갈아 훔쳐보면서, 그들의 구미에 맞추어 이런 식으로 부풀린 이야기를 계속해서 늘어놓거나 아니면 과장을 줄이거나 했다.

전체적으로 봐서 그의 생활은 무기력에 빠져 지낼 때에 비하면 한결 나은 것이었다.

어느 날 밤에는 이런 생각이 들었다. 지금 베끼고 있는 이 편지가 저 지긋지긋한 논술문들 가운데 열다섯 번째야. 앞서 열네 통은 원수 부인의 문지기에게 꼬박꼬박 전달했지. 이러다가는 원수 부인의 책상 서랍이 내가 베껴 보낸 편지로 채워지고 말겠군. 그런데도 부인은 이제껏 내게서 편지를 받아 본 적 없는 것처럼 나를 대하잖아! 대체 이 모든 짓거리가 어떤 결말을 보게 될까? 내 끈질긴 편지질을 부인도 나만큼이나 지긋지긋해하고 있는 게 아닐까? 코라소프 공작의 친구라는 그 러시아 사람, 리치먼드의 아름다운 퀘이커 교도 여인에게 반했다는 그 남자도 참 대단해, 이렇게 지겨운 편지들을 꾸역 꾸역 써 보내다니 말이야.

위대한 장군의 작전에 어쩌다가 참가하게 된 병졸들처럼, 쥘리앵도 엄격한 영국 여인을 공략하는 데 썼다는 그 젊은 러시아인의 작전을 전혀 이해할 수 없었다. 전체 편지 가운데 처음 마흔 통은 무례하게도 편지를 보내는 데 대해 용서를 구하는 내용이 전부였다. 사실 이 편지들은 그 아름다운 여인에게 편지를 받는 습관을 들여 놓기 위한 것이었다. 그 여인은 아마도 한없이 권태로운 참이었을 것이고, 그녀가 받는 편지들은 그 매일의 삶보다는 조금 덜 무미건조했을 테니 말이다.

어느 날 아침 쥘리앵은 편지 한 통을 받았다. 편지에 페르바크 부인의 문장이 찍혀 있었다. 그는 부리나케 봉인을 뜯고 편지를 읽어 보았다. 이런 봉인 편지를 받는다는 건 며칠 전만 해도 불가능해 보였던 일이었다. 편지는 그저 저녁 식사 초대장이었다.

쥘리앵은 코라소프 공작에게 받은 행동 지침들을 서둘러 다시 펼쳐 보았다. 불행히도 이 러시아 청년 귀족은 단순하고 이해할 수 있는 조언을 들려주어야 할 자리에서 도라[45]처럼 경쾌해지고 싶었던 것 같았다. 덕분에 쥘리앵은 원수 부인의 만찬 자리에 어떤 마음가짐으로 나가야 할지 도무지 감이 오지 않았다.

원수 부인의 살롱은 더할 수 없이 화려했다. 튈르리 궁전의 디아나 여신 화랑처럼 사방이 금빛으로 번쩍거렸는데, 그런 벽을 빙 둘러 가며 유화들이 걸려 있었다. 그 그림들이 군데군데 얼룩져 있는 것이 또렷이 눈에 들어왔다. 쥘리앵이 나중

45 Jean Dorat(1508~1588). 16세기 프랑스 르네상스 시대의 시인.

에야 알게 된 사실이지만 그림 내용이 이 저택 안주인이 보기에 점잖지 못한 것 같아서 고쳐 그리게 한 부분들이었다. 정말 도덕적인 시대이지 뭐야! 그는 생각했다.

그 살롱에서 쥘리앵은 비밀 각서 작성에 참여한 인물을 셋이나 알아보았다. 그중 한 사람인 XXX 주교 예하는 원수 부인의 숙부로, 성직 임면권(任免權)을 한 손에 틀어쥐고 있었는데, 소문에 따르면 조카딸의 부탁은 뭐든 들어준다고 했다. 그러고 보니 나는 어마어마하게 성공적으로 첫발을 내디뎠는걸. 쥘리앵은 씁쓸한 웃음을 떠올리며 마음속으로 이렇게 중얼거렸다. 그런데도 이렇게 담담하다니! 지금 나는 저 유명한 XXX 주교와 만찬을 함께 하고 있는데도 말이야.

만찬은 그저 그랬고, 대화는 견딜 수 없이 지루했다. 이건 마치 어느 삼류 저술의 목차만 읽어 대는 기분이야. 쥘리앵은 생각했다. 인류 사상의 온갖 거창한 주제들을 잘난 척 다 언급하고는 있지. 하지만 이야기를 3분만 듣다 보면 이건 말하는 사람의 과장이 지나친 건지, 아니면 그가 너무 한심할 정도로 무식한 건지 자문해 보지 않을 수 없거든.

독자는 아마 탕보라는 이름의 조무래기 문사를 기억하지 못할 것이다. 아카데미 회원의 조카이며 미래의 교수감인 그는 비열한 중상모략으로 라 몰 저택 살롱의 분위기를, 마치 그러는 것이 자신의 역할이라는 듯, 흐려 놓곤 하는 인물이다.

쥘리앵은 페르바크 부인이 자신의 편지에 답장을 보내지는 않아도 편지에 담긴 감정에 후한 평가를 내리고 있다는 사실을 처음으로 눈치챈 것은, 그건 바로 이 조잡한 인물이 흘리고 다니는 뒷공론 덕분이었다. 심보가 검은 탕보는 쥘리앵의 성공을 생각하면 뱃속이 뒤틀리곤 했다. 그렇지만 한편으로 생각해 보면, 잘난 놈이든 못난 놈이든 한꺼번에 두 곳의 자리를 차지하고 앉을 수야 없는 법, 만약 소렐이 고귀한 원수 부인의 애인이 된다면, 하고 이 미래의 교수님은 셈속을 굴려 보았다. 부인은 소렐을 교회의 어느 탐나는 자리에 앉힐 테지. 그러면 나는 결국 저 녀석을 라 몰 저택에서 치워 버리는 게 되잖아.

피라르 신부 역시 쥘리앵이 페르바크 저택에서 거둔 성공에 대해 긴 훈계를 늘어놓았다. 이 엄격한 얀센파 신부에게도 당파적 경쟁심이 있어서 정숙한 원수 부인의 살롱에 모여들어 말끝마다 영혼의 재생과 국왕 만세를 외치는 예수회파가 곱게 보일 리는 없었다.

제28장
마농 레스코

그런데 일단 그 소수도원장(小修道院長)의 어리석음
과 우둔함을 확인하게 되자, 그는 백을 흑이라 부르
고 흑을 백이라고 부름으로써 아주 예사롭게 성공을
거두곤 했다.

— 리히텐베르크

코라소프 공작의 행동 지침은 편지를 받아 보는 상대방에
게 어느 경우든 말로 맞서서는 안 된다고 못 박고 있었다. 어
떤 일이 있어도 열렬한 찬미자의 역할에 머물러 있어야 한다
는 것이었다. 쥘리앵이 베껴 보내는 편지도 시종일관 이런 찬
미자의 입장에서 쓰인 것이었다.

어느 날 저녁 쥘리앵은 오페라 극장, 페르바크 부인의 칸
막이 좌석에 있었다. 눈앞에서는 「마농 레스코」 발레 공연이
펼쳐지는 중이었다. 그는 이 발레 공연을 극구 칭찬했는데,
그 이유는 단지 이 공연이 너무 김빠진 것이었기 때문이다.

원수 부인은 이 발레 작품이 프레보 신부가 쓴 원작 소설
보다 영 부족하다고 말했다.

저런! 이처럼 덕성으로 똘똘 뭉친 여인이 한갓 소설을 칭
찬하다니! 쥘리앵은 한편으로는 놀랍고 한편으로는 흥미로
웠다. 원수 부인은 작가라는 자들에 대해서 심한 경멸감을
드러내곤 했다. 젊은이들이란 안타깝게도 감각의 오류에 빠
지기 쉬운데, 작가라는 자들이 그 범속한 소설들로 그런 젊은

이들을 타락시키려 한다는 것이었다.

「그런 부도덕하고 위험한 소설들 가운데 그나마 『마농 레스코』가 제일 봐줄 만하다더군요.」 원수 부인은 말을 이어 갔다. 「죄지은 자가 마음으로 느껴야 할 번민과 고통을 진실하고 깊이 있게 그려 놓았다는 거예요. 하지만 당신의 보나파르트는 세인트헬레나에서 그 소설이 하인들이나 읽을 만한 것이라고 말했죠.」

이 말에 쥘리앵은 정신이 번쩍 들었다. 누군가 나에 대한 험담을 원수 부인에게 흘렸구나. 내가 나폴레옹을 숭배한다고 일러바쳤을 테지. 부인은 그 사실에 기분이 상해서 지금 나에게 불만을 내비치는 것이고 말이야. 이런 사실을 알아차린 그는 그날 저녁을 흥미진진하게 보낼 수 있었다. 그 자신이 활기가 돌자 재미있는 이야기를 쏟아 내 다른 사람들 기분까지 즐겁게 해주었다. 오페라 극장 현관에서 그가 원수 부인을 배웅할 때 부인이 말했다.

「명심해요. 나를 좋아하려면 보나파르트를 좋아해선 안 돼요. 보나파르트는 기껏해야 신의 섭리에 따른 필요악 정도로나 용인될 수 있는 사람이에요. 게다가 그에게는 걸작 예술을 느낄 만큼 유연한 감수성도 없었어요.」

〈나를 좋아하려면〉이라니! 쥘리앵은 속으로 되뇌어 보았다. 이 말은 아무 뜻도 없을 수 있고, 모든 걸 담고 있을 수도 있어. 이런 게 바로 우리 시골뜨기들은 부려 볼 엄두도 못 내는 말재주라는 것이지. 그는 원수 부인에게 보낼 또 한 통의 길고 긴 편지를 베껴 썼다. 그러면서도 자꾸만 레날 부인을 생각하곤 했다.

다음 날 원수 부인은 짐짓 무심한 태도로, 그러나 애써 무심해 보이려 한다는 걸 숨기지는 못하면서 쥘리앵에게 물었다.

「어젯밤 오페라 극장에서 돌아가서 쓴 편지 같은데, 런던이니 리치먼드니 하는 말은 어떻게 된 거죠?」

쥘리앵은 무척 당황했다. 의미도 생각하지 않고 한 줄 한 줄 베끼다가 편지 원본의 런던과 리치먼드라는 단어를 파리와 생클루로 바꿔 넣는 걸 깜빡 잊었던 것이다. 그는 두세 마디 둘러대기 시작했지만 변명의 아귀를 제대로 맞출 수가 없었다. 그런 와중에 당장이라도 미친 듯 웃음이 터져 나올 것 같았다. 이런저런 변명을 궁리하던 끝에 마침내 그럴듯한 대답이 생각났다. 〈인간 영혼에 대한 가장 고상하고 가장 흥미로운 토론에 심취한 나머지 저의 영혼이 부인께 편지를 쓰면서 잠시 공상에 빠졌었나 봅니다〉라는 대답이었다.

오늘 저녁에는 인상적인 말 한마디를 꾸며 냈으니 이제 그만 이 지루한 시간을 면제받아도 괜찮겠지. 쥘리앵은 이렇게 생각하며 페르바크 저택을 달음질쳐 나왔다. 방으로 돌아와 전날 밤에 베꼈던 편지 원본을 다시 들춰 보았다. 그 젊은 러시아인이 런던과 리치먼드를 주절거리고 있는 그 문제의 구절은 금방 찾아낼 수 있었다. 그러면서 쥘리앵은 무척 놀랐다. 그 편지는 어느덧 은근하고 다정한 기색을 띠고 있었다.

원수 부인이 쥘리앵을 탁월하게 생각하게 된 이유는 그가 보내오는 편지가, 분명 가벼워 보이는 그의 언사와는 너무나 대조적으로, 숭고하고 거의 묵시록적인 깊이를 보여 준다는 데 있었다. 부인은 특히 그의 길고 긴 문장이 마음에 들었다. 부인은 생각했다. 이런 문장은 볼테르가 유행시킨 그 폴짝거리는 문체와는 달라. 그 부도덕한 인간의 문체와는 다르고말고! 쥘리앵은 자신이 대화 중에 꺼내 놓는 이야기에서 올바른 양식을 갖춘 견해는 조금도 내비치지 않으려고 무던히도 애를 썼지만, 그럼에도 그가 하는 말 밑바닥에는 왕도 신도 삐딱하게 보는 어떤 태도가 깔려 있었다. 페르바크 부인도 그의 그런 태도를 눈치챘다. 마침 부인은 도덕적으로는 뛰어날지라도 저녁 내내 새로운 생각 하나 해내지 못하는 경우가 빈번한 사람들에게 둘러싸여 지내던 터라, 무엇이든 새로워 보이는 것에는 깊은 인상을 받았다. 그렇지만 동시에 부인은 그런 것에 분개하는 것이 자신의 의무라고 생각하고 있었다. 그녀는 새로움이라는 그 결함을 〈이 시대의 경박함이 낙인처럼 찍혀 있다〉라는 말로 표현하곤 했다.

하지만 이런 살롱 풍경들이야 보고 싶어 하는 사람들한테나 흥미롭게 보일 것이다. 쥘리앵이 아무 흥미 없이 이 지루한 생활을 해나가는 동안 독자도 지루함을 느꼈을 게 분명하다. 이 시기를 우리가 여행길에 만난 황무지라고 해두자.

이처럼 쥘리앵의 생활이 온통 페르바크 원수 부인과의 일화들로 채워지는 동안 라 몰 양은 그를 생각하지 않으려고 스스로를 다잡아야만 했다. 그녀는 마음속으로 격렬한 전투를 치르고 있었다. 어느 때는 거만을 부리며 그 보잘것없는 청년을 멸시해 보기도 했다. 하지만 마음과는 달리 그의 말소리가 들리면 그쪽으로 온 신경이 쏠려 갔다. 그녀가 무엇보다 놀란 것은 쥘리앵이 천연덕스럽게도 말을 꾸며 내고 있다는 점이었다. 그가 원수 부인에게 하는 말 가운데 거짓이 아닌 것은 하나도 없었다. 적어도 그가 자신의 사고방식을 가증스럽게 숨기고 있다는 것은 분명했다. 마틸드는 그가 펼쳐 놓는 거의 모든 주제에 대해 그가 어떤 생각을 품었는지를 환히 알고 있었으니까 말이다. 그런 마키아벨리식의 권모술수가 그녀의 감탄을 불러일으켰다. 정말 수가 깊은 사람이야! 그녀는 생각했다. 탕보 같은 허풍선이 바보들이나 재주가 무딘 사기꾼들과는 천양지차잖아. 그런 자들은 허구한 날 똑같은 말밖에 못 하는데.

하지만 쥘리앵의 하루하루는 끔찍이도 지루했다. 그가 원수 부인의 살롱에 매일 얼굴을 내미는 것은 가장 힘든 의무를 수행하기 위해서였다. 본모습과는 다른 역할을 연기하느라 애를 쓰다 보니 마음은 생기를 잃고 말았다. 종종 한밤중에 페르바크 저택의 넓은 안뜰을 가로질러 나올 때, 그래도 그가 절망의 나락으로 굴러떨어지지 않고 버틸 수 있었던 것은 순전히 굳센 성격과 이성적 사고력 덕분이었다.

나는 신학교에서도 절망을 이겨 냈어. 그때는 미래가 얼마나 캄캄해 보였던가! 내가 과연 앞길을 제대로 닦고 있는 건지 아니면 전부 물 건너간 건지는 종잡을 수 없었지만, 둘 중 어느 경우가 되었든 내가 평생 동안 하늘 아래 가장 천박하고 역겨운 자들과 딱 붙어 함께 살아가야만 한다는 것은 뻔히 보였으니까. 하지만 결국 봄은 찾아왔고, 그로부터 고작 열한 달 만에 나는 내 또래의 세상 청년 중에서 아마도 가장 행복한 사람이 되었지,

그렇지만 이렇게 스스로를 격려하려는 가상한 노력도 가차 없는 현실에 부딪히면 와르르 무너지기 일쑤였다. 그와 마틸드는 매일 점심과 저녁 시간에 얼굴을 마주쳐야 했다. 라몰 후작이 구술하는 편지를 숱하게 받아 적으면서 그는 마틸드와 크루아즈누아의 결혼 발표가 코앞에 다가와 있다는 사실도 알았다. 이 상냥한 청년은 벌써부터 하루에 두 번씩 라몰 저택에 드나들고 있었다. 그리하여 한 버림받은 애인의 질투심 어린 눈길은 그의 일거수일투족을 뒤좇곤 했다.

라 몰 양이 크루아즈누아에게 다정한 기색을 보인다 싶은 날이면 쥘리앵은 방으로 올라와 자신의 피스톨을 어루만지듯 바라보지 않을 수 없었다.

아! 속옷의 이니셜을 지워 버리고 파리에서 80킬로미터쯤 떨어진 어느 인적 없는 숲으로 들어가 이 지긋지긋한 삶을 끝장내는 편이 더 현명하지 않을까? 그 고장에는 나를 아는 사람이 아무도 없을 테니, 나의 죽음은 보름 정도 묻혀 있을 테지. 그리고 그 보름이 지나면 대체 어느 누가 나라는 사람을 떠올리겠는가!

이런 생각은 나름대로 현명한 것일 수도 있었다. 하지만 다음 날이 되어 옷소매와 장갑 사이로 드러난 마틸드의 팔을 언뜻 훔쳐보게 되면, 우리의 이 청년 철학자는 속절없이 추억 속으로 빠져들고 말았는데, 그 추억들은 가혹하긴 했지만 어쨌거나 그를 다시 삶에 붙들어 매놓았다. 일이 거기쯤 이르면 그는 이렇게 생각하곤 했다. 좋아! 이 러시아식 작전을 계속 밀고 나가 보자. 끝이 어떻게 될지 한번 보자고!

물론 원수 부인에게 그 편지 쉰세 통을 다 베껴 써 보내고 나면 더 이상의 편지를 써 보내지는 않겠어.

여섯 주 동안이나 이 힘든 연극을 벌이고 나면 마틸드는 어떤 반응을 보일까? 그녀는 조금도 화를 풀지 않았을지 몰라. 아니면 잠시 화해하게 될지도 모르지. 제발 화해할 수 있다면! 그럼 정말이지 죽도록 행복할 텐데! 그의 생각은 늘 여기까지일 뿐, 더 이상 앞으로 나아가지 못했다.

그는 달콤한 공상에 빠져들었다. 한참이나 그러고 있다가 문득 생각했다. 그래, 그렇게 해서 하루간의 행복을 얻는다 치자. 그 하루가 지나면 그녀는 또다시 내게 박절하게 대할 테지. 어쩌겠어! 그건 내게 그녀를 기쁘게 할 힘이 없는 탓인걸. 그녀가 나를 박대한다 해도 나는 그저 두 손 놓고 당할 수밖에. 그렇게 모든 게 끝장나서 나는 영영 나락으로 떨어지고 마는 거야……

　그녀 같은 성격을 상대로 대체 무엇을 보장받을 수 있겠어? 아! 이 모든 게 내가 보잘것없는 인간인 탓이야. 나는 우아하게 행동할 줄도 몰라. 내 말투는 둔하고 단조로울 테지. 빌어먹을! 나는 어째서 이런 꼴인 거지?

제29장
권태

열정에 자신을 바치는 건 좋다. 그렇지만 열정
도 없으면서 열정에 자신을 바치다니! 오, 슬픈
19세기여!

— 지로데

쥘리앵의 길고 긴 편지들을 받아 읽으면서 처음에는 그다
지 재미를 느끼지 못하던 페르바크 부인은 이윽고 그의 편지
에 관심을 기울이기 시작했다. 그런데 한 가지 마음에 걸리는
것이 있었다. 소렐 씨가 아예 성직자였다면 좋았을걸! 친한
성직자로 가까이 지낼 수도 있었잖아. 영락없이 부르주아로
보이는 차림새에 그런 훈장까지 달고 있으니 가당찮은 의심
을 사기 딱 좋지 뭐야. 그럴 경우 뭐라고 해명해야 할까? 부
인은 심란한 마음을 떨쳐 버릴 수 없었다. 친구입네 하는 어
느 심보 사나운 부인이 자기 맘대로 추측해서는 소문을 퍼뜨
릴지도 몰라. 그 사람이 내 아버지 쪽으로 사촌쯤 되는 평민
친척이고 국민군에 들어가 훈장을 탄 장사꾼이라고 말이야.

쥘리앵을 만나기 전까지 페르바크 부인의 가장 큰 기쁨은
자신의 이름을 서명할 때 옆에 원수 부인이라는 칭호를 덧붙
여 쓰는 일이었다. 버락출세한 여인의 허영심이란 병적인 데
가 있는 데다 온갖 것에 감정이 틀어지기 일쑤라서, 그녀는
쥘리앵에게 처음 관심을 주면서도 갖가지 염려와 의심에 마

음이 편치 않았다.

원수 부인은 생각하곤 했다. 그 사람을 파리 근처 어느 교구의 보좌 신부로 앉히는 일이야 쉬운 일이지. 하지만 귀족이 아닌 그저 평민 소렐인 데다 라 몰 씨의 일개 비서라니 이거야 원!

〈만사가 걱정거리〉인 이 부인은 자신의 사회적 지위와 특권을 과시하는 일과는 연관이 없는 어떤 관심사 때문에 처음으로 마음이 흔들렸다. 나이 든 문지기는 무척 우울해 보이는 그 미남 청년의 편지를 받아 부인에게 갖다 주는 순간 부인의 얼굴에서 무심하고 뚱한 표정이 가시는 걸 눈치챘다. 부인은 하인을 대할 때면 언제나 그런 표정을 열심히 지어 보이곤 했다.

원수 부인은 세상 사람들의 존경과 선망을 끌어모으는 데 공을 들이면서도 정작 마음 밑바닥에서는 그런 성공에 대해 별다른 즐거움을 느끼지 못하는 권태로운 삶을 살고 있었다. 그런데 이런 권태로운 삶이 쥘리앵을 생각하면서부터 견딜 수 없는 것으로 느껴졌다. 상황이 바야흐로 이렇게 된 터라, 저녁에 원수 부인이 그 묘한 젊은이와 한 시간만 함께 지내면 그다음 날 하녀들이 하루 종일 야단을 맞는 일은 없게 되었다. 부인은 쥘리앵에게 자꾸만 마음이 기울다 보니 그를 중상하는 익명 투서들을 받아도 뒷전으로 밀어 버리곤 했다. 꽤 잘 쓴 투서들이라도 마찬가지였다. 탕보가 뤼즈, 크루아즈누아, 케일뤼스에게 썩 그럴듯한 중상거리가 될 꼬투리 두세 가지를 흘렸고, 이 귀족 신사들은 그 진상을 알아볼 생각도 없이 그저 옳다구나 하고 그 내용을 사방에 퍼뜨렸는데도 별 효력을 보지 못했던 것이다. 원수 부인은 그런 저급한 방법에 쉽게 넘어가는 편이라서, 그럴 때마다 속에서 피어오르는 의혹을 마틸드에게 넌지시 이야기했고, 또 그때마다 마틸드의 말로 위안을 받곤 했다.

어느 날 페르바크 부인은 편지가 왔는지 세 번이나 물어본 끝에 별안간 작심을 하고 쥘리앵에게 답장을 썼다. 그야말로 권태의 승리였다. 두 번째 답장을 써 보낼 때는 〈라 몰 후작댁, 소렐 씨 귀하〉라는 저급한 주소를 자신의 손으로 쓴다는 게 스스로도 저급해지는 것 같아 하마터면 답장을 접어 버릴 뻔했다.

그날 저녁 부인은 아주 냉랭한 얼굴로 쥘리앵에게 말했다. 「봉투에 당신 주소를 적어 내게 좀 갖다 주었으면 해요.」

애인이 된 종놈이라더니, 내가 바로 그 꼴이구나. 쥘리앵은 생각했다. 그러고는 장난삼아 후작의 나이 든 하인 아르센처럼 얼굴에 잔뜩 주름을 지으면서 허리를 숙였다.

쥘리앵은 그날 밤 안으로 봉투를 대령했다. 그러자 다음 날 아주 이른 시간에 부인의 세 번째 편지가 왔다. 그는 편지의 처음 대여섯 줄과 마지막 두세 줄만 읽었다. 그 편지는 깨알 같은 글씨로 네 페이지나 아주 촘촘하게 써 내려간 것이었다.

점차 부인은 거의 매일 편지를 쓰는 즐거운 습관을 갖게 되었다. 쥘리앵은 여전히 러시아인의 편지를 충실히 베껴 보냈다. 페르바크 부인은 받은 답장의 내용이 자신이 보낸 편지와는 별 상관이 없어도 의아하게 생각하지 않았는데, 이런 것이 바로 과장된 문체의 이점이다.

기꺼이 밀정 노릇을 떠맡아 쥘리앵의 행동을 염탐하던 탕보 녀석이 쥘리앵이 편지를 받는 족족 뜯어보지도 않고 책상 서랍에 아무렇게나 던져 넣는다는 사실을 원수 부인에게 일러바쳤더라면 부인은 얼마나 자존심이 상했을까?

어느 날 아침 마틸드는 문지기와 마주쳤다. 문지기는 원수 부인의 편지를 서재에 있는 쥘리앵에게 가져가는 길이었다. 마틸드가 힐끗 본 편지에는 쥘리앵 필적의 주소가 적혀 있었다. 문지기가 서재에서 나오자 마틸드는 안으로 들어갔다. 편지는 책상 위에 아직 손대지 않은 채로 놓여 있었다. 쥘리앵은 업무상의 편지를 작성하는 데 정신이 팔려 미처 그걸 서랍속에 집어 던지지 못했다.

「이건 도저히 참을 수 없어.」 마틸드는 편지를 움켜쥐며 소리쳤다. 「당신은 나를 까맣게 잊어버렸어. 나는 당신 아내인데 말이야. 어떻게 이럴 수가 있담.」

이 말을 쏟아 놓은 다음, 자존심 강한 마틸드는 자신이 어처구니없을 만큼 막된 행동을 했다는 데 놀라서 숨이 막혀 왔다. 그녀는 눈물을 펑펑 흘렸다. 쥘리앵이 보기에 숨도 쉬지 못하는 것 같았다.

쥘리앵은 놀라고 당황한 나머지 눈앞의 장면이 자신에게는 멋지고 행복한 순간이라는 것도 미처 분간하지 못했다. 그는 마틸드를 부축해서 의자에 앉혔다. 그녀는 그의 가슴에 거의 몸을 내던지다시피 했다.

마틸드의 이런 몸짓을 알아차린 순간 쥘리앵은 기쁨에 몸을 떨었다. 하지만 곧바로 코라소프 공작의 행동 지침이 떠올랐다. 여기서 한마디만 실수했다간 모든 게 끝장나는 거야, 하고 그는 마음을 가다듬었다.

그의 팔에 힘이 들어가 뻣뻣해졌다. 전략대로 행동하기가 그만큼이나 힘들었던 것이다. 이 보드랍고 매혹적인 육체를 내 가슴에 꼭 껴안을 수도 없어. 그랬다가는 이 여자한테 경멸당하고 버림받을 테니까. 정말이지 당해 낼 수 없는 성격이라고!

쥘리앵은 마틸드의 성격을 이렇게 원망하면서도 그 성격

때문에 그녀가 한층 더 사랑스럽게 느껴졌다. 품에 여왕이라
도 껴안고 있는 것만 같았다.

쥘리앵의 흔들림 없는 차가움에 라 몰 양은 자존심이 한층
더 상했다. 마음이 견딜 수 없이 쓰라렸다. 그녀는 도저히 냉
정을 되찾을 수 없었다. 그런 탓에 쥘리앵의 눈을 바라보며
그가 지금 그녀에 대해 무엇을 느끼고 있는지 탐색해 볼 생각
도 하지 못했다. 그를 쳐다볼 엄두조차 나지 않았다. 그의 얼
굴에서 경멸의 표정을 보게 될까 봐 두려웠다.

마틸드는 쥘리앵을 외면한 채 서재의 긴 의자에 미동도 없
이 앉아 있었다. 자존심과 사랑 사이의 갈등이 인간의 영혼
에 빚어내는 가장 생생한 고통이 그녀를 사로잡았다. 조금
전 그녀는 얼마나 혐오스러운 행동을 저지르고 말았는가!

이렇게 비참한 꼴이라니! 더없이 부끄러운 말을 쏟아 놓고
이제 거절당할 일만 남았어. 그녀는 자존심이 상할 대로 상해
속으로 또다시 중얼거렸다. 게다가 누구한테 거절당하는 건
데? 바로 내 아버지의 하인한테.

「도저히 참을 수 없어.」마틸드는 소리를 버럭 질렀다.

그러더니 세찬 몸짓으로 벌떡 일어나 바로 앞에 있는 쥘리
앵의 책상 서랍을 홱 열어젖혔다. 그녀는 얼어붙은 듯 잠시
꼼짝하지 않았다. 서랍 속에는 봉투를 뜯지도 않은 편지 열
통가량이 쌓여 있었다. 조금 전 문지기가 가져온 것과 똑같
은 모양새의 것들이었다. 봉투의 주소는 필체가 조금씩 변조
되기는 했어도 모두 쥘리앵이 쓴 것임을 알아볼 수 있었다.

「이제 보니 부인과 친해진 걸로는 부족해서 부인을 무시하
고 있었어.」그녀는 제정신이 아닌 사람처럼 소리쳤다. 「당신
처럼 하찮은 처지에 페르바크 원수 부인을 무시하다니!」

그리고는 쥘리앵의 무릎 아래 몸을 던졌다. 「아! 날 용서해

줘. 그러고 싶다면 날 경멸해도 좋아. 하지만 나를 사랑해 줘. 당신의 사랑 없이는 난 더 이상 살아갈 수 없어.」이렇게 말을 쏟아 낸 다음 그녀는 까무러치고 말았다.

이 거만한 여자가 드디어 내 앞에 무릎을 꿇었구나! 쥘리 앵은 속으로 중얼거렸다.

제30장
오페라 극장의 어느 칸막이 좌석

마치 캄캄한 하늘이
세찬 폭풍우를 예고하듯이.
— 『돈 후안』, 제1편 75절

이 모든 일이 휘몰아쳐 일어나는 동안, 쥘리앵은 행복하다기보다는 놀라운 기분이었다. 마틸드가 쏟아 놓은 격한 말들만 봐도 그 러시아인의 전략이 얼마나 효과적인지 알 수 있었다. 〈말을 아끼고 행동을 절제할 것.〉 이것이 나를 구원할 유일한 방법이다, 하고 그는 생각했다.

그는 마틸드를 잡아 일으켜 아무 말 없이 긴 의자 위에 앉혔다. 마틸드는 차츰 눈물에 젖어 들었다.

흥분을 가라앉히기 위해 마틸드는 페르바크 부인의 편지들을 집어 들었다. 손을 천천히 놀려 봉인을 뜯었다. 원수 부인의 필체를 눈앞에 보자 그녀는 흔들리는 감정을 역력히 드러냈다. 읽지도 않은 채 한 장 한 장 편지를 넘겼다. 편지는 여섯 장에 달하는 것이 대부분이었다.

「뭐라고 대답 좀 해봐요.」 마침내 마틸드가 입을 열었다. 목소리에 다급하게 애원하는 티가 배어 있었다. 그러면서도 얼굴을 들어 쥘리앵을 쳐다볼 엄두는 나지 않는 것 같았다. 「내가 오만하다는 건 당신도 잘 알잖아. 그래 맞아, 내 환경과 성격이 나를 그렇게 만들어 놓았어. 그래서 페르바크 부인이 나한테서 당신의 마음을 빼앗아갈 수 있었던 것이겠지……. 부인도 당신한테 모든 걸 허락했어? 이 지독한 사랑에 이끌려 내가 바친 희생을 부인도 바쳤어?」

쥘리앵의 대답은 그저 우울한 침묵뿐이었다. 신사라면 밝혀서는 안 될 일을 이 여자는 무슨 권리로 나한테 묻는 거지? 그는 생각했다.

마틸드는 편지 내용을 읽어 보려고 애썼다. 하지만 눈물에 젖어 글자가 뿌옇게 보이는 바람에 도저히 읽을 수가 없었다.

그녀는 한 달 전부터 불행했지만, 강한 자존심 때문에 그런 감정을 스스로 인정하지 않고 있었다. 이렇게 속마음이 폭발한 건 단지 우연일 뿐이었다. 한순간 질투심과 사랑이 자존심을 눌러 이겼던 것이다. 그녀는 의자 위 쥘리앵과 아주 가까이에 앉아 있었다. 그녀의 머리카락과 흰 대리석 같은 목덜미가 쥘리앵의 눈에 들어왔다. 순간 그는 자신의 의무를 모두 잊고 마틸드의 허리를 팔로 꼭 끌어안았다. 그녀가 거의 그의 가슴 안으로 들어왔다.

마틸드가 가만히 고개를 돌려 그를 바라보았다. 쥘리앵은 마틸드의 눈 속에 가혹한 고통의 빛이 일렁이는 것을 보고 놀랐다. 평소와는 너무나 다른 눈빛이었다.

쥘리앵은 힘이 쭉 빠져 달아나는 듯했다. 용기를 내어 스스로에게 부과한 의무를 수행하기가 죽을 만큼 힘들었다.

내가 모든 걸 팽개치고 이 여자를 사랑하는 행복에 몸을 내맡기는 순간, 이 두 눈은 곧장 차가운 경멸을 드러낼걸. 쥘리앵은 속으로 중얼거렸다. 그러나 그녀는 지금 이 순간만큼은 간신히, 꺼져 들어가는 목소리로, 되뇌고 있었다. 자존심이 지나친 탓에 저지르고 만 자신의 그 모든 행동을 후회한다고.

「나에게도 자존심이 있어요.」쥘리앵이 겨우 목소리를 짜 내서 말했다. 얼굴에는 탈진한 표정이 그대로 드러나 있었다.

마틸드가 고개를 휙 돌려 또다시 그를 바라보았다. 그의 목소리를 듣는 게 기뻤다. 그의 대답을 듣는 것조차 체념하고 있었던 것이다. 그 순간 그녀는 자신의 거만함이 싫었다. 자존심 때문에 했던 행동 하나하나가 후회스러웠다. 자신이 쥘리앵을 얼마나 사랑하는지, 그리고 자기 자신을 얼마나 미워하는지 증명할 수만 있다면 그 어떤 터무니없는 미친 짓이라도 해 보이고 싶었다.

쥘리앵이 말을 계속했다.

「내게 그런 자존심이 있는 덕분에 아마도 당신은 내게 잠시 관심을 가졌을 테죠. 지금 당신 눈에 내가 괜찮은 남자로 보이는 것도 분명 내가 이렇게 꿋꿋이 사내답게 버티고 있기 때문일 테고요. 내가 원수 부인을 사랑하는 것일 수도 있어요……..」

마틸드가 몸을 바르르 떨었다. 그녀의 눈에 묘한 표정이 떠올랐다. 자신에 대한 판결문을 기다리는 사람 같았다. 쥘리앵도 그녀의 이런 반응을 알아차렸다. 그는 용기가 다 빠져 달아나는 것 같았다.

자신의 입에서 나오는 말소리가 마치 낯선 소음처럼 공허하게 들렸다. 마음속으로는 이렇게 되뇌고 있었다. 아! 이 창백한 뺨을 키스로 뒤덮을 수 있다면. 그렇지만 너는 이런 내 마음을 모를 테지!

「내가 원수 부인을 사랑하는 것일 수도 있어요.」그는 자꾸만 잠기는 목소리로 말을 이어 갔다. 「하지만 부인이 내게 관심이 있는지는 확실하지 않아요……..」

마틸드가 그를 응시했다. 그는 그 눈길을 마주 보았다. 그러면서 제발 자신의 표정으로만큼은 속마음이 전달될 수 있기를 바랐다. 가슴속에 사랑이 밀려 들어와 구석구석 깊은 곳까지 퍼져 나가는 느낌이었다. 지금껏 이렇게 그녀를 사랑해 본 적이 없었다. 마틸드가 그렇듯 그 역시 거의 제정신이 아니었다. 만약 그녀가 수단을 부릴 만큼 침착성과 용기를 되찾아 쥘리앵을 잘 구슬렸더라면 그는 이 모든 공허한 연극을 집어치우고 그녀의 발밑에 몸을 던졌을 것이다. 그는 간신히 말을 이어 갈 힘은 짜낼 수 있었다. 아! 코라소프, 당신이 이 자리에 있었으면 좋았을걸. 내가 어떻게 행동하면 좋을지 알려 줄 한마디가 나는 절실히 필요해! 하고 쥘리앵은 마음속으로 부르짖었다. 그러는 동안 입 밖으로 나오는 목소리는 이렇게 말하고 있었다.

「다른 감정은 조금도 없이, 감사의 마음만 가지고도 충분히 나는 원수 부인에게 애착을 느낄 만하죠. 다른 사람들이 나를 멸시할 때 부인은 내게 너그러운 관심을 보여 주었고 나를 위로해 주었으니까요. 어쩌면 나는 어떤 말과 행동들을 무한정 믿지 못한 것일 수도 있어요. 아주 다정하게 굴지만 분명 얼마 못 가서 변해 버릴 말과 행동들 말입니다.」

「아! 어떻게 그런 말을!」 마틸드가 소리쳤다.

「그럴 수밖에! 대체 당신이 내게 무엇을 보장해 줄 수 있죠?」 쥘리앵은 그녀의 원망을 세차고 단호하게 맞받아쳤다. 이 순간만은 용의주도하게 꾸며 온 신중함도 내팽개친 것 같았다. 「대체 무엇을 근거로 믿을 수 있을까? 당신이 이 순간 나를 대하는 태도가 이틀 이상 지속될 거라고 말이야.」

「나의 이 뜨거운 사랑으로 보증할게. 그리고 당신이 더 이상 나를 사랑하지 않을 때 내가 굴러떨어질 불행으로 보증할

게.」마틸드가 그의 손을 와락 부여잡으며 그를 바라보았다.

이런 갑작스러운 움직임 때문에 그녀의 케이프가 조금 흘러내렸다. 매혹적인 어깨가 쥘리앵의 눈에 들어왔다. 살짝 흐트러진 머리카락을 보자 감미로운 기억 하나가 떠올랐다.

그는 당장이라도 굴복할 참이었다. 그러나 그는 마음을 다잡았다. 여기서 한마디만 실수했다가는 절망 속에서 보낸 그 많은 나날을 되풀이하게 될 거야. 레날 부인은 마음이 원하는 대로 행동하기 위해서 이유를 갖다 붙이곤 했지. 하지만 이 귀족 처녀는 마음이 움직여야 할 적절한 이유를 찾아내고 나서야 비로소 마음이 움직이거든.

그는 순식간에 이런 진실을 파악했고, 또한 순식간에 용기를 되살려 냈다.

그는 마틸드에게 잡힌 손을 빼냈다. 그러고는 눈에 띄게 예의를 차리며 그녀에게서 몸을 떼어 물러앉았다. 인간의 용기가 이보다 더 가상할 수는 없을 것이다, 이어서 그는 긴 의자 위에 흩어진 페르바크 부인의 편지들을 차근차근 주워 모았다. 그런 다음 겉보기에는 무척이나 정중한, 그러나 이 순간 만큼은 지극히 잔인한 한마디를 그녀에게 건넸다.

「라 몰 양께서는 저에게 이 모든 것을 깊이 생각해 볼 시간을 주시리라 믿습니다.」

그는 빠르게 그 자리를 떠나 서재 밖으로 나갔다. 그녀의 귀에는 그가 차례차례로 문을 닫으며 사라지는 소리만 들려왔다.

저 못된 인간은 눈 하나 깜짝하지 않는구나. 그녀는 속으로 중얼거렸다.

아냐, 못된 인간이라니! 저 사람은 현명하고 신중하고 분별 있어. 잘못한 사람은 오히려 나야. 내가 상상도 못 할 큰 잘못을 저지른 거야.

이런 태도는 좀 더 지속되었다. 그날 마틸드의 심정은 거의 행복감에 가까웠다. 모든 것을 바쳐 사랑을 했다는 만족감 덕분이었다. 그도 그럴 것이, 그녀는 자존심이라는 것을 한 번도 내세워 본 적이 없는 사람처럼 행동했다. 그 대단한 자존심을 말이다!

저녁에 하인이 페르바크 부인의 방문을 고하자 마틸드는 불쾌해서 몸이 부르르 떨렸다. 하인의 목소리도 음침하게 느껴졌다. 그녀는 원수 부인의 모습을 대하고 있기가 괴로워서 재빨리 자리를 피했다. 자신의 고통스러운 승리가 조금도 자랑스럽지 않았던 쥘리앵은 눈빛으로 본심을 드러낼까 두려워 라 몰 저택의 만찬 자리에 나가지 않았다.

그 전투를 치르고 나서 시간이 흘러감에 따라 그의 사랑과 행복도 빠르게 부풀어 올랐다. 그는 벌써부터 그 전투에 대해 자책하고 있었다. 어쩌자고 그녀한테 맞섰을까! 그는 생각했다. 그녀가 날 사랑하지 않게 되면 어쩌려고! 그 거만한 마음은 한순간에 변할 수 있는데 말이야. 게다가 내가 못되게 군 건 사실이잖아.

밤이 되자 그는 어쩔 수 없이 오페라 극장 페르바크 부인의 칸막이 좌석에 얼굴을 내밀어야 했다. 부인의 특별한 초대를 받아 놓은 상황이었다. 마틸드는 그가 극장에 가는지, 아니면 원수 부인에 대한 결례를 저지르면서까지 가지 않는지 어김없이 살필 터였다. 이런 생각을 뻔히 하면서도 그는 초저녁에는 사람들 속으로 들어갈 힘이 나지 않았다. 사람들과 이야기를 나누다 보면 자신의 행복이 반은 날아가 버릴 것 같았다.

10시 종이 울렸다. 이제 얼굴을 내밀지 않으면 안 될 시각이었다.

다행히 원수 부인의 칸막이 좌석에는 부인들이 가득 자리 잡고 있어서 그는 문 옆자리로 밀려났다. 부인들의 모자가 그의 얼굴을 가려 주었다. 이런 위치 덕분에 그는 웃음거리가 되는 걸 면할 수 있었다. 「일 마트리모니오 세그레토Il Matrimonio segreto」[46]에서 카롤린이 부르는 절망의 노래가 가슴 절절하게 울려 퍼질 때, 쥘리앵의 눈에서도 걷잡을 수 없이 눈물이 쏟아졌던 것이다. 그가 눈물을 흘리는 모습이 페르바크 부인의 눈에 띠었다. 그의 눈물은 평소 쥘리앵이 보여 준 사내다운 씩씩함과 무척이나 대조적이었다. 이 귀부인은 벼락출세자의 자부심을 충족시킬 농익은 모든 것에는 오래 전부터 실컷 물린 터라 쥘리앵의 눈물에 마음이 흔들렸다. 얼마 남지 않은 여성적 심성을 발휘하여 부인은 쥘리앵에게 말을 걸었다. 그 순간 그저 그의 목소리가 듣고 싶어서였다.

「라 몰 댁 부인들을 보았나요? 세 번째 줄에 있어요.」

그 말을 듣자마자 쥘리앵은 다소 무례함을 무릅쓰고 칸막이 좌석 앞쪽으로 몸을 쑥 내밀어 홀을 둘러보았다. 마틸드의 모습이 눈에 들어왔다. 그녀의 눈도 눈물에 젖어 반짝이고 있었다.

오늘은 라 몰가 사람들이 오페라 극장에 오는 날이 아닌데, 꽤나 열성이구나! 하고 쥘리앵은 생각했다.

마틸드는 오페라 극장에 가자고 어머니를 졸라 대서 기어이 온 것이었다. 그 집에 드나들며 아첨하는 한 부인이 부랴부랴 좌석을 제공했는데, 그 좌석의 위치가 라 몰 가의 위엄에 미치지 못한다는 것도 개의치 않았다. 마틸드는 쥘리앵이 그날 저녁을 원수 부인과 함께 보내는지 알고 싶었다.

46 비밀 결혼. 이탈리아 작곡가 도메니코 치마로사의 1792년 작 오페라.

제31장
그녀에게 두려움을 주라

당신네 문명이 이룩한 멋진 기적이란 바로 이것이다!
당신네들은 사랑을 한갓 일상사로 만들어 놓았다.
— 바르나브

쥘리앵은 라 몰 부인의 칸막이 좌석으로 달려갔다. 그의
눈과 가장 먼저 맞닥뜨린 것은 마틸드의 눈물 젖은 두 눈이
었다. 그녀는 체면일랑 아랑곳없이 마냥 울고 있었다. 그 칸
막이 좌석에 모인 사람들은 다들 낮은 신분으로, 좌석을 빌
려 준 부인과 그 몇몇 지인들이었다. 마틸드는 자신의 손을
쥘리앵의 손 위에 포개 놓았다. 어머니가 보고 있다는 사실도
잊은 것 같았다. 그녀는 숨도 제대로 못 쉴 만큼 눈물을 쏟아
내고 있던 터라 쥘리앵에게 겨우 이 한마디를 건넬 수 있었
다. 「보장할게요!」

무슨 일이 있어도 이 여자에게 말을 해서는 안 돼. 마음이
흔들리고 만 쥘리앵은 세 번째 줄 칸막이 좌석 위로 환히 쏟
아져 내리는 샹들리에 불빛을 가리는 척 그럭저럭 자신의 눈
을 가리며 생각했다. 만약 내가 말을 하면 이 여자는 내가 동
요하고 있다는 걸 알아차릴 거야. 내 목소리에 감정이 드러
나면 모든 게 또다시 끝장나 버릴걸.

그의 마음속 갈등은 아침나절보다 더 견디기 어려웠다. 그

사이 어느덧 마음이 흔들린 탓이었다. 그는 마틸드가 또다시 거만해질 게 두려웠다. 사랑에 취하고 관능의 기쁨에 끌리면서도 그는 자신을 다잡으며 마틸드에게 침묵으로 일관했다.

내가 생각하기에 이런 면이 쥘리앵의 성격 가운데 가장 뛰어난 점이다. 이처럼 자신을 억제할 수 있는 사람은 운만 따라 주면 큰 성공을 거두는 법이다.

집으로 돌아갈 때가 되자 라 몰 양은 쥘리앵도 데리고 가자고 고집을 부렸다. 다행히 비가 쏟아져서 함께 마차에 오를 구실이 됐다. 하지만 후작 부인은 쥘리앵을 자기 맞은편에 앉혀 놓고 계속 말을 걸어서 자신의 딸에게는 말 한마디 붙일 틈도 없게 했다. 어떻게 보면 후작 부인이 쥘리앵의 행복을 지켜 준 셈이었다. 감정의 동요를 들켜 일을 망칠 염려가 사라지자 쥘리앵은 마음 놓고 사랑에 취할 수 있었다.

쥘리앵이 방으로 돌아와 털썩 무릎을 꿇고는 코라소프 공작이 건네준 연애편지들에 입을 맞췄다는 사실을 굳이 말해야 할까?

오, 멋진 사람! 모든 게 당신 덕입니다. 쥘리앵은 흥분해서 외쳤다.

그는 점차 냉정을 되찾았다. 그러면서 자신의 입장을 대전투에서 거의 승기를 잡은 장군에 비겨 생각했다. 분명 내가 유리해, 그것도 엄청나게 유리하지, 하고 그는 속으로 중얼거렸다. 하지만 내일 무슨 일이 일어날 줄 어떻게 알겠어? 한순간이면 모든 게 무너져 내릴지 몰라.

그는 열정에 들뜬 몸짓으로 나폴레옹의 『세인트헬레나의 기록』을 펼쳐 들고는 장장 두 시간 동안이나 애써 읽었다. 사실 그저 눈으로만 글자를 따라 내려가고 있었을 뿐이지만, 아무렴 어떠랴, 하여간 기어이 읽어 댔다. 이처럼 묘한 독서를 해나가는 사이 그의 머리와 가슴은 자신도 모르는 사이 저 원대한 차원으로 날아올라 활발히 날갯짓을 했다. 그 여자의 마음은 레날 부인과는 정말 달라. 이렇게만 중얼거릴 뿐 생각이 거기서 더 나아가지는 못하고 있던 참이었다.

「그녀에게 두려움을 안겨 줘야 해!」 그는 별안간 소리치며 책을 멀리 내던졌다. 적은 내가 그에게 두려움을 불러일으키는 한에서만 나에게 복종할 거야. 그런 동안은 감히 나를 경멸하지 못해.

그는 좁은 방 안을 이리저리 거닐었다. 기쁨이 그를 취하게 했다. 사실 이 기쁨은 사랑보다는 자존심의 충족에서 오는 것이었다.

「그녀에게 두려움을 주라!」 그는 의기양양하게 되풀이했다. 그리고 그렇게 기세를 올려야 할 이유도 있었다. 레날 부인은 더없는 행복에 취한 순간에도 여전히 조바심을 내곤 했어. 자신이 나를 사랑하는 만큼 나도 자신을 사랑하는지 알고 싶어서 말이야. 그런데 여기서 내가 굴복시켜야 할 상대는 악마야. 그러니 어떻게든 〈굴복시켜야만 해〉.

다음 날 그는 마틸드가 아침 8시부터 서재에 와 있으리라는 걸 잘 알면서도 9시나 되어서야 그곳에 모습을 보였다. 마음은 사랑으로 달아올랐지만 머리가 그 마음을 억눌렀다. 그는 속으로 잠시도 쉼 없이 되뇌고 있었다. 저 여자가 계속해서 조바심을 내도록 해야 해. 그가 나를 사랑하는 걸까?라고 끊임없이 묻도록 해야 하는 거야. 귀한 신분과 주변 사람들의 아첨이 저 여자의 자신감을 〈조금 지나치게〉 길러 놓았거든.

그의 시선에 들어온 마틸드는 파리한 얼굴로 긴 의자 위에 조용히 앉아 있는 모습이었다. 그렇지만 그녀는 너무 흥분한 상태여서 그처럼 미동도 없었던 게 분명했다. 그를 본 그녀가 손을 내밀었다.

「자기, 내가 자기한테 못되게 굴었어. 정말이야. 자기가 나한테 화내는 것도 당연해.」

쥘리앵은 그녀가 이렇게 담백하게 나오리라고는 예상하지 못했다. 그는 하마터면 속마음을 털어놓을 뻔했다.

그녀는 쥘리앵이 무슨 말인가 해주기를 바랐지만 아무 반응도 얻지 못하자 계속 말을 이어 갔다. 「내 사랑을 보장받길 바라는 거지. 그야 그럴 수밖에. 자기가 나를 데리고 도망쳐. 우리 런던으로 가자. 나는 모든 걸 버릴 수 있어. 명예도 버릴 테야.」

그녀는 소스라치듯 쥘리앵에게서 손을 잡아 빼더니 손바닥에 얼굴을 묻었다. 정숙함과 조신한 미덕이 마음속에 되살아난 탓이었다. 「그래, 내 명예를 더럽혀 줘.」 이윽고 그녀가 한숨을 내쉬며 말했다. 「이게 내가 자기한테 해줄 수 있는 〈보증〉이야.」

어제 내가 행복할 수 있었던 건 용기를 내어 나 자신을 억제한 덕분이다, 하고 쥘리앵은 생각했다. 잠시 동안의 침묵으로 다시금 마음을 다잡은 그는 차가운 어조로 대답했다.

「일단 런던으로 도망친다고 해봅시다. 그래서 당신 말대로 명예를 더럽힌다고 해보죠. 그렇게 된다 해도 당신이 나를 사랑하리라는 걸 누가 장담할 수 있죠? 함께 역마차를 타고 도망칠 때 옆자리에 앉은 나를 당신이 멸시하지 않을 거라고 어떻게 장담할 수 있나요? 나도 못된 놈은 아닙니다. 당신이 명예를 잃는 건 나에겐 고통 한 가지를 더하는 일일 뿐입니다. 나를 가로막는 건 당신의 사회적 지위가 아니에요. 나를 가로막은 벽은 불행히도 당신의 성격인 것입니다. 일주일만이라도 나를 변함없이 사랑할 수 있다고 당신 스스로 장담할 수 있습니까?」

(아! 이 여자가 일주일, 단 일주일만이라도 나를 사랑해 준다면 죽도록 행복할 텐데. 쥘리앵은 속으로 이렇게 중얼거렸다. 미래야 어찌 되든, 삶이야 어찌 되든 무슨 상관이야? 내가 그러려고만 한다면 지금 이 순간부터 더없이 행복해질 수 있어. 단지 그럴 마음만 먹으면 돼!)

마틸드는 그가 생각에 잠겨 있다는 걸 알았다.

「그럼 나는 영영 당신의 사랑을 얻을 수 없겠구나.」 그녀는 이렇게 말하며 쥘리앵의 손을 잡았다.

쥘리앵은 그녀를 와락 품에 안았다. 하지만 그 순간 의무의 강철 같은 손이 그의 심장을 움켜잡았다. 내가 자신을 얼마나 사랑하는지 이 여자가 알면 나는 이 여자를 잃고 만다. 이렇게 생각하며 그가 팔을 풀었을 때는 이미 사나이로서의 위엄을 모두 되찾은 뒤였다.

그날, 그리고 그 후로 이어진 날들 동안 그는 자신의 솟구치는 행복감을 숨길 수 있었다. 어느 때는 그녀를 품에 안는 기쁨마저 거부할 줄 알았다.

또 어느 때는 행복에 도취한 나머지 신중함의 충고를 외면한 적도 있었다.

정원에는 사다리를 감추기 딱 좋게 인동덩굴이 우거진 곳이 있었는데, 그가 한때 마틸드의 창 덧문을 멀리서 바라보며 연인의 변심에 가슴 아파했던 자리가 바로 그 곁이었다. 거기에 큰 떡갈나무 한 그루가 자리 잡고 있어서 그 나무 둥치가 그의 모습을 사람들의 눈길로부터 가려 주었다.

가혹했던 불행을 생생히 떠올리게 해주는 바로 그 자리를 마틸드와 함께 지나가게 되자 지금 느끼는 행복이 지나간 절망과 너무나 대조적이어서 그의 여린 성격은 무너져 내리고 말았다. 그의 눈에 눈물이 넘쳐흘렀다. 그는 연인의 손을 잡아 자신의 입술에 가져다 대며 말했다.

「여기서 나는 당신을 생각하며 시간을 보냈어. 이 자리에서 저 덧문을 바라보았지. 덧문을 여는 이 손을 볼 수 있는 행복한 순간을 몇 시간이고 기다리곤 했어……」

쥘리앵은 약한 모습을 여지없이 드러냈다. 그는 꾸며 낼 수 없는 진실한 어조로 그 당시 자신이 느꼈던 극도의 절망을 이야기했다. 현재 느끼는 행복감이 그 잔인한 고통을 가시게 했다는 건 그의 입에서 간간이 새어 나오는 짤막한 감탄으로 알 수 있었다.

맙소사! 내가 지금 뭘 하는 거지? 별안간 정신을 차린 쥘리앵이 속으로 외쳤다. 내가 내 무덤을 파고 있구나.

경계심을 바짝 세우다 보니 라 몰 양의 눈에 담겨 있던 사랑의 빛이 벌써부터 줄어든 듯이 보였다. 그것은 그의 착시였다. 하지만 쥘리앵의 얼굴은 어느새 주검처럼 창백하게 굳어 있었다. 반짝이던 눈빛이 일시에 꺼지더니 더없이 진실하고 자연스럽던 사랑의 표정 대신에 심술까지 어린 거만한 표정이 떠올랐다.

「왜 그래, 자기?」 마틸드가 다정함과 불안이 뒤섞인 목소리로 물었다.

「거짓말을 했습니다.」 쥘리앵이 내뱉듯이 대답했다. 「당신에게 거짓말을 하고 있었어요. 내 잘못입니다. 그렇지만 내가 당신을 존중한다는 것은 맹세코 거짓이 아닙니다. 당신은 나를 사랑하고, 나를 위해 자신을 내던졌습니다. 그러니 일부러 말을 꾸며 내서 당신의 환심을 사려 할 필요가 없는데 말입니다.」

「어쩜! 방금 나에게 들려준 그 매혹적인 말들이 전부 꾸며 낸 것이었다고?」

「몹시 후회하고 있습니다. 그 말들은 나를 사랑했던 어떤 여인을 위해 예전에 꾸며 냈던 것들이에요. 나는 그 여인에게 마음이 없었으면서……. 이게 내 성격의 결함입니다. 내 잘못이에요. 용서하십시오.」

쓰린 눈물이 마틸드의 두 뺨을 적셨다.

「뭔가가 내 기분을 상하게 할 때면 나는 잠시 허황된 공상에 빠져들곤 합니다.」 쥘리앵은 말을 이어 갔다. 「그럴 때면 나의 이 지긋지긋한 기억력이, 지금은 이 기억력이 저주스럽습니다만, 뭔가 꼬투리 하나를 찾아내 내게 던져 주죠. 나는 그걸 터무니없이 부풀리게 되고요.」

「그럼 내가 나도 모르게 당신 기분을 상하게 했나 보구나.」 마틸드는 사랑스러운 순진함을 내보이며 말했다.

「내가 기억하건대, 언젠가 당신은 이 인동덩굴 옆을 지나다가 꽃 한 송이를 꺾었어요. 뤼즈 씨가 그 꽃을 빼앗으려 하니까 당신은 지는 척 그걸 건네줘 버리더군요. 나는 옆에서 그 장면을 보고 있었어요.」

「뤼즈 씨한테? 그럴 리 없어요.」 마틸드가 오만하게 대답했다. 그녀의 성격으로는 너무나 자연스러운 오만함이었다. 「나는 결코 그런 짓을 하지 않아요.」

「틀림없이 그랬어요.」 쥘리앵이 세차게 쏘아붙였다.

「그래요! 그렇다면 사실일 거예요.」 마틸드는 슬픈 듯 눈을 내리깔며 대답했다. 그녀는 요 몇 달 동안 자신이 뤼즈에게 그런 행동을 한 적이 없다는 사실을 똑똑히 알고 있었다.

쥘리앵은 말로 표현할 수 없는 다정함을 담아 그녀를 바라보았다. 그러면서 안심했다. 아냐, 사랑이 줄어들진 않았어.

그날 저녁 그녀는 웃으면서 쥘리앵이 페르바크 부인에게 관심을 두고 있는 걸 나무랐다.

「부르주아가 벼락출세한 귀부인에게 반하고 말았네! 아무리 나의 쥘리앵이라 해도 그런 종류의 여자들 마음만큼은 녹여 놓을 수 없을 텐데. 그래도 그 부인이 당신을 진짜 멋쟁이로 만들어 놓기는 했어.」 이렇게 말하며 그녀는 쥘리앵의 머리카락을 만지작거렸다.

쥘리앵은 마틸드에게 박대당한다고 생각하며 지내는 동안 파리에서도 가장 멋진 맵시를 지닌 남자가 되어 있었다. 하지만 그에겐 보통의 멋쟁이들에게는 없는 멋이 있었는데, 그것은 일단 옷을 차려입은 다음에는 자신의 차림새에 더 이상 신경 쓰지 않는다는 점이었다.

한 가지 사실에 마틸드는 속이 상했다. 쥘리앵은 그 러시아인의 편지를 베껴서 원수 부인에게 보내는 일을 계속하고 있었다.

제32장
호랑이

아! 어째서 이것이어야만 하고 다른 것은
안 된단 말인가?

— 보마르셰

한 영국인 여행자는 자신이 호랑이와 함께 어울려 살았던 이야기를 하면서 이런 말을 했다. 자신이 길러 온 호랑이여서 껴안고 얼러 주곤 했지만, 그래도 늘 탁자 위에 장전한 피스톨을 놓아두었다는 것이다.

쥘리앵이 마음 놓고 행복에 몸을 맡길 수 있는 순간은 마틸드가 그의 눈에 떠오르는 표정을 읽을 수 없을 때뿐이었다. 그는 그녀에게 때때로 모진 말을 던지는 일을 자신의 의무로 삼아 어김없이 수행했다.

마틸드의 다정함은 그가 놀라서 다시 바라보게 될 정도였다. 그녀의 헌신은 끝이 없었다. 그때마다 그는 자제력을 잃고 무너지려다가도 용기를 되살려 그녀의 곁을 불쑥 떠나곤 했다.

마틸드는 처음으로 진정한 사랑에 빠졌다.

항상 거북이걸음처럼 느리게 펼쳐지던 그녀의 삶이 이제는 나는 듯 빠르게 흘러갔다.

그렇지만 자부심이란 어떤 방식으로든 고개를 들기 마련

이어서 그녀는 자신의 사랑이 빚어낼 수 있는 온갖 위험에 대담하게 뛰어들려고 했다. 신중한 쪽은 오히려 쥘리앵이었다. 위험이 눈앞에 보인다 싶으면 그녀는 자기 고집대로 밀고 나가려 했는데, 그녀가 쥘리앵의 뜻을 따르지 않는 경우란 그때뿐이었다. 그녀는 이렇게 쥘리앵에게는 고분고분 거의 복종하다시피 했지만, 반면에 친척이건 하인이건 집 안에서 마주치는 모든 사람에게는 한층 더 거만하게 굴었다.

저녁에 예순 명이 모여 있는 살롱에서도 마틸드는 쥘리앵을 자기 옆으로 불러 앉히고 단둘이서만 오랫동안 이야기를 나누곤 했다.

어느 날인가 탕보가 두 사람 가까이 자리 잡자, 그녀는 서재로 가서 1688년의 혁명 이야기가 들어 있는 스몰레트의 책을 찾아다 달라는 구실로 탕보를 쫓아 버리려 했다. 탕보가 머뭇거리자 그녀는 경멸하듯 거만한 표정으로 〈늘 그렇게 꾸물대기만 하는군요〉 하고 면박을 주어서 쥘리앵을 속 시원하게 했다.

「당신도 그 악당 녀석이 흘끔거리는 꼴을 봤지?」 쥘리앵이 말했다.

「그의 숙부가 10년 넘게 이 살롱에서 품팔이 노릇을 한 공을 생각해서 봐준 거야. 그것만 아니면 당장 쫓아 버렸을 텐데.」

크루아즈누아, 뤼즈 등을 대하는 그녀의 태도는 겉으로는 정중해 보여도 사실 공격적인 것은 마찬가지였다. 마틸드는 예전에 쥘리앵에게 비밀 이야기를 털어놓은 것이 몹시 후회스러웠다. 이 귀족 신사들에게 품었던 자신의 마음이 사실은 철없는 호기심이었을 뿐인데도 그걸 과장해 이야기했던 일역시 후회됐다.

그녀가 매일 그럴 마음을 먹으면서도 여자로서의 자존심

때문에 차마 쥘리앵에게 하지 못하는 이야기는 이런 것이었다. 〈언젠가 크루아즈누아 씨가 대리석 탁자 위에 손을 올리는 척 내 손 위에 자기 손을 살짝 포개 놓았을 때 내가 손을 빼지 않았다고 말했던 건 당신 들으라고 한 소리였어. 내가 유혹에 약했다는 이야기를 당신한테 고백하는 게 재미있었거든.〉

그렇지만 이제는 그 신사들 가운데 누구라도 그녀에게 말을 걸어오기만 하면 그녀는 당장 쥘리앵에게로 몸을 돌려 뭔가 질문을 던지곤 했다. 쥘리앵을 자기 곁에 붙잡아 두려는 구실이었다.

마틸드는 자신이 임신한 것을 알았다. 그리고 그 사실을 기쁜 마음으로 쥘리앵에게 알렸다.

「이래도 나를 의심해? 이거야말로 보증이잖아? 나는 영원히 당신의 아내야.」

이 소식에 쥘리앵은 몹시 놀랐다. 행동 원칙까지 잊어버릴 정도였다. 나 때문에 신세를 망치고 있는 이 가엾은 여자를 어떻게 일부러 차갑고 모질게 대할 수 있단 말인가? 분별심이 그를 엄격하게 타이를 때라도 마틸드가 가슴 아파하는 듯이 보이기만 하면 그가 하려고 마음먹었던 매정한 말들은 그만 쏙 들어가 버리곤 했다. 자신들의 사랑을 지속시키려면 그렇게 매정하게 굴어야 한다는 걸 경험상 잘 알면서도 차마 그럴 용기가 나지 않았다.

하루는 마틸드가 그에게 말했다.

「아버지에게 편지를 쓰겠어. 아버지는 내게 그저 아버지가 아닌 친구 같은 분이야. 그러니 당신이나 나나 아버지를 속이려 드는 건 몹쓸 짓이야. 비록 잠시 동안이라도 그래선 안 돼.」

「맙소사! 대체 무슨 짓을 하려는 거야?」 쥘리앵은 기겁했다.

「내 의무를 다하려는 거야.」 그녀는 대답하며 기쁨으로 눈을 빛냈다. 자신이 쥘리앵보다 배포가 크다는 생각이 들었던 것이다.

「그분은 나한테 욕설을 퍼부어 쫓아낼걸!」

「그건 아버지의 권리야. 그건 존중해야 해. 그러고 나서 내가 당신의 팔짱을 끼고 함께 이 집을 나가는 거야. 보란 듯이 대낮에, 대문으로 말이야.」

이 말에 놀란 쥘리앵은 일주일만 미루자고 그녀를 달랬다.

「그럴 수는 없어.」 그녀의 대답이었다. 「명예가 용납지 않아. 내 의무가 무엇인지 알았으니 그 의무를 수행해야 해. 그것도 지금 당장에 말이야.」

「정 그렇다면 나도 분명히 말하겠어! 미루자는 건 내 명령이야.」 마침내 쥘리앵이 강하게 나섰다. 「당신의 명예를 지켜주겠어. 나는 당신의 남편이니까. 이건 우리 두 사람의 앞날이 걸린 일이야. 나도 결정할 권리가 있어. 오늘은 화요일이고 다음 주 화요일은 레츠 공작 댁에서 초대가 있는 날이야. 그날 밤 라 몰 후작님이 돌아오시면, 문지기를 통해 당신의 그 편지를 전해 드리자……. 그분은 당신을 공작 부인으로 만들 생각뿐이지. 나는 그걸 잘 알아. 그러니 그분이 얼마나 괴로워하실지 생각해 봐!」

「아버지가 우리한테 어떤 벌을 내릴지 생각해 보라는 말이야?」

「나의 은인을 동정하는 거야. 그분을 상심하게 만들어 마음이 아픈 것이지 그분이 두려워서가 아냐. 나는 어느 누구도 두려워하지 않을 거야.」

마틸드는 쥘리앵의 말을 따랐다. 마틸드가 그에게 자신의 임신 사실을 알린 후로 그가 마틸드에게 명령하듯 말한 것은 이번이 처음이었다. 그는 그 어느 때보다 극진히 마틸드를 사랑했다. 다정한 마음을 지닌 그는 마틸드의 몸 상태를 구실로 그녀에게 매정한 말을 던질 의무를 벗어 버리게 되어 기뻤다. 라 몰 후작에게 사실을 털어놓아야 한다는 생각에 쥘리앵은 무척 심란했다. 마틸드와 헤어지게 될까? 자신이 떠나는 걸 보며 마틸드는 얼마나 괴로워할까? 그가 떠난 한 달 후에도 과연 그녀가 그를 생각해 줄까?

이런 불안감도 후작이 마땅히 퍼부을 질책만큼이나 그를 고통스럽게 했다.

그날 저녁 그는 자신의 이런 불안감을 마틸드에게 털어놓았다. 그러고 나서 다음 순간 그만 사랑에 넋이 나가서는, 후작의 명으로 헤어지게 될까 봐 두렵다는 말까지 털어놓고 말았다.

마틸드는 얼굴색까지 바뀌며 말했다.

「그러니까 나와 떨어져 반년쯤 지내는 게 당신은 정말로 슬플 거란 말이구나!」

「말할 수 없이 슬플 거야. 내가 두려운 건 세상에서 그 일 뿐이야.」

마틸드는 진심으로 기뻤다. 쥘리앵이 최선을 다해 연극을 해온 탓에 마틸드는 두 사람 가운데 더 많이 사랑하는 사람은 자신이라고 생각하고 있었던 것이다.

운명의 화요일이 왔다. 자정에 귀가한 후작은 편지 한 통을 보았다. 겉봉에는 곁에 아무도 없을 때 손수 개봉해서 읽어 달라는 당부가 적혀 있었다.

아버지,
아버지와 저를 잇는 관계 가운데 사회적 관계는 전부 끊어졌습니다. 남은 것은 자연의 관계뿐입니다. 아버지는 저의 남편 다음으로 저에게 가장 소중한 사람이며 앞으로도 늘 그럴 것입니다. 저의 눈에는 눈물이 가득합니다. 아버지에게 상심을 안겨 드릴 걸 생각하면 눈앞이 캄캄해집니다. 그러나 저의 수치를 세상에 드러내지 않기 위해, 그리고 아버지께서 시간을 갖고 이 문제에 대해 생각하고 대처하시도록 하기 위해 저는 제가 응당 해야만 할 이 고백을 더 이상 미룰 수 없었습니다. 저에 대한 아버지의 한없는 애정으로 저에게 얼마간의 생활비를 마련해 주신다면 저는 남편과 함께 아버지가 원하는 곳 어디든지, 예를 들면 스위스에라도 가서 살겠습니다. 제 남편의 이름은 미천하기 그지없습니다. 그 누구도 베리에르 목수의 며느리 소렐 부인이 아버지의 딸이라고 생각할 수 없겠지요. 이 이름을 이렇게 편지에 써서 알려 드리기까지 저의 고통은 너무도 컸습니다. 아버지께서 쥘리앵에 대해 분노하실 게, 당연한 분노이긴 하지만, 두렵습니다. 아버지, 저는 공작 부인이 되지는 못할 겁니다. 그 사람을 사랑하게 되면서부터 그 사실을 알고 있었습니다. 제가 먼저 사랑했고 제가 먼저 그를 유혹했으니까요. 아버지와 조상님들로부터 높은 기상을 물려받은 저는 평범하거나 그렇게 보이는 사람에게는 도저히 관심을 가질 수 없었습니다. 아버지를 기쁘게 해드리고 싶어 크루아즈누아 씨를 결혼 상대로 고려해 보기도 했지만 헛일이었습니다. 아버지께서는 어째서 저의 눈앞에 진정 가치 있는 인물을 데려다 놓으셨습니까? 제가 이에르에서 돌아왔을 때 〈저 소렐이란 청년이 내 마음에 유일하게 든 사람이야〉라고 말씀하신 분은 바로 아버지입니다. 그는 이 편지가 아버지를 상심케 할 것을 저와 마찬가지

로 괴로워합니다. 아버지로서 노여움을 느끼시는 건 제가
어찌할 수 없는 일이겠지요. 그래도 친구로서는 저를 계속
사랑해 주세요.

쥘리앵은 저를 존중했습니다. 그가 때때로 저의 대화 상
대가 되어 준 것은 오직 아버지에 대한 깊은 감사 때문이었
습니다. 그 사람은 타고난 성격이 고귀해서 자기보다 신분
이 월등한 사람들에게는 공식적인 것 이외의 말은 건네려
들지 않으니까요. 그는 사회적 신분 차이에 원래부터 민감
한 사람입니다. 다른 누구에게도 털어놓을 수 없는 한 가
지 일을 저의 가장 좋은 친구인 아버지께는 얼굴 붉히며 고
백합니다. 언젠가 정원에서 그의 팔에 매달린 사람은 저였
습니다.

지금부터 스물네 시간이 지나서까지도 아버지께서는 그
사람에 대한 분노를 풀지 않으실 건가요? 그렇더라도 제가
저지른 잘못은 돌이킬 수 없습니다. 아버지께서 요구하시
면 제가 보증하겠습니다. 그 사람이 아버지를 얼마나 깊이
존경하는지를, 그리고 아버지께 걱정을 끼쳐 드려 얼마나
괴로워하는지를 말입니다. 아버지께서는 그 사람을 쫓아
내시겠지요. 그러나 저는 어디든 그가 가는 곳으로 그를 따
라가겠습니다. 그것이 그의 권리이고 저의 의무입니다. 그
사람은 제 자식의 아비이니까요. 아버지께서 호의를 베풀
어 저희에게 6천 프랑쯤의 생활비를 대주신다면 감사한 마
음으로 받겠습니다. 그렇게는 못하시겠다면, 쥘리앵은 브
장송에 자리 잡고 라틴어와 문학 교사 일을 할 계획입니다.
아무리 낮은 지위에서 출발하더라도 그는 높은 자리로 올
라갈 거라고 저는 확신합니다. 그 사람과 함께라면 저는 비
천한 처지가 두렵지 않습니다. 혁명이라도 일어난다면 그

는 주역으로 활약할 거라고 저는 믿습니다. 제게 구혼했던 남자 가운데 어느 누가 그럴 수 있겠습니까? 그들에게는 훌륭한 영지가 있긴 하죠! 하지만 저는 그 한 가지만 갖고는 그들을 찬양할 수 없습니다. 만약 저의 쥘리앵에게 1백만 프랑의 돈이 있고 또 아버지가 뒤에서 밀어 주시기만 한다면 그는 지금 체제에서라도 높은 지위에 오를 수 있을 것입니다…….

마틸드는 후작이 충동적인 사람이라는 걸 아는 터라, 일부러 편지를 여덟 장이나 되도록 길게 끌었다.

어떻게 해야 하지? 자정 무렵, 라 몰 후작이 편지를 읽고 있을 시각에 쥘리앵은 정원을 거닐며 자문하고 있었다. 첫째 내가 해야 할 의무는 무엇일까? 둘째 어떻게 하는 것이 내게 도움이 될까? 후작은 내게 많은 은혜를 베풀었어. 그가 아니었으면 나는 하류 악당이 되었을 거야. 악당 중에서도 그 노릇마저 제대로 못해서 여전히 남들에게 미움받고 구박받는 신세였을 거야. 후작은 나를 상류 사교계로 끌어올려 주었어. 이 상류 사회에서도 〈피치 못하게〉 악당 짓을 저질렀지만, 이 악당 짓은 첫째 아주 드문 일이고, 둘째 그리 천한 일은 아냐. 그러니 후작은 내게 1백만 프랑을 준 것 이상의 은혜를 베풀어 준 거야. 후작 덕분에 나는 이 훈장도 받았어. 어쨌거나 겉으로 보기에는 외교 임무를 뛰어나게 수행한 모양새가 된 것이지.

후작이 펜을 들어 내가 벌로 취해야 할 행동을 지시한다면, 그는 무슨 지시를 내릴까……?

쥘리앵의 상념은 라 몰 후작의 나이 든 시종 때문에 갑작스레 끊겼다.

「후작님께서 즉시 보자고 하십니다. 지금 즉시.」
시종은 쥘리앵 옆에 따라오면서 나지막하게 덧붙였다.
「격노하셨으니, 조심하세요.」

제33장
약한 자의 지옥

이 다이아몬드는 서툰 보석 세공인의 손에 잘리
면서 그 가장 찬란한 광채를 잃고 말았다. 중세
에는, 아니 리슐리외 치하만 하더라도 프랑스인
에게는 〈의지력〉이 있었다.

— 미라보

쥘리앵은 분노에 치받혀 펄펄 뛰는 후작과 마주 섰다. 이
대귀족께서 이렇게 천한 언행을 내보이기는 아마 생전 처음
이었을 것이다. 후작은 입에서 나오는 대로 쥘리앵에게 온갖
욕설을 퍼부어 댔다. 우리 주인공은 한편으로는 놀라고 한편
으로는 화가 치밀었지만, 그렇다고 감사하는 마음이 흔들린
것은 아니었다. 오래전부터 키워 온 멋진 계획이 일순간 무너
져 내렸으니 이 가엾은 양반이 이럴 수밖에! 그나저나 무슨
말이든 대답을 해야겠다. 입 다물고 잠자코 있다가는 이 양
반의 노여움을 부채질할지 몰라.

쥘리앵의 대답은 타르튀프의 역할을 본뜬 것이었다.

「저는 천사가 아닙니다……. 후작님을 위해 열심히 일했고,
그에 대해 후작님께서는 후하게 보상해 주셨습니다……. 그
점에 감사했지만, 제 나이 스물두 살입니다……. 이 댁에서 저
의 생각을 이해해 준 사람은 후작님과 그 사랑스러운…….」

「못된 놈!」 후작은 벽력같이 소리쳤다. 「사랑스럽다니! 사
랑스럽다니! 네놈 눈에 그 아이가 사랑스러워 보였다면, 그

690

날로 달아났어야지!」

「그러려고 했습니다. 그때 저는 후작님께 랑그도크로 떠나겠다고 허락을 청했습니다.」

화를 참지 못해 온 방 안을 헤매고 다니던 후작은 괴로운 나머지 진이 빠져 소파에 몸을 던졌다. 후작이 혼잣말로 중얼거리는 소리가 쥘리앵의 귀에 들렸다.「그래도 악의가 있는 녀석은 아니야.」

「그렇습니다. 후작님께 악의가 있었던 건 결코 아닙니다.」이렇게 소리치면서 쥘리앵은 무릎을 꿇었다. 그렇지만 다음 순간 이 행동이 몹시 부끄러워 곧장 몸을 일으켰다.

후작은 정말로 제정신이 아니었다. 쥘리앵의 그런 행동을 본 그는 또다시 지독한 욕설을 퍼붓기 시작했다. 마차꾼 입에서나 튀어나올 법한 욕설이었다. 또다시 분통을 터뜨리고 나자 기분이 조금 가라앉았는지 후작은 중얼거렸다.

「뭐야! 내 딸이 소렐 부인이라고 불린다고! 이럴 수가! 내 딸이 공작 부인이 될 수 없다니!」

머릿속에서 이 두 가지 생각이 뚜렷이 잡힐 때마다 라 몰 후작은 고문을 당하듯 고통스러워했고, 자제력이고 뭐고 없이 펄펄 뛰었다. 쥘리앵은 이러다 얻어맞는 게 아닐까 걱정스러웠다.

드문드문 제정신이 돌아올 때도 있었다. 그러면 후작은 자신의 불행에 어느 정도 익숙해지기 시작한 건지 쥘리앵에게 꽤나 분별 있는 말로 비난을 퍼부었다.

「자네는 달아나야만 했어⋯⋯. 달아나는 게 자네의 의무였다고⋯⋯. 자네는 인간말짜야⋯⋯.」

쥘리앵은 책상으로 가서 몇 줄 끼적였다. 다음과 같은 글이었다.

오래전부터 저는 산다는 걸 견딜 수 없었습니다. 이제 이 삶에 종지부를 찍으려 합니다. 후작님께 부탁드리건대, 부디 저의 무한한 감사를 받아 주십시오. 아울러 저의 죽음으로 댁에 소란을 일으키게 된 것을 용서해 주시기 바랍니다.

「후작님께서 이 쪽지를 한번 봐주시길 바랍니다……. 저를 죽이시든가.」 쥘리앵이 말했다. 「아니면 하인에게 저를 죽이라고 시키십시오. 지금 새벽 1시입니다. 저는 정원으로 나가 담장 근처를 거닐고 있겠습니다.」

「악마한테나 꺼져 버려.」 후작은 방을 나서는 쥘리앵의 등 뒤에 대고 소리쳤다.

그래, 저 양반은 자기 하인 손에 내가 죽는 것에 그리 유감이 없을 거야……. 쥘리앵은 생각했다. 좋아, 날 죽이라지. 그게 내가 저 양반 기분을 풀어 줄 방법이라면……. 그렇지만 난 살고 싶은걸……. 내 아들에 대한 의무가 있으니까.

생명의 위협에 몸을 내맡기듯 정원을 서성거린 처음 몇 분이 지나자 자신의 아들에 대한 생각이 처음으로 또렷이 떠올라 그를 온통 사로잡았다.

완전히 새로운 이 관심사가 그를 신중하게 만들었다. 저 불같은 양반 앞에서 내가 어떻게 처신해야 할지 조언해 줄 사람이 필요해……. 지금 저 양반은 완전히 이성을 잃었어. 무슨 짓이든 저지를 수 있는 상태야. 푸케는 너무 멀리 있어. 게다가 그 친구는 후작 같은 사람의 감정을 이해하지 못해.

알타미라 백작……. 그 사람이 영원히 비밀을 지킬 수 있을까? 괜히 조언을 청했다가 말이 새어 나가 내 처지만 곤란해질 수 있어. 그렇다면 휴! 피라르 신부밖에 없구나……. 엄격한 얀센주의로 머리가 굳어 버린 분인데……. 차라리 예수회 악당이 세상사에는 더 밝지. 그러니 내 문제에 대해서도 더 약삭빠른 방법을 찾아낼 테고……. 피라르 신부는 내가 죄를 입 밖에 내는 순간 매질을 하려 들걸.

타르튀프의 재능이 쥘리앵에게 해결책을 제시해 주었다. 그래, 고해를 하는 방식으로 신부에게 이 일을 털어놓자. 이것이 두 시간 동안이나 정원을 어슬렁거린 끝에 그가 내린 최종 결정이었다. 총탄이 날아올지도 모른다는 걱정은 이미 잊어버린 참이었다. 그저 잠이 쏟아지듯 몰려왔다.

다음 날 아주 이른 아침 쥘리앵은 파리에서 십몇 킬로미터 되는 거리를 달려 그 엄격한 얀센파 신부의 집 문을 두드렸다. 그의 고백을 듣고도 피라르 신부가 그리 놀라지 않는 것을 보고 오히려 쥘리앵이 놀라고 말았다.

「어쩌면 나 자신을 비난해야 할 일인 듯해.」 신부의 태도는 화가 났다기보다 근심이 어려 있었다. 「나는 두 사람의 사랑을 짐작하고 있었네……. 단지 자네를 아끼는 마음에, 이 몹쓸 녀석 같으니, 후작한테 말하지 않았지…….」

「그분이 어떻게 나올까요?」 쥘리앵이 다급하게 물었다.

(이때 쥘리앵은 신부에게 애정을 느낀 터라, 그 앞에서 타르튀프를 연기하기는 어려웠을 것이다.)

「저는 세 가지 경우를 예상하고 있어요.」 쥘리앵이 말을 이어 갔다. 「첫째, 라 몰 후작이 저를 죽일지 모르죠.」 쥘리앵은 자살 의사를 내비친 쪽지를 후작에게 남겨 놓고 왔다는 이야기를 했다. 「둘째, 노르베르 백작을 시켜 제게 결투를 신청하게 한 다음 저를 쏠 수도 있죠.」

「그 결투를 받아들이겠다고?」 신부는 몹시 화를 내며 몸을 벌떡 일으켰다.

「제 말을 더 들어 주세요. 제가 은인의 아들을 향해 총을 쏘는 일은 분명 없을 겁니다.

셋째, 후작은 저를 먼 곳으로 쫓아 버릴지 모릅니다. 그분이 저를 에든버러나 뉴욕으로 보낸다 해도 그대로 따르겠습니다. 그러면 라 몰 양의 처지를 그대로 덮고 넘어갈 수 있겠죠. 그렇지만 제 아들을 없애 버리는 일만은 그냥 넘어가지 않겠습니다.」

「그 타락한 양반은 분명 그럴 생각부터 먼저 할걸…….」

한편 파리에서는 마틸드가 절망에 빠졌다. 그녀는 7시쯤 아버지와 얼굴을 마주했다. 후작은 딸에게 쥘리앵이 남긴 쪽지를 내밀었다. 그녀는 쥘리앵이 자살이 고상한 해결책이라고 생각하고 행동에 옮겼을까 봐 벌벌 떨었다. 나한테 묻지도 않고? 그녀는 고통인지 분노인지 모를 감정에 휩싸여 중얼거렸다.

「그 사람이 죽으면 저도 죽을 거예요.」 그녀는 아버지에게 쏘아붙였다. 「그 사람을 죽음으로 몰아간 사람은 아버지예요……. 그가 죽으면 기쁘시겠죠……. 하지만 저는 그 사람의 넋에 걸고 맹세하겠어요. 먼저 상복을 입고 미망인 소렐 부인 이름으로 부고를 내서 이 사실을 세상에 알릴 거예요. 그렇게 알고 계세요……. 저는 겁먹고 뒤로 숨는 짓 같은 건 하지 않을 거예요.」

그녀의 사랑은 광기에 가까웠다. 이번에는 라 몰 후작이 당황했다.

후작은 상황을 어느 정도 냉정하게 바라보기 시작했다. 마틸드는 점심 식사에 모습을 드러내지 않았다. 후작은 큰 짐을 벗은 듯 가슴을 쓸어내렸다. 특히 마틸드가 어머니에게는 아무것도 알리지 않은 걸 알자 은근히 기분이 좋았다.

정오 무렵 쥘리앵이 돌아왔다. 안뜰에 쥘리앵의 말발굽 소리가 울렸다. 쥘리앵이 말에서 내리자 하인이 달려와 마틸드가 그를 부른다고 말했다. 마틸드는 하녀가 옆에서 보고 있다는 사실도 아랑곳없이 그의 품에 몸을 던졌다. 쥘리앵은 이런 애정이 그다지 고맙지 않았다. 피라르 신부와 오랫동안 이야기를 나눈 끝에 꽤나 용의주도하고 계산적이 되어 돌아왔던 것이다. 그의 머릿속에는 공상 대신 가능한 일들에 대한 계산이 자리 잡고 있었다. 마틸드는 자살하겠다고 써놓은 그의 쪽지를 보았다면서 눈물을 글썽거렸다.

「아버지의 생각이 바뀔 수도 있어. 지금 당장 빌키에로 떠나. 다들 점심 식탁에서 일어서기 전에 이 집에서 나가도록 해. 어서 말에 올라.」

쥘리앵이 의아한 듯 냉정한 태도를 버리지 않자 그녀는 눈물을 쏟았다.

「우리 일은 내가 맡아서 처리할게.」 그녀는 쥘리앵을 꼭 끌어안으면서 열정적으로 소리쳤다. 「내가 당신과 헤어지기 싫어하는 건 당신도 잘 알잖아. 편지를 보내 줘, 내 하녀 앞으로. 겉봉은 다른 사람 글씨로 써야 해. 나도 편지를 보낼게. 어서 가! 빨리 달아나!」

달아난다는 단어가 쥘리앵의 기분을 상하게 했다. 하지만 그는 그녀의 말에 따랐다. 이 사람들은 제일 싹싹하게 굴 때라도 내 화를 돋우는 비결을 찾아내곤 하거든, 하고 쥘리앵은 생각했다.

마틸드는 아버지가 그 어떤 신중한 방안을 제시해도 단호히 거부했다. 스위스에서 가난하게 살든지 아니면 파리의 후작 저택에서 살든지 간에, 소렐 부인으로서 남편과 함께 사는 조건이 아니면 도무지 타협하려 하지 않았다. 아이를 비밀리에 낳자는 제안도 단번에 거절했다.

「그렇게 하면 사람들에게 나를 중상하고 모욕할 꼬투리를 주는 꼴이에요. 결혼을 한 다음 두 달 후에 남편과 함께 여행을 떠나겠어요. 아이가 정상적인 날짜에 태어난 것처럼 꾸미기란 쉬운 일이에요.」

마틸드의 고집은 처음에는 후작의 화를 부채질했지만, 결국 후작도 생각을 돌려 보게 되었다.

어느 순간 마음이 약해진 후작이 딸에게 말했다. 「자, 받아라! 연수 1만 리브르짜리 증서다. 이걸 너의 쥘리앵에게 보내 주고, 내가 그걸 다시 빼앗지 못하도록 당장 자신의 명의로 바꾸게 해라.」

마틸드가 명령하기 좋아한다는 걸 아는 쥘리앵은 그녀의 말에 따르기 위해 쓸데없이 160킬로미터나 떨어진 곳까지 갔다. 빌키에로 가서 소작 장부를 정리하며 지낸 것이다. 후작의 호의는 그가 파리로 돌아오는 계기가 되었다. 그는 피라르 신부에게 가서 은신할 장소를 구해 달라고 부탁했다. 그가 떠나 있는 동안 피라르 신부는 마틸드의 가장 든든한 동맹자가 되어 있었다. 신부는 후작이 조언을 요청할 때마다 두 사람을 공개적으로 결혼시키는 것 외의 그 어떤 조치도 하느님 앞에 죄를 짓는 게 될 거라고 역설하곤 했다. 그러면서 신부는 이렇게 덧붙였다.

「다행히 이 문제에 관해서는 세속의 지혜도 교리와 일치합니다. 라 몰 양의 당찬 성격에 비춰 볼 때 이 일을 세상에 공표하지 않을 거라고 어떻게 기대할 수 있겠습니까? 애초에 비밀로 묻어 둘 생각도 없는 일인데 말입니다. 만약 공개적인 결혼이라는 솔직한 방법을 택하지 않는다면, 사교계는 훨씬 나중까지 이 묘한 결합에 대해 숙덕거릴 것입니다. 겉이든 속이든 숨기는 것 없이 단번에 다 내보일 필요가 있지요.」

696

「맞는 말입니다.」 후작이 생각에 잠긴 얼굴로 대답했다. 「요즘처럼 신분 제도의 기강이 무너진 상황에서는, 이 결혼이 있고 나서 사흘 후까지도 이러니저러니 말을 한다면 생각 없는 멍청이 취급이나 받을 겁니다. 정부가 뭔가 반(反)급진적인 일대 조치를 내놓을 필요가 있어요. 그래서 거기 묻어 가면 좋을 텐데 말입니다.」

라 몰 후작의 친구 두세 사람도 피라르 신부와 생각이 같았다. 그들이 보기에도 마틸드의 결단력 있는 성격이 제일 큰 걸림돌이라는 것이었다. 그렇지만 후작은 상황을 그처럼 합리적으로 따져 본 다음에도 여전히 자신의 딸을 〈왕 앞에서 의자에 앉을 수 있는〉 공작 부인으로 만들 희망을 단념하기 어려웠다.

후작의 기억과 상상력은 그가 젊었던 시절만 해도 여전히 가능했던 온갖 종류의 술책과 기만술로 가득했다. 불가피한 사정에 굴복한다는 것, 법을 두려워한다는 것은 자기 같은 신분의 사람에게는 어리석고 수치스러운 일로 보였다. 사랑하는 딸의 장래에 대해 10여 년 동안 휘황한 꿈을 키워 온 것 때문에 그는 지금 비싼 대가를 치르고 있었다.

이런 일이 있을 줄 누가 예상이나 했을까? 그는 탄식했다. 그처럼 자존심 강하고 재주 많은 딸인데! 가문의 이름을 나보다 자랑스러워하던 딸인데! 일찍이 프랑스 최고의 인사들에게 청혼을 받은 딸인데!

신중하게 대처한다는 건 그만 단념해야 해! 이 시대는 모든 게 뒤죽박죽이거든! 우리는 혼돈을 향해 나아가고 있어.

제34장
재사(才士)

그 도지사는 말을 타고 가면서 생각했다. 어찌하여
나는 장관이, 수상이, 공작이 아니란 말인가? 나 같으
면 전쟁을 이렇게 할 텐데……. 혁신을 부르짖는 자
들을 이런 방식으로 감옥에 처넣어 버릴 텐데…….
—『르 글로브』지

그 어떤 합리적 이유를 끌어 붙여 봐도 후작은 10년간 키
워 온 그 흐뭇한 꿈을 접어 버릴 수 없었다. 화를 내봤자 소용
없는 건 알았지만 용서할 결심도 서지 않았다. 그 쥘리앵 녀
석이 사고로 죽기라도 했으면……! 때때로 이런 생각이 들기
도 했다. 후작의 비통함은 이런 어처구니없는 공상으로나마
얼마간 위안을 얻곤 했다. 피라르 신부가 분별 있는 충고를
해도 이런 헛된 망상에 가로막혀 별 효과가 없었다. 이렇게
해서 양쪽은 조금도 타협을 보지 못한 채 한 달이 흘렀다.

이 가정사를 앞에 놓고 후작은 정치사를 다룰 때와 마찬가
지로 한 사흘가량은 명민하게 문제 해결에 열중했다. 그렇게
숙고 끝에 행동 방침을 하나 정하고 나면 그게 아주 합리적
이어서 오히려 마음에 들지 않았다. 합리성이란 후작에게는
자신이 염두에 둔 계획을 뒷받침해 줄 때만 매력적이었다. 매
번 사흘 단위로 그는 시인의 집중력과 열정을 발휘해서 상황
을 자신이 의도한 어떤 지점으로 이끌어 가려고 했다. 그렇지
만 그다음 날이 되면 전날 세운 계획은 이미 머릿속에서 지워

진 뒤였다.

처음에 쥘리앵은 후작의 반응이 느린 것에 당황했다. 그러나 몇 주 지난 후부터는 라 몰 후작이 이번 일에 대해 확실히 세워 놓은 계획이 아무것도 없다는 걸 짐작하기 시작했다.

라 몰 부인을 비롯한 집안사람들은 모두 쥘리앵이 영지 관리 문제로 지방 여행을 떠난 거라고 믿었다. 그는 피라르 신부의 사제관에 몸을 숨기고 있었고, 거의 매일 마틸드와 만나곤 했다. 마틸드는 아침마다 아버지를 찾아가 한 시간쯤 함께 보냈다. 하지만 어느 때는 한 주든 두 주든 이 부녀는 자신들의 생각을 온통 사로잡은 그 일에 대해 말 한마디 꺼내지 않는 적도 있었다.

어느 날 후작이 마틸드에게 말했다. 「나는 그 녀석이 어디서 지내는지 알고 싶지도 않다. 녀석에게 이 편지를 보내 줘라.」 마틸드는 편지를 읽어 보았다.

랑그도크 영지에서 나오는 연 수입은 2만 6백 프랑이네. 나는 1만 6백 프랑을 내 딸에게, 1만 프랑을 쥘리앵 소렐 군에게 증여하는 바이네. 물론 영지 자체를 주는 것이지. 공증인에게 일러 증여 증서 두 통을 각각 작성한 다음 내일 내게 가져오게 하도록. 이 증여건이 끝나면 우리 사이에는 더 이상 아무 관계도 남지 않을 것이네. 아! 자네와 나 사이에 이런 일이 일어나리라고 어떻게 예상했겠는가?

라 몰 후작

「아버지, 정말 감사해요.」 마틸드가 얼굴을 활짝 펴고 말했다. 「우리는 에기용 성관에 가서 살겠어요. 아장과 마르망드 사이에 자리 잡은 성관 말이에요. 거긴 이탈리아만큼이나 아름다운 고장이라 하던걸요.」

후작에게서 영지를 물려받은 것에 쥘리앵은 몹시 놀랐다. 이제 쥘리앵은 우리가 알던 그 엄정하고 차가운 사내가 아니었다. 자기 아들의 운명이 벌써부터 그의 생각을 온통 채우고 있었다. 가난하던 사내에게 뜻하지 않게 주어진 이 상당한 재산은 그를 야심가로 만들어 놓았다. 그는 자신의 연 수입이, 아내와 합해서라고 해야겠지만, 3만 6천 프랑이라는 걸 계산해 냈다. 한편 마틸드는 자기 남편에 대한 열렬한 애정에 푹 빠져 지냈다. 그녀가 언제 어느 때건 이 남편이라는 호칭을 내세운 건 그녀의 자존심 때문이었다. 오직 한 가지 그녀의 큰 야심은 자신의 결혼을 세상에 알리는 일이었다. 그녀는 자신이 발휘한 그 남다른 신중성을 과장된 색채로 덧칠하면서 하루하루를 보냈다. 자신의 운명을 한 비범한 남자와 연관시켜 놓았으니 얼마나 신중한 선택이었느냐는 것이었다. 그녀가 생각하기에 이제 대세는 개인적 능력에 있었다.

거의 계속해서 떨어져 지내야 했고 또 풀어야 할 일도 산적해 있는 바람에 피차 사랑에 대해 이야기할 시간은 별로 없었는데, 이런 사정이 일전에 쥘리앵이 수립한 그 탁월한 연애 전술의 효과를 강화해 주었다.

정말로 사랑하게 된 남자를 만나지도 못하고 지내야 하는 상황에 마틸드는 마침내 조바심이 났다.

그녀는 어느 순간 울적한 심사를 이기지 못하고 아버지에게 편지를 썼는데, 편지 첫머리는 『오셀로』처럼 시작했다.

제가 라 몰 후작의 딸로 사회로부터 부여받는 혜택보다 쥘리앵을 더 좋아한다는 사실은 저의 선택이 충분히 증명해 줍니다. 사람들에게 존경받고 사소한 허영심의 만족을 얻는 일은 이제 저에게 아무 의미도 없습니다. 제가 남편과 떨어져 지낸 지가 이제 곧 여섯 주가 됩니다. 이걸로 제가 아버지께 바치는 존경이 충분히 입증되었다고 생각합니다. 다음 목요일이 오기 전에 저는 아버지의 집을 떠나겠습니다. 아버지의 은혜로 저희는 물질적 유복함을 얻었습니다. 피라르 신부를 빼면 저의 비밀을 아는 사람은 아무도 없습니다. 저는 신부를 찾아가 그의 주례로 결혼식을 올리겠습니다. 결혼식을 올리고 한 시간 후면 우리는 랑그도크를 향해 달리고 있을 것입니다. 아버지의 명이 없는데도 우리가 파리에 모습을 나타내는 일은 결코 없을 겁니다. 그런데 제 가슴을 괴롭히는 것은 이번 일로 저와 아버지가 사람들 입방아에 오르게 되리라는 점입니다. 어리석은 사람들의 입방정 때문에 인품 훌륭한 오빠가 쥘리앵에게 결투를 신청하지나 않을까요? 만약 그런 사태가 온다면, 제가 그 사람을 아는 한, 그를 말릴 도리가 없습니다. 알게 되실 일이지만, 그의 마음속에는 반항하는 하층민이 자리 잡고 있거든요. 아버지, 무릎 꿇고 부탁드리건대, 다음 목요일 피라르 신부의 성당에서 있을 제 결혼식에 부디 참석해 주세요. 그러면 사람들의 고약한 입놀림도 막을 수 있고 아버지 외아들의 생명과 제 남편의 생명이 위태로워지는 일도 없을 것입니다. 운운.

편지를 읽은 후작은 극심한 고민에 빠졌다. 결국 무엇이든 〈결정을 내려야〉 했다. 부녀간에 쌓인 소소한 습관도, 허물없는 친구 같은 관계도 아무 소용이 없었다.

이런 묘한 상황에 처하자 후작의 대범한 성격적 특징들이 되살아났다. 그런 성격들은 그가 젊은 시절에 겪은 여러 사건들을 통해 빚어진 것이었다. 망명 생활의 고단함이 그를 상상력을 지닌 인간으로 만들어 놓았다. 1790년 망명 귀족의 끔찍한 시련 속으로 내동댕이쳐지기 전까지 2년 동안 그는 막대한 재산과 궁정 생활의 온갖 영화를 누리던 참이었다. 하지만 그 가혹한 시련은 당시 스물두 살이던 후작의 내면을 바꾸어 놓았다. 실제로 그는 현재 자신의 부를 성처럼 둘러쌓으면서도 그것에 결코 지배당하는 일은 없었다. 황금이 인간의 심성을 썩어 들게 한다지만, 후작은 그런 황금으로부터 자신의 영혼을 지켜 낸 것이다. 그러나 황금을 이겨 낸 이 상상력도 자신의 딸을 공작 부인 칭호로 장식해 주고 싶은 광적인 열정 앞에서는 맥을 추지 못했다.

여섯 주가 흘러가는 동안 후작은 때로 일시적 변덕에 이끌리기도 했다. 쥘리앵을 부자로 만들 마음을 먹은 것도 그런 변덕 가운데 하나였다. 라 몰 후작에게 가난이란 천박하고 부끄러운 것이었고, 따라서 자기 딸의 남편이 가난하다는 건 있을 수도 없는 일이었다. 그래서 그는 쥘리앵에게 한재산 던져 주었다. 하지만 다음 날 그의 공상은 또 다른 방향으로 뻗어 나갔다. 쥘리앵이 후한 돈을 던져 준 자신의 감춰진 뜻을 알아차리고는, 이름을 바꾸고 미국으로 달아나 마틸드에게 이제 자신을 죽은 사람으로 여겨 달라는 편지를 보내오면 얼마나 좋을까…… 하는 공상이었다. 라 몰 후작은 그런 편지가 실제로 왔다고 가정한 뒤, 그럴 때 자기 딸의 성격상 그 편지에 어떤 반응을 보일 것인지를 예상해 보기도 했다.

하지만 마틸드의 〈현실적〉인 편지는 후작을 이런 비현실적인 공상에서 끌어냈다. 편지를 받은 그날 후작은 쥘리앵을 죽여 버릴까, 아니면 어디론가 쫓아 보낼까 한참 동안 궁리했고, 그리고 나서는 쥘리앵에게 눈부신 미래를 열어 줄 꿈을 꾸었다. 그는 쥘리앵에게 자신의 영지 하나를 떼어 주고, 그 지명에서 귀족의 성을 따 붙이게 할 생각을 해냈다. 쥘리앵에게 자신의 작위를 물려주지 못할 이유가 뭔가? 그의 장인 숀 공작은 외아들이 스페인 원정 때 전사한 이후로 자신의 작위를 노르베르에게 물려주고 싶다고 여러 번 말하지 않았는가…….

후작은 생각했다. 쥘리앵이 뛰어난 일 처리 능력과 대담성, 그리고 비범한 재능을 지니고 있다는 사실은 부인할 수 없어……. 하지만 그의 성격 밑바닥에는 뭔가 사람을 겁먹게 하는 면이 있단 말이야. 그를 대하면서 모두들 움츠러드는 걸 보면 실제로 뭔가가 있어. (사람을 겁먹게 하는 그 실제적인 뭔가를 꼭 집어내기가 어려웠던 만큼 이 공상적인 노후작은 한층 더 두려움을 느끼곤 했다.)

언젠가 내 딸이 그의 이런 면을 에둘러서 이야기한 적이 있었지. (마틸드가 보낸 편지 가운데 들어 있던 말인데, 그 편지는 여기 옮겨 적지 않았다.)

〈쥘리앵은 어느 살롱과도 연줄이 없고 어느 당파에도 속해 있지 않습니다〉라고 말이야. 그는 나와 맞설 수 있을 만큼 뭔가 믿는 구석을 만들어 놓은 것도 아니야. 내가 모른 체한다면 먹고살 길도 막막한 처지라고……. 이 사회의 실상을 몰라서 그런 걸까……? 현실적으로 효과 있는 출세 방법은 살롱들을 찾아다니는 길뿐이라고 내가 두세 번 일러 주기도 했건만…….

아냐, 그는 일분일초도 방심하지 않고 호기를 잡아채는 검사처럼 능란하고 교활한 재능을 갖춘 인간은 못 돼……. 루이 11세 시대식으로 음험하고 술수가 뛰어난 성격은 절대 아니라고. 그런데 한편으론 꽤나 엄격한 행동 원칙들을 정해 놓고 지키는 모습이 보이거든……. 그처럼 갑갑한 신조에 자신을 가두는 이유를 모르겠어……. 자기 속의 열정을 함부로 분출하지 않으려고 미리 〈둑〉을 쌓으려는 것일까?

게다가 또 하나 확실한 건 그가 경멸받는 걸 몹시 두려워한다는 사실이야. 나는 그를 내 손 안에 휘어잡느라 그런 성격을 역이용하곤 했지.

그는 고상한 혈통에 대한 숭배심이 없어. 우리 귀족을 존중하는 본능이 없는 게 사실이라고……. 그건 잘못이지. 그런데 어쨌거나 한낱 신학생이라면 삶의 쾌락이나 금전의 결핍으로 인해 초조해져 있기 마련인데. 그는 전혀 그렇지 않거든. 경멸을 당하면 무슨 일이 있어도 그냥 참고 넘어가는 법이 없어.

딸의 편지로 인해 라 몰 후작은 무엇인가 결정을 내려야만 할 상황으로 내몰렸다. 그는 고민에 빠졌다. 결국 제일 큰 의문은 바로 이 점이야. 쥘리앵이 대담하게 내 딸을 유혹한 이유가 내가 세상에서 딸을 가장 사랑한다는 걸 알아서일까? 그리고 내 연 수입이 10만 에퀴에 이른다는 것까지 계산한 걸까?

마틸드는 자신이 그를 유혹했다고 말하지만…… 아냐, 쥘리앵 이 녀석, 난 이 점에서만은 속아 넘어가고 싶지 않아.

뜻하지 않게 진실한 사랑이 싹튼 것일까? 아니면 이걸 기회로 삼아 신분 상승을 이루려는 비루한 욕망일까? 마틸드는 명민한 아이니까, 내가 이런 의심 때문에 그를 형편없는 녀석으로 여길 걸 미리 알아차리고 그런 말을 한 것일 테지. 자신이 먼저 그를 사랑한 거라고 말이야…….

그렇게 자존심 강한 아이가 제 자신까지 망각하고 먼저 드러내 놓고 고백을 하다니……! 어느 날 저녁에 정원에서 녀석의 팔에 매달렸다고 했지. 정말 부끄러운 일이야! 좀 더 점잖은 방법으로도 자신이 그를 특별히 생각하고 있다는 걸 얼마든지 그에게 알릴 수 있었을 터인데.

〈죄지은 자가 변명을 한다〉라는 말도 있어. 그러니 마틸드의 말을 믿어서는 안 돼……. 그날 후작은 궁리 끝에 평소보다 좀 더 분명한 결론에 이르렀다. 그렇지만 이렇게 얻은 결론보다는 습관이 더 강했다. 그는 시간을 벌기 위해 딸에게 편지를 쓸 마음을 먹었다. 같은 집에 살면서도 이 부녀는 번번이 편지로 이야기를 주고받곤 했다. 사실 라 몰 후작은 마틸드를 앞에 앉혀 놓고 이야기할 엄두가 나지 않았다. 별안간 딸에게 모든 걸 양보하게 될까 봐 겁이 나서였다.

또다시 어리석은 짓을 저지를 생각은 마라. 여기 기사 쥘리앵 소렐 드 라 베르네이를 기병 중위로 임명하는 임명장이 있다. 네 아비가 그를 위해 무슨 일을 하려는지 잘 알 것이다. 내 뜻을 거스르거나 토를 달 생각은 마라. 스물네 시간 안에 그의 연대가 있는 스트라스부르로 그를 떠나보내라. 여기 은행 수표도 동봉했으니, 내가 시킨 대로 하기 바란다.

마틸드의 사랑과 기쁨은 기고만장 부풀어 올랐다. 그녀는 이 승리를 좀 더 밀어붙이고 싶어서 당장 답장을 썼다.

드 라 베르네이 씨가 아버지께서 자신을 위해 해주신 이 모든 일을 알면 감사에 겨워 아버지 발밑에 무릎을 꿇을 거예요. 그러나 이런 은혜를 베풀어 주시긴 했어도 아버지는 지금 딸의 명예가 위험에 처해 있다는 걸 잊으셨나 봐요. 조금이라도 말이 새나가는 날에는 저는 영원히 오점을 덮어쓰고 살아야 할지도 몰라요. 2만 에퀴의 수입으로도 지울 수 없는 오점일 거예요. 다음 달 중에 빌키에서 제 결혼식을 당당히 올려 주시겠다고 약속해 주세요. 그래 주시지 않으면 이 임명장을 라 베르네이 씨에게 보내지 않겠어요. 절대 다음 달을 넘기시면 안 돼요. 그다음부터 저는 어디서건 라 베르네이 부인이라는 이름으로만 사람들 앞에 나설 테니까요. 사랑하는 아빠, 소렐이라는 이름에서 저를 구해 주셔서 정말 감사해요. 운운.

후작의 답장은 예상 밖의 내용이었다.

내 말에 따라라. 그러지 않으면 모든 걸 도로 거두어들이겠다. 두려워할 줄 알아라. 철없는 것 같으니. 나는 너의 쥘리앵이 어떤 사람인지 아직 잘 모른다. 너는 그를 나보다 더 모를 것이다. 그를 스트라스부르로 떠나보내라. 그곳에 가서 주어진 대로 열심히 생활하게 해라. 내 뜻은 보름 안에 알려 주마.

이런 강경한 답장에 마틸드는 놀랐다. 〈나는 쥘리앵을 잘 모른다.〉 아버지의 이 말은 그녀를 공상에 빠져들게 했다. 그녀는 곧 상상력을 동원해 매혹적인 가설들을 꾸며 낸 다음, 그 가설들을 사실이라고 믿었다. 나의 쥘리앵은 사교계의 그 조잡한 〈제복〉으로 자신의 정신을 구속하지 않아. 이 점이 그의 우월성을 증명해 주는 것이지. 그런데 아버지는 바로 이 점 때문에 그 사실을 믿지 않거든…….
그렇지만 내가 아버지의 뜻을 따르지 않을 경우 분란이 벌어져서 남들이 이 일을 알게 될지도 몰라. 아버지와 맞서면서 소란을 벌이는 건 사교계에서의 내 지위를 떨어뜨리는 일이야. 그렇게 되면 쥘리앵도 나를 그리 높게 평가하지 않을걸. 그리고 아버지와 요란하게 싸운 뒤엔…… 10년간의 가난이 찾아오겠지. 재능만 보고 남편을 고르는 정신 나간 짓이 남들의 비웃음을 사지 않을 길은 눈이 휘둥그레질 정도의 사치뿐이야. 아버지와 멀리 떨어져 살게 되면 아버지는 이미 나이가 있는 만큼 나를 잊어버릴지도 몰라……. 노르베르는 애교 덩어리 여자와 결혼할 테지. 재산 관리에도 능란한 여자와 말이야. 노년의 루이 14세도 부르고뉴 공작 부인한테 반해서는…….

그녀는 아버지의 지시를 따르기로 결심했다. 그렇지만 아버지의 편지는 쥘리앵에게 보이지 않기로 했다. 발끈하기 잘하는 쥘리앵이 무슨 반응을 보일지 몰랐던 것이다.

그날 저녁, 쥘리앵은 마틸드에게 자신이 기병 중위가 되었다는 소식을 들었다. 그는 너무 기뻐서 자신을 주체할 수 없을 정도였다. 지금까지 그가 살아오면서 키워 온 야망, 그리고 앞으로 태어날 아들에 대해 그가 쏟고 있는 열정을 생각해 보면 그의 기쁨이 얼마나 컸을지 상상이 될 것이다. 자신의 성이 바뀌었다는 사실이 그를 놀라움으로 뒤흔들어 놓았다.

이렇게 해서 내 소설은 끝을 맺었어, 하고 그는 생각했다. 그리고 이 성과는 오로지 나 홀로 이룩해 낸 거야. 그는 마틸드를 바라보며 생각을 이어 갔다. 나는 이 거만한 여자가 나를 사랑하도록 만들었어. 이 여자의 아버지는 이 여자 없이는 살아갈 수 없지. 그리고 이 여자는 나 없이는 살아갈 수 없고 말이야.

제35장
폭풍우

그의 마음은 다른 데 가 있었다. 마틸드가 뜨거운 애정을 표현할 때도 그저 건성으로 응답할 뿐이었다. 그는 말이 없었고 침울했다. 그런 그의 모습이 마틸드에게는 그 어느 때보다 대범하고 멋있어 보였다. 그녀는 기껏 무마된 상황을 쥘리앵이 무언가에 자존심을 곤두세워서 망쳐 놓지나 않을까 걱정스러웠다.

마틸드는 피라르 신부가 거의 매일 아침마다 라 몰 저택에 온다는 걸 알고 있었다. 쥘리앵이 신부를 통해 아버지의 의향을 알아차린 건 아닐까? 아니면 후작이 갑작스레 심경의 변화를 일으켜 쥘리앵에게 무슨 말인가 편지로 써 보낸 게 아닐까? 이런 큰 행운을 얻어 놓고도 쥘리앵이 여전히 부드러운 태도를 보이지 않는 건 무슨 이유일까? 그렇지만 그녀는 그 이유를 물어볼 엄두를 내지 못했다.

〈엄두를 내지 못하다니!〉 그녀, 마틸드가 말이다! 그 무렵부터 쥘리앵을 대하는 마틸드의 감정에는 모호하고 느닷없는, 두려움에 가까운 어떤 것이 섞여 들었다. 그녀의 메마른 영혼은 쥘리앵에 대한 열정에서 파리가 찬양하는 이 과도한 문명 한가운데서 성장한 사람이 느낄 수 있는 모든 것을 느꼈던 것이다.

다음 날 이른 아침, 쥘리앵은 피라르 신부의 사제관으로 찾아갔다. 의자가 낡아서 너덜거리는 역마차를 이웃 역참에서 빌려 타고서 도착했다.

「이런 마차는 이제 타서는 안 돼.」 신부가 뭔가 못마땅한 표정으로 말했다. 「여기 2만 프랑이 있네. 라 몰 후작이 자네에게 주는 거야. 이 돈을 올해 안에 다 쓰라고 하시더군. 비웃음을 사지 않게 되도록 조심하면서 말이야.」 (젊은이에게 이런 큰돈을 던져 준다는 것은 신부가 보기에는 죄를 짓기 딱 좋은 기회를 주는 것이었다.)

후작은 이렇게 덧붙이셨네. 〈쥘리앵 드 라 베르네이는 이 돈을 자신의 부친에게서 받은 것으로 하되, 그 부친이 누구인가에 대해서는 따로 밝힐 필요가 없소. 라 베르네이 씨는 어릴 적 자신을 키워 준 베리에르의 목수 소렐 씨에게 보답으로 뭔가를 선물하는 게 합당할 것이며…….〉

이 심부름은 내가 맡아서 해주지.」 그러면서 신부는 이렇게 덧붙였다. 「마침내 나는 그 못된 예수회파 프릴레르 신부와 라 몰 후작의 소송건을 매듭짓기로 했어. 프릴레르의 세력은 우리가 상대하기에는 너무 버거워. 브장송을 한 손에 쥐고 흔드는 그자에게 자네가 귀족 혈통이라는 사실을 암묵적으로 인정하게 할 참이야. 그것이 이번 소송건을 화해로 타결 짓는 묵시적 조건 가운데 하나지.」

쥘리앵은 들뜬 심정을 억제할 수 없었다. 그는 신부에게 달려들어 얼싸안았다. 자신의 귀족 혈통을 이미 인정받은 기분이었다.

「어허, 이런!」 피라르 신부가 그를 떠다밀며 말했다. 「이런 세속의 허세가 다 무슨 의미인지……! 소렐 씨와 그 아들들에게 내 이름으로 매년 5백 프랑의 연금이 지급될 거야. 그들이 얌전히 입 다물고 있는 한 그들 각각에게 지급될 거라는 말이지.」

쥘리앵은 벌써 냉정하고 자부심 강한 태도로 돌아와 있었다. 그는 신부에게 감사의 말을 했지만 무척이나 모호한 단어들을 늘어놓으면서 자신의 입장은 전혀 드러내지 않는 솜씨를 보였다. 쥘리앵은 속으로 자문했다. 내가 나폴레옹에게 내몰려 우리 산간 지방으로 피신한 어느 대영주의 사생아일 수도 있지 않을까? 그럴 수도 있다는 생각이 점점 더 강하게 들었다……. 아버지가 미운 건 바로 그 때문일지 몰라……. 그렇다면 나는 애비를 미워하는 불효자식 신세는 면했군!

쥘리앵이 이런 생각을 하고 난 며칠 뒤였다. 프랑스에서 가장 뛰어난 군대 가운데 하나인 제15경기병 연대가 스트라스부르 연병장에서 열병식을 벌이고 있었다. 기사 라 베르네이는 6천 프랑이나 주고 산 알자스 최고 명마를 타고 있었다. 명부상으로 그는 어느 연대 소위 과정을 거쳐서 중위로 임관한 참이었는데, 소위로 복무했다는 그 연대는 한 번도 들어본 적 없는 곳이었다.

감정을 드러내지 않는 그의 태도, 엄격하고 심술궂기까지 한 눈초리, 창백한 안색, 몸에 배인 침착성은 첫날부터 그를 화제의 인물로 만들었다. 며칠 뒤에는 그의 완벽하고 절도 있는 예의범절, 그다지 과시하는 기색 없이 증명해 보인 능숙한 사격 솜씨며 검술 솜씨 덕분에 그 누구도 드러내 놓고 그를 농담거리로 삼을 생각은 하지 못하게 되었다. 군대 내의 여론은 대엿새 동안 결론을 미루다가 결국 그에게 호의적인 방향으로 가닥을 잡았다. 빈정대기 좋아하는 나이 든 장교들도 이렇게 말하곤 했다. 「저 젊은이는 젊은 치기만 빼고 모든 걸 갖추고 있어.」

쥘리앵은 스트라스부르에서 셸랑 신부에게 편지를 썼다. 이전임 베리에르 신부는 이제 여생이 얼마 남지 않은 나이였다.

저의 출생 비밀이 밝혀져 제가 유복한 처지가 된 사실을 신부님께서도 아시고 분명 기뻐해 주셨으리라 생각합니다. 여기 5백 프랑을 함께 넣어 보내니, 예전 저의 처지가 그랬듯이 불쌍하고 가난한 사람들에게 나누어 주십시오. 이 일을 바깥에 알리지도 제 이름을 밝히지도 말아 주셨으면 합니다. 예전에 저를 도와주셨듯이 불쌍한 사람들을 도와주시기를 부탁드립니다.

쥘리앵은 야망에 취해 있었지 허영에 취해 있는 건 아니었다. 그래도 그는 외모를 치장하는 데 무척 공을 들였다. 그의 말이며 군복, 하인들의 차림새까지도 영국 대귀족의 빈틈없는 치장이 무색할 정도였다. 특전으로 중위로 임관되고 불과 이틀 지나서부터 그는 모든 위대한 장군들이 그랬듯이 늦어도 서른에는 사령관이 되어야 하며 그러기 위해 스물세 살에는 중위 이상으로 진급해 있어야 한다는 것을 계산하고 있었다. 그의 머릿속에는 오로지 자신이 얻어야 할 명예, 그리고 자신의 아들에 대한 생각뿐이었다.

라 몰 저택의 젊은 하인 하나가 편지를 들고 헐레벌떡 달려온 것은 이처럼 쥘리앵이 거침없는 야망에 들떠 있을 때였다. 하인이 꺼내 놓은 편지에 마틸드는 이렇게 썼다.

모든 게 끝장이야. 만사 제쳐 두고 최대한 빨리 달려와 쥐. 그래야 한다면 탈영이라도 해. 도착하는 즉시 삯마차를 탄 채로 정원 샛문 옆에서 기다려 줘. 샛문은 XX 거리 XX번지에 면해 있어. 자초지종은 내가 달려 나가서 이야기해 줄게. 잘하면 당신을 정원 안으로 들어오게 할 수도 있을 거야. 아무래도 모든 일이 다 틀어진 것 같아. 솟아날 구멍도 없이 말이야. 나를 믿어. 이 어려운 상황에서도 나는 흔들림 없이 당신을 위해 헌신할 거야. 사랑해.

쥘리앵은 몇 분 만에 연대장의 허가를 받아 스트라스부르를 떠났다. 그는 전속력으로 말을 달렸다. 그러나 메츠를 지나면서부터는 지독한 불안감이 엄습하는 바람에 계속해서 말을 달리기 어려웠다. 그는 역마차로 바꾸어 탔다. 편지에 지시된 장소인 라 몰 저택 정원 샛문 옆에 도착했다. 믿을 수 없을 만큼 빠른 속도로 달려온 것이었다. 문이 열리더니 마틸드가 뛰어나와 체면이고 사람들 이목이고 없이 그의 품에 몸을 던졌다. 다행히 새벽 5시밖에 안 된 시각이어서 거리에는 아직 인적이 없었다.

「다 끝장나고 말았어. 아버지는 내가 울고불고 매달릴까 봐 목요일 밤에 집을 떠나 버리셨어. 어디로 가셨는지 아무도 몰라. 이게 아버지 편지야. 읽어 봐.」

그러면서 그녀는 쥘리앵과 함께 삯마차에 올라탔다.

다른 것은 전부 용서할 수 있어도 네가 부자이기 때문에 너를 계획적으로 유혹하려 한 것만은 용서할 수 없다. 가엾은 것, 이것이 추악한 진실이다. 분명히 말하건대, 그자와의 결혼은 절대로 허락할 수 없다. 그자가 멀리 프랑스 국경 밖으로, 아메리카로 건너간다면 더욱 좋고, 나가서 살겠다면 그자에게 연수 1만 프랑을 쥐여 줄 수는 있다. 여기 붙여 보낸 편지를 읽어 봐라. 내가 그자의 품행에 대해 알려 줄 것을 요청했더니 이런 답장이 왔다. 그 뻔뻔한 녀석은 레날 부인에게 편지를 보내 자신에 대해 알아보라고 제가 먼저 나한테 말했었지. 앞으로 편지에 그 녀석에 대해 한 줄이라도 쓴다면 절대로 읽지 않겠다. 나는 파리와 네가 꼴도 보기 싫다. 앞으로 일어날 일에 대해서는 철저히 함구해라. 비열한 인간은 깨끗이 잊어라. 그래야 너는 애비를 되찾을 것이다.

「레날 부인의 편지는 어디 있지?」 쥘리앵이 차가운 목소리로 물었다.
「여기 있어. 당신 마음이 좀 진정된 다음에 보여 주려고 했는데.」

종교와 도덕이 내세우는 신성한 대의에 충실하기 위해 저는 귀하에게 지극히 고통스러운 말씀을 드리지 않을 수 없습니다. 어길 수 없는 법에 따라 저는 지금 이 순간 저와 가까운 그 사람에게 해를 끼칠 수밖에 없지만, 더 큰 추문 하나를 막으려면 그럴 수밖에 없다고 생각합니다. 지금 제가 느끼는 괴로움은 의무감으로 극복해야만 하겠지요. 귀하께서 모든 진실을 알려 달라고 요청하신 사람의 품행은 뚜렷이 흠잡을 데 없는 것처럼 보이고, 심지어 정직해 보이기까지 하는 게 사실입니다. 저는 일부 사실을 감추거나 위장하는 편이 낫지 않을까 싶기도 했습니다. 종교가 용서를 권하듯 그편이 신중한 일인지도 모르겠습니다. 그러나 귀하께서 궁금해하시는 그의 소행은 사실 극도로, 제가 필설로 형용할 수 없을 만큼이나 죄악에 차 있었습니다. 가난해서 탐욕에 물들어 있던 그 사람은 완벽한 위선으로 약하고 불행한 여인을 유혹하여 어떤 신분과 처지를 얻고자 했습니다. 아울러 저의 고통스러운 의무를 다하기 위해 덧붙이건대, J 씨는 종교적 신조를 전혀 지니고 있지 않다고 믿을 수밖에 없습니다. 양심에 비추어 생각하는 바, 그 사람이 어느 가정에서 성공하기 위해 사용하는 수단은 그 집에서 가장 신뢰받는 여인을 유혹하는 것입니다. 아무 욕심 없어 보이는 겉모습과 소설 문구들처럼 꿀 바른 언변으로 무장한 그 사람의 유일한 목표란 그 집 주인과 그 재산을 자기 손 안에 넣는 것입니다. 그는 자신의 뒤에 불행과 지울 수 없는 후회를 남기는 사람입니다. 운운.

편지는 아주 길었고, 눈물이 번져 반쯤은 지워져 있었다. 필체로 봐서 레날 부인이 쓴 것이 분명했고, 심지어 평소보다 더 공들여 쓴 태까지 났다.

편지를 읽은 뒤 쥘리앵은 말했다.

「후작님을 탓할 수는 없어. 그분으로선 당연하고 신중한 처사야. 어느 아버지가 사랑하는 딸을 이런 남자에게 주려 할까! 그럼 이만 안녕히!」

쥘리앵은 삯마차에서 뛰어내려 길 끝에 세워 둔 역마차로 달려갔다. 마틸드의 존재는 완전히 잊어버린 것 같았다. 마틸드도 그를 쫓아 몇 걸음 달려갔다. 하지만 그녀의 얼굴을 아는 상인들이 상점 문 앞으로 나와 쳐다보는 바람에 서둘러 정원 안으로 되돌아가야만 했다.

쥘리앵은 베리에르를 향해 떠났다. 마틸드에게 편지를 쓸 생각이었지만 그처럼 빨리 달리는 마차 안에서 그건 도저히 불가능했다. 그의 손은 종이 위에 삐뚤삐뚤 알아볼 수 없는 선들을 그려 놓을 뿐이었다.

베리에르에 도착해 보니 일요일 아침이었다. 그는 그곳의 무기 상점으로 들어갔다. 상점 주인은 최근 그에게 찾아온 행운에 대해 찬사를 늘어놓았다. 그 일은 이 고장의 화제가 되어 있었다.

쥘리앵은 한참 애를 먹은 후에야 상점 주인에게 피스톨 두 자루를 사고 싶다는 의사를 전달할 수 있었다. 주인은 쥘리앵의 요구대로 피스톨에 총알을 장전해 주었다.

종소리가 세 번 울려 퍼졌다. 이 종소리는 프랑스 시골 마을에서는 누구나 아는 신호로, 아침나절 여러 번의 타종 후에 이 세 번의 종소리가 울리면 곧 미사가 시작된다는 의미였다.

쥘리앵은 베리에르의 새 성당으로 들어섰다. 성당의 높은 창문들마다 진홍빛 커튼이 드리워져 있었다. 쥘리앵은 레날 부인의 자리 몇 걸음 뒤까지 가서 멈춰 섰다. 부인은 열심히 기도를 올리고 있는 것 같았다. 자신을 그토록 사랑해 준 여인의 모습을 보자 쥘리앵은 팔이 부들부들 떨려서 처음에는 계획을 행동에 옮겨 놓을 수 없었다. 못 하겠어, 하고 그는 속으로 중얼거렸다. 몸이 말을 듣지 않아. 나는 못 하겠어.

그때 미사를 주재하던 젊은 신부가 성체 거양을 알리는 종을 울렸다. 레날 부인이 고개를 숙였다. 잠시 동안 부인의 머리가 숄 주름에 가려져 거의 보이지 않았다. 쥘리앵은 부인의 모습을 더 이상 알아볼 수 없었다. 그쪽을 향해 그가 총을 한 발 쏘았다. 총알은 빗나갔다. 그는 두 번째 총알을 발사했다. 부인이 쓰러졌다.

제36장
슬픈 일들

내가 약한 모습을 보일 거라 기대하지 마십시오. 나는 해야 할 복수를 한 것입니다. 나는 죽어 마 땅하며, 그래서 이렇게 죽음을 기다리고 있습니 다. 나의 영혼을 위해 기도해 주십시오.

— 실러

쥘리앵은 얼어붙은 듯 꼼짝도 하지 않고 서 있었다. 눈앞에 아무것도 보이지 않았다. 얼핏 정신이 들자 신자들이 허겁지겁 교회를 빠져나가는 모습이 눈에 들어왔다. 신부도 제단에서 몸을 피하고 없었다. 쥘리앵은 비명을 지르며 달아나는 여인들을 뒤따라 천천히 걸음을 옮겨 놓기 시작했다. 여자 하나가 다른 사람에 앞서 빠져나가려다 쥘리앵을 거세게 밀어 젖혔다. 몸이 앞으로 쏠린 쥘리앵은 사람들이 뒤집어엎은 의자 하나에 발이 걸려 넘어졌다. 다시 일어서려 하는데 누군가가 그의 목을 감아 쥐는 느낌이 들었다. 정복을 차려입은 헌병이 그를 단단히 붙잡고 있었다. 쥘리앵은 기계적으로 피스톨을 꺼내 들려고 했다. 하지만 두 번째 헌병이 그의 양팔을 붙들었다.

그는 감옥으로 끌려갔다. 헌병들은 그를 감옥 방에 밀어 넣고 수갑을 채운 뒤 혼자 남겨 놓고 나갔다. 문을 이중으로 잠그는 소리가 났다. 이 모든 일은 아주 빠르게 이루어졌고, 그런 내내 쥘리앵은 그저 무감각했다.

「자, 모든 게 끝났어.」정신이 돌아오자 그는 또렷한 의식으로 중얼거렸다. 그래, 두 주 후에는 단두대에 서게 되겠지……. 아니면 그 전에 스스로 목숨을 끊거나.

그의 생각은 그 이상 나아가지 못했다. 누군가가 자신의 머리를 세차게 죄고 있는 느낌이었다. 그는 누가 자신을 붙잡아 죄고 있는지 보려고 두리번거렸다. 그러고는 잠시 후 깊은 잠 속으로 굴러떨어졌다.

레날 부인의 부상은 치명적인 건 아니었다. 첫 번째 총알은 부인의 모자를 꿰뚫었다. 부인이 돌아보려 할 때 두 번째 총알이 발사되었다. 총알은 부인의 어깨를 맞혔고, 놀랍게도 그 총알은 어깨뼈를 부순 뒤 다시 튀어 올라 고딕식 기둥에서 큼직한 돌 조각이 떨어져 나가게 했다.

외과 의사가 부인의 상처 부위를 치료했다. 고통이 따르는 긴 치료가 끝난 후 근엄한 외과 의사가 레날 부인에게 말했다. 「생명에는 지장 없습니다.」부인은 깊이 절망했다.

오래전부터 부인은 진심으로 죽고 싶었다. 부인이 지금의 고해 신부에게 채근당하다 못해 할 수 없이 라 몰 후작에게 편지를 써 보낸 일은 너무 긴 시간 동안 계속된 고통으로 약해진 부인에게 최후의 일격을 가했다. 부인이 느끼는 고통은 쥘리앵이 곁에 없다는 것이었다. 그녀는 그 고통을 〈후회〉라는 말로 표현했다. 그러나 새로 디종에서 온 이 독실하고 열렬한 젊은 성직자는 부인의 감정을 알아차렸다.

내 손으로 목숨을 끊는 대신 이렇게 죽는다면 죄가 되지는 않을 텐데. 내가 기쁜 마음으로 죽음을 받아들이는 걸 하느님은 용서하실 거야, 하고 레날 부인은 생각했다. 하지만 차마 이 말을 덧붙이지는 못했다. 게다가 쥘리앵의 손에 죽다니 얼마나 행복한 일이야.

외과 의사도 돌아가고 잔뜩 몰려온 문병객들도 가버리자 부인은 곧장 하녀 엘리자를 불렀다.

「옥지기는 야박한 사람이라던데.」 부인은 얼굴을 몹시 붉히며 말을 꺼냈다. 「분명히 그 사람한테 모질게 굴 거야. 그러면 내가 좋아할 줄 알고서…… 이런 생각이 드니까 견딜 수가 없구나. 누가 시켜서가 아니라 네 스스로 찾아간 것처럼 하면서 옥지기에게 이 작은 꾸러미를 전해 줄 수 있겠니? 꾸러미 안에 몇 루이를 넣었거든. 그 사람을 학대하는 건 하느님의 법을 어기는 일이라고 옥지기에게 슬쩍 일러두렴……. 무엇보다 이 돈을 받은 걸 어디 가서 이야기하면 안 된다고 일러 줘.」

쥘리앵이 베리에르 옥지기한테 너그러운 대우를 받게 된 데는 위와 같은 사정이 있었다. 옥지기는 여전히 그 간간한 누아루였다. 예전에 아페르 씨가 감옥을 둘러보러 왔을 때 겁을 잔뜩 집어먹었던 바로 그 사람 말이다.

판사 한 사람이 감옥에 찾아왔다.

「나는 계획적으로 살인을 저질렀습니다.」 쥘리앵은 판사에게 말했다. 「나는 무기상을 찾아가서 피스톨을 구입해 총알을 장전해 달라고 했습니다. 형법 1342조에 따라 나는 사형을 받아 마땅하며 또한 사형을 기다리고 있습니다.」

판사의 좁은 생각으로는 이런 식의 답변이 도저히 이해되지 않았다. 방금 들은 대답과는 다른 대답을 얻어 내려고 판사는 다시 이리저리 돌려 물었다.

쥘리앵은 웃음을 띠며 말했다. 「나는 죄를 인정했고, 또 그게 당신이 바라는 게 아닙니까? 자, 이제 당신은 추격하던 먹이를 꽉 물었습니다. 기쁘게 사형 선고를 내리기만 하면 됩니다. 그만 돌아가 주세요.」

귀찮은 의무가 하나 더 남았어. 쥘리앵은 생각했다. 라 몰 양에게 편지를 써 보내야 해.
쥘리앵은 다음과 같은 편지를 썼다.

　모욕에 대해 복수했습니다. 불행한 일이지만 내 이름을 신문지상에서 보게 될 겁니다. 남들 모르게 이 세상에서 사라지려 해도 그러기 어렵군요. 그 점 미안합니다. 두 달 후면 나는 죽을 겁니다. 당신과 헤어지는 것이 고통이듯 복수 역시 견딜 수 없는 고통이었습니다. 지금 이 순간부터 편지를 쓰는 일은 없을 것이고, 당신 이름을 입 밖에 내는 일도 없을 겁니다. 당신도 결코 나에 대해 이야기하지 마세요. 내 아들에게도 말입니다. 침묵만이 내 명예를 지켜 주는 유일한 길입니다. 세상 사람들 눈에 나는 한갓 야비한 살인자이니까요……. 다시는 없을 이 순간, 나로선 진실을 말할 수밖에 없군요. 당신은 나를 잊을 거라는 진실 말입니다. 우리 사이에 있었던 일에 대해 그 누구에게도 말하지 마세요. 당신에게는 대재앙인 이번 일로 인해 당신의 공상적이고 지나치게 모험적인 성격이 몇 년간은 잠잠할 테지요. 당신은 중세에 태어나 그 시대의 영웅들과 더불어 살았어야 할 사람이건만. 이번 기회에 그 영웅들과 같은 결단력 있는 성격을 보여 줘요. 불가피하게 처리해야 할 일은 당신 이름을 노출하지 말고 비밀리에 처리하기 바랍니다. 익명을 사용해요. 그리고 아무에게도 조언을 구하지 마세요. 꼭 누군가의 도움이 필요하다면 피라르 신부를 찾아가도록 해요.
　그 외의 다른 사람에게는, 특히 당신과 같은 신분의 뤼즈나 케일뤼스 같은 사람들에게는 결코 말해선 안 됩니다.

내가 죽은 후 1년이 지나면 크루아즈누아 씨와 결혼하기 바랍니다. 이건 내 부탁이자 당신의 남편으로서 하는 명령이기도 합니다. 내게 편지를 보낼 생각은 마세요. 답장을 쓰지 않을 테니까. 내가 이아고[47]처럼 악당이라고 생각지는 않지만, 이 인물의 대사를 빌려 말해 보지요. 〈이 순간부터 나는 절대 한마디도 하지 않겠다*From this time forth I never speak word.*〉

앞으로는 말을 하는 일도 편지를 쓰는 일도 없을 겁니다. 이 마지막 편지는 당신에게 마지막으로 전하는 나의 사랑이 될 겁니다.

J. S.

이 편지를 보낸 뒤 잠시 정신을 차린 쥘리앵에게 처음으로 짙은 불행이 엄습했다. 나는 죽을 거야. 죽어야만 해. 이 뚜렷한 사실을 자각하면서부터 그의 야망이 품어 온 희망들 하나하나가 가슴에서 연달아 뽑혀 나갔다. 죽음 그 자체는 〈무섭지〉 않았다. 지금까지 자신의 온 생애가 이런 불행에 도달하기 위한 긴 준비 과정에 불과했다는 사실이 그를 견딜 수 없게 했다. 게다가 이것은 모든 불행 가운데 최악의 것이었다.

이게 무슨 나약함인가! 그는 중얼거렸다. 60일 후에 결투를 해야만 하는데 그 결투 상대가 검술의 달인이라고 가정해 보자. 그 경우에도 나는 나약하게 그 생각에 사로잡혀서 두려움에 벌벌 떨고 있을까?

그는 이런 식으로 자신을 분석하려 애쓰면서 한 시간 이상 흘려보냈다.

이윽고 자신의 마음을 또렷이 들여다볼 수 있었다. 진실은

47 셰익스피어 『오셀로』의 등장인물.

눈앞에 있는 감옥 기둥만큼이나 분명해 보였다. 그는 후회하고 있었던 것이다.

내가 무엇 때문에 후회해야 하는 거지? 나는 잔인하게 모욕당했어. 그래서 나는 죽였어. 그러니 사형당해 마땅해. 이게 전부야. 나는 이 세상 모두에 대해 셈을 끝낸 다음에 죽는 거야. 내가 다 하지 못하고 남겨 둔 의무는 없어. 나는 누구에게도 빚진 것이 없단 말이지. 그러므로 어떻게 죽느냐 하는 것만 빼면 내 죽음은 조금도 부끄러울 게 없는 거야. 하지만 베리에르의 부르주아들은 단두대에서 죽는다는 사실 하나만으로도 내가 치욕을 덮어쓰고도 남는다고 생각할걸. 지적인 사람이 볼 때는 그런 생각이야말로 천박한 것인데! 내가 그들의 눈에 존경할 만한 사람으로 보일 방법이 하나 있어. 형장으로 가면서 구경꾼들에게 금화를 뿌려 주는 거야. 그러면 나에 대한 기억은 금화와 연결되어 그들에게 찬란하게 남게 될걸.

틀림없이 그럴 거라는 생각도 잠시, 그는 곧 속으로 중얼거렸다. 어쨌거나 나는 이 지상에서는 더 이상 할 일이 없어. 그러고 나서 그는 깊은 잠 속으로 빠져 들어갔다.

밤 9시쯤 옥지기가 밤참을 가져와서는 그를 깨웠다.

「베리에르에서는 뭐라고들 하던가요?」

「쥘리앵 양반, 난 이 자리에 올 때 법정 십자가에 대고 서약한 몸이라서 그런 걸 나불댈 수 없다오.」

옥지기는 입을 다물었지만 그러면서도 그 자리에서 버티고 있었다. 쥘리앵은 옥지기의 이런 얕은수가 재미있었다. 자신의 양심을 팔아먹고 싶어서 5프랑을 기다리는 것인데, 좀 오래 기다리도록 하는 편이 좋겠지.

쥘리앵이 흥정을 걸 기미도 보이지 않고 식사를 마치자 옥지기는 짐짓 은근한 태도로 말을 걸어왔다.

「쥘리앵 양반, 내가 댁을 좋아하니 말을 하지 않을 수가 없구먼. 이러면 법을 어기게 되겠지만, 그래도 재판에서 댁한테 도움이 될 테니까 알려 드리는 건데…… 쥘리앵 양반은 사실 좋은 사람이고, 그러니 내가 레날 부인이 많이 나았다는 사실을 알려 드리면 무척 기쁠 것이고…….」

「뭐라고! 부인이 죽지 않았다고?」 쥘리앵은 정신 나간 사람처럼 탁자에서 벌떡 일어서며 소리쳤다.

「저런! 아무것도 모르고 있었구먼!」 옥지기는 멍청한 표정을 짓더니 곧장 이게 웬 떡이냐 싶었는지 탐욕스러운 얼굴로 바뀌었다. 「댁이 그 외과 의사 손에 얼마쯤 쥐여 줘야 마땅할 거요. 의사는 법적으로 환자의 상태를 누설해선 안 되거든. 하지만 내가 댁한테 좋은 소식을 전하고 싶어서 의사를 찾아갔더니 의사가 나한테는 전부 말해 주면서…….」

「그러니까 상처가 치명적이진 않다는 거군.」 쥘리앵은 초조한 마음을 누르지 못하고 옥지기에게 다가서면서 소리쳤다. 「목숨을 걸고 맹세할 수 있는 말이오?」

육척 거구의 옥지기가 겁을 집어먹고 문 쪽으로 슬금슬금 물러났다. 쥘리앵은 사실을 알아내려면 방법을 바꾸어야 한다는 걸 알아차리고 다시 자리에 앉아 나폴레옹 금화 한 닢을 누아루에게 던져 주었다.

옥지기의 입에서 나오는 이야기로 레날 부인의 상처가 생명에는 지장이 없다는 것이 점점 확실해지자 쥘리앵은 눈물이 솟구쳐 오르는 걸 느꼈다.

「그만 나가 줘요!」 그가 별안간 옥지기에게 말했다.

옥지기가 나갔다. 문이 닫히자마자 쥘리앵은 외쳤다. 「오 하느님! 부인은 죽지 않았어!」 그러고는 뜨거운 눈물을 쏟으며 무릎을 꿇었다.

진정으로 벅찬 순간이었다. 이 순간만큼은 그도 신을 믿었다. 성직자들이 위선적이니 어쩌니 해도 이 경우와 무슨 상관이겠는가? 그들이 위선적이라고 해서 신이라는 개념의 진실성과 숭고함이 덜하겠는가?

그제야 비로소 쥘리앵은 자신이 저지른 짓을 후회하기 시작했다. 파리를 떠나 베리에르로 향할 때부터 그의 육체를 팽팽하게 긴장시킨 어떤 분노의 상태, 그리고 그를 반쯤 사로잡고 있던 광증이 이 순간에야 비로소 깨끗이 가셨다. 그렇게 되자 절망감도 사라졌다.

눈물이 그칠 줄 모르고 흘러내렸다. 그는 사형 선고가 자신을 기다린다는 사실에 대해서는 조금도 의심하지 않았다.

그렇지만 부인은 살게 될 거야……! 그는 중얼거렸다. 살아서 나를 용서하고 사랑해 줄 거야…….

다음 날 아침 아주 늦은 시각, 옥지기가 쥘리앵을 깨웠다.

「쥘리앵 양반, 댁의 배짱도 꽤나 두둑하구려. 두 번이나 왔었는데, 깨우기가 뭣할 만큼 곤히 자던걸. 여기 기막힌 포도주 두 병을 가져왔소. 이건 우리 마을 주임 신부 마슬롱 씨가 댁한테 보내오신 거요.」

「뭐라고요? 그 악당이 아직도 여기 있단 말인가요?」 쥘리앵이 물었다.

「아직 있죠.」 옥지기가 목소리를 낮추며 말했다. 「하지만 그렇게 큰 목소리로 말하진 마슈. 자칫 욕을 보는 수가 있으니까.」

쥘리앵은 거침없이 웃어 젖혔다.

「이봐요, 지금 같은 처지에서 내가 눈치를 봐야 할 사람이 있다면 당신밖에 없어요. 그 친절하고 인정 많은 얼굴을 싹 바꾸어 버리면 곤란하니까……」 잠시 말을 끊었던 쥘리앵은 다시 오만한 태도가 되어 마지막 한마디를 덧붙였다. 「섭섭하지 않게 보답해 줄게요.」 이 오만함은 그가 던져 준 돈 한 닢으로 즉시 정당한 것이 되었다.

누아루는 또다시 이야기를 시작해서 이번에는 레날 부인의 용태에 대해 알아낸 것들을 시시콜콜 읊어 댔다. 하지만 엘리자가 왔던 일에 대해서는 입을 다물었다.

사내는 더없이 비굴하게 굽실거렸다. 어떤 생각이 쥘리앵의 머리를 스쳤다. 키만 멀대같이 큰 이 사내는 수입이라고 해봤자 3백, 4백 프랑이 고작일 거야. 감옥이 파리를 날릴 때도 많을 테니까 말이야. 나와 함께 스위스로 달아난다는 조건으로 이 사내에게 1만 프랑을 건네줄 수도 있어……. 내가 돈을 반드시 줄 거라는 걸 이 사내가 믿도록 하기까지가 어렵겠지. 그러나 이런 비열한 인간을 붙잡고 한참 동안 흥정을 해야 할 일이 혐오스러웠다. 그는 생각을 돌렸다.

도망칠 생각을 한다 해도 그날 밤엔 이미 때가 늦은 뒤였다. 자정에 역마차 한 대가 와서 그를 실었다. 호송을 맡은 헌병들은 그리 거칠지 않아서 썩 기분 좋게 대할 수 있었다. 아침에 브장송 감옥에 도착했다. 그는 고딕식 탑의 꼭대기 층에 수감되는 호의를 얻었다. 14세기 초의 건축 양식을 살펴볼 수 있는 곳이었다. 우아하면서도 지루할 틈이 없이 발랄한 건축 솜씨가 감탄을 자아냈다. 이 탑 꼭대기 방에서 내다보자 깊숙한 안마당 저편 두 개의 벽 사이로 난 좁은 틈으로 아름다운 경치가 얼핏 눈에 들어왔다.

다음 날에는 심문이 있었다. 그러고 나서 며칠 동안은 그를 조용히 내버려 두었다. 그의 마음은 차분했다. 그는 자신의 일을 아주 담백하게 받아들였다. 나는 죽이려 했고, 그러니 죽어야 한다. 이것이 전부였다.

그의 생각은 이 인과 관계를 넘어서려 하지 않았다. 재판을 받고, 귀찮지만 군중 앞에 모습을 드러내고, 변론을 해야 하는 이 모든 절차가 그저 번거롭게만 여겨졌다. 그런 쓸데없는 의식들은 닥치는 그날 생각하면 될 일이었다. 죽는 순간이 어떨지도 별로 관심이 가지 않았다. 그건 재판이 끝난 후에 생각하자, 하고 그저 뒤로 미뤄 놓고 있었다. 그의 삶은 조금도 권태롭지 않았다. 그는 모든 것을 새로운 관점으로 바라보고 있었다. 야심은 이제 사라지고 없었다. 라 몰 양은 거의 생각나지 않았다. 회한이 그를 사로잡곤 했다. 그러면 종종 레날 부인의 모습이, 특히 고요한 밤중에 그 높은 탑 꼭대기 방에서 오직 흰꼬리수리의 울음소리만이 들려올 때면 눈에 선히 떠올랐다.

그는 부인에게 치명상을 입히지 않은 것을 하늘에 감사했다. 문득 이런 생각이 스쳤다. 이상한 일이지! 부인이 라 몰 후작에게 편지를 보내서 내 장래의 행복을 깨어 버렸다고 생각했는데, 그로부터 보름도 채 지나지 않은 지금은 그때 나를 사로잡고 있던 것들을 조금도 생각하지 않고 있으니……. 연 수입이 2천~3천 프랑만 되어도 베르지처럼 산으로 둘러싸인 곳에서 조용히 살아갈 수 있는데……. 그때 나는 행복했어……. 그런데도 내 행복을 몰랐지!

어떤 때 그는 소스라쳐 의자에서 벌떡 일어나곤 했다. 만약 내가 레날 부인에게 입힌 총상 때문에 부인이 죽는다면 나는 스스로 목숨을 끊어야 해……. 이 점은 확실히 해둘 필요가 있어. 나 자신을 혐오스러워하지 않으려면 말이야.

나 스스로 목숨을 끊는다! 이건 진지하게 생각해 볼 일인걸. 그는 속으로 중얼거렸다. 판사들은 절차에 얽매여서 가엾

은 피고를 쓸데없이 들볶곤 하지. 그들은 훈장을 탈 수만 있
다면 가장 모범적인 시민조차 교수대에 매달 작자들이야…….
자살을 택하면 그자들의 손아귀에서 벗어날 수 있지. 그들이
판결이랍시고 되도 않은 말솜씨로 늘어놓을 모욕을 듣지 않
아도 될 테고 말이야. 그런데 그 형편없는 언변도 지방 신문
에 실릴 때는 웅변이라는 말로 불릴걸.

　하지만 며칠 후 그는 생각을 바꿨다. 내가 살 수 있는 날이
아직 대여섯 주는 더 남아 있어. 그런데도 자살이라니! 안 될
일이야. 나폴레옹도 자살 같은 건 하지 않았어…….

　게다가 나는 여기 생활이 즐거운걸. 이곳에서는 조용히 지
낼 수 있잖아. 귀찮게 구는 사람도 없고. 이렇게 생각하면서
그는 웃음을 터뜨렸다. 그러고는 읽고 싶은 책의 목록을 적
기 시작했다. 할 수만 있다면 그 책들을 파리에 주문해서 부
쳐 오게 하고 싶었다.

제37장
탑 꼭대기 감옥

발소리가 복도를 울리며 다가오고 있었다. 옥지기가 올라올 시간은 아니었다. 흰꼬리수리가 소리치며 날아오르는 순간 문이 열렸다. 셸랑 신부였다. 선량한 신부는 온몸을 와들와들 떨면서 지팡이를 짚고 들어서더니 쥘리앵의 품에 몸을 던졌다.

「아! 하느님! 어떻게 이럴 수가, 내 아들이……. 이 천하에 몹쓸 녀석!」

이 착한 노인은 말을 더 잇지 못했다. 쥘리앵은 노인이 쓰러질까 걱정스러웠다. 신부를 부축해서 의자에 앉혀야만 했다. 예전에는 그렇게 팔팔하던 신부도 세월을 피하지는 못했다. 쥘리앵은 셸랑 신부가 어쩐지 신부 자신의 그림자로만 느껴졌다.

신부는 숨을 돌리고 나서 말을 꺼냈다. 「네가 스트라스부르에서 써 보낸 편지를 그저께야 받았단다. 베리에르의 가난한 사람들에게 나눠 주라고 한 5백 프랑도 함께 받았어. 나를 찾아 그 편지를 리브뤼 산중으로 가져왔더구나. 나는 요즘 그곳의 내 조카 장네 집에 기거하고 있거든. 그러고 나서 어제 이 참변을 전해 들었다……. 오, 하느님! 어떻게 이런 일이!」 신부는 더 이상 울지도 못했다. 생각이 다 증발해 버린 듯 멍해졌다. 그러면서 마치 태엽 인형에서 자동적으로 말이 흘러나오듯이 이렇게 중얼거렸다. 「그 돈 5백 프랑은 너한테 필요할 거야. 그걸 가져왔다.」

쥘리앵은 가슴이 뭉클했다. 「신부님을 뵙고 싶었어요. 돈은 그것 말고도 있으니 걱정 마세요.」

하지만 그는 제대로 된 대답을 더 이상 들을 수 없었다. 때때로 셀랑 신부의 뺨을 타고 말없이 눈물이 흘러내렸다. 한동안 그러다가 신부는 쥘리앵을 눈으로 더듬었다. 쥘리앵이 신부의 손을 잡아 자신의 입술에 갖다 대도 마치 넋이 나간 사람처럼 바라보기만 할 뿐이었다. 그 무기력한 표정에서는 예전에 숭고한 감정이 묻어나던 활기찬 얼굴을 더 이상 찾아볼 수 없었다. 잠시 후 농부로 보이는 사람이 노인을 모시러 와서 말했다. 「기력이 달리실 것 같으니 그만 모셔 가야겠구먼요. 말을 너무 많이 하시면 안 되는데 말이우.」 쥘리앵은 그가 신부의 조카라는 걸 알아보았다. 신부의 방문은 쥘리앵을 뼈저린 슬픔 속으로 밀어 넣었다. 그 슬픔은 눈물도 말라 버리게 했다. 모든 게 그저 서글펐다. 그 무엇도 위로가 되지 않았다. 가슴속에서 심장이 얼어붙은 느낌이었다.

이 순간은 그가 죄를 저지른 후에 마주친 가장 가혹한 순간이었다. 그는 바로 눈앞에서 죽음을 보았고, 그 죽음은 추한 모습을 남김없이 드러내고 있었다. 영혼의 위대함과 고귀함이라는 환상이 폭풍에 흩어지는 구름처럼 남김없이 사라져 버렸다.

이런 견딜 수 없는 기분은 몇 시간이나 계속되었다. 마음에 독이 스민 경우에도 몸과 마찬가지로 해독제와 샴페인이 필요한 법이다. 하지만 쥘리앵은 그런 것에 의존한다는 게 비겁자가 되는 일 같아서 내키지 않았다. 그 고통스러운 하루를 꼬박 비좁은 감옥 안을 왔다 갔다 하며 보낸 끝에 쥘리앵은 소리쳤다. 나는 정말 어리석구나! 내가 다른 사람처럼 늙어 죽어야 할 경우라면 그 가엾은 노인의 모습을 보고 이런 끔찍한 서글픔에 빠져드는 것도 이해가 돼. 하지만 나는 한창 나이에 단번에 죽게 될 테니 늙음의 그 처량한 모습을 피해 가는 셈이잖아.

생각은 이런 식으로 했지만 어쨌든 쥘리앵은 신부의 방문으로 인해 심약해져서 잔뜩 움츠러들었고, 그렇다 보니 불행한 기분을 떨쳐 버릴 수 없었다.

이제 그에게서 씩씩하고 담대한 기상은 찾아볼 수 없었다. 로마인 같은 용감성도 사라졌다. 죽음은 그에게 한층 극복하기 어려운, 힘겨운 어떤 것으로 비쳤다.

이런 상태를 내 속의 온도계에 비유할 수도 있겠군, 하고 그는 생각했다. 오늘 밤 내 용기는 단두대에 올라서는 데 필요한 수준보다 10도나 내려와 있어. 아침에는 그럴 용기가 있었는데 말이야. 하지만 상관없잖아? 필요한 순간에 그 용기가 다시 돌아오기만 하면 되니까. 자신의 상황을 이처럼 온도계에 빗대 재미있게 생각하다 보니 마침내 기분을 좀 바꿀 수 있었다.

다음 날 잠에서 깨어나자 전날의 비탄이 부끄럽게 느껴졌다. 나의 행복, 나의 평화가 자칫 무너질 수도 있겠는걸. 그는 자신의 방에 아무도 들여보내지 말아 달라고 부탁하는 편지를 검사장에게 써야겠다고 마음먹었다. 그런데 푸케가 오면 어쩌지? 그가 브장송에 왔다가 내가 면회를 사절한 걸 알면 얼마나 괴로워할까!

요 두 달간 그는 푸케를 거의 생각하지 않고 지냈다. 스트라스부르에 있을 때 나는 어리석기 그지없었어. 내 생각은 좁은 틀 안에서만 맴돌았으니까. 푸케와의 추억이 그를 사로잡아 그의 마음을 한층 더 처연하게 만들었다. 그는 마음을 가라앉히지 못하고 방 안을 왔다 갔다 했다. 지금 같은 상태라면 죽음을 맞는 데 필요한 용기에서 족히 20도는 모자라겠다……. 이런 식으로 자꾸만 나약해진다면 차라리 나 스스로 목숨을 끊는 편이 낫겠어. 내가 단두대 앞에서 겁쟁이처럼 벌벌 떠는 꼴을 보면 마슬롱 신부나 발르노 같은 자들이 얼마나 좋아할까!

푸케가 왔다. 이 단순하고 착한 친구는 괴롭다 못해 제정신이 아니었다. 그를 사로잡고 있는 유일한 생각은 자신의 전 재산을 팔아 옥지기를 매수하여 쥘리앵을 빼돌려야겠다는 것이었다. 그는 쥘리앵을 붙잡고 한참 동안이나 라발레트 씨의 탈옥 이야기를 늘어놓았다.

「나를 심란하게 만드는구나.」 쥘리앵이 푸케에게 말했다. 「라발레트 씨는 죄가 없었어. 하지만 나는 죄를 지은 몸이야. 네 이야기를 들으니 그와 나는 경우가 아주 다르다는 생각이 들어. 네 뜻은 그게 아니겠지만 말이야…….

그런데 그 말 진심이야? 세상에! 네가 전 재산을 팔겠다고?」 쥘리앵이 물었다. 돌연 제삼자라도 된 듯이 짐짓 예리하고 짓궂은 얼굴이었다.

푸케는 자신의 묘안에 친구가 드디어 흥미를 느낀 줄 알고 기뻐하면서 자신의 땅뙈기 하나하나가 어느 정도의 값을 받을 수 있을지 1백 프랑 단위까지 세세하게, 한참 동안이나 설명했다.

친구의 말을 들으면서 쥘리앵은 속으로 중얼거렸다. 시골의 작은 지주가 이런 희생적인 생각까지 해내다니! 예전에는 얼마나 절약하고 노랑이짓을 해대는지 보는 내가 낯이 뜨거울 정도였는데, 그랬던 친구가 나를 위해 모든 걸 바치려 하다니! 라 몰 저택에 모여드는 그 세련된 청년들이라면『르네』[48]는 읽을지언정 이런 바보짓은 결코 하지 않을걸. 그 멋쟁이 파리인들 가운데, 유산을 두둑이 물려받아 돈 귀한 줄 모르는 철부지를 빼고, 그 누가 이런 희생을 할 수 있을까?

푸케가 어법에 맞지 않는 말을 쓴다든가 몸짓이 품위가 없다든가 하는 것은 이제 문제도 아니었다. 그는 친구의 품에 뛰어들어 얼싸안았다. 그의 이 행동을 통해 시골은 파리와 비교해서 더없는 찬사를 들은 셈이었다. 푸케는 쥘리앵의 눈에 감격의 빛이 반짝이는 것을 보고 덩달아 감격했다. 그러면서 쥘리앵이 탈옥에 동의한 거라고 믿었다.

친구가 보여 준 이 〈숭고함〉은 셸랑 신부로 인해 나약하게 위축되어 있던 쥘리앵에게 힘을 되찾아 주었다. 쥘리앵은 아직 젊은 나이였던 것이다. 그런데 내가 보기에 그는 한 그루 푸르고 싱싱한 나무였다. 대부분의 사람들은 나이가 들어 감에 따라 청순함을 버리고 교활해지는 법이지만 그는 그렇지 않았을 것이다. 그가 계속 살아가며 나이를 먹는다면 온후한 마음이 생겨나면서 연민을 배웠을 것이고, 그러면서 세상을 의심부터 하고 보는 그 뾰족하게 날 선 심사를 치유할 수 있었을 텐데……. 하지만 때늦은 지금 이런 이야기를 해봤자 무슨 소용이 있겠는가?

소송이 빠르게 끝날 수 있도록 쥘리앵이 명확하게 죄를 인정하는데도 불구하고 심문은 점점 빈번해졌다.

48 샤토브리앙의 낭만주의 소설.

「나는 사람을 죽였습니다. 어쨌건 사전 계획하에 사람을 죽이려 했던 것만은 분명합니다.」 날마다 벌어지는 심문에서 그는 이렇게 대답하곤 했다. 하지만 판사는 지독히도 형식에 얽매인 사람이었다. 쥘리앵이 아무리 명백하게 죄를 시인해도 심문은 길게 이어졌고 오히려 판사의 자존심만 건드리고 말았다. 쥘리앵은 모르고 넘어갔지만, 하마터면 그는 음침한 지하 감옥으로 옮겨질 뻔했다. 하지만 푸케가 힘을 쓴 덕분에 180개의 계단 위에 올라앉은 그 아름다운 꼭대기 방에 계속해서 그대로 머물 수 있었다.

푸케한테서 장작을 대놓고 쓰는 주요 인사 가운데는 프릴레르 신부도 들어 있었다. 푸케는 갖은 방법을 동원한 끝에 이 막강한 부주교에게 선을 댔다. 프릴레르 부주교의 언질을 받아 낸 푸케는 말할 수 없이 기뻤다. 부주교의 말인즉, 쥘리앵이 자질이 뛰어나고 또 그가 지난날 신학교에서 강사로 봉직한 사실을 참작하여 판사들에게 호의적인 판결을 부탁해 보겠다는 것이었다. 푸케는 친구를 구해 낼 희망을 품은 채 이 부주교 나리에게 코가 땅에 닿도록 절을 했다. 그러고는 10루이를 꺼내 내밀면서 이 돈을 미사 중에 나누어 주고 피고의 무죄 방면을 빌어 달라고 청했다.

이 일은 푸케의 실수였다. 프릴레르는 발르노와 같은 부류가 아니었다. 그는 푸케의 청을 거절하고, 돈을 도로 집어넣으라고 말했다. 하지만 여간 강경하게 나아가지 않고는 이 단순한 시골뜨기를 설득하기가 어렵다는 걸 알아차리고는, 차라리 그 돈을 빈민층 죄수들을 위한 의연금으로 기부하라고 조언했다. 빈민층 죄수들이야 모든 것이 부족하지 않겠냐는 것이었다.

그 쥘리앵이란 자는 꽤나 특이한걸. 그런 짓을 저지르다니 이해할 수 없는 일이야, 하고 프릴레르는 생각했다. 내가 이해 못 하는 일이라고는 없는데 말이지……. 잘하면 그를 순교자로 꾸며 놓을 수도 있을지 몰라……. 아무튼 이번 사건의 진상을 알아봐야지. 어쩌면 이 기회에 그 레날 부인에게 제대로 겁을 줄 수도 있겠는걸. 그 여자는 우리 성직자를 제대로 대우하는 법이 없는 데다, 속으로는 나를 싫어하지……. 라 몰 후작과 그럴듯하게 화해할 방법을 발견할 수도 있어. 라 몰 후작은 그 어린 신학생한테 뭔가 약점을 잡힌 것 같단 말이야.

프릴레르가 라 몰 후작과 벌이던 소송은 이미 화해를 봐서 몇 주 전에 협약서에 서명까지 한 터였다. 피라르 신부는 쥘리앵이 베리에르 교회에서 레날 부인을 쏜 날, 쥘리앵의 출생이 베일에 싸여 있다는 말을 던져 놓고는 브장송을 떠났다.

쥘리앵은 죽음을 맞기까지 아직 한 가지 더 불쾌한 일을 치러 내야 한다는 것을 알았다. 아버지의 방문이었다. 그는 검사장에게 편지를 써서 면회를 일절 금지해 달라고 청하면 어떻겠냐고 푸케에게 물었다. 쥘리앵이 이런 상황에서조차 부친을 만나기 싫어하는 걸 보고 이 마음 착한 재목 상인은 충격을 받았다. 그는 지극히 부르주아적인 도덕관에 사로잡힌 사람이었다.

푸케는 어째서 자기 친구가 많은 사람들한테 지독히 미움을 받는지 이유를 알 것 같았다. 하지만 친구에게 닥친 불행을 생각해서 자신의 그런 속내를 숨겼다.

푸케는 친구에게 냉랭하게 대꾸했다.

「어쨌거나 면회 금지령도 자네 아버지한테는 적용되지 않을걸.」

제38장
세력가

다음 날 아주 이른 아침에 감옥 문이 덜컥 열렸다. 쥘리앵은 소스라쳐 잠이 깼다.

「아! 맙소사.」 그는 중얼거렸다. 「아버지가 왔나 보다. 또 지겨운 꼴을 당하겠구나!」

바로 그 순간 촌 아낙네 차림을 한 여자 하나가 그의 품으로 뛰어들어 바들바들 떨며 그를 꼭 끌어안았다. 그는 겨우 여자를 알아보았다. 라 몰 양이었다.

「나쁜 자식, 당신이 보낸 편지를 받고서야 어디 있는지 알았어. 당신은 자신의 행동을 범죄라고 부르지만 그건 고귀한 복수야. 당신의 이 가슴속에서 뛰고 있는 심장이 얼마나 고귀한지를 내게 보여 준 복수일 뿐이라고. 베리에르에 와서야 그 일을 알게 되었지 뭐야…….」

분명히 자각하고 있지는 않았지만, 쥘리앵은 라 몰 양에 대해 어쩐지 거리감을 느끼고 있었다. 그럼에도 그는 그녀의 모습이 무척이나 예쁘다는 생각을 했다. 그녀의 행동과 말에서는 어떤 고상하고 무사 무욕한 감정이 배어 나왔다. 그것은 소심하고 천박한 인간이라면 아무리 애써도 보여 줄 수 없는 것이었다. 그는 또다시 여왕을 사랑하는 기분이 들어, 그 도취감에 몸을 내맡기고 말았다. 그 얼마간의 시간이 지난 후 그가 그녀에게 말했다. 고상하기 그지없는 말투에 고상하기 그지없는 내용을 담은 말이었다.

「미래의 일이 내 앞에 아주 생생하게 떠올랐습니다. 내가 죽은 후에 당신은 나의 뜻을 따라 크루아즈누아 씨와 결혼할 겁니다. 그는 미망인과 결혼하는 것이지요. 고귀한 심성을 지닌 이 아름다운 미망인은 약간은 공상적인 면이 있지만 어떤 기이하고 비극적인 대사건에 놀라서 세속적인 신중성을 존중하게 될 것이고, 따라서 그 젊은 후작의 지극히 실질적인 가치를 깨닫게 될 겁니다. 당신도 모든 사람이 행복이라고 부르는 것, 말하자면 존경, 부, 높은 지위 같은 것들에 행복하게 안주할 거예요……. 하지만 사랑하는 마틸드, 당신이 브장송에 온 것을 누군가 알아차린다면 라 몰 후작은 치명적인 타격을 입을 겁니다. 그렇게 된다면 나는 나 자신을 용서할 수 없을 거예요. 이미 그렇게 큰 상심을 안겨 드렸는데! 아카데미 회원은 후작께서 품속에 뱀을 품어 키웠다고 말할 것입니다.」

「이런 찬바람 부는 설득이며 장래 걱정을 듣게 될 줄은 몰랐어.」 라 몰 양은 화를 낼 듯 실쭉한 얼굴로 대답했다. 「내 하녀 이름으로 여행증을 만들었어. 그 여자는 당신만큼이나 신중해서 말이 새어 나갈 염려는 없거든. 그렇게 해서 나는 미슐레 부인이라는 이름으로 역마차를 타고 달려온 거야.」

「그래서 미슐레 부인은 이렇게 쉽게 내가 있는 감옥에 들어올 수 있었고?」

「아! 당신은 역시 명민해. 내가 알아본 그대로지 뭐야! 감옥 사무관이 나를 이 감옥 안에 들여보내 줄 수 없다고 고집을 부리기에 우선 1백 프랑을 쥐여 줬어. 그랬더니 그 사람이 돈만 받아 넣고는 또 나를 기다리게 하면서 이런저런 이유를 둘러대는 거야. 나한테서 돈만 뜯어낼 속셈이구나 하고 생각했어…….」 마틸드가 말을 뚝 끊었다.

「그래서?」 쥘리앵이 물었다.

「화내지 마, 쥘리앵.」 그녀는 이렇게 말하면서 쥘리앵을 끌어안았다. 「그 사무관한테 내 이름을 밝히지 않을 수 없었어. 그 사람이 나를 파리의 젊은 여직공쯤으로 여기잖아. 잘생긴 쥘리앵한테 반해서 여기까지 쫓아온 거라고……. 이건 그 사람이 실제로 한 말이야. 그래서 내가 분명하게 말해 줬어. 나는 그의 아내라고. 그랬으니 매일 당신을 면회할 수 있는 허가가 나올 거야.」

완전히 정신이 나갔구나, 하고 쥘리앵은 속으로 중얼거렸다. 하기는 내가 막을 수 있는 일도 아니었어. 어쨌거나 라 몰 후작은 대귀족이니까 이 젊은 미망인과 결혼할 그 젊은 귀족 대령의 체면을 세워 주기 위해 여론은 뭔가 변명거리를 찾아낼 거야. 얼마 후에 내가 죽기만 하면 이 여자의 행동은 모두 덮일 거란 말이지. 이런 생각이 들자 쥘리앵은 마틸드의 애무에 감미롭게 몸을 내맡길 수 있었다. 둘 다 제정신이 아니었고, 대담한 영혼들이었다. 모든 게 더없이 유별났다. 마틸드는 쥘리앵이 죽으면 자신도 따라 죽겠다고 진지하게 말했다.

처음의 흥분이 가라앉고, 쥘리앵을 다시 만난 기쁨도 실컷 맛보고 나자 마틸드는 불현듯 강한 호기심이 치밀었다. 그녀는 애인의 모습을 찬찬히 뜯어보았다. 그러자 그가 자신이 상상하던 것 이상으로 뛰어난 남자라는 생각이 들었다. 보니파스 드 라 몰이 더욱 영웅적인 모습으로 환생한 것만 같았다.

마틸드는 그 지방 최고의 변호사들을 찾아갔다. 그들은 마틸드가 맞대 놓고 금전 공세를 취해 오는 바람에 기분이 상했지만, 그래도 결국 변호를 승낙했다.

브장송에서는 사안이 모호하면서도 중대한 경우 프릴레르 신부가 모든 걸 좌우한다는 사실을 마틸드는 재빨리 파악했다.

우선 미슐레 부인이라는 미천한 이름으로는 이 전능한 수도회원을 만나는 것조차 어려웠다. 그러나 사랑에 미친 젊은 여자 장신구 상인으로 행세하며 브장송에 소문을 퍼뜨릴 수는 있었다. 젊은 쥘리앵 소렐 신부를 위로하기 위해 파리에서 브장송까지 왔다는 그 여상인의 아름다움에 대해 사람들이 숙덕거리기 시작했다.

소문을 확산시키기 위해 마틸드는 브장송 거리를 혼자서 부지런히 쏘다녔다. 그러면서 자신의 진짜 정체를 알아보는 사람이 없기를 바랐다. 어쨌거나 군중에게 깊은 인상을 주는 것이 자신의 목적을 이루는 데 쓸모없지는 않을 거라고 생각했다. 그녀의 공상은 미친 듯이 부풀어 군중 폭동을 꿈꾸는 데까지 나아갔다. 쥘리앵이 형장으로 끌려가고 있는데 군중이 들고일어나 그를 구해 내는 것이다. 라 몰 양은 자신이 고통에 빠진 여자답게 검소한 옷차림을 하고 있다고 믿었다. 하지만 그녀의 차림새는 모든 사람들의 눈길을 잡아끌었다.

일주일 동안의 청원으로 어렵사리 프릴레르와의 면담을 허락받았을 때 마틸드는 브장송에서 만인이 주목하는 대상이 되어 있었다.

그녀는 비록 가상한 용기를 지닌 여자였지만 주교관 대문의 종을 울리면서 떨지 않을 수 없었다. 그녀의 머릿속에서 세력가 수도회원이라는 이미지는 음흉하고 빈틈없는 악랄함이라는 이미지와 떼려야 뗄 수 없이 이어져 있는 탓이었다. 수석 부주교의 방으로 통하는 계단을 올라갈 때는 걸음을 떼어 놓기 힘들 정도였다. 얼찐거리는 사람도 없이 착 가라앉은 주교관의 분위기에 그녀는 등골이 오싹했다. 날더러 어떤 안락의자에 앉으라고 할지도 몰라. 내가 앉으면 그 안락의자의 무슨 장치가 내 팔을 꽉 조이는 거야. 그럼 나는 세상에서 감쪽같이 사라지게 될 테지. 하녀가 내 종적을 찾으려 해도 대체 누구한테 물을 수 있겠어? 헌병 대장도 움직이려 들지 않을 테고……. 나는 이 큰 도시에서 그야말로 외톨이잖아!

실내를 한번 둘러보고 나자 라 몰 양은 마음이 좀 놓였다. 우선 문을 열어 준 사람이 아주 맵시 있는 제복 차림의 시종이라는 이유도 있었다. 시종이 그녀에게 기다리라고 해놓고 간 살롱은 세련되고 섬세한 호사스러움을 과시하고 있었다. 그런 사치는 천박한 화려함과는 아주 다른 것으로, 파리에서도 가장 품위 있는 가문들에서나 볼 수 있는 것이었다. 마틸드의 머릿속에 들어차 있던 잔혹한 범죄의 상상은 자상한 분위기를 풍기며 다가오는 프릴레르 부주교를 보는 순간 사라져 버렸다. 그 잘생긴 얼굴에서 성직자 특유의 완강한 도덕심을 찾아내기란 어려웠다. 다소 촌스러운 그런 도덕심에는 파리 사교계에 대한 꽤나 심한 반감이 배어 있는 법이다. 브장송 전체를 손에 쥐고 흔든다는 이 신부의 얼굴에 감도는 희미한 미소는 그가 상류 사교계에 드나드는 인물이고, 교양 있는 고위 성직자이며, 능란한 행정가라는 사실을 말해 주었다. 마틸드는 파리에 있는 것 같은 착각이 들었다.

프릴레르는 별로 많은 시간을 들이지 않고도 마틸드로부터 그녀가 자신의 강력한 적수인 라 몰 후작의 딸이라는 고백을 이끌어 냈다.

「나는 사실 미슐레 부인이 아니에요.」 마틸드는 본래의 오만한 태도를 되찾으며 말했다. 「내 신분이 알려져도 상관없어요. 나는 라 베르네이 씨를 감옥에서 빼돌릴 가능성에 대해 신부님과 상의하러 온 것이니까요. 우선 말씀드릴 점은 그의 죄가 우발적인 실수일 뿐이고, 그가 쏜 총에 맞은 부인은 지금 건강을 되찾았다는 사실이에요. 두 번째로 말씀드릴 것은 밑의 사람들을 매수할 자금으로 나는 지금 당장 5만 프랑을 내놓을 수 있고, 또 그만한 금액을 더 쓸 수도 있다는 점이에요. 마지막으로 나와 내 가족은 라 베르네이 씨를 구해 주시는 분에게 그 어떤 사례라도 할 수 있다는 걸 약속드릴 수 있어요.」

프릴레르 부주교는 라 베르네이라는 이름에 어리둥절한 기색이었다. 마틸드는 수신인이 쥘리앵 소렐 드 라 베르네이라고 명기된 국방 장관의 공문 여러 통을 내보였다.

「보다시피 내 부친께서는 그 사람의 앞길을 열어 주려 하셨어요. 간략히 말씀드리자면, 나는 그 사람과 비밀리에 결혼했고, 부친께서는 라 몰가의 여인한테는 좀 특이한 경우인 이 결혼을 세상에 알리기 전에 그 사람을 장교로 만들어 주려 하셨지요.」

이 중대한 사실들을 프릴레르 부주교 앞에 하나하나 밝히면서 마틸드는 그의 얼굴에 내걸린 선량한 표정과 격의 없는 온화함이 어느샌가 사라져 버린 것을 알아차렸다. 그의 얼굴에는 어떤 교활함이 속을 알 수 없는 위선과 뒤섞여 떠올랐다.

부주교는 미심쩍은 마음에 앞에 놓인 공문을 천천히 다시 읽어 보았다. 그러고는 생각했다.

묘한 자백을 들은 셈인데, 이걸 이용해서 어떤 이익을 챙길 수 있을까? 나는 지금 별안간 한 여자와 긴밀한 사이가 되었는데, 이 여자는 유명한 페르바크 부인과 잘 알고 지내는 신분이지. 그리고 원수 부인은 프랑스의 주교 임면권을 거머쥔 XXX 주교 예하의 위세 당당한 조카딸이란 말이야.

먼 훗날 일로 생각하던 것이 뜻밖에도 바로 앞에 다가온 거야. 어쩌면 이번 일을 기회로 내가 원하던 걸 전부 손에 넣을 수도 있겠는걸.

처음에 마틸드는 이 위세 높은 인물이 얼굴 표정을 빠르게 바꾸는 걸 보고 겁을 먹었다. 지금 자신이 외진 방에서 이 인물과 단둘이 있다는 생각이 문득 스쳤다. 하지만 그녀는 곧 마음을 다잡았다. 뭐가 문제람! 최악의 일이라고 해봤자 이 사람을 설득하는 데 실패하는 것밖에 더 있겠어? 권력과 향락에 배가 부를 대로 불러서 그저 냉혈 동물처럼 자기 욕심밖에 챙길 줄 모르는 이 성직자를 말이야.

프릴레르 부주교는 한순간 무방비 상태로 자신을 노출하고 있었다. 주교 자리로 가는 빠른 길이 느닷없이 눈앞에 황홀하게 펼쳐지자 얼이 빠진 데다가, 마틸드의 재기에 놀란 탓이었다. 라 몰 양은 이 성직자가 야심에 취해 몸을 부들부들 떨 정도로 흥분해서는 거의 자기 발아래 몸을 던질 참이라는 걸 눈치챘다.

그녀는 생각했다. 이제 다 알겠군. 여기서는 페르바크 부인의 친구 행세만 하면 만사형통이겠어. 그녀는 아직 질투심 때문에 속이 쓰리기는 했지만 그래도 용기를 내어 쥘리앵이 원수 부인과 친밀한 사이이며 거의 매일 원수 부인 댁에서 XXX 주교 예하와 얼굴을 맞대곤 했다는 걸 말해 주었다.

「군내에 거주하는 명사 중에서 배심원 서른여섯 명을 뽑는 일이 네다섯 번 연달아 있다고 가정합시다.」 부주교는 야심에 들떠 번득이는 눈으로 한마디 한마디 힘을 주며 말했다.

「배심원단이 뽑힐 때마다 매번 그 명단에 내 편 인사가 여덟 명에서 열 명가량 포함되지 않는다면, 게다가 그들이 배심원 가운데서 제일 똑똑한 사람들이 아니라면 그건 아주 운이 없는 경우일 겁니다. 나는 거의 매번 다수를, 그 이상도 확보할 수 있어요. 유죄 주장까지 뒤집어엎을 자신이 있단 말이죠. 그런데 아가씨, 말씀드리다시피 무죄 평결을 이끌어 내는 일이야 나로선 아주 쉬운 일이지만…….」

신부는 별안간 말을 뚝 끊었다. 마치 자기 말소리에 자기가 놀라기라도 한 것 같은 표정이었다. 수도회 밖으로 새어 나가서는 안 될 말을 털어놓았던 것이다.

그렇지만 이렇게 수세에 밀리고 있을 그가 아니었다. 이번에는 그가 일격을 날려 마틸드를 얼어붙게 했다. 쥘리앵의 이 묘한 행각을 두고 브장송 사교계가 한편으로는 놀라고 한편으로는 흥미로워하는 이유는 쥘리앵이 예전에 레날 부인과 열렬한 관계였기 때문이라고 마틸드에게 넌지시 일러 준 것이다. 프릴레르 부주교는 자신의 이야기를 듣고 마틸드가 극도로 동요했다는 것을 쉽게 알아차렸다.

이렇게 해서 빚을 되갚아 준 셈이군! 그는 속으로 중얼거렸다. 꽤나 야무진 척하는 이 어린 여자를 조종할 수단을 마침내 찾아냈어. 남편의 과거 연애사가 먹히기는커녕 긁어 부스럼만 만들면 어쩌나 망설였는데, 괜한 걱정이었지. 도도한 데다 호락호락한 구석이라곤 없던 마틸드의 태도가 이제 거의 간청하는 빛을 띤 것을 보자 그녀의 그 흔치 않은 미모가 한층 더 매력적으로 비쳤다. 신부는 이제 완전히 침착성을 되찾고는 그녀의 가슴에 박은 비수를 주저 없이 비틀었다.

「어쨌거나 내가 보기엔 놀랄 일도 아니에요.」 신부는 가벼운 어조로 말했다. 「소렐 씨가 그 여자에게 총알을 두 발 쏜 이유가 질투 때문이라는 사실이 밝혀지더라도 말입니다. 예전에 그렇게도 죽자 살자 좋아했던 여자라고 하잖아요. 그 여자는 얼마 전부터 디종 출신의 마르키노라는 신부와 자주 만나고 있었다고 하니, 그러면서 재미를 보지 않았을 리 없죠. 그 신부는 말하자면 얀센파인데, 얀센파는 하나같이 품행이 좋지 않거든요.」

프릴레르 부주교는 이 아름다운 처녀의 약점을 찾아낸 참에 아예 그녀의 마음을 괴롭히면서 느긋하고 감미로운 즐거움을 느꼈다.

그가 마틸드를 뚫어져라 응시하면서 말을 이어 갔다.

「소렐 씨가 하필 성당을 골라 그런 일을 저지른 이유는 그때 마침 자신의 연적이 그 성당에서 미사를 집전하고 있었기 때문이 아니겠습니까? 당신이 지키려 하는 그 행복한 남자가 재기 넘치고 또 아주 신중하다는 건 누구나 인정하는 사실이죠. 그로서야 자신이 잘 아는 레날 씨 집 정원으로 숨어 들어가는 것보다 더 간단한 방법이 있겠습니까? 그 정원에서라면 들키거나 붙잡히거나 눈치채일 염려도 없이 여자를 죽일 수 있었을 텐데요. 자신을 질투에 빠뜨린 그 여자를 말이에요.」

얼핏 이치에 맞아떨어지는 이런 이야기를 듣자 마틸드는 이제 제정신이 아니었다. 마틸드의 영혼은 오만했지만 한편으로는 메마른 신중성에 푹 절어 있었다. 그런 신중성이란 상류 사회에서는 인간의 마음을 이해하는 충실한 기준이 되지만, 늘 신중성에만 둘러싸여 지낸 탓에 또 다른 경우도 있다는 사실을 이해하는 능력은 떨어졌다. 즉 불꽃같은 영혼을 지닌 사람이라면 그 모든 신중함을 벗어던지는 데서 생생한 희열을 느낄 수도 있다는 점을 금방 이해하지 못했던 것이다. 마틸드가 태어나 성장한 파리 상류 사회에서는 정열이 신중함의 외피를 벗어던지는 일은 극히 드물다. 창문 밖으로 몸을 내던지는 일은 6층 꼭대기에 사는 하층민들에게서나 일어나는 법이다.

마침내 프릴레르는 자신이 이 여자를 완전히 장악했다는 자신감이 들었다. 그는 자신이 쥘리앵의 기소를 담당한 검찰관을 마음대로 주무를 수 있는 것처럼 마틸드에게 말을 흘렸다(이 말은 물론 거짓이었다).

쥘리앵의 공판에 참여할 배심원 서른여섯 명이 추첨으로 결정되고 난 뒤 그는 그중 적어도 서른 명과 직접 접촉해서 그 한 사람 한 사람에 대해 따로 공작을 벌여야만 할 판이었다.

만약 마틸드가 프릴레르의 눈에 그처럼 예뻐 보이지만 않았더라면, 그는 대여섯 번쯤 면담을 가진 뒤에나 그런 허튼 장담을 뻔뻔하게 늘어놓았을 것이다.

제39장
계략

1676년, 카스트르. 이웃집에서 오빠가 자기 누이
동생을 살해하는 사건이 일어났다. 그 귀족 남자
는 전에도 살인을 저지른 적이 있었다. 그의 부
친이 5백 에퀴의 돈을 은밀히 판사들에게 뿌려
그의 목숨을 구했다.

— 로크, 『프랑스 기행』

주교관을 나오자마자 마틸드는 망설이지 않고 페르바크
부인에게 편지를 써 보냈다. 자신의 소문이 퍼질지 모른다는
걱정에도 불구하고 잠시도 머뭇거리지 않았다. 그녀는 자신
의 연적에게 XXX 주교 예하께 부탁해서 프릴레르 씨에게 보
내는 친필 편지 한 통을 얻어 달라고 부탁했다. 원수 부인이
직접 브장송으로 달려와 주었으면 한다고 애원하기까지 했
다. 오만한 여자가 질투심에 차 있으면서도 이런 행동을 해낸
다는 것은 영웅적이었다.

푸케의 조언에 따라 그녀는 자신이 벌이는 일에 대해 쥘리
앵에게 아무 말 하지 않으려고 조심했다. 그런 일이 아니더
라도 마틸드는 그저 옆에 있는 것만으로도 충분히 쥘리앵의
마음을 어지럽혔다. 죽음이 다가오자 그 어느 때보다 솔직한
인간이 된 쥘리앵은 라 몰 후작에 대해서뿐 아니라 마틸드에
대해서도 가책을 느끼고 있었다.

이게 뭐람! 그는 마음속으로 중얼거렸다. 마틸드가 곁에
있는데도 정신을 딴 데 팔고, 심지어 지루해하기까지 하다니.

이 여자는 나 때문에 자기 인생을 망쳤는데, 나는 그걸 고작 이런 식으로 보답하고 있구나! 그러니 나는 정말 못된 인간인 걸까? 이런 질문은 그가 야심에 부풀어 있을 때는 전혀 관심을 두지 않았을 문제였다. 그때는 성공하지 못한다는 것만이 유일한 수치였다.

마틸드에 대해 느끼는 죄책감은 그 순간에도 마틸드가 그에게 유별나고 광적인 애정을 쏟고 있는 만큼 한층 더 커졌다. 마틸드가 하는 이야기라고는 자신이 그를 구출하기 위해 어떠어떠한 기발한 희생을 치를 각오가 되어 있다는 것뿐이었다.

마틸드는 자랑스러운 어떤 감정에 도취해 있었다. 그 감정은 그녀의 자존심마저 압도할 정도였다. 그녀는 삶의 매 순간을 평범치 않은 어떤 행동으로 채우기 위해 잠시도 가만히 있지 못했다. 쥘리앵을 찾아와 이야기를 나눌 때마다 긴 대화 내용은 극히 별나고 위험하기 짝이 없는 그녀의 계획들로 채워졌다. 옥지기들은 돈을 두둑이 받은 터라 그녀가 감옥 안에서 멋대로 행동하는 걸 눈감아 주었다. 마틸드의 공상은 자신의 평판을 희생하겠다는 것에 머물지 않았다. 사회 전체에 자신의 신분을 드러내는 것쯤은 문제도 아니었다. 쥘리앵의 사면을 청하기 위해 달리는 국왕의 마차를 향해, 몸이 갈기갈기 찢길 위험을 무릅쓰고서, 몸을 던져 엎드려 국왕의 관심을 잡아끌겠다는 계획도 이 용감한 공상 덩어리가 잔뜩 흥분해서 꿈꾸는 갖가지 자질구레한 장면 가운데 하나일 뿐이었다. 마틸드는 궁정을 출입하며 국왕을 옆에서 시중드는 친구들을 통해 생클루 공원의 왕실 전용 구역에 들어갈 수 있을 거라 굳게 믿었다.

쥘리앵은 자신이 그처럼 헌신적인 애정을 받을 자격이 있다고는 전혀 생각하지 않았다. 사실대로 말하자면 그는 영웅주의에 지쳐 있었다. 지금 그의 마음을 사로잡을 수 있는 것은 단순하고 순진하며 수줍은 애정이었을 것이다. 반면에 마틸드의 오만한 영혼은 자신을 지켜볼 군중과 자신에게 찬탄해 줄 〈타인들〉을 필요로 했다.

마틸드는 쥘리앵이 죽으면 자신도 살고 싶지 않은 심정이었다. 이 애인이 생명을 잃게 될까 봐 그 정도로 괴로워하고 두려워했지만, 그러면서도 그녀는 자신의 열렬한 사랑과 숭고한 행동으로 사람들을 깜짝 놀라게 해주고 싶다는 비밀스러운 욕망을 품었다.

쥘리앵은 자신이 이런 영웅주의에 도무지 마음이 끌리지 않는다는 걸 의식하면서 기분이 언짢아지곤 했다. 푸케는 착하고 헌신적이지만 건실하다 못해 답답할 정도의 사고방식을 지닌 친구인데, 그런 친구가 마틸드의 이런 갖가지 정신 나간 짓거리로 얼이 빠져 있다는 사실을 쥘리앵이 알았더라면 어떤 심정이 되었겠는가?

푸케는 마틸드의 헌신적인 행동을 비난할 엄두도 내지 못했다. 그 역시 쥘리앵을 구하기 위해서라면 자신의 전 재산을 내던졌을 것이고, 생명의 위험까지 무릅썼을 것이기 때문이다. 푸케는 마틸드가 뿌려 대는 엄청난 돈 액수에 기가 차서 말문이 막혔다. 푸케는 돈에 대해 시골뜨기다운 존경심을 품은 터라, 그런 식으로 돈을 물 쓰듯 하는 데 처음에는 기가 죽기도 했다.

그렇지만 푸케는 라 몰 양의 계획들이 시도 때도 없이 변한다는 사실을 알아차렸고, 그래서 결국 마틸드의 성격을 비난할 말을 찾아내고 적잖이 마음을 달랠 수 있었다. 그로서는 피곤하기 그지없는 그 성격에 딱 들어맞는 표현이란 바로

〈변덕이 죽 끓듯 한다〉라는 것이었는데, 이 말은 시골에서 제일 심한 욕인 〈배워 먹지 못했다〉라는 말에서 그리 멀리 떨어져 있지 않은 것이었다.

어느 날 마틸드가 감옥에 왔다가 돌아간 뒤 쥘리앵은 생각했다. 이상한 일이지, 나를 저렇게 열정적으로 사랑해 주는데도 내 마음은 무감각하기만 하다니! 두 달 전만 해도 나는 오매불망 저 여자 생각뿐이었건만! 죽음이 다가오면 만사에 무관심해진다는 이야기를 어딘가 책에서 읽긴 했어. 그렇긴 해도 나는 배은망덕한 사람인 것 같아. 게다가 끔찍한 건 그걸 고칠 기회도 이젠 없다는 거야. 나는 이기적인 인간인 걸까? 그는 이 이기적인 인간이라는 비난에서 가장 수치스러운 죄책감을 느꼈다.

그의 가슴에서 야망의 불꽃은 꺼지고, 그 잿더미에서 어떤 다른 열정이 생겨났다. 그는 자기 속에서 솟는 그 뜨거운 마음이 레날 부인을 죽이려 한 데 대한 죄책감이라고 생각했다.

사실 그는 부인이 미친 듯이 그리웠다. 누군가에게 방해받을 염려 없이 방에 홀로 남아 있을 때면 그는 예전에 베리에르나 베르지에서 보낸 행복한 날들의 추억에 오롯이 자신을 내맡기곤 했다. 그러고는 묘한 행복감에 잠겨 들었다. 너무나 빨리 지나가 버린 그 시절의 작은 사건들마저 지금의 그에겐 신선하고 거부할 수 없이 매혹적인 것으로 되살아났다. 파리에서 거둔 성공들은 전혀 생각나지 않았다. 그런 것들은 이젠 지겨웠다.

쥘리앵이 하루가 다르게 이런 기분에 빠져들고 있는데 질투심 많은 마틸드가 그의 이런 기분을 어느 정도 눈치채지 못할 리 없었다. 그녀는 자신이 그의 사랑을 차지하기 위해 이 고독에 대한 사랑과 맞서 싸워야 한다는 걸 분명히 깨달았다. 때때로 그녀는 두려움에 떨며 레날 부인의 이름을 입 밖에 내보기도 했다. 그때마다 쥘리앵의 몸이 바르르 떨리는 것이 눈에 보였다. 그때부터 마틸드의 열정은 끝도 없이, 절제도 없이 타올랐다.

만약 이 사람이 죽으면 나도 따라 죽을 테야. 마틸드는 진심으로 이런 생각을 했다. 나처럼 높은 신분의 처녀가 사형을 앞둔 애인을 이 정도로 열렬히 사랑하는 걸 보면 파리의 살롱들에서는 뭐라고 말할까? 지금 내가 느끼는 것과 같은 감정을 찾아보려면 영웅들의 시대로 거슬러 올라가야 해. 샤를 9세와 앙리 3세 시대에는 바로 이런 종류의 사랑으로 사람들의 심장이 고동치곤 했어.

아, 이 사랑스러운 목이 잘려 떨어질 거라니! 쥘리앵의 머리를 가슴에 끌어안고 격렬한 열정에 취할 때면 마틸드는 이렇게 소리 없이 부르짖으며 몸서리를 쳤다. 하지만 다음 순간 그녀는 영웅주의에 후끈 달아올라서 어느 정도는 감미로움까지 느끼며 덧붙이곤 했다. 좋아! 그렇게 되면 지금 이 아름다운 머리카락에 입 맞추고 있는 나의 입술도 그로부터 스물네 시간이 지나지 않아 싸늘하게 식어 있을 거야.

영웅주의와 잔혹한 관능에 취해 있던 그 옛 시대의 기억들이 마틸드의 머리에 달라붙어 떠나지 않았다. 자살이란 지금까지 이 오만한 영혼과는 거리가 아주 먼 것이었지만 이제는 자살에 대한 생각이 그녀의 마음속에 스며들어 곧장 절대적인 지배력을 행사하기에 이르렀다. 아무렴, 내 선조들의 피가 내게 와서 식어 버렸을 리 없잖아. 마틸드는 속으로 오만하게 중얼거렸다.

「한 가지 부탁이 있어.」 어느 날 쥘리앵이 그녀에게 말을 꺼냈다. 「아이를 낳으면 베리에르에서 유모를 구해 맡겼으면

해. 레날 부인이 그 유모를 잘 챙겨 줄 거야.」

「내게 그런 매정한 말을 하다니…….」 마틸드가 파랗게 질린 얼굴을 했다.

상념에 빠져들던 쥘리앵은 번뜩 정신을 차려 그녀를 품에 끌어안았다. 「그렇구나, 미안해. 다 내 잘못이야.」

마틸드가 쏟아 내던 눈물이 마르자 그는 조금 전의 생각을, 다만 이번에는 말을 좀 더 능란하게 돌려서 다시 꺼냈다. 이야기에 철학적인 우수를 덧입히느라, 이제 얼마 안 가 자신의 미래는 닫히고 말 거라고 말한 후 그는 이렇게 덧붙였다. 「당신도 인정해야 해. 열정이란 인생의 어느 지점에서 만나는 하나의 사건일 뿐이야. 다만 탁월한 영혼들만이 그 사건을 경험하긴 해도 말이야……. 당신 집안의 체면을 생각하면 내 아들이 죽는 것이 사실은 가장 좋은 경우일 거야. 하인들은 그런 사정을 눈치채겠지. 그 아이는 불행과 수치로 태어나서 무시당하면서 살아갈 수밖에 없는 운명이야……. 언제라고 못 박고 싶지는 않지만, 용기를 내어 말하건대 하여간 적당한 때가 되면 내 마지막 충고를 따라 줘. 크루아즈누아 후작과 재혼하도록 해.」

「어머, 어떻게 그런 명예를 더럽히는 말을 할 수 있어!」

「당신네 집안 같은 가문에는 명예를 더럽힌다는 말이 적용되지 않아. 당신은 그저 미망인, 어떤 미치광이의 미망인일 뿐이야, 그게 전부지. 좀 더 말해 보자면, 내가 저지른 범죄라는 것도 금전적인 동기가 전혀 없는 만큼 불명예스럽다고 볼 수 없어. 어쩌면 금세기 안에 어떤 현명한 입법자가 나타나 동시대인의 편견을 극복하고 사형 제도를 폐지할지도 몰라. 그때가 되면 누군가 호의를 가진 사람이 나서서 내 경우를 예로 들어 말할 수도 있겠지. 라 몰 양의 첫 남편은 미치광이였지만 악당도 흉악범도 아니었습니다. 그런데도 그의 목을 자른 것은 어처구니없는 일이죠……, 하고 말이야. 그때가 되면 내 이름이 결코 수치스럽게 기억되지는 않을 거야. 어느 정도 세월이 지나면 적어도 그렇게 될 거야……. 당신의 사회적 지위, 재산, 그리고 재능까지 뒷받침해 주면, 당신 남편이 된 크루아즈누아 씨는 그 혼자서는 엄두도 못 낼 큰 역할을 해낼 거야. 그에게 있는 거라고는 좋은 가문과 싸움터에서 용감하게 죽는 습관뿐이지. 1729년이라면 그 두 가지 장점만으로도 훌륭한 인물이 되었겠지만, 그로부터 한 세기가 지난 오늘날 그건 시대착오가 되었어. 기껏해야 자만심을 키우는 데나 소용이 있을까. 프랑스 청년들 사이에서 두각을 나타내려면 다른 자질들이 필요해.

당신은 남편을 한 정파에 밀어 넣을 것이고, 그 굳세고 대담한 성격으로 그 정파를 도울 거야. 프롱드 난[49] 당시 활약한 슈브뢰즈나 롱그빌 같은 여걸들의 대를 이어 큰일을 해낼 걸……. 하지만 그때가 되면 지금 당신 안에서 타오르는 사랑의 불길은 조금 사그라졌겠지.」

이런 식으로 그는 한참 동안이나 변죽을 울린 후 마침내 한마디 덧붙였다.

「하고 싶은 말이 있어. 15년쯤 지나면 당신은 지금 내게 품은 이 사랑이 미친 짓이었다고 생각할 거야. 변명의 여지는 있지만 그래도 어쨌거나 미친 짓이었다고 말이야.」

그는 말을 뚝 끊고 상념에 빠져들었다. 그는 또다시 어떤 생각을 떠올리고 있었다. 입 밖에 내어 말했더라면 마틸드를 몹시 가슴 아프게 했을 생각이었다. 〈15년쯤 지난 후 레날 부

----

49 1648~1653년 사이 프랑스 귀족들이 국왕의 중앙 집권 정책에 저항하여 일으킨 내란.

인은 내 아들을 끔찍이 사랑할 거야. 당신은 그 아이를 잊었
을 테고.〉

제40장
평온한 마음

> 그 시절 내가 어리석었던 덕분에 지금 내가 현명
> 해진 것이다. 오, 한때의 일밖에 보지 못하는 철학
> 자여, 그대의 시야는 얼마나 좁은지! 그대의 눈으
> 로는 정열의 감춰진 작용을 추적할 수 없다.
> ― 괴테 부인

마틸드와의 대화는 심문으로 인해 중단되었다. 심문 다음
에는 변론을 맡은 변호사와의 면담이 있었다. 모든 것에 무관
심한 상태로 그저 감미로운 몽상에만 잠겨 지내는 쥘리앵의
생활에서 오직 이 순간들만은 견딜 수 없을 만큼 불쾌했다.

「나는 살인을 저질렀습니다. 그것도 계획적으로 말입니
다.」 쥘리앵은 판사에게도 변호사에게도 이런 식으로 대답했
다. 그러고는 미소를 띠며 덧붙였다. 「나도 유감입니다. 그렇
지만 덕분에 당신의 일거리가 가벼워지죠.」

판사와 변호사에게서 놓여나자 쥘리앵은 생각했다. 어쨌
든 나는 용감한 모습을 보여야 해. 저 두 사람보다 외면상 더
씩씩해질 필요가 있어. 이건 죽음과 나 사이의 결투야. 비극
으로 끝날 결투이긴 하지. 그런데 저 사람들은 이 결투의 결
말을 마치 불행의 극치인 양, 〈공포의 절정〉인 양 생각하는
군. 정작 나 자신은 그날이 되어서야 그것에 대해 진지하게
생각해 볼 작정인데.

나는 더 큰 불행도 이미 겪었어. 쥘리앵은 자신을 되돌아

보며 생각을 이어 나갔다. 처음 스트라스부르에 가서 지내던 동안은 정말 고통스러웠지. 그때는 마틸드한테 버림받았다고 생각했으니까……. 그때는 마틸드의 온전한 애정을 그토록 갈망했건만, 지금은 그런 애정을 받고 있어도 나는 그저 냉담하기만 하거든……! 사실 나는 혼자 있을 때가 더 행복해. 아름다운 그녀가 와서 내 고독을 함께 나누는 것보다 더욱…….

변호사는 규정과 절차에 목을 매는 사람이었다. 그는 쥘리앵이 정신이 온전치 못하다고 생각했다. 그리고 세인들이 생각하듯이 그 역시도 쥘리앵이 손에 총을 쥔 이유가 질투 때문이라고 믿었다. 하루는 변호사가 어쩌다 나온 말인 척하면서 쥘리앵의 의향을 은근히 떠보려 했다. 이번 일이 정신 착란 상태에서 저지른 일이라고 진술하는 편이, 그게 사실이든 아니든 간에 그 자신을 변호하는 데 도움이 될 거라는 이야기였다. 그 말은 쥘리앵을 순식간에 다시금 격정적이고 예리한 모습으로 바꾸어 놓았다.

쥘리앵은 제정신이 아닌 사람처럼 소리쳤다.

「목숨을 지키려면 그런 추악한 거짓말은 두 번 다시 입에 담지 마시오.」

이 조심성 많은 변호사는 쥘리앵이 자기를 죽이려 달려들지나 않을까 잠시 겁을 먹었다.

공판일이 빠르게 다가오는 터라 변호사는 변론을 고민하던 참이었다. 브장송은 물론 도내의 어디를 가든 이 유명한 재판이 떠들썩한 화제가 되어 있었다. 쥘리앵은 이런 자세한 사정을 몰랐다. 그런 종류의 이야기를 자신에게 하지 말아 달라고 미리 당부해 놓은 탓이었다.

같은 날, 푸케와 마틸드가 항간의 소문들이 무척이나 희망

적이라며 그에게 알려 주려고 하자 쥘리앵은 첫마디에 그들을 가로막았다.

「내가 꿈꾸던 삶을 방해하지 말아 줘. 현실의 자질구레한 일들을 성가시게 읊어 대서 나를 천상에서 끌어내리지 말아 줘. 그런 이야기를 들으면 나는 어쩐지 기분이 언짢아져. 사람은 제각기 자기 나름의 방식대로 죽는 거야. 나는 죽음을 내 나름의 방식으로만 생각하고 싶어. 〈남들〉이 어떻게 생각하든 무슨 상관이야? 〈타인들〉과 나 사이의 관계는 이제 곧 순식간에 끊어지고 말 텐데. 제발 나한테 그 〈남들〉 이야기는 하지 말아 줘. 그 예심 판사와 변호사를 만나는 것만으로도 지긋지긋해.」

이렇게 말하고 나서 쥘리앵은 자신의 상념 속으로 빠져들었다. 실제로도 꿈꾸면서 죽는 것이 내 운명이 아닐까 싶어. 나처럼 미미한 존재야 죽은 지 보름이면 사람들 기억 속에서 사라질 텐데, 그런 내가 자신을 감추고 연극을 한다는 건 사실 멍청한 짓이야…….

하지만 삶의 종말을 바로 눈앞에 두고서야 비로소 삶을 즐기는 법을 알게 되다니 참 묘하기도 하지.

요 근래 며칠 동안 쥘리앵은 탑 꼭대기의 좁다란 테라스를 거닐면서 마틸드가 사람을 시켜 네덜란드에서 사 오게 한 품질 좋은 시가를 피워 보곤 했다. 하지만 그는 매일같이 시내에서 망원경들이 그가 나타나기를 기다리고 있다가 일제히 그를 훔쳐보곤 한다는 사실은 몰랐다. 그때도 그의 생각은 베르지에 가 있었다. 그가 레날 부인의 이야기를 푸케에게 꺼낸 적은 한 번도 없었다. 그러나 푸케는 부인이 빠른 속도로 회복되고 있다는 소식을 두어 번쯤 전해 주었다. 이 소식은 쥘리앵의 가슴속에서 메아리처럼 울렸다.

754

거의 대부분의 시간 쥘리앵의 마음이 상념과 몽상의 세계로 떠나 있는 동안, 마틸드는 귀족의 심성에 어울리게 현실적인 일에 몰두하여 페르바크 부인과 프릴레르 씨의 관계를 둘 사이에 직접 서신이 오고 가는 사이로까지 친밀하게 진척시킬 수 있었다. 두 사람의 서신에서는 벌써부터 〈주교구〉라는 단어가 등장할 정도였다.

성직 임면권을 좌우한다는 그 주교는 조카딸이 프릴레르에게 보내는 편지의 여백에 〈가엾은 소렐은 다만 경솔했던 것이니 그를 석방해서 우리에게 돌려주기 바라오〉라고 덧붙여 적어 보냈다.

주교가 쓴 그 구절을 보고 프릴레르는 좋아서 넋이 나갔다. 그는 자신이 쥘리앵을 구할 수 있을 거라 믿어 의심치 않았다.

공판에 참여할 서른여섯 명의 배심원을 추첨하기 전날 그는 마틸드에게 말했다.

「그 자코뱅식의 법만 아니면 나는 아예 〈평결〉에 대해 장담드릴 수 있었을 텐데 말입니다. 그 법에 따라 수도 없이 많은 배심원을 명단에 올려놓고 추첨해야 하는데, 이렇게 배심원 명단 작성을 규정해 놓은 의도는 순전히 명문 출신 인사들의 영향력을 빼앗자는 것뿐이죠. 나는 N 신부도 무죄 방면시킨 적이 있어요.」

다음 날 추첨함에서 나온 이름 가운데 브장송 수도회원 다섯 명과 브장송 이외 지역의 인사 중 발르노, 무아로, 숄랭의 이름이 들어 있는 걸 보고 프릴레르 부주교는 쾌재를 불렀다. 그가 마틸드에게 말했다.

「우선 이 여덟 명의 배심원은 보장할 수 있어요. 앞의 수도회원 다섯 명은 내 〈꼭두각시〉나 마찬가지죠. 또 발르노는 내 수족 노릇을 할 거고 무아로는 나한테 갚을 게 많고 숄랭은 무엇에든 겁부터 집어먹는 멍청이거든요.」

배심원 명단은 신문에 실려 도내에 알려졌다. 신문을 본 레날 부인이 브장송에 가야겠다고 나섰다. 그녀의 남편은 기겁했다. 아내를 말려 봤지만 소용없었다. 브장송에 가더라도 방 안에서 꼼짝 않고 몸이나 돌보고 있겠다는 약속을 얻어 낸 게 고작이었다. 그조차 증인으로 재판정에 불려 나가는 불쾌한 꼴을 당하고 싶으냐고 을러댄 결과였다. 전 베리에르 시장은 아내에게 이렇게 말했다.

「당신은 내 처지를 이해 못하는군. 그자들이 하는 말에 따르면 나는 이제 〈변절해서〉 자유주의자들 편에 가서 붙었다는 거야. 그 악당 발르노 놈과 프릴레르는 검사장과 판사들을 꼬드겨 뭔가 나를 괴롭힐 거리를 만들 게 분명해.」

이렇게 펄펄 뛰는 남편 앞에서 레날 부인은 순순히 뒤로 물러섰다. 내가 공판 자리에 나타나면 사람들은 내가 복수를 바라는 걸로 생각할지 몰라. 사실 부인은 이런 걱정을 하고 있었다.

고해 신부와 남편에게 무슨 행동이든 삼가겠노라 약속했음에도 불구하고 부인은 브장송에 도착하기 무섭게 펜을 들어 배심원 서른여섯 명 각각에게 편지를 썼다.

제가 모습을 보이면 소렐 씨의 입장이 불리해질 게 걱정스러워 공판 당일에는 법정에 나가지 않으려 합니다. 제가 유일하게, 또한 간절하게 바라는 것은 단 한 가지 그가 구원받는 것입니다. 저의 진심을 믿어 주십시오. 저 때문에 한 죄 없는 사람이 죽임을 당했다는 무서운 생각을 한다면 저는 남은 삶을 편안히 살 수 없을 터이고, 아마도 일찍 삶을 끝내게 될 것입니다. 제가 이렇게 번연히 살아 있는데 어떻게 그를 사형에 처할 수 있단 말입니까? 안 될 일이지요. 사회는 사람의 생명을 앗을 권리가 없습니다. 쥘리앵 소렐 같은 사람의 생명이라면 더더욱 그렇습니다. 베리에르 사람이라면 누구나 그가 때로 착란을 일으킨다는 사실을 알고 있습니다. 그 가엾은 청년에게는 강력한 적들이 있습니다만, 그 적들(적이 정말 많기도 하지요!) 중에라도 그의 놀라운 재능과 깊은 학식을 의심하는 사람이 누가 있겠습니까? 배심원님께서 판결할 이 피고는 평범한 사람이 아닙니다. 근 열여덟 달 동안 저희 모두는 그를 지켜보면서, 그가 경건하고 지혜로우며 근면하다는 것을 알았습니다. 그렇지만 일 년에 두세 번 그는 심한 우울증에 사로잡혀 착란까지 일으키곤 했습니다. 베리에르 사람 모두와 베르지의 제 가족 별장 인근 주민 모두, 저희 가족 모두, 그리고 군수님까지 그가 모범적인 신앙심을 지니고 있다는 사실을 증언할 것입니다. 그는 『성서』를 처음부터 끝까지 암송하는 사람입니다. 신앙심이 없는 사람이 여러 해 동안 『성서』 공부에 전념했겠습니까? 저의 아들들을 시켜 이 편지들을 전해 올립니다. 제 아들들은 아직 어립니다. 이 아이들에게 물어봐 주십시오. 아이들은 그 가엾은 청년에 대해 빠짐없이 자세히 말씀드릴 것이고, 그 말을 들으시면 그 청년을 처형하는 것이 무자비한 처사라는 걸 납득하실 것입니다. 그를 처형하는 것은 저의 복수가 되기는커녕 저에게도 죽음을 던져 주는 일입니다.

　아무리 그의 적들이라 해도 이 사실에 무슨 이의를 제기할 수 있겠습니까? 저의 상처는 두 달도 채 지나지 않아 역마차를 타고 브장송까지 올 수 있을 정도로 조금도 위태롭지 않은 것입니다. 이 상처는 말씀드렸다시피 그가 가끔 보이는 착란의 결과로, 내 아이들도 그가 제정신이 아닐 때가 있다는 걸 알고 있습니다. 그런 무고한 사람을 무자비한 법으로부터 구해 내시기가 조금이라도 망설여지는지요? 저는 남편의 명을 따르고자 자리보전하고 있지만, 만약 배심원님께서 그의 구출을 망설이신다면 저는 달려 나가 배심원님의 발아래 끓어앉기라도 하겠습니다.

배심원님, 부디 계획적인 범죄가 아니라는 의견을 표명해 주시기 바랍니다. 그렇게 해주시면 죄 없는 사람의 피를 흘리게 했다는 가책을 느낄 일이 없으실 겁니다. 운운.

제41장
재판

이 지방은 그 유명한 소송 사건을 오랫동안 기억할
것이다, 사람들은 피고에게 관심을 쏟다 못해 급기
야 흥분하기에 이르렀다. 그 이유는 그의 범죄가 놀
랍기는 하지만 잔인하지는 않았기 때문이다. 설령
그 범죄가 잔인한 것이라 쳐도 그 청년의 용모는 얼
마나 수려한지! 촉망받던 그의 앞날이 이렇게 끝나
버렸다는 사실이 한층 더 사람들의 동정을 샀다. 여
자들은 〈그가 사형당할까요?〉라고 남자 지인들에게
물어 놓고는, 대답을 기다리는 동안 긴장해서 얼굴
이 창백해지곤 했다.

— 생트뵈브

마침내 레날 부인과 마틸드가 그렇게도 두려워하던 날이
왔다.

시내에 평소와는 다른 광경들이 펼쳐지는 바람에 두 여인
의 두려움은 더욱 커졌다. 심지 굳은 푸케조차 동요할 정도였
다. 이 흥미진진한 사건의 공판 장면을 구경하려는 사람들이
이 지방 곳곳에서 브장송으로 몰려들었다.

여관들은 며칠 전부터 이미 방들이 동이 난 상태였다. 재판
소장은 방청권을 마련해 달라는 요구 때문에 몸살을 앓았다.
시내의 부인들은 누구나 공판을 지켜보고 싶어 했다. 쥘리앵
의 초상화를 사라는 장사꾼의 호객 소리가 거리마다 울려 퍼
지고 있었다.

마틸드는 이 결정적 순간을 위해 활용하려고 편지 한 통을
마련해 놓고 있었다. XXX 주교가 처음부터 끝까지 자필로

작성한 편지였다. 주교 임면권을 틀어쥐고 프랑스 교회 전체를 좌지우지하는 이 주교 예하께서 쥘리앵의 석방을 요구하고 있는 것이다. 공판 전날 마틸드는 이 편지를 그 세도가 부주교에게 가져갔다.

면담 끝에 마틸드가 눈물 글썽한 얼굴로 나가려 하는 순간, 프릴레르 부주교는 그동안 빈틈없이 신중하게 굴던 태도를 마침내 접으면서, 그 자신도 거의 감동한 얼굴로 말했다.

「배심원의 평결에 대해서는 걱정 마세요. 당신이 지키려는 피고가 순간의 실수로 그 범죄를 저지른 건지, 특히 그것이 계획적인 범죄인지 아닌지 검토할 책임을 맡은 열두 명 가운데 여섯은 내 편에 기꺼이 붙을 친구들이니까. 나는 그들한테 확실하게 일러두었죠. 내가 주교 자리에 오를 수 있느냐 여부가 그들한테 달려 있다는 걸 말입니다. 우선 발르노는 내 덕에 베리에르 시장이 된 자이고, 그가 자기 구역의 다른 두 명을 전적으로 조종하고 있어요. 어쩌다 보니 사상이 불온한 두 사람이 배심원 명단에 든 게 사실이긴 해요. 하지만 아무리 급진 자유주의 인사라 해도 사안이 중대할 때는 내 지시를 잘 따릅니다. 나는 그들에게 발르노가 투표하는 대로 따라서 투표하라고 일러 놓았죠. 여섯 번째 배심원은 아주 부유한 실업가에 말도 잘 떠벌리는 자유주의자인데, 그에 대해 좀 알아봤더니 국방부에 납품을 하고 싶어 내심 몸이 달아 있더군요. 그도 아마 내 뜻을 거역하지 못할 겁니다, 나는 그에게도 발르노가 내 뜻을 아니까 그를 따라 투표하라고 말해 두었습니다.」

「그 발르노 씨는 믿을 만한 사람인가요?」 마틸드가 불안한 듯 물었다.

「그가 어떤 인물인지 알면 당신도 성공을 믿어 의심치 않을 겁니다. 배짱 좋고 뻔뻔하고 야비한 떠버리로, 바보들을 조종하는 일이 제격인 자예요. 입에 풀칠이나 하고 살다가 1814년에 자리 하나를 꿰찬 덕분에 신세가 바뀌었는데, 나는 그를 앞으로 지사 자리에 앉힐 생각을 갖고 있어요. 그는 다른 배심원들이 자기 뜻을 따르려 하지 않을 경우 그들을 흠씬 두들겨 놓을 수도 있는 작자지요.」

마틸드는 얼마간 안심이 됐다.

저녁에 또 한 번의 언쟁이 마틸드를 기다리고 있었다. 쥘리앵이 판결 결과야 뻔한 것이라면서 불유쾌한 장면을 오래 끌고 싶지 않다는 이유로 법정 진술을 하지 않으려 마음먹은 것이다.

쥘리앵은 마틸드에게 이렇게 말했다.

「변호사가 진술할 거야. 그걸로 충분해. 내 적들이 전부 지켜보는 앞에서 좋은 구경거리를 만들어 주는 셈인데, 내가 진술까지 하면 그 시간이 너무 길어져. 그 시골뜨기들은 내가 빠른 시간에 출세한 것에 배 아파하고 있어. 내 출세야 당신 덕분인데 말이야. 장담할 수 있어, 그들 중에 내가 사형 선고를 받기 바라지 않는 자는 한 명도 없다는 것을. 내가 사형장으로 끌려가는 날 바보처럼 눈물을 찔끔거릴 자도 있겠지만 말이야.」

「그들이 당신이 수모를 당하는 꼴을 보고 싶어 한다는 건 사실이야.」 마틸드가 대꾸했다. 「하지만 그들이 그렇게 잔인할 거라고는 생각하지 않아. 여자들은 내가 브장송에 온 것을 보고, 그리고 내가 괴로워하는 모습을 보고 다들 관심을 기울이고 있어. 더군다나 당신이 잘생기기까지 했으니 더 말할 나위도 없지. 당신이 판사들 앞에서 한마디만 하면 방청객은 전부 당신 편이 될걸……」

다음 날 아침 9시, 쥘리앵은 재판소 대법정으로 가기 위해 탑 꼭대기 감옥에서 내려왔다. 헌병들은 안마당에 몰려든 엄청난 군중을 헤치느라 무척 애를 먹었다. 쥘리앵은 잠을 푹 잤고 아주 평온했다. 잔인성은 없지만 시기심은 많아서 자신의 사형 선고에 환호할 이 군중에 대해 그는 철학적인 연민 외의 다른 감정은 느낄 수 없었다. 군중에게 둘러싸여 15분도 넘게 한자리에서 움직이지 못하는 동안 그는 깜짝 놀랐다. 자신의 모습이 군중에게 따뜻한 동정을 불러일으키고 있다는 사실을 알아차린 것이다. 기분이 불쾌해질 말은 한마디도 들려오지 않았다. 이 시골뜨기들은 생각했던 것보다는 덜 심술 사나운가 보군. 그는 속으로 중얼거렸다.

재판정에 들어서면서 그는 그 건축물의 우아한 외관에 놀랐다. 전형적인 고딕식 건축물로, 공들여 다듬은 아담한 석주들이 길게 늘어서 있었다. 그는 마치 영국에 온 것 같은 기분이 들었다.

하지만 그의 관심은 곧 발코니로 쏠렸다. 피고석 바로 맞은편, 판사석과 배심원석 위로 열두서너 명의 아름다운 부인들이 발코니 세 개를 가득 채운 채 앉아 있었다. 방청석으로 눈을 돌려 보자 홀 위쪽으로 빙 둘러 설치된 특별석에도 여인들이 자리를 가득 메우고 있는 것이 눈에 들어왔다. 대부분이 젊은 여인네였고, 또 그가 보기에는 무척 아름다웠다. 여인들의 눈은 호기심에 차서 반짝거리고 있었다. 나머지 방청석도 엄청난 수의 사람들이 꽉 들어차 빈자리가 없었다. 출입문마다 서로 들어오려는 사람들로 실랑이가 벌어지는 바람에 경비원들이 아무리 애를 써봐도 실내는 정숙해지지 않았다.

쥘리앵을 더듬어 찾던 모든 눈길이 한 단 정도 높게 마련된 피고석에 자리 잡고 앉는 그의 모습을 알아보았다. 그 순간 실내는 놀라움과 호의 어린 관심으로 일제히 웅성거렸다.

그날따라 쥘리앵은 채 스무 살도 안 돼 보였다. 차림새는 무척 단순했지만 나무랄 데 없이 우아했다. 머리카락과 이마는 매력적이었다. 마틸드가 직접 나서서 그의 단장을 거든 공도 있었다. 쥘리앵의 얼굴은 몹시 창백했다. 그가 피고석에 앉자마자 사방에서 수군대는 소리가 들려왔다. 「어머! 젊기도 하지……! 어린아이 같아……. 초상화보다 훨씬 더 미남인걸.」

「이보쇼.」 그의 오른편에 자리 잡은 헌병이 그에게 말을 건넸다. 「저 발코니에 앉은 부인네 여섯 명이 보이쇼?」 헌병은 배심원들이 자리한 계단식 좌석 위로 불쑥 튀어나온 작은 특별석을 그에게 가리켜 보였다. 「저분이 지사 부인이오.」 헌병이 말을 이었다. 「그 옆이 M 후작 부인인데 당신을 무척 좋아하던걸. 저 부인이 예심 판사한테 하는 말이 들리더라고. 그리고 그 옆은 데르빌 부인이고…….」

「데르빌 부인이!」 쥘리앵은 자신도 모르게 신음했다. 그의 이마가 짙은 홍조로 물들었다. 데르빌 부인은 이 공판을 지켜보고 나서 레날 부인에게 편지를 쓸 테지, 하고 쥘리앵은 생각했다. 그는 레날 부인이 브장송에 와 있으리라고는 짐작도 못 했다.

몇 시간에 걸친 증인 심문이 끝났다. 차장 검사가 기소장을 읽어 내려가기 시작하자 쥘리앵 바로 맞은편 작은 발코니에 앉은 두 부인이 눈물을 쏟아 냈다. 데르빌 부인은 나를 위해 저렇게 슬퍼해 주지 않을 거야. 쥘리앵은 속으로 중얼거렸다. 그렇지만 그의 눈에 들어온 데르빌 부인의 얼굴은 감정을 누르지 못해 붉게 상기되어 있었다.

차장 검사는 쥘리앵이 저지른 범죄의 흉악성에 대해 어설픈 문장 솜씨로 감상적인 열변을 늘어놓았다. 데르빌 부인 옆

자리의 부인들이 그 기소문에 드러내 놓고 반감을 보이는 걸 알 수 있었다. 그 부인들과 아는 사이가 분명한 배심원 몇 명이 그녀들에게 말을 건네며 안심시키는 듯이 보였다. 저런 조짐은 내가 바라던 게 아닌데, 하고 쥘리앵은 생각했다.

그때까지 쥘리앵은 공판에 모여든 사람들 모두에게 순전한 경멸감만을 느끼고 있었다. 차장 검사의 상투적인 기소문은 그런 혐오감을 증폭시켰다. 그러나 사방에서 그를 향해 동정을 보내오고 있다는 걸 알아차리면서 그의 메마른 감정도 차츰 누그러졌다.

자신의 변호사가 침착한 표정을 짓고 있는 게 마음에 들었다. 「말을 길게 할 필요는 없어요.」변호사가 변론을 시작하려 할 때 쥘리앵이 낮은 목소리로 말했다.

「검사가 보쉬에를 본떠 논고를 과장하는 바람에 오히려 당신이 덕을 본 것 같군요.」변호사가 대답했다. 실제로 변호사가 변론을 시작한 지 5분도 채 지나지 않아 부인들은 모두 손수건을 꺼내 들었다. 힘을 얻은 변호사는 배심원들을 향해 지극히 호소력 있는 말을 쏟아 놓았다. 쥘리앵도 몸이 떨렸다. 곧장 눈물이 주르르 흘러내릴 것만 같았다. 맙소사! 적들이 보면 뭐라고 하면서 비웃을까?

북받쳐 오르는 감정에 그만 자신을 내맡길 찰나, 그로서는 다행히도 그의 눈길이 발르노 남작의 번득이는 눈과 마주쳤다.

저 마당쇠 놈의 눈에 불이 붙었군, 쥘리앵은 속으로 중얼거렸다. 저 저속한 인간은 이 일로 얼마나 기고만장할까. 내가 지은 죄가 있어 이런 상황에 처하기는 했지만 그렇더라도 저자는 용납할 수 없어. 저자는 긴긴 겨울날 저녁 레날 부인을 붙잡고 내 험담을 갖가지로 늘어놓을 테지!

이런 생각이 들자 다른 것은 다 잊고 말았다. 잠시 후 쥘리앵은 정신이 번득 들었다. 고개를 끄덕이며 감동한 표정을 짓는 방청객의 얼굴이 눈에 들어온 것이다. 변호사가 변론을 막 마친 참이었다. 쥘리앵은 이런 경우 변호사에게 악수를 청해야 한다는 점을 때맞추어 기억해 냈다. 시간은 빠르게 흘러갔다.

변호사와 피고에게 음료수가 나왔다. 그제야 비로소 쥘리앵은 한 가지 사실을 깨닫고 놀랐다. 방청석의 부인들 가운데 식사를 위해 자리를 떠난 사람이 아무도 없다는 사실이었다.

「이거야 원, 이러다가 굶어 죽겠군. 시장하죠?」 변호사가 물었다.

「그렇군요.」 쥘리앵이 대답했다.

「저기 좀 봐요. 지사 부인도 자기 자리로 식사를 날라 오게 했네요.」 변호사가 작은 발코니를 가리켜 보였다. 「힘내요. 모든 일이 잘 풀리고 있어요.」

재판이 속개되었다.

재판장이 사건을 요약하는 중에 자정을 알리는 종소리가 울려 퍼졌다. 재판장은 말을 잠시 중단해야 했다. 모두가 초조하게 침묵을 지키는 가운데 시계 종소리가 법정을 가득 채웠다.

자, 지금부터 내 삶의 마지막 날이 시작된다. 쥘리앵은 문득 생각했다. 그러자 곧 어떤 의무감이 가슴을 뜨겁게 했다. 그때까지 그는 감정을 자제하면서 결코 발언하지 않겠다는 결심을 굳게 지키고 있었다. 하지만 재판장이 뭔가 하고 싶은 말이 있느냐고 물어 온 순간 그는 벌떡 몸을 일으켰다. 바로 맞은편에 앉은 데르빌 부인의 눈이 불빛 아래 유난히 반짝인다는 느낌이 들었다. 혹시 부인이 눈물을 흘리는 걸까? 하는 생각이 머리를 스쳤다.

〈배심원 여러분,

부당한 경멸을 받으며 죽음을 맞이하고 싶지 않다는 마음에서 한마디 하고자 합니다. 여러분, 나는 여러분의 계층에 속하는 영예를 얻지 못했습니다. 보다시피 나는 자신의 보잘것없는 운명에 반항한 일개 농부입니다.〉

쥘리앵은 침착한 목소리를 되찾아 말을 이어 갔다. 〈여러분께 용서를 구하려 하는 것이 결코 아닙니다. 나는 조금도 환상을 품고 있지 않습니다. 죽음이 나를 기다린다는 것을, 또 그 죽음은 당연한 대가라는 것을 나는 압니다. 나는 온갖 존경과 찬사를 받아 마땅한 부인의 생명을 빼앗을 뻔했습니다. 레날 부인은 나에게 어머니와 같은 사람이었습니다. 내가 저지른 범죄는 잔인한 것이며, 또한 미리 계획된 범행입니다. 따라서 배심원 여러분, 나는 사형을 당해 마땅합니다. 그렇지만 나는 알고 있습니다. 만약 내 죄가 좀 더 가벼운 것이었다 해도 결과는 달라지지 않으리라는 것을. 사람들은 아직 젊은 나이를 고려하여 동정을 베풀 필요가 있다는 점은 아랑곳없이, 나를 징벌함으로써 나와 같은 계층의 청년들을 징벌하고 그들의 용기를 영원히 꺾어 놓고자 하니까요. 낮은 신분으로 태어나 가난에 짓눌리면서도 운 좋게 좋은 교육을 받고, 부유한 사람들의 오만함이 사교계라고 이름 붙인 사회에 대담하게도 끼어들고자 한 청년들 말입니다.

여러분, 바로 이것이 내가 저지른 범죄입니다. 또한 이 범죄는, 사실상 나와 같은 계층이 판결에 참여할 수 없는 만큼, 한층 가혹한 벌을 받게 될 것입니다. 지금 내 앞에 보이는 배심원석에는 농부는 단 한 사람도, 심지어 유복한 농부조차 찾아볼 수 없고, 단지 분개한 부르주아들만 자리 잡고 있을 뿐입니다…….〉

쥘리앵은 이런 어조로 20분 동안이나 말을 이어 나갔다. 그는 가슴에 품고 있던 모든 것을 쏟아 놓았다. 귀족들의 눈에 들려고 애쓰는 차장 검사는 앉은 자리에서 펄펄 뛰었다. 그렇지만 부인네들은 쥘리앵이 어느 정도 추상적인 표현을 써서 에둘러 이야기했는데도 불구하고 모두들 눈물을 쏟았다. 데르빌 부인조차 눈에 손수건을 갖다 댔다. 진술을 매듭짓기에 앞서 쥘리앵은 자신의 범죄가 사전에 계획된 것이었음을 한 번 더 강조했다. 그러고는 자신의 후회, 행복했던 시절에 레날 부인에게 품었던 존경, 그리고 마치 자식이 어머니를 사랑하듯 부인에게 바쳤던 끝없는 흠모의 정 등을 털어놓았다. 데르빌 부인이 짧은 비명을 지르며 의식을 잃고 쓰러졌다.

배심원단이 토의를 위해 따로 마련된 방으로 들어갈 때 시계가 새벽 1시를 알렸다. 자리를 뜬 부인은 한 사람도 없었다. 남자들도 여러 명 눈물을 글썽이는 모습이었다. 처음에는 여기저기서 수런거리는 소리로 꽤 활기가 돌았다. 그러나 배심원 평결을 기다리는 시간이 길어지면서 모두들 피로가 쌓이자 재판정은 고요하게 가라앉기 시작했다. 엄숙한 순간이었다. 실내를 비추던 불빛들도 흐릿해졌다. 몹시 지쳐 있던 쥘리앵의 귀에 주위 사람들의 이야기 소리가 들려왔다. 배심원들의 토의가 이렇게 길어지는 것이 피고에게 유리한 징조인지 불길한 징조인지를 놓고 말을 주고받고 있었다. 모두가 피고의 무죄 평결을 기원하고 있다는 사실을 알아차리고 쥘리앵은 내심 기뻤다. 배심원단은 여전히 돌아올 기색이 없었다. 그런데도 부인네들은 단 한 사람도 자리를 떠나지 않았다.

2시 종이 막 울렸을 때 요란한 움직임 소리가 들려왔다. 배심원실의 작은 문이 열렸다. 발르노 남작이 부자연스러울 만큼 잔뜩 위엄이 들어간 걸음걸이로 앞장서서 들어왔고 그 뒤로 배심원들이 따라 들어왔다. 발르노는 헛기침을 하고 나서, 배심원들이 성심성의를 다해 만장일치로 결의한 바, 쥘리앵 소렐은 살인, 그것도 계획적인 살인을 저질렀으므로 유죄라고 선언했다. 이런 평결이라면 사형이 구형될 수밖에 없었다. 곧이어 사형 선고가 내려졌다. 쥘리앵은 자신의 회중시계를 꺼내 들여다보았다. 탈옥했다는 라발레트 씨의 이야기가 문득 떠올랐다. 시계 바늘이 2시 15분을 가리키고 있었다. 오늘은 금요일이지, 하고 그는 생각했다.

그래, 하지만 오늘 이 발르노에게는 기쁜 날이겠구나. 나를 단죄할 수 있어서 말이야……. 마틸드가 라발레트 부인이 그랬던 것처럼 나를 탈옥시키기에는 감시가 너무 엄해……. 그러니 사흘 후 이 시각에는 나의 〈위대한 가능성〉이 도달한 마지막 지점을 보게 되겠구나.

그 순간 어떤 비명이 들렸다. 그는 문득 상념에서 깨어나 옆을 둘러보았다. 주위의 여인들이 흐느끼고 있었다. 사람들의 얼굴이 일제히 고딕식 난간 기둥 상단의 작은 특별석을 향하고 있는 것이 눈에 들어왔다. 나중에 알게 된 일이지만 거기에 마틸드가 숨어 있었다. 비명이 더 이상 들려오지 않자 모두의 관심이 다시 쥘리앵 쪽으로 돌아왔다. 헌병들은 군중을 헤치고 그를 데리고 나가느라 애를 먹었다.

저 사기꾼 발르노가 나를 비웃을 꼬투리를 주지 말아야지. 쥘리앵은 생각했다. 사형 선고나 다름없는 평결을 내리면서도 마치 유감이라는 듯 번지르르한 말을 해대는 꼴이라니! 연륜 많은 저 재판장조차 내게 사형을 구형하면서 눈물을 글썽거렸건만. 발르노는 얼마나 통쾌할까! 예전에 레날 부인을 두고 벌인 경쟁에서 밀려났던 데 대해 복수한 기분일 테지……. 부인을 다시는 보지 못하겠구나! 이제는 끝이야……. 부인과 마지막 작별 인사를 나눈다는 건 불가능한 일일 테지……. 내가 저지른 짓을 얼마나 후회하고 있는지 부인에게 말할 수 있다면 정말 행복할 텐데!

단지 이 말 한마디라도 전할 수 있었으면. 〈나는 사형당해 마땅한 죄를 지었습니다〉라는 말을.

제42장

쥘리앵은 감옥으로 돌아오는 길로 곧장 사형수 방으로 이 감되었다. 평소에는 사소한 상황도 놓치지 않던 그였지만, 이 때는 자신을 데려가는 곳이 원래 있던 탑 꼭대기 방이 아니라는 사실조차 알아차리지 못했다. 그는 최후의 순간을 맞이하기 전 다행히도 레날 부인을 만날 기회가 온다면 부인에게 무슨 말을 할지, 오로지 그 생각에만 빠져 있었다. 부인은 틀림없이 그의 말을 가로막으려 할 터이므로 첫 한마디에 마음속의 후회를 전부 담아 전하고 싶었다. 하지만 그런 행동을 하고 나서 어떻게 그녀에게 말할 수 있을까? 나는 오직 당신만을 사랑한다는 말을. 어쨌거나 나는 그녀를 죽이려 했어. 그것이 야심 때문이든 마틸드에 대한 사랑 때문이든 간에.

침대에 몸을 눕히는 순간 그는 시트의 거친 촉감을 느꼈다. 그제야 눈이 번쩍 뜨이는 것 같았다. 아! 나는 지하 감옥에 갇혔구나. 이제 사형수니까 그럴 수밖에……

알타미라 백작이 언젠가 들려준 이야기가 있어. 사형당하기 전날 당통은 그 굵은 목소리로 이렇게 말했다지. 〈이거 재미있는걸. 《사형당하다》라는 동사를 어느 시제로든 전부 변화시킬 수는 없잖아. 《나는 사형당할 것이다, 너는 사형당할 것이다》라는 말은 가능해도 《나는 사형당했다》라는 말은 불가능하거든.〉

그렇지만 내세가 있다면 과거 시제인들 안 될 이유가 없잖아……? 하고 쥘리앵은 생각을 이어 갔다. 그러고 보면 나는 정말이지 기독교인들의 신을 만나는 날엔 끝장이야. 그들의 신은 폭군인 데다, 폭군답게 복수심으로 똘똘 뭉쳐 있거든. 그『성서』라는 것도 잔인한 징벌을 가했다는 이야기만 늘어놓고 있잖아. 나는 그 신을 사랑한 적도 없고, 사람들이 그 신을 진심으로 사랑한다고 믿을 마음도 없었어. 그 신은 자비라는 것을 몰라. (이 생각과 함께 그는 몇 군데『성서』구절을 떠올렸다.) 그 신은 나 같은 보잘것없는 놈을 벌줄 때는 인정사정 두지 않을걸.

하지만 만약 페늘롱[50]의 신을 만난다면 괜찮겠지! 페늘롱의 신이라면 이렇게 말해 줄지도 몰라. 〈너는 살아생전 많이 사랑했으니, 많이 용서받으리라…….〉

내가 많이 사랑했던가? 아! 그래, 나는 레날 부인을 사랑했어. 하지만 내 행동은 잔인했지. 그때 나는 더 빛나는 것을 바라보느라 단순하고 소박한 기쁨은 돌아보지도 않았어…….

그렇지만 얼마나 멋진 미래가 눈앞에 있었던가……! 전쟁이 벌어지면 기병 대령으로 연대를 지휘했을 거야. 평화 시에는 공사관 서기관으로 복무하다가 곧이어 대사가 되었을 테지……. 나는 외교 업무쯤 금세 익혔을 테니까……. 설령 내가 얼간이 같은 사내라 해도 라 몰 후작의 사위와 경쟁할 수

50 François de Fénelon. 17세기 후반에서 18세기 초에 활동한 성직자이자 문필가로 기독교 교리에 합리주의를 접목한 종교적 명상을 남겼다.

있는 자가 어디 있겠어? 나의 어리석음은 모두 덮였을 것이고,
오히려 그 어리석음이 장점으로 둔갑했겠지. 뛰어난 인재로 대
접받으면서 빈이나 런던에서 호사스러운 생활을 즐기고…….
　「천만에요, 선생, 그러기는커녕 사흘 후면 단두대에서 목
이 잘릴 판이죠.」

　쥘리앵은 혼자 소리 내어 중얼거려 놓고는 자신이 한 말이
재미있어 담백하게 웃음을 터뜨렸다. 생각은 꼬리를 물고 이
어졌다. 이런 걸 보면 인간은 자기 안에 두 개의 존재가 있다
는 게 사실이야. 그렇다면 대체 어떤 얄궂은 녀석이 이렇게
빈정대는 거지?

　자, 인정하라고, 이 친구야, 하고 그는 또 다른 자신이 되
어 대답했다. 사흘 후면 단두대에 서야 하는 게 네 신세야. 숄
랭은 형 집행 장면을 구경하려고 마슬롱 신부와 돈을 절반씩
부담하기로 하고 창문 하나를 세낼걸. 그런데 그 창문을 세
내는 데 두 대단한 양반 중 누가 상대방의 돈을 등쳐 먹을까?

　로트루[51]의 『방세슬라』에 나오는 구절이 문득 떠올랐다.

　라디슬라
　「나의 영혼은 준비되었습니다.」
　왕, 라디슬라의 아버지
　「단두대도 준비되었다. 네 목을 갖다 대라.」

　멋진 대답이지 뭐야! 이런 생각을 하다가 쥘리앵은 잠이
들었다. 아침에 누군가가 그를 꼭 껴안는 느낌에 그는 잠에
서 깨어났다.

　51 Jean de Rotrou(1609~1650). 17세기 프랑스 극작가. 전반기 바로크
풍 연극의 대표 작가로 꼽힌다.

「뭐야, 벌써!」 쥘리앵은 한쪽 눈을 사납게 치켜뜨며 말했다. 사형 집행인이 그를 데려가려고 움켜잡은 줄 알았던 것이다.

마틸드였다. 다행히 마틸드는 내가 방금 전 겁을 더럭 냈다는 걸 알아차리지 못했어. 이렇게 생각하자 그는 침착성을 되찾을 수 있었다. 마틸드는 반년은 앓아누웠던 사람처럼 변해 있었다. 정말이지 알아보기조차 힘들 정도였다.

「그 비열한 프릴레르가 나를 배반했어.」 그녀가 양손을 맞잡아 비틀며 말했다. 분이 치받쳐 울음도 잊은 것 같았다.

「어제 내가 사람들 앞에서 진술했을 때 멋졌지?」 쥘리앵은 동문서답을 했다. 「즉흥적으로 한 발언이었어. 생전 처음으로 말이야! 또 마지막 연설이기도 하겠는걸.」

이 순간 쥘리앵은 능란한 피아니스트가 피아노 건반을 두드리듯 침착하게 마틸드의 성격을 조율했다……. 「나에게는 탁월한 혈통이라는 이점이 없어. 그건 사실이지.」 그는 말을 이었다. 「하지만 마틸드의 위대한 영혼이 자신의 애인을 그녀의 높이로까지 끌어올려 놓았어. 보니파스 드 라 몰인들 재판관들 앞에서 나보다 더 멋지게 행동했을까?」

그날 마틸드는 6층 꼭대기 셋방에 사는 소박한 여자처럼 가식 없이 다정했다. 그렇지만 아무리 애를 써도 쥘리앵에게서 좀 더 솔직하고 담백한 말을 이끌어 내지는 못했다. 그는 예전에 마틸드에게 받았던 고통을 자신도 모르는 사이에 되돌려 주고 있는 셈이었다.

우리는 나일 강이 처음 어디서 발원하는지 모르지. 쥘리앵은 혼자 생각에 잠겨 들었다. 강들의 제왕인 나일 강이 아직 작은 물줄기일 때 인간의 눈은 그것이 나일 강인지 알아보지 못하거든. 마찬가지로 그 어떤 사람도 나약한 모습의 쥘리앵을 보지는 못할걸. 우선 쥘리앵이라는 인간은 나약하지 않으니까. 그렇지만 걸핏하면 감동을 받긴 해. 아주 평범한 말도 진정한 마음이 배어 있다고 느끼면 감동해서 목소리가 떨리고 눈물방울이 주르륵 흘러내리곤 하지. 마음이 메마른 사람들이 이런 내 결점을 보고 나를 멸시한 적이 얼마나 많았던가! 그들은 내가 자신들에게 용서를 구하는 거라고 착각하곤 했어. 내가 참을 수 없는 것이 바로 이런 경우거든.

단두대에 오르기 전 당통도 자기 아내 생각에 마음이 흔들렸다고 하더군. 하지만 당통은 겉멋만 부리던 프랑스 국민에게 힘을 주었고, 덕분에 외적이 파리까지 쳐들어오지 못하게 막아 낼 수 있었어……. 나만은 내가 무엇을 이룰 수 있었을지 알아……. 남들에게는 내가 기껏해야 하나의 가능성에 불과할 테지만.

이 감옥에 지금 마틸드가 아닌 레날 부인이 와 있어도 내가 이렇게 나 자신에 대해 자신감을 가질 수 있었을까? 레날 부인이었다면 아마 나는 절망과 죄책감을 가누지 못했을 것이고, 그런 내 꼴을 보고 발르노 같은 인간들과 이 지방의 모든 특권층은 내가 죽음이 두려워 추하게도 벌벌 떨고 있더라고 빈정댔을걸. 그자들은 가슴은 새가슴이지만 그래도 돈푼깨나 있어서 누구도 함부로 건드릴 수 없다는 걸 믿고는 꽤나 뻐기고 다니는 자들이니까. 나에게 사형 선고를 내린 무아로며 숄랭은 이렇게 지껄였을 거야. 보라고, 목수의 아들로 태어난다는 것이 어떤 것인지를! 박식함이나 눈치는 배워서 얻을 수 있지만, 배포야 어디……! 배포라는 건 배운다고 커지는 게 아니지, 하고 말이야. 지금 내 곁에서 울고 있는, 아니 너무 울어서 더는 눈물도 나오지 않는 이 가엾은 마틸드와도…….
생각을 이어 나가던 그는 울어서 빨개진 마틸드의 눈을 바라보다가 그녀를 가슴에 끌어안았다. 진실한 고통의 모습을 보

자 머릿속에서 조리 있게 이어 가던 생각의 끈도 끊기고 말았
다……. 마틸드는 아마도 밤새 울었을 테지. 그는 속으로 중
얼거렸다. 그렇지만 훗날 언젠가 이 여자는 지금의 이 기억을
얼마나 수치스러워할까! 철없던 시절, 한 하층민의 천박한
사고방식에 홀려 잠시 길을 잃고 헤맨 걸로 생각하겠지…….
크루아즈누아는 나약해 빠졌으니 마틸드와 결혼할 거야. 그
에게는 정말이지 그게 잘하는 행동이지. 마틸드가 그에게 해
야 할 역할을 안겨 줄 테니까.

　　그런 것이 바로 큰 포부를 지닌 확고한 정신이
　　속물들의 천박한 정신에 대해 행사할 수 있는 권리라네.

아! 재미있는 일이야. 죽어야 할 처지가 되고부터는 지금
까지 살아오면서 알았던 시들이 전부 기억 속에서 되살아나
거든. 이건 내 삶이 스러져 간다는 신호일 거야…….
　마틸드가 그를 향해 몇 번인가 곧 꺼질 것 같은 목소리로
말을 건네고 있었다. 「여기 와 있어. 지금 옆방에 있어.」 이윽
고 쥘리앵도 되풀이되는 그녀의 말에 관심을 돌렸다. 목소리
가 약해졌구나, 하고 그는 생각했다. 하지만 말투에는 명령에
익숙한 성격이 아직 남아 있는걸. 목소리를 낮춘 건 화를 내
지 않으려는 의도겠지.
　쥘리앵이 부드럽게 물었다.
　「누가 와 있다는 거지?」
　「변호사 말이야. 당신의 서명을 받아 상소하려고.」
　「나는 상소하지 않을 거야.」
　「무슨 소리야! 상소하지 않겠다니.」 그녀가 몸을 벌떡 일
으켰다. 눈이 분노로 반짝이고 있었다. 「대체 이유가 뭐야?」

「아직까지는 내게 용기가 남아 있는 게 느껴지거든. 그러니 그다지 남의 웃음거리가 되지 않고 죽을 수 있어. 두 달 후에도, 그러니까 이 축축한 지하 감옥에 그렇게 오랫동안 갇혀 지낸 후에도 내가 지금처럼 용기를 보여 줄 수 있을지 어떻게 알겠어? 신부들이 참회를 듣는답시고 몰려올 테고, 내 아버지도 얼굴을 비칠 거고……. 나한테는 그 이상 불쾌한 일이 없어. 난 이대로 죽을 테야.」

이 뜻하지 않은 난관에 부딪히자 마틸드의 오만한 성격이 고스란히 되살아났다. 그렇잖아도 그녀는 브장송 지하 감옥 문이 열리는 시간 전에 프릴레르 신부를 만나고 오지 못한 게 분하던 참이었다. 그 분함이 쥘리앵에게로 쏟아졌다. 쥘리앵을 간절히 사랑하는 마음과는 별개로, 마틸드는 거의 15분도 넘게 쥘리앵의 성격을 비난하며 그를 사랑한 걸 후회한다는 둥 온갖 말을 퍼부어 댔다. 그런 그녀의 모습은 예전 라 몰저택 서재에서 매정한 말로 그의 가슴을 가차 없이 후벼 파던 그 오만한 마틸드 그대로였다.

「당신네 가문의 영광을 위해 하늘은 당신을 남자로 태어나게 했어야 했어.」 쥘리앵은 이렇게 말해 놓고 다시 상념에 빠져들었다.

내가 이 더러운 감옥에서 두 달을 더 산다면 속임수에 넘어가는 꼴이지. 특권층은 나를 목표로 온갖 추악하고 수치스러운 계략을 꾸며 낼 것이고, 그 와중에 내게 주어질 위안이라고는 사랑에 미친 이 여자의 저주밖에 없을 그 생활을……. 안 될 말이야. 그보다는 모레 아침에 결투장에 나서는 게 낫지. 냉정하기로 소문난 사내와의 결투잖아. 그 사내는 칼날을 휘두르는 솜씨가 번개 같다던데……. 아주 대단한 솜씨예요. 단칼에 아주 끝장을 내줍니다, 하고 메피스토펠레스 쪽에서 나를 꼬드기는걸.

그래, 좋아(마틸드는 계속해서 온갖 말을 동원해 그를 설득하려 하고 있었다). 아니, 천만에, 하고 그는 속으로 중얼거렸다. 나는 상소하지 않겠어.

이렇게 결심하고 나서 그는 몽상에 빠져들었다……. 우편배달부는 평소처럼 6시에 지나가면서 그 신문을 던져 넣겠지. 8시가 되면 레날 씨는 이제 신문을 다 읽은 뒤일 것이고, 그러면 엘리자가 발꿈치를 들고 살금살금 걸어 부인의 침대에 그 신문을 갖다 놓을 거야. 얼마 후면 부인이 잠을 깰 테지. 신문을 읽어 내려가던 부인은 별안간 소스라치면서 마음을 진정시키지 못할 거야. 그 고운 손이 바들바들 떨리고, 부인의 눈은 이 구절에 못 박히겠지…… 〈10시 5분에 그는 생을 마감했다.〉

부인은 뜨거운 눈물을 흘려 줄 거야. 나는 부인을 잘 알아. 내가 그녀를 죽이려 했어도 그녀는 모든 걸 덮어 주리라는 것을. 내가 목숨을 빼앗으려 했던 사람이 나의 죽음을 진심으로 슬퍼해 줄 유일한 사람이지.

아! 이거야말로 극과 극이군! 하고 그는 생각했다. 마틸드가 또다시 그에게 화를 폭발시키고 있는 동안 그는 레날 부인만을 생각했다. 마틸드가 채근하는 말에 어쩔 수 없이 응대하긴 하면서도 그의 마음은 베리에르의 그 침실 정경을 더듬고 있었다. 오렌지 빛 타프타 천 침대보 위에 놓인 브장송 신문이 보였다. 바르르 떨면서 그 신문을 꼭 움켜쥐는 새하얀 손이 눈에 선했다. 울고 있는 레날 부인의 얼굴이 떠올랐다……. 그는 그 아름다운 얼굴에 흘러내리는 눈물방울 하나하나까지 마음속에 그려 보았다.

라 몰 양은 아무리 해도 쥘리앵을 설득할 수 없자 변호사를 불러들였다. 다행히 변호사는 1796년 이탈리아 원정군 대위로, 마뉘엘[52]의 전우였던 사람이었다.

변호사는 형식상 그래야 했으므로 이 사형수의 결심을 공박했다. 쥘리앵은 그를 정중히 대하려 애쓰면서 자신의 생각을 차근차근 설명했다.

「물론 당신처럼 생각할 수도 있어요.」마침내 변호사 펠릭스 바노 씨가 말했다. 「그렇지만 상소 시한이 앞으로 사흘은 남아 있습니다. 그러니 의무상 나는 그사이에 매일 찾아와 당신 생각이 바뀌었는지를 묻겠습니다. 지금부터 두 달이면 그사이에 감옥 밑에서 화산이 폭발해서 당신이 구출될 수도 있는 노릇이죠. 그러면 당신은 남들처럼 병들어 죽을 수 있단 말입니다.」 그는 쥘리앵을 쳐다보며 말했다.

쥘리앵은 그와 악수를 나누었다. 「감사합니다. 친절하시군요. 하신 말씀은 생각해 보겠습니다.」

마침내 마틸드가 변호사와 함께 방을 나갔을 때, 쥘리앵은 마틸드보다 변호사에게 훨씬 더 우정을 느꼈다.

---

52 J.-A. Manuel(1775~1827). 왕정복고에 저항한 자유주의파 변호사. 앞서 보나파르트 군대에 들어가 이탈리아 원정에 참여한 적이 있다.

제43장

한 시간 후 그는 깊이 잠들어 있었다. 잠결에 문득 손등에 눈물방울이 떨어지는 느낌이 들었다. 아! 또 마틸드구나. 그는 반쯤 잠이 깬 상태에서 속으로 중얼거렸다. 자신의 이론을 충실히 실천하느라 이번에는 다정함으로 내 결심을 무너뜨려 보려고 왔을 테지. 격앙된 감정이 난무하는 장면을 또다시 만들기 싫어서 쥘리앵은 눈을 뜨지 않았다. 아내를 피해 도망친 벨페고르[53]의 말이 생각났다.

어떤 한숨 소리가 들려와 가슴을 흔들었다. 그는 눈을 떴다. 레날 부인이었다.

「아! 죽기 전에 당신을 다시 보다니, 이게 꿈은 아닐까?」 그는 이렇게 외치며 부인의 발아래 몸을 던졌다.

「용서하세요, 부인. 부인께서 보시듯 나는 한갓 살인자일 뿐입니다.」 정신을 차리자 그는 즉시 이렇게 덧붙였다.

「이봐요……. 상소하라고 애원하러 왔어요. 그러고 싶어 하지 않는 줄은 알지만…….」 솟구치는 흐느낌에 목이 메어

---

53 라퐁텐 우화에 등장하는 인물.

부인은 말을 더 잇지 못했다.

「나를 용서해 주세요.」

「내 용서를 바란다면.」 부인은 몸을 일으켜 그의 품에 뛰어들며 말했다. 「사형 선고에 대해 지금 당장 상소해.」

쥘리앵은 부인에게 입맞춤을 퍼부었다.

「그럼 상소 기간 두 달 동안 매일 나를 보러 와주겠어?」

「온다고 맹세할게. 남편이 나를 막아서지만 않는다면 매일 올게.」

「상소장에 서명하겠어!」 쥘리앵이 소리쳤다. 「아! 당신은 나를 용서하는구나! 이럴 수가!」

그는 부인을 가슴에 꼭 끌어안았다. 미칠 듯 마음을 가눌 수가 없었다. 부인이 가늘게 비명 소리를 냈다.

「아무것도 아냐.」 부인이 말했다. 「그냥 조금 아파서.」

「어깨가 아픈 거구나.」 쥘리앵은 하염없이 눈물을 쏟았다. 그러면서 부인에게서 몸을 조금 떼어 내 그녀의 손을 꼭 잡고 뜨거운 키스로 뒤덮었다.

「베리에르의 당신 침실에서 마지막으로 만났을 때, 내가 그런 일을 저지르게 되리라고 어떻게 상상할 수 있었겠어?」

「그때는 어떻게 상상할 수 있었겠어, 내가 라 몰 후작에게 그런 비열한 편지를 쓰게 되리라는 걸……?」

「내가 언제나 당신을 사랑했다는 걸, 오직 당신만을 사랑했다는 걸 믿어 줘.」

「이럴 수가!」 이번에는 레날 부인이 기쁨에 겨워 소리쳤다. 부인은 쥘리앵에게 몸을 기댔다. 쥘리앵은 여전히 무릎을 꿇고 있었다. 그렇게 두 사람은 오랫동안 말없이 울었다.

쥘리앵은 지금까지 살아오면서 그와 같은 순간을 한 번도 경험한 적이 없었다.

시간이 한참 흐른 후, 이윽고 두 사람이 말을 할 수 있게 되었을 때, 레날 부인이 조심스레 물었다.

「그런데 그 젊은 미슐레 부인, 아니 라 몰 양은? 사실 난 그 특이한 사랑 이야기에 믿음이 가기 시작했는걸!」

「겉보기엔 사랑 이야기가 맞아.」 쥘리앵이 대답했다. 「그녀는 내 아내야. 하지만 애인은 아냐…….」

서로가 서로의 말을 수없이 가로막는 바람에 두 사람은 서로 모르고 있던 일들을 가까스로 이야기할 수 있었다. 레날 부인이 라 몰 후작에게 써 보낸 편지는 부인의 젊은 고해 사제가 쓴 것이었고, 부인은 그걸 베껴 썼을 뿐이었다.

「종교가 나에게 너무나 추악한 짓을 저지르게 했어!」 부인이 그에게 말했다. 「그래도 그 편지에서 아주 심한 구절들은 내가 좀 누그러뜨려 쓰기도 했는데…….」

쥘리앵은 이미 그녀를 천 번 만 번 용서했다는 사실을 자신의 기쁨과 도취로 증명해 보였다. 그는 이제까지 한 번도 그래 본 적 없을 만큼 정말이지 미칠 듯이 사랑하고 있었다.

「……그래도 나는 내가 신앙심이 있다고 생각해.」 이런저런 이야기를 이어 나가다가 부인이 말했다. 「나는 진심으로 하느님을 믿어. 내가 저지른 죄는 용서받을 수 없다고 생각하거니와, 또 실제로 용서받을 수도 없어. 그런데 당신을 보는 순간, 심지어 당신이 내게 총알 두 발을 쏜 일까지 있었는데도…….」 이 말에 쥘리앵은 부인이 만류하는데도 불구하고 그녀에게 간절한 입맞춤을 퍼부었다.

「이제 그만 놓아 줘.」 부인이 다시 말을 이었다. 「당신하고 함께 이야기해 보고 싶었던 문제야. 잊어버리기 전에 말하게 해줘……. 당신을 보는 순간, 의무감은 전부 사라지고 오직 당신에 대한 사랑뿐이야. 아니, 사랑이란 말로는 부족해. 오직

하느님한테나 느껴야 할 그런 감정을 난 당신한테 느껴. 존경과 사랑과 복종이 섞인 그런 감정을……. 사실 난 잘 모르겠어, 당신이 내게 어떤 감정을 불러일으키는지. 그렇지만 만약 당신이 옥지기를 칼로 찌르라고 한다면 나는 미처 생각해 보지도 않고 그렇게 할 거야. 내가 왜 그런지 나에게 분명히 설명해 줘. 헤어지기 전에 이야기해 줘야 해. 내 마음속을 명확히 들여다보고 싶어. 두 달 후면 우리는 헤어져야 하잖아……. 그런데 우리가 헤어지게 될까?」 부인이 조금 미소를 지으며 말했다.

쥘리앵은 벌떡 몸을 일으키며 소리쳤다.

「만약 그러면 난 약속을 취소하겠어. 상소하지 않고 사형 선고를 받아들이겠어. 독약이든 칼이든 총이든 숯이든 아니면 그 어떤 다른 방법으로든 당신이 스스로 목숨을 끊으려 한다면 나도 상소하지 않을 거야.」

레날 부인의 얼굴이 별안간 창백해졌다. 그녀의 뜨거운 사랑은 잠시 아득한 꿈에 잠겼다. 이윽고 부인이 중얼거렸다.

「지금 함께 죽을까?」

「죽은 다음에 무엇이 있을지 어떻게 알겠어?」 쥘리앵이 대답했다. 「지옥의 고통이 있을지도 모르고, 아니면 아무것도 없을지도 모르지. 하지만 우리는 두 달 동안 함께 즐겁게 지낼 수 있잖아? 두 달이라면 꽤 많은 날이야. 난 그 어느 때보다 행복할 거야.」

「그 어느 때보다 행복할 거라고?」

「그럼, 그 어느 때보다.」 쥘리앵은 기쁨에 가득 차서 말했다. 「내 자신에게 말하듯 진심으로 말하는 거야. 절대 과장이 아냐.」

「그런 말로 날 꼼짝 못하게 하려고.」 부인은 수줍으면서도 쓸쓸한 미소를 지으며 말했다.

「자! 내게 맹세해 줘, 나에 대한 사랑을 걸고 약속해. 절대 스스로 목숨을 끊지 않겠다고. 직접적인 방법으로든 뭔가의 도움을 빌리든 다 안 될 일이야……. 생각해 봐.」 쥘리앵은 말을 이었다. 「당신은 내 자식을 위해서라도 살아야 해. 마틸드는 크루아즈누아 후작 부인이 되자마자 그 아이를 하인들의 손에 내맡길걸.」

「맹세할게.」 부인은 새침하게 대답했다. 「그렇지만 당신이 손으로 직접 써서 서명한 상소장을 가져가고 싶어. 내가 직접 검사장한테 가서 제출하겠어.」

「그건 안 돼. 당신이 사람들 입에 오르내리게 돼.」

「이미 감옥으로 찾아와서 당신을 만난 이상, 이제 난 브장송은 물론이고 프랑슈콩테 어디를 가나 영원히 화제의 여주인공이 되었는걸.」 부인은 하염없이 쓸쓸한 표정으로 말했다. 「이제 정숙해지기는 다 틀렸지……. 나는 낙인찍힌 여자야. 그렇지만 정말이지 당신을 위해서라면…….」

부인의 말소리에 배어든 깊은 슬픔 때문에 쥘리앵은 그녀를 덥석 껴안았다. 아주 새로운 감정이 그에게 밀려들었다. 그것은 이제 사랑의 도취가 아니라 한없는 고마움이었다. 그는 부인이 자신을 위해 얼마나 큰 희생을 했는지 처음으로 분명히 깨달았다.

아마도 어떤 오지랖 넓은 사람이 레날 씨를 찾아가 그의 아내가 쥘리앵의 감옥을 찾아가 오래 머물곤 한다는 것을 일러바친 모양이었다. 두 사람이 만난 지 사흘째 되던 날 레날 씨가 부인에게 즉시 베리에르로 돌아오라는 말과 함께 마차를 보내왔다.

쥘리앵에게는 그날 하루가 이 가슴 아픈 이별로 인해 시작부터 불행했다. 두세 시간 후 그는 아침에 감옥을 찾아왔던 신부가 그때부터 계속 문밖 길거리에 죽치고 있다는 말을 들었다. 그 신부는 뭔가 꿍꿍이속이 있는 자였고, 모사꾼 기질에도 불구하고 아직 브장송 예수회원들 사이에 끼어들지도 못한 위인이었다. 비가 퍼붓는데도 그 신부는 거리에서 그대로 버텼다. 그러면서 순교자 행세라도 할 심산인 것 같았다. 이런 막무가내 행동은 그렇잖아도 어둡게 가라앉은 쥘리앵의 기분을 한층 비참하게 만들었다.

아침에 이미 쥘리앵은 그 신부의 방문을 거절한 참이었다. 그런데도 그자는 쥘리앵의 고해를 듣겠다고 고집하고 있었다. 쥘리앵이 고해 때 자신에게 모든 것을 털어놓았다고 떠벌리면서 브장송의 젊은 여인들에게 명성을 얻어 보려는 수작이었다.

그 작자는 밤이고 낮이고 감옥 문 앞을 지키겠노라 큰 소리로 떠들어 댔다. 「하느님께서 이 몸을 보내 저 배교자의 마음을 교화하라 하셨으니……」 매번 구경거리라면 놓치지 않는 군중이 그의 주위에 모여들기 시작했다. 그 작자가 군중을 향해 외쳤다. 「그렇소, 형제들. 이 몸은 이곳에서 낮이건 밤이건 기다릴 것이고, 이렇게 해서 매일 낮과 밤을 기다릴 것이오. 성령이 내게 강령하셨으니, 나는 하늘의 사명을 받은 몸이라. 쥘리앵 소렐의 영혼을 구원할 소임이 바로 내게 있나니. 자, 여러분 나와 함께 기도합시다……」

쥘리앵은 그 난리법석도 싫었고 사람들의 관심이 자신에게 쏠리는 것도 불쾌했다. 그는 기회를 봐서 이 세상을 감쪽같이 하직해 버릴 궁리를 해보았다. 하지만 레날 부인을 다시 만날 수 있을지 모른다는 희망이 남아 있었다. 그는 부인이 못 견디게 보고 싶었다.

감옥 문은 사람들이 가장 많이 오가는 거리에 면해 있었다. 그 추접한 신부가 어중이떠중이를 다 끌어모아 놓고 야단법석을 부리고 있을 걸 생각하니 쥘리앵은 참을 수가 없었다. 그 작자는 분명 내 이름을 쉼 없이 주워섬기고 있겠지! 쥘리앵은 이 순간이 죽음보다 더 고통스러웠다.

쥘리앵은 자신에게 싹싹하게 대해 주는 옥지기를 한 시간 간격으로 불러 그 신부가 아직 감옥 문 앞에 버티고 있는지 보고 오게 했다.

옥지기가 보고 오기를 두세 차례, 옥지기의 대답은 매번 같았다. 「보슈, 그 신부가 진창에 털썩 무릎을 꿇고 있습디다. 댁의 영혼을 위해 큰 소리로 기도를 올리고 신도송(信徒頌)을 외우던걸……」 망할 놈! 쥘리앵은 속으로 중얼거렸다. 바로 그 순간 어떤 희미한 웅성거림이 실제로 그의 귀에 들려왔다. 신도송을 따라 외우는 군중의 목소리였다. 그를 한층 더 참을 수 없게 한 것은 옥지기까지 입술을 달싹거리며 그 라틴어 기도문을 외고 있다는 점이었다. 옥지기는 이 말도 덧붙였다. 「사람들이 술렁거리기 시작합디다. 저 거룩한 분이 돕겠다는데 그걸 거절하다니 댁도 어지간히 야박한 양반이라고 말이오.」

오 나의 고향이여, 어쩌면 아직까지 이렇게도 무지한지! 쥘리앵은 화를 참지 못하고 마음속으로 소리쳤다. 그러고는 옥지기가 옆에 있다는 사실도 잊고 머릿속에 솟구치는 생각을 큰 소리로 마구 쏟아 냈다.

「저 작자는 신문 기사에 오를 욕심으로 저러는 거야. 저러고 있으니 이제 신문에 이름 한 줄 올리는 일쯤이야 떼어 놓은 당상이겠군.

아! 빌어먹을 시골뜨기들 같으니! 파리에서라면 이런 오만

가지 성가신 꼴은 당하지 않았을 텐데. 파리에선 협잡질도 이렇게 무식하게 해대지는 않아.」

그는 마침내 옥지기에게 말했다. 「그 거룩하다는 성직자를 들어오게 하시오.」 그의 이마에는 식은땀이 송골송골 맺혀 흘러내렸다. 옥지기는 성호를 긋고는 신이 나서 달려 나갔다.

그 성직자는 지독한 추남인 데다 진흙투성이 몰골이었다. 줄기차게 내리는 차가운 비 때문에 지하 감옥 안은 한층 더 어두컴컴하고 축축했다. 성직자는 쥘리앵에게 다가와 껴안으려 들더니 동정과 연민의 말들을 뒤범벅해서 쏟아 놓기 시작했다. 한눈에 봐도 야비한 위선이라는 걸 알 수 있었다. 쥘리앵은 이렇게 화가 난 적이 없었다.

그 야바위 성직자가 들어오고 나서 15분가량 지나자 쥘리앵의 기개는 완전히 꺾이고 말았다. 죽음이라는 것이 처음으로 끔찍하게 여겨졌다. 처형당하고 이틀 후면 그의 몸뚱이는 썩어 들어갈 것이다. 그 부패의 영상이 머릿속에 그려졌다.

그는 나약해진 마음을 어떻게든 드러내고 말 것 같았다. 아니면 그 설교꾼에게 달려들어 쇠사슬로 목을 조르게 될지도 몰랐다. 그때 그 야바위 성직자를 쫓아 버릴 방법이 간신히 생각났다. 바로 당일로 자신을 위해 40프랑짜리 성대한 미사를 올려 달라고 그는 성직자에게 말했다.

시간은 이미 정오가 가까웠다. 성직자는 부리나케 내뺐다.

제44장

　성직자가 나가자마자 쥘리앵은 많이 울었다. 죽어야 한다는 것이 서글퍼서 한없이 울었다. 그러면서 레날 부인을 생각했다. 부인이 브장송에 있었다면 이 나약한 마음을 털어놓고 위로받을 수도 있었으련만…….

　사랑하는 여인이 옆에 없는 것이 안타까워 몸부림치는 그 순간 마틸드의 발소리가 들려왔다.

　감옥에서 제일 나쁜 점은 문을 잠글 수 없다는 거야, 하고 그는 생각했다. 마틸드가 그에게 꺼내 놓는 이야기는 하나같이 그의 속을 뒤집어 놓는 것뿐이었다.

　마틸드의 이야기에 따르면, 발르노는 공판 당일 이미 지사 임명장을 받아 놓은 참이었고, 그래서 프릴레르 부주교도 놀려 줄 겸, 기분이 쏠리는 대로 쥘리앵에게 사형 선고를 내릴 배짱이 생겼다는 것이다.

　「프릴레르가 나한테 이렇게 말하더군. 〈그 《부르주아 귀족》의 옹졸한 허영심을 건드리다니, 그 친구는 대체 무슨 생각을 한 건지! 또 《계층》이라는 말은 왜 들먹이고? 그런 말은 그들에게 정치적 이해관계에 따라 행동해야 한다는 걸 가르쳐 준 셈이에요. 그 바보들은 그런 생각을 머리에 담고 있기는커녕 그저 훌쩍거릴 준비나 하고 있었는데 말입니다. 그 계층의 이익이라는 것을 눈꺼풀에 씌워 놓으니 그만 사형 선고의 끔찍함이고 뭐고 눈에 보이는 게 없었던 것이죠. 소렐 씨가 이런 일에 영 경험이 없어서 실수를 한 게 사실입니다. 특사라도 청원해서 그를 구해 내면 좋겠지만, 그러지 못하는 한 그의 죽음은 일종의 《자살》이라고 봐야 할 겁니다…….》」

마틸드는 자신도 아직 짐작만 하고 있는 이야기까지 마구잡이로 쏟아 놓았다. 쥘리앵은 이제 가망이 없다고 생각한 프릴레르 신부가 자신의 야심을 위해 그녀의 애인 자리를 은근슬쩍 쥘리앵한테서 물려받을 생각을 하고 있더라는 이야기였다.

쥘리앵은 무력한 분노와 불안으로 거의 미칠 듯했다. 그는 마틸드에게 소리쳤다. 「나를 위해 미사라도 가줘. 잠시라도 나를 좀 조용히 있게 해줘.」

레날 부인이 감옥에 드나든 것에 이미 몹시 질투가 나 있는 데다 부인이 브장송을 떠났다는 사실까지 알고 있던 마틸드는 쥘리앵의 기분이 어두운 이유가 부인이 없기 때문임을 알아차리고 눈물을 펑펑 흘렸다.

마틸드의 괴로움에 가식은 없었다. 정말로 괴로워하는 그녀를 보면서 쥘리앵은 더욱더 속이 상했다. 그는 고독이 절실히 필요했다. 어떡해야 그 고독을 얻을 수 있을까?

갖은 논리를 끌어다 대면서 쥘리앵의 기분을 풀어 보려 하던 마틸드가 이윽고 방을 나갔다. 하지만 그녀가 나가는 것과 거의 동시에 이번에는 푸케가 들어왔다.

쥘리앵은 이 갸륵한 친구도 반갑지 않았다. 「나는 혼자 있고 싶어.」 푸케가 머뭇거리는 걸 보고 쥘리앵은 말을 덧붙였다. 「지금 특사 청원문을 쓰는 중이야……. 그리고…… 제발 죽음에 대해서는 말하지 말아 줘. 그날 뭔가 도움이 필요하면 자네한테 제일 먼저 부탁할게.」

마침내 쥘리앵은 혼자 있게 되었다. 그렇지만 조금 전보다 더 맥이 풀리고 용기가 사그라지는 느낌이었다. 그렇잖아도 나약해져 있던 그는 라 몰 양과 푸케에게 그 나약함을 숨기느라 남아 있던 얼마 되지 않는 힘마저 바닥나고 말았던 것이다.

밤이 되자 문득 스친 어떤 생각에 조금은 위로가 됐다.

만약 오늘 아침 죽음이 그처럼 추해 보이던 순간에 사형 집행을 통고받았더라면, 형장으로 끌려가는 내게 〈군중의 눈길은 가시 면류관이 되었을 테지〉. 나의 거동은 뻣뻣하게 굳어 어색하기 짝이 없었을걸. 생전 처음 살롱에 발을 들여놓은 사람이 호기를 부려 보려다가 어쩔 수 없이 주눅이 들고만 꼴이었을 거야. 그 시골뜨기들 가운데 눈치 빠른 자들은 내가 겁을 먹고 있다는 걸 알아차렸을 테지……. 하지만 그런 내 모습을 〈본 사람은 아무도 없으니〉 됐어.

그는 고통을 한 겹 덜어 낸 기분이었다. 지금 이 순간 나는 겁쟁이가 되고 말았지만, 그걸 아는 사람은 아무도 없을걸, 하고 그는 콧노래를 부르듯 마음속으로 되뇌었다.

다음 날에는 더 불쾌한 일이 그를 기다리고 있었다. 그의 아버지는 감옥에 찾아오겠다는 뜻을 이미 오래전에 전해 온 터였다. 그날 쥘리앵이 잠에서 깨어나기도 전에 이 머리 허연 늙은 목수가 감옥에 나타났다.

쥘리앵은 힘이 쭉 빠져나가는 느낌이었다. 불쾌하기 짝이 없는 비난이 쏟아질 거라는 각오는 되어 있었다. 그렇잖아도 참을 수 없이 괴로운 상황에서 설상가상으로 그날 아침에는 아버지를 사랑하지 않는 데 대한 양심의 가책까지 짊어져야만 했다.

이 사람과 나는 우연히 이 지상에서 부자지간으로 만났다. 영감을 데리고 들어온 옥지기가 잠시 감옥 내부를 점검하는 동안 그는 속으로 중얼거렸다. 그리고 이 만남은 최악의 것이 되고 말았어. 이 사람은 죽음을 바로 눈앞에 둔 나에게 와서 이제 최후의 일격을 날리겠지.

옥지기가 나가자마자 영감의 지독한 욕설이 시작되었다.

쥘리앵은 쏟아지는 눈물을 참을 수 없었다. 그러면서 속으로 화를 냈다. 이렇게 나약해 빠지다니 정말 꼴좋구나! 이 사람은 내가 기죽어 있는 모습을 과장해서 사방에 떠들고 다닐 텐데. 그러면 베리에르에서 활개 치는 발르노며 그 모든 어중이떠중이 위선자들은 얼마나 기고만장할까? 그들은 프랑스 사회의 주도자로 행세하면서 갖가지 사회적 이권을 틀어쥐고 있는 자들이야. 지금까지 나는 최소한 이렇게는 자부해 왔어. 그자들이 돈을 그러모으는 게 사실이고 또 그자들이 온갖 영예를 독식한다고는 하지만, 나는 고귀한 마음을 가졌다, 하고 말이야.

그런데 내 아버지가 증인이 되어 내가 죽음 앞에서 약한 꼴을 보이더라고 온 베리에르에 보증을 할 게 아닌가. 그것도 과장을 섞어서 말이야! 모두들 이 증인의 말을 믿을 테지. 나는 죽음이라는 이 시련 앞에서 움츠러든 겁쟁이로 모두에게 낙인찍히고 마는 거야!

쥘리앵은 절망했다. 자기 아버지를 감옥에서 돌려보낼 방법이 막막했다. 이렇게 약삭빠른 영감을 얼렁뚱땅 속여 넘기기란 지금의 그로서는 도저히 힘에 부쳤다.

그는 가능한 모든 수단을 머릿속으로 재빨리 찾아보았다. 그러고는 느닷없이 외쳤다. 「저축해 놓은 돈이 있어요!」

이 천재적인 한마디가 영감의 표정을, 그리고 쥘리앵의 처지를 싹 바꿔 놓았다.

「그 돈을 어떻게 처리하면 좋을까요?」 이어서 이렇게 물으면서 쥘리앵은 침착성을 좀 더 되찾았다. 자신의 말이 발휘한 효과를 확인하자 수세에 몰린 듯했던 느낌을 떨쳐 버릴 수 있었다.

이 나이 든 목수는 그 돈이 새어 나가지 않게 할 욕심으로 후끈 달아올랐다. 쥘리앵이 자기 형들에게도 얼마씩 떼어 줄 것 같았던 것이다. 영감은 누가 돈을 받아야 하느냐에 대해 길고 긴 연설을, 불꽃을 튀기며, 늘어놓았다. 덕분에 쥘리앵은 빈정거릴 여유도 되찾았다.

「좋아요! 주님이 가르쳐 주신 대로 유언장을 만들죠. 형들에게는 각각 1천 프랑씩을 주고 나머지는 아버지에게 드리겠어요.」

「그럼, 나머지는 당연히 내가 받아야지.」 영감이 대꾸했다. 「그렇지만 하느님의 은총으로 너도 양심이란 게 살아난 모양이니, 착한 기독교인으로 죽으려거든 네 빚은 갚고 죽는 게 좋을 거다. 너를 먹이고 입히고 가르치는 데 들어간 돈을 내가 다 댔는데, 그 돈을 갚을 생각은 안 하는 거냐……」

이런 것이 바로 부성애란 말이지! 마침내 혼자 있게 되자 쥘리앵은 비참한 기분으로 되뇌었다. 곧이어 옥지기가 얼굴을 내밀었다.

「보슈, 부모가 방문한 다음에는 매번 고급 샴페인을 한 병씩 넣어 드리거든. 조금 비싸긴 한데, 한 병에 6프랑이거든. 그렇지만 마음 다스리는 데는 이게 최고거든.」

「컵을 세 개 갖다 줘요.」쥘리앵은 어린아이처럼 조급하게 대답했다. 「그리고 지금 복도에 발소리가 들리는 저 두 명의 죄수를 들여보내 줘요.」

옥지기는 재범을 저질러 붙잡혀 들어온 죄수 두 사람을 데리고 들어왔다. 이들은 도형장으로 호송될 차비를 하고 있었다. 무척이나 쾌활한 악당들로, 교활하고 대담하고 냉혹하기가 혀를 내두를 만했다.

둘 중 한 죄수가 쥘리앵에게 말했다. 「나한테 20프랑만 주면 내가 살아온 이력을 자세히 이야기해 드리지. 기막힌 곡절이거든.」

「거짓말이나 늘어놓으려고?」쥘리앵이 대꾸했다.

「무슨 소리, 여기 이 친구가 20프랑에 눈이 벌게져 있는데, 내가 거짓말을 하면 대번에 꼰지르지 그냥 있겠수?」그 죄수의 이야기는 역겨웠다. 용감한 면이 있긴 해도 거기에 담긴 열정이라고는 그저 돈에 대한 열정뿐이었다.

그들이 나가고 난 후 쥘리앵은 이제 영 딴사람이 된 것 같았다. 자신에 대한 분노도 모두 지워지고 없었다. 레날 부인을 떠나보낸 후 소심해진 바람에 한층 가혹하게 느껴졌던 마음의 고통 대신 우수가 밀려왔다.

그는 생각에 잠겼다. 만약 내가 살아남아서 점차 외관에 속아 넘어가지 않게 되었다면, 파리 살롱에 모여드는 신사들도 내 아버지나 저 교활한 악당 도형수들과 별로 다르지 않다는 사실을 깨달았을 거야. 살롱 인사들은 늘 옳은 편을 선점하고 있어. 살롱에 드나드는 사람치고 아침에 일어나서 비참하게도 저녁 끼니를 걱정해야 하는 사람은 없으니까. 그러면서도 그들은 자신들의 청렴을 자랑하지! 덕분에 법정에 배심원으로 나가서는 배가 고파서 당장 쓰러질 지경인 사람이은 식기 한 벌을 훔쳤다고 거만하게 유죄를 선고할 수 있는 것이고.

궁정 생활을 기웃거릴 수도 있고 장관 자리를 잃느냐 얻느냐를 놓고 고민할 수도 있겠지. 그렇지만 살롱의 신사들도 저녁 끼니를 해결해야 할 처지에 놓인다면 저 두 도형수가 저지른 것과 똑같은 범죄를 저지를걸……

〈자연법〉이라는 것은 존재하지 않아. 이 단어는 요전에 내 범죄를 추궁하던 차장 검사한테나 요긴하게 쓰일 낡아 빠진 상투어야. 아마 그 작자의 조상도 루이 14세가 재산 몰수를 자행했을 때 그 몰수 재산을 요령껏 빼돌려 부자가 되었을걸. 그런 부당한 재산 몰수를 금지하고, 위반 시에는 형벌을 부과하는 법을 만들 때 비로소 그걸 법이라고 할 수 있어. 법 이전에는, 사자의 강력한 힘이라든가, 춥고 배고픈 자의 생리적 욕구, 말하자면 욕구라는 〈자연〉이 있을 뿐이야……. 아냐, 세인의 존경을 받는 사람들이란 요행히 범죄 현장에서 붙잡히지 않은 사기꾼에 불과해. 사회의 이름으로 나를 기소한 그 검사도 파렴치한 짓으로 부자가 된 자이고……. 나는 살인을 기도했으니 사형 선고를 받아도 싸. 그렇지만 이 행동만 빼놓고 보자면, 나에게 사형 선고를 내린 발르노 같은 작자가 나보다 몇백 곱절은 더 사회에 해를 끼칠걸.

그래! 하고 쥘리앵은 서글프게, 하지만 분노하지는 않은 채 생각을 이어 나갔다. 그러고 보면 내 아버지는 그 지독한 인색함을 감안하고도 살롱의 그 모든 신사들보다는 나은 사람이야. 아버지는 나를 한 번도 사랑해 준 적이 없어. 나는 수치스럽게 죽어서 아버지의 얼굴에 먹칠을 한 셈이니 우리 부자 관계는 이제 볼 장 다 봤지. 아버지는 내가 3백~4백 루이의 돈을 남겨 줄 수 있다고 하자 금방 표정이 확 피면서 안심하는 얼굴이 되더군. 그게 다 금전적 결핍에 대한 두려움, 그리고 과장 없이 보면 그저 인간의 약점 가운데 하나인 인색함 때문이지. 어느 일요일, 저녁을 먹고 나서 아버지는 자신의 돈을 베리에르 사람들한테 자랑스럽게 내보일 거고, 그러면서 사람들의 부러워하는 시선을 즐길 거야. 이만한 대가를 받는 일이라면 너희 누군들 아들 하나쯤 단두대에 올려 보낸 걸 기뻐하지 않겠어? 아버지의 눈은 이렇게 말하면서 반짝거리겠지.

이런 철학적 명상을 통해 쥘리앵은 진실에 다가설 수는 있었지만, 그것은 그 속성상 죽음을 갈망하게 만드는 것이기도 했다. 지루한 닷새가 그렇게 지나갔다. 마틸드는 불같은 질투심으로 신경이 바짝 곤두서 있었고, 쥘리앵은 그런 마틸드에게 정중하고 부드럽게 대했다. 하루는 날이 어두워진 뒤 쥘리앵은 자살할 생각을 진지하게 해보기도 했다. 레날 부인이 떠남으로 인해서 빚어진 이 헤어날 길 없는 불행 때문에 그의 마음은 안정을 찾지 못했다. 현실 속의 그 무엇도 그는 즐겁지 않았다. 그것은 몽상에 빠져 있을 때도 마찬가지였다. 운동이 부족하다 보니 건강이 나빠지기 시작했고, 젊은 독일 학생처럼 걸핏하면 흥분하는 나약한 성격이 되어 갔다. 그는 씩씩한 기상을 잃어 가고 있었다. 어떤 부당한 생각들이 불행한 사람들의 영혼을 갉아먹으려 들 때마다 힘찬 격려로 그걸 물리칠 수 있는 것이 그런 기상인데 말이다.

나는 진실을 사랑했어……. 그런데 그 진실이란 도대체 어디 있는 걸까……? 사방을 돌아봐도 위선뿐인걸. 아니, 많이 양보해서 허풍뿐이라고 하자. 가장 덕성스럽다는 사람들도, 가장 위대한 사람들도 예외는 아냐. 이런 생각과 동시에 쥘리앵의 입가에 혐오감이 번져 나갔다……. 그러니 인간은 인간을 신뢰할 수 없는 것이지.

XXX 부인은 자신이 보호하는 고아들을 위해 의연금을 모집하면서 모 공작은 10루이를 기부했다는 말을 하곤 했지. 다 거짓말이야. 그런데 내가 무슨 생각을 하는 거지? 세인트 헬레나에서 나폴레옹도 그랬는걸……! 협잡이나 다름없는 목적으로 로마 왕을 위한 성명을 발표했잖아.

아! 그런 인물이, 그것도 불운한 처지에 있는 만큼 자신의 의무를 준엄하게 상기해야 할 상황에서 그런 협잡을 벌이는 판이니, 나머지 인간들에게서는 무엇을 기대할 수 있을까……?

대체 진실은 어디 있는가? 종교에…… 그래, 마슬롱이며 프릴레르며 카스타네드 같은 성직자들이 하는 말 속에……, 하고 그는 쓸쓸한 경멸의 미소를 지었다. 진실은 진짜 기독교에서나 찾을 수 있을까? 성직자들이 사도들을 본받아 아무 보수 없이 봉사했던 그 진짜 기독교에서나……. 그렇지만 성 바울로도 지시하고, 설교하고, 사람들에게 칭송받는 재미로 보상을 받은 셈이야…….

흥! 진정한 종교라는 것이 정말로 있기나 하다면 그렇겠지……. 나도 어리석기 짝이 없어! 고딕 성당의 장엄한 스테인드글라스를 보면서 마음이 약해져서는 거기에 그려진 성직자를 상상하고 있으니 말이야……. 그런 성직자라면 나는 그를 이해할 수 있을 거야. 내 마음이 원하는 성직자니까……. 하지만 내 눈에 들어오는 사람이라고 해봤자 기사 보부아지 같은 사람…… 약간의 매력이 있다는 점을 빼면 그저 겉멋만 잔뜩 들어 머리에 분칠이나 해대는 위인일 뿐.

그렇지만 진정한 성직자가 있다면, 예를 들어 마시옹이나 페늘롱 같은……. 그런데 마시옹은 뒤부아를 축성했어. 페늘롱은 『생시몽 회상록』을 쓰는 바람에 스스로 오점을 만들었고. 하여간 어떤 진정한 성직자가 있다면……. 그렇다면 그런 성직자는 마음이 다정다감한 사람들이 이 세상에서 함께 모이는 구심점이 될 수 있을 텐데……. 그러면 우리 같은 다감한 영혼들이 뿔뿔이 흩어져 고립되는 일은 없을 테지……. 그 진정한 성직자는 우리에게 하느님에 대해 이야기해 줄 거야. 어떤 하느님에 대해?『성서』의 하느님은 아냐. 잔인하고 복수심 넘치는 그 편협한 폭군은 아니야……. 차라리 볼테르의 하느님, 그 정의롭고, 선량하고, 무한한 신일 테지…….

그러자 자신이 암기하고 있는『성서』구절들이 줄줄이 떠올라 머릿속이 혼란해졌다……. 신과『성서』와 성직자 이 셋을 하나로 놓는 순간부터 하느님이라는 저 거룩한 이름을 믿기란 틀린 일이 되고 말지. 우리 성직자들이 행하는 그 놀라운 악덕들을 보면서 어떻게 신을 믿을 수 있겠어?

난 세상에서 외따로 떨어져 있어……! 고립되었다는 게 이렇게 고통스러울 줄이야……!

이러다간 미쳐서 해괴한 꼴이 되고 말겠군. 속으로 이렇게 중얼거리면서 쥘리앵은 자신의 이마를 두드렸다. 나는 지금 이 지하 감옥에 고립되어 있지. 그렇지만 저 지상에 있을 때는 고립되어 살지 않았어. 나는 의무에 충실한 삶을 살았어. 옳건 그르건 스스로 의무를 규정해서 나 자신에게 부과했지……. 내게 의무란 폭풍우 속에서 부둥켜안고 몸을 지탱할 수 있는 든든한 나무둥치였어. 나는 비틀거리기도 했고 흔들리기도 했지. 어쨌거나 나도 인간이었으니까……. 그렇지만 폭풍우에 휩쓸려 가지는 않았어.

내가 고립되었다는 생각이 자꾸 드는 건 이 감옥의 축축한 공기 때문이겠지…….

내가 위선을 욕하면서도 여전히 위선을 부리는 이유는 뭐지? 지금 내가 숨 막히도록 괴로운 것은 죽음이나 지하 감옥이나 이 축축한 공기 때문이 아니라 레날 부인이 곁에 없기 때문이면서. 부인을 만나기 위해 베리에르의 그 집 지하실에서 몇 주 동안 숨어 지내야 한다면 그때도 내가 이렇게 못 견뎌 할까?

문득 그는 쓰디쓴 웃음을 떠올리며 혼자 큰 소리로 중얼거렸다. 「나도 이 시대에 물들고 말았구나. 죽음을 앞에 두고 혼잣말을 하면서도 나는 여전히 위선을 부리고 있으니 말이야……. 오, 19세기여!」

……숲 속에서 한 사냥꾼이 총을 쏘아서 희생물이 쓰러진다고 가정해 보자. 사냥꾼은 희생물을 잡으려고 달려가겠지. 그때 그의 발이 높이 60센티미터나 되는 개미집을 걸어차 부수는 바람에 개미들과 알들이 사방에 흩어지는 거야……. 아무리 뛰어난 성찰을 발휘하는 개미라고 해도 그 시꺼멓고 어마어마하게 크고 무시무시한 완력을 지닌 물체가 무엇인지 결코 이해할 수 없을걸. 그 사냥꾼의 장화 말이야. 붉은 불꽃과 함께 무시무시한 소리가 울리더니 그 물체가 별안간, 믿을 수 없이 빠른 속도로 자기네 집을 뚫고 들어왔거든…….

……마찬가지로 죽음이니 삶이니 영원이니 하는 것도 그걸 인식하기에 충분히 광대한 품을 지닌 존재에게는 아주 단순한 문제일 테지…….

하루살이는 한여름 아침 9시에 태어나 저녁 5시면 생을 끝마쳐. 그런 하루살이가 어떻게 〈밤〉이라는 말을 이해하겠어?

그 하루살이에게 다섯 시간만 더 살게 해주면 밤이 무엇인지 눈으로 보고 이해하게 되겠지.

나도 그럴 텐데. 나는 스물세 살에 죽음을 맞게 되었어. 그렇지만 나에게 삶이 5년만 더 주어진다면, 그래서 레날 부인과 함께 살 수 있다면…….

그의 입에서 메피스토펠레스 같은 웃음이 터져 나왔다. 이런 심각한 문제를 궁리하고 있는 내 어리석은 꼴이라니!

내 첫 번째 어리석음은 마치 누군가가 내 말을 듣고 있기나 한 것처럼 여전히 위선적이라는 것.

두 번째 어리석음은 살날이 며칠 남지 않았는데도 살고 사랑하는 일을 등한히 하고 있다는 것……. 아! 레날 부인이 내 곁에 없잖아. 그 남편은 분명 자기 체면이 깎일까 봐 그녀를 브장송에 다시 보내지 않을 거야.

내가 외로운 이유는 그 때문이야. 정의롭고 선하고 전능하며 심술궂지도 않고 복수에 굶주리지도 않은 어떤 하느님이 없어서가 아니란 말이야…….

아! 만약 그런 신이 있다면……. 그러면 나는 그 발밑에 꿇어 엎드릴 텐데. 그러고는 이렇게 간절히 기도할 텐데. 위대한 신이여, 나는 죽어 마땅합니다. 하지만 선하고 너그러운 신이여, 부디 내게 사랑하는 그 여인을 돌려주소서!

밤이 깊어 가고 있었다. 푸케가 왔을 때 쥘리앵은 한두 시간 평온히 잠들었다가 깬 다음이었다.

쥘리앵은 자신이 굳세고 확고해진 기분이 들었다. 이제 그는 자신의 마음속을 분명히 들여다보고 있었다.

제45장

푸케를 본 쥘리앵이 말했다.

「샤 베르나르 신부를 고해 신부로 부르는 건 그 가엾은 분한테 못할 짓이야. 그 양반은 충격을 받아 사흘 동안 밥을 못 먹을지도 몰라. 대신 피라르 신부 편의 얀센파 신부를 한 사람 찾아봐 줘. 모사꾼 기질은 아예 없는 사람으로 말이야.」

푸케는 쥘리앵이 이 말을 꺼내기를 초조하게 기다리던 참이었다. 쥘리앵은 이 지방 여론이 요구하는 대로 감옥 안에서 이행해야 할 모든 일을 했다. 고해 신부로 온 사람은 성가시기 짝이 없었지만, 그래도 프릴레르 신부 덕분에 쥘리앵은 감옥 안에서도 수도회의 보호를 받았다. 좀 더 기민하게 생각하고 움직였더라면 감옥에서 도망치는 일도 가능했을 것이다. 그러나 감옥의 탁한 공기로 인해 그의 이성은 활기를 잃은 상태였다. 그러던 중에 레날 부인이 돌아왔다. 그는 더 이상 행복할 수 없을 만큼 행복했다.

「나에겐 당신이 가장 먼저야.」 부인은 이렇게 말하면서 그를 껴안았다. 「베리에르에서 도망쳐 왔어…….」

쥘리앵은 부인을 마주해서만은 자존심에 구속되지 않고 자신의 나약한 마음을 전부 털어놓을 수 있었다. 부인은 그의 이야기를 너그럽고 포근하게 감싸 안아 주었다.

저녁에 감옥에서 나오자마자 부인은 쥘리앵의 고해 신부를 자신의 아주머니 댁으로 불렀다. 이 성직자는 쥘리앵의 고해 신부가 된 다음부터 쥘리앵이 마치 자신의 먹잇감이기라도 한 듯 악착같이 그에게 참회하라고 닦달하고 있었다. 마침 이 신부는 브장송 상류 사회 젊은 부인들의 눈에 들 기회를 노리던 터라, 부인은 쉽사리 그를 브레 르 오 수도원으로 보내 버릴 수 있었다. 구일 기도[54]를 올려 달라는 것이 그 명분이었다.

쥘리앵이 얼마나 뜨겁게, 얼마나 미친 듯이 사랑에 빠져 있었는지는 그 어떤 말로도 표현할 수 없을 것이다.

레날 부인은 돈의 힘과 신심 깊기로 이름 높은 부유한 친척 아주머니의 힘을 이용하고 또 남용도 해서, 하루에 두 번씩 쥘리앵을 만날 수 있는 허가를 얻어 냈다.

그 일을 안 마틸드는 질투심이 끓어올라 정신을 놓을 지경이었다. 프릴레르 부주교는, 그녀에게 말한 바로는, 관례를 무시할 수는 없기 때문에 자신의 힘으로도 하루 한 번 이상 쥘리앵을 만나게 해주기 어렵다고 했던 것이다. 마틸드는 레날 부인의 일거일동을 놓치지 않으려고 사람을 사서 부인의 뒤를 밟기까지 했다. 프릴레르 부주교는 쥘리앵이 마틸드의 사랑을 받을 만한 가치가 없는 위인이라고 그녀를 설득하느라 자신의 온갖 능란한 재기를 다 짜내고 있었다.

어느 것 하나 괴롭지 않은 게 없는 상황이었지만, 그럴수

54 개인이나 공동체가 하느님의 특별한 은총을 받기 위해 아흐레 동안 계속해서 기도하는 의식.

록 마틸드는 더욱더 쥘리앵을 사랑했고, 그렇다 보니 거의 매일 그에게 원망을 쏟아 놓으며 언성을 높였다.

쥘리앵은 자신이 꽤나 묘한 곡절로 신세를 망쳐 놓고 만 이 가엾은 처녀에게 끝까지 온 힘을 다해 성실하게 대하려고 했다. 하지만 매 순간 레날 부인에게로 향하는 걷잡을 수 없는 사랑이 그의 이런 성실성을 뒷전으로 밀어냈다. 부인의 방문이 순수한 동기에서 나온 것임을 마틸드에게 납득시켜 보려고 해도 적당한 설명을 찾지 못한 채 힘이 부칠 때면 그는 속으로 중얼거리곤 했다. 이제 이 드라마도 얼마 안 있으면 끝나고 말아. 지금 내가 속마음을 좀 더 잘 숨기지 못한다 해도, 얼마 남지 않은 시간이 그걸 변명해 줄 거야.

라 몰 양은 크루아즈누아 후작이 죽었다는 소식을 들었다. 탈레르 씨, 일전에 엄청난 부자로 소개한 적 있는 이 인물이 마틸드가 종적을 감춘 일에 대해 불유쾌한 말을 떠들고 다닌 것이 화근이었다. 크루아즈누아 후작은 탈레르를 찾아가 그가 떠들고 다닌 말을 취소하라고 요청했다. 탈레르는 자신이 받은 익명 편지들을 꺼내 보였다. 그 편지들은 치밀하게 수집한 상세한 증거들을 가득 담고 있어서 가련한 후작도 사건의 진상을 알아차리지 않을 수 없었다.

탈레르 씨는 그 상황에서 서툴게도 짓궂은 농담을 던졌다. 크루아즈누아는 분노와 고통으로 정신이 나가서 모욕적일 만큼 강경하게 사과를 요구했고, 그러자 이 백만장자는 차라리 결투를 하겠다고 나섰다. 승리를 거둔 것은 어리석음이었다. 애지중지 사랑받아 마땅한 파리의 한 청년이 스물네 살도 안 된 나이에 죽음을 맞았으니 말이다.

이 소식은 가뜩이나 나약해진 쥘리앵에게 해로운 독이 되어 그의 마음을 심상찮게 흔들어 놓았다.

「가엾은 크루아즈누아는 우리에게 정말로 분별 있게, 진정한 신사로 행동했어.」 그는 마틸드에게 말했다. 「당신 어머니 살롱에서 당신이 조심성 없이 내게 유난스레 대할 때 그는 내가 당연히 밉살스러웠을 거야. 그런 만큼 내게 싸움을 걸어 올 수도 있었을걸. 사실 경멸이 미움으로 바뀌면 더 걷잡을 수 없는 법이거든.」

크루아즈누아 후작의 죽음으로 쥘리앵이 마틸드의 장래에 대해 세웠던 계획도 전부 바뀌고 말았다. 그는 여러 날 동안 공을 들여서 이번에는 마틸드에게 뤼즈의 청혼을 받아들여야 한다고 설득해 보았다.

「그는 배포가 작은 사람이고, 그리 위선적이지도 않아.」 그는 마틸드에게 말했다. 「그러니 그도 분명 청혼자 줄에 끼여설 거야. 야심이란 면에서 보면 그는 크루아즈누아보다 좀 더 계산이 많고 끈기가 있는 데다, 그의 가문에는 공작 작위도 없으니 쥘리앵 소렐의 미망인과 결혼하기를 망설이지 않을걸.」

「그리고 그 미망인은 이제 위대한 정열이라는 것을 경멸하고 있지.」 마틸드는 쌀쌀하게 대꾸했다. 그녀의 삶도 어지간히 파란만장해서, 여섯 달 동안의 사랑 끝에 이제 자신의 애인이 다른 여자, 그것도 자신들의 모든 불행의 원인이 된 여자를 더 사랑하는 것을 지켜보게 된 참이었다.

「당신이 잘못 생각한 거야. 레날 부인이 이곳에 드나드는 상황은 내 특사 청원을 맡은 파리 변호사에게도 쓸모가 있을걸. 피해자가 가해자의 보살핌을 받는 특이한 상황을 내세울 수 있을 테니까. 이런 상황은 큰 호소력을 발휘할 수 있어. 그리고 훗날 당신이 나를 기억할 때 어떤 멜로드라마의 주인공처럼 비칠 수도 있을 것이고…….」

격렬한 질투심을 느끼면서도 그걸 되갚아 주기란 불가능하고, 아무 희망 없이 계속해서 불행하기만 한 데다(사실 쥘리앵이 감옥에서 풀려난다고 가정하더라도 그의 마음을 어떻게 되찾아 올 수 있겠는가?), 그런데도 이 불충실한 애인을 전보다 더 사랑한다는 수치심과 괴로움 때문에 라 몰 양은 우울하게 가라앉아 말수가 줄어들었다. 프릴레르 부주교가 아무리 살갑게 정성을 기울이고 또 푸케가 무뚝뚝하지만 솔직하게 말을 붙여 봐도 그녀를 그 우울한 침묵에서 끌어낼 수 없었다.

쥘리앵은 마틸드가 곁에 있어서 빼앗기는 시간만 제외하고는 늘 사랑에 빠져 지냈고, 그러는 동안에는 미래에 대한 생각을 거의 하지 않았다. 열정이 극에 달해 모든 겉치장이 거추장스러워질 때면 이 열정의 특이한 여파로 인해 레날 부인도 쥘리앵을 따라 근심을 벗어 버리고 감미롭고 유쾌한 기분에 자신을 내맡길 수 있었다.

쥘리앵은 부인에게 말하곤 했다.

「예전에 우리가 베르지 숲 속을 거닐 때, 나는 무척이나 행복할 수도 있었건만, 내 마음은 격렬한 야망에 이끌려 공상의 나라로 달아나곤 했어. 이 아름다운 팔이 바로 내 입술 가까이 있었는데도 가슴에 꼭 껴안을 생각은 않고 미래의 일에만 정신이 팔려 있었어. 그때 내 마음은 수없이 갈등에 휩싸이곤 했지만, 그런 갈등쯤은 장래 엄청난 운을 붙잡기 위해 감내해야 할 것이라고 생각했지……. 그래, 만약 당신이 이 감옥으로 나를 찾아와 주지 않았더라면 나는 행복이라는 걸 알지 못하고 죽었을 거야.」

두 개의 사건이 이 평온한 삶을 어지럽혔다. 쥘리앵의 고해 신부는 철저한 얀센파이면서도 예수회의 손아귀에서 벗어나

지 못하고 자신도 모르는 사이 그들의 앞잡이 노릇을 하고
있었다.

　하루는 그가 찾아와서 말하기를, 이대로 가다간 자살이라
는 무서운 죄악에 빠질지도 모르니, 특사를 얻기 위해 할 수
있는 모든 일을 해봐야 한다고 했다. 그러면서 손쉬운 방법
이라고 꺼내 놓은 것은, 성직자 계층이 파리의 법무부에 큰
영향력을 행사할 수 있는 만큼, 여봐란듯이 개종을 해서 화
제를 불러일으키라는 것이었다.

　「여봐란듯이!」 쥘리앵이 고해 신부의 말을 그대로 따라 했
다. 「아하! 이제 보니 신부님도 예수회 선교사처럼 한판 연극
을 벌이려는 것이군요.」

　이 얀센파 신부는 엄숙하게 말을 이어 나갔다. 「당신의 젊
은 나이, 하느님께 부여받은 그 탁월한 용모, 명확히 해명되
지 않고 남아 있는 당신의 범행 동기, 라 몰 양이 당신을 위해
불사하는 그 장한 행위들, 그리고 피해자가 당신에게 보이는
놀라운 우정에 이르기까지 모든 것이 브장송의 젊은 여인들
사이에서 당신을 영웅으로 만들어 놓았소. 그 여인들은 당
신한테 심취하느라 모든 것을, 정파에 맞춰 행동하는 일조차
나 몰라라 하는 판이오…….

　그러니 당신이 개종하면 그 여인들 심정에 반향을 일으킴
으로써 깊은 인상을 줄 수 있소. 그것으로 종교에도 유익한
공헌을 하게 되는 셈이오. 이와 같은 경우 예수회원들도 똑같
은 방식을 취하겠지만, 그런 경박한 이유 때문에 내가 이 일을
주저한다는 것은 안 될 일이오! 그래서 그들의 탐욕과는 상
관없는 이 경우에서조차 그들에게 피해를 입을 필요는 없단
말이지요! 그럼 없고말고…….! 당신의 개종을 보고 많은 사
람들이 눈물을 흘린다면 볼테르의 그 불경한 저작이 열 번이

나 출판됨으로써 널리 퍼진 해악까지 씻어 낼 수 있을 거요.」
  쥘리앵은 차갑게 대답했다.
  「내가 나 자신을 경멸하게 된다면 나한테 무엇이 남아 있
겠습니까? 나도 예전에는 야망에 차 있었지요. 지금 그걸 자
책하고 싶지는 않습니다. 그때는 이 시대의 조류에 따라 행
동했을 뿐이니까요. 지금 나는 주어진 그날그날을 열심히 살
아가고 있습니다. 하지만 내가 뭔가 비열한 짓을 저지른다면
나는 이 지방 사람들이 보는 앞에서 스스로 몹쓸 인간이 되
고 마는 것입니다.」
  다른 또 한 가지 사건은 레날 부인에게서 비롯된 것이어서
쥘리앵을 한층 더 착잡하게 했다. 누군지는 모르지만 모사꾼
기질이 다분한 여자 하나가 순진하고 수줍은 부인을 구워삶
는 바람에 그만 부인은 자신이 생클루로 달려가 샤를 10세
앞에 무릎을 꿇고 쥘리앵의 사면을 간청해야만 한다는 생각
에 사로잡히고 말았다.
  부인은 쥘리앵과 떨어져 지내는 고통까지 감수하기로 작
정하고 나선 터였고, 그렇게 어려운 결심을 한 이상 불쾌하게
도 다른 사람들 눈에 구경거리가 된다는, 다른 경우 같으면
죽기보다 싫었을 일도 이제는 전혀 아랑곳하지 않았다.
  「나는 국왕 앞에 가서 당신이 내가 사랑하는 사람이라고
당당히 밝힐 테야. 사람의 목숨, 더구나 쥘리앵 당신의 목숨
이 걸린 일인데 체면 같은 건 아무래도 상관없어. 당신이 나
를 죽이려 했던 건 질투심 때문이었다고 말할게. 그런 경우
배심원단이나 국왕의 온정으로 가엾은 젊은이들이 사면받은
예가 많거든…….」
  쥘리앵의 목소리가 높아졌다.
  「정 그러겠다면 나는 당신을 만나지 않을 거야. 이 감옥 문

을 걸어 잠그고 당신을 들어오지 못하게 하겠어. 그러고는 절
망해서 내일 당장 죽어 버리고 말 테야. 제발 우리 둘을 사람
들 구경거리로 만드는 그런 짓은 절대 하지 않겠다고 맹세해
줘. 파리로 달려가겠다는 그 생각은 당신이 해낸 게 아니라
는 걸 알아. 그렇게 하라고 꼬드긴 그 교활한 여자가 누군지
말해 봐…….

　며칠 남지 않은 이 짧은 삶을 사는 동안만이라도 우리 행
복하게 지내자. 다른 사람들 눈에 우리를 드러내지 말기로
해. 내가 저지른 죄는 너무 명백한 것이야. 라 몰 양은 파리에
든든한 배경을 가지고 있으니, 인맥을 이용해 할 수 있는 일
이라면 그녀가 다 할 거야. 이 지방에서 돈 있고 행세깨나 하
는 사람들은 전부 나를 미워하고 있어. 당신이 나를 위해 그
렇게까지 앞으로 나서면 그 부유층 인사들은 말할 것도 없고
무엇보다 온건파들을 자극하게 될 거야. 그들은 남의 목숨을
아주 쉽게 생각하는 사람들이지……. 마슬롱 같은 자들, 발르
노 같은 자들, 그리고 그런 자들과 별 차이 없는 수많은 이들
이 우리 일을 화제로 삼아 희희낙락하게 하고 싶지 않아.」

　지하 감옥의 나쁜 공기가 참을 수 없이 쥘리앵을 짓누르
던 참이었다. 다행히 쥘리앵의 사형 집행일에는 청명한 햇살
이 온 세상을 아름답게 비추고 있었다. 그 찬란한 햇빛을 보
자 쥘리앵도 용기가 솟았다. 그 환한 대기 속으로 걸음을 옮
겨 놓으면서 그는 오랫동안 바다에 나가 있던 항해자가 육지
를 산책하는 것 같은 평화로움을 느꼈다. 자, 모든 게 잘되어
나가고 있다, 하고 그는 마음속으로 나직이 중얼거렸다. 나
는 용기를 조금도 잃지 않았어.

　쥘리앵의 머리는 그 어느 때보다 시적이던 순간 잘려 굴러
떨어졌다. 예전에 베르지의 숲 속에서 누렸던 더없는 행복들

이 한꺼번에 그의 머릿속에 강렬하게 되살아나던 순간이었다.

모든 것이 단순하고 자연스럽게 끝났다. 쥘리앵은 조금도 꾸밈없는 태도로 자신의 생을 끝마쳤다.

그 이틀 전 그는 푸케에게 이렇게 말했다.

「어떤 심정이 될지는 나도 모르겠어. 이 추하고 습기 찬 지하 감옥에서 지내느라 때때로 몸에 고열이 올라서 나 자신을 의식 못 할 때가 있거든. 그렇지만 두려움은 아냐. 사람들 앞에서 창백하게 질린 얼굴을 보이는 일은 없을 거야.」

그는 푸케에게 미리 부탁해 놓기도 했다. 마지막 날 아침에는 마틸드와 레날 부인을 다른 곳으로 데려가 달라는 것이었다.

「두 사람을 같은 마차에 태워 데려가는 게 좋겠어.」 그는 말했다. 「역마차를 타고 가는 내내 말들이 빠른 속도로 달리게끔 미리 조치해 줘. 두 사람은 서로를 부둥켜안거나 아니면 서로 죽도록 미워하거나 하겠지. 어느 경우든 간에 그 가엾은 두 사람은 가슴속의 끔찍한 고통을 조금은 잊을 수 있을 거야.」

쥘리앵은 레날 부인에게 꼭 살겠다는, 그래서 마틸드가 낳을 아이를 돌보겠다는 맹세를 받아 냈다.

하루는 그가 푸케에게 이런 말을 했다.

「누가 알겠어? 어쩌면 우리가 죽은 후에도 여전히 감각이 남아 있을지 모르잖아. 나는 베리에르가 내려다보이는 높은 산 그 작은 동굴에서 쉬고 싶어. 그래, 쉰다는 말이 지금 나에겐 제일 어울려. 내가 몇 번 이야기했지만, 밤중에 그 동굴에 앉아 프랑스에서 가장 풍요로운 지방을 멀리까지 내려다본 적이 있어. 그 순간 내 가슴은 야망으로 뜨겁게 달아올랐지. 그때는 출세에 내 열정을 쏟아부을 때였으니까 말이야……

아무튼 그 동굴은 내게 아주 소중한 장소이고, 또 동굴의 위치도 아주 좋아. 사색을 좋아하는 사람이라면 틀림없이 마음이 끌릴 위치거든…… 그건 그렇고, 자! 브장송 수도회원들이란 돈 되는 일이라면 뭐든 하는 작자들이니까, 자네가 수단을 조금 부리기만 하면 그들은 내 시신을 자네한테 팔 거야……」

푸케는 그 서글픈 거래를 성사시켰다. 그는 자기 방에 친구의 시신을 눕혀 놓고 그 곁에서 홀로 밤을 지새우고 있었다. 그때 놀랍게도 마틸드가 방 안으로 들어섰다. 불과 몇 시간 전 그는 브장송에서 40킬로미터나 떨어진 곳에 마틸드를 내려놓고 온 참이었다. 그녀의 눈길이 무엇인가를 찾아 초조하게 사방을 더듬었다.

「그를 보고 싶어요.」 그녀가 말했다.

푸케는 진이 다 빠져나간 듯 말을 할 수도 몸을 일으킬 수도 없었다. 그는 손을 들어 마룻바닥 위의 커다란 푸른 망토를 가리켜 보였다. 쥘리앵의 시신을 싸놓은 망토였다.

그녀는 망토 앞으로 다가가 무릎을 꿇었다. 보니파스 드 라 몰과 마르그리트 드 나바라에 대한 기억이 그녀에게 초인적인 용기를 불어넣었음이 분명했다. 그녀가 떨리는 손으로 망토를 들췄다. 푸케는 고개를 돌렸다.

푸케는 방 안을 빠르게 오가는 마틸드의 발소리를 들었다. 그녀는 온 방에 환히 촛불을 밝히고 있었다. 푸케가 겨우 힘을 내서 그녀를 바라보았을 때, 그녀는 자기 앞의 작은 대리석 탁자 위에 쥘리앵의 머리를 올려놓고, 그 이마에 입을 맞추고 있었다…….

마틸드는 애인을 따라 그 애인이 미리 선택해 둔 무덤까지 올라갔다. 수많은 신부들이 관을 호위했고, 마틸드는 아무도 모르게 휘장을 둘러친 마차에 홀로 앉아 행렬 뒤를 따랐다.

자신이 그토록 사랑했던 남자의 머리를 무릎 위에 올려놓고 껴안은 채였다.

이렇게 해서 산 정상에 이르렀을 때는 한밤중이었다. 그 산은 쥐라 산맥에서도 가장 높은 봉우리였다. 수많은 촛불을 눈부시게 밝힌 그 작은 동굴에서 스무 명의 신부가 장례 의식을 올렸다. 장례 행렬이 지나온 작은 산골 마을들의 주민 모두가 이 특이한 의식이 궁금해서 따라 올라와 있었다.

마틸드는 긴 상복 차림으로 그들 가운데 모습을 나타냈다. 그러고는 장례식이 끝나자 그들에게 5프랑짜리 금화를 수천 개나 뿌려 주었다.

마틸드는 푸케와 단둘이 남아서는, 자신의 손으로 애인의 머리를 묻어 주려 했다. 푸케는 고통과 슬픔이 북받쳐 미쳐 버릴 것만 같았다.

마틸드가 공을 들인 덕분에 그 자연 동굴은 이탈리아에서 큰 비용을 들여 완성해 온 대리석 조각들로 장식되었다.

레날 부인은 쥘리앵에게 한 약속을 지켰다. 부인은 스스로 목숨을 끊으려는 그 어떤 시도도 하지 않았다. 그러나 쥘리앵이 떠난 지 사흘 후, 그녀는 자기 아이들을 포옹하면서 숨을 거두었다.

자기 삶의 주인이 된다는 것

스탕달Stendhal은 1830년 『적과 흑*Le Rouge et le Noir*』을 쓰던 당시 47세의 무명작가였다. 이 작품은 출간되어 세상에 나와서도 주목을 받지 못했고, 작가는 여전히 무명에 머물렀다.

자신의 작품이 동시대인의 박수갈채를 얻지는 못하리라는 것을 스탕달은 미리부터 알았다. 같은 시대 독자들이 자신의 작품을 알아봐 주기를 기대하는 대신 그는 미래의 독자에게 기대를 걸었다. 자신의 작품이 〈1880년, 1930년의 독자……〉에게, 다시 말해 50년 후, 100년 후에야 인정받을 거라고 말한 것이다. 이런 작가의 예견처럼 『적과 흑』은 한동안 묻혀 있다가 그가 세상을 떠난 후 거의 반세기가 지난 19세기 말에야 재조명되기 시작했다. 특히 이 작품이 독자들의 깊은 공감을 얻고 걸작의 가치를 인정받게 된 것은 20세기에 들어와서의 일이다.

오랫동안 관심 밖으로 밀려나 있던 작품이 현대에 들어와 새롭게 읽히고 공감을 얻는 이유는 무엇일까? 그것은 시대의 달라진 사고와 감수성이 요구하는 어떤 것을 그 작품이 앞질러 담아냈기 때문일 것이다. 우리가 19세기 소설『적과 흑』에서 발견하는 것은 바로 오늘날의 우리가 삶에 대해 절실하게 던지는 질문들이다. 스탕달은 자신의 시대를 앞서갔고, 그래서『적과 흑』은 세대를 건너뛰어 오히려 현대의 독자에게 말을 건네 온다.

개인의 이상과 사회 현실

무엇을 위해 살아야 할지, 어떻게 살아야 행복할 수 있을지 우리는 늘 답을 얻고자 애쓴다. 그 답을 처음부터 아는 사람은 별로 없다. 고민 끝에 답을 내린다 한들 그것만이 옳다고 자신할 수도 없겠지만, 그래도 그 답을 찾아 나서는 일은 삶에서 우리 각자가 부여받은 몫이다.

그런데 종종 우리는 스스로 답을 찾아 나서기도 전에 미리 제시된 답을 받아들일 것을 권유받곤 한다. 그 답이 믿기지 않아서, 혹은 자신이 기대하는 것과는 달라서 받아들이고 싶지 않아도 갖가지 구실로 회유되고 심지어 강요당하기까지 한다. 그처럼 자신의 것이 아닌 답을 강요당하는 상황이 되면 우리에게 더욱 절실해질 문제는 답을 얻는 일에 앞서 답을 스스로 찾아 나설 수 있는 각자의 권리를 포기하지 않는 일, 그 탐색의 몫을 유보 없이 행사하는 일이 될 것이다.

우리 — 행복하고자 하는 우리 — 는 타인이 틀 지어 놓고 강요하는 가치를 맹목적으로 받아들이기보다 스스로 가치 있다고 생각하는 것을 추구하며 살고자 한다. 그것이 진실하게 사는 방법이고 그래야만 행복할 수 있다고 믿는다. 이렇게 스스로 삶의 의미를 선택하고 실천하는 것, 이것이 바로 오늘날 〈자기 삶의 주인이 된다〉라는 말의 의미일 것이다.

그러나 개인이 선택한 가치와 사회의 요구가 일치하는 다행한 경우는 그리 많지 않다. 사실 자기 삶의 주인으로 살고자 하는 개인의 꿈은 늘 시대와 현실이 세워 놓은 장애물에 가로막힌다. 사회가 제시하는 가치관에 순응하기를 거부한 개인에게 그가 몸담은 세계는 늘 가혹하다. 개인이 자신의 방식으로 삶을 해석하고 의미를 부여하고자 할 때 그를 둘러싼 현실과 부딪치게 되는 것은 어쩌면 필연일 것이다.

스스로 삶의 주인이 되고자 하는 개인이 가혹한 현실과 맞닥뜨릴 때 그는 어떻게 자신의 진실을 지킬 수 있을까? 『적과 흑』이 겨냥하는 것이 바로 이 문제이다. 스탕달은 이 작품에서 19세기 프랑스 왕정복고기를 배경으로 현실 사회와 맞서 자신의 삶을 찾아 나선 개인의 운명에 주목하고, 개인과 사회 사이에서 빚어지는 대립과 갈등을 본격적으로 다루고 있다.

스탕달이 살던 당시 프랑스 사회는 대혁명 이후 밀어닥친 엄청난 변화의 풍랑 속에 놓여 있었다. 1814년 나폴레옹이 몰락하고 부르봉 왕가가 다시 돌아왔지만, 대혁명이 물꼬를 터놓은 역사의 흐름은 거스를 수 없었다. 사회 저변에는 부르주아의 합리주의와 물질 숭배가 퍼져 나갔고, 구체제 신분 질서를 무너뜨린 역사의 격동이 개인의 삶에 제공해 주는 무수한 기회들을 목격한 사람들은 저마다 자신의 가능성을 실현할 기회를 모색했다. 특히 하층민 출신 맨손의 청춘들은 가난한 일개 중위에서 개인의 재능과 노력으로 유럽의 제왕이 된 나폴레옹을 기억하며 신분 상승을 꿈꾸었다.

그러나 『적과 흑』이 쓰인 1830년 무렵의 표면적 현실은 저변의 이런 역동적 흐름을 거스르고 있었다. 1824년 이후 이어진 샤를 10세의 반동 정치하에서 귀족과 성직자들은 시대

변화를 거부하고 자신들의 과거 특권에만 집착하여 구체제의 신분 질서를 회복시키려 들었다. 역사의 대세를 거스르는 이 반동의 시대에 자유주의 지지자들의 불만은 증폭되어 갔고, 금전은 모든 가치를 앞질러 위세를 떨치기 시작했다. 부패와 협잡, 위선과 술수가 현실을 지배하면서 사회 전체가 모순과 불안으로 흔들리고 있었다.

『적과 흑』은 이처럼 왕정복고기가 마지막에 이르러 한계를 노정하던 시기를 무대로 하고 있다. 스탕달은 이 사회 현실 속에 한 개인을 위치시키고 그가 헤쳐 나가는 운명에 시선을 맞춘다. 만약 한 사회가 구성원의 행복을 보장하는 바람직한 방향으로 나아가는데도 개인이 사회가 제시하는 가치관에 반발하고 나선다면, 그의 반항은 반사회적 일탈 행위로 치부될 것이다. 그러나 사회가 불의와 모순을 노출하면서 행복에 대한 개인의 요구를 억압할 경우 그 사회에 대한 개인의 반항은 공감을 얻을 토대가 마련된다.

쥘리앵 소렐이라는 인물

주인공 쥘리앵 소렐은 열정과 재능을 갖춘 청년이다. 그는 자신이 꿈꾸는 삶이 현실의 요구와 일치하지 않는다는 것을 안다. 우선 그는 가족이 자신에게 강요하는 삶을 그대로 받아들일 수 없다. 다감하고 섬세한 감수성을 지닌 이 청년은 독서와 자유로운 공상을 즐기지만, 속물적 가치관에 젖은 아버지와 형들은 그런 그를 돈이 될 만한 일은 못 하면서 쓸데없이 책만 붙잡고 산다는 이유로 멸시하고 구박한다. 가족은 그에게 적대적 타인들이고, 그 안에서 그는 혼자다. 이것이 그가 현실 속에서 인식하는 자신의 위치이다. 자신은 이방인이고 적들로 둘러싸여 있다는 이런 인식은 베리에르 시장 레날의 집에 가정 교사로 들어가서도, 브장송 신학교에서 지낼 때도, 파리의 라 몰 저택에 가서도 달라지지 않는다.

고상한 이상을 좇는 그의 시선에 잡히는 현실 속의 군상들은 금전욕에 물든 저속한 인간들, 아부와 술수와 협잡을 감추고 다니는 위선자와 사기꾼들, 잘 봐준다 해도 철 지난 구닥다리 자부심에 가득 차서 거들먹거리기나 하는 우스꽝스러운 바보들이다. 이러한 자들에 대해 그는 내심 자신의 우월성을 확신하며, 또 그것을 증명해 보이고 싶어 한다. 그러나 현실은 재능 있는 하층민 청년에게 결코 호의적이지 않다. 범속한 인간은 누군가가 자신의 자리를 위협할 때 경계하고 증오하며 시기심을 품기 마련이다. 피라르 신부의 말처럼 쥘리앵에게는 〈천박한 인간의 기분을 거슬러 놓는 무엇인가〉가 있고, 그 때문에 어디를 가든 미움을 사게 되는 것이다. 그에게는 사회 전체가 적들의 진영이다. 자신의 행복을 얻기 위해 그는 적과의 대결을 피할 수 없다.

이렇게 쥘리앵 소렐은 삶의 행복을 추구하는 과정에서 사회를 맞서 싸워야 할 적으로 돌린다. 그가 사회와 대립하는 것은 운명의 질곡에 빠져서가 아니라, 그 대립 관계를 자발적으로 선택한 결과이다. 그는 사회에 대한 반항을 스스로 의식화하는 인물이다. 이제 그는 퇴역 군의관과 마을 신부에게 받은 약간의 교육, 그리고 자신의 뛰어난 기억력을 밑천으로 적과의 대결에 나선다. 전투에 효율적이지 못한 내면의 다감한 감수성은 안으로 더 깊숙이 밀어 넣고, 대신 치밀한 계산, 야망을 실현하기 위한 의지, 차가운 자제력으로 무장한다. 사회를 적으로 돌린 개인 쥘리앵의 드라마는 여기서 시작된다. 쥘리앵은 열정적으로 자신의 드라마를 써나갈 것이다. 그렇지만 그는 레날 부인에게 총알 두 발을 쏘고 감옥에 갇히는 그 순간까지 자신이 쓰는 드라마를 잘못 읽고 있었다.

자유에의 꿈과 출세 야망

가족과 사회의 이방인인 쥘리앵에게 물욕과 협잡에 물든 고향이 유년의 다정한 보금자리였을 리는 없다. 그는 〈자신이 태어난 이 고장이 싫었다. 이곳에서 눈에 보이는 모든 것은 그의 상상력을 얼어붙게 했다.〉 그에게 출세란 우선 가족과 고향 베리에르를 떠나는 것을 의미한다. 그가 자신이 바라는 이상적인 삶으로 다가가는 방법은 출세밖에 없다. 이렇게 보면 그의 출세 야망이란 사실은 억압적 현실에서 벗어나려는 의지이다. 그것은 좋아하는 책을 마음껏 읽고 감미로운 공상에 잠기고 다정한 사람들과 함께하고 싶은 소망과 그리 다르지 않다.

주위가 온통 적들로 둘러싸여 있다고 생각하는 쥘리앵은 타인의 시선을 벗어나 홀로 있을 때에야 비로소 기쁨을 맛본다. 경계하고 스스로를 단속하느라 긴장하고 있다가, 사람들의 시선이 닿지 못하는 높은 산 동굴에 이르러 들판을 굽어보면서 그는 자유를 느낀다. 〈자유라는 이 소중한 단어〉는 그의 마음을 한껏 부풀어 오르게 한다. 쥘리앵은 자신의 소중한 것을 지키기 위해, 높은 산의 정상, 저속한 적들이 결코 침범할 수 없는 곳, 적들이 경멸이든 호의든 자질구레 퍼부어 대는 것에 전혀 영향 받지 않을 만큼 우월한 자리, 사회 계단의 꼭대기로 올라가지 않을 수 없다. 쥘리앵은 자유를 얻기 위해 더 높이 올라가야 할 것이다. 창공을 선회하는 한 마리 매처럼, 나폴레옹처럼 말이다.

물론 쥘리앵 소렐의 야망이 프랑스 대혁명과 나폴레옹 제정 시대가 낳은 사회적 산물인 건 분명하다. 나폴레옹은 당시 청년들에게 출세 모델의 역할을 했다. 그렇지만 쥘리앵에게 나폴레옹이 단지 그런 사회적 신분 상승 의지의 촉매로 그치는 것은 아니다. 이 주인공에게 나폴레옹은 세속의 저급한 욕망을 초월한 영웅적 이상, 높이 날아올라 모든 천박한 구속을 떨쳐 버린 자유로움의 상징이다. 그렇기 때문에 쥘리앵의 야망은 부와 권력을 직접 겨냥하는 여느 출세욕과는 달리, 자신의 우월성을 확인하고자 하는 열망과 뒤섞이는 것이다. 쥘리앵은 금전이 자신의 〈섬세한 마음이 목말라하는 어떤 즐거움들을 얻는 수단〉이 되어 줄 거라고 착각했던 것처럼, 출세가 바로 자유와 행복을 얻는 방법이라고 착각한다. 르네 지라르René Girard가 『낭만적 거짓과 소설적 진실 *Mensonge romantique et vérité romanesque*』에서 〈삼각형 욕망 구조〉라는 개념으로 설명했듯이, 욕망은 진정한 대상을 향해 곧장 가 닿지 못하고 늘 빗겨 방향을 잡는다.

위선

〈무기를 들라!〉 사회 전체를 적으로 돌린 쥘리앵은 전투에서 싸워 이기기 위해 자신의 본마음을 숨긴다. 그는 스스로 위선자가 되려 한다. 위선이란 사회와 적으로 맞선 개인이 골라 든 무기이다. 그가 위선을 부리는 건 상대방의 더 큰 위선에 대항하기 위해서이다. 자신의 진짜 모습을 감추고 대신 겉으로 또 하나의 자신을 꾸며 보인다는 것은 현실을 적으로 인식하는 순간 자아가 취하는 본능적 태도이기도 하다.

쥘리앵이 무기로 선택한 위선은 종종 그의 본성과 충돌한다. 위선을 부릴 때 그는 스스로를 잘 연출하고 있다는 느낌에 뿌듯해하지만, 그러면서도 청년다운 순수함과 열정으로 속마음을 노출하고 만다. 〈상황에 맞춰 태도는 적절하게 꾸며 낼 수 있었지만, 아직 마음까지는 꾸며 내지 못한〉 그는 가난한 사람들에 대한 연민에 북받친 나머지, 계산하고 위선을 부려야 할 발르노의 집 만찬 자리에서 그만 뺨 위로 굵은 눈물방울을 떨어뜨리고 마는 것이다.

위선은 자신의 본래 모습 위로 타인에게 내보일 또 하나의 자신을 꾸며 덧씌우는 일이다. 겉으로 꾸며 보이는 자신은 본래의 자신을 구속한다. 계산된 행동과 의무감이 쥘리앵으로 하여금 레날 부인 곁에서 행복한 감각에 몰입하는 것을 방해하듯이, 진정한 자신을 끊임없이 억압해야 하는 위선은 오히려 그 자체가 구속이 되어 쥘리앵의 자유를 빼앗는다.

레날 부인을 향해 쏜 총알 두 발

쥘리앵은 왜 레날 부인을 향해 총을 쏘았을까? 레날 부인의 편지 때문에 쥘리앵의 야망이 실현되기 직전에 꺾였고, 그래서 그는 자신의 출세를 가로막은 것에 복수하기 위해 부인에게 달려가 총을 쏜 것일까? 이 행동은 쥘리앵 소렐이라는 인물을 이해하는 데 중요한 역할을 하는 만큼, 작품을 대하는 사람은 누구나 저마다의 관점으로 주인공의 이 행동을 해석해 보곤 한다. 가능한 여러 가지 해석에 보태어 여기서 또 하나의 해석을 시도해 본다면, 결론부터 말해 레날 부인을 향해 총을 쏜 이 행동이야말로 쥘리앵 소렐의 삶을 구원하는 것이었다.

그가 정말 출세욕으로 뭉친 사람이었다면 위기의 순간 레날 부인을 쏘러 달려가기보다, 무슨 수를 써서든 후작을 만나서 변명하며 용서를 구하려 했을 것이다. 쥘리앵 소렐은 시종 명석한 인물인 만큼, 어떻게든 그 위기 순간을 넘기기만 하면 상황을 회복할 기회가 오리라는 걸 모르지 않았을 것이다. 그러나 그 자신도 미처 뚜렷이 의식하지 못하고 있었지만, 그가 품었던 신분 상승 의지는 사실은 자유로운 삶에 대한 동경이었고 영웅의 이상으로 다가가는 방법이었다. 그런데 레날 부인이 편지를 보내 자신을 출세에 눈먼 파렴치한 인물로 몰아갔다. 세상 그 누구보다 자신을 가장 잘 이해해 주리라 믿었던 부인이 말이다. 레날 부인은 그의 출세를 좌절시키기에 앞서 그가 소중히 추구해 온 꿈을 모욕했다.

그는 자신이 부인에게 총을 쏘고도 살아남을 수 있으리라 애초부터 생각하지 않는다. 레날 부인을 쏘는 것은 그 스스로를 쏘는 것임을 그는 자각하고 있다. 그가 결행할 이 행동은 자신에게 미리 내리는 사형 선고이다. 감옥에서 그가 자신의 구명 운동을 하지 않는 것도 그런 이유에서이다. 이렇게 자신의 생명과 바꾸어서라도 그는 자신이 이상을 배반한 게 아니라는 것을 증명해 보여야 했다. 레날 부인의 편지를 자신의 꿈에 퍼부어진 참을 수 없는 모욕으로 받아들인 만큼 그 모욕에 반드시 복수해야만 하는 것이다. 쥘리앵이 레날 부인에게 행하는 복수는 자신의 이상을 생명과 맞바꾸어서라도 지키겠다는 의지의 표현이다. 그러므로 쥘리앵이 부인에게 달려가 총을 쏜 행동은 오히려 그가 속물적인 야심가가 아니라는 사실을 증명해 보인다. 그는 단지 출세를 이상과 혼동하고 있을 뿐이다.

베리에르로 달려가는 쥘리앵 소렐의 모습은 얼핏 보기에는 야심이 좌절된 충격으로 제정신이 아닌 사람처럼 비치기도 한다. 그러나 그는 그 시간 내내 자신의 이상에 대한 의무를 또렷이 자각하고 끝까지 의무를 완수해 낼 만큼 의식이 명료했다. 그래서 총을 쏜 뒤 곧바로 자신의 범죄를 시인하고, 의무가 완수되었다고 말한다. 다만 레날 부인을 향해 총을 겨눠야만 한다는 상황이 그의 내면에 불러일으킨 극단적 고통으로 인해 마치 이성을 잃은 듯, 의식이 마비된 듯 허깨비 같은 움직임을 보이는 것이다.

레날 부인을 향해 총을 발사함으로써 그는 자신의 출세 야망이 세상을 향한 허욕이 아니라 자신의 꿈을 향한 것이었음을 증명해 보인다. 레날 부인을 향해 쏜 총알 두 발이 평범한 야심가로 전락할 위기에서 그를 구해 낸다. 이것은 또한 레날 부인이 그의 구원자로서의 위상을 확립하는 계기이기도 하다.

감옥에서 찾은 자유

감옥에 갇힌 쥘리앵은 사회에 대한 미련을 버린다. 야망을 버리자 타인의 시선에서 자유로워지고 위선을 부릴 필요가 없어진다. 감옥 벽으로 둘러싸여 〈진정한 나〉를 찾고 자유를 얻은 것이다. 쥘리앵은 〈자신의 마음속을 분명히 들여다봄으로써〉 〈비로소 삶을 즐기는 법을 알게〉 된다. 〈삶의 종말을 바로 눈앞에 두고서야〉 말이다. 그리고 이 감옥에서 레날 부인과 함께 지내며 〈예전 야망에 사로잡혀 있을 때는 곁에 두고도 놓친 행복〉을 마침내 찾아낸다. 사회는 그를 감옥에 가두었지만, 그 감옥에서 오히려 그는 참다운 행복을 누림으로써 사회에 복수한다. 스탕달은 쥘리앵을 통해 행복이란 〈진정한 나〉를 찾는 것임을 역설하고 있다.

행복에 대한 이런 결론에서 낭만주의적 요소를 엿볼 수도 있을 것이다. 사실 스탕달이 내보이는 극도의 자아중심주의나 개인주의적 경향은 낭만주의와 곧바로 통한다. 스탕달 역시 낭만주의 시대를 살았고 낭만주의의 현실 도피가 만연했던 시대를 거쳐 왔다. 작품의 마지막에서 쥘리앵이 보여 주는 태도를 사회와의 싸움에서 패배한 개인의 낭만주의적 자기 위안으로 해석할 여지가 없는 것은 아니다.

하지만 분명한 건 쥘리앵 소렐이 사회 현실과 싸워 보기도 전에 미리 포기한 것은 아니라는 사실이다. 쥘리앵은 현실에서 도피하지 않고 맞서 싸웠다. 감옥에서 쥘리앵이 도달한 삶의 행복은 자신이 삶의 주인으로 살아가고자 현실과 치열하게 대결한 후에 얻어 낸 결론이다. 현실은 밀어 둔 채 알량한 자아만 붙들고 있는 것이 아니라, 현실에 정면으로 시선을 돌려 그 속에서 자신의 가능성을 열정적으로 시험한 다음 주체적으로 선택한 삶이다. 그래서 행복에 대해 쥘리앵 소렐이 내린 이 결론은 강한 힘을 얻는다.

스탕달이 작품 속에서 내린 결론이 우리가 행복에 대해 던지는 질문의 유일한 답은 아닐 것이다. 우리는 그 어떤 답을 찾아내든 그것은 그 답을 찾은 사람만의 진실일 뿐인 시대를 살고 있다. 우리 각자는 자신의 진실을 건설하고, 의심하고, 다시 부정하고, 끊임없이 진실을 찾아 나선다. 〈진정한 나〉라는 것이 과연 있을지, 잃었던 나를 되찾는다는 생각은 위안이거나 고작해야 착각이 아닐지 고민하는 것은 오늘날 우리 독자의 몫이다. 인정할 수밖에 없는 사실은 〈진정한 나〉라는 것이 진정 가능할지 철학적으로 검토해 보는 일과는 별개로, 우리는 삶에서 느끼는 어떤 결핍 때문에 이 〈진정한 나〉를 그리워한다는 점이다. 우리는 가 닿을 수 없는 무엇인가에 대한 그리움 때문에 늘 〈진정한 나〉에서 멀리 떨어져 있다고 느낀다. 진정한 내가 어떤 모습인지는 확실히 설명할 수 없다 해도, 지금 여기 있는 나만으로는 불만스럽고 불충분한 탓에 〈진정한 나〉를 갈망한다. 그리고 〈진정한 나〉라는 이 아련한 그리움의 대상은 덧없는 삶을 사는 우리에게 부재의 느낌과 공허를 이기기 위한 힘이 되어 준다. 또한 무엇보다도 내 것 아닌 삶을 강요하는 외부의 억압적 힘에 저항할 힘을 준다. 어떻게든 현실에 적응하느라 자신의 겉모습이 왜곡되었다고 느끼는 사람으로서는 그럼에도 자기 자신으로 되돌아오기 위해 내면의 순수한 것 — 그것이 허상이든, 착각이든 — 에 의지하는 수밖에 없다. 우리는 자신을 찾기가 점점 더 어려워지는 시대, 〈나는 누구인가〉라는 질문이 한층 절실해지는 시대에 살고 있다. 현실과 맞서 자신의 진실을 찾아 나선 쥘리앵 소렐이라는 인물, 그리고 그가 치열하게 얻은 결론이 오늘날 우리에게 강한 호소력을 지니는 이유는 그 때문이다.

1830년의 연대기

『적과 흑』은 〈1830년의 연대기〉라는 부제가 말해 주듯 프랑스 왕정복고 시대 말기를 조명하는 작품이다. 스탕달은 쥘리앵 소렐이라는 한 개인을 시대의 정치적 사회적 상황 한가운데 자리 잡게 하고, 이 인물이 밟아 나가는 삶의 도정을 사회 현실과의 관계 속에서 고찰하는 방식으로 당대 사회를 예리하게 파헤쳐 보인다. 사회에 순응하지 않는 개인이란 사회의 숨겨진 이면을 노출시키고 모순을 고발하는 데 효과적이다. 그래서 『적과 흑』은 사회와 맞서 자신의 삶을 찾아 나선 한 개인의 운명에 대한 탐구이면서 동시에 당대 사회 현실에 대한 날카로운 보고서이자 시대의 비판적 증언으로 읽히는 것이다.

작가의 눈에 비친 베리에르는 겉보기에는 아름다운 산악 도시지만 사실은 돈이 모든 것을 좌우하는 곳이다. 금전 숭배에 물들고 정치 파당으로 분열된 지방 소도시의 현실을 들추어 내보인 작가의 눈은 이 소도시에서 전횡을 일삼는 보수 왕당파와 수도회 성직자들의 위선뿐 아니라 일견 그들의 반대 세력으로 비치는 자유주의자들의 실상 역시 놓치지 않는다. 대혁명이 전파한 공화국 이념을 재산 축적의 보증서 삼아 가끔 꺼내 흔들어나 보일 뿐 실제로는 혁명을 두려워하는 자유주의자들은 보수 왕당파와 다를 바 없는 용렬한 물질 숭배자들이다. 특히 빈민 수용소장 발르노는 수단 좋고 뻔뻔한 모리배의 전형으로, 정치적 이상 같은 것은 축재 수단의 하나쯤으로 여기는 부르주아의 속물성과 현실 적응력을 과시해 보인다. 스탕달은 승승장구하는 발르노가 지방 귀족 레날을 밀어내고 대신 베리에르 시장 자리를 차지하는 모습을 통해 이제 역사의 대세는 부르주아 편임을 간파해 낸다. 스탕달이 작품 속에서 거침없이 그려 낸 것은 대혁명의 숭고한 이념이 낡은 과거 기억으로 밀려나고 물질적 부가 최고의 가치로 자리 잡는 시대의 모습이다.

대혁명으로 종교 재산을 국가에 몰수당했던 성직자들은 왕정복고 체제하에서 귀족과 결탁하여 교권을 다시 강화하려 했다. 수도회가 권력과 결탁하여 전횡을 일삼는 시대의 분위기는 야망에 눈뜬 쥘리앵이 군인 대신 성직자가 되기로 결심하는 동기를 설명해 준다. 음모에 정신이 팔린 성직자들의 모습과 복종과 맹신만을 가르치는 신학교 교육은 작품 속에서 스탕달의 조롱의 대상이 되고 있다.

스탕달은 〈소설이란 큰길을 가면서 둘러메고 다니는 거울〉이라고 말한다. 소설은 있는 그대로의 현실을 보여 주어야 한다는 의미이다. 그러나 실제로 스탕달이 거울에 비친 것을 고스란히 옮겨 놓듯이 소설을 쓴 것은 아니다. 『적과 흑』은 현실을 생생하게 담고 있지만, 그것은 사진을 찍듯이 재현

된 현실과는 다르다. 그 속에는 현실의 숨겨진 면을 읽고 역사의 흐름을 짚어 내는 작가의 눈이 살아 있다. 스탕달이 소설 속에서 펼쳐 보이는 현실은 그가 자신의 관점으로 선택하고 해석한 현실이다. 그래서 거기에는 당대 사회와 역사를 바라보는 작가의 전망이 살아 있다. 대혁명이후의 사회 변화에 대한 예리한 분석, 역사의 물결을 거스르는 시대에 대한 비판, 그리고 몰락하는 세력과 새롭게 상승하는 세력의 역학 관계를 읽는 안목, 바로 이러한 것들이 『적과 흑』을 19세기 사실주의 소설의 대표작으로 만드는 것이다.

예를 들어 라 몰 후작 저택의 귀족 살롱을 보여 주면서 작가의 시선은 화려하게 장식된 표면을 훑은 뒤 무엇보다 그 살롱을 지배하는 권태의 분위기에 주목한다. 대혁명과 공포 정치의 기억에 쫓기는 귀족들은 변화된 시대에 적응하기를 거부하고 모든 새롭고 창의적인 생각을 경계한다. 그들은 지나간 시대 자신들의 영광된 파편인 예절과 관습에 스스로를 가둔다. 정신적으로 질식된 이런 분위기에서 귀족들이 무기력한 권태에 빠지는 것은 당연한 일이다. 활기를 상실한 그들의 몰락과 해체가 가속화되는 것 역시 역사의 필연이다. 이처럼 스탕달은 역사적으로 미래가 막힌 계층의 실상을 간파하고, 거스를 수 없는 그 흐름을 냉정하게 바라보고 있다.

소설과 정치

스탕달이 개인의 삶에 대해 지닌 관심은 사회 현실에 대한 관심과 언제나 나란히 놓여 있다. 이 작가가 개인적 자유에 대해 던지는 질문은 매번 정치 문제와 함께 제기된다.

정치 음모와 연관된 귀족과 성직자들의 비밀 회합을 그리면서 작가는 〈정치란 문학의 목에 매단 돌멩이〉라서 문학을

침몰시킬 뿐이고, 상상력의 흥미 가운데 정치 이야기를 끼워 넣는 것은 〈연주회 도중에 권총 소리〉를 울리는 일이라고 말하지만, 그러면서도 그가 시대 현실과 인물을 바라보는 시선은 기본적으로 정치와 이어져 있다. 아니 그보다 당시 현실의 화두가 바로 정치였다. 역사의 격동과 사회의 대변화 속에서 모든 것은 피치 못하게 정치와 한데 엮여서 돌아간다. 쥘리앵의 출세 야망 역시 당시의 정치적 현실에서 빚어진 것이다. 이런 경우 사회 현실 속에 끼워 넣어진 삶을 주목하는 시선이라면 어떤 경우든 정치에 대한 관심을 묻어 둘 수 없을 것이다.

작품 속에서 정치에 대한 관심은 마치 도로의 이정표처럼 굽이굽이마다 모습을 드러낸다. 사람들은 살롱에 모인 부르주아든, 소도시의 건물 임대 입찰 현장을 기웃거리는 촌부들이든, 담장을 보수하느라 신학교 정원 구석에 쪼그리고 앉은 벽돌공들이든, 모이기만 하면 정치에 대해 이야기한다. 수도에서 맞게 될 새로운 생활을 기대하며 파리로 향하는 쥘리앵이 역마차에서부터 맞닥뜨리는 것도 진진한 정치적 대화이다. 정치가 대화의 중심 주제인 부르주아 살롱에서와는 달리 정치 이야기를 기피하는 귀족 살롱에서조차 정치는 애써 피해야 할 만큼 뜨거운 문제이기도 하다.

스탕달은 쥘리앵 소렐의 법정 진술을 통해 한 개인이 선택한 운명까지도 정치와 연관시켜 의미를 부여하고 있다. 쥘리앵은 재판정에 서서 다음과 같이 선언한다. 〈나는 여러분의 계층에 속하는 영예를 얻지 못했습니다. 보다시피 나는 자신의 보잘것없는 운명에 반항한 일개 농부입니다.〉 그는 자신과 자신을 단죄하는 자들을 계급으로 나눔으로써 자신이 서 있는 위치를 정치화한다. 이어서 그는 자신이 저지른 범죄가 〈낮은 신분으로 태어나 가난에 짓눌리면서도 운 좋게 좋은 교육을 받고, 부유한 사람들의 오만함이 사교계라고 이름 붙인 사회에 대담하게도 끼어들고자 한 죄〉라고 정의함으로써, 자신의 운명을 〈가진 자〉와 〈갖지 못한 자〉의 충돌로 해석해 낸다. 시대를 앞질러서 개인의 삶을 사회 계급 간의 갈등과 연결시키고 있는 것이다. 그러나 이렇게 한 걸음 앞서 계급 문제를 간파해 낸 작가의 성찰은 어디까지나 개인의 운명에 초점을 맞춰 사회 속의 세력 관계를 분석해 낸 결과라는 점에서, 후일 마르크스가 사회학적 연구를 통해 도출한 계급 갈등, 즉 배타적 이해관계를 토대로 구성된 집단적 세력 간의 충돌과는 차이가 있다.

사랑 이야기 속의 현실

『적과 흑』의 주된 줄거리는 사랑, 즉 쥘리앵 소렐이 두 여인과 차례로 엮어 가는 연애의 굴곡이다. 이 작품에서 스탕달은 인상적인 두 여주인공을 창조해 냈다. 쥘리앵의 첫 연인 레날 부인은 지방 소도시의 폐쇄된 환경에서 성장하여 세상 물정에 어두운 순수한 여인이지만, 사랑하는 사람에 대해서는 더할 수 없는 열정과 헌신을 보여 준다. 반면 대귀족의 딸 마틸드는 신분에 대한 오만한 자존심을 오히려 그 신분을 뛰어넘는 사랑으로 구현하는 여인이다. 마틸드의 사랑은 자연스러운 열정이기보다 자신의 비범함을 세인에게 현시하려는 동기에서 출발하지만, 그녀는 그 사랑의 의지를 끝까지 놓지 않는 강인함을 보여 준다. 대조적인 성격의 두 여주인공이 각각 빚어내는 사랑의 모습은 자발성과 의무, 감수성과 이성이라는, 작가가 즐겨 사용하는 대비 구도를 빌어 시골의 사랑과 파리의 사랑, 혹은 〈가슴으로 하는 사랑〉과 〈머리로 하는 사랑〉이라는 큰 틀을 형성한다.

하지만 연애 유형에 대한 이러한 고찰보다 독자를 사로잡는 것은 인물의 내면에 밀착하여 사랑의 심리를 치밀하게 파헤쳐 나가는 작가의 분석력이다. 이런 심리적인 세밀함은 작가가 인간에 대한 관심을 늦추지 않고 무엇보다 자기 자신을 알고자 스스로를 분석하고 탐구한 결실이다.

인물의 심리를 파고드는 작가의 시선은 열정이 내면에 행하는 작용을 포착해 내는 데만 만족하지 않는다. 스탕달의 섬세함은 두 연인이 주고받는 대화에서도 발휘된다. 연인 사이에 오가는 말 속에는 갓 발화된 열정에 당혹스러워하는 머뭇거림이나 서로에 대한 탐색, 종잡을 수 없이 고개를 드는 뻣뻣한 자존심 등이 그때그때 상황에 따라 배어 나오곤 한다. 예를 들어 쥘리앵과 레날 부인이 주고받는 대화를 보면, 처음에는 두 사람이 조심성 때문에 어색하기 그지없는 대화를 주고받지만 점차 친밀감이 싹트고 열정에 휩싸여 감에 따라 말투의 경계를 무너뜨리고 서로에게 무람없이 바싹 다가선다. 그러다가 자칫 쥘리앵이 자존심을 다치거나 부인이 정숙의 미덕을 떠올려 죄책감에 젖기라도 하면 두 사람의 말투는 다시금 거리를 띄우고 어색하게 굳어서 긴장감을 드러내곤 하는 것이다.

또 한 가지 작품 속에서 놓치지 말아야 할 점은 열정이 빚어내는 마음속 움직임이라 할지라도 그것은 어디까지나 사회 현실과 관련하여 조명되고 있다는 점이다. 『적과 흑』 속의 사랑은 당시의 시대 상황, 계층 간의 갈등 구조와 밀접하게 얽혀 있다. 쥘리앵이 레날 부인을 처음 만났을 때 그녀가 부자라는 이유만으로 경계심을 곤두세우는 심리. 그가 부인의 순수한 사랑을 받으면서도 자신의 야망에만 몰두하는 이유, 마틸드가 귀족 청년들 사이에서 유독 쥘리앵 소렐에게 매혹되는 동기 등은 개인적 차원의 행동과 심리로 이해될 때보다는 당시 시대 현실, 계층 구조와 연관 지어 이해될 때 비로소 완전한 의미를 얻게 된다.

〈적과 흑〉이라는 제목

적(赤)과 흑(黑). 강렬하게 대비되는 두 색채를 나란히 내세운 이 제목은 무엇을 의미할까? 작품 제목에 대해 스탕달 자신이 의미를 언급한 적은 없다. 그렇지만 지금까지 많은 비평가들은 〈적과 흑〉이라는 이 인상적인 제목에 대해 여러 가지 해석을 시도해 왔다. 그 해석들은 대개 두 색채가 소설의 주제와 내용을 암시한다는 가정에서 출발하여 각 색채의 상징성을 논의하는 경우가 많았다. 물론 제목의 해석은 읽는 사람이 어떤 관점으로 작품을 바라보느냐에 따라 달라질 것이다. 예를 들어 작품의 정치적 주제를 중시하는 독자라면 신부 복장이 검은색인 점에 착안하여 〈흑〉은 성직 계층, 나아가 구체제를 가리키는 것으로, 반면 〈적〉은 프랑스 대혁명 깃발의 붉은색, 다시 말해 공화주의 혁명을 상징하는 것으로 해석할 수도 있을 것이다. 작품의 의미란 얼마든지 확장될 수 있는 것이므로 어떤 해석은 옳고 어떤 해석은 틀리다고 단정할 수는 없다. 그러나 위에서 예로 든 해석의 경우, 소설 속에서 쥘리앵이 자신의 사회적 위치를 정치적으로 의식하고 구체제의 신분 질서에 대한 저항을 표현하는 것은 사실이지만 그렇다고 진보적 자유주의 이념으로 무장하고 보수 반동 정치 세력과 정면으로 부딪치는 것은 아니라는 점을 들어 반론을 제기할 수 있다. 쥘리앵의 정치의식은 계급적 이념적

각성에 도달하기 이전의 좀 더 개인적 차원의 것이다. 따라서 〈적〉과 〈흑〉이라는 두 색채의 대비를 보수 반동 체제와 진보적 이념의 충돌로 해석하기에는 무리가 있다.

지금까지 시도되어 온 많은 해석들 가운데서 가장 널리 알려지고 또 일반적으로 받아들여지는 것을 소개하면, 〈적〉은 쥘리앵이 열망한 군인, 혁명과 전쟁터, 나폴레옹의 색으로, 쥘리앵의 이상과 열정을 상징하며, 〈흑〉은 신부복, 성직자의 색으로, 현실과 타협하여 성직자가 되고자 했던 그의 세속적 야망, 위선의 색깔이라는 것이다.

색깔 명칭을 사용하는 것이 1830년 당시의 유행이었던 만큼 스탕달도 즉흥적으로 이 유행을 따랐을 것이라는 추측 역시 가능하다. 이 가설을 받아들인다면 두 색채 각각의 깊은 상징성을 규명하기란 다소 맥이 빠지는 일이 된다. 그러나 이 경우에도 간과할 수 없는 점이 있다. 스탕달이 두 색깔 명칭을 빌려와 제목으로 정할 때 각 색채에 개별적으로 부여할 의미에 대해 미리부터 분명한 생각을 가졌던 건 아닐 수도 있겠지만, 두 색채가 빚어내는 강렬한 대비 효과만은 뚜렷이 의식하고 있었을 거라는 점이다. 그렇다면 〈적과 흑〉이라는 제목의 핵심은 이 두 색채의 〈대립 그 자체〉, 또 그 팽팽한 대결에서 나오는 〈긴장감〉에 있다고 말할 수도 있다. 제목을 둘러싼 지금까지의 여러 논의들도 각 색채의 의미를 해석하는 데서는 조금씩 차이가 있지만, 그 의미들이 작품 속에서 강렬한 대립 구도를 이룬다고 보는 점에서는 일치한다.

이처럼 이 제목의 초점이 〈대립 그 자체〉에 있다면, 〈적과 흑〉이라는 제목은 두 색채의 대비를 통해 한 청년의 재능과 꿈이 사회 현실과 부딪칠 때 빚어지는 드라마를 함축하면서, 나아가 개인의 삶을 구성하는 모든 대립된 두 축 — 이상과 현실, 열정과 타산, 자발성과 의무, 이성과 감수성, 순수성과 위선, 〈진정한 나〉와 〈꾸며 낸 나〉 — 사이에서 갈등하고 방황할 수밖에 없는 인간의 존재 조건, 그 두 갈래 길 앞에서 자아가 겪는 긴장 상태를 상징한다고 해석할 수 있을 것이다.

스탕달의 소설관

공식적으로 인정된 것은 아니지만 스탕달은 1820년대에 프랑스에서 실제로 벌어진 형사 재판 사건들로부터 『적과 흑』을 구상하는 단서를 얻어 왔으리라고 추측된다. 작가 자신이 소설 창작과 관련하여 〈실제 일어난 범죄 사건을 재구성해 볼 것〉이라는 노트를 직접 남겨 놓은 점도 이런 추측을 뒷받침해 준다.

『적과 흑』을 구상하는 데 바탕이 되었으리라 추정할 수 있는 사건은 여럿 있지만, 특히 1827년 12월 「법정 신문」에 나흘에 걸쳐 재판 기사가 상세히 실린 베르테 사건은 그 전말이 『적과 흑』의 줄거리와 아주 닮았다는 점에서 흥미롭다. 〈한 신학생이 성당에서 저지른 살인 미수 혐의로 기소〉된 이 형사 재판 사건의 피고는 앙투안 베르테Antoine Berthet라는 날렵한 몸집의 명석한 미남 청년이다. 가난한 가정 출신으로 부친의 학대를 받고 지내던 이 청년은 마을 신부의 도움으로 작은 신학교에 입학하고, 4년 후에는 미슈 드 라 투르 가(家)에 가정 교사 자리를 얻는다. 그 집에서 청년은 미슈 부인의 호의를 얻지만, 1년 후 두 사람 사이를 의심한 남편에 의해 해고된다. 이어서 베르테는 코르동이라는 귀족 집안에 가정 교사로 들어가고 그 집 딸과 관계를 맺지만, 거기서도 역시

쫓겨난다. 베르테는 자신이 쫓겨난 이유가 미슈 부인이 편지
를 보내 예전의 일을 폭로했기 때문이라고 생각하여 미슈 부
인을 찾아가 그녀를 죽이고 자신도 죽겠다고 위협했다. 이어
서 그는 1827년 7월 22일 성당을 찾아가 부인을 향해 총을
두 발 쏜 뒤 자신에게도 두 발을 쏘았다. 부인도 베르테 자신
도 치명상을 입은 건 아니었지만, 베르테는 사형을 선고받고
이듬해 단두대에서 처형되었다.

　이 사건이『적과 흑』의 줄거리 구상에 영향을 주었으리라
는 것은 얼마든지 짐작할 수 있는 일이다. 그러나 분명한 점
은 이 사건이 작품의 어렴풋한 윤곽을 잡는 처음 몇 개의 선
으로 쓰였을지는 몰라도, 그 앙상한 밑그림을 토대로 쥘리앵
소렐이라는 인물과 그의 삶을 창조해 낸 것은 순전히 스탕달
자신의 상상력이라는 사실이다. 오히려 이런 밑그림의 존재
에서 흥미로운 것은 스탕달 자신이 소설 구상의 실마리를 의
식적으로 실제 사건에서 찾으려 했다는 점이다. 소설 창작에
대해 스탕달이 보여 주는 이런 태도는 상상력의 부족을 느
껴서가 아니라, 그것이 소설의 진실성을 보장하는 한 방법이
라고 생각했기 때문이었을 것이다. 허황하고 인위적인 줄거
리를 꾸며 내는 것보다 현실에서 실제로 일어난 사건의 골격
을 빌리는 편이 소설이 진실에 접근하는 데 한층 더 유리하다
고 본 것이다. 실제 사실이 진실성을 보장한다는 이 철 지난
믿음에 반론을 제기할 수도 있지만, 이 문제는 사실이 곧 진
실의 위상을 부여받았던 19세기 한때의 패러다임으로 이해
해야 할 것이다. 그보다 스탕달이 소설을 바라보는 관점에서
주목해야 할 것은 낭만주의적 역사 소설과 황당무계한 멜로
소설이 범람하던 시대에 스탕달은 소설의 목적을 진실에 두
었다는 점이다. 스탕달이 생각하는 이상적인 소설은 〈진실한

소설〉, 즉 인간과 현실을 진실하게 그려 내는 소설이었다. 나아가 스탕달은 소설의 이 〈진실〉이 실제 사실의 인용과 나열만으로 구현되는 게 아니라는 점도 이미 인식하고 있었다.

처음 문학에 뜻을 두었을 때 스탕달의 꿈은 극작가가 되는 것이었다. 20대 초반 그는 극장을 드나들면서 희곡 습작에 몰두했고 나폴레옹 제정의 관리 생활을 할 때도 희곡을 써서 명성을 얻을 희망을 버리지 않았다. 앞에서 말했듯이 스탕달은 47세라는 비교적 늦은 나이에 『적과 흑』을 썼다. 3년 전 처음으로 소설 형식을 빌려 『아르망스 *Armance*』를 쓴 것을 제외하면, 그때까지 그가 써온 글은 『하이든, 모차르트, 메타스타시오의 생애 *Vies de Haydn, de Mozart et de Métastase*』, 『1817년의 로마, 나폴리, 피렌체 *Rome, Naples et Florence en 1817*』, 『이탈리아 회화사 *L'Histoire de la peinture en Italie*』, 『라신과 셰익스피어 *Racine et Shakespeare*』 등 주로 전기와 여행기, 예술 평론이거나, 혹은 『연애론 *De l'amour*』 같은 에세이가 대부분이었다.

스탕달이 문학에 발을 들여놓고도 한참 동안 소설이라는 형식에 관심을 기울이지 않았던 이유는 당시 소설이라는 이름을 달고 나오는 작품들에 대한 의심 때문이었다. 있을 법하지 않은 이야기를 통속 취미와 얼버무린 소설이나 월터 스콧식의 인위적으로 재구성된 역사물은 스탕달이 보기에 사실의 왜곡일 뿐이었고, 그런 범주에 머물러 있는 한 소설은 진실과는 거리가 멀어 보였다. 그러니 그 후 스탕달이 19세기의 주된 장르는 소설이라는 점을 인정하지 않을 수 없게 되어 자신도 소설을 쓰고자 했을 때, 그가 소설에서 무엇보다 중요시한 것이 인간과 현실을 진실하게 그려 내는 일이었음은 당연하다.

스탕달은 소설이 살아남을 수 있는 힘은 진실의 추구라고 생각했다. 인간과 인간의 삶을 그리는 것이 소설인 만큼 스탕달은 인간을 완전히 알고자 했고, 그 첫걸음으로 자기 자신을 끊임없이 분석하고 탐구했다. 또한 소설은 사실에 토대를 두어야 한다는 입장에서 현실에서 취한 실제 자료를 소설에 활용했다. 앙투안 베르테 사건이 『적과 흑』의 구상에 활용된 것도 이러한 입장에서 이해할 수 있을 것이다. 작가는 작품 구상 차원을 넘어 소설 내용 속에도 실제 사실을 끼워 넣곤 했는데, 위고Hugo의 연극 『에르나니Hernani』를 둘러싼 논쟁처럼 1830년 당시의 실제 사건을 언급하거나 당시 실존했던 인물들을 실명으로 직접 거론한 것이 그 예이다.

앞서 언급했듯이 스탕달은 소설이 〈큰길을 가면서 둘러메고 다니는 거울〉이라고 했다. 이 말은 이야기를 인위적으로 구축하는 대신 주인공의 운명과 연관된 사실들을 시간의 흐름을 따라 연대기를 쓰듯이 펼쳐 놓는 그의 소설 서술 방식을 적절하게 요약해 준다. 소설의 토대를 실제 사실에 두되, 거울을 들고 비추며 지나가듯이 그 사실들을 흘러가는 시간 속에서 자유로운 리듬으로 축적해 나감으로써 점진적으로 진실이 발견되고 현실 이면의 질서가 드러나도록 하는 것이다.

자유인 스탕달

스탕달은 1783년 1월 23일 프랑스 동남부의 도시 그르노블에서 태어났다. 본명은 앙리마리 벨Henri-Marie Beyle이고 스탕달은 필명이다.

그의 생애는 역사의 대격동기를 가로지르는 것이었다.

1789년 어린 앙리가 여섯 살 되던 해에 프랑스 대혁명이 일어났고, 이 대사건에 이어 제1공화정의 수립, 루이 16세의 처형을 차례로 겪으며 어린 앙리는 조숙하게도 이미 자신이 〈열렬한 공화주의자〉라고 느꼈다고 한다. 그 후 나폴레옹 전쟁, 이 인물의 황제 즉위와 몰락, 왕정복고, 칠월 왕조 등 쉼 없이 펼쳐지는 사회 격변 속에서 작가는 어느 정도 유보적인 면은 있지만 대체로 자유주의적이고 진보적인 입장을 지켰다.

작가의 개인사를 살펴볼 때 가장 먼저 관심을 끄는 점은 그가 유년 시절에 겪은 가족과의 불화이다. 어린 앙리는 일곱 살 때 어머니를 잃었다. 어머니의 죽음은 이 어린 소년에게 유년의 따뜻한 보금자리가 영원히 사라졌음을 의미했다. 고등법원 변호사인 아버지는 외아들인 앙리의 교육에 상당한 공을 들였다고 한다. 그러나 어려서부터 기질이 열정적이고 섬세했던 앙리는 보수 왕당파 부르주아인 아버지가 아들에 대한 기대라는 명분으로 부과하는 강압적 교육에 반항심을 품었던 것 같다. 스탕달은 미완의 자서전적 에세이 『앙리 브륄라르의 생애 *Vie de Henri Brulard*』에서 그르노블에서 보낸 이 유년의 시간들에 대해 〈폭군들〉의 정신적 억압과 횡포를 견뎌야 했던 암울한 시절이라고 쓰고 있다. 〈폭군들〉이란 〈우울하고, 소심하며, 앙심 많고, 전혀 다정한 구석이라고는 없는〉 아버지, 어머니가 없는 집안 살림을 대신 맡은 이모 세라피, 가정 교사로 들어온 라이안 신부를 말한다.

흥미로운 것은 스탕달이 『앙리 브륄라르의 생애』에서 자신과 아버지의 관계를 〈근본적으로 적대적인 두 사람〉으로 규정하면서 자신이 중시하는 가치의 반대되는 속성들, 예를 들어 왕당파의 허위, 부르주아의 저속함, 예수회 교파 등, 자신의 것이 아닌 모든 부정적 가치들을 아버지에게 돌리고 있다는 점이다. 스탕달은 아버지와 그 대리인 라이안 신부가 가르친 것이라면 무엇이든 증오했다면서, 이 두 사람의 영향으로 자신은 일생 동안 금전욕과 온갖 종류의 위선을 혐오하게 되었다고 말한다. 자서전 글쓰기가 실제와 완벽히 일치한다고 볼 수는 없다 해도, 아버지에 대한 이러한 반항은 스탕달이 일생 동안 어떤 가치들을 지향하게 되었는지를 이해하는 데 도움이 된다. 또한 유년에 겪은 가족과의 불화는 적대적 환경에서 취할 수밖에 없는 위선이라는 주제와도 연결 지을 수 있다.

1799년 열여섯 살이 되던 해, 앙리 벨은 그르노블 중앙 학교를 졸업하고 고향을 떠나 파리로 간다. 겉으로 내세운 목표는 파리 이공과 대학 입학시험에 응시하겠다는 것이었지만 사실은 아버지 집의 숨 막히는 분위기에서 달아나서 그동안 꿈꿔 온 낭만적인 삶을 찾으려는 것이었다. 이때 앙리는 이미 문학에 뜻을 두고 작가의 길을 모색하던 터라 입학시험장에 나가지 않았다. 그러나 파리 생활은 만만치 않아서 앙리 벨은 여러 번 실패를 거듭하고 좌절감에 빠져 지내다가, 국방부 고위 관리인 친척 피에르 다뤼Pierre Daru의 도움으로 국방부 임시직으로 들어간다. 이어서 그는 나폴레옹 군대의 이탈리아 원정길에 따라나서 밀라노에 도착한 뒤 제6용기병 연대 소위로 임관한다. 이때 처음 만난 이탈리아는 스탕달에게 깊은 인상을 주어서 그가 평생 이탈리아를 자신의 정신적 고향으로 여기고, 후일 나폴레옹이 실각한 뒤에는 프랑스를 떠나 이탈리아로 가서 지내게 되는 계기가 된다.

이탈리아 주둔군으로 지낸 길지 않은 군대 생활이었지만 자유로운 삶을 꿈꾸던 스탕달은 결국 병영에 염증을 느껴 군대를 떠난다. 파리로 간 스탕달은 진작부터 생각해 온 문학의 꿈을 이루려 습작 생활을 시작한다. 그러다가 경제적 궁핍을 겪게 되고, 또 한때는 여배우와 사랑에 빠져 남프랑스 마르세유로 달아나 지내기도 하는 등 청춘의 우여곡절을 거친다. 1806년 다시 피에르 다뤼의 지원으로 전쟁 감독관 임시 보좌역으로 임명받고 임지로 향한 스탕달은 이후 나폴레옹이 실각할 때까지 나폴레옹 제정의 관리로서 성실히 임무를 수행하고 1812년에는 군대를 따라 러시아 원정도 경험한다. 그러나 1814년, 나폴레옹이 몰락하고 왕정복고와 함께 정치 환경이 바뀌면서 관료로서의 스탕달의 출세 전망 역시 닫히고 만다. 달라진 사회 분위기를 체감하면서 그 사회는 자신의 것이 아니고 거기에는 자신을 위해 마련된 자리가 없다는 사실을 자각한 스탕달은 기꺼이 사회의 주변부로 물러서기로 결심하고 이탈리아로 떠난다. 그렇지만 이 방외인(方外人) 의식은 낭만주의 시대에 흔히 그렇듯 개인주의적 고립의 모티프를 거쳐 이상향으로 이어지는 도피 여정과는 거리가 멀다. 구체적이고 실제적인 정신의 소유자인 스탕달은 현실에서 도피하기는커녕, 현실에서 한 걸음 떨어져 오히려 현실을 한층 더 냉정하게 바라보고 비판할 수 있는 거리를 확보함으로써 『적과 흑』에서 만개하게 될 스탕달식 리얼리즘의 토대를 마련한다.

그 후 스탕달은 이탈리아에서 생활하는 내내, 그리고 파리로 돌아온 이후로도 1830년 칠월 혁명이 일어나기까지 긴 세월 동안 고정된 수입이나 직업 없이 가난하게 지냈다. 자신이 사회의 테두리 안에 속해 있지 않다는 의식 역시 달라지지 않았다. 덕분에 자유로웠다. 그는 쉼 없이 글을 썼고, 내키는 대로 여행을 떠났으며, 여인들과 열심히 연애했다. 특히 앞서 관료 생활을 하면서도 문학에의 꿈을 접지 않고 틈틈이 글을 써

왔던 스탕달이었기에, 서른하나라는 이른 나이에 기꺼이 혹은 다른 대안이 없어서 받아들인 이 방외인적 위치는 무엇보다도 글쓰기에 새로운 열정을 쏟아 부을 기회가 되어 주었다.

스탕달이 이탈리아 밀라노에서 지낸 지 8년째 되던 1821년 피에몬테 지방에서 봉기가 일어나자 당시 이탈리아를 통치하던 오스트리아 당국은 자유주의 인사들에 대한 감시를 강화했다. 이로 인해 자유주의자라는 혐의를 받고 오스트리아 경찰에 체포될 위기에 놓인 스탕달은 내키지 않지만 결국 밀라노를 떠나게 된다.

서른여덟의 나이로 다시 파리로 온 그는 마찬가지로 계속해서 글을 썼고, 번번이 여행을 떠났으며, 사교계에 드나들며 여인들과 열심히 사랑에 빠지곤 했다. 사실 나폴레옹 제정의 관리를 지낸 이력에 더해 불온한 사상을 지녔다는 혐의까지 짊어진 스탕달이 당시 샤를 10세의 반동 정치가 기승을 부리던 프랑스 사회에서 할 수 있는 일은 그것밖에 없었다.

1829년 또 한 번의 연애에 실패한 스탕달은 상심한 마음을 달랠 겸 9월에 남프랑스와 스페인 바르셀로나를 향해 여행을 떠난다. 몇 군데 여정을 거쳐 마르세유에 도착해서 지내던 중 그는 10월 25일에서 26일 사이 하룻밤 동안 〈쥘리앵Julien〉이란 제목의 작품 하나를 구상했는데 이 작품이 바로 『적과 흑』이다. 이어 11월 말까지 마르세유에 머물며 쓴 이 작품의 초고를 들고 파리로 돌아온 스탕달은 1830년 2월 17일 출판업자와 이 작품에 대해 의견을 나눈 뒤 본격적으로 이 작품을 써나가기 시작했다. 4월에 이 출판업자와 정식 계약을 맺고, 5월에는 소설 앞부분을 인쇄에 넘기면서 제목도 〈적과 흑〉으로 정했다. 이렇게 해서 마침내 『적과 흑』이 출간된 것은 1830년 11월 13일이다. 중간에 칠월 혁명으로 활자공들이 봉기에 참여하느라 인쇄가 한동안 중단되기까지 했음에도 불구하고, 작품 구상에서 출판까지 불과 1년 정도 걸린 것이다. 『적과 흑』의 집필 과정이 보여 주듯이 스탕달은 작품을 짧은 시일 내에 완성해 내는 특별한 재능을 지닌 작가이다. 또 다른 대작이자 스탕달의 대표작으로 꼽히는『파르마의 수도원La Chartreuse de Parme』역시 작가가 단 52일 만에 구술로 완성했다고 한다.

칠월 혁명으로 왕정복고 체제가 무너지자 스탕달도 실직을 면하게 된다. 스탕달이 얻은 자리는 이탈리아 작은 항구 도시 치비타베키아 주재 프랑스 영사직이었다. 프랑스 본토에서 멀리 떨어진 이 소도시 주재 말단 외교관 자리의 의미는 그가 남은 평생을 계속해서 변방에서, 방외인으로 지내야 한다는 것이었다. 하지만 스탕달은 이 한갓진 곳에서 외교관의 직무를 성실하게 수행했다. 그러면서 틈틈이 이탈리아와 프랑스, 독일을 여행했고, 여인들과의 연애를 종종 회상했고, 또한 쉼 없이 글을 썼다. 가족의 반항아에서 사회의 방외인이 된 그는 늘 혼자였고, 어느 것에도 얽매이지 않았다. 평생 수많은 여인들과 사랑을 나누었지만 그러면서도 결국에는 혼자 남았다. 만년에 이르러서도 그가 끝까지 열정적으로 붙잡고 있었던 일은 홀로 하는 작업인 글쓰기였다.

특히 앞서 말한 대로 짧은 시일 동안 구술로 완성한『파르마의 수도원』에서 스탕달은『적과 흑』에서 미처 다하지 못한 이야기들을 펼쳐 놓았다. 1839년 황혼을 바라보는 56세의 나이에 거침없이 영감을 쏟아 낸 작품인 만큼 거기에는 작가 평생의 응축된 생각과 열망이 돌연한 불꽃으로 타오르고 있는데, 그것은 바로 〈행복 추구〉라는 주제로 모아진다.『파르마의 수도원』마지막 줄에는 〈행복한 소수에게To the Happy *few*〉라는 헌사가 붙어 있다. 이 행복한 소수란 천박한 타인들의 세계가 강요하는 위선을 거부하고 진정한 자신과 만나 정신적 자유를 누리는 사람들을 말한다. 얼핏 생각하기에는 속된 사회를 외면하고 낭만주의적 은거를 예찬하는 말 같지만, 사회의 위선을 거부하기 위해 우선 사회 현실을 통찰하고자 했고, 진정한 자신과 만나기 위해 먼저 자신을 앎의 대상으로 삼아 분석하고 탐구했던 스탕달 평생의 노력을 안다면 이 헌사야말로 스탕달의 작품 세계를 요약해 주는 말임을 이해할 수 있을 것이다.

1842년 3월 22일 스탕달은 파리의 어느 거리에서 뇌졸중으로 쓰러졌다. 이미 한 해 전에 같은 증상으로 쓰러졌다가 회복된 터라 병가를 얻어 몇 달 전 파리로 돌아와 있던 그는 그 와중에도 글쓰기에 한층 더 열의를 기울이던 참이었다. 쓰러진 그를 행인이 발견해 호텔로 옮겼지만, 그는 끝내 의식을 회복하지 못하고 23일 새벽 2시에 영원히 눈을 감았다. 서구 근대 역사의 격동기를 명석한 지성과 열렬한 감수성으로 통과하며 자유에 대해 생각하고 자유를 추구했던 스탕달은 이렇게 세상을 떠났다. 그의 유해는 몽마르트르 묘지에 묻혔다. 묘비에는 앞서 1821년 스탕달이 밀라노를 떠나 다시 파리로 향하면서 그 자신이 미리 써둔 다음과 같은 비문이 새겨져 있다. 〈밀라노 사람 앙리 벨, 살고 사랑하고 썼노라.〉

문학 작품의 독자로서 편안하게 만나던 작가도 막상 번역자의 입장이 되어 만나게 되면 사뭇 다른 모습으로 다가와 당황하게 만들기도 하는 것 같다. 이 작품의 번역을 시작했을 때 내심 나는 이제 작품 속으로 조금만 더 빠져들면 작가가 내게 다가와 친근한 목소리로 작품에 대해 이런저런 비밀을 이야기해 줄 거라고 기대했었다. 사실 문학 작품을 다른 언어로 옮기려는 사람이 마지막 순간에 의지할 수 있는 것은 사전과 문법 책보다는 작품 갈피에서 어렴풋이 들려오는 원작의 목소리, 원저자의 음성이다.

그런데 스탕달은 번역자에게 자기 작품의 비밀을 자상하게 일러 주는 작가가 결코 아니었다. 작가는 어느 구비에서건 까다롭게 버티고 막아서곤 했다. 단어 하나를 풀어 쓰는 일조차 번역자 마음대로 하지 못하게 했다. 그렇다, 나는 스탕달에게 압도당한 상태였다. 해결 방법은 나 자신의 리듬을 포기하고 스탕달의 발걸음을 열심히 뒤쫓는 것밖에 없다는 생각이 들었다. 그렇지만 스탕달의 리듬은 어쨌거나 이곳이 아닌 저곳, 그것도 19세기의 것이었다.

번역하는 사람으로서는 독자를 위해 작품을 우리말로 최대한 자연스럽게 옮기고 싶은 법이다. 19세기의 스탕달에게 충실하고 또 그로부터 두 세기나 달음질쳐 달려와서 오늘날의 우리 독자들이 읽기에 편하도록 옮겨야 한다는 것, 이 두 가지 의무는 많은 경우 서로 부딪쳤다. 의무 하나는 머리에 이고, 또 하나는 등에 지고 더듬더듬 들어선 골목길에 막다른 벽은 왜 그리도 많은지. 번역 작업 마지막에 가서야 이 가시밭 길에 어느 정도 적응이 되어서, 혹은 지쳐서 무뎌진 덕분에, 나름대로 느긋해질 수 있었던 것 같다. 내 속에 있는 쥘리앵 소렐의 영상 — 대학 시절 프랑스 문학을 선택하고 난 뒤에야, 또 그 얼마 후 스탕달을 전공하기로 마음먹고 나서야 문득 깨닫게 된 사실인데, 그 선택의 갈림길에서마다 매번 내게 길을 가리켜 보인 건 이 인물의 영상이었다 — 이 그 긴 시간 동안 나를 버티게 했다. 이제 번역을 마친 지금, 지난 2년 내내 대면하고 있던 쥘리앵 소렐은 벌써 저만큼 가버린 느낌이다. 또다시 나의 쥘리앵 소렐을 찾아 떠나야겠다. 이번에는 독자 여러분과 마찬가지로 나 역시 이 책의 독자로서 길을 떠나게 될 것이다. 부디 모두에게 행복한 여정이 되기를 기대한다.

이 작품은 여러 세대를 가로질러 필독서로 꼽히는 만큼 국내에도 여러 번역본으로 소개되었다. 특히 옮긴이의 스승이신 이동렬 선생님께서 번역하신 『적과 흑』은 스탕달의 원전에 대한 충실성으로 옮긴이에게 모범을 보여 주신 번역이다. 이번에 새롭게 번역을 감행할 수 있었던 것은 이처럼 앞서 놓으신 든든한 토대가 있었기에 가능했다.

스탕달의 그림자에 짓눌려 허우적거리느라 시간을 오래 끈 옮긴이의 사정을 이해해 주고, 또 번역 원고 여기저기 흩어 놓은 실수들을 밝은 눈으로 꼼꼼히 챙겨 준 열린책들에 고마움을 전한다.

번역 원본으로는 갈리마르 출판사에서 2000년 〈폴리오 클라시크〉판으로 새로 출간한 *Le Rouge et le Noir*(안 마리 메냉제Anne-Marie Meininger 편찬, folio classique 3380)를 사용하였다.

임미경

스탕달 연보

1783년 출생   1월 23일 프랑스 동남부 도시 그르노블에서 스탕달(본명 앙리마리 벨Henri-Marie Beyle) 태어남. 아버지는 고등 법원 변호사 세뤼벵 벨Chérubin Beyle, 어머니는 앙리에트 가뇽Henriette Gagnon. 앙리 벨은 장남이자 외아들로, 그 밑에 두 누이동생, 폴린Pauline(1786년생)과 제나이드Zénaïde(1788년생)가 있음.

1789년 6세   프랑스 대혁명 발발.

1790년 7세   11월 23일 어머니 사망. 후일 스탕달은 자전적 에세이 『앙리 브륄라르의 생애*Vie de Henri Brulard*』에서 어머니가 단테의 책을 읽던 감수성이 풍부한 사람으로, 자신의 성격은 어머니에게 물려받은 것이라고 술회. 가까운 곳에 살던 외할아버지 앙리 가뇽Henri Gagnon은 18세기 계몽 철학의 영향을 받은 진보적 지식인이자 의사로서, 어머니를 잃은 손자를 곁에 두고 보살피며 손자의 정신세계 형성에 큰 영향을 줌. 스탕달은 외할아버지가 자신의 〈진정한 아버지이며 친구〉라고 말함.

1791년 8세   사부아 지방 에셀로 가서 외삼촌 로맹 가뇽Romain Gagnon과 함께 머묾. 음울한 아버지의 집에서 〈방문을 걸어 잠그고 혼자가 되어야 편히 숨 쉬던〉 어린 앙리는 이 에셀 여행으로 해방감을 누림. 여인들에게 인기가 많고 사랑의 모험을 즐긴 로맹 가뇽은 어린 앙리가 동경하던 대상으로, 후일 스탕달이 여인과의 사랑을 삶의 이상으로 삼는 데 영향을 줌.

1792년 9세   12월 라이안Raillane 신부가 가정 교사로 들어옴. 어린 앙리가 〈엉큼한 사기꾼〉이라고 부른 이 가정 교사는 앙리를 억압적 방식으로 대함. 〈불행과 미움과 언제나 무력하기만 한 복수의 욕망으로 이어진〉 이 생활이 1794년 8월까지 1년 반 넘게 계속됨.

1793년 10세   1월 루이 16세 처형. 5월 보수 왕당파인 아버지가 반혁명 혐의로 투옥되었다가 석방됨. 로베스피에르Maximilien Robespierre 의 공포 정치 기간 동안 아버지의 투옥과 석방이 몇 차례 더 반복됨.

1796년 13세   11월 그르노블 중앙학교가 설립되면서 이 학교에 입학.

1798년 15세   9월 그르노블 중앙학교에서 문학 부문 일등상을 받음.

1799년 16세   9월 수학 부문에서 일등상을 받음. 그르노블 중앙학교를 우수한 성적으로 졸업. 10월 파리로 떠남. 겉으로 내세운 목표는 파리 이공과 대학 입학시험에 응시하겠다는 것이었지만, 내심 문학에 뜻을 품은 터라 시험장에 나가지 않음. 일이 뜻대로 풀리지 않고 건강까지 해쳐 실의에 빠져 지내다가 사촌형 피에르 다뤼Pierre Daru의 집에 얹혀살게 됨.

1800년 17세   다뤼의 추천을 받아 국방부의 임시직을 얻음. 5월 7일 밀라노 원정길에 오른 나폴레옹 군대의 일원으로 이탈리아로 떠남. 6월 초 노바라에서 치마로사Domenico Cimarosa의 오페라 「마트리모니오 세그레토Matrimonio Segreto」를 듣고 음악에 눈을 뜸. 6월 7일 밀라노에 도착. 9월 23일 제6용기병 연대의 소위로 임관.

1801년 18세   2월 1일 미쇼Michaud 장군의 부관으로 임관. 이탈리아 롬바르디아와 피에몬테 지방에 주둔함. 밀라노에서 앙젤라 피에트라 그뤼아d'Angela Pietragrua에게 반함. 12월 말 군대 생활에 염증을 느끼고 병가를 얻어 그르노블로 돌아옴.

844

1802년 19세   1월에서 4월까지 그르노블에서 지냄. 빅토린 무니에Victorine Mounier를 만남. 4월 파리로 감. 7월 20일 군대 사직. 문학에 뜻을 두고 희곡 습작 계획을 세움.

1803년 20세   6월 중순까지 파리에서 지내며 독서와 희곡 습작. 돈이 떨어져 그르노블의 아버지 집으로 돌아감.

1804년 21세   4월에서 12월까지 파리에서 지냄. 누이동생 폴린과 많은 편지를 주고받음.

1805년 22세   파리와 그르노블을 오가며 독서와 희곡 습작. 7월 여배우 멜라니 길베르Mélanie Guilbert와 사랑에 빠져 마르세유로 도피 행각을 벌임. 멜라니와 함께 지내며 식민지 산물을 취급하는 무역상에서 일함.

1806년 23세   멜라니에 대한 연정이 시들고 무역상 일에 권태를 느낀 끝에 파리로 돌아옴. 10월 또다시 피에르 다뤼의 도움을 받아 전쟁 감독관 임시 보좌역으로 임명되어 임지인 브런즈윅으로 떠남.

1807년 24세   브런즈윅에서 근무하며 독일 여러 곳을 여행. 미나 드 그리스하임Mina de Griesheim과 연애.

1808년 25세   11월까지 브런즈윅에서 근무하다가 파리로 귀환.

1809년 26세   4월~5월 독일과 오스트리아 원정길에 나선 피에르 다뤼를 수행, 스트라스부르와 비엔나를 오가며 생활. 이어서 11월까지 비엔나에서 근무하며 다뤼의 부인 알렉상드린 다뤼Alexandrine Daru에게 열렬히 구애.

1810년 27세   사교계에 드나들며 생활하는 중에도 희곡 작가로 명성을 얻을 희망을 버리지 않음. 참사원 보좌관, 곧이어 황실 재산 감독관에 임명됨. 관료로서 출세 전망이 생김.

1811년 28세   파리에서 사교계 생활. 여가수 앙젤리나 베레테르Angélina Bereyter와 염문. 8월 스탕달은 앙젤리나 베레테르에게 큰 애정은 없었던 터라 로마로 파견되기를 희망하여 이탈리아로 떠남. 밀라노에서 11년 전에 알고 지낸 앙젤라 피에트라그뤼아를 다시 만나 연애. 그사이 『이탈리아 회화사*L'Histoire de la Peinture en Italie*』를 구상. 9월 밀라노를 떠나 로마, 피렌체 등 이탈리아의 여러 도시를 여행. 11월 파리로 돌아옴.

1812년 29세   7월 23일 직무 수행을 위해 나폴레옹 군대의 러시아 원정에 따라나섬. 9월 14일부터 한 달여 동안 텅 빈 모스크바에 머물면서, 프랑스 군대가 이 도시를 불태우는 장면을 냉정하게 지켜봄. 10월 16일 퇴각하는 나폴레옹 군대와 함께 모스크바를 떠남. 11월 2일 걸어서 스몰렌스크 도착. 도중에 여러 번 코사크 병사들의 습격을 받음. 11월 11일부터 12월 14일 사이 지옥 같은 러시아 탈출 여정. 그사이 베레지나 강 전투를 겪음. 스탕달이 베레지나 다리를 건넌 것은 11월 27일인데, 이 다리는 다음 날 폭파됨.

1813년 30세   1월 13일 파리로 돌아옴. 정신적 육체적으로 몹시 지침. 6월 독일 원정에 따라가 슐레지엔의 사강 지방 행정 감독관의 직무를 수행하며 7월까지 머묾. 이후 파리로 돌아왔다가 휴가를 얻음. 9월 밀라노 도착. 11월까지 밀라노에서 지내는 동안 앙젤라 피에트라그뤼아와 함께 생활. 12월 도피네 지방 방어 임무를 맡은 생발리에 백작le comte de Saint-Vallier의 보좌관으로 임명됨.

1814년 31세   『하이든, 모차르트, 메타스타시오의 생애*Vies de Haydn, de Mozart et de Métastase*』를 씀. 워털루 전투에 이은 나폴레옹 실각의 해. 4월 나폴레옹이 엘바 섬으로 유배됨. 당시 그르노블에서 도피네 지방 방어 준비 중이던 스탕달은 파리로 가서 연합군의 파리 입성을 지켜봄. 경제적으로 쪼들리던 스탕달은 부르봉 왕조의 왕정복고 후 관직을 얻기를 기대했지만 좌절. 이탈리아로 가서 살기로 결심. 8월 밀라노 도착, 이탈리아 곳곳을 여행하며 지냄. 우울증과 고독감으로 자살까지 생각함.

1815년 32세   루이 알렉상드르 세자르 봉베Louis-Alexandre-César Bombet라는 필명으로 음악가들의 전기 『하이든, 모차르트, 메타스타시오의 생애』를 파리에서 출간. 3월 나폴레옹이 엘바 섬을 탈출하여 파리로 귀환했다는 소식을 듣지만, 프랑스로 돌아가지 않고 이탈리아에 계속 머물기로 결심.

1816년 33세　4월에서 6월 사이 그르노블에 머문 기간을 제외하고 밀라노에서 계속 지냄. 10월 15일 오페라 극장에서 바이런Byron을 만남.

1817년 34세　로마, 밀라노, 그르노블, 파리, 런던 등으로 잦은 여행을 떠남. 8월 『이탈리아 회화사』 출간. 9월 『1817년의 로마, 나폴리, 피렌체*Rome, Naples et Florence en 1817*』 출간. 드 스탕달de Stendhal이라는 필명을 처음 사용함.

1818년 35세　3월 메틸드 뎀보우스키Métilde Dembowski에 대한 열렬한 사랑이 싹틈. 『적과 흑*Le Rouge et le Noir*』의 여주인공 마틸드의 모델이라고 이야기되는 이 여인은 결국 스탕달에게 실연의 아픔을 안김. 『나폴레옹의 생애*Vie de Napoléon*』를 쓰기 시작함.

1819년 36세　5월까지 밀라노에 머묾. 6월 20일 아버지가 빚만 남기고 세상을 떠나자 그르노블로 돌아와 8월에서 9월 사이 한 달여 머묾. 12월 메틸드 뎀보우스키가 불러일으킨 감정들을 토대로 『연애론*De l'amour*』 구상.

1820년 37세　밀라노에 계속 머물며 『연애론』 완성. 이 원고를 파리로 보냄.

1821년 38세　당시 이탈리아를 통치하던 오스트리아 당국이 피에몬테 지방의 봉기에 자극받아 자유주의파 인사들을 감시하기로 방침을 세움. 스탕달은 자유주의자라는 혐의를 받고 밀라노에서 체포될 위기에 빠짐. 밀라노와 마틸드 뎀보우스키를 떠나야 한다는 사실에 〈죽고 싶을 만큼〉 고통을 느끼면서도 〈가장 어려운 결단〉을 내려 파리로 돌아갈 결심을 함. 6월 파리 도착. 10월부터 11월까지 두 번째 영국 여행을 떠남. 12월 다시 파리로 와서 그때까지 1년 넘게 스트라스부르 우체국에 보관되어 있던 『연애론』 원고를 다시 손봄.

1822년 39세　일 년 내내 파리에 머물면서 여러 살롱에 출입. 1월 영국 잡지들에 다시 기고하기 시작. 8월 『연애론』 출간. 11월부터 런던에서 발간되는 『뉴 먼슬리 매거진*New Monthly Magazine*』에 고정적으로 기사를 싣게 됨.

1823년 40세   1월부터 10월까지 파리에 머묾. 3월 『라신과 셰익스피어*Racine et Shakespeare*』 출간. 10월 이탈리아로 떠나 피렌체, 로마 등지를 여행. 11월 『로시니의 생애*Vie de Rossini*』 출간.

1824년 41세   1월부터 4월까지 로마에 머물다가 5월 파리로 돌아옴. 망티Menti라는 애칭으로 불린 클레망틴 퀴리알 백작부인la comtesse Clémentine Curial과 연애. 8월부터 12월까지 『파리 저널*Journal de Paris*』지에 17편의 미술 평론 연재. 9월 같은 잡지에 음악 평론을 싣기 시작, 이 연재 기사는 1827년 6월까지 42회 이어짐.

1825년 42세   1년 내내 파리에 머묾. 『라신과 셰익스피어』 2판 출간. 5월 밀라노의 메틸드 뎀보우스키 사망. 12월 『산업인들에 대한 새로운 음모*D'un nouveau complot contre les industriels*』 출간.

1826년 43세   1월부터 파리에 머물다가 6월에서 9월까지 런던과 영국 북부를 여행함. 9월 15일 망티(퀴리알 백작부인)가 결별을 통고. 스탕달은 이 〈끔직한 불행〉으로 인해 〈권총으로 자살하고 싶은 충동〉을 수시로 느낄 정도였다고 술회함. 9월에 파리로 돌아와 12월까지 머물면서 첫 번째 소설인 『아르망스*Armance*』를 구상하고 쓰기 시작함.

1827년 44세   2월 『1817년의 로마, 나폴리, 피렌체』 2판 출간. 7월부터 이탈리아에 머묾. 8월에 『아르망스』 출간.

1828년 45세   1월 밀라노로 감. 영국 잡지 기고 수입이 없어져 심한 경제적인 궁핍에 빠짐. 일자리를 찾기 위해 노력하지만 실패. 그동안 받아 온 군인 연금도 11월부터 대폭 줄어 연 450프랑에 불과해짐.

1829년 46세   1월에서 9월까지 파리에 거주. 9월 『로마 산책*Promenade dans Rome*』을 완성하여 출간. 6월부터 시작되어 3개월가량 계속된 알베르트 드 뤼방프레Alberthe de Rubempré와의 연애 실패에 상심한 나머지 9월에 남프랑스와 바르셀로나를 향해 여행을 떠남. 몽펠리에, 그르노블을 거쳐 마르세유에 도착해서 지내던 중 10월 25일 밤부터 26일 새벽 사이에 『적과 흑』을 〈쥘리앵Julien〉이란 제목으로 착상. 11월 말

마르세유에 머물며 이 작품의 초고를 완성함. 파리로 돌아와 12월 13일 『파리 평론*Revue de Paris*』지에 단편 「바니나 바니니Vanina Vanini」를 발표.

1830년 47세 〈쥘리앵Julien〉을 쓰기 시작함. 지월리아 리니에리Giulia Rinieri와 연애. 5월 〈쥘리앵〉이라는 제목으로 써나가던 작품의 제목을 〈적과 흑〉으로 확정. 작품 앞부분이 인쇄에 들어감. 칠월 혁명 발발. 7월 26일에서 8월 4일 사이 활자공들이 봉기에 참여하느라 『적과 흑』 인쇄가 중단됨. 이어 칠월 왕조 수립. 9월 25일 새 정치 체제하에서 이탈리아 트리에스테 주재 영사로 임명받음. 출발 전 지월리아에게 청혼하는 편지를 그녀의 후견인에게 보내지만 거절당함. 스탕달은 그리 실망하지 않음. 11월 13일 『적과 흑』 출간. 11월 25일 트리에스테에 도착. 12월 24일 당시 이탈리아를 장악한 오스트리아 메테르니히 정부가 스탕달의 영사 인가장 수여를 거부.

1831년 48세 4월 파리로부터 교황령 치비타베키아 주재 영사로 임명되어 부임. 교황청이 스탕달의 영사 취임에 동의.

1832년 49세 치비타베키아 영사직을 수행하면서 로마, 밀라노 등 이탈리아의 여러 도시를 여행. 『에고티슴 회상록*Souvenirs d'Egotisme*』을 쓰기 시작.

1833년 50세 9월부터 휴가를 얻어 파리에서 지냄. 12월 치비타베키아로 귀환하는 도중 리용에서 마침 이탈리아로 향하던 조르주 상드George Sand와 알프레드 드 뮈세Alfred de Musset를 만남. 이 세 사람은 함께 론 강을 따라 내려와 마르세유에서 작별.

1834년 51세 6월 『뤼시엥 뢰벤*Lucien Leuven*』을 구상하여 쓰기 시작.

1835년 52세 치비타베키아와 로마를 오가며 생활. 건강에 이상을 느낌. 치비타베키아에 권태로움을 느끼고 파리를 그리워함. 1월 25일 레지옹 도뇌르 훈장을 받지만 스탕달 자신은 외교관으로서가 아니라 문인으로 이 훈장을 받게 된 것에 그리 기뻐하지 않음. 석 달간 『뤼시엥 뢰벤』을 구술하다가 9월 23일 중단. 이 소설은 미완으로 남음. 11월 23일

자전적 에세이 『앙리 브륄라르의 생애』를 쓰기 시작.

1836년 53세   1월부터 5월 사이 로마와 치비타베키아를 오가며 생활하다가 휴가를 얻어 5월 24일 파리로 돌아옴. 원래는 석 달 휴가 예정이었으나 이후 3년 동안 파리에 머물며 여러 곳을 여행함.

1837년 54세   3월 단편 「비토리아 아코랑보니Vittoria Accoramboni」를 『두 세계La Revues des Deux Mondes』지에 발표. 7월 「첸치 가(家)Les Cenci」를 같은 잡지에 발표. 『어느 여행자의 회상록Mémoire d'un touriste』을 쓰기 시작.

1838년 55세   3월 프랑스 남서쪽에서 남동쪽으로 가로질러 스위스, 독일, 네덜란드, 벨기에로 이어지는 긴 여행을 떠남. 6월 『어느 여행자의 회상록』 출간. 7월 파리로 돌아옴. 8월 단편 「팔리아노 공작 부인La Duchesse de Palliano」을 『두 세계』지에 발표. 11월 4일부터 12월 26일까지 짧은 기간 동안 『파르마의 수도원La Chartreuse de Parme』을 구술하여 완성.

1839년 56세   「카스트로의 수녀L'Abbesse de Castro」를 『두 세계』지에 2회에 걸쳐 게재. 4월 6일 『파르마의 수도원』 출간. 여러 편의 단편 초고를 씀. 장편 『라미엘Lamiel』 구상. 6월 파리를 떠나 치비타베키아로 향하지만 목적지로 곧장 가지 않고 중간에 스위스와 이탈리아를 여행함. 8월 치비타베키아에 도착. 10월부터 11월까지 20여 일간 메리메와 함께 나폴리 여행. 이어서 『라미엘』을 쓰는 데 몰두함.

1840년 57세   치비타베키아와 로마를 오가며 생활, 건강이 몹시 나빠졌다는 징후가 나타나 『라미엘』 집필을 중단. 이 작품은 미완성으로 남음. 10월 『파리 평론』지에 『파르마의 수도원』에 찬사를 보내는 발자크의 평문이 실림. 스탕달은 로마에서 이 평문을 읽은 뒤 〈기쁨을 느끼기 위해 우선 한참 생각해야 했다〉라고 소감을 밝힘.

1841년 58세   3월 15일 처음으로 뇌졸중 증세를 보이지만 서서히 회복됨. 11월 휴가를 얻어 파리로 돌아옴.

1842년 59세   파리에서 글쓰기에 전념. 3월 21일 『파리 평론』지와 새로 단편소설 연재 계약을 맺음. 하루 뒤인 22일 저녁 7시 뇌브데카퓌신 거리에서 뇌졸중으로 쓰러짐. 행인에게 발견되어 숙소인 호텔로 옮겨졌으나 의식을 되찾지 못하고 23일 새벽 2시에 사망. 3월 24일 장례식이 아송프시옹 성당에서 거행되고, 이어서 몽마르트르 묘지에 안장됨.

열린책들 세계문학 069 적과 흑 하

옮긴이 임미경 서울대학교 불어불문학과를 졸업하고 동 대학원에서 박사학위를 받았다. 2004년 『세계의 문학』에 단편소설을 발표하며 등단했다. 장편소설 『미고, 내 거울 속의 지옥』을 발표했으며, 옮긴 책으로 스탕달의 『파르마의 수도원』(공역), 파울로 코엘료의 『뽀뽀 상자』, 장 자크 로니에의 『영혼의 기억』, 비톨트 곰브로비치의 『포르노그라피아』, 조안 스파르의 『나무 인간』, 크리스티앙 자크의 『오시리스의 신비』, 알리시아 두호브네 오르티스의 『돌고래의 미소』, 질 르루아의 『앨라배마 송』, 그웨나엘 오브리의 『페르소나』, 다비느 포앙키노스의 『시작은 키스』, 씨도니가브리엘 꼴레뜨의 『암고양이』, 르 클레지오의 『열병』 등이 있다.

지은이 스탕달 **옮긴이** 임미경 **발행인** 홍예빈
발행처 주식회사 열린책들 **주소** 경기도 파주시 문발로 253 파주출판도시
전화 031-955-4000 **팩스** 031-955-4004
홈페이지 www.openbooks.co.kr **이메일** literature@openbooks.co.kr
Copyright (C) 주식회사 열린책들, 2009, *Printed in Korea.*
ISBN 978-89-329-0986-8 04860 **ISBN** 978-89-329-1499-2 (세트)
발행일 2009년 12월 20일 세계문학판 1쇄 2024년 12월 5일 세계문학판 8쇄

이 도서의 국립중앙도서관 출판예정도서목록(CIP)은 서지정보유통지원시스템 홈페이지(http://seoji.nl.go.kr)와 국가자료공동목록시스템(http://www.nl.go.kr/kolisnet)에서 이용하실 수 있습니다.(CIP제어번호 : CIP2009003497)

열린책들 세계문학
Open Books World Literature

001 죄와 벌 전2권

표도르 도스또예프스끼 장편소설 | 홍대화 옮김 | 각 408, 512면

죄와 벌의 심리 과정을 따라가며 혁명 사상의 실제적 문제를 제시하는 명작

● 고려대학교 선정 〈교양 명저 60선〉
● 미국 대학 위원회 선정 SAT 추천 도서

003 최초의 인간

알베르 카뮈 장편소설 | 김화영 옮김 | 392면

20세기 문학의 정점을 이룬 알베르 카뮈 최후의 육성

● 1957년 노벨 문학상 수상 작가

004 소설 전2권

제임스 미치너 장편소설 | 윤희기 옮김 | 각 280, 368면

〈소설이란 무엇인가〉라는 주제를 작가, 편집자, 비평가, 독자의 입장에서 풀어 나간 작품

● 〈이달의 청소년도서〉 선정
● 한국 간행물 윤리 위원회 선정 〈청소년 권장 도서〉

006 개를 데리고 다니는 부인

안똔 체호프 소설선집 | 오종우 옮김 | 368면

삶의 진실과 인간의 참모습을 웃음과 울음으로 드러내는 위대한 작품

● 1993년 서울대학교 선정 〈동서 고전 200선〉
● 2002년 노벨 연구소가 선정한 〈세계문학 100선〉

007 우주 만화

이탈로 칼비노 단편집 | 김운찬 옮김 | 416면

25편 단편 속 신비로운 존재 〈크프우프크〉를 통해 환상적으로 창조된 우스꽝스러운 우주

008 댈러웨이 부인

버지니아 울프 장편소설 | 최애리 옮김 | 296면

난해한 〈의식의 흐름〉 기법과 〈내적 독백〉을 시도한 영국 모더니즘 소설의 고전

● 2005년 『타임』지 선정 〈100대 영문 소설〉, 〈20세기 100선〉
● 2009년 『뉴스위크』 선정 〈세계 100대 명저〉

009 어머니

막심 고리끼 장편소설 | 최윤락 옮김 | 544면

혁명의 교과서이자 인간다운 삶의 권리를 일깨우는 영원한 고전

● 1912년 그리보예도프상
● 2006년 이고르 수히흐 교수 〈러시아 문학 20세기의 책 20권〉
● 서울대학교 권장 도서 100선

010 변신

프란츠 카프카 중단편집 | 홍성광 옮김 | 464면

어디에도 안주하지 못하는 인간의 모습을 초현실적으로 그려 낸 카프카의 주옥같은 단편들

● 서울대학교 권장 도서 100선

011 전도서에 바치는 장미

로저 젤라즈니 중단편집 | 김상훈 옮김 | 432면

신화와 SF의 융합, 흥미롭고 지적인 중단편 소설집

012 대위의 딸

알렉산드르 뿌쉬낀 장편소설 | 석영중 옮김 | 240면

역사적 대사건을 가정 소설과 연애 소설의 형식에 녹여 내어 조망한 산문 예술의 정점

● 2000년 한국 백상 출판 문화상 번역상

013 바다의 침묵

베르코르 소설선집 | 이상해 옮김 | 256면

전쟁과 이데올로기에 가려진 인간성에 대하여 고찰한 레지스탕스 문학의 백미

014 원수들, 사랑 이야기

아이작 싱어 장편소설 | 김진준 옮김 | 320면

유대인 학살에서 살아남은 네 남녀의 사랑과 상처를 그린 소설

● 1978년 노벨 문학상 수상 작가

015 백치 전2권

표도르 도스또예프스끼 장편소설 | 김근식 옮김 | 각 504, 528면

백치 미쉬낀을 통해 구현하는 완전한 아름다움과 순수한 인간의 형상

● 피터 박스올 〈죽기 전에 읽어야 할 1001권의 책〉

017 1984년

조지 오웰 장편소설 | 박경서 옮김 | 392면

감시하고 통제하는 전체주의의 권력 앞에 무력해지는 인간의 삶

● 2009년 『뉴스위크』 선정 〈세계 100대 명저〉
● 『타임』지가 뽑은 〈20세기 100선〉

019 이상한 나라의 앨리스

루이스 캐럴 환상동화 | 머빈 피크 그림 | 최용준 옮김 | 336면

시공을 초월하며 상상력과 호기심의 한계를 허무는 루이스 캐럴의 환상 동화

● 2003년 BBC 〈영국인들이 가장 사랑하는 소설 100편〉
● 2004년 〈한국 문인이 선호하는 세계 명작 소설 100선〉